NOS DISPARUS

Du même auteur

Le Dernier Arbre
Seuil, 2013

TIM GAUTREAUX

NOS DISPARUS

ROMAN

TRADUIT DE L'ANGLAIS (ÉTATS-UNIS)
PAR MARC AMFREVILLE

ÉDITIONS DU SEUIL
25, bd Romain-Rolland, Paris XIVe

Ce livre a été édité par Marie-Caroline Aubert

Titre original : *The Missing*
Éditeur original : Vintage Books, États-Unis

ISBN original : 978-0-307-45468-3

ISBN : 978-2-02-108274-6

www.seuil.com

pour mon père, Minos Lee Gautreaux,
qui m'a appris à aimer les enfants
et les bateaux à vapeur

Chapitre 1

Adossé au bastingage du navire, Sam Simoneaux résistait au vent qui faisait rage tandis que son lieutenant progressait péniblement dans sa direction, luttant contre les embruns, s'agrippant tant bien que mal aux taquets, aux cordages et aux poignées des vannes.

« Pas vraiment beau à voir, sous le pont ! lui cria le lieutenant dans la bourrasque.

– Sûr ! Ça pue tellement que ça vous coupe l'appétit.

– J'ai remarqué que vous aviez un léger accent. D'où venez-vous ? »

Sam le plaignait sincèrement. Le lieutenant faisait tout ce qu'il pouvait pour s'attirer la sympathie de ses hommes, mais aucun d'eux ne parvenait à imaginer qu'un blondinet pareil, maigre comme un coucou et droit sorti de sa ferme de l'Indiana, pût un jour les mener au combat.

« Non, je ne crois pas avoir d'accent. Mais vous, oui. »

Le lieutenant lui jeta un regard étonné.

« Moi ?

– Ben oui. Là d'où je viens, au sud de la Louisiane, je ne connais personne qui parle comme vous. »

Le lieutenant sourit.

« Dans ce cas, tout le monde a un accent. »

Sam observa les embruns qui dégoulinaient sur les pâles taches de rousseur de l'officier, songeant que, par un jour blanc de givre, il serait presque invisible.

« Vous avez grandi dans une ferme ?

– Exact. Ma famille est arrivée du Canada il y a environ vingt ans.

– Moi aussi j'ai été élevé dans une ferme, mais je me suis dit que je pouvais essayer de faire mieux. Une de nos voisines avait un piano et elle m'a appris à en jouer. À seize ans, je suis parti à La Nouvelle-Orléans pour me rapprocher de là où ça swinguait. »

Le lieutenant se pencha en avant pour résister à la bourrasque suivante.

« Je vous rejoins sur ce point. Je ne suis pas capable de lancer les balles de foin assez loin pour faire un bon fermier.

– Encore combien de temps pour arriver en France ?

– Le colonel dit trois jours, le capitaine deux, et le pilote quatre. »

Sam hocha la tête.

« Comme d'habitude, personne ne sait vraiment où on en est.

– Que voulez-vous ? C'est une grande guerre », répondit le lieutenant.

Ils regardèrent une énorme vague monter à l'assaut de la coque rouillée du bateau et submerger une équipe de mitrailleurs blottis sur une coursive inférieure, dans un abri de fortune composé de sacs de sable entassés ; le déluge précipita les hommes à terre et ils glissèrent à plat ventre dans l'écume sur toute la longueur du pont.

S'ensuivit un cortège affligeant de plusieurs jours de grosse mer, les déferlantes aux crêtes de silex se brisant contre la proue et des rafales d'embruns criblant les hublots comme des éclats de verre. Sam dormait à l'intérieur du navire, parmi les milliers d'hommes qui gémissaient, râlaient et ahanaient, mais il passait ses heures de veille au bastingage, souvent en compagnie de son ami, Melvin Robicheaux, un petit dur à cuire originaire des environs de Baton Rouge.

Le 11 novembre 1918, leur bateau échappait au maelström de l'Atlantique et touchait terre à Saint-Nazaire, où les quais étaient envahis d'une foule en délire, certains se trémoussant deux par deux et d'autres exécutant de folles farandoles.

Robicheaux les montra du doigt par-delà le flanc rouillé du navire.

« Mais qu'est-ce qu'ils ont tous à danser ? Il y en a plein avec des bouteilles de vin à la main. Tu crois que c'est pour fêter notre arrivée ? »

Remorqueurs et locomotives de fret actionnaient leur sirène dans une épaisse nappe de fumée de charbon. Tandis qu'il observait la liesse populaire, Sam se réjouit d'arborer son fusil. Après tous ces malheurs, les Français paraissaient fous de joie à l'idée de la victoire toute proche. Cependant, alors que les remorqueurs sifflaient en poussant le navire contre le dock, et comme il ne se trouvait pratiquement personne pour adresser des signes de bienvenue aux marins, il devina que toute cette allégresse ne saluait pas seulement leur arrivée mais un événement autrement plus important.

Quatre mille soldats débarquèrent sur le quai, et quand tous les hommes eurent avancé en rang par deux jusqu'aux hangars protégés du vent, un colonel escalada une pile de caisses de munitions et annonça dans un porte-voix que l'armistice venait d'être signé et que la guerre était finie.

Beaucoup exprimèrent bruyamment leur enthousiasme, mais une partie des jeunes recrues semblaient déçues à l'idée de ne plus avoir d'ennemis à abattre. Leurs fusils en bandoulière, les munitions empilées dans les caisses de bois, les canons qu'on était encore en train de décharger à l'aide des grues poussives du port : tout leur parut soudain bien dérisoire. Sam se demanda ce qu'il allait pouvoir raconter de son expérience de la guerre à ses potes restés au pays. Les trophées les plus précieux étaient les histoires qu'on rapportait, et celle-ci ne lui attirerait que des rires moqueurs.

Robicheaux lui enfonça dans le dos l'extrémité du fourreau de sa baïonnette.

« On dirait le jour où tu as essayé de décrocher un boulot chez Stein.

– Quoi ?

– Stein, le marchand de chaussures.

– Oui, je vois ce que tu veux dire. »

Il avait tenté pendant deux semaines de se faire engager chez Stein, le Palais de la Chaussure, dans Canal Street, mais le lendemain du jour où le vieil homme s'était finalement décidé à l'embaucher Sam s'était présenté au travail et avait découvert une couronne accrochée à la porte, accompagnée d'un billet dactylographié annonçant la mort de Solomon Stein et la fermeture définitive de son magasin.

Ils gardèrent les rangs pendant une heure, et Sam se sentit plutôt embarrassé et inutile tandis que les officiers tentaient de décider que faire de tous ces soldats et de leurs tonnes d'équipement. Le point fort de Sam était la patience, ou au moins une capacité à attendre que survienne quelque chose de bon, et donc il resta là à regarder tranquillement les civils manifester leur joie tandis qu'autour de lui les hommes grommelaient qu'ils allaient sans doute rembarquer pour une traversée tout aussi éprouvante en sens inverse. Il faisait froid, et il avait faim. Au bout d'un temps interminable, des gamins poussant des chariots de nourriture firent leur apparition et donnèrent à chaque soldat une minuscule miche de pain dur, d'où dépassait comme une langue livide une fine tranche de fromage. Puis on les fit marcher durant huit kilomètres jusqu'aux limites de la ville, où ils établirent leur campement dans un pré à l'herbe rase qui, à en juger par les souches et les statues en bronze aux poses affectées, avait dû autrefois être un parc à l'anglaise. Une brise glaciale s'engouffrait dans le boulevard qui menait au campement, et Sam boutonna sa vareuse jusqu'au col et referma sa pèlerine. Il n'avait jamais senti un vent aussi pénétrant de sa vie.

Cette nuit-là, il crut mourir de froid. Robicheaux, son compagnon de tente, allongé sur son lit de camp, déversait un flot continu de paroles.

« Eh, Simoneaux ! Tu sais de quoi je rêve ? D'un bon feu. Des patates brûlantes dans chaque poche. À quoi tu penses, toi ?

– Moi je pense à ces affiches de recrutement. À les lire, on aurait pu croire que c'était une bonne idée de s'engager, répondit-il d'un air sombre.

– J'aimais bien celle où on voyait un Hun qui s'en prenait aux femmes belges. »

Sam souleva la tête et le regarda fixement.

« Tu l'aimais bien ?

– Je veux dire qu'elle me chauffait le sang. Elle me donnait envie de traverser la mer pour leur venir en aide.

– Tu voulais que ces filles belges te soient reconnaissantes, pas vrai ?

– Je te le fais pas dire ! »

Sam enfouit la tête sous la couverture.

« Des fois, je repense à la musique. Quand je me suis engagé, j'étais vendeur chez Gruenwald, et toute la journée on entendait des morceaux de musique entraînants comme “Tout là-bas”, “Quelque part en France, y a mon papa”, “Baisse la tête si tu tiens à la vie, petit Fritz”. »

Robicheaux renifla.

« Si tu avais pensé un jour que tu aurais besoin de te coincer la tête entre les genoux pour que tes oreilles congèlent pas sur place…

– C'est vrai que, pour l'instant, la musique qu'on nous joue n'est pas bien gaie », dit Sam d'un ton rêveur.

Vue de l'Amérique, la guerre leur était apparue comme une joyeuse pièce musicale, un fox-trot endiablé en *do*, mais la traversée sur l'*Alex-Denkman* avait tout changé. Le *Denkman* était un navire à coque ronde alimenté au charbon – mal de mer garanti ! – dont les flancs étaient tellement striés de gigantesques traînées de rouille que le gouvernement avait décidé qu'il ne valait même pas la peine de lui appliquer une couche de peinture pour camoufler le désastre. Un gars originaire de la même ville que Sam était mort au cours de la traversée d'une crise d'appendicite aiguë et on avait jeté son corps à la mer après une prière de circonstance. Sam et plusieurs autres soldats de la même région avaient bravé les rafales de neige sur le pont arrière et regardé la dépouille dans son linceul blanc qui rebondissait dans le sillage du bateau, refusant de couler, comme si le corps lui-même trouvait à redire à cet océan de plomb glacé et tentait de rejoindre la terre chaude d'un cimetière de Louisiane. C'était un fils Duplechen ; son père, un petit paysan maigrichon, n'avait pas son pareil pour conduire son attelage de mules. Sam le connaissait et il pouvait s'imaginer son chagrin, la place laissée vide à table, ce lien, brisé pour toujours. Après cela, l'inconfort de ce camp glacial paraissait un détail négligeable, et il se retourna pour trouver le sommeil.

Un matin, alors qu'ils campaient depuis une semaine entre les statues, il vit plusieurs gradés traverser leurs rangs dans une automobile décapotable et choisir des pelotons de dix pour aller travailler dans des hôpitaux à Paris. Sam se retrouva dans le lot et on lui confia la garde d'un dispensaire de produits narcotiques. On l'envoyait parfois à travers les salles nauséabondes porter une dose de morphine à une infirmière, et les choses qu'il vit lors de ces missions le firent mûrir prématurément. Les amputations, les gémissements, l'odeur putride de l'infection et de la maladie lui montrèrent combien il en savait peu sur l'horreur de la guerre. Chaque jour qui passait le faisait se sentir plus humble et plus naïf.

Parfois, avec son contingent, ils se rendaient dans un café où trônait un très mauvais piano et Sam s'exerçait pendant une bonne heure. Les hommes ne parlaient pas de ce qu'ils voyaient à l'hôpital, parce que cette souffrance était au-delà des mots. Sam craignait, s'ils les évoquaient, que les images ne restent imprimées dans sa mémoire pour toujours. Ils travaillaient tous dans le service des blessés grabataires, et c'était une unité si importante que les dix soldats américains pris ensemble n'en avaient pas encore découvert la moitié – sans parler des dépendances et annexes. Il y avait les hôpitaux français. Les hôpitaux anglais. Les hôpitaux américains. Rien sur les affiches patriotiques ou les partitions musicales ne permettait d'imaginer les mâchoires emportées, les orbites calcinées, ou les tubes en caoutchouc noir tremblotant qui dégoulinaient de pus.

Finalement, parce qu'il parlait cajun, ce qui aux oreilles des Parisiens ressemblait à un très mauvais patois occitan du XVIIe siècle, on lui confia des tâches rudimentaires d'interprétariat. Mais tous les Français auxquels il s'adressait haussaient les sourcils avec surprise, examinaient son visage avenant, et lui demandaient de quelle colonie il avait débarqué.

En janvier, on le retira du service hospitalier, et il fut placé, ainsi que huit autres gars de Louisiane, sous le commandement du lieutenant de l'Indiana pour aller nettoyer un champ de bataille de l'Argonne. On leur avait expliqué qu'on les conduisait dans une forêt, et Robicheaux avait brandi son fusil en déclarant : « Bon sang de bois ! On pourra peut-être abattre un cerf et manger un peu de bonne viande. » Mais quelques jours plus tard, quand ils sautèrent à bas du camion débâché maculé de boue, ils découvrirent un paysage mort et recouvert d'une pellicule de glace, parsemé de cratères d'obus et piqué d'arbres détruits, un immense cimetière de chariots éventrés, de citernes renversées et de pièces d'artillerie de toutes sortes corrodées par le givre. On leur confia une carte et leur ordonna de nettoyer un périmètre d'environ cinq kilomètres carrés.

Sam s'éloigna du chemin gelé et sa botte traversa la croûte de glace, s'enfonçant profondément dans un petit ruisseau fétide. Il dégagea son pied et tourna les yeux vers son lieutenant : grand, les yeux pâles, l'air éternellement absent, avec un visage d'enfant du Middle West où se lisait un mélange de docilité et de confusion.

« Mon lieutenant, qu'est-ce qu'ils veulent qu'on fasse exactement ? »

L'officier posa le pied sur une mitrailleuse équipée d'un système de refroidissement à eau qu'on avait abandonnée là.

« Je pense que c'est tout à fait clair : il nous faut chercher les pièces d'artillerie les plus dangereuses et les faire exploser », dit-il de sa voix douce.

Sam se rappela qu'on racontait qu'il avait fait des études supérieures et n'était jamais allé au combat. Ils scrutaient tous l'immense champ de bataille, sans rien comprendre à ce qu'ils avaient sous les yeux. Même par ce froid, une véritable puanteur s'élevait de la terre, hérissée de monticules de fils barbelés rouillés.

Ils installèrent un camp de fortune, montant une petite tente pour leurs provisions, et deux heures après leur arrivée ils entendirent un bruit de martèlement qui venait de l'ouest. Ils se retournèrent et aperçurent, émergeant d'une noue, la tête d'un fantassin, suivie du reste de sa personne ; dans la main droite, il tenait les rênes de cinq chevaux sellés qu'il forçait à avancer sur les décombres de la route. Il progressait à pas lents, pareil à un percheron, et s'arrêta à hauteur du camion.

« On m'a donné l'ordre de vous amener ces chevaux, annonça-t-il d'une voix traînante.

– Mais pour quoi faire, grands dieux ? » demanda le lieutenant.

Le soldat haussa les épaules.

« Chaque équipe de démolition a droit à un attelage. »

Sam désigna du doigt l'immense chaos qui les entourait.

« Ils ne s'attendent quand même pas à ce qu'on monte ces pauvres bêtes dans ce *no man's land*, dites-moi ?

– Quelle bonne idée ! » s'exclama le lieutenant, le visage soudain rayonnant. Il congédia le soldat et s'empara des rênes pour les attacher aux ridelles du camion. « Juchés sur le dos d'un cheval, vous verrez beaucoup mieux les obus. C'est la première chose qu'il nous faut rechercher : les gros projectiles. Ensuite nous les empilerons et nous les ferons exploser. » Il étendit le bras en direction du camion. « On nous a fourni un détonateur, du fil électrique et des bâtons de dynamite. »

Sam s'était vu confier une paire de jumelles et il observait une colline située plus au nord, l'estomac crispé par de mauvais pressentiments.

« Et les grenades, alors ? Y en a tellement qu'on dirait du gravier. »

Il abaissa ses jumelles et regarda fixement le lieutenant.

« J'en sais assez pour comprendre qu'il vaut mieux ne pas se risquer à les manipuler. Certaines, il suffit de les toucher pour qu'elles explosent. Je pense qu'on devrait essayer de les dégommer avec nos Springfield. »

Melvin Robicheaux retira son casque.

« Et ça va suffire à les faire péter ? »

Le lieutenant haussa les épaules et tendit les mains dans un geste d'impuissance.

« Choisissez-en une et tirez dedans. Une sorte de test, si vous voulez. »

Sam regarda de nouveau dans ses jumelles.

« Moi, je ne m'y risquerais pas. »

L'officier se souleva sur la pointe des pieds.

« Nous allons tout de même tenter le coup. »

Robicheaux alla chercher son fusil à l'arrière du camion et actionna la culasse. Il jeta un coup d'œil aux autres par-dessus son épaule.

« Ces canassons, ils ont été au combat, ou c'est des bleus comme nous ? »

Le lieutenant se tourna vers les chevaux en question.

« Je suppose que les deux qui boitent et celui qui a une cicatrice sur la croupe sont d'anciens combattants. Les autres, je ne saurais dire. On vient peut-être seulement de les amener ici. » Il se retourna, croisa les mains dans son dos et regarda vers le haut de la colline. « Allez-y, essayez-en une ! »

Robicheaux visa soigneusement, concentré sur une grenade échouée au bord du cratère creusé par un obus une soixantaine de mètres plus loin, et fit feu. Il manqua sa cible, mais au bruit de la détonation un des chevaux se mit à hennir et à se cabrer. Il réussit à se libérer et traversa le champ en zigzag avant d'aborder la colline au triple galop. Sam saisit la bride de deux bêtes qui paraissaient effrayées, tandis que les deux autres restaient immobiles, le poil fumant dans la neige qui tombait doucement comme si de rien n'était. Les hommes suivirent des yeux l'animal affolé qui escaladait le versant le plus éloigné sur près d'un kilomètre, évitant les souches et bondissant par-dessus les cratères jusqu'à ce que, ayant posé le sabot sur Dieu sait quoi, il se transforme instantanément en une monstrueuse boule de feu rose. La détonation assourdissante retraversa le champ comme un coup de tonnerre, et les hommes se précipitèrent tous à l'abri du camion, scrutant le ciel pour éviter les débris qui retombaient.

Quand l'écho de la déflagration se fut tu, le lieutenant se retourna vers Dupuis, le seul ancien combattant du peloton.

« Sur quoi ce cheval a-t-il posé le sabot ? » demanda-t-il.

Dupuis, un homme taciturne, plus âgé que les autres, originaire d'Arnaudville, répondit :

« J'en sais rien, chef. Ça fait un an que je suis là et j'y comprends toujours que dalle. »

À ce moment précis, un éclat d'obus d'environ dix kilos descendit d'entre les nuages pour atterrir sur le capot du camion, qu'il transperça avec fracas. Accroupi derrière un pneu, Sam regarda l'endroit où le cheval avait été pulvérisé, puis leva les yeux vers le ciel, incapable d'établir un rapport de cause à effet. Ni de comprendre la puissance qui venait de se déchaîner. Et encore moins ce qu'ils étaient venus faire dans ce trou. Là-haut sur la colline, un cratère fumait, pareil à la gueule béante d'une mine en feu.

Ils se déployaient dans cette plaine ravagée en tirant sur des grenades dont la moitié environ explosaient. Sam ajusta le tir et entreprit de dégommer des grenades à manche allemandes qui détonèrent avec des explosions à vous déchirer le tympan, à la fois sourdes et suraiguës. Une heure plus tard environ, il eut soudain l'impression qu'on venait de lui cogner sur le casque avec un marteau. En examinant la longue entaille cuivrée, il devina qu'il devait s'agir d'une balle perdue, parce que plusieurs pelotons intervenaient sur des arcs de cercle adjacents. Après cela, il se dit qu'il valait mieux opérer sur les dénivelés, et il concentra ses tirs sur les grenades tombées au fond des tranchées.

Longeant un ruisselet contaminé, à l'eau fétide d'un bleu métallique, il leva les yeux depuis la berge et aperçut un fémur émergeant de la terre. En aval, cinq casques allemands gisaient là, aussi inertes que des tortues mortes. Plus loin, il découvrit un lance-mines, tiré par un attelage de deux chevaux abattus, recouverts de glace sous le harnais, et il commença à regimber intérieurement contre cette interminable mission : il y avait là suffisamment de grenades non explosées de toutes nationalités pour le maintenir occupé pendant une bonne centaine d'années. L'odeur pestilentielle ressemblait à celle d'un cadavre ambulant, et tournait en dérision tout ce qu'il avait pu imaginer de la guerre, une image partie à jamais en fumée. Il devinait avec quelle violence les illusions de tous ceux qui avaient combattu là s'étaient vues irrémédiablement anéanties. « Des putains de bobards ! » s'exclama-t-il à haute voix. Escaladant le talus du ruisseau, il actionna la culasse de son fusil et tira sur une grenade poire de fabrication française qui dévala la pente sans éclater. Soudain, apparut la tête d'un soldat qui se relevait derrière un monticule voisin.

« Espèce de connard ! Ils t'ont pas donné de boussole ? On vous a pas dit qu'on était jamais censés tirer vers le nord-ouest ? »

Ils se rapprochèrent l'un de l'autre jusqu'à n'être plus séparés que par un fossé de terre battue hérissé de douilles de mitrailleuses.

« Tu fais partie d'un peloton de nettoyage ? » demanda Sam.

L'homme était couvert de boue et il avait perdu son casque.

« Oui. Enfin, ce qu'il en reste ! Deux d'entre nous se sont fait péter le caisson en marchant sur des grenades pas plus tard que ce matin. Un autre a chopé une balle dans le cul, et on sait même pas d'où elle venait.

– Je suis sûr d'avoir bien regardé derrière la cible chaque fois que j'ai tiré. »

Le type leva les bras en l'air avec impuissance et les laissa retomber. Il jeta un coup d'œil en arrière vers son propre secteur puis regarda de nouveau Sam.

« On a jamais demandé un truc pareil à aucun soldat avant ! »

Tête nue, étonnamment petit, il paraissait totalement désorienté et hagard.

« Une vraie saloperie ! dit Sam avant de cracher dans le ravin.

– Une vraie cascade de saloperies, tu veux dire ! » renchérit le soldat en entamant la descente.

Il leur fallut tout l'après-midi pour entasser suffisamment d'obus allemands de neuf centimètres et former une pile de la taille d'un quart de stère de bois, puis ils placèrent les charges de dynamite et déroulèrent le fil que Dupuis connecta au détonateur. Ils ne savaient pas vraiment jusqu'où reculer. Le lieutenant repéra une longue tranchée éloignée d'une centaine de mètres, et les dix soldats s'y blottirent. Le lieutenant actionna le piston. L'explosion fut assourdissante ; au bout du rang, un homme originaire de Lafayette hurla quand un éclat d'obus s'abattit sur lui, lui fracassant la clavicule. Sam rampa jusqu'à lui sous un déluge de mottes de terre et constata que sa lourde pèlerine avait sauvé l'épaule du soldat, qui aurait pu être emportée, mais qu'une plaie béante saignait sous l'étoffe.

Il l'allongea sur le sol aussi doucement qu'il put et lui ramena le bras le long du corps. Le soldat rugit sous l'effet de la douleur brûlante qui lui déchirait l'épaule, et Sam, qui n'avait jamais vu personne en proie à pareille souffrance, se sentit complètement démuni et au bord des larmes. Il se retourna vers le lieutenant.

« Qu'est-ce qu'on peut faire pour lui ? »

La voix de l'officier monta d'une octave.

« Je n'en sais rien, à dire vrai. » Il leva les yeux vers le bord de la tranchée. « Nous ne sommes pas censés être blessés. »

Sam déboucha sa gourde et la pencha vers les lèvres blanches et serrées du soldat.

« Vous pourriez peut-être envoyer quelqu'un chercher du secours auprès de cet autre peloton qui opère au nord-ouest. Peut-être que leur camion marche et qu'ils pourront venir le chercher. »

Le lieutenant garda le silence. Dupuis se porta volontaire pour escalader la paroi et tenter de trouver une autre unité, tandis que l'homme de Lafayette criait que ses os grinçaient les uns contre les autres.

« Qu'est-ce que je peux faire pour toi, vieux ? » demanda Sam.

Le soldat écarquilla les yeux et sembla chercher quelque chose du regard. Son visage mal rasé était creusé de rides malgré son jeune âge.

« Cogne-moi sur la tête avec n'importe quoi », souffla-t-il avec effort.

Tous les autres s'étaient rapprochés, comme si la chaleur de leurs corps réunis pouvait apporter du réconfort à leur camarade. Le blessé emplissait la tranchée de ses gémissements, et Sam se dit que cette douleur était infinitésimale comparée aux souffrances indescriptibles vécues dans le lieu de mort où ils se trouvaient. Il leva les yeux et imagina cinq cent mille soldats se précipitant les uns sur les autres sous une pluie glacée, le corps déchiqueté par les balles, le visage arraché, les genoux écrasés jusqu'à n'être plus qu'une charpie de sang mêlée de neige, les poumons brûlés par le gaz moutarde, et tout cela durant quatre années, une étendue aussi vaste et étale que le continent lui-même.

Ce soir-là, après que le blessé eut été emporté par un chariot ambulance, les autres s'installèrent pour dormir autour de la carcasse de leur camion. Robicheaux avait entravé les chevaux mais ils piétinèrent sur place toute la nuit, et l'un d'eux écrasa même la main de Sam pendant son sommeil. Au matin, son poignet était raide et enflé, et il eut du mal à déboutonner son pantalon. Les hommes durent se contenter d'eau fraîche pour faire descendre leur ration de nourriture, puis ils se remirent à l'ouvrage, tirant non seulement sur les grenades à main mais aussi sur un certain type d'obus d'environ douze centimètres de calibre qui explosait si la balle l'atteignait au nez. Pour éliminer ces derniers, le lieutenant leur commanda de s'allonger à plat ventre à au moins soixante-dix mètres avant de tirer afin que les éclats leur passent au-dessus de la tête. Ils s'activèrent sans relâche jusqu'à ce qu'un certain LeBœuf reçoive un fragment dans le coude et doive être transporté, hurlant de douleur, au bord de la route pour y attendre une ambulance. Les sept hommes restants continuèrent, ramassant hardiment les grenades et les disposant en file comme des canards dans un stand de tir. Ils faisaient feu sans résultat sur des obus de mortier et même sur de grosses bombes non éclatées.

Le ciel s'éclaircit dans la soirée, et ils continuèrent jusqu'à la tombée du jour, le visage maculé des traces grises de la poudre. Entre deux explosions, ils entendaient les pelotons des autres secteurs qui faisaient exploser de vastes caches d'armes, en un écho stupide de la guerre elle-même. Quand la nuit tomba pour de bon, les oreilles de Sam résonnaient comme des enclumes. Jetant un dernier regard sur le paysage qui s'assombrissait, il se sentit chanceux, et à la fois profondément triste.

Robicheaux avait déniché une bouteille en terre cuite contenant du cognac dans la cave d'une maison bombardée, et après que tous eurent fini de manger il alla la chercher sous le camion et la fit circuler, les hommes, dont les mains tremblaient, en prenant chacun leur tour une gorgée et savourant la douce chaleur de l'alcool. L'un après l'autre, cinq d'entre eux s'endormirent dans leur couverture. Une demi-lune se leva, qui illumina les points les plus élevés du champ de bataille vernis par le givre, les souches et les pièces d'artillerie luisant d'un pâle éclat de pierres tombales. Sam et son ami, adossés au pneu avant du camion, restèrent un long moment à contempler le champ devenu presque phosphorescent.

Robicheaux retira son casque, l'accrocha au pare-chocs, et rajusta sa cagoule de laine.

« Je suis content qu'on ait manqué ce grand cirque ! »

C'était un homme robuste, tout en muscles, footballeur depuis le lycée, un temps docker à La Nouvelle-Orléans, où il avait déchargé des sacs et des sacs de café.

« T'as pas froid ? demanda Sam.

– Ça va. Quand j'étais gosse, y avait tellement de fissures dans les murs de la maison qu'on pouvait lire le journal au jour qui passait à travers.

– Tu es marié ? »

Robicheaux commença à répondre en français, mais Sam lui fit signe d'arrêter.

« Parle anglais.

– *Pourquoi ?*

– Parce que je suis monté à la ville pour apprendre à parler correctement, à mieux prononcer, à m'habiller comme il faut, tu comprends ? Je ne parle pas exactement comme si j'avais fait des études, mais au moins les gens ne se disent pas tout de suite que je suis ignare. Si tu parles français en ville, on te regarde comme si tu étais un demeuré. T'as pas remarqué ? »

Robicheaux hocha la tête.

« Tu veux un travail où tu sois pas toute la journée dehors.

– Exact.

– Ton vieux, je suis sûr qu'il est rouge comme une brique à force de travailler dans son champ de canne à sucre, pas vrai ?

– C'est mon oncle Claude qui m'a élevé et il fait pousser des patates douces.

– *Ah, les patates douces*, murmura rêveusement Robicheaux en français.

– Tu l'as dit !

– Eh ben oui.

– Oui quoi ?

– Oui, je suis marié. J'ai deux petits garçons à Baton Rouge. Et toi ?

– Moi aussi.

– Des enfants ? »

Sam avala une rasade de cognac et reposa la bouteille entre eux deux.

« J'ai eu un fils. Oscar. Il a attrapé une saleté de fièvre quand il avait deux ans, et il s'en est pas sorti. »

Robicheaux détourna la tête.

« C'est dur.

– Très ! Mon oncle est venu en ville pour l'enterrement. Il m'a dit qu'il avait perdu un fils et une fille avant notre naissance. Il essayait de me réconforter, je suppose. Il est monté jusqu'à La Nouvelle-Orléans, dans la petite maison qu'on louait à ce moment-là, et il a commencé à parler, à dire tout ce qu'il avait sur le cœur. Et je te jure, alors qu'il faisait tout ça pour me soutenir, il s'est mis à pleurer en pensant aux bébés qu'il avait perdus, c'est-à-dire mes cousins. Ensuite il m'a parlé des frères et sœurs qu'il n'avait jamais connus, de mon propre frère, de ma sœur, ma mère, mon père, et même de gens que je n'avais jamais croisés. »

Robicheaux allongea les jambes.

« On dit que c'est les moustiques qui portent ces fièvres-là. Il faut protéger ta citerne et verser du pétrole dans les fossés.

– Maintenant je le fais. Et de toute façon, on est raccordés à la ville.

– Il vous reste plus qu'à en faire d'autres, des enfants, ta femme et toi. »

Sam leva les yeux vers les cratères qui luisaient au clair de lune et il reboutonna sa vareuse et sa pèlerine.

« Les enfants, c'est pas comme les miches de pain qu'on donne à un voisin. On ne les oublie pas. »

Robicheaux remit en place le bouchon de la bouteille.

« Je sais. Un jour ils sont là, le lendemain ils y sont plus, mais ils sont jamais vraiment partis. Ils vous restent dans la tête. »

Sam leva le bras un instant.

« Plus je regarde ces arpents de terre passés à la moulinette où ils nous ont envoyés et plus je me dis que je suis content de ne connaître personne qui soit mort ici, parce que j'aurais vraiment l'impression de marcher sur sa tombe. »

Il se mit debout, alla prendre sa couverture dans le camion, puis racla la terre de ses semelles et grimpa sur la banquette avant. Il se demanda fugitivement quelle part de sang et d'os broyés entrait dans la composition de cette boue, et s'il fallait la considérer comme la relique d'une cause sacrée, du simple fait qu'elle était le produit d'un sacrifice. Il songea à la façon dont les familles des disparus étaient amputées par ce sentiment de perte qui pour certains irait en s'intensifiant avec le temps, l'absence devenant plus palpable que toute présence. Il se rappela son enfant mort et balaya longuement du regard l'obscur charnier qui l'entourait.

Puis il pensa à son oncle Claude dans la ferme où il cultivait patates douces et canne à sucre, se promettant d'aller le voir au fond de sa campagne à son retour. C'était une longue expédition sur des routes marécageuses, mais il ferait le voyage pour le plaisir de se retrouver dans la cuisine qui sentait le pétrole lampant et pour lui raconter comment s'étaient passées les choses en Europe. Il lui dirait que rien ne ressemblait à ce qu'ils avaient imaginé : les morts étaient certes des héros, mais aussi des branches arrachées pour toujours à l'arbre de leurs familles. Il revoyait la table toute simple, achetée avec ses six chaises… son oncle en avait remisé une sous la véranda quand Sam était parti afin que tous pensent à lui chaque fois qu'ils en remarqueraient l'absence.

Il s'étendit sur la banquette, ferma les yeux, et s'employa à remettre en place les nombreuses pièces manquantes du puzzle de son enfance : père, mère, frère et sœur. Les détails des histoires qu'il avait entendu murmurer autour de lui depuis qu'il était tout petit formaient une vaste fresque dans son esprit – une image parlante –, les mots se dessinant au-dessus de la tête de chacun des personnages. Sa famille venait du sud-ouest de la Louisiane et y avait élevé du bétail dès le début du XVIIIe siècle, après que les Indiens cannibales Attakapas eurent été civilisés. Ces vachers acadiens connaissaient bien leurs bêtes et considéraient celles qu'ils avaient domestiquées comme des âmes, mineures, au sein de leur communauté. Le père de Sam élevait et dressait des bœufs qu'il louait ensuite à long terme aux compagnies d'exploitation forestière du Texas, qui avaient commencé à abattre les immenses étendues de pins des marais dans les plaines où seul un animal pouvait pénétrer.

Un jour, ce père qu'il n'avait jamais connu se trouvait devant le saloon du village de Troumal, situé à la frontière du Texas, avec ses cousins, les Ongeron. Ils avaient amené deux attelages de bœufs qu'ils devaient remettre aux bûcherons. Ils fumaient, assis sur leur traîneau, leurs longues badines de saule coincées entre les ridelles, et ils devisaient tranquillement en français en attendant que les conducteurs de bestiaux fassent leur apparition. Un ivrogne qui vivotait en rachetant des baux d'exploitation forestière passa alors les portes à battants et se planta devant eux. Une semaine de barbe noire lui remontait jusqu'aux orbites et ses dents ressemblaient à de petits cailloux jaunes. Un bœuf tourna la tête vers son pantalon couvert de taches de graisse et le renifla un bon coup avant de se détourner pour expulser cette mauvaise odeur de ses naseaux. Le type, appuyé contre un des piliers de la galerie, se grattait le postérieur avec la crosse de son pistolet. Au bout de quelques minutes, il cracha sur le bœuf le plus proche de lui et lança :

« Pourquoi que vous parlez pas anglais comme tout le monde, espèces de mange-merde ? On dirait une bande de pigeons en train de barboter dans un baquet de flotte ! »

Les Ongeron l'avaient déjà croisé une fois par le passé et ils étaient trop malins pour se battre avec lui. Ce fut le père de Sam, qui pourtant n'avait aucune raison de s'intéresser aux fanfaronnades d'un poivrot de l'Arkansas, qui lui répondit.

« Tu veux qu'on t'aide à quelque chose, vieux ?

– Je cherche des éperons pointus à molettes dentées. Où qu'on peut en trouver dans ce trou à rats ? »

Les yeux du père de Sam se posèrent sur le cheval de l'ivrogne et il vit que ses flancs étaient zébrés de longues balafres à vif. Dans les environs de Troumal, personne ne fabriquait d'éperons, ni à molettes ni sans. L'unique épicerie vendait ce qu'il fallait à un homme pour se nourrir ou jeter sous le soc de sa charrue, mais rien d'autre. À quinze kilomètres de là, il y avait bien une sorte de voie ferrée qui pourrait sans doute le conduire quelque part, mais personne ne l'avait jamais vue, même si l'on entendait parfois le sifflement du train quand le vent soufflait du sud.

« Peut-être à Beaumont.

– Mais c'est à plus de soixante bornes à cheval, espèce d'abruti. »

Les Ongeron regardaient le cheval de l'ivrogne, bien découplé et l'œil vif, quoique couvert de boue et lacéré en plusieurs endroits comme si on l'avait forcé à sauter par-dessus des barbelés.

« Les éperons pointus, ça marche pas avec les chevaux intelligents, ça c'est sûr. »

L'homme de l'Arkansas descendit les marches du saloon et se retrouva à barboter jusqu'aux chevilles dans la boue qui entourait la galerie pour aller détacher sa monture. Le père de Sam entrevit les longues piques rouillées des molettes mexicaines, et il regarda les yeux du cheval qui roulaient d'effroi. L'homme se hissa en selle et saisit les rênes dans son poing ganté. Les éleveurs observaient chacun de ses mouvements, s'attendant à ce qu'il se penche en arrière sur sa selle et qu'il fasse reculer sa monture pour l'éloigner de la galerie. À la place, il tira de toute sa force sur les rênes et ramena la tête du cheval aussi loin que possible. Ils eurent du mal à supporter le spectacle de la pauvre bête titubant à reculons. L'ivrogne jura et imprima de violentes secousses au mors, tirant de nouveau par à-coups sur les rênes ; le cheval hennit et baissa l'arrière-train comme un chien battu. N'y tenant plus, le père de Sam s'empara de sa badine de saule et cingla la nuque toute ridée du triste sire pour le punir d'être la brute primitive qu'il était. L'ivrogne en lâcha les rênes de surprise, perdit l'équilibre quand le cheval rua, et tomba à la renverse, se brisant la nuque contre les marches.

Le patron du saloon avait vu ce qui s'était passé et il poussa sa porte à battants. Le père de Sam et les cinq frères Ongeron formaient un cercle, penchés au-dessus de l'homme qu'agitaient les spasmes de l'agonie. L'un d'eux lui pinça le nez pour retirer la boue de ses narines, et deux autres lui secouèrent les épaules de leurs paumes ouvertes, comme s'il était brûlant au toucher. Finalement, le patron abaissa son col pour examiner les dégâts, et tous se relevèrent.

« *Eh bien !* s'exclama un des frères Ongeron.

– *Quel est son nom ?* demanda le père de Sam.

– J'en sais rien, répondit le patron, qui comprenait le dialecte local mais ne le parlait pas. Je crois qu'il s'occupait d'acheter des concessions forestières pour des gens de l'Arkansas qui voulaient placer de l'argent. Mais ses affaires étaient pas vraiment dans le coin. Il faisait que passer, je pense. »

Il était impossible de distinguer les frères Ongeron les uns des autres sauf par leur âge. Leur mère confectionnait tous leurs vêtements sur son métier à tisser, et ils portaient tous des chapeaux en feuilles de palmier. Le benjamin demanda s'il ne fallait pas aller chercher le shérif. Tous déclarèrent que ce serait une bonne idée, mais le shérif habitait à une journée de cheval et il faudrait que le messager fasse traverser trois bayous à sa monture. Un des frères ajouta que le shérif n'en aurait de toute façon rien à faire vu que cet ivrogne n'habitait pas le district.

À ce moment précis, cinq hommes à dos de mule firent leur apparition. Ils ne venaient pas du bois par la route mais s'étaient extirpés à grand-peine d'entre les arbres à suif et les ronciers qui s'avançaient jusqu'au mur ouest du saloon. C'étaient les Texans qui venaient chercher leurs huit bœufs.

L'un d'eux arborait des vêtements de confection et était manifestement le chef. Il jeta un coup d'œil au mort puis releva la tête en direction du saloon.

« Est-ce que ces bœufs sont prêts pour la vente ? »

Le père de Sam s'approcha et le fixa de ses yeux gris.

« C'est moi Simoneaux.

– Voilà ! dit l'homme en lui jetant une blague à tabac. Voyez s'il y a le compte. Rien qu'à les regarder, je vois bien que ces animaux ont tout ce qu'il faut. Ils ont l'air de taille à vous démolir un tribunal. Vous pouvez me passer votre badine ? »

Le père de Sam fixa pendant quelques instants la fine baguette qu'il tenait à la main avant de la lui tendre. L'homme tapota l'oreille gauche du bœuf de l'attelage le plus proche, et l'animal fit un pas dans la direction souhaitée.

« Parfait ! »

Les Texans mirent pied à terre et allèrent s'assoir sous la galerie. Ils avaient tous le teint rouge orangé des briques dont on fait les écoles. Le chef regarda par-dessus la rambarde.

« Pourquoi est-ce qu'il dort comme ça au milieu du chemin ?

– Il s'est tué en tombant de son cheval, répondit le patron du saloon. Vous le connaissez ? »

L'homme tourna la tête pour examiner le visage du mort.

« Non. Et je préfère pas. Vous auriez pas une bière ?

– Elle est pas fraîche.

– C'est quand même de la bière, pas vrai ? »

Quand ils eurent disparu à l'intérieur du saloon, les Ongeron et le père de Sam palabrèrent un bon moment au-dessus du cadavre et décidèrent de pousser jusque chez le prêtre pour lui demander conseil. Ils reprirent place sur leur *traneau*[*] et les deux mules noires donnèrent un coup de tête pour libérer les patins avant de prendre la direction du sud sur le chemin boueux.

Le curé était un vieil homme sévère et à demi gâteux, sans dents ni bonnes manières, originaire d'Estonie et exilé dans les plaines de Louisiane. Il se tenait dans les hautes herbes encerclant le petit cube qui lui servait de presbytère, et parce qu'il était complètement sourd il leur cria :

« Est-ce que le mort était catholique ?

– *Je crois que non* », répondit l'aîné des Ongeron.

Le prêtre mit sa main en cornet et demanda encore :

« Comment est-ce qu'il est mort ? »

Simoneaux descendit du traîneau et expliqua en français ce qui s'était passé.

« Quelle violence ! Quelle violence ! Simoneaux, est-ce que tu comptes te confesser ?

– *Mais oui. Quand tu veux.* »

Le curé secoua lentement la tête.

« Eh bien, on ne peut pas le mettre dans l'enclos du cimetière parce qu'il n'est pas catholique, et qu'il est mort de mort violente, sans avoir eu le temps de se confesser. Mais vous pouvez le mettre là-bas au fond, de l'autre côté de la clôture.

– D'accord. »

Le prêtre tendit la main.

« Le carré vaut un dollar. »

Le père de Sam fouilla dans son sac et en tira une pièce d'argent.

« *Combien s'il est catholique ?*

– Cinquante *cents*. »

* Restitution de la prononciation avec l'accent cajun du mot « traîneau », qui désigne une sorte de charrette sur patins utilisée dans les étendues boueuses de Louisiane. *(Toutes les notes sont du traducteur.)*

Simoneaux regarda tristement la pièce et l'examina sur les deux faces.

« *Tu peux pas lui baptiser ?* »

Le curé saisit gentiment le dollar.

« Simoneaux, on n'achète pas le billet quand le bateau a déjà pris la mer. »

Et le père de Sam comprit qu'il avait raison, que quelque chose d'irrémédiable s'était produit. Les Ongeron et lui reprirent en silence le chemin du saloon, ils chargèrent le corps sur le traîneau et l'enterrèrent derrière le cimetière. Le curé les observa par la fenêtre mais ne sortit pas, se contentant d'ouvrir la porte quand un des hommes lui rapporta sa pelle. Ils dessellèrent le cheval et lui retirèrent son mors ensanglanté avant de le mettre à l'écurie à côté de la jument du curé, puis ils rentrèrent chez eux pour dîner.

Ce soir-là, le père de Sam fut le dernier à aller se coucher, et pour la première fois il se tint devant la fenêtre sans lumière pour tenter d'entendre autre chose que le souffle rauque de ses bêtes. Il en alla de même toutes les nuits à compter de ce jour : guet et inquiétude une fois l'obscurité venue. Que ce soit le chant d'un oiseau de nuit ou une brindille qui se rompait dans le silence, il écoutait chaque bruit comme pour percevoir les battements d'un cœur malade.

Et deux mois plus tard, alors que les trois enfants se trouvaient dans la maison et que sa femme faisait la vaisselle du dîner dans une bassine devant la fenêtre de la cuisine, il perçut un martèlement de sabots dans la nuit sans lune. Il s'attendait à ce qu'on l'appelle, et il songea même peut-être un court instant à s'emparer de son fusil à trois dollars qui rouillait derrière la porte, mais, comme on le raconta ensuite dans la famille durant toutes les années qui suivirent, il se passa juste assez de temps pour que les événements se produisent, et pas une seconde pour qu'il s'y prépare. La maison était bâtie en planches clouées sur des montants de bois, et le cliquetis d'insectes qui résonna quand on arma les chiens des fusils chargés de chevrotine double zéro, ceux des Colt .45 Magnum, des carabines Winchester et Marlin, précéda de peu le moment où elle vola en éclats sous les rafales destructrices qui en balayèrent une à une toutes les pièces : le garçon et la petite fille furent tués sur le coup, leur mère qui courait vers eux se vit précipitée brutalement dans l'autre monde, et leur père fut atteint sous la cage thoracique par une balle qui, au lieu de le tuer tout de suite, lui laissa le temps de rejoindre le bébé de six mois qui gigotait sur le plancher, de l'attraper par un pied et de le jeter par la trappe ouverte du gros poêle éteint qu'il referma précipitamment, juste avant qu'une nouvelle pluie de balles atteigne la lourde cheminée sans même la faire trembler, s'abatte avec fracas sur une marmite, fasse exploser la pendule, traverse le crâne du père de Sam, et cogne sur les parois en fonte comme sur une enclume jusqu'à ce que, dans la nuit noire, magasins, culasses et canons aient été vidés de leur charge de vengeance. La porte sortit de ses gonds sous la violente poussée d'une botte toute crottée, alors que le verrou n'avait pas été tiré depuis des années. Le globe de la lanterne suspendue au plafond était brisé, mais la flamme brûlait encore suffisamment pour que les assassins puissent juger de leur travail sous sa lueur malsaine, avec pour seul bruit de fond à leurs oreilles assourdies le faible miaulement du chat de la famille. Ils arpentèrent la maison comme une horde de sangliers sauvages puis bondirent en selle pour filer vers l'Arkansas, le Mississippi ou le nord de la Louisiane, d'où qu'aient bien pu venir ces frères ou ces cousins afin de venger leur parent. Personne ne découvrit jamais qui ils étaient exactement.

Le lendemain matin à l'aube, un homme svelte aux cheveux blond-roux arriva sur sa mule pour aider son frère à planter des semences de canne à sucre. Claude découvrit l'ampleur du désastre et s'effondra sur l'unique chaise qui tenait encore debout. Il hurla en voyant les corps gisant sur le plancher, posa la main sur chacun d'eux tour à tour et sanglota doucement jusqu'à ce qu'il entende l'imperceptible écho de ses propres gémissements qui montait des profondeurs du poêle en fonte. Il ouvrit la trappe et découvrit le bébé, souillé de cendres, les joues toutes noires, sauf aux endroits où ses larmes avaient creusé des balafres blanches.

Du fond de sa cachette, Sam leva les yeux, cessa de pleurer, et sourit au visage de son oncle, qui se découpait dans le carré de lumière où s'encadrait le monde.

Chapitre 2

Le lendemain matin, le givre avait enluminé d'argent tout le champ de bataille, et Sam se réveilla en tremblant de froid. À l'abri du vent, les hommes du peloton se tenaient près du camion, mâchonnant du pain sec et friable, avant de se remettre à l'ouvrage. Quand vint l'heure du déjeuner, il regarda longuement cette étendue éventrée et il comprit qu'ils n'avançaient pas, que jamais ils ne viendraient à bout de quatre ans d'armes et de projectiles non explosés. Chaque couche de terre jusqu'à une profondeur d'environ sept mètres était un vrai hachis de munitions, et le lieutenant leur expliqua que, plus profond encore, il y avait d'énormes obus meurtriers qu'on ne retrouverait pas avant une bonne centaine d'années. Sam secoua la tête et se rapprocha de Robicheaux pour lui raconter une blague de pélican et de canard. L'histoire les réchauffa parce qu'elle leur rappela qu'ils étaient complètement étrangers à cet endroit. Dans la plaine transie, leurs rires leur parurent capables de briser la glace.

À l'extrémité nord de leur secteur d'opérations, ils trouvèrent un véritable gisement d'énormes obus d'artillerie allemands, au moins trente tonnes. Ils passèrent la matinée à travailler par groupes de quatre sur un obus à la fois, en empilant autant que possible. Au bout du compte, le tas faisait la taille d'un demi-wagon de marchandises. Le lieutenant jeta un coup d'œil derrière Sam.

« Combien nous reste-t-il de fil électrique ? »

Dupuis fit un rapide calcul en roulant des yeux.

« Six ou sept cents mètres. Mais si on le dévide sur une longueur pareille et que je connecte tous ces engins, la charge risque de pas suffire. Peut-être qu'il en restera qui n'exploseront pas.

– Avons-nous suffisamment de mèches ?

– Vous comptez mettre le feu aux poudres et détaler sur près d'un kilomètre dans ce capharnaüm ? »

Le lieutenant croisa les bras et se pencha en arrière.

« Vous avez raison. Cela ne marcherait pas, de toute façon. Des mèches trop longues risquent de laisser le temps à quelqu'un de passer par là et de se retrouver par erreur juste derrière la pile. » Il regarda vers l'ouest en se mordillant la lèvre. « Voilà ce que nous allons faire : on va poster un vigile avec un drapeau sur cette colline en lui confiant nos meilleures jumelles, et quand il agitera le drapeau pour nous dire que la voie est libre on actionnera le détonateur. »

Dupuis passa la langue sur une de ses canines.

« Je vais en avoir pour une journée entière à fixer les charges et à attendre que tout le monde s'éloigne suffisamment. Va aussi falloir que j'installe des survolteurs, et souvent ils valent pas un pet de lapin. » Il passa la langue sur une autre canine. « Y a quelqu'un ici qui sait faire marcher un canon ? »

Le lieutenant pinça à deux doigts la chair ferme qu'il avait sous le menton.

« Un canon, vous dites ?

– Oui. Il y a un 155 mm français renversé là-bas dans ce coin. » Il pointa le doigt vers le sud. « Au milieu de tous ces détritus au pied de la colline qui a brûlé. À sept ou huit cents mètres d'ici. »

Sam suivit la ligne de mire au long de cette étendue grise à travers un saupoudrage de flocons blancs.

« Vous voulez tirer dans le tas avec un canon de campagne ? »

Épuisé et transi, il se retourna pour regarder un long moment les obus et un frisson d'inquiétude lui remonta la colonne vertébrale. Il trouvait que ce n'était pas une bonne idée, mais en même temps, s'ils en détruisaient beaucoup d'un coup, ils pourraient retourner au camion, se partager le cognac, peut-être même organiser une partie de poker sous la bâche à l'arrière.

« Effectivement, la plupart de ces obus ont des fusibles incorporés. Ça peut sans doute marcher. »

L'escouade descendit de la colline pour se rapprocher du canon, chaque homme regardant avec attention où il posait les pieds. C'était une grosse pièce, aux trois quarts renversée, mais sa culasse était fermée et sa gueule dûment pourvue d'une tape. Diverses douilles étaient éparpillées autour d'un avant-train métallique en piteux état, tandis qu'un autre, juste à côté, était encore empli de sacs de cordite restés au sec. Deux soldats allèrent chercher des cordes dans le camion, puis ils sellèrent les chevaux et les conduisirent à travers les cratères creusés par les obus. En quelques minutes, les bêtes eurent remis le canon d'aplomb sur ses roues dans un fracas de tonnerre, projetant des mottes de terre de part et d'autre des essieux. Comeaux, qui s'était fait recaler de l'école d'artillerie, choisit un obus et deux sacs de poudre, tandis que le lieutenant tournait le volant de pointage jusqu'à ce que le canon soit dirigé droit vers le tas d'obus rassemblés sur le monticule de terre. Il rencontra quelques difficultés pour utiliser le viseur, tout couvert de rouille et de boue. Comeaux coula un regard le long de l'interminable canon.

« Je peux pas vraiment garantir où que ce truc va tomber. Je me dis qu'on ferait peut-être bien d'en tirer un sur la pente, juste en dessous des obus, et que, comme ça, on pourrait ajuster le tir d'après. »

Sam avait vingt-trois ans, un âge où un homme peut faire une chose ou son contraire sans trop y réfléchir, mais il se sentit anxieux en regardant dans la direction du tir. S'ils parvenaient à calculer un point d'impact à partir de cet essai, il n'imaginait pas qu'ils puissent manquer le second. Cherchant en lui de quoi alimenter une confiance aveugle en la réussite du premier, il décida de ne pas demander au lieutenant de bien peser le pour et le contre avant de se décider. Il se surprit même à rêver d'une récompense attribuée à son peloton pour avoir mis au point une nouvelle technique de nettoyage des champs de bataille. Soudain, une grosse détonation résonna à environ trois kilomètres, un nuage de fumée noire pareil à un signal de guerre indien s'éleva dans les airs, et il sentit son bel enthousiasme retomber d'un coup. Les hommes échangèrent des regards nerveux.

« Applique-toi à viser vers le bas, dit Sam à Comeaux, qui fit tourner le volant d'élévation pour abaisser le canon et retira la tape de la bouche.

– D'accord, d'accord ! cria Robicheaux. On va se le creuser, ce trou ! »

Comeaux souleva le câble de déclenchement d'un geste mal assuré tandis que le lieutenant éloignait les chevaux en agitant sa casquette à visière et en braillant comme un écolier. Tous sauf Comeaux se tapirent derrière une rangée de sacs de sable. L'artilleur tourna le dos et plissa les yeux.

« Je tire ?

– Vérifiez d'abord qu'on vous donne le signal », répondit le lieutenant.

Comeaux regarda dans ses jumelles et vit le drapeau de fortune qui s'agitait sur la colline à un peu moins d'un kilomètre en direction de l'ouest.

« Le vigile fait signe que c'est bon.

– Alors tirez », ordonna le lieutenant en s'accroupissant aussi bas que possible derrière les sacs de sable.

Comeaux ouvrit grand la bouche, fléchit les genoux puis tira d'un coup sec sur le câble. Le canon recula avec une secousse assourdissante. Sam eut l'impression que son palais s'était décroché et que ses tympans avaient été frappés par la foudre. Tous s'aplatirent au sol, Comeaux plongea sous l'affût du canon qui bascula d'avant en arrière, et chacun s'attendit, alors que l'obus filait vers sa cible en sifflant, à ce que la seconde explosion s'abatte sur eux comme une montagne qui s'écroule.

Ils n'entendirent rien. Sam releva les yeux et s'aperçut que l'objectif était intact. Abasourdi, Comeaux ouvrit la culasse et plongea le regard dans la cavité fumante, comme pour s'assurer que l'obus était bel et bien parti. Il se retourna lentement et haussa les épaules. Puis, dans le lointain, ils perçurent l'écho de la déflagration : un bruit sourd et profond, à plus de sept kilomètres de distance.

« Raté ! » déclara Sam, dont la propre voix parut bien faible à ses oreilles bourdonnantes.

Il comprit qu'il aurait dû mettre un terme à toute cette affaire dès le départ et que, pour le restant de ses jours, chaque fois qu'il ferait quelque chose d'inconsidéré rien que pour gagner du temps ou s'épargner un dérangement, il se sentirait aussi tête brûlée ou paresseux qu'à ce moment.

« Oh, mon Dieu ! » s'exclama le lieutenant.

Tous échangeaient des regards furtifs, cloués sur place. Ils avaient compris.

Enfin, Sam s'élança vers un des chevaux.

« Où allez-vous ? s'écria le lieutenant.

– Faut que j'aille voir où est tombée cette saloperie d'engin ! »

L'officier courut à sa poursuite durant quelques mètres en agitant les bras comme un dément, mais Sam avait déjà bondi sur le cheval à la robe baie zébrée de cicatrices et donnait des coups de talon pour le faire avancer.

« Arrêtez, soldat ! Cette bête pourrait marcher sur un obus. »

Le cheval, d'abord un peu perplexe, se lança au bout de quelques secondes dans un galop désordonné entre les souches, les cratères et les îlots de fil de fer jusqu'à une route dévastée qui montait dans la direction de l'endroit où avait disparu le projectile. En regardant en arrière, Sam vit ses compagnons qui l'observaient, immobiles, le lieutenant agitant maintenant la main comme s'il adressait des signes d'adieu à un membre de sa famille sur le quai d'une gare. Puis la route fit un coude, et il les perdit de vue. Il poursuivit son chemin parmi les ornières desséchées, dépassant plusieurs épaves de camions et de chars, et même un avion calciné. Il ne ralentit qu'en s'apercevant que la route obliquait et s'éloignait du but qu'il devait atteindre. Priant sa bonne étoile, il se trouva bientôt face au vieux muret d'enceinte d'un pâturage qu'il décida de longer, son cheval soulevant au passage plusieurs fusils abandonnés. Des centaines de Mauser allemands gisaient là, et il s'imagina les combats, les troupes qui s'approchaient du mur impitoyablement décimées, la contre-offensive à la baïonnette, la retraite affolée vers les flancs de la colline, les cris et le massacre. Entre deux dénivelés, il fit passer sa monture par une brèche du mur mais la bête s'arrêta net. Sam l'éperonna sans relâche, mais l'imposant animal demeurait inflexible. Le soldat regarda alentour, se demandant s'il était possible qu'il se rappelle quelque chose qui s'était passé là. Il mit pied à terre et, plongeant ses yeux dans les prunelles liquides du cheval, il s'aperçut que son regard était délibérément vague. Il posa une main sur l'encolure : ses muscles étaient tendus comme du fil de fer et ses jambes tremblaient. En le tirant par la bride, il le fit repasser de l'autre côté du mur, monta de nouveau en selle, et lança l'animal au trot entre les pierres, s'éloignant de cet endroit où une vingtaine d'avant-trains de canons étaient disséminés parmi les carcasses gorgées d'eau de chevaux qui semblaient être tombées d'un ciel vengeur.

Il examina l'étendue de terre dans laquelle il s'avançait. Au bout d'un peu moins de deux kilomètres, il découvrit un peloton occupé à entasser des sacs de cordite pour poursuivre son œuvre de démolition, et il arrêta sa monture. Un soldat maigre comme un coucou lui dit avoir entendu un obus leur filer au-dessus de la tête.

« Ils sont pas en train de remettre ça, hein ? demanda-t-il.

– Non.

– Ben tant mieux. Depuis que j'ai vu tout ce bordel, je regrette plus vraiment d'être arrivé après la bataille. On vient juste de relever un tracteur à vapeur, et on est tombés sur deux squelettes de gars d'Alabama. »

Sam fit traverser à son cheval le cratère d'un obus qui avait la taille d'un bassin dans un jardin public, s'avança dans une canalisation à sec et ressortit par une sorte de levée. Dans le lointain, s'élevait un plumet de fumée blanche. Il fouetta l'animal de l'extrémité de ses rênes et le poussa au galop, à travers une haie et le long d'un chemin boueux, s'attendant à chaque seconde à exploser en route. Il se retrouva bientôt dans un village, passant devant des hangars et de petites maisons aux murs de plâtre criblés de balles et devant une vaste grange dont la moitié du toit avait été emportée.

Quatre cents mètres plus loin environ, à l'orée d'un champ, il découvrit les ruines d'une petite ferme : les blocs de pierre qui la constituaient étaient éparpillés dans un rayon d'un demi-hectare et son toit de chaume était en flammes. Sur le chemin de terre qui y menait, gisait une fillette, ses longs cheveux étalés par terre comme si elle avait reçu une décharge électrique. Il sauta à bas de sa monture et la prit dans ses bras pour la porter à l'abri du feu et l'installer contre un muret de pierre. Il n'y avait personne alentour.

Elle semblait avoir environ onze ans, mais quand elle ouvrit les yeux ils lui parurent aussi vitreux que ceux d'une vieille femme. Il lui demanda en français si quelqu'un pouvait encore se trouver dans la maison.

« *Non, monsieur.* »

L'accent du soldat semblait l'inquiéter et elle voulut savoir d'où il venait, mais il ne répondit pas.

« *Où sont tes parents ?*

– *Je ne sais pas.* »

Elle souleva sa main droite qui pissait le sang, l'auriculaire ayant été sectionné à la base. Ensuite, elle lui confia qu'elle pensait que ses parents étaient désormais au ciel, et que tous les autres habitants du village avaient été tués ou chassés par les bombes. Soudain, son visage se tordit de douleur, sa main se referma autour de son bras, et elle se mit à sangloter.

« *Quel est ton nom ?* demanda-t-il pour tenter de la distraire en la juchant sur le muret de pierre.

– *Amélie.* »

Avec l'eau de sa gourde, il lava la blessure et la saupoudra d'un produit désinfectant qu'il portait toujours dans la trousse accrochée à sa ceinture, puis il appliqua sur ses doigts un pansement rudimentaire destiné aux blessures par balle. Elle enfouit la main dans les plis de sa lourde jupe tandis qu'il faisait un petit tour de reconnaissance entre les bâtiments avoisinants, tous désertés. Dans une ferme toute proche, un repas était resté sur une table, la nourriture desséchée formant des croûtes sur les assiettes, comme si les habitants avaient pris la fuite plusieurs mois auparavant et n'étaient jamais revenus. Depuis le seuil de la porte de derrière, il découvrit un champ en pente abrupte envahi de mauvaises herbes brûlées par le givre, et il s'imagina la famille prise de panique s'enfuyant devant un tir de barrage qui menaçait et espérant se mettre en sécurité de l'autre côté de la colline. Il comprit que la fillette était seule et qu'elle allait sans doute mourir de faim.

Il retourna auprès d'elle et lui demanda de lui donner son nom complet.

« *Amélie Melançon.* » Elle plissa les paupières. « *Et le vôtre ?*

– Sam Simoneaux. »

Elle répéta son nom, les yeux écarquillés.

« *Il y a des Français en Amérique ?* »

Il lui expliqua d'où il venait, et lui dit que, de fait, il y avait des familles d'origine française dans toute la partie ouest de son État. Il décrivit La Nouvelle-Orléans, et lui demanda si elle en avait entendu parler.

« *Mais oui, monsieur.* »

Un nouveau spasme lui parcourut le bras et la fit se plier en deux. Il écouta sa respiration haletante et fixa les flammes jusqu'à ce que la douleur semble s'amenuiser. Ensuite, il lui expliqua qu'il allait chercher un médecin, bien qu'il n'eût pas la moindre idée d'où il pourrait en dénicher un. Il s'assit à son côté et, tentant de la réconforter du mieux qu'il le pouvait, la pria de lui parler des villageois disparus.

Le regardant fixement, elle lui demanda :

« *Depuis combien de temps êtes-vous en France ?*

– Je suis arrivé le jour où la guerre était finie. »

Elle renifla et esquissa un sourire triste.

« *Eh bien, monsieur Sam, votre nom devrait être Lucky, le Chanceux.*

– Moi ? Je n'en suis pas si sûr ! »

Il entendit un moteur crachoter et se releva pour voir s'approcher une grosse décapotable de l'armée anglaise. Trônant sur la vaste banquette arrière, le capitaine, auquel il manquait un bras, se pencha pour observer la fillette qui se balançait d'avant en arrière sur le muret, puis le corps de ferme dévasté, et, enfin, Sam, qui le salua. Le capitaine fit une grimace et, sans s'adresser vraiment au soldat, demanda :

« Américain ?

– Oui, mon capitaine.

– Y a-t-il eu d'autres blessés ?

– Pas que je sache, mon capitaine.

– Je vois. Vous tiriez au pigeon, j'imagine.

– Non, mon capitaine, on essayait de faire exploser un tas d'obus. »

L'officier le dévisagea longuement, comme s'il tentait de comprendre comment fonctionnait la cervelle d'un homme habitué aux grands espaces déserts de l'Amérique où on peut lancer des obus toute la journée sans jamais rien endommager d'important.

« Mon capitaine, cette petite fille était seule dans la maison et je pense qu'elle est orpheline. Qu'est-ce qu'on peut faire pour elle ? »

L'officier sembla éberlué par cette question.

« Soldat, combien de temps cela fait-il que vous êtes dans les parages ? »

Sam haussa les épaules.

« Bientôt deux mois. »

Il jeta un regard impuissant alentour, sentant qu'il lui manquait une expérience commune indispensable. Le chauffeur renifla.

« Je vois. » Le moignon du bras de l'officier sursauta sous la manche repliée, en une sorte de mouvement fantôme. « Savez-vous combien d'orphelins errent sur ces routes ? Réfugiés dans ce qu'il reste de forêts ? Ils sont désespérément à la recherche de vagues parents qui sont déjà chargés d'enfants venant des autres branches de la famille. La plupart d'entre eux finissent à l'orphelinat. Vous voulez vraiment qu'elle y soit placée ?

– Je ne sais pas, mon capitaine. »

L'officier regarda de nouveau la fillette.

« Dans quel état est sa main ?

– Elle a eu un doigt sectionné.

– Pas d'infection ?

– Non, mon capitaine.

– Alors je vous conseille de la laisser là, si c'est ce qu'elle souhaite. Quelqu'un de sa connaissance finira par revenir, et elle pourra se faire adopter. Ce district est sous mon autorité. Dites-lui qu'elle peut marcher jusqu'à Pilars, à environ sept kilomètres d'ici, pour montrer sa main au toubib de l'armée si elle ne guérit pas toute seule.

– Vous voulez que je la laisse ici ? »

Le capitaine leva le menton et balaya les environs du regard.

« Là, vous voyez, cette maison a encore un toit. Elle n'a qu'à y rester. »

Il tapota l'épaule de son chauffeur, et la grosse voiture s'extirpa d'une ornière pour s'éloigner pesamment.

Sam baissa les yeux vers la fillette et l'interrogea pour savoir si elle voulait rester dans cette maison.

« *C'est la maison de mon oncle. Il est mort.* »

Il lui demanda si cela l'effraierait de rester dans la maison de son oncle mort. Elle le regarda douloureusement et répondit que les vivants étaient plus terrifiants que les morts. C'était quelqu'un de vivant qui avait fait exploser sa maison. Il examina une fois de plus le toit de chaume en flammes.

« *C'était un accident,* dit-il, *la guerre est finie.*

– *Non.* »

Elle lui expliqua que, pour elle, la guerre n'était pas terminée, et elle se remit à pleurer, en brandissant son pansement rouge de sang.

Il reprit place à côté d'elle sur le muret de pierre et appuya la tête de la petite contre sa poitrine. Elle sentait mauvais et un pou se glissa entre ses doigts, mais il la serra contre lui en répétant : « C'est fini, c'est fini. »

Elle secoua la tête et gémit :

« *Jamais, jamais pour moi.* »

Il passa le reste de la journée à arranger la maison, condamnant à l'aide de planches une fenêtre qui avait volé en éclats, remettant en place la porte d'entrée et, tout en travaillant, il lui parla de son enfance et de l'endroit où il vivait désormais. Il lui montra comment faire du feu, bien qu'elle l'ait assuré qu'elle savait déjà, et il lui expliqua comment changer son pansement et nettoyer sa blessure. À la tombée du jour, il lui dit qu'il était désolé de ce qui était arrivé à l'autre maison, et d'un air inquiet elle lui demanda s'il comptait de nouveau utiliser son canon. Non, répondit-il, ils avaient tenté une expérience qui n'avait pas marché.

« *Bon, si la fusillade s'est enfin arrêtée, peut-être que mes voisins seront bientôt de retour.* »

Il posa devant elle sur la table de cuisine mal équarrie une assiette, et il se mit en devoir de chercher de quoi la remplir, se demandant comment elle allait se débrouiller en attendant que quelqu'un se montre ; elle avait perdu toute sa famille. Il l'interrogea pour savoir si elle savait lire.

« *J'étais la première de ma classe* », répondit-elle crânement.

Dans une pièce, il avait trouvé quelques livres au fond d'un petit meuble, et il lui en rapporta deux ou trois qu'il posa à côté de son assiette. Elle repoussa une mèche de ses cheveux noirs et en prit un entre ses mains. Il y avait là un roman de Dickens et un autre de Twain, traduits en français, et des œuvres de Stendhal et de Flaubert dont il ne reconnut même pas les noms.

« *Peut-être ceux-ci peuvent t'aider à passer le temps.* »

De sa main ensanglantée, elle ouvrit l'un des volumes.

« *Monsieur Lucky, ma mère m'a dit que le temps passe sans notre aide.* »

Ce même soir, il regagna son peloton à cheval, et il arriva bien après la tombée de la nuit. Il rapporta à ses compagnons ce qu'il avait découvert, expliquant qu'il avait dû laisser une enfant avec quelques bougies, huit pommes de terre toutes fripées, et des rations de nourriture trouvées dans les sacoches de sa selle. Les autres se félicitèrent que l'obus égaré n'ait pas causé plus de dégâts, mais Sam, lui, ne voyait pas de quoi se réjouir. Son oncle lui avait appris qu'on avait peu de chance de revenir sur les actions de sa vie, qu'elles soient bonnes ou mauvaises.

Le lieutenant sortit de la poche de sa tunique une enveloppe qu'un coursier à motocyclette avait apportée une demi-heure plus tôt, puis il se pencha à l'abri du vent contre le camion et tenta de lire le message à la lueur d'une allumette.

« Nous étions si occupés à nous demander quand vous alliez revenir et à partager un excellent cognac avec ce pauvre coursier que j'en ai oublié de lire ce message. » Au bout d'un moment, il releva la tête d'un mouvement brusque. « Cette fois, c'est fini.

– Qu'est-ce qu'on est censés faire exploser maintenant ? demanda Sam en tendant sa timbale vers la bouteille que tenait Robicheaux.

– Plus rien. » Le lieutenant jeta l'enveloppe en direction de l'épave du camion et sourit à la cantonade. « La plupart des unités ont été rappelées à Paris. L'opération de nettoyage est arrêtée et, pour une raison mystérieuse, on dépêche notre peloton vers le sud de la France. Je me demande bien pourquoi on nous avait envoyés ici pour commencer.

– Une idée comme une autre qu'ils s'étaient fourrée dans le crâne, dit Sam tandis que l'alcool lui brûlait le gosier.

– Que voulez-vous dire ? Une illusion ?

– C'est comme ça que ça s'appelle ? Je veux dire qu'un général qui n'a jamais mis les pieds ici s'est imaginé qu'on pourrait nettoyer les lieux avec un balai et une pelle. Quand on réfléchit à une idée pendant trente secondes au lieu de la semaine entière qu'il faudrait, on finit par se faire pas mal d'illusions, comme vous dites.

– Oh, venez donc vous asseoir et resservez-vous », lui conseilla le lieutenant.

Sam tendit la main en direction du champ de bataille.

« Vous pensez que je pourrai retourner voir comment va la petite ?

– Non, absolument pas. Nous avons des ordres.

– Mais plus tard ? Quand j'aurai une perm' ?

– On nous envoie plutôt loin d'ici. Et ensuite, retour au pays, j'imagine.

– Il faut pourtant que je sache ce qu'elle devient. »

Le lieutenant but une gorgée de cognac dans sa timbale en fer-blanc.

« Vous n'êtes pas exactement ici en touriste. Et vous ne pouvez pas vraiment rentrer en Amérique avec une gamine française dans votre paquetage. » L'alcool le rendait plus hardi et plus bavard. Il vida sa timbale. « Je suis navré, mais elle devra se débrouiller toute seule, exactement comme nous tous. »

Sam s'adossa au camion et fit glisser sa main au bord de l'énorme trou du capot. L'éclat d'obus aurait pu tout aussi bien le traverser lui, de part en part.

« La petite Française m'appelait Monsieur Lucky. Comme si c'était mon nom.

– Et pourquoi ?

– Parce que je suis arrivé ici après la signature de l'armistice. Parce que je suis passé au travers.

– On peut imaginer pire comme surnom », répondit le lieutenant en se rapprochant des autres hommes, pelotonnés dans leurs couvertures, qui se passaient la grosse bouteille de main en main.

Sam contempla sous les rayons de la lune ce désastre qui s'étendait de la mer du Nord à la Méditerranée, et même au-delà, conscient que le sort d'Amélie n'était qu'une infime particule de cette catastrophe planétaire, que des mères, du Nebraska à la Mésopotamie, mettaient désormais le couvert pour des familles amputées, et que d'innombrables enfants attendaient qu'une porte s'ouvre sur un parent venu les chercher. Il aurait tellement voulu pouvoir aider la fillette, mais la guerre l'emportait lui aussi comme un fétu de paille, et dès le lendemain soir il serait à des centaines de kilomètres de sa protégée.

Assis sur sa couverture étendue sur un arbre abattu, Robicheaux l'appela :

« *Simoneaux, viens ici, petit boogalee !* »

Dans le noir, Sam se dirigea vers cette voix.

« Donne-moi donc un coup à boire, si t'as pas mis de la bave partout sur cette bouteille.

– Ce cognac, c'est un vrai tord-boyaux, intervint Comeaux. On pourrait désinfecter une pissotière avec. »

Sam but jusqu'à ce que les larmes lui montent aux yeux.

« *Maudit fils d'putain !* s'exclama-t-il.

– Je croyais que tu ne voulais plus parler français, s'étonna Robicheaux.

– Un alcool pareil serait capable de vous faire parler chinois. »

Sam avala une autre rasade, et au bout de quelques minutes une autre encore, parce que la bise s'était levée et qu'il faisait glacial. Comeaux raconta une blague, mais personne ne rit, et le lieutenant tenta d'expliquer à quoi ressemblait la vie dans l'Indiana. Tout le monde avait la tête ailleurs. Enfin, après un long silence, l'un des hommes grommela dans le noir :

« Je vois toujours pas à quoi ils pensaient qu'on allait servir en nous envoyant ici.

– Pourtant, dit le lieutenant en tendant le bras vers le nord, songez à ces millions de tonnes d'obus qui sont encore là et qui n'ont pas détoné. »

Sam suivit du regard la direction indiquée et, attristé par les événements de la journée, il répondit :

« Oui, mais pensez à tous ceux qui ont explosé pour de bon ! »

Chapitre 3

1921

Sam était rentré d'Europe avec l'idée qu'il ne fallait pas trop se fier aux apparences et que le monde était un endroit beaucoup plus dangereux qu'il ne l'avait cru. Comme la plupart de ses camarades, il n'avait pas vraiment compris ce qu'il avait traversé. Certains de ses amis étaient revenus atteints de névrose traumatique, ils étaient déprimés, soupçonneux, et désorientés. La plupart d'entre eux retrouvèrent leur emploi et tentèrent d'oublier la guerre en travaillant, et ils finirent par y arriver : les artilleurs vendaient des voitures, et les mitrailleurs des miches de pain. Sam se réjouissait de n'avoir tué personne, parce que ceux dont il savait que c'était le cas avaient du mal même à déambuler dans Canal Street : le moindre pot d'échappement qui pétaradait les faisait immédiatement s'aplatir sur la chaussée.

Depuis deux ans, Sam était responsable d'étage chez Krine, un grand magasin qui comptait quatre niveaux très hauts de plafond où on trouvait des vêtements pour les deux sexes, tous les âges et tous les budgets ; des chaussures qui allaient du richelieu verni sang-de-bœuf cousu main aux bottes en caoutchouc malodorantes qui menaçaient de fondre si on marchait avec sur une grille d'aération ; une gamme tout aussi large de meubles, d'articles de mercerie et de disques pour phonographes ; et une cafétéria où on servait aussi bien du steak grillé que de pâles bouillons. Sur une mezzanine ouverte, entre le rez-de-chaussée et le premier étage, on avait installé une sorte de salon pour dames sans vocation commerciale particulière. Entre 10 heures du matin et 5 heures du soir, Maurice, le quatrième fils d'Isaac Krine – et sans doute le plus musicien des cinq – y jouait des grandes orgues. Sam demandait à ses collègues de l'appeler Lucky et il racontait à tous l'histoire de l'Armistice parce qu'il savait que cela leur faisait plaisir. Il était heureux d'être à La Nouvelle-Orléans plutôt qu'à la ferme, heureux de se débarrasser peu à peu de son accent des bayous, de son visage buriné par le soleil, de son uniforme, des explosions et du crottin de cheval.

Krine se trouvait sur Canal Street, non loin des secteurs de la ville en pleine décrépitude – même le célèbre Quartier Français, qui, de l'avis de Sam, abritait des gens à la fortune et à la logique bien précaires… Le magasin souffrait du classique vol à la tire, d'un ou deux cambriolages à main armée par an – en général à la bijouterie –, de tentatives d'incendie criminel diverses, sans parler des rixes occasionnelles entre prostituées au rayon des cosmétiques.

Sam sortit du bureau, roulant des épaules sous la fine laine de son costume d'été impeccablement repassé, et entreprit d'inspecter les larges allées. Chaque matin, il glissait une fleur fraîche à sa boutonnière, inspectait ses cheveux châtains et la ligne de ses mâchoires carrées dans le miroir du rayon bijouterie, avant d'entreprendre la tournée immuable des dédales du magasin, attentif non seulement à la conduite des clients mais aussi à cette immense caverne elle-même, avec ses innombrables lustres suspendus six ou sept mètres au-dessus du sol à des médaillons de plâtre – si M. Krine repérait une ampoule grillée avant lui, son salaire était amputé de cinq *cents*. Ce lundi de la fin juin, pour se frayer un chemin dans le rayon femmes, il avait aux pieds des chaussures à lacets et semelles en caoutchouc, et marchait à pas souples et lents pour qu'on ne l'entende pas approcher. Il était un peu gêné de s'équiper ainsi de chaussures susceptibles de tromper l'ennemi, mais c'était le métier qui le voulait. La semaine précédente, il avait découvert un type occupé à s'emplir les poches de foulards de soie. Sam s'était glissé derrière lui comme un nuage et l'avait solidement saisi par le col avant qu'il n'ait eu le temps de dire « ouf ». Le voleur s'était débattu et avait tenté de s'enfuir, mais Sam l'avait rattrapé et jeté à terre au rayon maroquinerie, puis il lui avait enfoncé un genou dans les reins, comme il avait appris à le faire à l'armée, et même avant, quand il était petit et qu'il se bagarrait avec ses cousins.

Il était 11 heures, et Maurice commença à jouer « Down among the Sugar Cane » sur le seul jeu des ocarinas, ce qui donnait toujours le signal au personnel du restaurant qu'il était temps de se préparer pour le service du déjeuner. Le magasin était bondé : plus de cent clients rien qu'au rez-de-chaussée, qui parcouraient les rayons et écoutaient la musique, relevant de temps à autre les yeux vers les tuyaux de l'orgue peints de couleurs pastel et le dos de Maurice qui s'agitait sur son banc. Les gens faisaient leurs achats en musique, et le mouvement général dans le grand magasin ressemblait à celui d'une piste de danse tandis que les lèvres formaient les paroles de la rengaine, que les mains se tendaient vers les porte-cravates et que les doigts tambourinaient les plastrons au rythme de leur choix. Tous se laissaient convaincre par les lustres étincelants, les moulures en plâtre et la musique qu'ils étaient heureux de dépenser leur argent.

Sam appréciait les vêtements élégants et la légère charge de travail afférente à son emploi. Sa femme, couturière de formation, travaillait pour un tapissier de luxe dans les quartiers chics, non loin desquels ils louaient une petite maison toute simple en bois de cyprès. Il s'était acheté un piano Packard d'occasion tout à fait convenable, et sa femme une machine à coudre Singer qu'elle pouvait pousser comme une petite locomotive quand elle était en retard pour finir un ouvrage. Leur vie avait trouvé une cadence heureuse et productive. En ce moment, il levait les yeux vers un lustre afin d'en vérifier toutes les ampoules, s'assurant que tout était en ordre et qu'il ne manquerait pas un *cent* à son salaire. Jetant un regard alentour dans le magasin à l'atmosphère encore fraîche du matin sur toutes ces jolies vendeuses, il tapait du bout de son soulier parfaitement ciré au rythme de la mélodie flûtée de l'orgue. Il se disait que si on lui proposait de garder cet emploi toute sa vie, il dirait oui.

C'est alors qu'un jeune couple s'approcha de lui, l'air inquiet et comme égaré.

« Excusez-nous, dit l'homme, mais nous n'arrivons pas à retrouver notre petite fille. »

Sam regarda furtivement leurs vêtements. La femme témoignait d'une certaine élégance malgré de faibles moyens, et le costume de son conjoint était de bonne coupe mais franchement élimé aux coudes et aux genoux.

Sam se rappela avoir appris lors de sa formation au magasin Krine de Saint Louis qu'il était assez banal qu'un enfant s'éloigne d'un de ses parents occupé à faire ses emplettes, mais que quand aucun des deux ne savait plus où il se trouvait il y avait un problème. La fillette s'était peut-être enfuie, ou endormie dans un bac caché sous un comptoir. À moins qu'elle ne soit descendue à la cave pour explorer la machinerie de l'ascenseur. Ou pire encore.

Il leur sourit sans effort, mais c'était un sourire commercial, et il jeta immédiatement un regard vers les différentes sorties les plus proches qui donnaient sur la rue.

« Où était-elle la dernière fois que vous l'avez vue ?

– Là-bas, au rayon des costumes pour hommes », répondit le père.

Sam remarqua qu'il portait une chemise soigneusement repassée et l'idée le traversa que sa femme devait l'aimer. Elle désigna du doigt l'autre partie du magasin.

« Nous l'avons cherchée pendant cinq minutes dans tout ce coin. Ça fait une demi-heure que nous sommes là et, honnêtement, elle ne nous a pas quittés durant tout ce temps. Elle n'a que trois ans et demi. Elle est menue, blonde et elle porte un sarrau bleu. Elle s'appelle Lily.

– Est-ce qu'il lui est déjà arrivé de s'éloigner comme ça ? Est-ce qu'elle aime jouer à cache-cache ? »

La mère, blonde elle aussi, les cheveux coupés en un carré mi-long, secoua la tête. Sam lui sourit.

« Ne vous inquiétez pas. Dirigez-vous vers le fond du magasin et faites le tour. Moi, je vais chercher à nouveau du côté des costumes. »

Tandis que les parents s'enfonçaient dans le labyrinthe des rayons, il s'approcha de Lillian Clarksby, derrière le comptoir des cosmétiques, et il lui demanda de fermer sa caisse pour aller inspecter l'entrée du magasin, en particulier les vitrines qui donnaient sur la rue. Il avait déjà retrouvé là de jeunes enfants occupés à comparer les poses figées et les regards vides des mannequins avec ceux des adultes qu'ils connaissaient.

Il fit le tour des costumes puis monta l'escalier qui conduisait à la mezzanine, où, tournant le dos au salon pour dames, il inspecta les rayons en contrebas, mais il n'aperçut aucun enfant répondant au signalement.

Mary Lou Landry, la responsable des lieux, s'approcha et lui demanda :

« Lucky, qu'est-ce que tu cherches, mon chou ? »

Il renifla une odeur capiteuse et se retourna vers l'employée, avant de se rappeler qu'elle s'aspergeait généreusement des parfums les plus chers tous les matins en arrivant au magasin.

« Une blondinette d'environ trois ans.

– Elle s'est perdue ? Eh bien, arrête de scruter l'horizon et tends l'oreille : elle ne va pas tarder à se mettre à brailler. »

Il observa les clients qui déambulaient sur la mosaïque du carrelage, abreuvés de l'illusion de bonheur que Krine avait créée pour eux. Sam en ressentait parfois lui-même les effets, comme s'il s'était trouvé dans le sanctuaire d'un tribunal ou d'une église.

« Rends-moi un service, Mary Lou. Lillian s'occupe de l'entrée principale ; est-ce que tu ne voudrais pas aller jeter un œil du côté de Granier Street, et te poster à cette porte pendant environ dix minutes ? Elle porte un petit sarrau bleu, ses parents m'ont dit.

– Oh, je ne crois pas qu'elle serait allée si loin ! »

Mary Lou n'était pas prête à recevoir les ordres d'un responsable d'étage. Il se pencha vers elle.

« Toute seule, certainement pas.

– Oh ! »

Mary Lou descendit les marches en faisant claquer ses talons, les mains tendues comme si elle voulait montrer ses ongles.

Sam s'approcha des ascenseurs et passa la tête à l'intérieur de ceux qui étaient ouverts, en posant chaque fois la même question au liftier, avant d'entrer dans le dernier et de demander au vieux Melvin Stine de monter au premier étage.

« Tu vérifies les caisses, Lucky ?

– Je cherche une petite de trois ans, vêtue d'un sarrau bleu.

– Elle n'a pas pris cet ascenseur. Lucky, ça fait combien de temps que tu la cherches ? »

Il jeta un coup d'œil à sa montre.

« Neuf minutes.

– N'oublie pas les escaliers. Et la règle d'or de M. Krine. »

Sam traversa le rayon des vêtements pour enfants, puis celui des jouets, expliquant chaque fois aux vendeuses ce qu'il attendait d'elles. Après avoir inspecté les cabines d'essayage, il ouvrit une porte à l'aide de sa clé et parcourut l'espace réservé au gardien et deux vastes entrepôts surchauffés. Il en ressortit, prit de nouveau l'ascenseur de Melvin pour monter jusqu'au deuxième, puis au troisième – l'étage des bonnes affaires –, une espèce d'étuve dotée d'immenses baies vitrées ouvertes et d'une cohorte de ventilateurs qui vrombissaient au plafond. On y exposait les costumes rendus par les clients insatisfaits, les chaussures de fin de série, les bretelles bariolées, les faux cols en celluloïd, et on y trouvait aussi ce qu'on appelait moqueusement le « Coin de campagne » : quelques étagères, en fait, qui contenaient salopettes, blue-jeans, chapeaux de paille, gros godillots à lacets, bandanas rouges. Sur ce domaine régnait Hulgana Ditchovich, une femme robuste affublée d'une robe à rayures verticales qui ressemblait à de la toile à matelas.

« Madame Ditchovich, est-ce que vous n'auriez pas par hasard aperçu dans les parages une petite blondinette vêtue d'un sarrau bleu ? Ses parents l'ont perdue de vue au rez-de-chaussée.

– Lucky, Lucky, quand est-ce qu'on installera enfin des climatiseurs au troisième ? »

Il se représenta Hulgana comme l'enfant impassible qu'elle avait dû être, portant un lourd baquet en bois pour aller nourrir les vaches dans la neige aux environs de Saint-Pétersbourg.

« Peut-être à la saison prochaine. Et cette petite ?

– Aucun enfant par ici, à part des employés de ferme qui voulaient acheter des chaussures. » Elle le regarda en face. « Un grand garçon comme vous n'arrive pas à retrouver tout seul une gamine égarée ? »

Après avoir rapidement inspecté l'étuve de l'entrepôt, il ressortit et s'empara du téléphone caché sous la caisse d'Hulgana pour appeler le rayon confiserie.

« Penny Nickens, confiserie.

– Penny, c'est Sam.

– Lucky ! » brailla-t-elle dans le combiné.

Il aimait bien Penny, mais la trouvait un peu trop exubérante, toujours prête à exploser comme une bouteille de soda qu'on aurait trop secouée.

« De ta place, on voit très bien le bureau. Rien de spécial ? »

Au bout de quelques secondes, elle répondit :

« Il y a un couple à l'air inquiet qui parle avec M. Krine. La dame semble très triste.

– Une femme mince en robe bleue ? Jolie ?

– Oui. Écoute, j'ai reçu ces nouveaux fourrés à la framboise que tu aimes tant.

– On ne m'achète pas avec des confiseries.

– Et tu veux me faire croire que tu es marié ! »

Il s'imagina toutes les têtes en train de se tourner vers la caisse et il raccrocha.

Cela faisait maintenant une demi-heure que la petite avait disparu. En se dirigeant vers l'ascenseur, il repensa au commentaire de Melvin sur les escaliers et il changea d'avis. Personne ne les empruntait jamais, et la poussière qui recouvrait le ciment vous prenait à la gorge. Il entama la descente, et avant d'arriver au deuxième quelque chose attira son attention sur une marche grise : un petit morceau de plastique jaune oublié par le concierge. Il évita de poser le pied dessus et poursuivit sa descente en s'appliquant à ne pas érafler le vernis de ses chaussures. Il était contrarié à l'idée de devoir à nouveau affronter les parents. Mais à l'heure qu'il était la petite avait probablement réapparu.

Il posa la main sur le bouton de la porte et s'arrêta, soudain gagné par l'idée qu'il avait commis une erreur. Le magasin entier défila par images successives à son esprit tandis qu'il s'efforçait de comprendre ce qu'il avait négligé. Il regarda vers le haut de l'escalier et fit la moue, lâcha le bouton de porte et remonta pour aller chercher cette petite chose qu'il avait vue, coincée contre le mur à l'extrémité d'une marche : une barrette d'enfant en plastique jaune, avec une pince chromée et un minuscule papillon bleu, retournée sur elle-même. Soudain, il sentit la peur l'envahir.

Au rez-de-chaussée, il retrouva le couple des parents, les Weller, et quand il leur montra la barrette la mère se couvrit la bouche à deux mains.

M. Krine toucha précautionneusement l'épaule de Sam du bout des doigts.

« Monsieur Simoneaux, puisque vous avez trouvé cette barrette, comment se fait-il que vous ne réussissiez pas à mettre la main sur cette enfant ? J'étais persuadé que vous alliez entrer dans ce bureau en la tenant par la main.

– Maintenant que je sais que c'est effectivement sa barrette, on a plus de chances de réussir. » Sam posa les yeux sur Mme Weller.

« On peut supposer qu'elle a tout simplement découvert les escaliers. Les gosses adorent grimper dans tous les sens. »

M. Krine affichait un visage de marbre, comme pour lui dire : Regardez-moi un peu, et vous allez vous rendre compte que cette affaire est sérieuse.

« Continuez à chercher, et cette fois, trouvez-la !

– Pourquoi quelqu'un voudrait-il essayer d'emmener Lily ? » s'écria la mère.

Le son de sa voix fit comprendre à Sam que ce jour allait être différent de tous les autres, que quelque chose de terrible était peut-être en train de se passer. Une peur jusque-là restée latente s'éveilla en lui, accompagnée d'un étrange goût de cendre à la base de sa langue.

Il se fraya un chemin à travers la foule compacte des clients jusqu'au premier ascenseur ouvert qu'il trouva et demanda au liftier de monter directement au troisième étage. Une dame d'une cinquantaine d'années au fond de la cabine protesta qu'elle devait descendre au deuxième, et il songea à lui répondre quelque chose de cinglant, mais il comprit malgré l'urgence que tout le monde n'était pas forcément au courant.

« Désolé pour ce dérangement, madame », dit-il.

Les portes à peine ouvertes, il bondit vers le rayon des bonnes affaires et se retrouva en une seconde au Coin de campagne. Mme Ditchovich somnolait derrière sa caisse ; il la contourna pour se précipiter vers l'unique cabine d'essayage qu'il n'avait pas inspectée, un endroit qu'on utilisait rarement parce que les clients à la recherche de jeans et de vestes à triple point droit n'avaient guère tendance à s'admirer dans un miroir. Derrière le salon d'essayage, il pénétra dans un couloir sombre et une étrange odeur le fit se glacer sur place. Lui revinrent brutalement en mémoire les hôpitaux français, avec leurs blessés ramenés du bloc qui empestaient le chloroforme. C'était cette même odeur que Sam respirait maintenant, pétrifié, tentant d'imaginer pourquoi elle flottait dans l'air à cet endroit-là. Quand il eut saisi, il repartit en courant vers la porte en direction de la cabine d'essayage.

La première chose qu'il remarqua fut une masse blonde indistincte sur le sol, puis la présence d'une femme d'un certain âge assise sur un banc et brandissant une grosse paire de ciseaux bleutés au-dessus de la tête d'un enfant – un très jeune garçon aux cheveux courts, les yeux affolés et la bouche grande ouverte, vêtu d'un jean tout neuf et d'une chemise à carreaux. Sam se dit d'abord qu'il venait de découvrir par hasard quelque chose d'affreux qui n'avait rien à voir avec son enquête. L'instant d'après cependant, il aperçut un petit sarrau bleu gisant par terre à côté du tas de cheveux blonds, et il comprit qu'il avait retrouvé la fillette. Il tendit la main vers elle, goûtant un instant le plaisir du sauvetage réussi, mais l'enfant disparut dans les ténèbres et toutes les lumières s'éteignirent quand il reçut un coup sur l'occiput qui l'assomma complètement.

Il resta de longues minutes groggy, l'oreille tendue vers un bruit confus, puis, comme surgie du lointain, l'image pâle et ronde d'une sorte de camée se rapprocha de lui, de plus en plus floue, et il dut finalement rassembler toute son énergie pour fixer cette vision, le visage resplendissant d'une toute petite fille à l'air étrangement sage, dotée de douces joues rebondies et de longs cils, il se mit à courir dans le noir, de plus en plus vite, en ahanant et en gémissant, et se réveilla en train de tousser et de vomir, un médecin le faisant rouler sur le flanc et le visage enfoncé dans des draps d'hôpital empesés, une infirmière s'approchant de lui, une cuvette en porcelaine à la main, tandis que le précieux visage de l'enfant s'effaçait peu à peu dans la lumière vive de la fenêtre.

Chapitre 4

Après quatre jours de coma, il se réveilla. La tête lui tournait, mais il discerna sa femme, assise sur une chaise en métal blanc, qui tirait l'aiguille sur un grand canevas. Il l'observa un instant avant de lui adresser la parole, pour s'assurer qu'elle était bel et bien là et qu'elle n'appartenait pas à un de ces cauchemars qui l'avaient hanté sans relâche. Il cligna des paupières. Linda était bien telle qu'en elle-même, impassible, avec ses cheveux roux, son teint si pâle, ses doigts s'activant avec dextérité pour retapisser des assises de chaise qu'elle vendait à un magasin de meubles dans les beaux quartiers.

Il prononça son nom et elle releva la tête.

« Tu te souviens de ce qui s'est passé ? »

Cela lui ressemblait tellement de vouloir s'assurer qu'il n'y avait rien de cassé – en l'occurrence que sa mémoire fonctionnait. Il se demanda si elle le quitterait au cas où il ne pourrait plus utiliser son cerveau. Mais au bout d'un moment il décida que si, il en était capable, et lui répondit :

« Tout va bien. Je me rappelle. »

Elle approcha son visage du sien et scruta ses yeux, lui embrassant le front comme on pose les lèvres sur celui d'un enfant fiévreux.

« Je vais prévenir le médecin pour qu'il t'examine le plus rapidement possible. »

Elle l'aida à s'asseoir dans son lit, et il sentit ses idées s'éclaircir. Lorsqu'elle revint, il lui raconta tout ce qu'il savait de ce jour-là au magasin, lui donnant scrupuleusement tous les détails comme on place des objets délicats sur une étagère.

« En fait, dit-elle en lui passant la main dans les cheveux pour les repousser en arrière, c'est exactement ce que m'a raconté M. Krine quand il est passé ici pour te virer. »

Ses yeux se posèrent sur ses bras, comme s'il s'était attendu à voir les manches de son costume de responsable d'étage.

« Mais pourquoi ? »

Les sourcils de Linda se soulevèrent ; on aurait cru qu'il venait de demander ce qu'était le soleil.

« À cause de la disparition de cette petite fille, évidemment. »

Il réfléchit. Pour M. Krine, seule comptait l'efficacité. En cas de problème, c'était la faute de l'employé. Invariablement.

« Comment ont-ils réussi à s'enfuir avec la gamine ?

– Ils t'ont assommé dans la cabine d'essayage, puis ils sont redescendus avec la petite endormie, déguisée en garçon, et ont passé les portes juste avant que le personnel reçoive de M. Krine l'ordre de tout boucler. » Elle se pencha pour examiner sa nuque. « On ne t'a pas retrouvé avant une bonne demi-heure. Quand ils ont découvert les affaires de la gosse dans la cabine, ils ont deviné ce qui s'était passé. Les parents étaient dans tous leurs états, Lucky. Ils ont dit que le magasin n'avait pas fait le maximum pour eux. Ils passent ici tous les jours accompagnés d'un policier pour te poser des questions. M. Krine craint qu'ils n'entament des poursuites.

– Qu'est-ce que j'aurais pu faire de plus ? »

Mais, alors même qu'il posait la question, il connaissait la réponse. Il avait négligé la règle édictée par M. Krine : si un enfant disparaissait pendant plus d'un quart d'heure, le responsable d'étage devait s'assurer qu'on bloquait toutes les sorties.

Sa femme retourna s'asseoir sur sa chaise.

« Je ne sais pas ce qu'il fallait faire, mais tu ne l'as pas fait.

– J'ai tout essayé. »

Il tourna le visage vers le mur, se demandant si ce qu'il venait de dire était vrai.

« C'est ce que la responsable de la mezzanine et la vendeuse du rayon confiserie ont déclaré. » Linda jeta un coup d'œil vers lui avant de se replonger dans sa tapisserie. « On peut dire que tu as d'ardentes défenseuses.

– Linda, les trois quarts du personnel sont des femmes ! »

Elle rapprocha son ouvrage de ses yeux.

« Les policiers municipaux disent que tu aurais dû les prévenir dès le premier instant. »

Il grogna et s'enfonça sous les draps.

« Les flics ne se seraient jamais déplacés pour un gosse perdu dans un grand magasin.

– Tu as sans doute raison. Mais maintenant, parce que les choses se sont mal passées, ils te tombent tous dessus.

– Ce qu'ils veulent, c'est qu'un de leurs hommes puisse faire des heures supplémentaires chez Krine. »

Elle plissa les paupières et tira sur son fil.

« Il est certain qu'ils sont armés, eux !

– J'ai un petit revolver dans le coffre du magasin », soupira-t-il, sachant pertinemment que jamais il ne l'aurait utilisé, car il ne voulait plus toucher une arme à feu depuis la guerre.

Linda haussa les épaules. Il la regarda pousser son aiguille à travers le canevas, un motif qu'il reconnaissait pour l'avoir souvent vu sur d'autres chaises et qui représentait un élégant du XVIIIe siècle s'inclinant devant une dame quelque peu réticente. Linda travaillait très bien et gagnait largement sa vie, ce dont il se réjouissait.

Deux jours plus tard, il se rendit au magasin où M. Krine lui remit sa paie d'une semaine et lui fit un sermon. Sam avait espéré un peu de mansuétude, mais ses chances étaient minces : il avait vu plusieurs fois des employés repasser la porte étincelante du patron, leur dernière enveloppe à la main, pour des fautes bien moins graves. Planté devant le bureau en acajou, Sam demanda :

« Est-ce que je peux faire quelque chose pour que vous me repreniez ? J'aime ce travail. »

M. Krine, qui en avait fini avec son employé, était déjà occupé à chercher un numéro de téléphone.

« Si vous retrouvez cette petite fille, je vous réembauche. »

Sam jeta un coup d'œil vers la photo de famille posée sur le bureau qui montrait les rejetons du directeur, tous employés du magasin, sur leur trente et un.

« Vous avez une idée de comment je pourrais m'y prendre ? »

M. Krine ne releva pas les yeux du combiné qu'il était en train de tirer vers lui.

« Commencez par utiliser tout le temps libre dont vous disposez. »

À environ cinq cents mètres du magasin se trouvait le poste de police de Chartres Street, et Sam s'y rendit sans se presser dans la chaleur moite du matin, respirant un mélange d'odeurs de crottin de cheval, de mégots qui flottaient dans les caniveaux et de relents d'égouts qui montaient des collecteurs d'eaux de pluie. Il s'éloigna du bord du trottoir pour ne pas se faire éclabousser par les Ford T et les marchands des quatre-saisons roulant vers le marché.

En pénétrant dans le hall, un grand espace ouvert au plafond orné de moulures en stuc, il aperçut le sergent Muscarella, occupé à écrire dans un gros registre, le sommet blanc de son crâne chauve dodelinant sous la lumière vacillante d'une ampoule électrique. L'an dernier, il patrouillait encore à pied dans le quartier de Sam, mais il avait eu la bonne idée d'offrir un mois de salaire pour la campagne du nouveau maire aux élections municipales.

« Monsieur M. »

Muscarella leva son visage bistre de son registre.

« Salut, Lucky. Vous êtes sorti de l'hôpital ? »

Les yeux du policier s'étaient posés sur lui avec indifférence et ressemblaient à des olives restées trop longtemps à macérer dans leur bocal.

« Oui. J'ai encore de sacrées migraines, mais ça va. Vous avez du nouveau pour la petite ? »

Le sergent posa son stylo entre les pages du registre.

« Quand quelqu'un vole un manteau, vous savez, soit il le vend, soit il le porte. On a toujours une petite idée d'où il faut commencer les recherches. Mais quand c'est un enfant qu'ils kidnappent, on sait jamais comment s'y prendre.

– Vous avez fait vérifier les gares ?

– Oui, bien sûr. Mais, de nos jours, ils ont pu faire le coup en voiture. » Il haussa les épaules. « Ou bien prendre un bateau. Ils pourraient même être encore en ville.

– Si vous avez un tuyau ou un autre, je suis dans l'annuaire. »

Le visage de Muscarella se plissa de façon déplaisante.

« Pourquoi vous vous en mêlez, Lucky ? Vous êtes pas flic, que je sache. »

Sam regarda les panneaux de bois scié en quartiers qui lambrissaient le mur et entouraient le tabouret du sergent comme une espèce de trône. Il décida de ne rien lui dire de l'image spectrale qui flottait la nuit derrière ses paupières, de la fillette blessée qu'il avait abandonnée en France, de son fils mort ou de sa famille disparue. Il regarda le bout de ses chaussures, devinant que cette histoire compliquée n'intéresserait sans doute pas le policier. Il lui fallait trouver une raison.

« Sal, je me suis fait virer à cause de cette affaire. Krine m'a dit qu'il me reprendrait peut-être si je retrouvais la gamine. »

Le sergent haussa de nouveau les épaules.

« Vous alliez quand même pas rester responsable d'étage toute votre vie, Lucky…

– J'aime bien ce boulot. C'est pas mal payé et il y a des promotions possibles. Chef des ventes pour tout un rayon, par exemple.

– Si vous êtes vraiment dans la mouise, je peux vous trouver un boulot d'agent de sécurité dans une banque. »

Sam releva les yeux et secoua la tête. Le sergent reprit son stylo.

« Je suppose que vous êtes pas le genre à vouloir trouer des plastrons.

– Même ma femme dit que ce qui est arrivé à cette petite est de ma faute. »

Muscarella le fixa longuement de ses yeux noirs.

« Et vous, vous en pensez quoi ? »

Sam enfonça ses poings dans ses poches.

« Disons que j'aurais préféré ne pas travailler ce jour-là. »

Des bruits de dispute montèrent du perron de l'immeuble, et les portes à double battant s'ouvrirent brusquement pour laisser passer deux petits policiers qui essayaient tant bien que mal de contenir la fureur d'une prostituée obèse, dont le visage cramoisi surgissait tel un furoncle des plumes blanches d'un boa.

Il passa la journée à essayer de trouver du travail dans les autres grands magasins du centre-ville. Le soir venu, il descendit de son tramway et longea les trottoirs tout cabossés par les racines des chênes verts qui les bordaient jusqu'à sa petite maison de Camp Street. Alors qu'il envisageait avec plaisir quelques heures tranquilles à son piano, il s'arrêta à une trentaine de mètres de chez lui et repoussa son canotier en découvrant la présence de deux personnes assises dans la véranda avec sa femme, qui l'accueillit avec une joie forcée.

« Lucky, je te présente les Weller, Tom et Elsie.

– Oui, je m'en doutais. »

Il remarqua que la visiteuse avait les lèvres pincées et un air de détermination farouche. Ted, un type trapu déjà à moitié chauve arborant une moustache en brosse, lui tendit la main et serra la sienne entre des doigts étonnamment longs. Quand Sam eut pris place sur une chaise à dossier droit, ils lui expliquèrent qu'ils avaient passé la journée à faire le tour des commissariats de la ville. Ils étaient musiciens et travaillaient à bord d'un bateau à vapeur de la Stewart Line qui venait de Cincinnati. Sam hocha la tête.

« Je vois. Un de ces gros bateaux de croisière où on fait danser les touristes.

– Oui, l'*Excelsior*, dit Ted. Elsie et moi, on était allés faire des courses en ville, on voulait acheter des vêtements pour un nouveau numéro. C'est ce qu'on était en train de faire quand notre petite fille a été kidnappée. »

Il détourna la tête pour cacher ses yeux rougis. Elsie intervint :

« Le bateau va rester à quai pendant environ deux mois, pour changer les chaudières et réparer la coque. La compagnie va nous mettre sur un autre bateau qu'elle a racheté à la Saint Paul. Il est amarré au sud de la ville. Jusqu'à ce qu'il lève l'ancre, nous allons passer chaque minute à essayer de la trouver. »

Sam ferma les yeux une seconde et revit l'image de la petite fille.

« Elle s'appelle Lily, c'est ça ?

– Oui. »

Elsie se couvrit la bouche de ses doigts.

Gêné, Sam regardait alternativement l'un et l'autre, ne sachant pas trop quoi dire ni que demander dans une situation pareille.

« C'est votre fille à tous les deux, n'est-ce pas ? Il n'y a pas d'ex-conjoint dans cette affaire, je suppose. »

Ted fronça les sourcils.

« C'est notre enfant biologique. Nous avons réfléchi à toutes nos connaissances, et nous ne voyons personne qui aurait pu vouloir l'enlever. »

Sam s'appuya contre son dossier dans un grincement de chaise.

« À vrai dire, ça ne m'étonne pas.

– Que voulez-vous dire ? demanda Elsie, la main toujours à proximité de sa bouche.

– La femme que j'ai vue n'avait pas l'air de quelqu'un qui se serait cherché une jolie fillette à adopter. Elle était vieille et paraissait en avoir vu de toutes les couleurs. Je n'ai eu le temps que de l'apercevoir, mais elle avait les cheveux gras et je crois… Voyons un peu… » Il ferma une seconde les paupières. « Je crois qu'il lui manquait une dent de devant.

– Oh ! s'exclama Elsie. On dirait une espèce de sorcière.

– Est-ce que vous avez vu votre agresseur ? demanda Ted.

– Non, mais ce salaud – excusez-moi – connaissait parfaitement son affaire. Si on repense au chloroforme et à tout le reste, on dirait vraiment deux individus qu'on aurait engagés pour l'enlever. Tellement efficaces ! Ils avaient tout prévu dans les moindres détails. »

Tous restèrent quelque temps sur l'étroite véranda à réfléchir à ce qu'il venait de dire. De l'autre côté de la rue, on entendait de temps à autre monter et retomber les clameurs d'un match de base-ball. Sam songea à l'unique bouteille de bière qui devait rester au fond de la glacière, tout près du pain de glace.

Ted s'agita nerveusement sur sa chaise.

« Je n'imagine pas que quelqu'un ait pu engager un voleur d'enfants.

– Je n'en suis pas si sûr. Parlez-moi un peu d'elle. »

Les Weller échangèrent un regard.

« Eh bien, commença le mari, il y a environ deux mois que nous l'avons intégrée à notre numéro. Elle n'a que trois ans et demi, mais elle est plus dégourdie que nous deux réunis. Elle arrive à mémoriser au moins deux ou trois phrases des paroles d'une douzaine de chansons. Et quand elle chante, on a l'impression d'avoir la musique sous les yeux rien qu'à voir comment elle se trémousse. »

Elsie se redressa.

« Elle chante très juste pour une enfant de son âge. Et elle a du coffre aussi.

– Je lui ai appris à danser un peu en chantant, dit le père avec fierté. On fait partie du grand orchestre engagé par la Stewart Line, mais on ne fait travailler Lily que dans deux morceaux par représentation. Le public est fou d'elle. » Il releva les yeux et plissa les paupières. « On peut dire que pas mal de gens l'ont vue sur scène depuis qu'on a quitté Cincinnati il y a quatre semaines.

– Trois ans et demi et elle sait déjà faire tout ça ? » Sam se tourna vers sa femme. « Je serais bien capable de la kidnapper moi-même. »

Les parents détournèrent tristement le regard vers la rue.

Durant la demi-heure qui suivit, Sam répéta plusieurs fois aux Weller combien il était désolé, mais ils ne donnaient toujours aucun signe de vouloir s'en aller. Finalement, la nuit se mit à tomber et il sortit sa montre de sa poche.

« Excusez-moi, mais il va falloir que je vous laisse. »

Ted tira lui aussi une montre de son gilet mais il la remonta sans regarder l'heure.

« Vous êtes le seul à avoir vu ceux qui l'ont emmenée. Les flics du Troisième District nous ont dit que vous étiez très intelligent. Que vous étiez tout à fait capable d'analyser tous les aspects de la situation. »

Sam était navré pour eux, mais il ne voyait vraiment pas comment leur venir en aide. Son bref séjour en France l'avait convaincu que la vie présente à chaque carrefour de nouvelles tragédies.

« Je voudrais tellement pouvoir faire quelque chose pour vous. »

Des lucioles commencèrent à sortir des troènes qui bordaient la rue, clignotant comme de fragiles espoirs. Elsie finit par se lever.

« Nous sommes désolés que vous ayez perdu votre emploi.

– Moi aussi.

– Qu'est-ce que vous comptez faire ? »

Il se surprit à lui sourire malgré lui.

« Je pense que je vais tenter d'analyser quelques aspects de la situation. »

Plus tard, après le dîner, Linda ouvrit la bouteille de bière et la partagea avec lui. Sam traversa le petit séjour pour aller prendre une photographie encadrée représentant un enfant dans sa robe de baptême. Ils retournèrent s'asseoir dans la véranda, humant la fraîcheur de la nuit qui montait du fleuve. Il tenait toujours le cadre à la main et passait inlassablement le pouce sur le verre.

Linda lui posa la main sur le bras.

« Tu te demandes comment les aider ?

– Oui, j'y réfléchis autant que je peux. »

Il y avait dans sa vie des disparus qui découpaient d'énormes trous dans le ciel de la nuit, et Sam savait qu'il n'y pouvait rien. Il n'était en ce bas monde qu'un être parmi des milliers d'autres qui passaient leur temps à chercher les leurs, et, aujourd'hui, les Weller venaient de rejoindre leurs cohortes.

Chapitre 5

Voilà deux semaines que les Weller étaient venus leur rendre visite. Juste après qu'un orage avait déversé une pluie d'éclairs de feu sur le quartier, Sam et sa femme regardaient à travers la moustiquaire de la fenêtre l'eau qui avait envahi leur petite cour pavée de briques. Il avait l'impression d'être lui-même une épave abandonnée par le vent. Sur la table, entre eux deux, était posé un petit pain français d'où dépassait une fine tranche de jambon desséché. Ni salade, ni tomate, ni mayonnaise. Le garde-manger était vide, et il fallait payer le loyer. Ils ne possédaient plus que leur vieille Dodge et les vêtements qu'ils avaient sur le dos. Linda avait dépensé l'argent de ses tapisseries pour payer la facture du téléphone, l'électricité et l'essence. Sam s'imaginait qu'elle devait cacher un bocal plein de grosses pièces quelque part, mais il ne lui posait jamais la question de peur que ce ne soit une chimère. Le sandwich rassis était là comme un signal d'alarme.

« Eh bien, je suppose que je ferais mieux d'aller voir Muscarella et de me faire embaucher par le service de sécurité de la banque. »

Linda releva les yeux.

« Mon frère peut te faire entrer aux chemins de fer.

– Comme aiguilleur ?

– Oui.

– Tu veux dire celui auquel il manque trois doigts ou celui qui s'est seulement fait sectionner le pouce ? »

Elle coupa le sandwich en deux parts et poussa la plus grosse vers lui.

« Toi, tu sais mieux faire attention.

– Linda, aucun homme de ta famille ne pourrait jouer du piano, même s'il le voulait. »

Elle mordit dans son sandwich, obligée d'imprimer une torsion pour en détacher un morceau.

« Alors, descends en centre-ville. Fais ce que tu veux, mais trouve quelque chose. »

Ce jour-là et le suivant, il arpenta toutes les rues du centre à la recherche d'un emploi dans les magasins. Il prétendait le faire à pied pour se dégourdir les jambes, mais en réalité il voulait économiser les sept *cents* du tramway. Le second jour, et sans qu'il sache pourquoi, une étincelle de curiosité ou un élan mystérieux le poussa à changer de direction au niveau de Lee Circle, et il obliqua vers le fleuve, se demandant bien ce qu'il faisait là à déambuler dans les odeurs de charbon brûlé et de café torréfié. Depuis l'extrémité de Canal Street, il aperçut un gros bateau d'excursion de la Stewart Line hissé en cale sèche de l'autre côté du fleuve, sa roue à aubes démontée, ses cheminées rouillées déposées sur le pont. Il prit l'Algiers Ferry, ce qui lui coûta sept *cents*, et au débarcadère emprunta un chemin de terre qui le conduisit au chantier naval. Un gardien lui dit que la plupart des membres de l'équipage et des artistes étaient logés à l'hôtel Gardenia. Il compta cinq pièces d'un *cent* à l'effigie d'un Indien et deux autres à celle de Lincoln, prit le ferry en sens inverse, et traversa le Quartier Français jusqu'à l'hôtel en question, dont il savait qu'il était fréquenté par des comédiens ambulants et des représentants de commerce. Il arriva épuisé et le gosier sec, la plante des pieds échauffée par ses chaussures cirées de responsable d'étage, et s'arrêta sur le trottoir d'en face, juste devant le Gardenia, pour examiner la frise en tôle embossée du toit qui imitait la pierre et les bow-windows surmontés de plaques de cuivre rouge qui s'avançaient en saillie sur la rue tels de précieux lingots. Toute cette élégance de surface ne parvenait pas à donner le change.

Le réceptionniste appela la chambre des Weller : Elsie dit que son mari était sorti mais qu'elle descendrait dans une minute, et Sam attendit dans le hall qui, lui, réussissait à faire illusion, avec ses rideaux à traîne, ses canapés et ses tables d'angle en noyer d'un raffinement suranné. Il devinait que les chambres devaient être minuscules et d'une chaleur étouffante, aussi spartiates que des cellules. Avant même de la voir, il entendit Elsie descendre l'escalier à pas lents. Elle prit place à côté de lui sur un sofa tapissé de peluche verte, s'asseyant rapidement pour ne pas avoir à remarquer le nuage de poussière qui montait des coussins et saluait son arrivée.

« Vous avez des nouvelles ? » demanda-t-elle sans sourire, le visage impassible.

Il secoua la tête.

« J'ai passé mon temps à arpenter la ville à la recherche d'un travail qui ne me conduirait ni à l'hôpital, ni à l'asile, ni en prison. » Il scruta son visage, mais elle semblait tout à fait indifférente à ce qu'il venait de dire. Il savait ce qu'elle attendait. « Pendant que j'étais sur le sentier de la guerre, j'ai fait ce que j'ai pu. J'ai interrogé les portiers dans les gares, je suis passé dans plusieurs hôtels, j'ai rendu visite au seul malfrat que je connaisse. »

Elle ne souriait toujours pas. Le marchand des quatre-saisons passa dans la rue, sa voix de fausset s'élevant pour vanter les mérites des tomates et des prunes, « V'nez donc goûter mes bananes !... », mais elle ne regarda même pas par la fenêtre.

« Nous avons engagé un détective privé pour rechercher Lily, mais il n'a rien trouvé. Je crois qu'il s'intéresse plus à notre argent qu'à notre fille. » Il n'y avait aucune amertume dans sa voix, et il s'en réjouit. Son oncle lui avait appris que l'amertume ne mène nulle part. « Je suppose que vous n'avez pas d'enfants, reprit-elle. Je n'ai vu aucun signe que vous pourriez en avoir quand nous sommes passés chez vous. »

Il jeta un coup d'œil en direction du réceptionniste chauve qui les observait.

« J'avais un fils, mais il a été emporté par une fièvre.

– Quel âge ?

– Presque deux ans. Je devine un peu ce que vous pouvez ressentir.

– Un peu. Au moins, vous, vous savez où se trouve votre fils. »

Il rougit devant une arrogance qui confinait à de la méchanceté, et il avait déjà ouvert la bouche pour répondre sans trop savoir quoi quand une grosse main s'abattit sur son épaule. Il leva les yeux et découvrit l'impressionnante silhouette d'un homme aux cheveux blancs, sanglé dans un uniforme bleu ciel, une casquette à la visière en cuir verni baissée sur les yeux au-dessus de laquelle on lisait « Capitaine » en lettres d'or.

« Excusez-moi, dit-il, mais il faut que je pose une question rapide à cette dame. » Il avait environ soixante-cinq ans, et paraissait terriblement sûr de lui – le genre de fanfaron qui coupe sans arrêt la parole à tout le monde. « Elsie, j'ai besoin que Ted et vous veniez nous retrouver sur l'Industrial Canal près de la biscuiterie. On vient de conclure l'affaire pour l'*Ambassador*, et il faut qu'on remette ce rafiot en bon état à toute vitesse.

– Est-ce qu'il y a un piano à bord ? »

Elle semblait totalement désorientée.

Le gros homme releva la tête.

« Un piano ? En ce moment, Elsie ?

– Oh, je vois… Vous voulez qu'on nettoie et qu'on repeigne, c'est ça ? demanda-t-elle, les sourcils froncés.

– L'*Ambassador* est un bon vieux bateau, mais il est resté un bon bout de temps exposé à toute cette humidité. Vous connaissez la chanson… Alors je compte sur vous demain ? Et apportez des bleus de travail. »

Elsie hocha vaguement la tête ; le capitaine se redressa et glissa une main derrière son dos.

« Il faut que j'y aille. Je dois dénicher des hommes qui ne me réclameront pas un salaire exorbitant. »

Soudain, plusieurs idées à la fois semblèrent traverser Elsie.

« Cet homme-là cherche du travail. »

Le capitaine se pencha en arrière et examina Sam comme il aurait inspecté un transat en vue de l'acheter. Le cuir de ses chaussures couinait dans le hall silencieux.

« Vous êtes plutôt joli garçon. Vous avez déjà travaillé sur un bateau-dancing ?

– Non, mais je suis souvent allé danser sur des bateaux de ce genre. »

Elsie se leva et posa la main sur l'épaule de Sam.

« Hier soir encore, Ted disait que si vous travailliez à bord vous pourriez descendre à terre avec nous pour nous aider à chercher. Vous pourriez même observer le public pendant notre numéro.

– Observer le public pour quoi faire ?

– Pour retrouver la femme que vous avez vue. Nous nous sommes dit qu'un spectateur ayant assisté au numéro de Lily avait dû payer cette femme pour l'enlever. »

Sam se leva à son tour, regarda à travers la porte vitrée, et fit un pas dans cette direction.

« Cette vieille harpie ne mettra jamais les pieds sur votre bateau.

– Mais elle se cache probablement quelque part sur la rive au long de notre itinéraire. »

Il s'arrêta, reconnaissant en son for intérieur qu'elle avait sans doute raison.

« Vous êtes musicien ? demanda le capitaine.

– Je joue du piano mais très mal.

– Vous avez fait la guerre ?

– Oui, dans l'armée de terre. »

Le capitaine fronça ses deux sourcils blancs et il baissa la voix.

« Et vous sauriez arrêter des bagarres et éviter de mettre la main dans la caisse ? »

Elsie lui saisit le bras.

« Sam, ce nouveau bateau va faire halte dans les ports où nous sommes passés à l'aller. Vous pourriez repérer cette vieille femme lors d'une escale, on ne sait jamais. »

Il regarda le désespoir se peindre sur son visage et se retourna vers le capitaine.

« Qu'est-ce que vous proposez comme travail ?

– J'ai besoin d'un troisième lieutenant. Une des tâches principales consiste à arpenter la piste de danse et à faire preuve d'autorité. Est-ce que vous avez déjà déambulé dans un endroit public en ayant l'air suffisamment déterminé ? »

Elsie reprit place sur le sofa, lissa sa robe, puis passa un index sur l'un de ses sourcils.

« C'est le responsable d'étage dont je vous ai parlé. »

Les traits du capitaine s'assombrirent.

« C'est vous qui n'avez pas réussi à arrêter ces bandits. »

Sam regarda de nouveau à travers la porte vitrée : trois couples souriants se baladaient dans la rue.

« Oui, c'est bien moi. »

Il lui sembla soudain avoir acquis une nouvelle identité : le coupable désigné.

Le capitaine jeta un coup d'œil rapide en direction d'Elsie.

« Eh bien, je vous engage tout de même. Je vous offre le gîte et le couvert. Mais je vous préviens, les temps de repos sont courts.

– Sam Simoneaux. Mes amis m'appellent Lucky. »

L'homme lui serra la main avec retenue.

« Adam Stewart. Vous pouvez m'appeler Capitaine. »

Sa femme ne se réjouit pas de ce travail qui allait l'éloigner de la maison et se montra soupçonneuse quant à ses motivations. Sam lui expliqua jusque tard dans la nuit pourquoi il se sentait obligé de remonter le fleuve, mais au moment de s'endormir il se rendit compte qu'il n'était pas sûr des raisons invoquées, même si l'idée d'endosser un bel uniforme et de fréquenter des musiciens ne manquait pas de charme. Il allait certes pouvoir explorer tous les ports sur l'itinéraire du bateau, poser partout des questions sur la fillette disparue, mais à part cela il ne savait pas très bien quel service il rendrait aux Weller.

Le lendemain matin, il embrassa sa femme avant de partir. Il prit un tramway jusqu'à la Canal Line et dut changer plusieurs fois avant de finir à pied sur la rive est du nouvel Industrial Canal. Le bateau mesurait bien cent mètres de long, et il l'aperçut de loin. En voyant les fissures dans le bastingage, il songea qu'il avait déjà vogué trop longtemps. Avec sa roue à aubes arrière, ce quatre-ponts devait avoir une quarantaine d'années, et il avait sans doute autrefois transporté des passagers aussi bien que du coton, avant d'être transformé en bateau d'excursion quand ce commerce avait disparu. La coque en bois était gondolée, certaines planches desserties, et les jointures bourrées d'étoupe. La plus grande des passerelles était accrochée à la proue, reposant sur une jungle de paliers à semelle rouillés et constellés de fientes d'oiseaux. Une longue planche étroite reliait le quai au premier pont. Derrière le bateau, le vaste canal semblait osciller, lent et huileux, le soleil levant prisonnier de ses eaux tel un jaune d'œuf de son blanc.

Sam s'avança sur la planche qui ploya sous ses pas et il se retrouva sur un pont tapissé de lattes arrondies dont la laque s'écaillait en une poussière de flocons rouges. Il suivit des yeux un imposant escalier central qui montait vers l'étage supérieur, le contourna et se dirigea vers l'arrière en longeant le bastingage, dépassa la chaufferie, puis passa une porte avant de déambuler entre les moteurs et les pompes, s'attendant à trouver quelqu'un occupé aux machines. Il s'immobilisa dans le noir, renifla une forte odeur d'huile froide, un brouillard de rouille ferreuse, et les remugles aigres d'une eau de cale noire qui roulait contre les flancs du navire et traversait le pont. Les vieilles turbines à vapeur sans condensation ressemblaient à des pièces de musée qui plus jamais ne se mettraient en branle, tels des mammouths gorgés d'amiante profilant dans l'ombre leurs imposantes carcasses.

Il poursuivit son chemin et finit par emprunter l'escalier principal. Le deuxième pont, qui allait jusqu'aux hublots de la poupe, lui parut immense : une piste de danse en bois d'érable d'une cinquantaine de mètres de long qui résonnait sous ses pas comme l'écho de lointains tirs de fusil. À sa gauche, au milieu de cet espace, une estrade avait été aménagée pour l'orchestre et une longue suite de petites tables se pressaient contre les hublots embués, maintenus fermés en permanence pour empêcher la pluie et les oiseaux d'entrer, le tout constellé de piqûres bleues d'humidité. Tous les trois mètres environ, le plafond était soutenu par des arcs-boutants tarabiscotés couverts d'une moisissure provoquée par l'air surchargé d'eau.

Le troisième pont comprenait deux niveaux, une galerie extérieure qu'on appelait « la coursive des tempêtes » et, au centre, une sorte de plate-forme surélevée que certains mariniers avaient baptisée la « lucarne du ciel », entourée de balustrades et surmontée d'un plafond de planches fines, la partie avant ouverte à la brise, l'arrière constituant une cafétéria close par des parois et des vitres qui renfermait tout un ramassis de chaises et de tables en bois bon marché dans un désordre total. Il traversa la cafétéria, pénétra dans les cuisines pour jeter un coup d'œil aux grands fourneaux à charbon tout rouillés et aux glacières dotées de multiples portes qui bâillaient en laissant échapper l'odeur aigre de joints en caoutchouc déjà pourris. Il secoua la tête à l'idée que chaque centimètre carré de boiserie grouillant d'insectes, les étançons, les chaînes, les châssis des hublots, les solives, les tasseaux, les filigranes, les moulures, les tuyaux à vapeur, les capuchons des valves, les cheminées, et les décorations diverses, tout allait devoir être décapé et repeint.

Au quatrième niveau était logée la plus grande partie de l'équipage. Sam se rappela qu'on l'appelait « le pont du Texas » ; il abritait une double rangée de cabines simples qui ouvraient sur le large. Au-dessus encore, se trouvait la timonerie, dont les vastes baies vitrées étaient surplombées de boiseries décoratives noires de suie et d'un dôme en cuivre rouge. Une des cabines était ouverte, et Sam jeta un coup d'œil à l'intérieur : deux couchettes superposées, un petit lavabo, un placard avec des bobines de fil en guise de loquets, des matelas en aussi piteux état que ceux qu'il avait vus un jour dans une prison. Il se pencha par-dessus le bastingage et se rendit compte pour la première fois que ces vieux bateaux étaient pour l'essentiel, afin qu'ils ne pèsent pas trop lourd, faits de minces planches de bois – du bois normal qui ne demandait qu'à pourrir, se gauchir, craquer, faire eau et se déformer, et qui provoquerait la perte du plus grand nombre si un incendie se déclarait. L'*Ambassador* avait connu son lot d'orages en été et s'était souvent retrouvé prisonnier des glaces en amont, il avait heurté les parois des écluses, s'était cogné contre des rochers, avait échoué sur des bancs de sable : chaque embardée, chaque choc était inscrit dans sa membrure. Sam regarda vers l'arrière et remarqua de nouveau les gauchissements dans le bastingage et l'affaissement du toit. Le bateau n'était plus qu'un vieux rafiot épuisé et moisi, aussi immobile qu'une pierre tombale, et il se dit qu'il fallait être fou pour songer à y partir en croisière.

À 9 heures environ, un car s'arrêta dans un couinement de ses énormes pneus et des hommes en bleus de travail, des Noirs pour la plupart, en descendirent. Un peu plus tard, quatre types arrivèrent dans une carriole tirée par deux chevaux, se coiffèrent de casquettes qui permettaient de les identifier comme les mécaniciens du bateau, puis montèrent à bord et se dirigèrent vers la poupe. Encore une demi-heure, et un buggy, plusieurs Ford et un cheval firent leur apparition sur le quai, bientôt suivis par un camion-plateau à ridelles fumant que conduisait le capitaine et sur lequel s'empilaient bidons de peinture, pinceaux, térébenthine, chiffons et brosses. Les Weller et d'autres membres de la troupe étaient déjà là, habillés de leurs plus vieux vêtements. Un autre camion, plus petit, s'approcha, chargé de deux bidons de chlore en zinc. Le capitaine monta sur le plateau pour expliquer comment procéder à la dilution avant d'utiliser ce produit. Il dit à Sam de faire équipe avec le second lieutenant, un ancien policier massif comme un taureau qui s'appelait Charlie Duggs.

« Mais je te connais ! dit Duggs. Tu es responsable d'étage chez Krine. »

Sam enfonça un pinceau dans la poche arrière de son pantalon. « Je ne le suis plus. »

Duggs s'attendait à une explication, mais comme rien ne venait il déclara :

« On était tous autre chose avant, je suppose. »

Sam désigna la casquette de lieutenant que portait Duggs. « Et comment as-tu fini sur un bateau à vapeur ? »

L'autre haussa les épaules.

« Quand je suis rentré de France comme tout le monde, j'ai d'abord été flic pendant un an. Muscarella m'a viré après l'élection du nouveau maire. Tu connais le sergent Muscarella ?

– Qui ne le connaît pas ? »

Ils montèrent à bord chargés chacun d'une échelle, et quelques minutes plus tard ils grattaient les boiseries qui bordaient le toit sur le pont du Texas. Au-dessus d'eux, plusieurs matelots faisaient voler en éclats la peinture de la timonerie, et juste au-dessous une équipe de sept hommes décapait les rampes du bastingage. Tout le bateau vibrait comme s'il était attaqué par un bataillon d'abeilles charpentières. Au fil du jour, l'eau noire qui entourait les flancs de l'*Ambassador* se moucheta d'une pluie d'écaillures sales.

Reniflant une odeur de brûlé, Sam leva les yeux vers un plumet de fumée grise qui montait de la cheminée de tribord. Les mécaniciens avaient allumé un feu sur les grilles de la chaudière, et elles étaient maintenant assez chaudes pour que le charbon prenne ; les volutes s'épaissirent jusqu'à former une épaisse colonne noire et goudronneuse. Tout en travaillant, Sam songeait que ce bateau avait dû être repeint au moins trente fois, la couche de peinture atteignant par endroits presque un centimètre d'épaisseur. Au début, il s'était énergiquement attaqué aux dépôts les plus anciens, mais Charlie lui avait conseillé de ne pas se donner tant de mal.

« Contente-toi d'enlever ce qui part tout seul. C'est pas la maison d'un banquier qu'on va repeindre.

– Le capitaine ne va pas se mettre en rogne ?

– Il sait bien que la peinture peut pas tenir. La suie bouffe tout au bout d'un an. Tu le savais pas ?

– Non. »

Avec son racloir, Charlie décolla un amas de croûte qui tomba en virevoltant dans le canal.

« Comment tu as déniché ce boulot ?

– Les Weller m'ont recommandé.

– Tu sais ce qui est arrivé à leur fille ?

– Ça oui !

– Elle était bien mignonne, cette petite. Et intelligente, avec ça. On le voyait dans ses yeux. Des petits yeux vifs qui vous disaient qu'un jour elle deviendrait quelqu'un.

– Tu l'as déjà entendue chanter ?

– Quand on fait escale, je reste dans les parages. C'est moi qui m'occupe de l'électricité pour l'orchestre, je vérifie les micros et les projecteurs. Elle a la voix aiguë comme un petit violon, et elle sait s'en servir, tu peux me croire. À son âge, moi je savais à peine me torcher tout seul. » Debout sur le bastingage, il s'accrochait aux moulures du pont supérieur. « On a kidnappé cette gosse dans un grand magasin, et il y en a pas eu un pour empêcher ça, même pas ce pauvre abruti de responsable d'étage qui était en train de la chercher. »

Sam cessa de gratter. Il était déjà tristement célèbre.

« Tu sais que c'était moi ?

– Ouais.

– Combien des gars qui travaillent en ce moment font partie de l'équipage habituel ?

– Presque tous. Il y a seulement une petite douzaine de peintres en plus qui vont bosser juste cette semaine.

– Alors on peut dire que vous êtes une sorte de grande famille, pas vrai ? Vous travaillez tous ensemble depuis un bon bout de temps ? »

Charlie laissa retomber ses bras et se balança sur place pour garder l'équilibre.

« Et alors ?

– Tout le monde se mêle des affaires des autres, c'est ça ? Si je te raconte quelque chose, c'est un peu comme si je faisais une déclaration devant l'équipage entier, pas vrai ? »

Charlie passa le pouce sur la lame de son racloir et regarda Sam fixement.

« Où est-ce que tu veux en venir ?

– Il vaut mieux que les choses soient claires. J'ai perdu mon boulot à cause de cette petite, et je suis là, un, parce qu'il faut bien bouffer, et deux, parce que les Weller pensent que je peux les aider à retrouver leur fille.

– Tu m'en diras tant !

– N'hésite pas à faire courir le bruit. »

Charlie fit deux pas pour contourner le bastingage et se tint au-dessus de la roue à aubes pour en gratter à grand-peine les restes de peinture.

« Il faut faire quelque chose. Espérons que toi, tu vas y arriver. »

Un chuchotis de vapeur monta de l'une des cheminées quand les chaudières eurent accumulé suffisamment de pression. Les deux tuyaux enveloppés de fumée d'échappement grésillèrent à leur sommet. Deux heures plus tard, les mécaniciens alimentèrent les éjecteurs à vapeur et l'eau fétide commença à être pompée dans un fracas de tonnerre. Sam devina que les chaudières avaient atteint le seuil des cinquante kilos de pression, parce qu'un mécanicien ouvrit une vanne et que le vrombissement assourdi des turbines prit un rythme régulier tandis que des jets de lumière s'élevaient lentement des cheminées, telles les flammes d'une bougie. Les pompes ayant fait monter l'eau, des membres de l'équipage entreprirent d'enduire de chlore tous les recoins du bateau, et des hommes en ciré jaune aspergèrent l'*Ambassador* de la timonerie au pont inférieur pour éliminer les traces de suie, les fientes d'oiseaux, la poussière, les éclats de peinture, les nids de guêpes et les moisissures. La chaleur était désormais intense, et Sam s'adossa contre le dôme du toit et demanda à Charlie de l'arroser à grande eau avec son tuyau, comme un tapis sale.

Avant le coucher du soleil, tout le bateau était décapé et séchait dans la brise chaude. Le surlendemain, ils devaient tous revenir pour entamer la peinture, à moins qu'il ne menace de pleuvoir. La deuxième nuit, les mécaniciens restèrent à bord pour tester les chaudières, éliminer les traces de rouille et de ternissure, déboucher les conduites d'huile encrassées ou retirer les nids de roitelets qui s'étaient logés dans la tuyauterie et les valves des moteurs. On demanda à Sam d'allumer les lanternes sur la carriole des mécaniciens et de les ramener, parce qu'ils habitaient à moins d'un kilomètre de chez lui. Il n'avait pas conduit d'attelage depuis longtemps, mais dès que ses mains eurent retrouvé le contact avec les rênes il fit faire demi-tour aux chevaux et les mena dans la bonne direction. C'étaient de lourdes bêtes habituées à circuler en ville, et il n'eut aucun souci, pas même quand elles se rapprochèrent des trams qui bringuebalaient dans un bruit de ferraille et des gerbes d'étincelles ou passèrent sous les réverbères. La fraîcheur tombait enfin, et c'était un plaisir de traverser la brise nocturne au rythme de leurs sabots ferrés. En passant dans les rues pavées du centre-ville, les jantes et les engrenages métalliques de la carriole faisaient autant de bruit qu'une pluie de couverts de table.

Aux environs de 22 heures, il attacha les chevaux derrière une maison de Magazine Street. Une lumière s'alluma dans la cour et une vieille femme qui portait un pantalon en coton gris sortit pour les dételer.

« Et merci de ne pas avoir mené ces pauvres bêtes à un train d'enfer, dit-elle en se penchant pour détacher les chaînes.

– Je peux le faire, si vous voulez.

– Mais non, mon garçon, rentrez chez vous. Même tard comme il est, je vois que vous avez pris de sacrés coups de soleil et que vous êtes plein d'éclats de peinture.

– Comment cette carriole va-t-elle faire le chemin en sens inverse ?

– Je la ramènerai demain en fin d'après-midi. »

C'était une grande femme solide, et elle connaissait bien les chevaux. Elle les conduisit jusqu'à deux stalles couvertes adossées à la clôture du fond.

« Je pense qu'on va devoir se débarrasser de ces deux pauvres diables à la fin de la saison. On est les derniers dans tout le quartier à en avoir encore.

– Vous travaillez sur le bateau ? »

Elle lui jeta un rapide coup d'œil.

« Oui. Les mécaniciens que vous avez ramenés sont mes neveux, et on a tous autant qu'on est passé notre vie sur le fleuve. Mon mari, Dieu ait son âme, était pilote, et deux de mes fils le sont aussi, mais sur le cours nord de l'Ohio. Je m'appelle Nellie Benton. »

Elle lui tendit la main comme un homme et il hésita une fraction de seconde avant de la lui prendre. Elle lui serra les doigts comme si elle avait voulu les lui broyer. Ce dont elle ne se priva pas.

Les rues étaient envahies de brouillard, et le feuillage des chênes verts masquait la lumière des réverbères. Il marchait comme un somnambule dans l'obscurité et dépassa sa maison d'une trentaine de mètres avant de comprendre où il se trouvait.

Quelques minutes plus tard, il barbotait dans sa baignoire. L'eau était froide parce qu'on leur avait coupé le gaz. Linda entra sur la pointe des pieds pour utiliser les toilettes et lui jeta un rapide coup d'œil.

« Tu ressembles à un Indien, mon petit chou. »

Il se couvrit le visage d'une main.

« Demain, tu pourras me prêter ton chapeau de paille ?

– Bien sûr. Je retirerai le ruban pour qu'il ait l'air un peu plus masculin. » Elle le regarda. « Tu as croisé les Weller ?

– Oui, ils décapaient la piste de danse. Je suis sûr qu'ils sont encore plus fatigués que moi. »

Elle lui passa la main dans les cheveux.

« Tu n'es pas obligé de faire ce boulot.

– C'est soixante dollars par mois, et je ne vois pas pourquoi je te laisserais m'entretenir.

– Tu sais parfaitement ce que je veux dire. »

Il écarta la main de Linda de son visage.

« Je ne sais pas. Je dois dire que je n'arrive pas vraiment à comprendre. »

Elle plongea les doigts dans l'eau et lui massa le cou comme pour affirmer ses droits sur lui.

« Je crois que moi si. »

Avant la fin du deuxième jour l'eau stagnante avait été complètement pompée, et le capitaine les envoya, Charlie et lui, dans la cale vérifier l'état de la coque avec des lampes à acétylène. Il n'y avait guère là autre chose qu'un réservoir à eau potable, des câbles et des cabestans, et quelques conduites à vapeur. Lorsque ses yeux se furent habitués à l'obscurité, il rampa sous les traverses en soulevant sa lampe afin que Charlie puisse sonder les zones gauchies et les planches pourries à l'aide d'un pic à glace. Ils étaient en bas depuis une heure quand Sam avança et éclaira le puits de lumière blafarde qui descendait jusqu'à la partie de la cale où ils venaient de pénétrer.

« Tu essaies d'attirer les grenouilles ?

– Tout est en bois là-dessous. Il n'y a absolument rien d'étanche.

– Bien vu ! »

Charlie prit un fil d'étoupe sur son épaule et colmata un joint qui fuyait en l'enfonçant à l'aide de son pic.

– Comment ce rafiot a-t-il réussi à flotter pendant toutes ces années ?

– À la barre, quelqu'un devait avoir de bons yeux. Amène un peu la lampe par ici. »

Tout ce bois détrempé effrayait Sam.

« Si cette épave heurte un rocher, elle coule à pic ! »

Charlie renifla.

« C'est pour ça qu'il y a intérêt à bien manœuvrer ce gouvernail, tu crois pas ? Les bateaux à vapeur, ils sont toujours en bois, et pas du meilleur ni du plus épais. En fait, ces rafiots sont à peine plus solides que des cages à poules. Quand il y en a un qui se cogne contre le piler d'un pont, sûr qu'en aval les gens ont plus besoin d'aller s'acheter des cure-dents pendant un bon bout de temps ! »

Le lendemain, il y avait cinquante personnes pour repeindre le navire. On badigeonna généreusement les cheminées de peinture noire à haute température ; l'extérieur des portes des cabines, les bastingages, le plancher du premier pont et le nom du bateau – en lettres de plus d'un mètre sur la cloison de la salle des machines – furent passés à la laque brillante, de couleur bordeaux. La roue à aubes fut repeinte en rouge vif, et tout le reste, des moulures en rosace qui partaient des piliers du pont jusqu'aux balustres et aux seaux à incendie, en un blanc éclatant. À l'intérieur, quand tout eut été décapé et laqué blanc, les espaces semblèrent soudain plus grands : la vaste piste de danse était désormais pareille à une immense caverne, et l'ensemble avait des airs de grotte enneigée. Après s'être frotté les mains et les avant-bras à la térébenthine pour se débarrasser de cette peinture poisseuse, Sam bondit à terre et recula de quelques pas sur le quai pour juger de l'effet. Dans la lumière de ce début de soirée, on aurait dit une gigantesque pièce montée nappée de sucre glace.

Les feux de navigation s'allumèrent au sommet des cheminées, puis les mille ampoules qui festonnaient le toit se mirent à briller de tout leur éclat opalin : le bateau entier semblait illuminer le canal et flotter au-dessus de ses eaux sombres comme un rêve de croisière féerique. À l'intérieur, un musicien chassait les papillons de nuit qui se cachaient dans le piano d'orchestre en jouant « Dill Pickles Rag », dont les notes venaient parfaire le mirage qui donnait envie à Sam de taper du pied en cadence.

Charlie le rejoignit près du tas de charbon devant lequel il s'était posté.

« Alors, vieux frère, qu'est-ce que tu en dis ? »

Il leva la main, puis la laissa retomber.

« Je n'y comprends rien. Il y a quelques jours encore, c'était une épave puante. Aujourd'hui, il me donne envie de partir en croisière au clair de lune. »

Chapitre 6

Acy White tenait la seule banque de la petite ville de Graysoner, Kentucky, en bordure du fleuve. C'était un homme maigre au teint cireux, presbytérien pour la galerie et petit-fils d'un propriétaire de plantation qui avait autrefois possédé de nombreux esclaves dans le Mississippi. Il détenait des hypothèques hasardeuses sur des dizaines de petites exploitations et avait personnellement consenti des prêts à taux usuraires à des centaines de pauvres gens dans le comté, reprenant en cela le rôle d'esclavagiste tenu par son grand-père. Bien qu'il ait prêté de l'argent à la plupart des entreprises de la région, personne ne le connaissait vraiment. Ce n'était pas un de ces banquiers grégaires et ruisselants de sueur, fumeurs invétérés, amateurs de costume en crépon de coton à rayures et gros mangeurs de viande rouge que l'on rencontre si souvent dans les petites villes du Sud. Il n'était ni bonne poire ni grippe-sou, même si de temps à autre un éclair d'âpre malveillance lui traversait le regard. Acy était persuadé qu'obtenir ce qu'il voulait était son droit le plus strict. Un seul point le rachetait : l'amour inconditionnel qu'il portait à sa femme, Willa, une page blanche qu'il avait pu remplir à sa guise.

Willa Stanton White, quarante ans, descendante d'une famille d'exploitants qui avait fait fortune dans le commerce du bois, passait le plus clair de son temps à lire et à relire la collection entière des romans de Walter Scott, reliés cuir et lettres d'or, que son mari lui avait offerte, et à jouer au piano des airs d'opérette de Franz von Suppé. Fille unique, elle avait été invraisemblablement gâtée et s'était trouvé un mari prêt à poursuivre cette tradition. Pour une bourgeoise de province, elle témoignait sans complexe d'un farouche appétit sexuel et se montrait volontiers exigeante envers Acy, qui semblait parfois trop fatigué pour répondre à ses attentes. Elle avait peu d'amis en ville, bien qu'elle connût un grand nombre de ses concitoyens, qu'elle préférait saluer à distance. Marquant une préférence pour les vêtements chers mais sans ostentation, elle était loin d'être stupide, mais elle restait solitaire et manquait parfois d'esprit logique, ayant grandi sans jamais travailler, dans une sorte de conte de fées.

À midi, Acy quitta la banque dans son Oldsmobile flambant neuve et cahota sur les briques rouges de la route qui escaladait la colline jusqu'à sa maison, une bâtisse de trois étages d'inspiration néoclassique surmontée par un dôme de verre depuis lequel on pouvait presque apercevoir le fleuve, à trois kilomètres de là. Il entra, se lava les mains dans le cabinet de toilette du rez-de-chaussée sous l'escalier et prit place dans la salle à manger pour y attendre son déjeuner. Vessy, une petite bonne maigre droit sortie des montagnes de l'est du Kentucky, ouvrit d'un coup de hanche la porte à battants de la cuisine et posa du même geste sur la table une assiette de bœuf braisé garni de pâtes et un verre de thé glacé.

« Est-ce qu'elles sont rentrées ? » demanda Acy en relevant le menton.

Elle repoussa ses pâles cheveux raides qui tombaient sur ses yeux gris.

« Elles vont descendre tout de suite.

– Je pensais qu'elles étaient peut-être sorties avec l'autre voiture.

– Non. Madame tient pas à s'éloigner d'ici. »

Vessy approcha du maître de maison la salière et le poivrier en argent avant de quitter la pièce.

Il en était déjà à la moitié de son repas quand sa femme et la petite fille firent leur entrée. Willa avait la main posée sur le dos de l'enfant et elle la guida pour qu'elle s'assoie à côté d'Acy.

Les cheveux de la petite avaient une coupe un peu folle, environ cinq centimètres dans toutes les directions, mais son visage paraissait sérieux et concentré.

« Bonjour », dit-elle.

Acy se pencha vers elle.

« Bonjour qui ? »

Elle haussa les épaules.

« Bonjour, monsieur.

– Madeline, tu peux m'appeler "papa" maintenant.

– Cette dame dit que mon papa est au ciel. »

Il regarda sa femme d'un air embarrassé.

« Oui, et je l'ai remplacé. Je suis ton nouveau papa. Et tu ne devrais pas appeler Willa "cette dame". Tu peux l'appeler "maman". »

La fillette détourna la tête et se mordit la lèvre supérieure.

Willa prit place à table.

« Tu veux bien m'appeler "maman" ? »

Elle se composa un masque déférent dont l'enfant ne fut pas dupe une seconde, puis plissa les lèvres et attendit un instant avant d'ajouter « Cela viendra en son temps », et de poser une serviette amidonnée sur ses genoux.

La porte de la cuisine s'ouvrit à la volée et Vessy entra résolument dans la salle à manger avec deux assiettes pleines. Elle n'eut pas un regard pour la fillette même quand elle contourna sa petite tête pour la servir.

« Madeline, te rappelles-tu le nom de cette jeune fille ? » demanda Acy.

La petite s'empara de sa fourchette, fixa le visage de Vessy avec un petit sourire et répondit :

« Mademoiselle Vessy. »

Acy s'essuya les lèvres et prit une gorgée de thé.

« “Vessy”, c’est suffisant.
– Ça veut dire quoi, “suffisant” ? demanda l’enfant en prenant entre ses doigts une pâte qu’elle fit se balancer comme un asticot.
– Cela signifie que c’est assez, répondit Acy. Tu n’as pas besoin d’appeler “mademoiselle” une fille qui vient de sa campagne. »
La petite observa Vessy qui remplissait de thé le verre de l’homme avant de quitter la pièce sans un mot, le visage soigneusement détourné.

Après le déjeuner, la petite fille fut laissée dans la nursery du premier étage aux soins de la domestique, tandis que Willa redescendait boire un digestif avec son mari.
D’une carafe gardée à l’abri des regards dans une table-console, elle se versa trois doigts de Bourbon auxquels elle ajouta deux doigts d’eau plate. Acy alluma un cigare et se laissa aller en arrière dans un fauteuil tapissé de velours.
« Qu’as-tu dit à Vessy ?
– La même chose.
– Mais plus exactement ? Il me faut garder en mémoire toutes ces explications. »
Willa but une longue gorgée et s’essuya les lèvres avec un mouchoir de batiste.
« Je lui ai dit que nous avions trouvé Madeline dans un orphelinat de Cincinnati. On lui a rasé les cheveux là-bas pour des raisons sanitaires, et ses parents ont récemment trouvé la mort dans un accident de chemin de fer. »
Il soufflait sur un rythme régulier, exhalant lentement la fumée.
« Parfait, dit-il. Tu es toujours aussi contente ? »
Le visage de Willa s’éclaira.
« Oui. Elle est tout ce dont j’aurais pu rêver. Vive comme l’éclair et tellement jolie ! »
À travers la fenêtre, il regarda la colline. Ils avaient essayé pendant dix ans d’avoir un bébé, mais quelque chose clochait, et le plaisir qu’ils se donnaient n’était qu’une ironie du sort. Avec

le temps, Willa était devenue littéralement obsédée par ce désir d'enfant, et ces années de stérilité avaient bien failli la rendre folle. Ils avaient visité des orphelinats dans plusieurs pays, mais, même quand ils trouvaient un enfant aux bonnes joues roses qui paraissait intelligent et en bonne santé, Willa lisait toujours sur son visage plein d'espoir quelque chose qui la faisait renoncer.

Elle se servit une nouvelle rasade et l'avala comme elle aurait bu un jus de fruit.

« Toi, qu'en penses-tu ?

– Je ne sais pas. Je me réjouis que nous ayons trouvé Madeline. Qu'elle ne soit pas orpheline.

– Oh ! »

Elle se rappelait les voyages, l'odeur de la pauvreté, l'expression de ces petits visages qui avaient appris à se voir préférer un enfant plus intelligent, aux yeux plus bleus. Après ces visites, elle se disait invariablement que ces orphelins portaient le malheur en eux, qu'elle voulait autre chose : un enfant assez chanceux pour avoir déjà connu l'amour de son entourage. Peut-être se sentait-elle incapable d'élever un enfant en lui en apportant elle-même suffisamment. Elle ne comprenait pas grand-chose à ce sentiment et la passion que lui témoignait son mari la laissait perplexe.

De l'autre côté de la ville, la sirène de la scierie donnait aux ouvriers le signal de la reprise du travail, et Acy se leva, légèrement grisé par l'alcool, pour aller décrocher son chapeau de la patère. Il se rapprocha de la chaise à l'assise brodée sur laquelle se tenait sa femme, lui posa un baiser au coin de la joue, tout près de la bouche, et il sentit une goutte de bourbon lui brûler les lèvres.

Chapitre 7

Les journaux de La Nouvelle-Orléans annoncèrent que l'*Ambassador* allait donner une soirée dansante pour lancer sa nouvelle saison. Ce matin-là, Sam monta à bord et se rendit directement dans sa cabine sur le pont du Texas, où son uniforme de troisième lieutenant était étendu sur la couchette : une veste bleue avec un galon d'or sur la manche et une casquette à visière d'officier, ornée d'une couronne, dorée elle aussi, entourant le nom du bateau. Il enfila l'un, coiffa l'autre, et se sentit d'abord un peu ridicule, mais quand il sortit sur le pont, grimpa jusqu'au niveau supérieur et contempla le navire de la poupe à la proue, l'habit se mit à faire le moine. Ces vêtements étaient la marque de son nouveau métier, aussi sûrement que la salopette d'un cheminot ou ses élégants costumes de responsable d'étage. Le capitaine se tenait devant les marches qui menaient à la timonerie, entouré par des hommes eux aussi en uniforme. Il s'adressait sèchement à un jeune marin, qui s'éloigna et se hâta de dévaler un escalier dans un cliquetis de talons. Au suivant, il déclara : « Eh bien, dites-lui que nous voulons de vrais boulets de charbon. Avec un courant aussi fort, nous ne pouvons pas nous contenter de ces résidus de crassier qu'il fait tout pour nous vendre. » L'homme sortit des rangs, et le capitaine se tourna vers un troisième. « Si notre agent n'aime pas notre orchestre noir, dites-lui de se mettre des œillères. Ils nous font économiser vingt dollars par jour de salaire, et les danseurs préfèrent de loin leur musique. » Au suivant, il dit : « Regardez le ciel, mon garçon. Il va faire sacrément chaud, alors faites tourner tous les ventilateurs de plafond et augmentez la pression de la vapeur dans le moteur du générateur. Pas besoin d'être un génie pour comprendre tout ça ! »

Le dernier de ces officiers, un vieil homme de petite taille qui portait un uniforme soigneusement repassé et un nœud papillon, baissa les yeux quand le capitaine lui passa un bras autour des épaules et lui murmura :

« Écoutez un peu : cette femme est un pilote hors pair ! Elle a écumé tout le fleuve entre ici et Saint Louis. Aucun doute qu'elle pourra tout aussi bien remonter jusqu'à Cincinnati. »

Le vieil homme secoua la tête.

« C'est une femme, et je ne suis pas sûr qu'elle ait dans la tête tout ce qu'un pilote doit y avoir.

– Denk Benton était son mari.

– Oh, je sais très bien qui c'est !

– Elle a signé un contrat pour à peine un peu plus de la moitié de ce que vous gagnez, dit le capitaine, d'un ton plus respectueux. Rafe, elle a remonté l'Ouachita sur le *Blazer* en tirant des barges pétrolières.

– Elle a réussi à piloter le *Blazer* sur cette espèce de caniveau qu'on ose appeler "rivière" ?

– Puisque je vous le dis. »

Le petit homme se dégagea du bras du capitaine.

« Moi, je ne vois rien à y redire, si vous voulez risquer de transformer votre bateau-dancing en cinq cents tonnes de petit bois.

– Alors, c'est entendu, Rafe ! » Et le capitaine jeta un coup d'œil vers l'arrière du bateau d'où un homme s'approchait en portant une énorme clé à molette. Il posa soudain le regard sur Sam. « Et vous, qui êtes-vous ?

– Sam Simoneaux. » Il toucha la visière de sa casquette. « Troisième lieutenant. »

Le capitaine Stewart resta de marbre.

« Rafraîchissez-moi la mémoire, mon garçon.

– C'est Elsie Weller qui vous a demandé de m'engager. »

Il hocha la tête.

« Je me rappelle. Parcourez le bateau, et faites connaissance avec tout le monde. Jusqu'au dernier matelot. Débrouillez-vous pour garder votre casquette propre et allez boire un café. »

Sam s'éloigna quand il vit le type plein de cambouis avec sa clé à molette s'approcher pour se plaindre de son salaire.

Puisqu'il se trouvait déjà sur le toit, il en profita pour entrer dans la timonerie aux boiseries tarabiscotées, curieux qu'il était de rencontrer cette femme pilote. Quelle ne fut pas sa surprise de retrouver au gouvernail Nellie Benton, à qui il avait ramené les chevaux en ville. Elle portait une robe bleu marine à pois blancs, et une crinière de cheveux gris s'échappait de sa casquette.

« Mais ce ne serait pas notre conducteur d'attelage ? »

Il déglutit avec peine, conscient d'avoir bien du mal à cacher sa surprise.

« Bonjour, madame.

– Bonjour à vous. Je vous ai vu passer sur le pont juste en dessous. Vous n'aviez jamais vu de femme pilote ?

– Non, madame, je ne crois pas.

– Eh bien, maintenant que votre curiosité est satisfaite, descendez donc jusqu'à la salle des machines et demandez à Bit Benton – c'est lui le mécanicien de service en ce moment – s'il a fini de régler le servomoteur de gouvernail. Si oui, qu'il me le dise dans le tuyau acoustique.

– Entendu, madame.

– Sam, c'est ça ?

– Exact.

– À ce qu'on dit, vous auriez fait machine arrière vers la marine à vapeur.

– En ce moment, je fais machine arrière pour pas mal de choses.

– Dites-moi, est-ce que votre femme vous nourrit comme il faut ? »

Il jeta un coup d'œil vers son ventre.

« Je n'aime pas trop prendre du poids.

– Eh bien, si vous faites carrière chez nous, sûr que la cuisine aura tôt fait de vous engraisser. »

Il descendit porter son message à un Bit grincheux et rouge de colère, et en sortant de la salle des machines il tomba sur Charlie Duggs.

« On se verra plus tard. On m'a demandé d'aller me présenter à tout le monde.

– Enchanté de faire ta connaissance ! » dit Duggs alors que Sam avait déjà tourné les talons.

Sur le deuxième pont, il rencontra les serveurs et leurs aides, le responsable du magasin, le chef cuisinier, l'intendant, les deux musiciens blancs qui écoutaient les Noirs répéter, et puis les Weller, qui descendaient du pont du Texas par l'escalier de tribord. Ils étaient accompagnés par un garçon d'environ quinze ans à la carrure athlétique. Il paraissait décontracté et marchait la main dans la poche de sa veste de sport. Tous trois traversèrent l'immense piste de danse sur toute sa longueur. Sam les regarda s'avancer sur le parquet brillant.

« Comment allez-vous ? » demanda-t-il quand ils arrivèrent à sa hauteur.

Ted Weller prit son mouchoir et s'épongea la tête.

« Pas très bien. Le capitaine s'est débarrassé de la plupart des musiciens blancs et il a choisi les Noirs que vous voyez là-bas pour jouer les soirs les plus importants. Il a dit qu'il était obligé de respecter les préférences des danseurs. »

Sam jeta un coup d'œil du côté de l'orchestre. Il avait entendu dire que quelques mois plus tôt le capitaine Quincy avait organisé une soirée dansante dans le port à bord du *Moonlight Deluxe*. Une formation de tout premier plan exclusivement composée de Blancs en smoking et queue-de-pie se produisait sur la piste de danse principale, tandis qu'un orchestre de musiciens noirs jouait du jazz sur le pont obscur ouvert à tous les vents. Dès le milieu de la soirée, tout le monde dansait sous les étoiles et la piste principale était presque déserte. Cet épisode parlait de lui-même.

« Il faut reconnaître que vos pieds bougent tout seuls sur une musique pareille.

– Le capitaine dit que si on débarque dans une ville qui refuse d'entendre de la musique "de couleur" on pourra toujours rassembler sept ou huit musiciens blancs, mais ils ne joueront que l'après-midi, quand il y a de toute façon très peu de passagers qui veulent danser. » Elsie s'était appuyée contre la cloison. « Ted pourrait parfaitement tenir le piano dans l'orchestre noir si le capitaine acceptait. Il a très bien compris comment ils improvisent en se libérant du carcan de la mesure.

– Et vous, qu'est-ce que vous comptez faire ? »

Elle haussa les épaules.

« Je pourrais chanter avec les musiciens de l'après-midi, et même avec l'orchestre noir si on me laissait le choix. Je chanterais volontiers avec eux sur une base régulière, mais dans certains de ces trous perdus vous savez comment sont les gens… Pour l'instant, je m'occupe du linge et je dispose les nappes sur les tables du pont supérieur. » Elle posa la main sur la tête du jeune garçon. « Notre fils que vous voyez là joue du saxophone alto comme un dieu, mais en ce moment il charge la chaudière aux cuisines. »

Entendant qu'on parlait de lui, l'adolescent tendit la main.

« Salut, je m'appelle August.

– Salut, mon pote. Fais gaffe à ne pas t'approcher de trop près de ces machines. »

Sam le regarda dans les yeux et sentit qu'il devait être intelligent, le genre de gamin qui sait se nourrir de tout ce qui l'entoure et en tirer profit.

« Bah, je finirai bien par remonter sur une estrade un de ces jours. »

Il passa la main dans ses cheveux blonds plaqués en arrière.

« Tu fais partie du grand orchestre ?

– Ils me laissent jouer quelques soirs par semaine. Je me débrouille pas mal pour déchiffrer à vue. »

Sam leva un sourcil.

« Pendant ton temps libre, ce serait chouette si tu voulais bien m'apprendre. »

Sur l'estrade située au milieu du pont, l'orchestre avait entamé une version très fantaisiste de « Frankie and Johnny », d'abord sur un rythme dansant classique, puis avec des écarts dans la mesure et la mélodie lors de la reprise. C'était de la bonne musique. Sam sentait les notes lui remonter le long des tibias pour atteindre ses hanches. Cela lui rappelait ces boîtes à jazz du côté de Storyville où il s'était si souvent arrêté pour prendre une bière et passer un moment. L'orchestre chauffait peu à peu comme un moteur, il devenait meilleur à chaque instant, le grand piano assurant la cohésion de l'ensemble.

« De la sacrée came ! Ça swingue peut-être un peu trop pour un bateau-dancing ! »

Le sifflet d'une embarcation résonna sur le canal et Ted tira sa montre de sa poche.

« Aujourd'hui, la plupart des danseurs aiment tout pourvu que ça bouge. Il y a dix ans, il n'y en avait que pour le ragtime et le cake-walk. À se demander ce qui leur plaira dans cinquante ans. »

Les yeux d'August s'étaient mis à briller. Il tendit la main pour faire claquer la bretelle gauche de son père.

« Quelque chose qui ressemblera à une tempête de grêle dans un bidon d'huile. »

Le mécanicien chauffait ses machines sur un tempo lent, la roue à aubes barattant doucement l'eau, le bateau à quai oscillant paresseusement de deux ou trois degrés. Puis un long gémissement de la sirène fit trembler les vitres du dancing, les lumières s'éteignirent, et l'*Ambassador* entreprit de remonter les eaux immobiles et huileuses du canal en direction des écluses du Mississippi. Au début de l'après-midi, le bateau avait déjà atteint la zone boueuse en contrebas d'Algiers Point et il se dérouillait les articulations en fendant lentement le courant vers le quai d'Esplanade Avenue. Mme Benton exécuta la manœuvre avec adresse et accosta en douceur, la coque s'immobilisant sans le moindre choc. Les matelots se précipitèrent pour jeter leurs cordes sur les bittes d'amarrage avant que le bateau n'ait pu s'éloigner à nouveau du dock.

Le lieu de départ pour la croisière de nuit avait été annoncé : un endroit assez difficile à atteindre, comparé au quai, plus facile d'accès, au pied de Canal Street. Le capitaine avait parlé d'une mise en jambes, une petite excursion destinée à vérifier que tout était en état de marche avant d'affronter le fleuve.

Sam fut désigné pour surveiller les passagers qui déjà se présentaient au pied de la passerelle. Le capitaine le prit à part aux environs de 18 heures sur le pont principal.

« Mon garçon, les gens ici à La Nouvelle-Orléans ne sont pas de mauvais bougres. C'est une ville où on aime s'amuser. Mais si vous voyez quelqu'un monter à bord avec une batte de base-ball, un couteau, ou un pistolet sous la ceinture, vous lui dites que vous êtes obligé de le lui prendre le temps de la croisière.

– Et s'il refuse ?

– Alors vous balancez le salopard à la flotte.

– Et si je vois quelqu'un qui essaie d'embarquer avec de l'alcool ? »

Le capitaine se rapprocha de lui, les sourcils froncés.

« Mais bon sang, mon garçon, c'est exactement pour ça qu'on est là ! Une fois quitté le rivage, les passagers sont pour ainsi dire dans un autre pays.

– Pigé. Autre chose ?

– N'oubliez pas d'essayer de repérer cette femme.

– Quelle femme ?… Ah… Vous pensez qu'elle serait assez folle pour venir se montrer sur ce bateau ? »

Le capitaine détourna le regard.

« Vous ne croyez pas qu'elle est folle de toute façon ? Il ne faut pas aller très bien pour kidnapper des gosses. Elle est sans doute folle, et crétine par-dessus le marché.

– J'ai l'impression d'avoir déjà commencé à oublier à quoi elle ressemble. Je ne l'ai aperçue que durant quelques secondes.

– Ouvrez quand même l'œil, et le bon ! »

Et Sam s'exécuta, faisant de son mieux pour se rappeler la vieille femme dans la cabine d'essayage, tentant de fixer pour toujours l'image éphémère, la dent manquante et les cheveux sales, les ciseaux suspendus au-dessus de la tête de l'enfant. Il lui fallut se forcer à se souvenir que sa mémoire était précisément une des raisons pour lesquelles il se trouvait maintenant sur ce bateau.

Plus tard dans la journée, il faisait toujours aussi chaud. Sam se tenait sur le quai et montrait à des couples qui se bousculaient comment emprunter la passerelle pour accéder au guichet sur le pont principal. L'orgue à vapeur lâcha d'abord quelques borborygmes, les notes les plus aiguës un peu écrasées, le temps que les tuyaux se réchauffent. Sur le toit, Fred Marble, le pianiste de l'orchestre noir, qui portait un chapeau mou à larges bords et des gants pour se protéger de la vapeur, effleura les touches pour jouer « Ain't We Got Fun », et les notes encore grinçantes remontèrent le fleuve en direction du Quartier Français. Des couples d'une vingtaine ou d'une trentaine d'années se mirent à affluer, puis se présenta un petit groupe d'hommes appartenant sans doute au même club – tout ce beau monde en crépon de coton et canotiers de paille. Pour la plupart, les gens étaient élégamment habillés, les jeunes femmes portant des robes légères à taille basse, les hommes des costumes d'été. Un type d'un certain âge vêtu d'une chemise et d'un pantalon kaki avait un couteau à gaine à la ceinture, et Sam le lui retira, promettant qu'il le retrouverait au guichet à l'accostage. Un gamin s'était muni d'une espèce de gourdin aussi épais qu'un barreau de chaise qu'il lui confia avec réticence. L'orgue à vapeur s'arrêta sur un yodel, et de la longue rangée incurvée de fenêtres ouvertes au-dessus de sa tête commença de se déverser la musique tonitruante de l'orchestre qui exécuta une superbe version dansante de « When my Baby Smiles at Me », les notes tournoyant comme des friandises épicées lancées dans la foule. Les passagers continuaient à affluer, et alors que l'heure du départ approchait, ils se mirent à avancer trois par trois, tout joyeux et se dévissant le cou pour admirer l'énorme masse blanche du bateau. Sam dissimulait dans sa paume un compteur en acier chromé, et quand il y jeta un coup d'œil il affichait mille deux cent cinquante-cinq. Quatre matelots rejoignirent nonchalamment leur poste près des bittes d'amarrage, et le sifflet lâcha un jet de vapeur sur une note grave et soutenue qui emplit tout l'espace. Ralph Brandywine allait piloter l'*Ambassador* dans le trafic dense de cette partie citadine du fleuve ; il se pencha par la fenêtre de la timonerie avec un porte-voix pour crier à Sam de se dépêcher de faire monter les derniers passagers. La roue à aubes tourna lentement, la cloche du pont fit résonner trois fois ses cinq cents kilos de bronze, et une foule de passagers se hâtèrent d'emprunter la passerelle, comme s'ils craignaient d'être laissés à quai – la pire chose qui pourrait sans doute leur arriver : ne pas être entraînés avec tous les autres dans ce tourbillon de vapeur qui promettait musique et plaisir. Sam commençait à beaucoup s'amuser de devoir les pousser à bord, criant à tout le monde d'avancer, appuyant discrètement sur son compteur, se laissant envahir par l'excitation ambiante, les parfums de vanille, d'hamamélis, de talc au jasmin et de cachou. Quelques minutes plus tard, le cabestan à vapeur ramenait la passerelle à bord et les derniers arrivants se pressaient devant le guichet sur le premier pont, tandis que le bateau reculait pour de bon, la vapeur s'échappant à jets continus des bouches d'aération ménagées dans la coque, les gongs de la salle des machines tintant comme la cloche du dernier round, et, par-dessus tout cela, une pluie de particules de fumée noire et mousseuse s'échappant en bouillonnant des cheminées. Sam regarda une dernière fois du côté du quai et aperçut, à moins de deux cents mètres, trois jeunes filles en chaussures à talons qui couraient dans la lumière déclinante, d'une main retenant leur chapeau, leur sac à main dansant à leur coude, l'ourlet de leur robe courte virevoltant autour de la masse indistincte de leurs genoux blancs, mais il était trop tard, et il s'interdit de penser au souvenir qu'elles garderaient dans leur cœur tandis que le gros bateau blanc s'éloignait sous la lumière des premières étoiles : une image romantique nimbée de musique endiablée, ou peut-être l'idée d'un simple divertissement sans conséquence, parce qu'il faut bien essayer de croire avec ferveur que la vie n'est pas tous les jours aussi moche qu'elle en a l'air.

Chapitre 8

Durant la soirée, il avait pour mission d'arpenter les ponts pour s'assurer qu'il ne se passait rien de fâcheux, de la simple bagarre à l'incendie. La partie avant du pont inférieur, au-delà du grand escalier, constituait une sorte de salon à ciel ouvert, un enclos meublé de sièges en rotin et décoré de plantes en pot, et il remarqua que ces lieux étaient surtout fréquentés par des personnes âgées, servies par quatre garçons qui leur apportaient des monticules de glace dans des seaux en argent. Le bateau descendait paisiblement le cours du fleuve en vibrant de toute sa carcasse, se frayant à la vitesse du courant un chemin entre les cargos amarrés en quarantaine, et une légère brise délicieusement rafraîchissante montait de l'eau. Il faut dire que, si les passagers venaient évidemment pour danser et boire, ils voulaient aussi échapper au pavé surchauffé de la ville et à la fournaise de leurs maisons, dont la température ne baisserait pas avant minuit.

À 20 h 30, il monta à l'étage supérieur : la salle de bal ressemblait à un immense tunnel de chemin de fer dallé de bois et empli de musique, chacun des arcs du plafond décoré d'ampoules jaunes, rouges et bleues de faible intensité. L'orchestre s'était lancé dans un fox-trot au tempo encore raisonnable avec des improvisations à la clarinette. La brise s'insinuait entre les corps au rythme de la musique, arrachant l'espace d'un instant les quelque quatre cents couples à l'humidité de leur existence, qui en temps normal couvrait de moisissure verte leurs chaussures de danse au fond des placards. À travers les vitres, on apercevait les lumières du rivage qui se réfléchissaient en clignotant sur le Mississippi, et chacun sentait sous ses pieds le mouvement de l'onde, la force des courants qui se mêlaient à la musique pressante des cuivres ; sur la piste, les couples dansaient le fox-trot et oscillaient dangereusement sous les ampoules colorées. Sam se rappelait ce pont tel qu'il était encore quelques jours plus tôt : un espace clos et statique craquant de toutes parts, alors que ce soir on aurait dit un nuage féérique de mouvement et de musique, qui deviendrait bientôt un beau souvenir que les danseurs conserveraient plusieurs années après la disparition complète du vieux navire.

Il s'approcha du second lieutenant, qui observait la foule.

« Eh ben ! s'écria Charlie. On peut dire qu'à La Nouvelle-Orléans les gens sont de sacrés danseurs ! »

Sam coula un regard par-dessus son épaule.

« Oui, t'as pas tort ! Mais qu'est-ce qu'il fabrique, ce type ? »

Par-dessus le vacarme croissant d'une trompette, Duggs cria pour se faire entendre.

« Il danse le Texas Tommy*. S'il y en a trop qui s'y mettent, on va être obligés de les arrêter, ou au moins de leur demander de se déployer sur la piste. Les étais du plancher risquent de ne pas résister, sinon. Le two-step, c'est encore pire ! Là, on dirait que le pont se met à tanguer comme un ring quand tout le monde marque le rythme.

– Tu veux dire que le plancher pourrait céder ? »

Sam pensait que Duggs plaisantait, mais le second lieutenant secoua la tête.

« L'année dernière, le pont d'un vapeur d'excursion qui remontait la rivière s'est complètement effondré. Trente passagers se sont retrouvés à l'hosto.

– Drôle de façon de finir une fête en beauté !

* Une sorte de hip hop.

– Tu vas faire un tour du côté de la cafétéria ?

– OK. »

L'orchestre s'arrêta et les femmes qui retournaient vers leurs tables arboraient de grands sourires. Elles s'éventaient et leurs robes n'avaient plus de forme.

« Si tu croises Weller, essaie de le consoler.

– Comment ça ?

– Le capitaine l'a collé sur le pont supérieur comme serveur.

– Sûr que le syndicat des musiciens ne va pas laisser passer ça.

– C'est lui qui l'a demandé. Son salaire était drôlement réduit depuis qu'il ne joue plus que pendant les excursions de jour. »

Sur le troisième pont, il y avait une longue galerie surmontée d'un toit mais ouverte à la nuit, complètement obscure mis à part le reflet des ampoules qui bordaient les autres ponts. Des couples s'installaient là autour des tables, certains se préparant des cocktails à partir de bouteilles qu'ils avaient apportées à bord, d'autres restant à s'embrasser dans les coins sombres, échangeant promesses et mensonges. Le restaurant situé sur la partie arrière de ce pont était bondé de passagers qui mangeaient des sandwichs ou des steaks bon marché. D'une porte dérobée s'échappait la longue file des garçons en veste blanche qui assuraient le service sur tout le bateau. À l'avant, tout le monde paraissait se conduire convenablement. Sam concentra donc son attention du côté de la poupe, où Ted Weller était justement en train de prendre une commande. Il le rejoignit sur le seuil des cuisines avant qu'il n'y entre.

« Vous faites des heures sup' ?

– On fait ce qu'on peut pour que le vieux crache quelques pièces. »

Ted Weller avait les yeux rouges, et Sam se demanda s'il n'avait pas un peu trop bu.

« On est du même bord, vous savez ?

– Plus je bosse, et moins ça va. D'abord on me kidnappe ma petite, et maintenant on me saigne à blanc. »

Sam posa une main sur son épaule.

« Votre petite fille ? C'est pour elle que je suis là. Dès qu'on aura entrepris la remontée du fleuve, je commencerai mon enquête dans tous les ports. »

Ted nota quelque chose sur son calepin et releva les yeux.

« Avant de s'endormir le soir, elle me disait "*Gute Nacht*". J'avais commencé à lui apprendre l'allemand.

– Ah oui ? »

Ted se pencha et Sam sentit un relent de whisky.

« Vous ne vous rendez pas compte de ce que c'est, de ne plus pouvoir prendre votre gosse dans vos bras. »

Il se détourna aussitôt et disparut par la porte à battants.

Sam eut envie de le poursuivre pour lui rappeler qu'il n'était pas le seul homme au monde à avoir perdu un enfant, mais il se retint, et continua de fixer la porte qui s'ouvrait et se refermait pour livrer passage aux serveurs et aux garçons, et lui permettait d'entrevoir l'image entrecoupée de Ted Weller en pleine dispute avec un cuisinier en sueur.

Aux environs de 22 heures, le bateau vira paresseusement au niveau des écluses de Violet et entreprit de remonter le fleuve aux trois quarts de sa vitesse. L'orchestre se lança alors dans une version accélérée de « Everybody Step », et tout le monde se leva pour danser. Quand Sam redescendit, Charlie Duggs était en train de tirer un jeune type costaud par le col pour l'amener vers le bastingage de proue. Le garçon réussit à se dégager et il lança le poing en avant, atteignant Duggs à la mâchoire. Sans perdre son sourire, ce dernier laissa sa tête osciller sous le choc, puis il assena au jeune homme une terrible gifle dont le claquement couvrit une seconde le vacarme de l'orchestre et l'envoya valser sous une table. Sam accourut pour proposer son aide, mais le second lieutenant lui fit signe qu'il n'en avait nul besoin.

« Je vais me débrouiller tout seul. Ce type veut apprendre un nouveau pas de danse, c'est tout. Par contre, un serveur est monté il y a une minute et il a dit qu'il risquait d'y avoir du grabuge. »

Il saisit le garçon par les chevilles et le tira vers la musique.

Sur le pont principal, Sam repéra deux vieillards qui se querellaient, le visage cramoisi. L'un tenait une canne par le bout et en brandissait la poignée recourbée, qui accrocha au passage un gros ventilateur de plafond. Arrachée de ses mains, la canne fit trois tours sur elle-même avant d'être précipitée de l'autre côté du salon et d'atterrir sur une table où elle renversa sur leurs genoux les verres de quatre passagers éméchés et endimanchés pour l'occasion. Sam comprit immédiatement plusieurs choses à propos de ces croisières dansantes : d'abord, les gens pensaient qu'ils pouvaient s'enivrer impunément parce qu'il n'y avait pas de véritable représentant de l'ordre à bord ; en conséquence, tout le monde buvait ; enfin, les choses avaient tendance à devenir de plus en plus problématiques au fil de l'excursion.

Il alla se camper devant deux clients qui contournaient déjà leur table copieusement arrosée.

« Restons calmes, dit-il en levant les mains en signe d'apaisement. C'était un accident.

– Ah, vraiment ? » L'un d'eux, un petit homme dont le gilet laissait échapper un glaçon buissonnier, montrait le poing. « On peut savoir où vous étiez ? Ça fait une bonne demi-heure que ces deux vieux sautent dans tous les sens. Cette croisière était censée être agréable.

– Nous exigeons que nos consommations soient remboursées, dit l'autre en chancelant sur place avant de faire un pas de côté.

– Je vais m'assurer que le garçon vous apporte un autre seau à glace et des verres.

– Et si quelqu'un pensait à s'excuser ? » demanda le petit homme.

Le plus grand des deux vieillards s'approcha. Il avait des yeux minuscules et son nez ressemblait à une grosse fraise trop mûre.

« Je voudrais reprendre ma canne, merci.

– Vous ne voyez rien d'autre à ajouter ? » grogna l'offensé.

Le vieux monsieur pinça les lèvres et, rien qu'à le regarder, Sam comprit qu'il allait dire quelque chose qui aurait pour résultat la détérioration d'un quart des meubles en rotin du salon.

« Je devine, dit-il, que vous voudriez entendre quelque chose d'apaisant. Vous rêvez de me voir m'excuser pour les dommages causés par un appareil électrique, c'est cela ? »

Le petit homme fit un pas en avant.

« N'essayez pas de jouer au plus malin avec nous. »

Et il donna sans conviction un coup du plat de la main sur le gilet du vieillard. À ce moment-là, un autre passager, de petite taille lui aussi et d'une quarantaine d'années, élégamment vêtu, se leva au fond de la salle et assura son équilibre en s'agrippant à un guéridon sur lequel était posée une plante.

« Faites un peu attention à qui vous osez bousculer, couina-t-il. C'est à mon beau-père que vous parlez. »

Les deux femmes étaient en train de débarrasser leurs robes des glaçons qui les constellaient quand l'une d'elles ramassa et jeta sur le vieil homme sa canne, qui lui atterrit sur le front et fit tomber ses lunettes.

« Espèce de vermines ! rugit-il. On devrait vous balancer par-dessus bord. »

Sam fit rapidement le tour des quelque soixante passagers présents, et il se rendit compte qu'il s'agissait d'individus respectables, mûrs et bien habillés, et pas de gamins sans importance qu'il aurait pu rudoyer pour remettre de l'ordre. Il tenta de s'interposer entre les différents acteurs de la scène et se retrouva au milieu d'un beau charivari où toutes les haleines empestaient l'alcool. L'atmosphère se chargea davantage encore quand le gendre, quatre tables plus loin, décida de se rapprocher du théâtre des opérations en montant sur un fauteuil qui ne résista pas, et que son pied traversa le rotin de part en part. Il sautilla trois fois sur place avant de s'effondrer sur la table d'un autre couple, se coinçant la main dans un pichet à eau en métal. À ce moment, tout le monde se mit à rire, sauf le gendre et son beau-père, qui se penchait à grand-peine pour chercher à tâtons sa canne et ses lunettes. Sam appela un garçon pour nettoyer tables et chaises, chacun reprit sa place, et verres et seaux à glace furent remplacés. C'est alors que le sifflet à vapeur lança un avertissement, suivi par un signal de danger plus aigu provenant de tribord. On venait d'échapper de peu à une collision : un ferry avait coupé ses moteurs à moins de dix mètres du bateau, ses feux de navigation crachant leur lumière rageuse, la trappe de sa chaufferie pareille à une aveuglante étoile orange déchirant le ciel de la nuit. Les passagers se calmèrent instantanément à l'idée que le ferry avait quitté l'embarcadère sans attendre que l'*Ambassador* soit passé, et même sans l'avoir vu du tout. Sam regarda le ferry s'éloigner lentement derrière eux, espérant que tout le monde à bord avait désormais compris que quelques verres renversés ou une remarque grossière n'étaient rien en comparaison d'une collision nocturne qui aurait précipité des centaines de passagers dans les eaux profondes. Mais le gendre se mit à jouer des poings et il fallut à Sam dix minutes d'efforts insensés pour arrêter la bagarre.

Juste au-dessus, les musiciens de l'orchestre étaient en sueur, martelant un shimmy pour la plus grande joie de cinq cents danseurs transformés en un tourbillon de cuir vernis, de sequins, de cravates en soie et de brillantine – d'excellents danseurs de La Nouvelle-Orléans qui savaient mieux que personne taper du pied et faire trembler le pont d'un vieux rafiot. Les serveurs filaient comme des patineurs sur le pourtour de la piste, glissant sur le parquet ciré pour apporter sandwichs et boissons aux clients assis devant la double rangée de tables qui bordaient les murs. La plupart des danseurs arboraient des mines ravies, et Sam scruta le visage des musiciens, trop absorbés par leur partition pour montrer la moindre trace d'inquiétude. Tous étaient enfermés dans une bulle de plaisir et personne en fait ne semblait traversé par la moindre pensée négative, du moins tant que la musique gardait les corps en mouvement. Il aperçut alors une silhouette immobile assise au fond du dancing et il s'en rapprocha parce que sa présence offrait un contraste saisissant avec la salle ivre de danse. C'était Elsie, seule à la dernière table, les cheveux relevés en nattes au-dessus de ses oreilles, vêtue d'une robe sombre toute simple.

« Salut. Vous êtes en pause ?

– Au cas où vous ne le sauriez pas, le personnel n'a pas le droit de danser. Nous serons à quai d'ici dix minutes, et dès que les lumières reviendront il va falloir que je me mette à débarrasser les tables. »

Elle paraissait très lasse, et il aurait voulu lui dire quelque chose de réconfortant, mais il ne trouva rien d'autre qu'une banalité.

« Ils vous font trimer comme une esclave, hein ?

– Disons plutôt que je m'arrange pour me tenir occupée.

– Ted est en train de finir son service là-haut ? »

Elle hocha la tête.

« J'étais avec lui il y a encore quelques minutes, mais on m'a libérée. Il ne faudra pas plus d'une demi-heure pour que tous les passagers aient quitté le bateau. C'est une foule plutôt docile aujourd'hui. »

Le sifflet lâcha le signal de l'accostage et l'orchestre entama « Home, Sweet Home ». Sam sentit qu'on le tirait par le bras et il se retrouva face à un type bien bâti qui portait lui aussi une casquette d'officier. Il se présenta comme Aaron Swaneli, premier lieutenant.

« Comment se fait-il qu'on ne se soit pas croisés avant ?

– C'est mon boulot de rester discret, répondit Swaneli. Manière de tout surveiller, vous voyez ? »

Il déplaça la tête de droite à gauche à la façon d'un espion.

« Vous êtes le chef ici. C'est vous qui portez la matraque », dit Sam.

Swaneli posa la main sur son épaule et serra les doigts.

« Là tout de suite, j'aurais besoin que vous montiez faire un tour là-haut. Les coureurs de jupon sont en train de fumer sur le pont et à cette heure-là ils sont tous amoureux. Arpentez la galerie et repérez les cigarettes qu'ils ont jetées. Chaque fois que vous voyez un mégot, allumé ou pas, écrasez-le en tournant trois fois le bout de votre pied dessus, OK ? »

Les lumières revinrent sur la dernière note de musique, et les musiciens commencèrent à ranger partitions et instruments. Les passagers envahirent les escaliers, et Sam fendit la foule pour aller inspecter le pont, d'abord la terrasse à ciel ouvert, puis la cafétéria, presque vide, où la chaleur restait suffocante. Il s'avança dans la nuit, cherchant des yeux M. Brandywine, qui venait de se hisser jusqu'à une petite passerelle en treillis métallique sur le pont supérieur. Il soulevait son porte-voix pour que ses instructions parviennent à un matelot qui actionnait un cabestan à vapeur. Le gros bateau paraissait désormais presque endormi, dans l'attente d'une décision ou d'une autre que le courant était censé prendre. Finalement, M. Brandywine tourna son porte-voix vers les vitres sombres du poste de la timonerie :

« Madame Benton, encore un petit coup en avant ! »

Une cloche retentit dans la salle des machines et deux ronflements s'échappèrent des tuyaux au moment où le bateau toucha le quai et heurta un pilier précisément à l'endroit où un matelot avait soulevé une défense en cordage pour protéger la coque. À l'avant et à l'arrière, on lança les aussières et la sonnette d'arrêt des moteurs se mit à tinter tandis que le bateau s'immobilisait tranquillement.

Il fallut une heure pour faire descendre les passagers jusqu'aux derniers, en l'occurrence une bande de grosses jeunes femmes un peu trop joviales. Comme prévu, Sam éteignit une bonne dizaine de mégots encore allumés, et il dut réveiller un gamin ivre qui s'était endormi dans les toilettes avant de le raccompagner à terre. Plusieurs passagers s'attardèrent sous les réverbères du quai, les yeux rivés sur le bateau comme s'ils ne parvenaient pas à croire que l'excursion était terminée. On lisait sur leurs visages la tristesse d'individus qu'on venait de rendre à leur vie ordinaire, et à qui cela ne semblait pas plaire le moins du monde. Sam s'avança jusqu'au bout du débarcadère et admira à son tour les différentes lumières qui constellaient les coursives, observa les matelots épuisés qui briquaient les galeries sombres des ponts supérieurs, les employés des cuisines qui essuyaient les tables et les chaises du troisième étage, les retournant pour laisser passage au lave-pont afin de faire disparaître toute trace de verres renversés, de débris de nourriture, de papiers éparpillés et de friandises écrasées. Il songea aux cuisiniers, sans doute en train de laver à grande eau leurs gigantesques fourneaux dans la chaleur de la nuit, à la piste de danse toute poisseuse et jonchée de brins de tabac, aux toilettes souillées d'urine, et aux boiseries du salon endommagées qu'inspectait déjà le menuisier du bateau. D'autres auraient pu trouver tout cela divertissant, mais il avait terriblement mal au dos et aux jambes d'avoir passé la soirée à arpenter les ponts et à monter et descendre les escaliers.

Aux environs de 1 heure du matin, il s'allongeait enfin sur sa couchette, coincé sous le plafond de sa cabine. Une minute plus tard, Charlie Duggs entra, se déshabilla pour ne garder que son caleçon, et accrocha ses vêtements aux deux clous de la cloison.

« Bon Dieu, mec, j'ai l'impression d'être passé entre les pales de la roue à aubes ! »

Puis Sam sentit qu'il sombrait dans le sommeil, et il fut inondé par une grande reconnaissance à l'égard de ce qui contrôle le mécanisme d'endormissement de l'être humain. Il entendit Charlie bâiller et lui dire :

« N'oublie pas de t'arracher aux draps et de te laver les aisselles à temps pour le tour du port à 10 h 30 ! »

À 8 heures le lendemain matin, ils étaient attablés avec le reste de l'équipage devant une assiette d'œufs sur le plat, de pommes de terre sautées et d'oignons. Les musiciens étaient descendus faire une virée en ville après l'accostage, et maintenant ils prenaient leur petit déjeuner sur la terrasse, traînant leur ennui comme des soldats blessés. Charlie plia en deux une tranche de pain blanc et la brandit en l'air pour ponctuer son propos.

« En revenant de Cincinnati, on avait fait escale dans une drôle de petite ville, dans l'Indiana, je crois, et on avait organisé un après-midi dansant. J'étais en train de clouer de nouvelles cales pour le piano pendant la pause, et Elsie et Ted répétaient un numéro avec leur petite fille. Il y avait quelques passagères autour de l'estrade, et on aurait dit qu'elles avaient presque les larmes aux yeux. Je sais pas pourquoi. Elle était pourtant joyeuse, cette chansonnette. Elles pensaient peut-être que la gamine était une espèce de marionnette à qui une fée aurait donné la vie, ou un truc de ce genre. »

Il avala une énorme bouchée de pommes de terre.

Sam se redressa sur sa chaise.

« C'était quelle ville, exactement ?

– On a fait je sais pas combien d'escales pendant ce voyage. En fait, c'était peut-être dans le Kentucky, maintenant que j'y pense. Chaque fois que la gamine chantait, les mères s'approchaient de l'estrade. Elles s'imaginaient sans doute la vie qui attendait cette gosse. Partout où elle poussait ses deux chansonnettes, elle provoquait le même genre de réaction. »

Sam termina ses œufs et repoussa son assiette.

« Je connais pas mal de gens qui passent leur vie à penser à l'avenir et qui bousillent le présent en attendant.

– C'est pas faux. »

Sam balaya lentement la cafétéria du regard et fronça les sourcils.

« Tu crois que quelqu'un aurait pu vouloir l'arracher à cette vie de bohème ? Je dois reconnaître que les musiciens gagnent à peu près autant d'argent que les marchands de frites. Dans l'armée, mon sergent avait enregistré quelques disques pour phonographe

– des grandes maisons, en plus. On l'avait payé dix dollars pour les deux faces et il n'avait jamais reçu un sou de royalties. »

Dodelinant du chef, Duggs vida sa tasse de café en fer-blanc et la reposa sur la table.

« J'ai un frère qui joue dans l'orchestre de l'Orpheum, et avec sa paie il arrive même pas à nourrir sa famille. Il est obligé de jouer en plus dans des kiosques le dimanche, à des soirées de l'Elk Club, ce genre de conneries… »

Sam jeta sa serviette en papier dans son assiette.

« Moi, je me débrouille pas mal au piano.

– Tu te fais un peu d'argent en plus avec ça ?

– Tu parles ! On a essayé de m'engager pour un *cent* par touche enfoncée, alors j'ai tout envoyé promener. »

Charlie renversa la tête en arrière et partit d'un bon rire.

Le capitaine Stewart arriva sur ces entrefaites et se campa sur le seuil de la terrasse, ce que tout le monde interpréta comme le signal du retour au travail. Peu après, le bateau était envahi par une troupe de collégiens en sortie scolaire. L'orchestre blanc joua pour les accompagnateurs et quelques touristes tandis que le bateau longeait lentement les quais en direction des silos à grains, les matelots et les vigiles empêchant les enfants d'escalader les balustrades et de s'accrocher aux ventilateurs de plafond.

Deux jours plus tard, le bateau fit une croisière de nuit à Donaldsonville, et deux jours après encore l'*Ambassador* accostait à Baton Rouge pour trois spectacles. Leur agent était passé par là deux semaines avant dans sa petite Ford, il avait fait paraître des annonces dans le journal, accroché des affiches sur trois cents poteaux télégraphiques et dans toutes les vitrines, et convaincu une congrégation de presbytériens de réserver une croisière à 14 heures. Le capitaine avait donné leur matinée aux Weller pour qu'ils puissent aller au commissariat déclarer l'enlèvement de leur fille et fournir son signalement. Personne ne prenait l'orchestre du matin très au sérieux, et Sam remplaça Ted au piano et joua des partitions pour guitare au débotté, en souriant de toutes ses dents aux quelques couples qui se décidèrent à venir esquisser quelques pas de jazz-box à côté de l'estrade. Il s'étonna de redécouvrir le plaisir qu'il y avait à voir des gens danser sur sa musique. Il examina tous les passagers, et après le spectacle il se planta sur le quai près de la passerelle pour voir les clients du matin quitter le vapeur et étudia attentivement chaque visage.

Il remontait l'escalier principal quand les Weller le rattrapèrent, Elsie filant sans s'arrêter en criant qu'il lui fallait de l'aspirine. Ted s'épongea le visage avec son mouchoir en s'appuyant contre la rampe.

« Les flics d'ici n'en ont rien à cirer des enfants perdus de Cincinnati. Ils ne voulaient pas non plus appeler les autres juridictions, à moins qu'on paie les frais, et on est complètement fauchés. » Il retira son canotier et essuya la marque que le chapeau avait laissée sur son crâne dégarni. « Le planton a pris notre déposition et il l'a balancée dans un tiroir. Nous lui avons posé toutes sortes de questions, sur les enfants kidnappés dans la région, etc., etc. Vous savez ce qu'il nous a répondu ? Qu'il avait lui-même quelques enfants qu'il ne serait pas fâché qu'on lui enlève !

– Apparemment, vous êtes tombés sur un crétin. Sans doute le beau-frère du chef ! »

Ted lui décocha un regard furieux.

« Vous dites ça pour me réconforter ?

– Écoutez, si le capitaine m'y autorise, je reste à terre pendant l'excursion organisée à 14 heures et je vois ce que je peux faire. »

Ted releva la tête.

« Et qu'est-ce qui vous fait croire que vous pourriez obtenir de meilleurs résultats que nous ?

– J'ai un vieux copain dans la police locale… enfin, s'il n'a pas démissionné depuis. On était dans le même détachement en France. »

Sous la chaleur intense, il traversa la ligne de chemin de fer et remonta la longue route qui escaladait la colline et menait à la ville. Au commissariat, le sergent lui dit que Melvin Robicheaux réglait la circulation entre Florida Street et North Boulevard. Sam ressortit et, une demi-heure plus tard, il repéra son ancien compagnon d'armes en train de fumer sous l'auvent d'un drugstore dans une petite rue latérale. Son uniforme était mal repassé et tout taché de graisse, son insigne accroché de guingois. Sam le héla par son nom. Le policier cligna des yeux.

« Lucky ! Mais d'où tu viens, bon Dieu ?

– De la ville, la seule, la vraie. »

Ils se serrèrent la main.

« Tu as réussi à décrocher un boulot tranquille comme tu voulais ?

– J'en ai eu un et je l'ai perdu. En ce moment, je bosse sur un bateau d'excursion.

– T'es pas dans la police ? La plupart des gars se sont engagés comme flics. »

Melvin tira goulûment sur sa cigarette.

« Non, non, rien à voir. En tout cas, pas officiellement. »

Il lui expliqua ensuite ce qu'il faisait et qui il recherchait. Melvin jeta sa cigarette sur le trottoir en riant.

« On peut dire que tu es toujours aussi chanceux, monsieur Lucky. »

Il baissa les yeux et s'esclaffa de nouveau.

« Tu peux me dire ce qui te fait rire ?

– C'est juste que tu obtiens toujours tout ce que tu veux, pas même besoin de demander.

– Comment ça ? »

Il haussa les épaules. Melvin Robicheaux paraissait fâché que tout le monde ait la vie facile à part lui.

« Je devrais sans doute te taxer de quelques dollars comme je fais aux maquereaux, dit-il en jetant un coup d'œil dans les deux directions, mais je vais être chouette. Il y a une famille de malfrats crasseux qui habitent un peu plus loin en amont, juste avant d'arriver à la frontière du Mississippi. Les Skadlock, ils s'appellent. La mère du clan s'appelle Ninga, et elle correspondrait assez bien à ta description. »

Sam le dévisagea un instant puis laissa son regard descendre la rue étincelante de lumière.

« Y a pas mal de vieilles harpies dans ce genre. Elle a déjà enlevé un gosse, celle-là ? »

Melvin releva la tête et observa une Oldsmobile qui grillait un stop.

« Cette bonne femme et tous ceux qui vivent avec elle seraient capables d'arracher ses yeux au pape et de te les apporter dans un porte-monnaie s'ils pensaient que ça peut rapporter suffisamment gros.

– Le monde ne manque pas de criminels. Qu'est-ce qui t'a fait penser à elle aussi vite ?

– Les chiens. »

Il fit un pas pour se rapprocher de la rue.

« Tu t'expliques ?

– Elle vole des chiens. Bêtes à concours. Chiens de surveillance. Petits toutous bruyants… Je sais pas comment elle se débrouille, ni qui l'engage pour les kidnapper. L'année dernière, je l'ai arrêtée au volant d'une vieille Dodge Old Betsy avec trois bergers allemands endormis dans des sacs. Des chiens de race qui appartenaient à l'armée, rien de moins ! La bagnole empestait le chloroforme. On l'a embarquée mais elle avait de quoi payer sa caution dans son sac à main. Pas revue depuis. » Melvin pressa sa langue contre sa joue et roula des yeux ronds. « Après ça, on m'a raconté qu'elle s'était fait piquer pour la même chose dans le comté d'Orléans. Même affaire, mêmes résultats. »

Sam enfonça la main dans sa poche et recula pour se mettre à l'ombre de la vitrine du drugstore.

« Ça vaut la peine de tenter le coup. Tu pourrais venir avec moi et on lui parlerait les yeux dans les yeux…

– Lucky, mon secteur se limite à quatre ou cinq rues. Je suis qu'un petit policier municipal.

– Il me faut le responsable du district alors.

– Elle habite à deux districts d'ici, et là-bas, le shérif se comporte avec les Skadlock comme s'ils étaient sa propre famille. Je pense qu'ils le fournissent en alcool. Si tu veux lui parler, il va falloir que tu ailles à Gasket Landing tout seul comme un grand.

– Mais où c'est, ce trou paumé ? Je peux peut-être y aller en train et rattraper le bateau plus loin : notre agent a organisé une soirée dansante au clair de lune qui part de Bayou Sadie. »

Melvin tira sa montre de son gousset et la remonta en secouant la tête.

« Gasket Landing, ça ressemble plus à rien. Autrefois, il y avait une plantation, mais tout tombe en ruine, à ce qu'on raconte. On peut plus y accéder qu'à cheval, une voiture arriverait même pas à se frayer un chemin dans ce bourbier.

– Est-ce que je pourrais y aller en bateau ?

– Tu comptes espionner discrètement quelqu'un en arrivant sur un bateau d'excursion à vapeur ? » Melvin rit et sortit de sa poche de quoi se rouler une nouvelle cigarette. « Si t'as pas oublié comment on s'oriente en forêt depuis le temps où tu étais môme, il reste une écurie de louage à Saint Frank où tu pourras te trouver un canasson.

– Tu parles ! » Sam songea un instant aux trajets vers le lycée avec ses cousins dans la paroisse de Calcasieu, à trois sur le dos d'une vieille jument qu'ils appelaient Slop Jar. « Je ne suis monté à cheval qu'une fois depuis que j'ai quitté la ferme.

– Y a pas d'autre moyen d'y accéder, Lucky. Trouve-toi une boussole à quatre sous et demande ton chemin dès que tu croises quelqu'un. » Melvin coinça la cigarette entre ses lèvres et lui jeta un regard oblique. « Tu as un flingue ? »

Sam secoua la tête.

« Pas question.

– Moi, je prendrais un Colt .45 si je voulais m'attaquer à un Skadlock.

– Je n'ai même pas de canif. Tout ce que je veux, c'est trouver cette femme et lui parler. À partir de là, j'improviserai, je suppose. »

Un camion s'avança en cahotant et s'arrêta pile au milieu du carrefour. Deux femmes dans une REO s'approchaient à vive allure et la conductrice écrasa son klaxon. Melvin donna un coup de sifflet et fit signe au camion de dégager la voie.

« Si j'apprends quelque chose, mon pote, je te tiens au courant. *Vive la France*, et tout et tout. N'hésite pas à me demander.

– OK, vieux. On marche comme ça. »

Chapitre 9

Après la croisière au clair de lune, le bateau remonta le fleuve toute la nuit en direction de Bayou Sadie – en fait, guère plus qu'un embarcadère boueux et quelques baraques en planches faisant office de magasins, reliés aux bourgades des environs par une route étroite. À 7 heures le lendemain matin, le commissaire de bord donna à Sam une avance sur son salaire et lui dit d'être de retour pour l'excursion de 20 h 30, sous peine d'une amende de deux dollars. Il marcha jusqu'à Saint Frank et trouva l'écurie de louage du côté nord de la rue principale. Parce qu'il ne le connaissait pas, le propriétaire, un gros homme en salopette-short maintenue par des bretelles vertes, lui prit comme dépôt de garantie tout l'argent qu'il avait pour la pire monture de son enclos, un petit cheval nerveux dont la robe ressemblait à un matelas taché. Le type entreprit ensuite de lui expliquer où se trouvait Gasket Landing.

« Faut que vous continuiez sur ce chemin et que vous passiez le bayou à gué – vous verrez, l'eau est pas très profonde en cette saison, et le fond est bien dur. Ensuite vous continuez vers l'ouest entre les buissons pendant un bon bout de temps et vous arrivez dans un grand marais qui est à sec en ce moment et plutôt dégagé. Tous ces grands arbres, ça fait reculer la broussaille. Faites avancer votre cheval droit devant, arrangez-vous pour qu'il s'arrête pas et qu'il regarde pas trop autour de lui. Une bête qui file bon train a pas le temps d'avoir les jetons.

– Qu'est-ce qui pourrait bien lui faire peur ? »

Le gros homme parut réfléchir à la question tandis que Sam se hissait en selle.

« Vaut mieux pas vous le dire. Continuez quelques kilomètres pour vous retrouver face à la rivière, et remontez la berge jusqu'à quelques baraques en ruine. C'est là qu'ils habitent, les Skadlock. Vous êtes de la famille ?

– Non.

– Je m'en doutais. Vous leur ressemblez pas vraiment. »

Sam désigna la forêt de la pointe du menton.

« Vous savez si Ninga Skadlock vit là-bas ?

– Je vois pas bien où elle pourrait vivre d'autre.

– On est à combien de kilomètres en tout ?

– Je sais pas trop.

– Aucune idée ?

– Entre quinze et soixante-dix. C'est un vrai pays de dingues.

– Comment il s'appelle ?

– Qui ça ?

– Le cheval. »

Le type gratta les poils blonds de son torse qui s'échappaient de son maillot de corps.

« Numéro 6. »

Sam poussa sa monture vers la route, mais quand un camion chargé de troncs d'arbres les dépassa, Numéro 6 hennit, se cabra, et se précipita dans un fossé de quatre mètres de profondeur ; il avait de l'eau jusqu'aux étriers. Sam resta bien en selle, lui caressa l'encolure et l'amena doucement à remonter le talus et à continuer son chemin. L'animal se lança alors dans un trot chaoteux, levant haut les pattes et oscillant de droite à gauche. Sam le fit s'arrêter, puis décrire des cercles vers la droite et ensuite vers la gauche, comme son oncle Claude le lui avait appris, et lorsque le cheval reprit sa trajectoire, il semblait se souvenir qu'il était censé aller droit devant lui et à une allure régulière. Après quelques kilomètres, ils arrivèrent à un endroit où la route descendait en pente douce jusqu'à un vaste bayou. Le cheval freina des quatre fers. Dès que l'eau lui lécha les paturons, il obliqua irrésistiblement vers l'amont. Sam sauta à terre, retira son pantalon et avança en le tirant par la bride. L'eau atteignait à peine sa taille, mais du fond montaient des nuages de vase nauséabonds. Il s'assit sur la berge au soleil pour se sécher, puis il renfila son pantalon, se demandant s'il ne ferait pas mieux de repartir en sens inverse. Il ferma un instant les paupières pour voir s'il avait conservé l'image de la petite fille, et elle lui apparut, presque phosphorescente, mais à côté de son visage il en voyait un autre : celui de son fils qui perdait connaissance, qui s'enfonçait peu à peu dans les brumes de la fièvre. Sam était le genre d'homme à ne pas vouloir que le malheur qu'il avait connu atteigne les autres. Quelqu'un lui avait peut-être appris à se comporter comme cela quand il avait trois ou quatre ans, et la leçon avait germé en lui comme une graine dans les sillons de son caractère ; mais, quelle qu'en soit l'origine, cette philosophie lui coûtait cher. Il remonta en selle en poussant un yodel et talonna les flancs de Numéro 6, qui escalada un monticule couvert de ronces, soulevant mottes de terre et tiges desséchées, des guêpes voltigeant dans son sillage comme des flammèches rouges.

Numéro 6 suivit laborieusement son chemin, s'arrêtant ici et là entre les jeunes arbres. À un endroit particulièrement difficile, il leva un sabot pour le faire passer par la fourche d'un tronc, et après avoir arraché l'arbre du sol et l'avoir calé entre ses pattes il pencha la tête et se mit à fouiller les racines à la façon d'un sanglier. Six kilomètres plus loin dans ce labyrinthe végétal, Sam prit le bout de sa chaussure dans une liane de glycine noueuse et fut précipité à terre comme une carte à jouer que l'on abat. Numéro 6 ne se retourna même pas et continua au petit galop en direction de l'ouest. Luttant pour se dépêtrer de la broussaille, Sam se dégagea enfin et le poursuivit sur une centaine de mètres dans la chaleur accablante avant de saisir au bond le pommeau et de se hisser en selle. Le cheval s'arrêta et tourna la tête vers lui.

« Espèce de salopard, gémit Sam, hors d'haleine. T'es qu'une raclure de chiotte ! »

À ces mots, le cheval lança une ruade et Sam se retrouva plaqué contre l'encolure. Quand il eut repris son souffle, il posa pied à terre et guida l'animal jusqu'à une flaque d'eau claire pour le faire boire.

« OK, dit-il en tirant sa boussole de sa poche, broute un peu de cette herbe et on repart. »

Le cheval détourna les oreilles.

Ils pénétrèrent bientôt dans un marais peu profond envahi de cyprès dont les cimes cachaient le ciel. Les troncs à écorce rouge avaient la taille de cheminées d'usine, et leurs racines enchevêtrées s'élevaient de la boue comme des stalagmites. Sam jeta un coup d'œil à sa boussole et traversa cette étendue de terre sans autre végétation que les arbres aux branches entrecroisées. De tous côtés, des mocassins d'eau déployaient leurs robustes anneaux, et il sentit le cheval se raidir de peur. Il plaqua ses talons contre ses flancs, s'appliquant à ne penser qu'au cap qu'il fallait garder et tentant d'oublier les écailles de silex des innombrables créatures qui grouillaient dans la boue sombre.

Il avait dépassé le bayou depuis quatre heures quand il distingua quelques lumières entre les troncs moussus d'un bosquet d'arbres. Il poussa alors sa monture hors de la jungle de ronces et gagna une sorte de clairière. De la sacoche de sa selle il tira un bocal d'eau et un sandwich au fromage, et s'assit pour se restaurer, les yeux rivés sur le Mississippi, devinant ce que De Soto avait dû ressentir quand il avait émergé des sous-bois pour découvrir l'étendue de ce fleuve immense.

Il longea la berge jusqu'à apercevoir sur les talus boueux quelques bouteilles que les rayons du soleil irisaient et guida son cheval sur une bande de terre qui contournait une cabane sans toit. Il obliqua vers la droite, s'avança dans un sous-bois à l'abandon qui quarante ans plus tôt devait être encore un pâturage et suivit une clôture en fil de fer barbelé toute branlante par-delà une grange à demi affaissée, pour se retrouver soudain face à une cascade de verdure, dans un pré envahi de vieux magnolias, de sycomores, et de chênes nains. Une cheminée apparut entre les branches. Sam arrêta son cheval, mit pied à terre et l'attacha par la bride à une branche basse. Dix pas plus loin, il découvrit la façade arrière d'une maison de trois étages agrémentée de deux galeries circulaires et de hautes colonnes en stuc sur les quatre côtés. Invisible au reste du monde, la bâtisse était de guingois, sa peinture écaillée, ses fenêtres crasseuses ou éventrées, et le jour filtrait à travers les trous du plancher de la galerie supérieure. La véranda en brique était envahie de chiffons, de chaises démantibulées, d'écorces de pastèque desséchées. Il y avait même un crâne de vache. Sam avait suffisamment de bon sens pour ne pas se présenter à la porte principale. Qu'aurait-il inventé comme excuse s'il s'était retrouvé nez à nez avec un occupant de la maison qui l'aurait accueilli en brandissant un pistolet armé ? Il réfléchit un moment sans bouger, puis il retourna vers son cheval et s'éloigna lentement en le tenant par la bride, mais décrivit en fait un arc de cercle de façon à longer de nouveau la berge comme s'il allait quelque part. Il n'y avait pas véritablement de chemin, rien qu'une bande de terre trop sablonneuse pour qu'il y pousse autre chose que des mauvaises herbes et du chardon. Quand il eut gagné l'autre côté du pré boisé à l'extrémité duquel devait se trouver la maison, il s'adressa à haute voix à son cheval d'un ton engageant. Numéro 6 ne lui accorda pas le moindre regard et détourna la tête, occupé qu'il était à soulager paisiblement sa vessie. Sam prit son sabot de derrière et le cala entre ses genoux, comme s'il voulait examiner le coussinet à la recherche d'une blessure, mais au bout de dix minutes personne ne s'était encore approché pour lui demander ce qu'il faisait là. Finalement, il s'exclama :

« Eh bien, on n'a plus qu'à entrer pour demander à voir la personne qu'on cherche, comme des imbéciles qu'on est ! »

Il repéra au-dessus des branches une sorte de belvédère sans vitre, marcha dans cette direction, et eut tôt fait de se retrouver devant la maison. Il attacha son cheval avant de remonter l'allée pavée, puis, après avoir respiré un grand coup, frappa sur le battant de la porte corrodée par les intempéries.

À l'angle de la maison, apparut alors un type d'au moins cinquante ans, affublé d'un chapeau de cow-boy en paille tout cabossé et vêtu d'une chemise et d'un pantalon en toile de jean délavée par l'usure.

« Vous cherchez quelque chose ?

– Je voudrais voir Ninga Skadlock. »

L'homme se rapprocha, suivi de près par un berger allemand noir qui saisit lentement et presque respectueusement le pantalon de Sam dans sa gueule et y planta les crocs.

« Faites pas attention à ce vieux Satan. Tout ce qu'il veut, c'est vous empêcher de bouger. »

Sam regarda les yeux d'ambre du monstre qui exprimaient une docilité primitive.

« Entendu.

– Vous lui voulez quoi à ma mère ? »

Sam déglutit deux fois.

« Je voudrais l'engager pour qu'elle aille me chercher un chien à Baton Rouge. On m'a dit qu'elle s'y entendait. »

L'individu toucha la tête du berger allemand, qui recula lentement. Sam sentit sa salive froide dégouliner le long de son mollet et fixa de nouveau ces yeux dressés à voir les choses d'une façon différente de la sienne.

« Je vois pas de quoi vous parlez.

– Je voudrais seulement discuter avec elle un instant. »

L'homme frotta lentement la jointure de ses doigts contre la tête de l'animal.

« Elle est dans la cuisine.

– C'est à vous, cette grande bâtisse ? » demanda Sam.

Les immenses piliers de la maison lui donnaient un peu le vertige.

« Elle était déjà là quand on est arrivés », grommela l'autre.

Ils traversèrent une cour envahie de feuilles mortes pour gagner une baraque en planches de bois grises à l'écart de l'habitation principale. En pénétrant à l'intérieur, Sam commença par remarquer les murs récemment passés à la chaux. Un homme aux épaules robustes et rasé de frais était assis devant une table et écrivait quelque chose dans un registre tandis qu'une vieille femme s'activait devant une cuisinière à pétrole et faisait frire des oignons et des poivrons dans un poêlon en fonte.

« Y a quelqu'un qui te demande. »

Elle releva les yeux et il sut tout de suite que c'était elle. L'homme referma son registre et dévisagea Sam avec indifférence. Il avait environ quarante-cinq ans et était vêtu de pied en cap de toile kaki, jusqu'à sa casquette de base-ball.

La vieille femme portait des lunettes et elle n'eut pas besoin de ciller des paupières pour jauger son visiteur.

« Vous êtes venu en bateau ?

– Non, madame. J'ai un cheval. »

Jetant un coup d'œil à ses chaussures de ville, elle reprit :

« Sûr qu'avec des chaussures pareilles, c'est pas à pied que vous êtes arrivé ! » Elle cogna avec une cuiller contre le rebord de son poêlon et versa des morceaux de lapin dans le mélange de légumes. Puis elle sourit, et il aperçut l'espace entre ses dents. « Excusez-moi de continuer à cuisiner. On n'est pas très habitués à avoir de la visite par ici. Qu'est-ce que je peux faire pour vous ? »

Il regarda tour à tour les deux hommes : le premier se tenait derrière lui sur le seuil de la porte. Sam avait le mensonge facile pour les choses sans importance et il se dit qu'il pourrait facilement duper ses interlocuteurs. Puis il baissa les yeux vers le chien qui l'observait comme s'il guettait une proie.

« J'ai une belle maison à Baton Rouge sur Florida Avenue, commença-t-il d'une voix d'abord mal assurée, où je vis avec ma femme et mes deux gamins. Un de mes voisins a un chow-chow ; il a attaqué deux fois mes garçons et il nous empêche de dormir parce qu'il aboie toute la nuit. Ça fait deux ans que j'essaie de le convaincre, mais il ne veut pas entendre parler de se débarrasser de son chien. » Il marqua une pause pour juger de l'effet produit sur ses auditeurs, se grattant l'oreille et jetant un coup d'œil circulaire. Une porte était à demi ouverte et laissait entrevoir un gros alambic sous une hotte métallique dont le conduit montait jusqu'au plafond. « On dirait que ça lui fait plaisir de me casser les pieds.

– Pourtant, d'habitude, les chow-chow, ça aboie pas trop. » La vieille femme posa sa cuiller sur un torchon et désigna une chaise à Sam. « Asseyez-vous, monsieur… ?

– Sam Simoneaux.

– Un cul-terreux de Cajun, c'est ça ? »

Il se composa un masque impassible. Pas question de se mettre en colère.

« Oui, madame.

– Et vous habitez Florida Avenue à Baton Rouge ?

– Oui.

– Entre quelle rue et quelle rue ?

– Je vous demande pardon ?

– À quel niveau de l'avenue vous habitez ? »

Il sentit un frisson de panique lui remonter la colonne vertébrale.

« Loin du centre, dans les 1900.

– Je vois. » Elle tira une chaise pour s'asseoir à son tour, puis elle lui présenta son fils Billsy, qui avait croisé les bras sur son registre et qui, penché en avant, le considérait d'un œil amusé. « Et l'autre, là, c'est Ralph. Dites-nous un peu ce qu'on peut faire à propos de ce chien.

– On m'a dit que vous vous y entendiez pour les emmener faire un tour.

– Et de qui vous tenez cette information ?

– J'ai un ami dans la police. »

Celui qu'elle avait appelé Billsy s'esclaffa, puis il alla se servir une tasse de café, tenu au chaud dans un broc en porcelaine au bain-marie sur la cuisinière.

La vieille femme pencha la tête et fixa Sam dans les yeux.

« Décidément, tout le monde a des amis dans la police locale. » Elle leva la main avant de la laisser retomber. « Y en a même qui ont de la famille au bureau du shérif. »

Sam parcourut à nouveau la pièce du regard.

« Je suppose que vous ne devez pas voir passer beaucoup de flics par ici.

– Mon garçon, si j'avais besoin de faire appel à la police, je serais obligée de leur écrire, mais alors il faudrait qu'on construise un bureau de poste pour que je puisse leur envoyer ma lettre. » Sa voix était douce. De près, on s'apercevait que sa peau était lisse et claire. « De quelle couleur est la langue de ce chien ? »

Il jeta un coup d'œil vers la porte où se tenait le berger allemand, la gueule fermée et les oreilles dressées.

« Je n'en sais rien.

– Quand il fait chaud, un chow-chow a toujours la langue pendante, dit Ralph, adossé au chambranle de la porte.

– Simoneaux, est-ce que vous avez le téléphone chez vous ? s'enquit Ninga.

– Oui », répondit-il avant de comprendre que c'était une erreur.

Elle s'approcha d'un meuble en contreplaqué dont elle ouvrit la porte d'un geste brusque. À l'intérieur, Sam aperçut quelques rangées de livres. La main agile de la femme parcourut rapidement une pile de ce qui lui sembla être des magazines. Elle trouva ce qu'elle cherchait et feuilleta les pages en lui tournant le dos. Puis elle alla s'asseoir, étendant les mains sur le plateau de la table en chêne.

« Nous, on n'a pas le téléphone, mais ça vaut quand même la peine d'avoir l'annuaire. C'est bizarre, on dirait que vous n'êtes pas dedans. Pourtant, c'est le dernier. » Elle releva la tête et le regarda droit dans les yeux. « Et si vous nous disiez ce que vous nous voulez vraiment ?

– Je veux seulement que vous me débarrassiez de ce chien, rien de plus. Maintenant, si c'est une question d'argent…

– Si je me souviens bien, les numéros 1900 de Florida Street correspondent des deux côtés à un cimetière. »

Ses yeux gris étaient aussi durs que la réalité des faits, et il comprit que son mensonge avait été éventé. Il regarda les deux frères qui souriaient d'un air satisfait, manifestement pleins d'admiration pour leur mère. Le chien tira la langue et se mit à haleter comme s'il était assoiffé de vérité.

« OK. En réalité, c'est de La Nouvelle-Orléans que je viens et…

– Et même d'un peu plus au sud avant ça, je suppose. On reconnaît un accent de La Nouvelle-Orléans quand vous parlez, mais vous avez cette drôle de façon qu'ont ces imbéciles de Cajuns de prononcer les "a". Vous êtes né où ?

– Un hameau dont vous n'avez sûrement jamais entendu parler, près de la frontière du Texas.

– Lake Charles ?

– Troumal. »

Ralph s'esclaffa puis se rapprocha de la table.

« Moi je sais où c'est. »

Sam lui jeta un rapide coup d'œil.

« Vous y êtes allé ? Personne n'y va jamais. Il n'y a rien que nos familles.

– Votre famille est restée là-bas, c'est ça ? » demanda Ralph.

Sam examina attentivement les traits durs de son visage.

« Tous les miens ont été tués par des hors-la-loi. »

Un éclair passa dans les yeux de l'homme.

« Je crois que j'en ai entendu parler il y a bien longtemps. »

La vieille femme lui tapota soudain l'épaule avec sa spatule, et son visage s'assombrit.

« Est-ce que vous êtes de la police ? Dites-nous au moins ça de vrai !

– Non. »

Elle regarda celui de ses fils vêtu de toile de jean.

« Ralph, est-ce que tu le reconnais ?

– Au début, non, mais maintenant je crois que oui. »

Sam se retourna.

« Comment se fait-il que vous me connaissiez ?

– De face, on s'était encore jamais vus », répondit Ralph en découvrant une rangée de dents jaunes.

Une douleur fantôme se réveilla à l'arrière du crâne de Sam et il comprit. Il se leva.

« Vous avez bien failli me tuer.

– Si j'avais voulu te tuer, tu serais pas là pour le raconter. »

La vieille femme agita la main comme si elle chassait une mouche.

« Bon, rasseyez-vous, Simoneaux – si c'est bien comme ça que vous vous appelez. Ralph, fais le tour de la maison avec ton frère pour voir s'il est venu seul. »

Quand ils furent sortis, Sam se dit qu'il pouvait aussi bien lui poser la question, aussi, il lui demanda :

« Pourquoi avez-vous enlevé cette petite fille ? »

Elle se leva pour surveiller sa cuisinière, qui empestait le pétrole.

« Qu'est-ce que vous faites exactement ici ? Quelqu'un vous paie ?

– J'ai mes raisons. »

Elle augmenta la flamme sous le poêlon et en remua doucement le contenu.

« Est-ce que vous voyez une petite fille dans les parages ? La moindre trace d'une petite fille ?

– Je travaille avec les parents de cette gamine. Ils sont musiciens à bord d'un bateau d'excursion et ils sont fous d'inquiétude. » Il fixa l'arrière du crâne de Ninga comme s'il y avait là une lucarne par laquelle il aurait pu se glisser. « Vous êtes une mère. Est-ce que vous ne pouvez pas vous imaginer ce que cette femme doit souffrir ?

– J'ai plus de soixante-dix ans, je suis bien trop vieille pour me laisser attendrir par ce genre de conneries. » Elle agita son poêlon au-dessus de la flamme. « Vous savez, les gens sont parfois différents au fond de ce qu'ils paraissent à la surface.

– Qu'est-ce que vous voulez dire ?

– Des musiciens ? Ces parents exemplaires pourraient bien être musiciens, je vous l'accorde, le genre bohème qui se croient supérieurs à tout le monde parce qu'ils savent déchiffrer des gribouillis sur des lignes. Vous voyez très bien ce que je veux dire. Poivrots dans un orchestre de music-hall ou de bordel, artistes de saloon…

– Les Weller n'ont rien à voir avec tout ça. »

Elle tourna vers lui un visage dubitatif.

« Vous les connaissez si bien ? »

Il cligna des yeux.

« Suffisamment en tout cas pour savoir qu'on vous a menti si on vous les a présentés comme des traîne-savates.

– N'empêche que personne n'a idée d'où ils seront dans dix ans. Les musiciens, quand ça n'arrive pas à rester à la page, ça se retrouve sur le carreau, comme un vieux phonographe cassé.

– D'accord. » Il s'appuya contre le dossier de sa chaise et regarda à travers la moustiquaire la cour envahie de mauvaises herbes. « Mais vos fils à vous, ils seront où dans dix ans ? »

Il la sentit se hérisser.

« Ralph et Billsy ont fait leur chemin, mon beau monsieur, et comment ils y ont réussi, c'est pas votre affaire. On est arrivés d'Arkansas une main devant une main derrière, et maintenant on se débrouille pas trop mal. Les parents de cette môme, si vous voulez que je vous dise, ils ne sont pas capables de lui offrir autre chose qu'une enfance passée à beugler des chansons salaces devant des ivrognes qui se trémoussent.

– Écoutez, je ne suis pas flic. »

Elle esquissa un sourire, penchée au-dessus du poêlon grésillant.

« J'avais peur que vous soyez un de ces gangsters qui se font du blé en jouant les détectives, si vous voyez ce que je veux dire. Mais vous n'êtes rien d'autre qu'un cul-terreux de Cajun qui répète sa leçon comme un perroquet ! »

Sam lui jeta un regard furibond.

« Dites-moi seulement ce que vous avez fait de cette enfant.

– Je ne comprends pas de quoi vous parlez. » Elle souleva le couvercle d'une marmite qui tressautait sur un autre brûleur et remua le riz. « Il n'y a aucune fillette dans les parages. »

Les deux hommes revinrent et reprirent place à côté de lui autour de la table, laissant Satan derrière la moustiquaire, ses yeux pareils à deux boulets de charbon incandescents prisonniers du filet.

« Le manger est prêt ? demanda Ralph.

– Commence par reconduire cet individu. Il était justement sur le point de s'en aller », dit la vieille femme

Sam demeura immobile.

« Je serais assez tenté de rester encore un moment pour goûter à ce lapin. »

Celui qui répondait au nom de Billsy passa une main dans sa tignasse gris acier et regarda le poêlon d'un air inquiet.

« Mais qu'est-ce qu'i' veut, en fait ? »

Sa mère soupira.

« La ferme !

– Si vous refusez de me parler, je retourne sur le bateau chercher les Weller, je leur trouve des chevaux et je vous les ramène pour discuter un peu.

– À condition qu'ils dessoûlent, c'est ça ?

– Ils ne boivent pas, je vous dis. Quelqu'un vous a raconté des bobards sur ces gens. La même personne qui vous a payés pour kidnapper la petite.

– Si vous nous envoyez qui que ce soit, on lui règle son compte, et ensuite on part à votre recherche. »

La vieille femme éteignit sa cuisinière et une odeur de pétrole nauséabonde se répandit dans la cuisine surchauffée.

Sam croisa les mains sur la table.

« Pour que vous ayez enlevé un enfant, je serais prêt à parier que c'est un inconnu qui vous a proposé de faire le coup et qu'il a inventé une histoire à dormir debout.

– Personne n'est venu jusqu'ici.

– Peut-être même un étranger qui arrivait de très loin.

– Et si tu te cassais, maintenant, le Cajun ? suggéra Ralph en disposant son couteau et sa fourchette de part et d'autre de son assiette.

– Il parlait drôlement mieux que toi en tout cas ! » dit Billsy.

Aussi vive qu'un serpent, sa mère lui donna deux coups de spatule sur le crâne.

« Tu as vraiment une cervelle de poisson rouge, mon pauvre petit ! »

Billsy leva les avant-bras pour se protéger la tête.

« J'ai rien dit, moi ! »

Sam comprit combien il était en pleine confusion rien qu'à regarder ses yeux.

« Et à quoi ressemblait ce beau parleur ? »

Avant que sa mère n'ait pu le frapper à nouveau, Billsy lâcha une description sommaire :

« Il avait une toute petite moustache et il parlait sans arrêt de sa femme. Et il avait débarqué à cheval en costume. »

Sam grimaça.

« À cheval en costume ?

Soudain, Ralph sortit de sa poche un grand poignard et l'abattit sur la table.

« T'es sur le point de décamper, pas vrai ?

– Qu'est-ce que vous savez du massacre de Troumal ?

– C'est ici qu'il va y avoir des morts et des tués si tu t'éternises ! Allez, casse-toi ! »

Sam le regarda fugitivement dans les yeux et se leva.

« Est-ce que je peux passer sans danger devant ce chien ?

– Dans ce sens-là, tu peux, lui répondit Ralph Skadlock. Mais j'essaierais pas dans l'autre, si j'étais toi. Il serait capable de te transformer en viande hachée. »

Chapitre 10

Il était 13 heures quand il enfourcha Numéro 6 pour repartir vers Saint Frank, une lente chevauchée à travers les marais infestés d'araignées et de serpents.

Les ombres étaient déjà bien allongées lorsqu'il atteignit le bayou, et il avait si faim et s'était tellement empêtré dans les ronces qu'il lança sa monture au galop pour lui faire traverser l'eau avant que l'animal ait le temps de trop réfléchir, l'encourageant en criant à tue-tête jusqu'à ce qu'ils aient atteint l'autre rive et pris la direction de la ville.

À l'écurie de louage, le propriétaire regarda Sam s'approcher et rassembler les rênes.

« Voilà votre cheval. Je vais reprendre ma caution. »

L'homme jeta un œil sur ses vêtements.

« On dirait que vous en avez eu pour votre argent.

– Il a quand même du mal à marcher droit.

– Faut déjà vous estimer heureux d'avoir réussi à revenir. »

Il prit les rênes et conduisit le cheval vers l'écurie. Sam le fusilla du regard.

« Je ne vous le fais pas dire ! »

L'homme s'arrêta et laissa Numéro 6 poursuivre son chemin tout seul comme un wagon sur une voie de garage.

« Il y a quelque temps, disons environ deux mois, est-ce que vous avez loué un cheval à un petit homme en costume de ville ?

– Non. »

Sam suivit des yeux la route qui menait au fleuve.

« Comment se fait-il que vous soyez capable de répondre aussi vite ?

– J'ai loué de cheval à personne qui portait un costume depuis au moins cinq ans. De nos jours, quand on porte un costume, on a de quoi se payer une Ford.

– Pourtant, quelqu'un est passé par ici qui en portait un. »

Le loueur de chevaux croisa ses gros bras et cracha par terre.

« Il est peut-être bien arrivé droit de Woodgulch par le nord-ouest. Y a pas qu'un point cardinal sur une boussole, vous savez. »

Non seulement épuisé mais hébété, Sam reprit la direction du bateau. Plus d'un point cardinal sur une boussole… Il n'était pas fait pour affronter la nature sauvage, et il avait eu sacrément de la chance de ne pas se perdre ou de ne pas se faire tuer. Et, s'il pouvait l'éviter, jamais plus il ne remonterait sur un cheval.

Il grimpa sur la passerelle cinq minutes avant que le bateau ne largue les amarres, et il se faufilait déjà entre les rangs serrés des passagers quand le capitaine le saisit par le bras.

« Bon Dieu, Lucky, vous empestez la sardine ! Allez vous laver et soyez sur le pont dans dix minutes. On a toute une bande de gars de la campagne parmi les clients ce soir, et je vous ficherais mon billet que plusieurs d'entre eux n'ont jamais vu une ampoule électrique. »

Sam se frotta douloureusement les reins.

« Je suis à moitié mort, capitaine.

– Eh bien, la moitié qui est encore vivante ferait bien de travailler deux fois plus. »

Il poussa son lieutenant en direction de l'escalier, et Sam se hâta de se laver et de passer son uniforme. Les ponts supérieurs et les escaliers menant aux cabines grouillaient de passagers, certains bien habillés, d'autres en vêtements de travail en toile de coton kaki, d'autres encore en blue-jeans retenus par des cordelettes en cuir naturel. Une fois sur le toit, il vérifia que les seaux à incendie étaient en place, puis il ouvrit la porte de la timonerie.

M. Brandywine, qui n'utilisait que rarement les nouvelles manettes de direction, attendait, perché sur un rayon de la barre du gouvernail haute de trois mètres, qu'on largue les amarres. Il se retourna à demi vers Sam.

« Merci de frapper avant d'entrer.

– Je cherche les Weller.

– Monsieur Simoneaux, je ne suis pas le gardien des musiciens. »

Tandis que Sam faisait machine arrière, M. Brandywine se pendit de tout son poids à la corde du sifflet et fit résonner à toute volée les trois cloches du départ. Les matelots larguèrent les amarres et le bateau recula à pleine vitesse, le plancher des ponts tremblant au moment où les pales de la roue à aubes se mirent à baratter l'eau.

La cafétéria était bondée, et Ted Weller était retenu au fond de la salle, à la table de huit dandys qui consultaient les menus d'une page avec une attention méticuleuse. Le soleil déclinait et de jeunes couples s'attroupaient sur le pont des tempêtes, pour la plupart contents de leur sort, paisiblement occupés à fumer et à avaler quelques rasades des flasques qu'ils cachaient dans leurs poches. Sam rejoignit Charlie Duggs, qui se mêlait à la foule au bord de la piste de danse, où un quart des passagers environ restaient bouche bée devant l'orchestre noir, surpris par l'énergie et le rythme de la musique, le panache de la trompette. La plupart d'entre eux n'avaient jamais rien entendu de pareil, mais les genoux eurent tôt fait de fléchir, les hanches de rouler, les pieds de se soulever comme des bateaux emportés par un flot de notes. Sam descendit vers le niveau inférieur, qu'il trouva lui aussi envahi de passagers qui jetaient leurs mégots tels les arcs incandescents d'un feu d'artifice d'un bout à l'autre du pont, et commandaient des déluges de sodas et de glaçons.

Il s'approcha du bastingage et vit que M. Brandywine avait amené l'*Ambassador* dans un bras d'eau morte et le laissait pour ainsi dire flotter sur place, la proue tournée vers l'amont. Le but du voyage, Sam le comprit, n'était pas d'aller quelque part, mais de faire comme si on partait en croisière. Seuls quelques rares passagers tristes songeaient à regarder au-dehors lors de ces soirées dansantes. L'essentiel était de rester dans une bulle de fraîcheur et de musique en oubliant la chaleur sombre et étouffante de la rive.

Durant la croisière eurent lieu trois bagarres et une bruyante dispute entre une femme et son petit ami. Un des hommes refusa de cesser de se battre et Sam dut l'emmener de force dans la petite cellule aménagée dans la salle des machines et l'y boucler. Il lui heurta la tête au passage en refermant la porte avec violence parce qu'il était furieux de se sentir aussi fatigué. Il avait encore des gratterons accrochés à ses jambes et des crampes à l'intérieur des cuisses d'être demeuré en selle si longtemps.

En traversant le salon du pont principal, il regarda les solives du plancher de la piste, agitées de violentes secousses au-dessus de sa tête comme si un régiment entier faisait des triples sauts. Le capitaine, qui se hâtait vers la salle des machines, s'arrêta pour écouter ce vacarme.

« Lucky, montez vite dire à l'orchestre de ralentir le rythme de dix temps par minute pendant les morceaux les plus rapides s'ils ne veulent pas que ce malheureux rafiot coule à pic. »

Quand arriva le moment d'orchestrer le déchargement du bateau, Sam dormait littéralement debout : comme un automate, il poussa les passagers vers la sortie, écrasa les mégots, compta les transats pour voir combien avaient été jetés par-dessus bord depuis le pont supérieur plongé dans l'obscurité.

Lorsque enfin il fut étendu sur sa couchette, il repensa aux Weller, et laissa échapper un grognement.

« Je t'entends, dit Charlie Duggs. Fatigué comme je suis, j'ai tellement mal au crâne que j'arrive pas à trouver le sommeil.

– C'est quoi, les plans pour demain ?

– On va pas tarder à repartir, mon gars.

– Où on va ?

– Natchez. Je suppose que ce bon vieux Brandywine va nous mener à pleine vapeur toute la nuit et qu'on sera là-bas aux environs de 8 heures. »

Sam se cacha les yeux sous son bras.

« Ne me dis pas qu'on va avoir droit à une excursion du matin !

– On est dimanche. La première sortie est à 14 h 30. Le capitaine Stewart laisse libres d'aller à l'église tous ceux qui le souhaitent. Tu es croyant, toi ?

– Oui. Catholique.

– OK. Alors on escaladera la colline ensemble. »

Le lendemain matin, il fit sa toilette, brossa ses vêtements, et ils se mirent en route pour la messe de 10 heures, au milieu d'une petite troupe qui comprenait le capitaine Stewart, deux porteurs blancs, Nellie Benton et ses neveux, les mécaniciens. Au sommet de la colline, un groupe se détacha pour prendre le chemin de l'église méthodiste, tandis que Sam et Charlie poursuivaient le leur en direction du clocher qu'on apercevait dans le lointain. Sam s'arrêta au coin d'une rue pour regarder derrière lui.

« Qu'est-ce qui t'arrive ? demanda Charlie.

– Les Weller, ça leur arrive d'aller à l'église ?

– Je me rappelle pas. Commence pas à mépriser ceux qui y vont pas. Ils ont tous les deux fait deux services de suite et ils auront sûrement pas fini avant minuit ce soir.

– Tu m'en diras tant ! Alors que moi, toute la journée d'hier je me suis passé une brosse à poils de soie entre les doigts de pied dans un bain moussant ! »

Duggs fit la grimace.

« Ils sont peut-être pas aussi résistants que vous autres Cajuns ! Allez, dépêche-toi, on va être en retard.

– Pour un ancien combattant, je trouve que tu as le cœur bien tendre ! »

Duggs descendit du trottoir.

« Je te le fais pas dire.
– Tu as déjà tué quelqu'un ?
– Ça te regarde pas. T'es vraiment catholique ?
– Alors, tu ne veux pas en parler ?
– Réponds d'abord à ma question. »

Ils commencèrent à gravir les marches du parvis.

« Eh bien, *Introibo ad altare Dei.* »

Duggs ouvrit la lourde porte en chêne cintrée et une bouffée d'air chargée d'encens s'échappa de l'église. Il s'effaça pour laisser entrer Sam et s'inclina.

« *Ad Deum qui laetificat juventutem meam.* »

Ils prirent place au fond de la nef emplie d'échos. Quand le prêtre eut chanté le « Gloria », Sam entendit la porte s'ouvrir et aperçut M. Brandywine qui entrait, flanqué de deux aides-serveurs pleins de sollicitude, un de chaque côté – ils paraissaient l'avoir soutenu pour arriver jusque-là. Sam pria pour les Weller et leur petite fille, et pour que le vieux pilote garde toute sa tête. Il se demanda ensuite pourquoi il avait décidé de s'aventurer sur le grand fleuve en s'accrochant à des fétus de paille. Il choisit de croire que ce qui le poussait était le poignant sentiment de perte dont il souffrait chaque fois qu'il songeait à son fils mort ou à sa famille disparue. S'il pouvait contribuer à en réunir une autre, cela serait peut-être un bien. Mais un bien pour qui, au fond ? Ensuite, il se rappela que s'il retrouvait la fillette on lui rendrait son emploi, et qu'il pourrait de nouveau arpenter les parquets cirés du plus beau des grands magasins de La Nouvelle-Orléans. Était-ce là sa motivation principale ? Voulait-il seulement récupérer son salaire de responsable d'étage ? En retournant vers le bateau, il partagea ses réflexions avec Charlie, qui se contenta de lui dire : « Lucky, il vaut mieux agir de façon intéressée que pas agir du tout. »

Chapitre 11

Vessy débarrassa la table après le déjeuner, puis elle monta les draps et les couvertures à l'étage entre ses bras maigres et nerveux. Elle venait d'une région montagneuse et, habituée aux sentiers pentus, elle n'était pas essoufflée le moins du monde lorsqu'elle parvint en haut des marches. Dans sa chambre, Mme White, occupée à enfiler une élégante paire de gants et à vérifier le contenu de son sac à main, ne leva même pas les yeux quand la cuisinière entra et se contenta de lui dire :

« Mme Hall ne pourra pas s'occuper de Madeline aujourd'hui. C'est vous qui prendrez soin d'elle pour nous.

– Oui, madame. »

Vessy avait pensé rentrer dans la petite maison d'une pièce qu'elle louait pour faire bouillir sa lessive dans le jardin. D'ordinaire, elle était libre de son temps entre 13 h 30 et 16 heures, puis elle revenait pour préparer le dîner.

« Avez-vous entendu Madeline chanter avec son professeur de musique ce matin ?

– J'étais dehors pour m'occuper du bois. »

Les mains de Mme White voletaient comme des tourterelles tristes sur sa coiffeuse alors qu'elle ramassait des pilules éparpillées et qu'elle les rangeait l'une après l'autre dans une petite boîte nickelée qu'elle gardait en permanence dans son sac à main.

« Eh bien, ce matin, M. Stover a dit qu'elle chantait comme un rossignol et qu'elle avait naturellement le sens du rythme. »

Vessy fit la moue et tordit la bouche.

« Ah vraiment ? Comme si elle avait déjà appris avant ?

Mme White lui jeta un regard soupçonneux.

« Je vais en ville faire des courses chez Welford.

– D'accord.

– Guettez bien le moment où elle se réveillera de sa sieste. Ne la laissez pas dormir trop longtemps, sinon on ne pourra jamais la coucher à 20 heures. »

Vessy rangea les draps dans l'armoire de la chambre et écouta le pas lent de Mme White qui descendait l'escalier. Quand la voiture démarra dans l'allée et recula jusqu'à la rue, elle se pencha pour ramasser une paire de gants crème jetés dans la corbeille et les enfila. Ils s'arrêtaient au poignet et laissaient voir sa peau constellée de taches de rousseur. À vingt-sept ans, Vessy avait su prendre soin d'elle-même et avait encore toutes ses dents, à l'exception d'une molaire, perdue lorsque son père lui avait donné un coup de poing pour avoir laissé un cheval sellé sous la pluie. Elle souhaitait alors par-dessus tout se marier, mais, parce qu'elle était sans grâce et parlait franchement mal, elle attendit longtemps avant qu'un garçon lui fasse la cour. Elle aurait facilement pu rester dans les montagnes de l'est du Kentucky pour toujours, mais un beau dimanche sa mère servit à déjeuner un rôti de porc pas très frais et trop peu cuit, et tous sauf elle succombèrent à une intoxication alimentaire foudroyante. Elle passa deux jours entiers à vomir couchée sur la véranda derrière la maison avant qu'un voisin la découvre et la sauve. Convaincu qu'elle attirait le malheur, son galant avait mis un terme à leurs relations, et le cœur de la jeune fille s'était en conséquence endurci. Vessy admira ses mains pendant quelques instants puis retira les gants et les jeta de nouveau dans la corbeille. Elle demanderait peut-être plus tard à Mme White de les lui donner, mais elle ne pouvait pas supporter l'idée qu'on pense qu'elle aurait pu les voler dans la poubelle. De plus, à quoi auraient bien pu lui servir des gants de soirée ? À trier les bûches pour le feu ? Elle cracha dans la corbeille et prit le chemin de la cuisine pour y faire la vaisselle.

À 14 heures, elle pénétra dans la chambre de la fillette et fronça les sourcils en voyant le couvre-lit en dentelle, les petits meubles précieux, la collection de poupées alignées contre le mur. Approchant une chaise du lit, elle examina l'enfant, plissant les yeux à la vue des impeccables ongles roses intacts et sans envies ni le moindre signe de rugosité. Elle retourna la paume de la fillette endormie et la plaça sous un rayon de soleil pour mieux voir sa peau. L'enfant se réveilla et retira sa main pour se frotter les yeux.

« Est-ce que mademoiselle veut mettre sa jolie robe d'été toute neuve ? »

La petite fille s'assit sur son séant et lui sourit. Vessy lui retira ses hautes chaussettes et son sarrau à rubans. Elle voulait voir ses genoux, dont la peau était aussi lisse et blanche que du lait. Elle lui enfila sa robe d'été aussi facilement qu'un abat-jour sur une lampe, puis elle s'assit sur le lit pour lui mettre ses sandales marron, prenant ses chevilles dans ses paumes rugueuses et se rendant compte combien elle avait la plante des pieds douce.

« Fais-moi voir un peu ces doigts de pied ! »

Vessy lui adressa un sourire espiègle et la petite gloussa, ramenant ses pieds pour les cacher sous ses fesses.

« Je suis sûre que tu veux que Vessy te raconte l'histoire des petits cochons en comptant les doigts de ces petits petons.

– Non », dit la fillette.

Mais elle tendit les pieds pour qu'on passe ses sandales.

Vessy fit jouer le gros orteil et n'y trouva pas le moindre durillon, pas la plus petite trace de terre ou déformation. Elle examina ses chevilles à la recherche d'éraflures ou de cicatrices. Elle lui tenait les pieds et les retournait comme elle l'aurait fait avec des patates douces au marché. Enfin, elle lui enfila ses sandales et entraîna la fillette au rez-de-chaussée pour lui faire boire un verre de lait et manger une tranche de pain sucré. Elles s'étaient assises devant le petit guéridon au plateau en porcelaine installé près de la fenêtre, d'où Vessy aimait à regarder la colline qui descendait en pente douce jusqu'au fleuve. Mais à ce moment précis elle restait concentrée sur l'enfant, et sentait que quelque chose ne tournait vraiment pas rond. D'un geste brusque, elle leva le bras droit et fit mine de vouloir frapper la petite à la tête. Madeline regarda la paume ouverte mais ne tressaillit même pas.

« Orphelinat, mon œil ! » marmonna Vessy.

Elle connaissait plusieurs orphelins, blancs et noirs, et, sans exception, si on levait la main sur eux, ils sursautaient et se protégeaient le visage. Les orphelins ne portaient pas de chaussures, ou alors des chaussures qui n'étaient pas à leur taille, si bien que leurs pieds étaient déformés. De plus, ils avaient des durillons, des marques de coupures, des traces de piqûres d'insecte, des ongles noirs à la suite de chocs, des traînées de terre orangée, des chevilles parfois entaillées jusqu'à l'os. Leurs genoux étaient zébrés à force de travailler dans les champs ou de jouer dans les broussailles, leurs doigts difformes, parce qu'ils avaient porté des seaux trop lourds ou fait de trop pénibles corvées de bois. Quand Vessy posa la main sur sa fine chevelure, l'enfant se frotta contre sa paume et lui sourit.

« Oh, mon Dieu, murmura Vessy. Où qu'ils ont bien pu trouver ce bébé ? »

Chapitre 12

Sam trouva les Weller devant leur cabine et leur expliqua ce qu'il avait appris des Skadlock, quel genre de personnes c'étaient et comment ils vivaient. Il ajouta qu'il était sûr de leur culpabilité.

Tandis que Ted Weller écoutait, son visage prit la teinte rouge vif des pavés qui couvraient la berge.

« Mais, bon Dieu, pourquoi vous ne nous avez pas dit tout ça hier soir ?

– Il ne vous a sans doute pas échappé qu'on avait deux mille cinq cents passagers hier soir ! »

Il leva les bras et les laissa retomber en un geste d'impuissance.

« Pourquoi vous ne les avez pas menacés ? Ces gens sont des criminels !

– Je n'étais pas exactement en position de les forcer à quoi que ce soit. Du point de vue de la loi, ces gens sont maîtres chez eux. »

Ted saisit Sam par le bras et le plaqua contre une cloison.

« Expliquez-moi comment on va là-bas, et à moi, il faudra bien qu'ils crachent le morceau ! »

Sam le regarda dans les yeux et il y lut un mélange de rage et de peur.

« Je pense qu'ils sont capables de vous tuer. »

Les pupilles de Ted s'agrandirent et Elsie détourna le visage.

« Vous, ils vous ont pas tué ! vociféra le mari. Vous pensez sans doute que je ne suis qu'un gros nounours d'origine allemande tout juste capable de cogner sur son clavier, mais laissez-moi vous dire un truc : je suis un vrai dur, moi, j'ai grandi dans un saloon. »

Sam fit un geste en direction de l'aval du fleuve.

« L'endroit où je suis allé, croyez-moi, ne ressemble pas à Cincinnati. C'est la jungle, un monde où les forces de l'ordre ne s'aventurent pas.

– J'ai pas besoin de la police quand on kidnappe mon bébé. »

Sam laissa filer son regard vers le sud le long de la berge, convaincu que Ted allait tenter quelque chose d'insensé. Le pire était qu'il le savait parfaitement lui-même.

« Vous n'avez aucune idée d'où ça se trouve.

– Je peux me renseigner. »

Elsie posa une main sur l'épaule de son mari. Sam pensa qu'elle voulait l'apaiser. Mais au lieu de cela elle déclara :

« Je vais te trouver de l'argent sur le bateau et ensuite tu pourras demander ton chemin à la gare.

– Je ne crois pas que ce soit une bonne idée », insista Sam.

Ted lui jeta un coup d'œil furieux, la moustache en bataille sous son nez tout rouge.

« Vous allez me dire où ils habitent ! Et tout de suite !

– Pas question. Je ne veux pas être responsable de ce qui peut vous arriver. »

Ted le poussa à nouveau de toutes ses forces contre la cloison.

« Tu vas me le dire, putain, ou je te casse en deux comme un fétu de paille ! »

Sam le fixa droit dans les yeux. Ted espérait avoir là une opportunité d'assurer l'avenir de sa famille, de retrouver la trace de sa progéniture, mais Sam demeurait silencieux, pour lui éviter les ennuis. On l'avait si souvent appelé « Lucky » qu'il commençait à croire à sa bonne étoile, mais ce ne serait peut-être pas le cas de Ted. Ensuite, il se rappela le visage de la fillette qui oscillait dans les brumes de son cerveau tel un médaillon en ivoire. La petite était vivante. Elle devait être quelque part. Ses pensées prirent une nouvelle tournure, et il décida qu'un homme ne pouvait avoir de chance que s'il prenait les choses en main. Envahi par une profonde mélancolie, il se leva, les paumes ouvertes en un geste d'impuissance.

« Bon, pour commencer, il va falloir régler son compte à cette brute de chien ! »

Ted se rendit à la gare, acheta un billet, et prit un train de marchandises et de voyageurs qui partait pour Saint Frank à 16 heures. Il fut secoué comme un prunier sur sa banquette en bois durant tout le trajet à travers un paysage défriché et des champs envahis de mauvaises herbes. Deux heures plus tard, le train fit halte dans un hurlement de freins devant une baraque en planches qui tenait lieu de gare ; il descendit dans l'air lourd du soir et demanda au préposé le chemin de l'écurie de louage. L'agent en question jaugea son interlocuteur d'un coup d'œil.

« Y aura plus de train aujourd'hui. D'ici cinq minutes, je peux vous y conduire dans mon tacot. »

Ted attendit sous l'auvent de la gare jusqu'à ce que l'homme sorte dans la lumière déclinante et entreprenne de démarrer sa Ford à l'aide d'une manivelle pleine de graisse.

À l'écurie, il trouva le loueur de chevaux attablé devant son dîner et il lui demanda une monture.

« Eh bien, dit l'homme, vous m'êtes plutôt sympathique, je vais vous donner Sooky, la jument de ma femme. »

Ted secoua la tête.

« Non merci. Je voudrais celui que vous appelez Numéro 6. »

Le loueur de chevaux extirpa de sa poche une paire de lunettes, se les posa sur le nez et examina Ted de plus près.

« C'est pas vraiment le cheval qu'il faut à un grand costaud comme vous.

– Un type qui vous l'a loué récemment m'a dit que c'est exactement ce que je recherche.

– Comme vous voulez, mais ce canasson est capable de foncer droit dans une locomotive à l'arrêt tellement il est bête ! »

Et l'homme prit pesamment le chemin de son écurie aux planches décolorées par le soleil.

Avant la tombée du jour, Ted traversa le cours d'eau, puis il arrêta le cheval sur l'autre rive et consulta sa boussole à la flamme d'une allumette. Le loueur lui avait expliqué où aller et conseillé d'attendre le clair de lune. Une demi-heure plus tard, elle commença à se lever au-dessus du rideau de cyprès, translucide comme une hostie. Ted reprit sa route, en s'arrangeant pour que son cheval avance droit face à la lune. Il avait un pistolet dans une poche, un gros couteau à cran d'arrêt dans l'autre, et sa petite fille à chaque instant en tête. Dans le marais, les arbres enchevêtrés lui cachèrent le ciel et il perdit son chemin. Il fit tomber ses allumettes dans la boue et ne réussit plus à lire sa boussole, mais il continua d'aller de l'avant, espérant qu'il finirait par retrouver le fleuve, résolu à ne se laisser arrêter par rien. Numéro 6 se frotta au passage contre un caroubier et Ted sentit les épines lui déchirer le mollet. La douleur ne lui fit même pas dévier le regard de l'horizon.

Le lendemain, Sam se hâtait de finir son déjeuner avant l'arrivée des passagers de 14 heures quand le capitaine Stewart s'approcha de la table.

« Avez-vous vu M. Weller ?

– Je croyais qu'il vous avait demandé un jour de repos. »

Les sourcils blancs du capitaine semblèrent doubler de volume lorsqu'il se pencha vers son interlocuteur.

« Il m'a effectivement écrit un mot à ce sujet, mais à l'évidence il n'a pas attendu la réponse. Qui est censé tenir le piano pendant la croisière de 14 heures ? »

Sam déglutit lentement en regardant le bout de ses doigts.

« Oh, je vais le remplacer. C'est une sortie paroissiale, pas vrai ? Je ne pense pas qu'ils demandent beaucoup de danses.

– Ne le prenez pas mal, mon garçon, mais je vous ai entendu jouer. Il va vous falloir pas mal d'entraînement pour assouplir suffisamment vos poignets. » Il se releva, le dos désormais aussi droit qu'un manche à balai. « Mais allez-y et préparez-vous tandis que Fred Marble joue de l'orgue le temps de faire monter tout le monde à bord. Je vais tendre l'oreille pour vous écouter. »

Une minute plus tard, Elsie s'approchait de Sam pour lui resservir du café.

« Est-ce qu'il est très en colère ?

– On ne peut pas dire qu'il soit ravi. Ted revient quand ?

– Il nous a dit qu'il rentrerait par le train de l'après-midi.

– J'espère qu'il va réussir à en savoir plus que moi.

– Et qui va le remplacer ? Le pianiste de couleur ?

– Non, votre serviteur.

– Oh ! »

Il lui sourit.

« Ne vous inquiétez pas, je vais faire de mon mieux. »

Pendant ce temps, sur le pont, Fred égrenait des cascades de notes tristes, les tuyaux rendant un son de plus en plus aigu à mesure que la vapeur brûlante les réchauffait.

Aux environs de 13 h 30, Sam descendit sur la piste de danse et releva le couvercle du piano, un George Steck de trois mètres, un instrument sonore et résistant à l'épreuve de l'humidité du fleuve. Alors que les premiers passagers envahissaient le bateau, il s'échauffa en jouant « Nola » à un rythme modéré, puis salua les cinq autres musiciens qui arrivaient : Zack Stimson, le banjo, Mike Gauge, le clarinettiste, Freddie Peat, le batteur, Felton Bicks, le cornettiste, et enfin Jackie van Pelt, le joueur de tuba. Ils entrèrent tous dans la danse l'un après l'autre, prenant la direction chacun son tour durant un bon quart d'heure et laissant à Sam l'honneur des fantaisies du final.

L'orchestre réaccorda ensuite ses instruments, en vue de la longue traversée. Zack se pencha en avant pour demander poliment :

« Où est Ted ?

– Il a pris sa journée. Il est parti chercher des informations sur la disparition de sa fille. »

Zack secoua la tête tout en accordant son banjo.

« Elle nous serait sacrément utile un jour comme aujourd'hui. »

Sam fronça les sourcils à cette remarque.

« Et moi, comment je me débrouille ?

– Pas mal, mais je vois bien que tu as plutôt l'habitude de jouer seul. Le prends pas mal, mais Ted et nous, on a l'habitude les uns des autres. »

Le sifflement de la sirène monta à l'assaut de la falaise de Natchez. Quatre jeunes couples s'approchèrent de l'orchestre en interrogeant les musiciens du regard ; Zack entama les premiers accords de « Nobody but You », et les autres firent chorus, telle une nuée d'abeilles sur la même marguerite. Le capitaine Stewart longea la piste de danse, écouta les trois premières mesures et passa son chemin. Lorsque Sam fut obligé de faire semblant de jouer durant un passage difficile, il entendit distinctement Freddie Peat s'esclaffer. Puis il se rappela la mélodie et se détendit en pensant à ce qui allait venir, s'autorisant même à jeter un coup d'œil par une porte ouverte aux saules de la berge qui défilaient entre les cheminées des remorqueurs et des ferrys. Quand Mme Benton actionna de nouveau le sifflet et que le bateau s'avança dans le chenal principal, une légère brise s'engouffra par les nombreuses fenêtres sur la piste de danse. C'était aussi cette fraîcheur que venaient chercher les passagers, loin de l'écrasante canicule de la rive. Douze couples dansaient maintenant juste devant l'estrade, et un serveur éparpilla de la poudre de cire à leurs pieds. Bientôt, d'autres danseurs les rejoignirent, les timides et les jeunes, leurs pas se fondant dans la musique et le paysage qui défilait comme si tout cela faisait partie de la même partition. Sam regardait le dos d'une femme qui avait commencé à danser un two-step toute seule, mais quand elle se retourna il s'aperçut qu'elle entraînait dans la danse un petit garçon de trois ans dont le bras était tendu pour glisser sa main dans celle de sa mère. De surprise, il sauta une mesure et il entendit Zack protester : « Eh, doucement ! » C'était une habitude qu'avaient les parents de la région d'apprendre à danser à leurs tout-petits. Il n'aurait pas dû s'en étonner. Mais durant presque tout le reste du morceau il eut du mal à retrouver le rythme parce qu'il restait concentré sur elle : une femme tout à fait ordinaire mais rendue belle par son regard attentif alors qu'elle s'appliquait à ce que le petit garçon sente ses mouvements et comprenne que musique et balancements du corps devaient aller ensemble. Il se demanda si son fils à lui aurait appris à danser ou à chanter, et il se dit que oui, probablement, sa mère lui aurait donné des leçons, et en songeant à Linda il éprouva la nostalgie de son corps entre ses bras sur une piste de danse. Il en eut le cœur pincé mais la musique l'aida à se reprendre, ses doigts exécutant un arpège si difficile qu'il fut arraché brutalement à ses souvenirs et ramené vers le morceau en cours. Il se retourna, et Zack inclina la tête en signe d'approbation.

Pour la croisière du soir, les musiciens de l'orchestre noir portaient des smokings neufs. Plusieurs danseurs qui n'étaient pas habitués à la manière de jouer de La Nouvelle-Orléans restèrent au bord de la piste le temps de quelques airs, adossés aux piliers ou aux chambranles des fenêtres en se demandant s'ils réussiraient à profiter de tous les efforts déployés par l'orchestre. Mais les plus jeunes, ou ceux qui avaient déjà fait des croisières semblables plus tôt durant la saison ou l'année précédente, savaient à quoi s'attendre et adaptèrent leurs pas. Attirés par la musique, ils se lancèrent dans la danse, les femmes virevoltant et se contorsionnant en mesure, les glands pailletés de leurs robes se soulevant frénétiquement jusqu'à ce que leur jeunesse étincelle comme un silex sur la piste vrombissante. En retrait, Sam surveillait la foule et secouait la tête en constatant combien cet orchestre était meilleur que celui avec lequel il avait joué. Quand le clarinettiste délaissa la partition pour improviser, il se montra si inspiré que plusieurs danseurs s'arrêtèrent pour l'écouter et restèrent à se trémousser sur place.

Elsie descendit pour faire le tour des tables et vérifier que personne n'avait oublié de cigarettes allumées. Elle s'approcha et tira Sam par la manche.

« Lucky, il n'est pas revenu.

– Quoi ? »

Il la prit par le bras et la conduisit jusqu'au bastingage au moment précis où le bateau approchait de la pointe d'une grande île.

« Ted m'avait dit qu'il arriverait par le train de 15 h 30. August est allé le chercher à la gare, mais il n'était pas dans le wagon.

– C'était le dernier train ?

– Oui. »

Elle serra le poing et le porta à ses lèvres.

« On met du temps à traverser ce pays à cheval. Ça en a pris plus qu'il pensait, voilà tout. »

Il sentit bien qu'elle n'était pas convaincue et regretta une fois de plus de ne pas savoir mieux mentir.

« On part pour Vicksburg après cette excursion.

– Il le sait, j'imagine. Il nous rejoindra là-bas par le train de demain.

– Vous croyez ? »

Il vit dans ses yeux inquiets combien elle aimait son mari.

« Mais oui… Maintenant, allez vite faire le tour des tables de l'autre côté de la piste avant le retour du capitaine. »

Il la regarda passer les portes à battants, puis plongea le regard dans les remous du fleuve, en songeant aux Skadlock, aux bois obscurs, au chien… « Mon Dieu ! » s'exclama-t-il à haute voix. Le chien. Il se demanda ce qui à Cincinnati avait pu préparer le musicien à affronter les marais de Louisiane et les Skadlock. Il regretta de ne pas être retourné là-bas avec lui, parce que Ralph Skadlock lui avait paru être une sorte de brigand sans foi ni loi absolument capable de tout. Il se rappela que ce malfrat savait où se trouvait Troumal, ce hameau minuscule à la frontière du Texas. Le massacre de sa famille était-il devenu une sorte de légende qui circulait parmi les criminels de l'Arkansas ?

Lucky déambula jusqu'au bout du pont principal avant de revenir vers la chaufferie, où il trouva August dans la pénombre de la coquerie, le visage éclairé par de vives flammes jaunes, qui plongeait un long tisonnier dans un foyer pour attiser le feu. Sam se saisit d'une paire de gants en coton noir accrochés à une poutre et les lui tendit sous l'escalier de descente envahi de poussière.

« Mets-moi ça et fais attention à ce que je ne te reprenne pas en train de travailler sans. Comment comptes-tu jouer du saxo si tu te brûles les doigts ? »

August sourit, ses cheveux blonds parsemés de traînées goudronneuses.

« On m'a collé à l'alimentation de la chaudière à plein temps depuis ce matin. Ça va me faire cinquante *cents* de plus par jour. » Tandis qu'il enfilait les gants, Lucky vit que ses narines étaient noires de poussière de charbon. « Pourquoi vous avez laissé toutes les huiles pour descendre jusqu'ici ?

– Je voulais m'assurer que tout allait bien pour toi. Tu es inquiet pour ton père ? »

August retira le crochet rougi au feu et le suspendit près du foyer, avant de s'emparer d'une pelle posée près de la goulotte à charbon.

« Pas du tout. Il est tout à fait de taille à se débrouiller, vous savez. Et puis, il va retrouver ma petite sœur. »

Lucky le regarda jeter du charbon dans le feu et tenta de se rappeler comment il était à quinze ans, cet âge où il était convaincu que tout irait pour le mieux, que rien de fâcheux ne pourrait jamais arriver à ses proches, que la vie allait se montrer clémente envers lui. Il en était resté persuadé jusqu'à la mort de son fils. Ensuite, il y avait eu la période difficile qu'il avait connue en France, l'époque à laquelle il avait compris que les histoires qu'on racontait dans sa famille n'étaient pas des légendes mais des faits qui s'étaient réellement produits. Il regarda le gamin travailler, lui enviant presque cette tâche qui ne demandait aucune réflexion.

« Dis-moi, tu voudrais jouer dans l'orchestre de jour demain ? »

August ne ralentit pas le rythme. Il comptait les pelletées, comme on lui avait appris à le faire le matin même.

« Sûr ! dit-il avec un grand sourire. Ça serait chouette ! »

Il claqua la porte du foyer, ouvrit la ventilation, et se dirigea vers la chaudière voisine, s'enfonçant un peu plus loin dans les ténèbres sifflantes.

Chapitre 13

L'*Ambassador* abaissa sa passerelle et débarqua ses passagers à 23 heures. On envoya chercher un policier pour qu'il récupère deux ivrognes enfermés dans la cellule de la salle des machines et Sam les lui remit. M. Brandywine actionna son sifflet, la note forte et soutenue poussant les danseurs épuisés à remonter la route qui les ramènerait jusqu'à la ville perchée sur sa falaise, tandis que le palan hissait la passerelle et que le bateau s'éloignait à nouveau du quai pour reprendre le cours du fleuve.

Après le nettoyage général, Elsie arrêta Sam au moment où il s'apprêtait à quitter la cafétéria.

« Vous avez vu le capitaine ? »

Il jeta un coup d'œil à son visage et détourna la tête.

« Pas depuis une heure environ.

– J'ai entendu dire qu'on allait peut-être sauter l'étape Vicksburg pour une convention de l'Ordre loyal des Moose qui doit se tenir à Greenville. » Elle avait enfoncé les poings dans les poches de son uniforme, qui consistait en fait en un tablier bien coupé, et elle semblait très soucieuse, épuisée et même désespérée. « Ted ne nous retrouvera jamais.

– Je n'ai pas entendu parler de Greenville.

– J'ai demandé à tout le monde. Le capitaine doit être dans la salle des machines.

– Interrogez le pilote. »

Il lui adressa un pâle sourire.

« Brandywine ? Vous voulez rire ?

– OK. » Il consulta sa montre. « C'est l'heure où il réclame sa tasse de café. Je vais la lui porter moi-même et je lui poserai la question. »

Dans l'escalier qui conduisait à la timonerie plongée dans la nuit, il essaya de ne pas trop secouer la grande tasse en grès pour ne pas renverser de café. Il avait commencé à tourner le bouton de porte quand il se rappela qu'il fallait frapper d'abord. La voix éraillée de M. Brandywine coassa de l'autre côté de la vitre :

« Entrez. »

Sam s'approcha de la barre, mais le pilote garda les yeux rivés sur le fleuve. Des nappes de brouillard de la taille d'un champ glissaient à la surface, et le bateau venait d'en pénétrer une. Il faisait aussi noir à l'intérieur qu'au-dehors.

« Je vous ai apporté votre café, monsieur Brandywine.

– Bon sang de bois, j'ai commencé à le sentir quand tu étais encore dans l'escalier ! Pose-le sur le tabouret. »

Sam s'exécuta, puis il resta paisiblement à observer comment le brouillard faisait disparaître les étoiles.

« Est-ce qu'il est toujours question d'aller jouer à Vicksburg ?

– Toi, je ne sais pas, mon garçon, mais moi, c'est là que je vais jeter l'ancre. »

Sam tendit le cou, les yeux rivés sur les volutes de brume qui tourbillonnaient à la fenêtre.

« Comment faites-vous pour vous repérer dans cette purée de pois ?

– Tais-toi. Je ne sais pas exactement où je suis. » Le pilote ferma les yeux. « Et maintenant plus un bruit. Ne bouge plus d'ici. »

Le silence de la timonerie rappela à Sam que chaque clou et chaque planche de ce bateau à vapeur long de plus de cent mètres risquaient de se briser d'une seconde à l'autre si le vieux Brandywine avait un passage à vide. Il était aux commandes de la vie de tous.

Tendant la main, il fit coulisser les grandes vitres à bâbord et à tribord, puis il tira un son bref, un souffle de vapeur rapide et musical qui se dispersa dans les ténèbres. Sam perçut un écho en provenance de l'est, mais rien du côté ouest. Le dos de M. Brandywine se redressa et ses yeux s'écarquillèrent.

« Tu peux disposer maintenant.

– Où sommes-nous ?

– À environ un kilomètre de Magnolia Bluff. »

Il tourna la tête pour présenter son profil au brouillard qui s'élevait doucement, comme s'il voulait l'entendre monter à l'assaut de la planche de proue.

« On n'y voit rien du tout, dit Sam.

– Je ne m'attendais pas à ce que tu y voies quoi que ce soit. »

Sam posa la main sur le bouton de la porte, mais le pilote l'arrêta en lui posant une question :

« La petite fille qui chantait avec l'orchestre pendant notre dernier voyage, tu as retrouvé sa trace ? »

Tout en parlant, il leva la main et tira sur un anneau en laiton qui fit résonner une cloche dans la salle des machines, et au bout d'un instant ils sentirent une légère accélération.

Sam plongeait le regard dans le noir, se demandant si le pilote voyait vraiment autre chose que les souvenirs qu'il avait emmagasinés en dix mille traversées de nuit.

« Quelqu'un a engagé des malfrats pour l'enlever. On a retrouvé les voleurs et Ted est parti pour régler tout ça.

– Il ne peut pas les faire arrêter ?

– C'est en Louisiane.

– Je vois. »

M. Brandywine lâcha un barreau et la roue se mit à tourner doucement jusqu'à ce qu'il l'arrête avec le frein à pied.

« Vous n'aimez pas les nouvelles manettes de commande ?

– Il y a un temps pour chaque chose.

– Alors, bonsoir, monsieur.

– Duggs m'a confié que tu avais fait la guerre », dit le pilote, soudain plus animé.

Sam s'arrêta net, la main toujours sur le bouton de la porte. Il était tard, le brouillard commençait à se lever, et il se demanda si M. Brandywine n'avait pas tout simplement envie d'un peu de compagnie.

Le bateau finit de traverser la rivière puis il redressa le cap, ou du moins Sam en eut l'impression.

« J'ai raté les combats de peu. J'ai quand même vu le résultat.

– J'aurais bien aimé que mon fils aîné les rate, lui aussi. »

M. Brandywine leva de nouveau la main et tira une note aiguë du sifflet. Sam jeta un coup d'œil par la vitre de gauche et, en se concentrant, il réussit à distinguer un faisceau de lumière à environ huit cents mètres du bateau, aussi faible que la lueur d'une cigarette dans un couloir obscur. De l'autre côté du fleuve, leur parvint le salut enroué de l'autre vaisseau.

« Le *Nellie-Speck*, dit le vieux pilote en s'adressant à la nuit.

– Comment le savez-vous ? »

C'est à peine s'il distinguait la silhouette de M. Brandywine, qui se tourna lentement vers lui.

« Le sifflet d'un bateau, c'est comme sa signature. L'autre pilote sait qui nous sommes. Tous les sifflets sont faits pour rendre des sons différents, mon garçon.

– Vous devez avoir une sacrée oreille.

– Est-ce que tu n'es pas capable de reconnaître la voix d'un membre de ta famille sans le voir ? Celle de ton meilleur ami ? Celle de ta femme ? »

Sam laissa passer un long moment avant de répondre.

« Je suppose que oui.

– Tu vois.

– Dans quel régiment était votre fils aîné ?

– Il s'était engagé dans le Missouri. »

Sam ne voulut pas lui poser la question suivante, et sans doute M. Brandywine savait-il que, de question en question, on en arriverait à une bien sombre réponse, alors il devança l'appel et la donna sans qu'on la lui demande.

«Il a eu les yeux brûlés, et tu ne peux pas imaginer la perte que ça a représenté pour lui. Quand il a appris à piloter à mes côtés, il était capable de repérer un feu de navigation vert à deux kilomètres, et maintenant il vit enfermé chez lui à fabriquer des balais.

– Je suis désolé pour lui.

– Parfois, tard dans la nuit, quand je suis fatigué et que je guette les premières lueurs du jour, j'ai l'impression qu'il est là, juste à côté de moi. Alors je me tourne vers lui, mais il n'y a rien, seulement un trou dans le noir.» Il donna un imperceptible coup de barre à tribord. «C'est difficile à expliquer.

– Oui, dit Sam. Je sais.»

En redescendant l'escalier, Sam observa une nappe de brouillard qui traversait le fleuve. Deux ou trois étoiles tournoyaient dans le ciel, et à l'ouest la lumière jaune d'un phare clignotait au-dessus des terres basses. Un remorqueur à vapeur s'approcha en ahanant à tribord, ses tuyaux d'échappement crachotant et ses phares couverts de suie pas plus lumineux que des lucioles au-dessus de l'eau soyeuse, son sifflet s'enfonçant soudain comme un clou dans la nuit du delta. En l'entendant, à plus de quinze kilomètres de là, un garçon de ferme pouvait décider de s'enfuir par la fenêtre de sa chambre et de devenir un vagabond. Sam s'imagina la vie d'un gamin comme celui-là et se demanda ce qu'il pourrait advenir de lui : finirait-il par alimenter toute la nuit les chaudières d'un bateau ou bien tenterait-il de s'endormir malgré les ronflements lancinants de Charlie Duggs ? Dans les deux cas, une existence grise et terne ? Il n'était guère étonnant que tant de chansons aient été consacrées à la nostalgie du marin qui veut rentrer au pays.

Passant devant la cafétéria, il vit Elsie qui finissait de nettoyer, la taille bien prise, penchée au-dessus d'une nappe à carreaux. Tout continuerait de la même façon monotone le lendemain, à moins que Ted ne revienne porteur de nouvelles extraordinaires. Ou qu'il ne revienne jamais.

Tentant de deviner à quel moment l'aube poindrait, Ted restait tapi dans le noir, un océan de ténèbres hors du temps où dix minutes semblaient une heure. Il lui avait fallu deux jours pour trouver les Skadlock, et maintenant il se tenait blotti dans un enchevêtrement de roseaux derrière la grande maison, guettant le moindre mouvement, le plus petit bruit. La lune avait disparu depuis longtemps, et une barge de nuages était amarrée dans le ciel. Le vent s'était levé et agitait les roseaux, et il songea à sa fille, disparue depuis trop de semaines. Il s'imagina qu'il devait représenter dans la tête de la petite une lumière de plus en plus faible, et il comprit que le temps était l'ennemi – un vieux cliché aussi vrai qu'un autre. Chaque jour qui passait lui enlevait davantage le souvenir de sa voix, de son oreille si juste, de ses petites dents de lait qui brillaient quand elle riait, de la chaleur de ses mains qui s'agrippaient à ses oreilles lorsqu'il la prenait dans ses bras pour qu'elle chante. Il n'avait rien d'autre à faire en attendant avec fébrilité que le soleil se lève que de penser à elle, et il craignit que cela ne le distraie de ce qu'il avait projeté. Il secoua la tête, espérant à nouveau que le jour se montre, car il n'y voyait toujours rien. Il avait exploré du regard la maison et ses dépendances avant que la lune se couche derrière le rideau d'arbres, mais il ne lui restait plus que l'image sombre d'une immense bâtisse assiégée de broussailles, hérissée de cheminées ébréchées et de gouttières envahies de mauvaises herbes. À droite, il ne voyait rien. Sur la gauche, il eut l'impression d'apercevoir quelque chose comme de lointaines lucioles. Ou peut-être les feux orangés d'un bateau dans le lointain. Tandis qu'il les fixait, leur couleur gagna en intensité et les cercles de lumière s'agrandirent, parcourant peu à peu les quelque quinze cents mètres qui les séparaient. Stupéfié, il comprit soudain qu'ils n'étaient plus loin du tout, mais flottaient dans l'air juste à côté de lui, entourés de l'haleine chaude d'un animal silencieux.

Le sang se retira de sa poitrine, et, bien qu'il sache qu'il lui fallait demeurer aussi immobile et muet qu'une souche, il se dit que le nez d'un animal ne pouvait pas être trompé. Sans l'avoir décidé, il se remit sur ses pieds et sa main gauche se souleva pour le protéger au moment où un sombre et gigantesque tourbillon de fureur l'attaqua. La douleur lui déchira le bras. Sa main fut happée et déchirée par une énorme gueule invisible et il sortit son pistolet pour tirer en direction de cette force obscure, visant à l'aveuglette vers ce qui s'agrippait à lui parce qu'il ne percevait qu'un mouvement fantôme entre les roseaux écrasés. Les mâchoires grondantes relâchèrent sa main et il tituba pour essayer de s'éloigner, mais il sentit aussitôt le piège d'acier des crocs se refermer sur sa nuque et le secouer comme un lapin, tentant de lui briser la colonne vertébrale. Il brandit de nouveau son arme et fit feu par-dessus son épaule, mais un objet métallique s'abattit sur son crâne et il vit tournoyer une pluie d'étincelles. Un cri rauque, peut-être en réaction au sort du chien, jaillit derrière lui. Ted était déjà à genoux quand il sentit un second coup lui heurter la tête et, aussitôt, le contact humide et sulfureux de l'herbe des marais contre sa joue.

Mme Benton était à la barre quand l'*Ambassador* s'approcha lentement de la falaise de Vicksburg, et elle poussa le bateau contre les pilotis avec la même douceur qu'elle avait mise autrefois à coucher son bébé dans son berceau. Dans la chaufferie, August nettoyait ses foyers. Ayant terminé son service, il se lava, peigna ses cheveux blond cuivré, puis remonta la rue escarpée et pavée de briques rouges pour aller à la gare de la Compagnie Yazoo and Mississippi Valley vérifier l'heure du train. Le préposé lui dit que les passagers de Saint Frank arriveraient d'ici deux heures par le train de 11 heures en provenance de Harriston. L'adolescent sortit sur le quai et s'assit sous l'auvent pour se protéger du soleil, les yeux rivés sur la voie. Une locomotive de manœuvre s'avança poussivement, tirant deux wagons plats chargés de troncs d'arbres, et il la regarda s'éloigner, sifflant et soufflant, vers l'amont du fleuve. Une demi-heure plus tard, un train de voyageurs composé de trois voitures en bois entra en grinçant dans la gare, et une trentaine de passagers en descendirent. Un homme corpulent portant un canotier de paille embrassa sa femme et ses deux filles venues l'accueillir. August regarda leur Ford rutilante remonter la pente dans un cliquetis mécanique. Son père lui avait dit qu'ils achèteraient une voiture dès la saison terminée, quand ils rentreraient à Cincinnati, et aussi qu'ils trouveraient un meilleur logement pour l'hiver, un appartement d'au moins deux pièces avec l'eau chaude, de préférence un rez-de-chaussée qui supporterait le poids d'un piano de bonne taille et dans lequel il y aurait assez de place pour qu'ils puissent répéter et chanter. Il entreprit de passer le temps en songeant à divers arrangements musicaux, notamment des fox-trot qu'il avait appris au long de la traversée. Quand il se retrouvait coincé et se demandait où caser une note ou une autre, il s'imaginait les doigts de son père qui montaient et redescendaient avec agilité sur le clavier, indiquant son chemin à la mélodie. Ces mêmes doigts lui avaient zébré les cuisses et tiré la tignasse lorsque, enfant, il désobéissait. Son père était du genre travail-travail, et le sien, c'était la musique. Et sur ce terrain, au fond, ils se retrouvaient toujours.

À 10 heures, il entendit de loin Mme Benton actionner le sifflet pour la croisière de l'Ordre loyal des Moose tandis qu'il réfléchissait à « I'm Just Wild about Harry » : l'orchestre blanc jouait la partition, tandis que l'orchestre noir, lui, l'interprétait, s'y plongeant et s'en écartant, et il eut la révélation qu'il y avait plus de notes autour d'une partition que sur les portées elles-mêmes. Il ferma les paupières et se mit à fredonner et à taper du pied sur le dallage en brique.

À 10 h 58, August releva le nez en entendant le sifflet d'un train de voyageurs, trois notes de plus en plus aiguës, du *la* dièse au *fa* dièse en passant par le *ré*. Une locomotive à dix roues bien huilée entra en gare en tirant un train de six wagons, et deux employés abaissèrent les marchepieds au moment même où les roues cessaient de tourner. Ils mirent pied à terre dans leurs uniformes noirs flambant neufs et tirèrent chacun une montre brillante de leur gilet. August se campa devant la première voiture, ne perdant pas les autres de vue au cas où son père en descendrait. Quand tous les passagers furent sortis, il s'approcha du chef de train.

« Mon père était censé arriver à cette heure-là, mais je l'ai pas vu passer. »

L'employé tira de nouveau sa montre de son gousset et jeta un coup d'œil en direction de la locomotive.

« Il s'est peut-être endormi sur son siège. Faut que je fasse un tour d'inspection, de toute façon. »

Il monta dans le premier wagon et, quelques minutes plus tard, August le vit ressortir par le dernier, lui adresser un signe de la main et secouer la tête. Le préposé lui avait dit que c'était le seul train en provenance de Saint Frank ce jour-là, mais August n'était pas encore à l'âge où l'on s'inquiète, et il laissait à sa mère le soin de se demander avec angoisse de quoi demain serait fait. Il quitta la gare et traversa la ville en léchant les vitrines et en s'interrogeant sur l'effet que ça ferait d'avoir un peu d'argent devant lui.

La croisière de l'Ordre loyal des Moose se termina à 12 h 30, et il voulait voir sa mère avant de manger et d'aller se coucher. L'équipage se hâtait de nettoyer les traces de boisson gazeuse, les restes de pop-corn, de piments de hot dogs, sans parler des souillures de vomi, de tabac à chiquer et des reliefs de plats à emporter. Il la trouva aux cuisines, occupée à préparer des sandwichs pour la grande excursion de 14 heures. Ses cheveux étaient à moitié dénoués, son tablier taché de ketchup. Après toute une matinée d'efforts, elle sentait la transpiration.

Lorsqu'elle remarqua sa présence toute proche, elle le saisit brutalement par le bras et lui fit passer les portes battantes pour regagner la salle du restaurant.

« Où est ton père ?

– Je suis allé l'attendre à son train mais il était pas dedans.

– Tu l'as sans doute manqué, dit-elle en lui enfonçant un ongle dans le biceps.

– Aïe ! » Il recula d'un pas. « Le train était vide quand il est reparti, maman. »

Elle laissa retomber ses mains sur son tablier.

« Il a dû avoir des problèmes avec ces gens. »

August ne voyait pas de quel genre de problèmes elle pouvait bien parler.

« Est-ce que je peux aller me coucher maintenant ? »

Elle le regarda comme si elle ne l'avait jamais vu.

« Bien sûr, bien sûr. Tu reprends à 8 heures ? » Elle passa un doigt entre ses mèches et vit toutes les cendres qui lui constellaient le cuir chevelu. « Comment va ton dos ?

– Ça va. » Il resserra sa ceinture d'un cran. « Le second mécanicien m'a dit qu'il allait me trouver une pelle avec un manche plus court pour que je puisse la soulever plus facilement.

– Je vois bien que tu as mal.

– C'est rien. Le pire, c'est qu'on sue sans arrêt. »

Elle baissa la voix.

« Tu as toujours la diarrhée à cause de la chaleur ? »

Il roula des yeux.

« Non, le mécano m'a conseillé d'avaler une cuiller de cendres dans un verre d'eau. »

Elsie eut l'air effrayé.

« Et ça a marché ?

– Plus de problème. » Il lui sourit. « Arrête un peu de t'inquiéter tout le temps. »

Certains des membres de l'Ordre loyal des Moose étaient montés à bord déjà ivres et impatients d'en découdre avec leurs homologues de la loge installée sur l'autre rive du fleuve. Sam lutta pendant vingt bonnes minutes pour en séparer quatre, et une demi-heure de plus pour enfermer deux d'entre eux dans la geôle du bateau. À la fin de l'excursion, il était épuisé et avait une épaule luxée, mais le capitaine lui demanda de se mettre au piano pour la croisière de 14 heures. Il eut à peine le temps de recoudre les boutons de son gilet avant de remonter sur l'estrade et de se caler sur le tempo que donnait le batteur. Le premier morceau était « The Japanese Sandman », joué sur un rythme accéléré, et il eut l'impression d'être constamment un huitième de temps en retard, luttant pour rattraper le saxophone alto et la clarinette au milieu de leur duo. Plusieurs jeunes couples de Vicksburg se mirent à danser, sans grand succès : ils trébuchaient sans arrêt, se heurtaient les genoux quand ils pirouettaient, et Sam s'accrocha. Le morceau d'après était une valse, mais il recommença à jouer sur le fox-trot suivant et continua par la suite. Le pont chauffait peu à peu et des gouttes de transpiration lui brûlaient les yeux, puis le bateau appareilla et une brise légère rafraîchit l'atmosphère et souleva les nappes immaculées. Entre deux morceaux, il regardait la piste, observait les passagers, tentant de lire les pensées des danseurs, surveillant les hommes à demi cachés derrière les piliers carrelés de blanc, espérant voir Ted ou peut-être un Skadlock, ou même rien qu'un visage témoignant d'une culpabilité ou d'un désir inexplicables. Il s'imaginait qu'à cette heure la petite fille pouvait se trouver en n'importe quel point de l'itinéraire du bateau, parce que c'était la seule connexion qu'il pouvait envisager : quelqu'un l'avait vue et avait voulu s'emparer d'elle, quelqu'un qui vivait près des brumes du grand fleuve, assez près en tout cas pour entendre le sifflet du gros bateau et l'appel si puissant de l'orgue à vapeur.

Durant la pause, Elsie Weller s'approcha du piano et dit à Sam que Ted n'était pas dans le train. Elle avait les yeux rougis par les larmes et tordait et retordait entre ses mains une serviette en tissu.

« Oh, il va sans doute nous rejoindre à Greenville. On y sera demain.

– Il aurait envoyé un télégramme, Lucky. »

Le batteur exécuta un rim-tap sur la caisse claire et Sam se tourna vers une nouvelle partition posée sur le pupitre du piano.

« Le bureau de poste était peut-être fermé. Il y a tout plein de raisons pour lesquelles il pourrait être en retard ou ne pas avoir eu le temps d'envoyer un télégramme.

– C'est exactement ce qui me fait peur. »

Il se lança dans l'intro de « I Used to Love You but It's All Over Now », désolé qu'un air aussi triste soit prévu au programme. C'était un morceau tout récent et il espérait qu'elle n'en connaissait pas le titre*. Elle rajusta sa petite couronne de serveuse et sortit bravement par la porte de tribord en se redressant ; il se rappela qu'elle était meilleure musicienne que lui et méritait mieux qu'un travail aux cuisines, qu'il manquait deux pièces essentielles au puzzle de sa vie alors qu'au sien il n'en manquait qu'une. Ses doigts luttèrent contre une accumulation de notes inconnues, et dans son dos il devina que le cornettiste fronçait les sourcils. Sam repensa au jour de la mort de son fils : Linda, malgré tous ses efforts, restait inconsolable, le corps agité par les tremblements que lui causait cette perte irréparable. Il oubliait parfois qu'elle vivait avec un trou aussi profond que le sien, et soudain elle lui manqua terriblement. Sous ses doigts, il se passa quelque chose d'étrange : il était moins concentré sur sa partition, et son tempo s'en trouva amélioré. Il se mit à ressentir ses notes au lieu de seulement les déchiffrer sur la page. Penchant la tête, il s'écouta jouer de mieux en mieux, triste à en pleurer alors que les danseurs tournoyaient joyeusement au son de sa musique.

* « Je t'aimais mais maintenant tout est fini ».

Chapitre 14

Pour la croisière de nuit, il compta les arrivants à l'entrée de la passerelle, examinant les visages avec la plus grande attention tout en surveillant du coin de l'œil la falaise en espérant voir Ted soudain descendre d'un taxi. Après avoir contrôlé tous les passagers, il entreprit d'arpenter la piste de danse. Les habitants de Vicksburg savaient parfaitement se tenir, même s'ils montraient quelques réticences envers l'orchestre noir, mais un groupe venu de la grande scierie de Yokena était monté à bord avec un nombre inacceptable de demi-pintes de bière de contrebande à très haute teneur en alcool et, au milieu de la traversée, plusieurs bagarres sérieuses éclatèrent. Il y avait quelque chose de frelaté dans leur breuvage, et avant la fin de l'excursion de nombreux passagers vomissaient au bastingage ou sous les tables du dancing. Un homme presque chauve en salopette perdit complètement la boule, et il fallut l'intervention d'un serveur, de Charlie Duggs et de deux garçons pour l'empêcher de sauter sur la roue à aubes. Quand le bateau rentra à quai, Sam, Duggs et Aaron Swaneli durent laisser leurs uniformes à une employée pour qu'elle les recouse avant la croisière suivante, au départ de Greenville.

Cette nuit-là, pendant la traversée, August aida les autres à charger le charbon pendant trois heures, faisant monter et redescendre une brouette sur une planche étroite reliée à une remorque à fond plat amarrée au flanc du bateau. Enfoncé jusqu'aux chevilles dans la poussière de charbon, il pelletait avec énergie à la lumière d'une lampe tempête en fredonnant un nouveau morceau que l'orchestre noir avait dû jouer deux fois de suite tant les danseurs le réclamaient avec véhémence. Une fois les soutes pleines, il jeta plusieurs pelletées dans le foyer et s'aperçut que le charbon était d'une qualité franchement médiocre ; c'était en fait pour moitié de la poussière, et les autres chauffeurs et lui ne réussirent qu'à grand-peine à obtenir assez de vapeur pour faire tourner les moteurs. Il se battit comme un beau diable toute la nuit, tentant de briser des blocs de mâchefer et de faire circuler suffisamment d'air dans la masse compacte du charbon pour qu'il puisse brûler, si bien que lorsqu'ils jetèrent l'ancre, juste avant l'aube, et que sa mère vint lui expliquer où se trouvait la gare de Greenville, il ne tenait plus debout. Il l'écouta appuyé au manche de sa pelle, et ses yeux n'étaient plus que deux billes brillantes dans un visage tout noir.

Allongé sur sa couchette, Sam rendait ronflement pour ronflement à Charlie Duggs quand un coup sur la porte le réveilla. Il trouva Elsie les yeux emplis de larmes, qui le supplia d'aller à la gare vérifier les horaires parce que son fils était mort de fatigue et qu'il lui faudrait de toute façon une heure de toilette. Elle était déjà en retard aux cuisines, et dès qu'il eut hoché la tête elle repartit en courant. Sam avait mal à l'épaule et se sentait fourbu ; il chancelait sur ses pieds, comme un ivrogne. Il se hâta d'enfiler un pantalon et une chemise et sortit sur le pont mouillé. Le bateau ronflait lui aussi et crachait sa vapeur dans l'aube grise tandis qu'il passait la digue pour entrer dans le port.

L'employé de nuit était en train de terminer son service, il avait les yeux injectés de sang sous sa visière. Il jeta un coup d'œil aux vêtements de Sam et le fit attendre au guichet plusieurs minutes avant de s'approcher pour lui dire que le train en provenance de Saint Frank était attendu à 13 h 30.

Sam fit la grimace et, par-dessus l'épaule du préposé, consulta l'horloge.

« Autre chose ? » demanda l'homme avec un air railleur et déplaisant.

Il respira un grand coup.

« Vous auriez pas entendu parler de quelqu'un en ville qui aurait récemment adopté une petite fille d'environ trois ans ?

– Vous venez d'un comté cajun ?

– J'ai peut-être encore l'accent mais je vis à La Nouvelle-Orléans. Dans Magazine Street.

– J'ai un frère qui habite La Nouvelle-Orléans, mais il ne s'y plaît pas. De quel genre de petite fille vous parlez ? Une orpheline ou quelque chose comme ça ? » Le gros homme ricana. « Comme si les gens du coin avaient besoin d'une bouche en plus à nourrir ! »

Sam cligna des yeux pour essayer de se réveiller. Il fallait qu'il pense vite et bien.

« Je me disais juste que tout le monde dans cette ville doit passer par la gare. Une fillette qui fait partie de la troupe du bateau d'excursion a été enlevée pendant qu'on descendait le fleuve, et j'espérais qu'un détail ou un autre aurait attiré votre attention. »

L'employé releva sa grosse tête chauve derrière les barreaux de son petit guichet.

« Un jour ou l'autre, on a tous un drame à affronter. Vous n'êtes pas assez vieux pour le savoir ?

– Sans doute que non. Je ne sais pas.

– Et pourquoi est-ce que vous vous intéressez à l'enfant de ces gens ? Vous avez une dette envers eux ?

– C'est une longue histoire, monsieur, mais, d'une certaine façon, c'est ma faute si elle a été kidnappée. »

L'homme l'examina attentivement.

« Alors, tout ce que vous voulez, c'est vous débarrasser d'un peu de culpabilité, c'est ça ? »

Sam ne trouva rien à répondre. Il soupçonnait depuis toujours que toutes les actions humaines ont un fond égoïste, mais il se demandait maintenant s'il n'y avait pas autre chose par-delà cette motivation première, et cette hypothèse l'intéressait au plus haut point.

« Ça, mais aussi d'autres choses, peut-être. »

Le préposé regardait fixement un tas de récépissés qu'il tenait à la main, mais il ne les lisait même pas.

« J'aimerais me torcher avec ces trucs. » Il inspira un grand coup puis souffla lentement, comme un homme qui s'apprête à prendre une grave décision. « Vous avez dit une petite fille ?

– Environ trois ans. Ils lui ont coupé les cheveux pour la rendre méconnaissable, mais c'était il y a déjà quelques semaines.

– Ils voulaient la faire passer pour un garçon, je suppose.

– Sans doute. »

L'employé rencontra le regard de Sam et détourna les yeux.

« Tout ce que je peux faire, c'est garder l'œil ouvert et tendre l'oreille.

– Je suis lieutenant sur l'*Ambassador*, le bateau d'excursion. Si vous trouvez quelque chose, envoyez-moi un télégramme, et je vous rembourserai. »

Sous son guichet, l'agent prit une autre pile de récépissés retenus par un crochet.

« Au cas peu probable où ça arriverait, le télégramme serait signé Morris Hightower – c'est mon nom. Mais je ne connais personne qui serait capable de kidnapper le gosse de quelqu'un d'autre. » Il se passa la langue sur les lèvres. « En plus, si c'était un garçon, on pourrait penser qu'un bouseux du coin a eu besoin de main-d'œuvre, mais une fille, qui en voudrait ? »

Sam fléchit les genoux pour regarder sous la visière de l'employé.

« Elle était jolie et elle chantait comme un rossignol. »

Morris Hightower fronça les sourcils et entreprit de trier ses papiers d'un air grognon. Il était au bout du rouleau, sédentaire, il n'en avait sans doute plus que pour cinq ans à vivre environ et il le savait.

« Mon vieux, je n'ai jamais vu un oiseau capable de gagner même trois sous en poussant la chansonnette. »

L'excursion de 10 heures était une sortie scolaire pour plusieurs lycées, si bien que l'orchestre ne jouerait pas. Sam se contenta donc de longer les bastingages, empêchant les enfants de tomber à l'eau et les éloignant des cheminées brûlantes du pont supérieur. Après déjeuner, le bateau jeta l'ancre et il retourna à la gare pour y attendre Ted qui n'arriva pas non plus par ce train-là. Il s'assit sur un banc et resta longtemps à fixer la voie en direction du sud. Les Skadlock étaient des gens malhonnêtes, et sans doute sans cœur de surcroît, mais de là à tuer, il y avait une marge. Durant toute sa vie on lui avait reproché de ne pas voir le mal, mais pourquoi accuser les gens sans raison ? Les Skadlock l'avaient laissé repartir sain et sauf. Bien sûr, il ne les avait pas menacés, il avait seulement tenté de négocier avec eux selon leurs propres termes. Et lui n'était pas le père désespéré d'une enfant qu'ils avaient kidnappée. Sur le quai, le sifflet d'un treuil à vapeur retentit à la manière d'un cri de femme, et le son se réverbéra sur les façades de la ville pour s'échapper vers l'ouest, en direction du désert de l'Arkansas. Plus que tout, il espérait que Ted n'avait rien tenté d'irréfléchi.

De retour sur le bateau, il se rendit directement aux cuisines et demanda à Elsie si Ted avait emporté une arme. Elle lui parla de son couteau et de son pistolet, et il baissa les yeux en secouant la tête.

« Vous ne pensiez tout de même pas qu'il allait partir sans le moindre canif ? » Elle prit le plat qu'avait commandé un membre de l'équipage et marcha vers la sortie. Mais elle s'arrêta en chemin pour étudier l'expression de son visage. « Vous pensez qu'il lui est arrivé quelque chose ?

– Non, non. Pas du tout. Le train que je suis allé attendre était bondé d'anciens combattants de la guerre de Sécession qui arrivaient pour notre excursion de 14 h 30. Il a peut-être été obligé de remonter toute la ligne jusqu'au terminus. À votre place, je ne me ferais pas trop de soucis avant demain, ou en tout cas pas avant qu'on arrive à Memphis. »

Elle reposa les assiettes.

« Vous avez vérifié les télégrammes ?

– Oui.

– Je suppose que ça ne servirait à rien d'appeler la police locale pour leur demander s'ils ont entendu parler d'un problème dans le coin. »

Sur le toit, l'organiste se lança dans « Camptown Races » à tue-tête et la musique retentit dans tout le comté.

« La police du coin est complètement corrompue, et les Skadlock vivent dans un trou que même les corbeaux refuseraient de ravitailler. »

Elsie ferma les yeux.

« J'ai tellement peur.

– Je comprends. Je vais descendre jouer un peu de Stephen Foster pour les anciens combattants. »

Elle secoua la tête et se redressa.

« Entendu.

– Cette fois je vais tenter de me débrouiller pour que ma main droite sache ce que fait la gauche. »

Elle ne sourit même pas.

« D'accord, Lucky. »

Il n'y avait personne sur la piste cet après-midi-là, les vieux soldats se tenant aussi éloignés que possible de la musique pour se raconter leurs histoires immémoriales. Sam aperçut plusieurs unijambistes qui babillaient derrière leur longue barbe blanche. Certains dessinaient de leurs doigts tordus des cartes imaginaires pour raviver la mémoire de batailles oubliées ; dans leurs souvenirs chancelants, ils caracolaient sur des chevaux morts depuis si longtemps que leurs os étaient réduits en poussière dans la profonde terre argileuse du nord de la Virginie.

L'orchestre ayant terminé son spectacle, les musiciens furent libres de déambuler avec les passagers, et tandis qu'il longeait le bastingage de tribord Sam remarqua les bras amputés, les poches sous les yeux, les tics nerveux. Pour la plupart encore vaillants, ils portaient leurs vieux uniformes ou des copies de la tenue grise des Confédérés, mais Sam se demanda dans quel état devaient être ceux qui étaient restés chez eux, et ne voulaient plus rien commémorer du tout ; ils avaient reçu comme les autres une carte postale à deux *cents* annonçant l'excursion des vétérans, mais ils l'avaient sans doute jetée au feu, et avaient longuement regardé par la fenêtre, heureux de constater que plus personne ne se tirait dessus dans la rue. Charlie Duggs était allé en France et avait tué quelques Allemands, et par deux fois Lucky avait dû descendre de sa couchette dans le noir pour l'arracher à un cauchemar. La première fois, il criait : « Non, non ! Pas ça ! », une jambe glissée hors des couvertures battant l'air, le corps tremblant dans la chaleur du désespoir alimentée par le souvenir. Sam lui avait posé une main sur la poitrine et peu à peu il sentit les spasmes s'apaiser, comme les vibrations d'un train qui se met en marche. « Qu'est-ce qui se passe ? » avait demandé Charlie, haletant. « Un mauvais rêve, mon pote ? » Il était resté silencieux quelques instants, avalant de profondes lampées d'air vicié dans la cabine exiguë. « Le pire possible », avait-il fini par répondre.

Il y avait huit cents passagers pour la croisière de nuit, et Sam examina les visages sur la passerelle, pas très sûr de ce qu'il cherchait : peut-être personne, peut-être Ninga Skadlock en train de monter à bord. Plus tard, sur la piste de danse, il repéra une petite troupe à l'air maussade qui se tenait franchement en retrait de l'estrade et considérait l'orchestre noir avec une méfiance bovine. Aucun de ces gens avachis et renfrognés ne dansa pendant les deux premiers morceaux, puis les musiciens semblèrent comprendre à qui ils avaient affaire et entamèrent « Down Yonder », dans une version de salon mais avec quelques subtiles accélérations d'inspiration africaine qui attirèrent les jeunes danseurs, puis, deux par deux, un certain nombre d'autres. Le capitaine ordonna qu'on baisse l'intensité des lumières, le noir se fondant dans le noir, l'ambiance s'apaisant peu à peu sur le pont, la haine se dissolvant pour un temps dans le rythme de la musique.

Chapitre 15

Ted sentit tous ses muscles se rétracter autour de ses os comme de la viande cuite. Il était allongé dans la pénombre sur ce qui lui semblait être des planches de bois. Une vieille femme appliquait un pansement au sommet de son crâne, et il sentait sur ses vêtements une odeur de friture, de pétrole lampant et de transpiration. Il lui vint à l'esprit qu'il était peut-être resté inconscient pendant plusieurs jours.

Le visage mal rasé d'un homme apparut au-dessus de lui.

« On dirait qu'il se réveille.

– Laisse-le tranquille.

– Il m'entend. » Ralph Skadlock se rapprocha. « Eh, espèce de salopard, tu as touché mon chien à la hanche ! Je devrais t'accrocher une pierre avec une corde autour du cou et te balancer à la rivière. »

Ted était abasourdi par la douleur qui lui cognait dans la tête, le dos et les doigts. Il souleva sa main gauche et découvrit une masse tremblante couverte de sang séché. Clignant des yeux, il tenta de se rappeler la cause de toutes ces blessures.

« Où est ma petite fille ? »

Sa voix lui parut émerger de sous le parquet, et sa vision recommença à se brouiller.

« Écoute, souffla une voix près de son oreille. Je vais te ramener au train. Si jamais on te revoit par ici, je te dépèce comme un cochon à l'automne. Tu piges ? »

Sa vision s'éclaircit un peu, et il regarda la cloison en contreplaqué et les fenêtres opaques. Il entendait un bourdonnement de guêpes. Juste à côté de lui, il distinguait une espèce d'appareil en cuivre et un réchaud : un alambic. Des trafiquants. Il se trouvait dans le repaire de hors-la-loi.

« Où est Lily ?

– Reviens seulement par ici et je te règle ton compte. » Ralph Skadlock leva les yeux vers la vieille femme « Tu sais, ils repêcheraient jamais son corps par ici.

– Combien de fois il va falloir que je te dise qu'il vaut mieux le renvoyer là d'où il vient ? Sinon, quelqu'un risquerait de venir le rechercher. »

Ted entrouvrit les lèvres pour dire quelque chose, mais même ses oreilles lui refusèrent leur service, et il s'évanouit.

Quand il rouvrit les yeux, il se trouvait sur le quai des marchandises d'une minuscule gare de bric et de broc au milieu des bois, à côté d'une voie unique de rails gauchis envahis de hautes herbes. Il tourna la tête pour examiner les planches grises et découvrit assis à côté de lui un homme d'une vingtaine d'années qui portait une salopette et un chapeau de paille. L'inconnu replia une feuille de papier qu'il glissa dans l'échancrure de la chemise de Ted.

« Je suis arrivé il y a quelques minutes pour prendre l'omnibus, et voilà que je vous trouve par terre avec ce bout de papier au col. »

Ted ouvrit la bouche mais aucun son n'en sortit. Au deuxième essai, il réussit à articuler :

« J'ai mal. »

Le jeune homme leva un doigt et l'agita lentement.

« À voir dans quel état vous êtes, ça m'étonne pas vraiment. Ce bout de papier est adressé à l'employé de Fault, et il lui demande de vous mettre dans le wagon à bagages en direction de l'hôpital de Memphis. Il paraît qu'il y a de l'argent dans votre portefeuille.

– L'employé de Fault... »

Ted se dit qu'il devait s'agir d'une expression codée.

« Il est pas encore arrivé. Cette gare s'appelle Fault. Il s'appelle Toliver, et il vient travailler que deux heures par jour, pour le train du matin et celui de l'après-midi.

– Là, c'est lequel ? »

Le jeune homme jeta un coup d'œil alentour comme pour s'assurer de sa réponse.

« Celui de l'après-midi. » Il hocha la tête. « Qu'est-ce qui vous est arrivé, au fait ? Vous vous êtes fait charger par un taureau ?

– Des gens du nom de Skadlock... »

Le jeune homme se releva d'un bond comme s'il craignait une contagion soudaine.

« Ma grand-mère disait tout le temps qu'un chien, ça donne des puces, mais là, c'est plutôt à des alligators que vous êtes venu vous frotter.

– Où on est ?

– Fault, Louisiane. Avant, ça s'appelait No Gun Switch, mais ils ont supprimé l'aiguillage il y a cinq ans. »

Soulevant un peu la tête, Ted aperçut un petit chemin couvert de quelques graviers épars qui traversait le rail.

« Vous pourriez me trouver un peu d'eau ?

– Désolé, mon vieux, mais il y en a pas par ici. » Il sortit de la poche de son pantalon jaune une montre en acier chromé sans chaîne. « Toliver sera là d'ici une minute. »

Quelques instants plus tard les crachotements d'une Model T parvinrent aux oreilles de Ted. Le préposé apparut dans un pré adjacent à la petite gare. Âgé d'une cinquantaine d'années, chauve, il portait des lunettes noires. Il descendit de voiture, monta sur le quai et vint se camper devant Ted pour l'examiner attentivement.

« Vous vous êtes fait déchiqueter par une machine à la scierie ? »

Le jeune homme s'appuya contre le mur.

« Je pense qu'il est quasiment déshydraté. Tu veux pas aller lui chercher un verre d'eau ?

– J'en ai un seau dans la Ford, et il y a une louche dedans, tu peux lui en apporter. » Le préposé prit une clé dans sa poche et retira un cadenas en laiton de la porte. « Vous comptez aller à l'hôpital un peu plus loin sur cette ligne, c'est ça ?

– Je me sens très mal. »

Ted voulait en dire plus mais il avait l'impression qu'une grosse truie pesait de tout son poids sur sa poitrine.

Le télégraphe se mit à cliqueter dans sa boîte, et l'employé alla écouter le message, ouvrir son appareil et répondre. Le jeune homme revint avec une louche pleine d'eau et souleva la tête de Ted. Le préposé ressortit.

« Le 43 est à l'heure et on va pas tarder à voir la fumée de la locomotive. » Il se pencha pour attacher une étiquette d'expédition autour de la cheville gauche de Ted. « Sidney, qu'est-ce qui lui est arrivé pour qu'il se retrouve avec deux coquarts et la main écrasée comme ça ?

– Il est tombé sur un Skadlock ou deux, il m'a dit.

– Sérieux ? Mais comment il est sorti de leur tanière ?

– Il était déjà allongé là quand je suis arrivé. »

Le préposé lut le billet qui dépassait de la chemise de Ted, puis il prit son portefeuille et en retira plusieurs petites coupures. « Ils veulent qu'on vous expédie vers le nord. »

À huit cents mètres environ, le sifflet de la locomotive retentit, et à travers les bois les trois hommes perçurent le rythme syncopé de son moteur mal réglé. Toliver souleva son drapeau, et le train entra en gare, tirant ses deux voitures en bois qui s'arrêtèrent en couinant sur les rails au métal écaillé. Un agent obèse en gilet de service fit glisser la porte coulissante du wagon à bagages, déchargea six fauteuils à bascule, deux rouleaux de barbelé, dix sacs de fourrage, et une caisse en bois avec une horloge représentée sur un des côtés.

« Tu as un malade à transporter.

– Ça alors ! » dit l'autre, se retournant pour prendre le brancard, une solide structure en bois munie de quatre pieds courts.

Les trois hommes y couchèrent Ted puis le portèrent dans le wagon à bagages pour l'installer dans un espace dégagé contre une paroi. Le jeune homme au chapeau de paille s'accroupit près de lui.

« Vous voulez encore un peu d'eau, mon vieux ? »

Ted ouvrit les yeux, heureux de se sentir à l'abri, mais il ne répondit pas. Le sifflet retentit avec force et l'employé referma la porte coulissante.

Le train roulait maintenant à environ vingt-cinq kilomètres à l'heure, et Ted se réjouit de se diriger vers un lieu plus accueillant où les chiens ne vous écrasaient pas et ne vous déchiquetaient pas les doigts et où les hommes ne vous assommaient pas avec le plat d'une pelle comme pour écraser un serpent. Le train avançait en trépidant par à-coups dans un fracas de pièces métalliques désespérément mal ajustées. Le préposé aux bagages s'agenouilla et posa une main sur le front de Ted, avant de lui donner un verre d'eau glacée qui lui réhydrata délicieusement le gosier.

« Oh, merci, souffla-t-il d'une voix râpeuse.

– Si vous avez besoin de quelque chose, vous avez qu'à demander.

– Entendu.

– Au bout d'un moment, on va rejoindre la ligne principale à Harriston, où on retrouve l'express qui remonte vers le nord. Là, on vous transférera dans leur wagon à bagages.

– D'accord. »

La ligne de chemin de fer était mal entretenue et les éclisses de raccord lui faisaient terriblement mal au dos quand une roue passait dessus.

« Ça me plaît pas du tout de vous voir par terre comme ça dans les cendres et la paille », dit l'employé. Il avait avancé un transat et s'était installé à la tête du brancard. « On m'a dit que vous étiez tombé sur de mauvaises gens.

– Les Skadlock. » Ses pensées s'éclaircirent pendant quelque temps et il leva les yeux vers l'homme qui parvenait à rester immobile dans le wagon bringuebalant. « Ils ont enlevé ma petite fille, et ils veulent pas me dire ce qu'ils en ont fait. »

L'employé se releva.

« Vous voulez dire qu'ils ont emmené votre gosse dans leur repaire ?

– Non. Je ne sais pas où elle est. On les a payés pour faire le coup.

– Si vous arriviez à les surprendre avec elle, alors vous auriez des preuves.

– À montrer à la police, vous voulez dire ? »

Le type promena un doigt de gauche à droite sur la cascade de sa moustache.

« Eh bien…

– Qu'est-ce que vous feriez à ma place ? »

L'employé fixa la fenêtre d'un regard vide.

« S'ils avaient kidnappé un de mes marmots, je rassemblerais tous les hommes de la famille capables de tenir un fusil et on ferait une descente. »

Ted ferma les paupières.

« J'ai personne de ce genre sous la main. »

La voix de l'homme se fit plus grave et plus menaçante.

« On les forcerait à se réfugier dans leur grande baraque et on y mettrait le feu. Et quand la fumée les obligerait à sortir, on les abattrait comme des cerfs aux abois. »

Il continuait à regarder le paysage de forêts monotones, mais Ted savait qu'il ne voyait plus vraiment les pins des marais, les buissons de chèvrefeuille, les iris sauvages, mais plutôt des images de carnages, des légendes de haine transmises de génération en génération par de pauvres hères illettrés et tués par balles.

Deux heures plus tard, la petite locomotive émergeait des bois à Harriston. L'agent obèse ouvrit la portière de l'autre côté du wagon, et son homologue de l'express en partance pour le nord, qui l'attendait, l'aida à porter le brancard. Ils l'installèrent dans un wagon à bagages plus spacieux, sur un plancher beaucoup plus propre, entre un coffre-fort et un piano droit. Le nouveau préposé avait l'habitude de transporter de malheureux blessés, et il pensa à lui donner une cuvette plate dans laquelle uriner, avant de se pencher pour lire l'étiquette accrochée à sa cheville.

« Nous avons télégraphié pour qu'une ambulance vienne le prendre en charge à Memphis. » C'était un homme frêle, au front barré par des rides profondes semblables à un filetage sur un tuyau. « J'ai de l'aspirine. On nous laisse plus avoir d'alcool à bord, sinon je vous aurais offert un petit remontant. »

L'idée d'un cachet d'aspirine fit sourire Ted.

« Vous en auriez pas plutôt quatre ? »

L'employé lui tendit une louche en émail pleine d'eau puisée dans un seau en toile et lui passa les comprimés.

« Vous avez fait une partie de poker un peu trop animée ?

– Vous voulez bien jeter un coup d'œil à ma nuque ? J'ai l'impression que c'est du steak haché. »

L'homme fléchit les genoux et ajusta ses lunettes.

« Eh bien ! J'avais pas vu un pansement pareil depuis la guerre des Dix Ans à Cuba. » Il examina précautionneusement la blessure et Ted se demanda s'il n'aurait pas pu faire ses études de médecine s'il avait grandi dans un coin plus civilisé du pays. « Vous avez une grosse bosse et une entaille sur le crâne, mais ils vont vous arranger ça sans problème à l'hôpital.

– Merci.

– Par contre, votre main a l'air dans un sale état. Vous voulez que j'y jette un coup d'œil ?

– Non, j'ai mal rien qu'à l'idée qu'on pourrait y toucher.

– Quand est-ce que vous vous êtes fait ça ?

– Hier. Il y a quelques jours. J'en sais rien. »

Le train filait maintenant à quatre-vingt-dix kilomètres à l'heure sur la voie principale parfaitement entretenue, et la suspension du wagon imprimait un mouvement régulier à tout ce qui l'entourait.

« C'est pas très fréquent qu'on se charge des urgences, mais il y a eu des fois où quelqu'un est tombé d'un arbre et où il a dû attendre une semaine avant d'être transporté à l'hôpital pour qu'on lui remette les os en place.

– Vous me rassurez », lui dit Ted.

L'homme eut l'air étonné.

« Je vais vous laisser piquer un petit roupillon. Vous avez besoin d'autre chose ? »

Ted déglutit lentement.

« J'ai une question à vous poser. »

Il avait du mal à faire sortir les mots de sa bouche.

« Dites-moi. »

L'employé se pencha et rapprocha son oreille poilue du blessé.

« Vous pensez que je devrais essayer de retrouver le type qui m'a mis dans cet état ? »

L'homme le balaya d'un regard théâtral des pieds à la tête.

« Sûrement ! Si vous avez envie de lui demander de finir ce qu'il a si bien commencé ! »

Ted se sentit bientôt bercé par le mouvement du train, et il entendit le sifflet de la locomotive monter et redescendre frénétiquement la gamme en une série d'avertissements dignes d'un opéra. Il s'imagina un imbécile en train de faire traverser la voie ferrée à sa lourde charrette quinze cents mètres plus loin, un fermier poussant ses mules à rivaliser de vitesse avec une locomotive lancée à vive allure, comme si sa misérable volonté avait la moindre chance de réussir à accomplir quoi que ce soit.

Chapitre 16

Les pilotes eurent quelque difficulté à traverser les chenaux au large de Greenville et après la dernière sortie de la journée ils annoncèrent au capitaine qu'ils étaient trop fatigués pour remonter de nuit en direction de Memphis, si bien que le bateau fit une halte. Les autres membres de l'équipage étaient eux aussi épuisés, et ce ne fut pas avant la fin de la matinée que l'*Ambassador* quitta son mouillage.

Le capitaine entra et, trouvant ses trois lieutenants assis à la même table, il se joignit à eux. Il posa sa casquette à côté de la salière en secouant la tête.

« Vous savez les nouvelles, messieurs ? »

Aaron Swaneli cessa de beurrer son toast.

« Quel genre de nouvelles ?

– Notre agent m'a envoyé un télégramme : il y a de l'argent à gagner entre ici et Memphis. »

Charlie reposa sa tasse de café.

« Pas à Bung City, quand même ! »

Le capitaine leva les mains.

« Je sais, je sais… il n'y a là-bas que des scieurs de bois et des ouvriers qui fabriquent de la créosote. Mais c'est une ville où on dépense facilement.

– C'est surtout une ville de morts vivants et d'éclopés, dit Aaron. Je ne suis même pas sûr qu'ils aient l'électricité.

– On postera Sam à l'entrée de la passerelle avec les trois paniers.

– Les trois paniers ? »

Sam leva un œil interrogateur vers le capitaine : chaque jour amenait son lot de questions.

« Un pour les pistolets, un pour les couteaux, un pour les gourdins et autres objets du même genre. Tous les bateaux d'excursion font la même chose dans les villes réputées difficiles. » Le capitaine coiffa de nouveau sa casquette. « Charlie et Aaron, passez me voir plus tard dans la journée. J'ai reçu de nouvelles petites matraques "queues de castor" capables de vous assommer un cheval. »

Sam reposa sa serviette sur son assiette vide.

« Je n'ai jamais entendu parler de Bung City. »

Charlie regarda un bateau à vapeur qui passait à tribord.

« Bon Dieu ! Je me demande comment ces culs-terreux vont apprécier des musiciens de couleur.

– Il n'est pas question qu'ils les voient, répondit le capitaine.

– Comment ça ?

– Je leur ai demandé de rester dans leur salle de repos au bout du pont principal. L'orchestre blanc est tout à fait capable de jouer le genre de soupe que les habitants de Bung City ont envie d'entendre. "Turkey in the Straw", "The Letter Edged in Black".

– Comment je vais faire pour surveiller la passerelle et jouer du piano en même temps ? »

Le capitaine se releva et se mit à marcher à reculons vers la porte.

« Fred Marble a la peau plutôt claire. On va dévisser l'ampoule au-dessus du piano et on lui demandera de se mettre un peu de fond de teint. »

Sam secoua la tête d'un air grave.

« Et lui, il en pense quoi ?

– On peut dire qu'il y a réfléchi, bon sang ! Ça me coûte cinq dollars de plus pour le dédommager.

– Je pourrais la jouer, moi, cette soupe.
– Fiston, il la joue mieux que toi. »

Le bateau remonta lentement jusqu'à Bung City. Le charbon de mauvaise qualité produisait une fumée épaisse, et des particules de cendres tombaient des cheminées, pareilles à de la neige noire. Les mousses balayaient les ponts et époussetaient les sièges toutes les demi-heures, commençant par le bastingage de proue et progressant peu à peu vers la poupe, avant de recommencer. La soirée dansante était prévue à 20 h 30 et l'*Ambassador* s'approcha de la rive une heure plus tôt ; l'orgue à vapeur jouait « Dixie » à tue-tête pour annoncer aux retardataires dans leurs collines que l'agent commercial du bateau et les mille affiches collées dans toute la ville n'avaient pas menti. Sam sortait de sa cabine quand il entendit le sifflet et aperçut la cour d'une grande scierie et une fabrique de citernes. Entre les deux entreprises, une rue unique et non pavée menait au port et fourmillait de passants, le visage illuminé par les réverbères à pétrole. Sur les docks, quelques hommes portaient des torches, leurs ombres s'agitant sur la boue jaune, le halo enfumé au-dessus de leurs têtes n'étant pas sans rappeler les premiers brandons de feu ramassés par les hommes des cavernes vivant à côté d'un endroit où la foudre venait de tomber. Mme Benton fit avancer la proue du bateau tout contre la berge, la vieille coque de l'*Ambassador* glissant sur une vasière, et Sam descendit l'escalier.

Une fois la passerelle abaissée, deux matelots apportèrent une longue table et trois grands paniers. Sam les suivit et annonça à la foule que toutes les armes devaient être déposées, qu'elles pourraient être récupérées à la fin de l'excursion et que quiconque serait pris en portant une sur lui à bord serait confiné dans la cellule du bateau jusqu'à l'accostage. Un matelot installa bien en vue un panneau soigneusement peint qui annonçait les dispositions en matière d'armes, et Bit Benton, le mécanicien, un gaillard bâti comme une barrique de plus d'un mètre quatre-vingt-dix, se posta à côté de Sam.

« Je suis là rien que pour la frime, dit-il, sa moustache suivant le mouvement de sa grimace. Je risquerais pas une seconde de mon temps à me frotter à ces andouilles. Y en a qui seraient capables de tuer pour cinq *cents*. »

Sam se campa d'un côté de la table et Bit de l'autre, et ils examinèrent soigneusement les hommes qui commençaient à monter à bord. Le troisième dans la file était accompagné d'une femme au visage émacié, vêtue d'une robe manifestement cousue par ses soins. Elle lui décocha un violent coup de coude et il laissa tomber un énorme couteau de chasse dans le deuxième panier sans dire un mot avant de poursuivre vers le guichet. Dix passagers après, un individu massif aux épaules tombantes qui portait un feutre avachi par la pluie tira un calibre .32 de derrière son gilet et le lâcha dans le premier panier, puis il lut la pancarte et déposa un gourdin dans le troisième. Une femme en robe rouge défraîchie ouvrit son sac et en sortit un Colt automatique .25. Cinquante passagers sans problèmes suivirent, jusqu'à ce que Bit Benton plonge dans la file pour écarter les pans de la veste d'un client.

« Vous pourriez peut-être nous laisser cet engin à égorger les cochons ? »

L'homme tira de sa ceinture un couteau Bowie doté d'une lame de vingt centimètres et le lança dans le panier, qui se retrouva fixé à la table.

« Il f'rait mieux d'êt' encore là quand je r'passerai. »

Sam confisqua des poings américains en laiton à un tuberculeux qui aurait pu aussi bien avoir vingt ans que quarante. Son pantalon était retenu par un cordon de fenêtre et sa compagne allait pieds nus. Tandis que la foule continuait à monter à bord, Sam remarqua que tous les vêtements étaient démodés depuis une dizaine d'années. Certains hommes arboraient des chapeaux melons ou des feutres de planteur bon marché ou encore des Stetson mangés aux mites. Les femmes portaient tout et n'importe quoi, mais le plus souvent des chemises longues et amples en serge et des corsages de brocart. Certaines étaient affublées d'énormes chapeaux de paille teints et garnis de fleurs en tissu aux couleurs criardes, et d'autres de vieilles robes à crinoline et à volants et de jupons. Dans leur majorité, les hommes n'avaient pas de vestes, rien que des bretelles par-dessus leurs chemises à carreaux au col fermé par des cravates à pois larges comme des péniches. Un sinistre individu édenté leur remit un revolver Smith & Wesson modèle Schofield tout grêlé, une relique de poids qui en son temps avait sans doute expédié des Indiens dans l'autre monde. Quand quinze cents passagers furent montés sur le bateau, les paniers débordaient pratiquement de couteaux à dépecer, de gros canifs de poche bon marché et de pistolets vendus trois dollars par correspondance.

Un enfant s'approcha pieds nus de la table, un télégramme entre ses doigts crasseux.

« C'est vous, Sam ? demanda-t-il en le désignant d'un geste simiesque, la main repliée.

– C'est moi.

– Ce télégramme-là, il est pour vous. »

Sam regarda la casquette de pompier tout effilochée du gamin et les ficelles qui lui servaient de bretelles, puis il remonta des yeux le chemin qui escaladait une colline sombre.

« D'où peut bien arriver un télégramme dans un endroit pareil ?

– Y vient d'une gare à cinq kilomètres d'ici. »

Sam s'empara du papier, vit qu'il lui avait été envoyé par l'employé de la gare de Greenville, et sentit le sang fourmiller tout au long de sa nuque.

« Y en a qui me donnent une pièce ou deux pour ma peine », dit le gamin en posant un pied tout écorché sur l'autre.

Sam fouilla dans sa poche et ne trouva que des peluches. Il se tourna vers le mécanicien.

« Tu pourrais pas me prêter cinq *cents* ? »

Bit fronça les sourcils.

« On se connaît pas depuis très longtemps.

– Bon sang, vieux ! Tu sais où me trouver, non ? »

Le mécanicien tira de son pantalon un porte-monnaie pareil à celui qu'une vieille dame pourrait avoir dans son sac et en extirpa la pièce réclamée, qu'il donna directement au gamin.

À 20 h 15 environ, seuls quelques retardataires arrivaient encore. Sam et Charlie Duggs rangèrent les armes dans un placard entre la chaufferie et la salle des machines et ils cadenassèrent la porte. Sur la coursive entre le salon du pont principal et les chaudières, huit machines à sous avaient été installées sur des trépieds et les joueurs les avaient déjà trouvées. Sam s'arrêta sous une lampe suspendue au plafond pour lire son télégramme.

> DIX KM NORD OUEST DE BUNG SUR FERRY ROAD HOMME APPELE SMALLY A TROUVE ENFANT CHEVEUX COURTS STOP AI ENTENDU ACHETEUR DE TEREBENTHINE DANS SALLE D'ATTENTE. ATTENDS INSTRUCTIONS STOP MORRIS.

Il s'imagina le gros homme engagé dans sa nouvelle activité d'espionnage, tendant l'oreille vers ses clients, se concentrant dans le cliquetis de son télégraphe sur les allusions qui pourraient porter secours à cette famille. Quand Sam avait rencontré Morris Hightower à la gare de Greenville, il ne l'aurait pas cru capable de compassion, et il fut donc moins surpris par le contenu du message que par le nom de son expéditeur.

Un gong de marche arrière résonna dans la salle des machines, le sifflet à vapeur déchira la nuit, son écho se répercuta sur les collines de l'ouest, et la roue à aubes poussa l'*Ambassador* sur le vaste fleuve obscur. Il entendit un cri et se précipita vers une bousculade qui s'était déclenchée dans le grand salon où deux types avaient commencé à se disputer un transat. Tous deux empestaient la créosote et un whisky de contrebande amer qui rappelait l'odeur d'un chiffon moisi.

« Arrêtez tout de suite, bon Dieu ! cria-t-il à l'adresse du plus gros des deux. On a deux cents fauteuils en réserve sur ce bateau. Combien il vous en faut pour éviter de vous entretuer ? »

Le plus petit cracha sur le pont.

« Amenez-lui-en trois, parce qu'il va pas tarder à se retrouver allongé dessus ! »

Sam saisit le plus gros par les revers de sa chemise et le cogna contre une cloison.

« Maintenant, vous vous calmez et vous profitez de la croisière, sinon je vous renvoie à terre sur un canot de sauvetage ! » Il fit signe à un serveur de s'approcher. « Apportez-leur de la glace pour qu'ils se rafraîchissent un peu. Et un transat. »

Durant cinq minutes il attendit que leur mauvaise humeur se dissipe, puis il monta sur le deuxième pont où l'orchestre martelait un one-step vieux de vingt ans, comme ces musiciens qui jouent au parc le dimanche dans les kiosques en fer forgé. Personne ne semblait savoir danser – à moins qu'ils n'aient pas encore assez bu –, alors il grimpa jusqu'au pont supérieur pour surveiller les fumeurs. Il aperçut le capitaine à l'entrée du restaurant et s'approcha de lui

« Quand est-ce qu'on lève l'ancre pour Memphis, demain ?

– On fait d'abord une excursion à 13 heures pour pratiquement toutes les églises sur les deux rives.

– Est-ce que je peux encore prendre ma journée ?

– Mon garçon, vous êtes à peu près aussi souvent en congé qu'à bord, pas vrai ? C'est à propos de Lily ? »

Sam hocha la tête.

« Il va falloir que je m'enfonce assez loin dans les terres.

– Entendu. Je ne crois pas qu'une sortie organisée par des paroisses occasionne beaucoup de chahut, de toute façon. Mais ce soir ouvrez l'œil, et le bon, ces gens boivent des produits décapants. »

Le capitaine s'éloigna dans le flot des passagers, tapotant les hommes dans le dos, recommandant à chacun de prendre du bon temps, de ne pas hésiter à s'acheter quelques sandwichs supplémentaires et de ne pas oublier les machines à sous près de la chaufferie. Sam avait entendu dire qu'il était copropriétaire du bateau et qu'il était responsable des masses d'argent dépensées chaque jour pour le combustible, la glace, les fournitures de bouche et les salaires. Quand tous dormaient déjà à poings fermés sur leur couchette, le capitaine veillait encore avec le commissaire de bord, penché sur des colonnes de chiffres pour établir le budget de la croisière suivante.

Vers 10 heures, Mme Benton avait déjà amené le bateau dans le bras d'eau stagnante derrière l'île de Chicken Neck et le maintenait là pour économiser le charbon. C'est alors que la courroie du générateur dans la salle des machines se rompit et que toutes les lumières s'éteignirent. Cinq minutes plus tard, les garçons sortaient des lanternes de tous les placards et les suspendaient aux solives sculptées au-dessus de la piste de danse et partout où il fallait de l'éclairage. L'orchestre continuait à jouer, encore plus mauvais que de coutume dans l'obscurité, s'assoupissant sur une valse tandis que Sam arpentait le parquet glissant. La plupart des clients étaient attablés et hurlaient pour couvrir le vacarme du piano et des trombones. Sam ne savait pas très bien ce qu'ils buvaient, mais cela sortait des mêmes bouteilles d'un demi-litre et venait probablement de chez le même trafiquant qui cachait son alambic au fond des collines. Il se demanda si quelqu'un accepterait de lui en vendre un pichet. Au bout de quelque temps, les lampes se mirent à chauffer et à fumer. Tout au long de la soirée, la musique s'évanouit peu à peu dans les brumes ténébreuses et les passagers édentés au visage noirci par la suie semblèrent de moins en moins réjouis.

Sam sortit sur le pont et se cacha derrière la grosse cloche du bateau pour tenter de se vider la tête de cette abominable musique. Du côté du Mississippi, on ne voyait aucune lumière, la rive n'était qu'une succession de sombres silhouettes d'arbres. Du côté de l'Arkansas, où il n'avait jamais mis les pieds, il aperçut le rectangle pâle d'une fenêtre sur une corniche, et il se demanda si l'occupant de cette maison avait jamais entendu parler des assassins de sa famille. Les quelques bribes d'informations qu'il avait pu rassembler suggéraient qu'ils venaient de l'Arkansas. Il se trouvait peut-être tout près d'eux à ce moment. Il scruta les fantômes sombres des collines qui s'élevaient à l'ouest dans le lointain. Déjà vingt-six ans. Où étaient ces assassins ? Leur arrivait-il de repenser à ce qu'ils avaient fait, aux conséquences de leur vengeance ? L'espace d'un instant, il s'apitoya sur son propre sort, mais rien qu'un instant, parce que si avoir grandi dans l'ombre de parents et de frère et sœur disparus lui avait appris quelque chose, c'était bien à ne pas rester embourbé dans ces souvenirs insupportables. Et comme Linda le lui répétait inlassablement : à quoi bon ruminer ?

Il traversa la piste et vit deux groupes d'hommes qui montraient l'orchestre du doigt et se plaignaient à haute voix qu'il ne savait jouer aucun quadrille. Zack Stimson toisa ses détracteurs et se lança dans « Under the Double Eagle ». Les autres lui emboîtèrent le pas, et cent cinquante couples se levèrent pour danser de trois cents façons différentes. Les ouvriers de la fabrique de citernes, qui pour la plupart portaient de gros godillots cloutés, s'appliquèrent à se mettre sur deux rangs pour exécuter sans grâce une danse de Virginie, tandis que ceux de l'usine de créosote, en bleus de travail repassés, s'engageaient dans ce qu'ils croyaient être les pas traditionnels du quadrille ou de la polka, pour le malheur des pieds de leurs partenaires. D'autres tournaient telles des toupies en brisant les rangs des premiers comme des mules affolées s'échappant d'une étable en flammes. Dès le milieu du morceau, la moitié des danseurs gisaient sur le parquet et une bagarre générale s'était déclenchée. Charlie Duggs, Sam et Aaron se précipitèrent pour arracher à la mêlée les femmes, toutes griffes dehors, qui piaillaient comme des poules. Ensuite, ils entreprirent de séparer les combattants, et ne manquèrent pas de recevoir quelques coups pour leur peine.

Les plus costauds des serveurs vinrent leur prêter main-forte, n'hésitant pas à tirer des cheveux et à distribuer des coups de pied, et l'orchestre continua à jouer, comme pour rappeler à tous qu'ils étaient là pour danser. Un petit homme sortit un couteau de sa poche et Sam lui donna un coup de matraque sur la tête. Quelqu'un avait fait tomber une lanterne en fer-blanc et un gros type alla s'écraser dessus, brisant le réservoir à pétrole, et les femmes se mirent à hurler quand le feu prit à ses vêtements. L'homme se releva d'un bond et sortit en courant, pareil à une croix enflammée traversant la piste de danse. Tous cessèrent le combat pour le jeter à terre, chacun s'efforçant frénétiquement de s'approcher, un chaos de mains charitables le faisant rouler sur le plancher tandis qu'il criait et jurait comme un beau diable. Un passager en salopette l'aspergea avec un pichet d'eau, et bientôt l'épisode fut clos. De tous côtés, on saisissait les mains brûlées de l'homme encore fumant pour le féliciter d'avoir échappé au désastre et l'installer sur un fauteuil. Il avait perdu pratiquement tous ses cheveux dans la bataille et son visage était noir, mais quand une femme lui rapporta un carré de beurre de la cafétéria et qu'un inconnu lui servit un plein verre de whisky, un large sourire fendit le visage de la victime. Les couples se reformèrent, certains se remirent à danser, et nombreux furent ceux qui partirent à la recherche de leur chapeau et de leurs lunettes. Les garçons découvrirent deux hommes évanouis sous le piano et les adossèrent à une cloison près de quatre femmes ivres qui pleuraient à leur table. Sam dit à un serveur de leur porter des sodas, puis il balaya la salle du regard, arpentant la piste à la recherche d'éclats de verre et de mégots incandescents, se demandant combien de temps dans ce monde se passait à protéger les gens du danger que représentaient les autres, des individus qui n'avaient aucune raison, absolument aucune raison, de chercher la bagarre.

Charlie le suivait tout en examinant sa veste déchirée.

« Tu sais, c'est pas des mauvais bougres. Ils sont juste pas instruits, primaires, immoraux, un peu sauvages, et ils ont jamais quitté leur bled. En plus, ils ont pas de cervelle.

– Il faut dire que c'est un peu effrayant ce soir. Toutes ces lanternes empestent.

– Grâce à elles, on est quand même pas dans le noir. »

Ils entendirent un coup de feu et s'arrêtèrent devant une fenêtre pour écouter. Trente secondes plus tard, le sifflet du bateau lâchait une série de jappements brefs – l'alarme incendie – et les deux lieutenants se précipitèrent sur le pont supérieur. Ils réussirent à gravir les marches jusqu'à mi-hauteur avant d'être repoussés par une marée humaine fuyant un tourbillon de feu et de fumée qui venait de sous le toit du pont le plus haut. Un second coup de feu retentit, et ils rebroussèrent chemin pour traverser de nouveau la piste, vers l'escalier de tribord. Là-haut, ils découvrirent deux individus qui se faisaient face, chacun une arme à la main.

Sam décrocha un seau à incendie plein et cria à l'adresse de Swaneli, au pied des marches :

« Il a tiré sur une lanterne et mis feu au revêtement ! Fais vite ! »

Ils se jetèrent sur les hommes armés, considérant ce duel de moindre importance que l'incendie. Sous le toit, on avait tendu des pans de coton à rayures pour donner à l'ossature une apparence plus élégante. C'était ce tissu qui avait pris feu, et les flammes léchaient déjà les minces solives de bois. Cuisiniers et serveurs grimpèrent sur le toit munis de seaux d'eau, déversant leur contenu et se précipitant pour aller tout de suite les remplir à nouveau. Une file se forma bientôt avec Sam et Charlie en tête, les seaux passant de main en main jusqu'au départ de feu. Swaneli s'approcha avec une lance à incendie et ouvrit le clapet situé à l'extrémité, aspergeant généreusement presque tous ceux qui se trouvaient sur le pont avant de venir à bout des flammes.

Le capitaine apparut bientôt au sommet de l'escalier, une lanterne à la main, et examina le toit noirci.

« Mais qui a déclenché ça, bordel de merde ?

– Ces deux-là », répondit Charlie en désignant les responsables, qui s'étaient réfugiés près du bastingage sombre du pont inférieur et levaient les yeux vers les volutes de fumée, leurs pistolets toujours à la main.

Un serveur s'approcha et montra du doigt celui de droite, qui avait dégainé et tiré le premier. Le capitaine confia sa lanterne à Sam, puis se précipita au bas des marches et bouscula le coupable, qui recula en trébuchant. Il portait une chemise de cow-boy à plastron tout effilochée au niveau du col.

« Hé, mon vieux, y a pas de quoi s'énerver ! Je vous la rachèterai, moi, votre putain de lanterne ! »

Même dans le noir, le visage du capitaine était terrible à voir. Il arracha les deux armes à leurs propriétaires et les jeta par-dessus bord avant d'attraper par son plastron celui qui avait tiré.

« Tu sais encore nager ou tu as trop bu ? »

Le petit homme avait la tête toute ronde, les dents en avant et il était mal rasé.

« Sûr que j'me débrouille mieux dans la flotte que le tas de merde qui t'sert de rafiot !

– D'accord, espèce de ragondin squelettique. Débrouille-toi pour regagner le rivage ! »

Et le capitaine Stewart saisit le type à deux mains, l'agrippant de l'une par sa chemise, de l'autre sous la braguette, et il le balança dans le noir par-dessus le bastingage au large de Chicken Neck. Il y eut un bref éclair blanc quand le gars heurta la surface de l'eau.

Le capitaine se retourna alors vers les passagers qui remontaient sur le pont maintenant que le feu était éteint, et à travers les quelques filets de fumée épars qui subsistaient il cria :

« Quel est le prochain enfant de salaud qui a envie de rentrer à la nage ? »

L'autre homme lâcha d'une voix forte :

« Ce vieux George voulait juste se marrer un peu. »

Le capitaine respira un grand coup, puis il prit le type par les bretelles et le secoua en lui hurlant au visage :

« Si tout ce qu'on a trouvé pour se marrer un peu, c'est transformer cent mètres de bois de pin en cercueil de feu pour quinze cents passagers, alors on est un putain d'assassin et le plus débile de tous les culs-terreux d'Arkansas ! »

Les ampoules électriques se rallumèrent d'un coup et l'homme cligna des paupières, puis il se pencha par-dessus le bastingage et demanda :

« Mais qui c'est qui va me rembourser mon flingue ? »

Le bateau rejoignit le débarcadère à minuit. Malgré un avant-bras contusionné et les tibias en sang – il était intervenu pour arrêter trois bagarres de plus dans la dernière partie de la croisière –, Sam dut encore descendre sur la passerelle pour restituer les armes. Charlie Duggs, qui avait eu une expérience médicale durant la guerre, passa vingt minutes à recoudre un aide-serveur qui s'était blessé avec une bouteille brisée, puis il rejoignit les autres afin d'aider à rendre les derniers couteaux et gourdins.

« Comment va le gamin qui s'est coupé ? demanda Sam.

– Je crois que ça va aller. Une chose est sûre : y avait pas de microbes qui traînaient dans cette bouteille de whisky.

– Et la fille qui a fait tomber sa robe par-dessus bord ?

– Elle est encore évanouie sur le pont du Texas. Les femmes de ménage la ramèneront à terre tout à l'heure. Impossible de retrouver son fiancé. On dirait qu'on rentre au port avec plusieurs personnes en moins. »

Sam était en train de rendre un revolver rouillé.

« On aurait presque envie d'en rire. Pourtant, quand on y pense, il n'y a rien de drôle dans tout ça. »

Charlie tendit le gros couteau Bowie à son sinistre propriétaire.

« En fait, les trucs qui font rire sont jamais vraiment drôles. C'est pour ça qu'on peut pas faire autrement qu'en rire.

– Je vais y réfléchir.

– Si tu finis par comprendre, tu m'expliqueras ce que je voulais dire par là. »

Chapitre 17

Toute la nuit durant, l'équipage décapa la verrière avec un badigeon au méthanol, puis ils la lavèrent, la grattèrent, et la repeignirent. Aidés de toutes les lumières disponibles, ils firent disparaître du bateau entier toutes sortes de saletés : suie, cendres, crachat, morve, piments, bière, whisky de contrebande, pop-corn, salade au poulet. Ensuite ils réparèrent les meubles qui pouvaient l'être et jetèrent les autres par-dessus bord.

Sam se leva pour le petit déjeuner et s'assit en compagnie d'August au restaurant pour les œufs aux pommes de terre frites du matin. Le garçon jeta un coup d'œil à la chemise en toile de jean de Sam et fronça les sourcils.

« Vous allez quelque part ?

– Je vais juste vérifier un truc à terre. Où est ta mère ? »

August roula des yeux inquiets.

« Au lit avec la migraine. Hier soir, une cliente a pas aimé un truc à manger qu'elle lui a apporté et elle lui a balancé un coup de poing. Elle est tombée raide.

– Personne ne m'avait rapporté cette histoire.

– Et vous avez entendu parler du type qui a poursuivi une fille jusque dans la soute à charbon ? »

Sam prit un petit pain tout chaud et le partagea en plusieurs morceaux.

« Ah non.

– Elle a pris le marteau qui nous sert à fracasser les gros blocs et elle lui a réglé son compte. Il dormait encore sur le tas de charbon il y a une heure. J'avais jamais vu des gens comme ça. »

Sam beurra son petit pain fumant.

« Justement, je m'apprête à aller en voir d'autres du même acabit. »

Impossible de trouver une voiture à Bung City, mais il restait trois écuries de louage. Sam tenait les rênes d'une jument à la tête un peu penchée et au tempérament doux et il se résignait à cette nouvelle chevauchée. Sa monture avait de longues pattes et il la laissa remonter paisiblement la colline au pas tandis qu'il relisait le télégramme de Morris Hightower. Il le remit dans la poche de son pantalon et s'avança au long de la brève enfilade de boutiques aux murs de bardeaux en pin tachés de traces de rouille. Juste derrière, on apercevait une file de maisons autrefois blanchies à la chaux mais désormais devenues bistre. La rue était envahie d'animaux, et sa jument écrasa un poussin, laissant une marque de sabot jaune dans la poussière brûlante. Avant de quitter la ville, il entra dans une boutique aux murs gauchis pour demander où se trouvait Ferris Road, et il fallut dix minutes au commerçant pour s'assurer que Sam n'était pas un agent du fisc, un chasseur de primes, un policier ou un Nordiste avant d'accepter de le renseigner.

Il trouva l'intersection dépourvue de panneaux indiquant où commençait Ferry Road, et plusieurs kilomètres plus loin il aperçut une ferme aux murs en planches au milieu d'un champ de haricots. Le commerçant lui avait indiqué que c'était là qu'habitait Biff Smally. Il songea qu'il aurait sans doute dû prendre une arme. Il fit faire halte à sa monture et regarda s'il n'y avait pas quelqu'un dans ce champ. Les clôtures étaient solides et en bon état, on pouvait accorder ça au propriétaire. Le toit était en tôle peinte, et la véranda entourée de balustrades. Il passa le portail et se souhaita bonne chance.

Avant qu'il ait pu poser pied à terre, une femme d'une trentaine d'années sortit sur le seuil. Elle portait un chapeau à rabat pour se protéger du soleil et elle fumait la pipe.

« Vous venez nous faire une offre pour nos haricots, monsieur ?

– En fait, je cherchais Smally. »

Il aperçut des jumelles d'environ dix ans qui passaient la tête de derrière ses jupes pour apercevoir l'inconnu.

« Qu'est-ce que vous lui voulez ? »

Il ne savait pas comment s'expliquer, alors il dit simplement :

« C'est à propos de l'enfant qui vient d'arriver. »

Elle souffla une bouffée de fumée. Pour ce qu'il voyait de son visage, elle ne semblait pas laide. Elle mit en visière une main décharnée et regarda en direction de l'ouest.

« Ils sont dans la grange là-bas, en train de charger des tuteurs dans la charrette. »

Elle descendit les marches du perron, les fillettes la suivant comme des canetons leur mère, et elle marcha vers la pompe.

Sam donna un coup de talon et il avança jusqu'à la grange, où il descendit de cheval. Un homme en sortit et il retira son chapeau de paille.

« Vous êtes venu pour les haricots ?

– Non, ça n'est pas pour vos haricots que je suis là, monsieur Smally. J'essaie d'aider des braves gens à retrouver l'enfant qu'on leur a pris, et j'ai entendu dire qu'on en avait amené un par ici. »

Smally était un homme jeune et il avait le teint clair pour un paysan.

« Qui c'est qui vous a dit que j'avais ramené un gosse ?

– Un ami à Greenville. Et comme j'étais déjà à Bung City, j'ai décidé de passer faire un tour. »

Du bout de son pouce, Smally désigna la grange derrière lui.

« Ben, ce gosse-là, il a été pris à personne. Il est arrivé en ville par le train de New York. Ils les mettent en ligne sur le quai de la gare, vous savez, et on peut en choisir un.

– Vous avez dit “il” ?

– Ben oui ! » Smally se tourna vers le grenier à foin et cria : « Jacob ! »

Un petit garçon aux yeux noirs d'environ sept ans s'avança en hésitant jusqu'à la trappe, ses cheveux ras hérissés sur son crâne.

« Quand on l'a eu, il était plein de poux, alors on a été obligés de le tondre. »

Sam se toucha pensivement le menton.

« C'est une petite fille que je recherche », dit-il, l'air absent. Il leva les yeux vers l'enfant. « Tout va bien pour toi ?

– Oui. J'ai même des vêtements pour moi tout seul.

– Allez, tu peux commencer à jeter ces bouts de bois dans la charrette », lui dit Smally, et le petit disparut à nouveau dans les ténèbres de la grange. « Où est-ce qu'elle a été enlevée, cette gamine ? »

Sam lui raconta toute l'histoire et le paysan l'écouta patiemment jusqu'au bout. Il fit signe à son visiteur de marcher avec lui en direction d'un séchoir à maïs en bois de pin qui devait bien avoir une centaine d'années.

« Sauf si je me trompe, vous m'avez l'air d'un type bien, sans ça je vous parlerais même pas. Mon père était gardien de la paix, et il s'est fait abattre en service sur son cheval. Il m'a appris à faire tout ce que je pouvais pour arrêter le mal. » Il jeta un coup d'œil derrière lui et baissa la voix. « Ce à quoi je veux en venir, c'est que je suis pas allé chercher ce petit moi-même à la gare. Un vieux bonhomme qui habite à quelques kilomètres d'ici et que ça servirait à rien que je vous dise son nom avait été le prendre au train il y a déjà quelque temps. Il l'a ramené chez lui comme un outil qu'on achète et il lui a fait couper du bois du matin au soir sans jamais de répit. Quand il s'arrêtait, il lui cognait dessus. » Smally plongea le regard dans les yeux de Sam. « La nuit, il venait dans le lit du gosse et il lui faisait des trucs. C'est son garçon de ferme qui m'a tout raconté quand il a compris ce qui se passait. » Smally ferma un instant les paupières et des rides se dessinèrent tout autour. « Par ici, on se mêle pas de ce qui nous regarde pas, mais on sait quand même ce qui se passe. On travaille comme des forçats toute notre vie, un boulot d'enfer dans cette fournaise, mais personne oublie jamais ses cinq premières années, quand on était môme. Quand y avait quelqu'un pour s'occuper de nous, je suppose. Pas un adulte pour nous faire du mal, sauf quand on l'avait mérité. » Il regarda à nouveau du côté de la grange, et Sam crut un moment que Smally allait se mettre à pleurer. « Quand on est gosse, on croit pas qu'il peut y avoir du mal dans le monde, et on pense que rien peut nous arriver de mauvais. Si on a un bobo, on peut s'enfouir la tête contre la chemise de papa ou la robe de maman, et c'est sûr que ça disparaît. J'espère que ça sera à nouveau pareil après la mort. » Il se retourna. « Ceux qui kidnappent les enfants, ils nous enlèvent le seul paradis qu'on a sur terre. »

Sam regarda le grenier de la grange.

« Et comment avez-vous fait pour le récupérer ?

– Des voisins ont rendu visite à ce type et on m'a raconté qu'il avait essayé de leur tirer dessus de derrière sa porte avec un fusil.

– Qu'est-ce qu'il leur a dit ?

– Aucune idée. En tout cas, aujourd'hui, il dit plus grand-chose. »

Sam observa une corneille qui s'était posée au bord du champ de haricots.

« Ils l'ont forcé à quitter le pays ?

– On peut le dire comme ça », répondit Smally avec douceur mais d'une telle façon que Sam comprit qu'il valait mieux ne pas insister.

Il jeta un coup d'œil du côté de la jument de location, qui broutait l'herbe près de la clôture à laquelle il l'avait attachée. Le gamin reparut devant la trappe du grenier et il les regarda. Encore un enfant sans parents ni frères et sœurs.

« Vous dites qu'ils distribuent ces enfants comme des calendriers au drugstore ? »

Smally se retourna et suivit son regard.

« Eh oui. Y en a qui se retrouvent chez des gens méchants, c'est vrai, mais chez nous Jacob est en sécurité. D'ici quelques années, ça fera un bon paysan. Pour l'instant, il fait que des petites tâches de routine. J'aurais même pas l'idée d'envoyer un si petit gamin travailler aux champs.

– Vous avez dit que votre père était dans la police ?

– Oui. Payé un dollar par jour, et le grabuge à régler tous les samedis soir. »

Sam inspira profondément, et l'air lui sembla aussi lourd que du mercure.

« Quand j'étais bébé, à ce qu'on m'a raconté, tous les miens ont été assassinés par une famille du sud de l'Arkansas. »

Smally réagit comme si ce genre d'information était monnaie courante.

« Un des vôtres avait dû tuer un des leurs.

– Sans doute.

– J'imagine qu'ils sont tous arrivés au grand galop et qu'ils ont occis tout le monde, c'est ça ?

– Vous avez déjà entendu une histoire pareille ?

– Plus souvent qu'à mon tour. Des familles de fous furieux comme ça, y en a partout dans ce pays. Autant que dans les autres, d'ailleurs. Y en a même qui sont la honte de toute l'humanité. Les Kathell et les Blankbull, pour commencer. C'est les Blankbull qui ont tué mon père. » Il secoua la tête. « Les Luthlow sont des spécialistes de l'assassinat de prêtres. Mais à soixante ou soixante-dix kilomètres d'ici, y a une tribu qui s'appelle les Cloat. Ils sont pires que tout. » Il cracha juste à côté de sa botte. « Mon père disait que, pour eux, faire trois cents kilomètres à cheval pour aller descendre quelqu'un, c'était comme faire un tour à la foire aux bestiaux. Ils passaient leur vie dans la haine. J'avais plus pensé à eux depuis des années, mais si vous êtes à la recherche d'une bande de tueurs dans la région, à votre place, moi, je commencerais par les Cloat.

– Est-ce qu'ils habitent près d'une ville quelconque ?

– Pas du tout.

– Mais alors comment on fait pour leur mettre la main dessus ?

– Justement, on y arrive jamais. »

Sur le chemin qui le ramenait au bateau, il repéra la gare – plus une cabane en planches de pin mal équarries avec un sémaphore planté devant et les fils du télégraphe qui passaient par un trou de la paroi qu'une véritable gare. Il envoya un télégramme à Morris Hightower à Greenville :

MERCI POUR TUYAU STOP ENFANT ETAIT GARÇON STOP LAISSEZ TRAINER OREILLES STOP MERCI STOP SAM SIMONEAUX.

L'orgue à vapeur de l'*Ambassador* lança ses premières notes alors que Sam rendait la jument au loueur, et quand il arriva à l'embarcadère, M. Brandywine se pendait déjà au sifflet rageur. Sam sauta à bord en franchissant un mètre cinquante d'eau boueuse, courut enfiler son uniforme, et se présenta à son poste juste à temps pour l'excursion de 13 heures.

Il croisa August qui s'avançait, un saxophone sous le bras et le sourire aux lèvres.

« Le capitaine a dit que je pouvais jouer pendant cette excursion. »

Il avait débarrassé ses cheveux de toute la poussière de charbon, et Sam le fit pivoter sur lui-même, se demandant comment il faisait pour être si impeccable.

« Roule, petit, tu vas faire un malheur ! Le capitaine te paie, j'espère.

– Je crois pas. Il dit que l'expérience, ça vaut de l'or. »

Sam se mordit la lèvre.

« Il y a sans doute du vrai là-dedans.

– Il faudra seulement que je rattrape le temps que je vais manquer à la chaufferie, mais ça me gêne pas.

– Le capitaine t'a dit ça aussi, hein ?

– Vous avez eu des nouvelles de Lily ou de papa ? »

Sam fit non de la tête.

« On m'avait parlé d'un enfant, mais c'était un garçon. File rejoindre l'orchestre. Garde bien l'oreille ouverte. Si M. Gauge a bu, il va avoir sans arrêt une croche de retard. Prends le temps de l'attendre et il sera ton pote pour la vie. »

Le gamin bondissait de joie et, en le regardant s'éloigner, Sam tenta de se rappeler la dernière fois où il avait senti cette excitation qui vous fourmille dans les pieds, cette joie de se sentir à sa place et de bien faire, cette promesse que l'avenir ne sera désormais qu'un long et merveilleux spectacle.

Il retourna dans sa cabine et dénicha la bouteille de whisky canadien de Charlie Duggs. Il s'en servit une rasade dans un grand verre, additionnée de deux mesures d'eau tiède prises dans la cruche, et avala le tout comme un purgatif, après quoi il s'en servit une autre, se rinça la bouche, et mastiqua un petit morceau de Zan pour se rafraîchir l'haleine.

Il trouva le capitaine qui arpentait le restaurant, les mains croisées dans le dos, et il s'approcha de lui par-derrière.

« Bonjour, capitaine.

– Lucky ! Heureux de vous savoir de retour.

– On s'en est bien tirés hier soir ? »

Le capitaine se pencha vers lui.

« Fiston, ça nous a pas mal rapporté. Bien sûr, la traversée a été rude, mais ces rustauds avaient les poches pleines de blé.

– Assez pour que vous donniez deux dollars à August pour sa musique ? »

Stewart recula, puis examina le pont comme pour vérifier la qualité du vernis.

« C'est lui qui devrait me payer : je lui assure une formation. »

Sam inspira un grand coup.

« Une formation de quoi ? D'esclave ? »

Le capitaine attendit qu'un garçon soit passé.

« Il faut que je surveille chaque *cent*, vous le savez bien ! » Il risqua un coup d'œil vers Sam pour voir ce qu'il pensait de cette déclaration, mais au bout d'un moment il leva les bras au ciel. « D'accord, d'accord, bon sang ! C'est du vol, mais je lui donnerai quelque chose. Maintenant, allez donc inspecter le salon du pont principal. »

Sam prit doucement le revers gauche de la veste du capitaine entre pouce et index.

« Il me dira ce que vous lui avez donné.

– J'ai dit que j'étais d'accord. Vous voulez vraiment me faire me sentir malhonnête ? »

Ils chargèrent un charbon de meilleure qualité que le précédent et, l'excursion paroissiale sans alcool terminée, l'*Ambassador* quitta Bung City à toute vapeur pour remonter le fleuve en direction de Memphis. Au fil de l'après-midi, le vieux bateau suivit l'itinéraire que Mme Benton avait en tête, traversant avec difficulté Sunflower Cut-Off, puis contournant l'île Soixante-Trois, et luttant contre le courant pour gagner Miller's Point. Les basses terres de la rive étaient frangées de gravillons, un marais de bancs de sable délavés et de saules, trop souvent inondé pour que même les animaux sauvages s'y risquent, délaissé par les premiers explorateurs tout comme par les Indiens, qui savaient quel danger il représentait. Pendant ce temps, l'équipage s'employait à cirer la gigantesque piste de danse et accrochait de nouveaux pans de tissu à larges rayures sous le toit de la verrière.

À la tombée du jour, Mme Benton actionna le sifflet, laissant l'anneau s'échapper de ses doigts. Sam entendit le bref « tut tut » et intercepta l'employé qui lui montait sa tasse de café. Il la trouva vêtue d'une de ses légères robes noires, occupée à donner aux mécaniciens l'ordre d'adopter une vitesse de croisière sans cesser de fixer le fleuve par-dessus le parapet de tribord.

« Vous comptez traverser le chenal ? » demanda-t-il.

Elle ne se retourna même pas.

« Le capitaine vous a rétrogradé ?

– Elsie voulait seulement savoir quand on atteindrait Memphis.

– Le capitaine croit qu'on peut y arriver en un clin d'œil, mais l'eau est un peu basse. Impossible de prendre des risques avec ce vieux poulailler à vapeur ! »

Il la regarda examiner la surface de l'eau et sentit qu'elle éloignait la coque d'une ligne de vaguelettes. Quand, au bout de cinq minutes, elle se retourna enfin, il lui tendit sa tasse.

« Vous avez des nouvelles de Ted ?

– On espère qu'il va nous rejoindre à la prochaine escale.

– Et la petite ? »

Il secoua la tête et elle se remit à fixer le fleuve.

« Peut-être que Ted a découvert quelque chose », soupira-t-il, cherchant désespérément quelque chose d'optimiste à dire.

Mme Benton plissa les paupières et appuya sa hanche contre une manette de commande.

« C'est affreux de perdre un gosse. De cette façon, en plus. » Elle but une longue gorgée de café. « Quand ils nous quittent, on aime penser qu'ils se retrouvent dans un monde meilleur, pas vrai ? Mais vu la façon dont Lily a disparu, on a peur d'y réfléchir. »

Il se rapprocha d'elle et observa les ombres de la rive occidentale qui s'allongeaient sur la rivière. Elle savait sur le bout des doigts à quels endroits l'eau était suffisamment profonde, mais aux yeux de Sam tout était du pareil au même.

« Je fais tout ce que je peux.

– Vous en êtes sûr ? »

Il croisa son regard.

« J'ai perdu un gosse moi aussi. Je pense que je sais ce que ça fait.

– Maladie ?

– Oui.

– Moi, la scarlatine m'en a tué deux, et la diphtérie, un troisième.

– Bon Dieu, je suis vraiment désolé. »

Elle lui décocha un regard dur.

« C'est pas une compétition, vous savez, pour savoir qui en a le plus bavé. Tout le monde en bave. Sinon, on ne sait pas ce qu'est la vie. »

Elle vida sa tasse et la lui rendit d'un geste brusque, lui heurtant la poitrine au passage.

« Ils étaient déjà grands ?

– Assez grands pour que je ne puisse pas entrer dans une cuisine sans les imaginer à table. » Elle abaissa les manettes pour traverser le fleuve et tendit la main pour actionner le sifflet. « Morts ou pas, ils ne vous quittent jamais. Mais si je savais qu'un de mes enfants est quelque part et que je n'arrivais pas à le retrouver, je crois que je deviendrais folle. »

Le bateau entra dans le port de Memphis le lendemain matin juste à temps pour embarquer deux mille francs-maçons qui attendaient en file sur la jetée l'excursion de 11 heures. Dès que l'*Ambassador* eut touché le quai, leur agent bondit à bord avec des factures, du courrier et quelques télégrammes. Quand Sam descendit, il aperçut Elsie adossée au bastingage d'avant en train de déplier un billet. Il vit sa mâchoire se décrocher tandis qu'il s'approchait.

« Qu'est-ce qu'il se passe ?

– C'est Ted. Il est en ville, à l'hôpital. »

Il regarda un groupe de débardeurs qui peinaient à installer la passerelle encore instable.

« Allons voir le capitaine et demandons-lui de nous autoriser à ne pas faire l'excursion de 11 heures. Vous voulez emmener August ? »

Elle se décomposa.

« Non, je ne crois pas. Je n'ai aucune idée de l'état dans lequel il est. »

Ils remontèrent jusqu'à la ville dans la chaleur déjà brûlante du matin et trouvèrent l'hôpital sans difficulté : un vaste bâtiment à la façade de marbre, cerné d'odeurs d'éther et d'alcool. Ted était installé dans une petite chambre étouffante au troisième étage. Il était couvert d'ecchymoses et ne répondit pas à Elsie quand elle lui toucha l'épaule en prononçant son nom. Sam avait vu un jour un type qui avait réchappé de l'explosion d'une chaudière, et il ressemblait exactement à la momie qui gisait toute tordue sur le lit étroit.

Ted ne tourna même pas la tête pour parler.

« Je suis là depuis hier, leur dit-il, sa voix grinçant comme une serrure mal huilée. Ils m'ont opéré deux fois et ils ont remis en place les os de ma main. »

Il souleva une main bandée qui ressemblait à une grosse moufle. Trois drains en sortaient. Elsie l'embrassa sur le petit carré de peau intact juste sous le nez. Sam contemplait les pansements, les plâtres, les tuyaux en caoutchouc pareils à des serpents. Les Skadlock ne lui avaient pas paru capables de mettre un homme dans cet état, mais il semblait qu'il les avait sous-estimés.

Ted raconta ce qui lui était arrivé – enfin, ce dont il se souvenait. En regardant un long drain relié à un bocal posé sur le sol, Sam songea à aller de nouveau faire un tour chez les Skadlock.

Malgré tous ses efforts, Ted n'avait rien trouvé. Le matin même, il avait appelé ses cousins de Cincinnati, et dès qu'il pourrait supporter le voyage il irait chez sa tante. Les médecins lui avaient annoncé que sa main gauche pourrait retrouver sa force, mais que cela prendrait un an et nécessiterait un long programme de kinésithérapie.

Elsie posa une main sur le bandage qui lui couvrait le front.

« August et moi, on ira avec toi. »

Ted secoua la tête, non sans douleur.

« Non. Il faut que vous travailliez tous les deux et que vous économisiez autant que possible. Je vais laisser une note terrible dans cet hôpital, et je paie toujours ce que je dois. Tu le sais bien. » Il se tourna vers Sam. « Je voudrais te parler seul à seul une minute.

– Ted ? dit Elsie en lui posant la main sur le bras.

– Vas-y. Ça prendra qu'une minute. »

Quand elle eut refermé la porte, Ted réclama un verre d'eau. Sam l'aida à se servir de la pipette en verre de son gobelet.

« Lucky, j'ai réfléchi. Il faut que je te parle d'Elsie.

– Oui ?

– Je sais que tu feras en sorte qu'il ne lui arrive rien, pas vrai ? Je veux dire, elle est très jolie, tu ne trouves pas ?

– Je ferais peut-être mieux de ne pas répondre à cette question. »

Ted toussa et Sam l'aida à boire un peu plus d'eau.

« Sam, je sais que ta femme te manque, et moi je vais manquer à Elsie. Elle va se sentir seule. »

Sam reposa le gobelet sur la table de chevet.

« Ne t'inquiète pas pour moi.

– Lucky, elle se sent bien en ta compagnie. Elle a confiance en toi. Ne te fâche pas, mais on sait bien comment ces choses-là peuvent tourner.

– Je t'ai dit de ne pas t'inquiéter pour moi. »

Malgré tout, il savait bien pourquoi Ted se faisait du souci.

« Lucky, tu sais comme elle peut se faire belle quand elle veut. » Ted leva les yeux au ciel. « Je sais très bien ce que je ressentirais pour elle si j'étais un autre homme. Tu ne serais pas honnête si tu me disais que tu la trouves pas attirante.

– Écoute…

– Y a rien à ajouter. » Ted tenta de lever sa main droite mais se rappela qu'il avait le bras dans le plâtre. « Je te demande seulement de faire attention, c'est tout. De la voir un peu comme une sœur. N'oublie pas que tu es un homme marié.

– Entendu.

– Ne t'approche pas trop, Lucky. Et pour l'amour du ciel, si le capitaine la laisse chanter avec l'orchestre, ne pose surtout pas les yeux sur elle.

– C'est d'accord. »

Il savait que Ted n'avait pas confiance en lui, et il se détourna pour regarder par la fenêtre.

« Je ne voulais pas te faire de peine. Je sais tout ce que tu fais pour notre petite fille. Je te suis vraiment très reconnaissant pour ça. Tu es un plus fin limier que moi. Regarde-moi un peu : en lambeaux, comme un chien écrasé. Je ne vais pas être capable de gagner un sou pendant une bonne année. Tu crois qu'une femme peut supporter ça ? » Les larmes lui montèrent aux yeux. « Et s'ils n'arrivent pas à me réparer la main ?… Je ne pourrai plus jamais bosser.

– Ces médecins yankees vont t'arranger ça.

– Mais sinon ?

– Demande-lui, et elle t'aidera à trouver une solution.

– Me demander quoi ? dit Elsie en entrant brusquement dans la chambre accompagnée d'un garçon de salle.

– Comment garder le moral », répondit Sam, passant devant elle pour regagner le couloir.

Chapitre 18

Willa White pensait que c'était son devoir d'obliger son mari par tous les moyens. Elle avait engagé Vessy, la meilleure cuisinière qu'elle ait pu trouver, et, bien que la jeune fille soit simple et un peu primaire, Acy appréciait les petits plats qu'elle savait préparer. Convaincue qu'elle pesait un kilo et demi ou deux de trop, Willa avait fait le voyage jusqu'à la grande ville voisine pour s'acheter une gaine de couleur exotique munie de lanières de brocart et de boucles qui camouflait ses rondeurs, et faisait souffler Acy comme un bœuf quand il s'échinait à la lui retirer dans le noir. Elle voulait divertir son mari du plaisir de sa conversation éclairée, et s'abonna en conséquence à divers magazines qui lui résumaient les complexités du monde. Acy aimait avoir une maison propre et nette, et elle choisit donc une excellente domestique, fille d'une ancienne employée des Calhoun. La seule chose qu'elle ne réussissait pas à donner à Acy, c'était un enfant.

D'ordinaire, Willa buvait un verre de vin après le déjeuner et le dîner, avec une pilule de couleur vert olive que le pharmacien, son cousin germain, lui avait prescrite. C'était un remède qu'on utilisait autrefois pour lutter contre l'accoutumance à l'opium, lui avait-il expliqué, et cela l'aiderait tout simplement à se calmer les nerfs. Elle buvait encore un verre ou deux aux environs de 8 heures du soir, et un autre avant d'aller se coucher, un whisky cette fois, pour faciliter sa digestion.

Une nuit, vers 2 heures du matin, elle entendit un bruit pareil au bourdonnement d'un moustique et se mit sur son séant, tout étourdie, avant de finir par comprendre que c'était Madeline qui pleurait dans la chambre voisine. Elle alla s'asseoir sur un fauteuil tapissé de brocart à côté de l'enfant et vit à la lueur de la veilleuse qu'elle transpirait sous les draps et le léger couvre-lit.

« Voyons, ma chérie, débarrassons-nous de tout cela. Un drap suffit quand il fait chaud.

– Où sont ma maman et Gussie ? pleurnicha la petite, la voix ensommeillée.

– Tu es un peu perdue, Madeline. Toute ta famille est tombée malade et a quitté ce bas monde, tu te souviens ?

– C'est pas vrai.

– Tu n'es restée à l'orphelinat qu'un seul jour, et nous sommes venus te chercher pour faire de toi notre petite fille, mon trésor. » Elle se pencha pour lui caresser les cheveux. « J'ai vu tout de suite que tu étais douée et si jolie, tellement différente de tous ces gosses sales et morveux. Tu chantais comme un rossignol.

– C'est ma maman qui m'a appris des chansons.

– Eh bien, dit Willa en se redressant, n'ai-je pas loué les services d'un musicien professionnel pour t'en enseigner d'autres encore plus belles ? Ses leçons nous coûtent très cher.

– Il n'a pas aimé la chanson que je lui ai chantée. »

Willa regarda vers la fenêtre en fronçant les sourcils.

« "Cleopatra" est une vilaine chanson tirée de ces sordides comédies musicales qu'on donne à New York. »

La fillette se remit à pleurnicher.

« Vessy a dit qu'elle lui plaisait.

– Vessy est une domestique sans instruction qui sait à peine marcher avec des chaussures aux pieds. Elle dort sans doute au fond des bois en compagnie de chiens errants.

– Moi, je l'aime bien.

– Pauvre petite ! Que sais-tu des gens à ton âge ? Je t'apprendrai à distinguer les personnes comme il faut des mauvaises gens, Madeline. Tu n'as qu'à m'écouter et m'imiter.

– Est-ce que je peux avoir un verre d'eau ? »

Willa laissa échapper un soupir.

« D'accord. Je ne vais probablement pas réussir à me rendormir, de toute façon. »

À la cuisine, elle fouilla les placards à la recherche d'un verre ordinaire. Elle commença par prendre de l'eau tiède au vieux robinet encore connecté à la citerne qui recueillait les pluies, mais se souvint à temps que Vessy disait qu'il y avait des choses dans cette eau. Quelles choses ? Il faudrait qu'elle le lui demande. Elle se rappela le visage brûlant de la fillette et détacha un petit morceau de glace qu'elle mit dans le verre avant de le remplir au robinet de la ville. Que de soucis c'étaient, d'élever un enfant ! Mais alors qu'elle longeait le couloir sombre et s'approchait de la porte de la chambre, le verre dans la main, elle se sentit ennoblie par cette tâche. La petite, à peine visible dans le noir, se redressa.

« Je voudrais bien un peu d'eau.

– Je voudrais bien un peu d'eau, qui ? »

Son cœur cessa presque de battre tandis qu'elle attendait la réponse.

« Je voudrais bien un peu d'eau, madame. »

L'*Ambassador* resta plusieurs jours à Memphis. Aucun gros bateau d'excursion n'y avait accosté depuis des mois, et les loges de francs-maçons, les associations paroissiales, les syndicats, et même le tout-venant, firent tourner le bateau à plein régime, à raison de trois excursions par jour. Le soir, les passagers étaient surtout des couples, extrêmement élégants, assez bons danseurs, qui désiraient principalement passer un moment agréable, et l'équipage pouvait donc se détendre.

Ted Weller, quand il put marcher avec des béquilles, décida qu'il était temps d'aller dans un autre hôpital, à Cincinnati.

Après qu'Elsie et August lui eurent dit au revoir avant de courir attraper le bateau de 14 heures, Sam l'aida à monter dans un taxi et l'accompagna à la gare ; il lui prit son billet et se chargea de sa valise. Il resta longtemps avec lui à attendre le train sur un banc, remarquant que le visage de Ted portait les traces de sa souffrance et se demandant si la chirurgie parviendrait à rendre à ses doigts célérité et énergie.

« Bon Dieu, Lucky, je me sens tellement mal. J'ai encore des élancements dans tout le bras gauche.

– Si tu te sens trop mal pour voyager, on peut encore trouver un taxi qui te ramènera à l'hosto. »

Ted inspira profondément.

« Non, tout ira bien dès que je serai dans le train. »

Sam tendit la main pour glisser le long billet dans la poche intérieure de la veste de Ted.

« Je m'occuperai d'August, ne t'inquiète pas. »

Ted fit un mouvement et un éclair de douleur lui traversa le visage.

« Et Lily, qu'est-ce que tu en penses ? Tu crois qu'on l'a perdue pour de bon ?

– Il ne faut pas penser comme ça. On la retrouvera si on continue à y croire. C'est peut-être bête à dire, mais parfois, à force de s'attendre à ce que quelque chose arrive, ça finit par arriver. Un peu comme le piano et moi.

– Arrête. Ça me fait trop mal de rire. »

Sam colla ses mains l'une contre l'autre et les laissa pendre entre ses genoux.

« Je vais continuer à la chercher. »

Ted se retourna lentement vers lui, et Sam entendit les os de son dos craquer.

« Je n'en attendais pas moins de toi. »

Entre deux excursions, Sam ne restait pas inactif : il parlait aux agents de police, montrait une photo de Lily dans tous les commissariats, se rendait dans toutes les gares de la ville, parlait avec les télégraphistes, demandant à tous de le prévenir et s'engageant à payer le télégramme s'ils apprenaient quelque chose d'utile. Il téléphona deux fois chez lui et parla avec Linda, lui disant combien elle lui manquait et lui demandant si un message n'était pas arrivé pour lui. Elle semblait deviner en lui une tristesse dont il n'avait même pas conscience, et elle se montrait particulièrement enjouée, au contraire de son naturel si posé. Elle le remercia pour l'argent qu'il lui avait fait parvenir : elle mangeait tellement de bonnes choses qu'elle craignait de prendre du poids. Il savait que c'était un mensonge mais il s'en réjouit tout de même.

Le soir précédant le départ du bateau, Sam était adossé à la cheminée de tribord, ignorant la chaleur qui lui remontait le long du dos, quand le capitaine Stewart descendit de la timonerie et lui confia deux revolvers.

« Qu'est-ce que c'est ?

– Deux Smith tout neufs que je viens d'acheter en ville. Donnez-en un à Duggs. On joue à Stovepipe Bend demain, et je veux que vous les portiez à la ceinture sur la scène.

– Le même genre de tableau que Bung City ? »

Le capitaine fit non de la tête.

« Bung City, c'est comme une colonie de vacances paroissiale à côté. Attention, ces engins sont chargés. »

Sam trouva Charlie allongé sur sa couchette, en proie à une terrible migraine, et il lui lança un des revolvers sur l'estomac.

« Dis-moi ce que tu sais de Stovepipe Bend.

– Notre agent m'a raconté, mais j'ai pas voulu y croire. » Il se cacha les yeux sous son avant-bras. « Rien qu'un bled un peu dangereux, Sam. On s'en tirera, t'en fais pas.

– Tu as une méchante migraine ou la gueule de bois ? »

Charlie lui jeta un regard mauvais. Ses yeux ressemblaient à des disques solaires cuivrés, et Sam tendit la main pour lui tâter le front.

« Tout va bien, Sam.

– Tu as un peu de fièvre, je pense.

– Je suis juste claqué. J'ai encore mal aux reins de m'être battu avec ces gros pleins de fric pendant la croisière de nuit. » Il ferma les paupières. « Fous-moi la paix et je finirai par me lever… ou pas. »

Sam reprit le revolver sur la couchette de Charlie.

« Je vais poser ce truc sur le lavabo pour que tu risques pas de rouler dessus et de te trouer la panse.

– Je te remercie. »

Sam examina l'acier brillant du revolver. C'était un calibre .38 spécial avec une crosse en noyer quadrillée.

« Tu as déjà tiré sur quelqu'un ?

– Tu essaies de faire de l'humour ? »

Sam comprit sur-le-champ son erreur.

« Pardon, j'oubliais que tu avais vraiment fait la guerre.

– Ouais, c'est ça, c'est ça », grommela Charlie.

Le bateau quitta le port : ils allaient croiser vers le nord toute la journée en traversant des terres quasi désertes. Entre Memphis et Cairo, il n'y avait que quelques rares bourgades au bord du fleuve, et un rivage inhospitalier : collines basses, marécages dangereux et infestés de panthères, bancs de sable et saules enchevêtrés – tout un paysage de boue et de graviers qui ne vous donnait d'autre envie que d'en repartir. M. Brandywine lui raconta l'histoire de hors-la-loi qui vivaient encore dans ces marécages où la police ne pénétrait jamais – certains fabriquaient du whisky de contrebande en quantité industrielle –, et d'agents du fisc qui s'y risquaient mais ne reparaissaient jamais. Swaneli lui parla du squelette d'un avocat de l'Arkansas retrouvé attaché à un tronc d'arbre à la dérive, tiré de l'eau à Vicksburg.

En se couchant, Sam entendit les cheminées d'échappement cracher des volutes de fumée dans le ciel de nuit. Les mécaniciens faisaient tourner les moteurs à toute vapeur pour effectuer la traversée la plus rapide possible, et il savait que les chauffeurs devaient se donner un mal fou pour maintenir la pression au plus haut niveau. Il se demanda si August se montrait à la hauteur, si les chauffeurs plus expérimentés l'aidaient à tenir la cadence. Ce n'était jamais qu'un enfant, et il n'avait pas sa place dans cette fournaise pleine de suie au milieu de tuyaux qui fuyaient. Quand Sam était enfant, il avait travaillé des jours durant dans les champs de pommes de terre, le soleil lui roulant sur le dos comme un roc brûlant – mais il était plus costaud qu'August. En y repensant, il avait été plutôt heureux de quitter un endroit où il lui fallait se lever au cœur de la nuit en décembre par un froid glacial pour aller couper des cannes à sucre toute la journée, tout ça en ne portant qu'un léger maillot et devant se contenter pour tout déjeuner d'une patate douce froide dans un bol en fer-blanc. Il sourit sur sa couchette en revoyant le moment où il était parti de chez l'oncle Claude. Il sourit encore en songeant aux larges allées de chez Krine, aux vendeuses qui rayonnaient dans leurs robes si élégantes, et à Maurice qui jouait des valses sur les grandes orgues de la mezzanine.

Le bateau voguait sous la fournaise d'un ciel vide. M. Brandywine tenait la barre, sauf au moment où il se fit remplacer par Nellie Benton pour passer le confluent difficile de Poker Point. En nettoyant le bateau des traces de la traversée précédente, les aides-serveurs trouvèrent un ivrogne dans une trémie où on rangeait les gilets de sauvetage. Une fois l'individu bien réveillé, Charlie et Sam le firent monter dans un canot et le ramenèrent jusqu'à une petite ville appelée Rowel tandis que le bateau faisait du surplace au milieu du fleuve en soufflant inlassablement des spirales de fumée. À leur retour, le capitaine leur demanda de retirer leurs chemises et de préparer un mélange de savon et d'eau de Javel dans des seaux. Tout le bateau était gris de suie, et il était temps de faire un grand nettoyage. Les passagers ne voulaient certainement pas voir leurs jupes d'été, leurs manchettes et leurs pantalons de coton noircis dès qu'ils seraient montés à bord.

Sam était en train de décaper la cloison extérieure de la chaufferie quand Elsie s'approcha. Sa robe était toute tachée de peinture.

« Tu as misé de l'argent aux cartes ? » demanda-t-elle.

Il réfléchit.

« Ah, je comprends ! Tu penses que j'ai perdu ma chemise au jeu.

– Je t'ai d'abord pris pour un fantôme en passant la porte. Ne reste pas au soleil si tu ne veux pas te brûler complètement la peau. »

Elle paraissait presque joyeuse, et il songea qu'elle devait être soulagée de savoir Ted en vie.

« Le capitaine dit qu'on va se produire dans une ville dangereuse demain. Tu en as entendu parler ?

– Non. »

Il jeta sa brosse dans le seau d'eau de Javel.

« Cela veut dire que vous n'y avez pas fait halte en descendant le fleuve ? »

Elsie secoua la tête, son carré de cheveux blonds et raides tournoyant autour de ses joues.

« L'agent a punaisé quelques prospectus à propos de la future remontée du Mississippi et du nouveau bateau, mais on ne s'est pas arrêtés. À en croire les serveuses, cependant, rien n'intéresse moins les hommes de Stovepipe Bend que l'idée de fonder une famille. C'est un endroit assez peu civilisé. »

Il reprit sa brosse et continua à nettoyer la suie et les moisissures.

« Le capitaine compte cacher l'orchestre noir une fois de plus ? »

Elle fit signe que non.

« Il dit que chaque port est différent. Il ne pense pas qu'un orchestre noir dérangera qui que ce soit à Stovepipe Bend. Le capitaine Stewart connaît parfaitement toutes ces villes, j'imagine. Il m'a demandé de chanter dix chansons, et je lui ai répondu que je n'étais pas sûre d'en avoir envie parce que j'avais peur qu'il y ait du grabuge. »

Sam inspecta son mur, puis il lâcha une nouvelle pluie de copeaux de savon dans son seau.

« Mais il t'a proposé une belle somme d'argent ?

– Deux dollars la chanson.

– Tu m'en diras tant ! Alors tu vas chanter ?

– J'ai répété toute la journée. Tu ne m'as pas entendue ?

– J'ai eu pas mal de boulot.

– Tu sais, la prochaine grande ville, c'est Cairo. J'ai une intuition au sujet de cet endroit. Lily a participé à deux spectacles là-bas, avec tout plein de femmes autour de l'estrade.

– Tu me l'as déjà dit il y a quelque temps. » Il l'observa. C'était une chic fille, jolie et bourrée de talent, mais à examiner ses yeux il savait qu'il lui manquait quelque chose. Elle se sentait seule. « Tu prends bien soin de toi ?

– Oui, mais quand je vais chanter à Stovepipe Bend, je ne sais pas ce qui peut se passer. Peut-être une émeute.

– Les risques du métier. »

Cela la fit rire. Elle ramassa son seau et lui passa devant pour entrer dans la salle des machines.

Le lendemain, Sam regardait les mousses et les cuisiniers déplier des banderoles en vue des excursions du 4 Juillet, et les déployer sur le bastingage, quand le capitaine lui demanda de sortir toutes les machines à sous et de les disposer à intervalles réguliers sur le pont inférieur. À environ quinze kilomètres de Stovepipe Bend, le chef de l'orchestre noir, Fred Marble, monta sur le toit, enfila des gants de chevreau et chauffa l'orgue à vapeur en jouant « I Found a Rose in the Devil's Garden », les notes s'éparpillant bruyamment à plusieurs kilomètres à la ronde. À 14 heures, Sam boutonna son uniforme et fit une tournée d'inspection, crachant sur les cendres de charbon encore brûlantes qui constellaient les ponts supérieurs. Ils devaient faire deux excursions de nuit, mais rien n'était prévu durant la journée, parce qu'il s'agissait d'une petite ville ouvrière relativement récente et fruste, qui n'avait encore ni clubs, ni associations paroissiales, ni écoles susceptibles de s'intéresser à une croisière de jour.

Quand Nellie Benton tira du sifflet une note brève et rauque, Sam leva la tête. Elle était penchée au-dessus d'une manette de direction pour demander une allure plus lente lorsqu'il cogna à sa porte et elle lui fit signe d'entrer.

« Lucky, soyez gentil de descendre dire à Bit de ne laisser personne flâner dans la salle des machines ce soir. Si j'ai bien compris, c'est une bande de zouaves imprévisibles qu'on nous annonce.

– On m'a prévenu, effectivement.

– Prenez garde à ces gens, mon petit. Vous êtes un brave garçon, et les Weller ont besoin de vous.

– Je suis sorti indemne de Bung City.

– Stovepipe Bend risque d'être encore pire. »

Soudain, un petit remorqueur tourna la pointe d'une île juste sous leurs yeux et s'arrêta au milieu de l'eau comme si le pilote hésitait pour décider de quel côté de l'*Ambassador* passer ; Mme Benton actionna énergiquement le sifflet et toutes les vitres de la timonerie se mirent à vibrer telles les lames d'un harmonica.

Plus tard dans la journée, au détour d'une boucle marécageuse sur la rive ouest, ils aperçurent une longue rangée de cheminées en fer, pareille aux piquants d'une chenille venimeuse : de petites usines à charbon qui crachaient de la fumée et des odeurs nauséabondes dans la moiteur de l'après-midi. La berge était totalement dépourvue de végétation à l'exception de quelques saules presque dénudés qui s'asphyxiaient derrière les laisses de vase. Un remblai couvert de graviers d'environ soixante mètres tenait lieu de débarcadère. Sam regarda la cheminée d'une fonderie qui crachait une fumée orange ; au bord de l'eau, les conduits d'évacuation d'une usine de créosote rejetaient des particules de mousse noire. Une usine d'huile de coton, une autre qui fabriquait des balais et une autre encore de la mort-aux-rats, s'élevaient contre la digue. Peint sur la citerne qui surplombait la troisième, un immense rongeur à l'agonie se tortillait sur le dos. Des rangées de baraques ouvrières appartenant aux entreprises, toutes identiques, escaladaient la colline chauve jusqu'à sa partie la plus haute, où des maisons un peu plus confortables étaient dotées de vastes porches affaissés avec des lucarnes sur l'arête du toit.

Sam ne voyait pas la moindre rue digne de ce nom, mais dans les allées couvertes de cendres se pressait toute une foule d'hommes et de femmes attirés par les beuglements de l'orgue à vapeur. L'orchestre noir s'était installé sur le pont avant et jouait une version endiablée de « Ain't We Got Fun », tandis que Mme Benton rapprochait doucement l'*Ambassador* du quai et que les matelots attrapaient deux souches de cyprès au lasso. Le capitaine se campa sur la petite passerelle flottante au-dessus du pont supérieur et, brandissant un gros porte-voix, il annonça les horaires des deux soirées à venir. Sam parcourut la foule du regard : les bottes dépareillées, les salopettes rapiécées, les tabliers souillés de produits chimiques et les robes en toile de jute faisaient de Stovepipe Bend un lieu encore plus hors du temps que Bung City. Cela avait bien l'air d'un bled où pourraient se cacher des voleurs d'enfants et d'autres criminels par dizaines. Il remarqua les prospectus jaunes que leur agent avait accrochés à toutes les clôtures et tous les poteaux, et il s'imagina qu'il devait aussi y en avoir dans le quartier misérable qui surplombait les usines, et même au long de la route boueuse qui menait en ville après avoir serpenté entre les fermes dont le bétail était ravagé par le ténia. Il espérait que les ouvriers des usines auraient le temps d'aller se laver avant la première excursion du soir, prévue à 19 heures. Des centaines d'hommes, les pouces glissés sous les bretelles de leur salopette, paraissaient fascinés par cette unique chose blanche dans leur bourgade noircie par la suie. Les femmes portaient surtout des chemises informes sur des jupes longues, mais quelques-unes étaient affublées de blouses délavées et marchaient pieds nus. Une ouvrière sortit par la porte arrière d'un abattoir avec une veste toute tachée de sang et, en découvrant l'*Ambassador*, elle resta pétrifiée, sa bouche édentée grande ouverte.

Dès 18 heures, Sam et Charlie s'étaient postés sur la passerelle, revolver à la ceinture, demandant à chaque client si il ou elle portait une arme quelconque, et durant un certain temps les paniers ne se remplirent que de canifs. Mais quand se présentèrent des troupeaux de couples plus jeunes, certains hommes arborant des salopettes récemment reteintes ou les vestes rapiécées de leurs pères, des coupe-choux et des pistolets à quatre sous firent leur apparition sur la longue table. Des canots venus du hameau de Yunt, un conglomérat de cheminées tordues de l'autre côté du fleuve, commencèrent à arriver et à s'amarrer, chaque embarcation amenant quatre ou cinq clients braillards et farouches, qui tous portaient des vêtements bon marché aux couleurs criardes.

Le premier de cette bande que Sam interpella dégagea son bras quand il lui demanda s'il avait des armes sur lui.

« Ouais. Qu'est-ce que ça peut te foutre ? »

Il était ivre, en sueur, et son canotier en paille était déjà troué en deux endroits.

« Tu ne peux pas monter à bord avec une arme. Tu me la confies, quelle qu'elle soit, et on te la rend après l'excursion.

– Bordel ! Y a cinq ou six mecs sur ce rafiot qui veulent ma peau, j'ai bien besoin de mon six-coups. »

Sam le saisit par le revers du col.

« On a pris les armes de tout le monde, camarade. Tu seras aussi en sécurité ici qu'à l'église. »

L'homme fronça les sourcils.

« Si je mettais les pieds dans une église, sûr qu'elle prendrait feu aussitôt ! »

Charlie Duggs se faufila derrière lui et glissa la main dans la poche de son pantalon, d'où il retira un Colt au canon scié. Il le jeta à Sam.

« Et voilà le travail !

– Hé ! Ça va pas ? bredouilla le type en se penchant pour reprendre son arme.

– Allez, allez ! Et amuse-toi bien ! dit Charlie en le poussant pour qu'il avance sur la passerelle. Au retour, on te laissera zigouiller tous les corniauds que tu voudras ! »

L'homme continua à vociférer, mais la foule le poussait et il se retrouva devant le guichet.

« Je m'appelle Buxton, et vous avez intérêt à me rendre le même revolver quand je redescendrai ! »

Le second mécanicien les aidait à confisquer les armes, mais ils avaient bien du mal à faire les choses à fond, n'arrêtant que ceux des clients qui avaient des vestes aux poches manifestement bien remplies. Ces gens étaient tout ridés, brûlés par le soleil, maigres pour la plupart, tachés par le charbon, souvent voûtés, et ils avaient la voix rauque. C'était une population qu'on tuait à la tâche. Plusieurs boitaient, ils avaient un bandeau sur l'œil, l'haleine fétide, des strabismes divers, les dents déchaussées ou pas de dents du tout, des doigts manquants. Sam regarda les cheminées de la ville, d'où ne s'échappaient à cette heure que de petites vagues de résidus pestilentiels, et il comprit que tous ces ouvriers devaient avoir de l'argent mais ne savaient pas où le dépenser jusqu'à présent. Il se retourna et aperçut le capitaine qui surveillait la foule depuis le toit du pont supérieur. Tout sourires.

D'autres embarcations étaient arrivées et s'amarraient devant l'*Ambassador* à tout ce à quoi elles pouvaient s'accrocher. L'une d'elles amenait un homme seul vêtu d'une veste noire et d'une chemise sans col d'un autre âge. Il se mêla à la foule et tourna autour de la passerelle comme un esprit des ténèbres ; ce n'étaient apparemment pas ses jambes qui le portaient mais le mouvement des autres qui le soulevait. Sam ne l'examina pas en détail, mais à un moment donné, alors qu'il comptait, palpait et interrogeait les passagers, il ressentit une sorte d'arrêt, une soudaine absence de lumière, quelque chose qui le mettait en contact avec le pire des mondes possibles. Il confisqua une matraque, et se retourna pour qu'on lui donne, mais sans qu'il ait à le réclamer, un de ces couteaux que les bateleurs lançaient autrefois, doté d'un manche d'ébène et d'une lame en acier au carbone, une arme absolument invisible dans le noir. Son propriétaire n'était autre que l'homme arrivé seul dans son canot, et quand Sam posa les yeux sur son visage il sentit chacune de ses vertèbres craquer.

C'était Ralph Skadlock, qui lui dit immédiatement :

« Je suis venu pour te parler, Simoneaux. » Il jeta un coup d'œil derrière lui. « Tu charges tous ces bestiaux, et je te retrouve à bord. »

Sam était si éberlué qu'il ne trouva rien à répondre. Il regarda le dos noir de l'homme qui se mêlait à la foule avant de monter sur la passerelle.

À ce moment précis, Charlie et le second mécanicien commencèrent à se battre contre un énorme Indien qui était arrivé malgré la chaleur en portant un long manteau en toile sous lequel il dissimulait une carabine de calibre 8 à canon scié.

« Bon Dieu, Lucky ! Donne-nous un coup de main, ce type est complètement cinglé ! » lui cria Charlie.

Ils se jetèrent tous sur lui comme des terriers sur un mastiff, le poussèrent dans la boue, lancèrent au loin sa carabine qui décrivit quelques cercles avant de tomber à l'eau, et le remirent aux mains de l'agent de police local qui dut abattre sa matraque sur son énorme tête pour le convaincre de le suivre. Quand Sam s'appuya sur la table pour reprendre son souffle et qu'il balaya le bateau du regard, Skadlock avait disparu.

Ils levèrent l'ancre avec quinze minutes de retard. Le bateau s'enfonçait dans l'eau plus profondément que d'ordinaire avec ses deux mille passagers au bas mot qui arpentaient les ponts comme autant de fourmis rouges inspectant une tranche de gâteau de mariage tombée par accident sur leur fourmilière. D'impressionnantes quantités de whisky de contrebande étaient montées à bord, et les serveurs et leurs aides se précipitaient pour répondre aux commandes de glace et de verres de soda qui devaient accompagner l'alcool. Avant même que le bateau n'ait atteint le milieu du fleuve, une escouade d'habitants de Yunt s'étaient déjà lancés dans une bagarre indescriptible avec leurs ennemis de Stovepipe Bench, et il fallut matraques et pistolets pour calmer le jeu.

Le capitaine monta jusqu'au pont supérieur pour voir comment se terminaient les combats et il fit signe à Sam de s'approcher.

« Lucky, vous êtes déjà en sang. Pensez-vous pouvoir les contenir ? Sinon, dites-le-moi et je donnerai l'ordre de rentrer au port. »

Sam essuya le sang qui coulait de ses narines avec son pouce.

« Je pense que oui. Encore heureux que vous ayez demandé qu'on leur retire leurs pétards !

– Attendez. Attendez un peu. Ils sont en train de dépenser du fric par paquets, comme des seaux d'eau sur un feu qui aurait pris dans un bordel. Sur le pont supérieur, ils se battent déjà pour les machines à sous, et je crois que beaucoup d'entre eux vont découvrir ce qu'est le pop-corn. »

Chapitre 19

La nuit était chaude et M. Brandywine choisit la vitesse maximale pour remonter le courant afin que tout le monde puisse profiter d'un peu de fraîcheur. Sam emprunta l'escalier extérieur pour rejoindre le premier pont et faire une petite tournée d'inspection. Il passa devant des femmes aux lèvres gonflées par le tabac à priser, mais les hommes roulaient leurs cigarettes, et il rappela à tous les serveurs qu'il croisa d'écraser soigneusement les mégots. Ensuite, il retourna vers le dancing.

La piste n'était pas éclairée et l'orchestre se lançait lentement dans « Avalon », Fred Marble montrant l'exemple au piano. Sam rejoignit Charlie Duggs et cria pour couvrir les cuivres :

« Comment tu sens la salle ?

– Pendant deux ou trois morceaux, c'était plutôt chaud. Le vieux a eu une bonne idée de les faire jouer d'abord un peu dehors : quand on est rentrés, personne a été surpris.

– De la bonne musique, c'est de la bonne musique.

– C'est l'idée. Aucun de ces péquenauds a jamais vu un Noir en costume, et ça leur a hérissé le poil, mais dès que l'orchestre leur a donné de quoi taper du pied par terre en cadence, ils ont plus voulu qu'un truc : danser. »

Du menton, Sam désigna la foule.

« Je suppose qu'on peut appeler ça danser.

– C'est comme si cinq cents couples avaient trouvé mille façons différentes de se trémousser.

– Est-ce que tu n'aurais pas vu par hasard un grand type avec une veste noire, une chemise blanche et une espèce de chapeau de cow-boy à bords plats ?

– Comme tu dis parfois, "j'ai eu pas mal de boulot". »

Quand l'orchestre lâcha la dernière note, la moitié des couples retournèrent à leur table et les autres s'approchèrent des fenêtres pour se sécher un peu. Un projecteur dessina un cercle sur l'estrade et Sam tourna la tête : Elsie s'avança dans la lumière poudreuse. Il se rappela que Ted lui avait demandé de ne pas l'écouter chanter, et en une seconde il comprit pourquoi. Elle avait brusquement cessé d'être une mère inquiète ou une serveuse pour se transformer en une belle blonde souriante, moulée dans une robe en crêpe de Chine grenat brodée de perles, et, de l'échancrure de son col doublé de rubans chatoyants à ses escarpins de satin assortis, elle était véritablement l'artiste dans toute sa splendeur, une chanteuse professionnelle qui ondoyait des hanches sur l'intro de la nouvelle chanson qu'elle avait apprise à l'orchestre. Elle se lança dans « Am I Blue ? » et les musiciens la suivirent, oubliant presque toutes les fioritures du jazz et s'alignant sur sa voix, jouant au rythme des mouvements de sa robe. La piste se remplit pour cette musique lente, mais Sam remarqua plusieurs hommes à la mine patibulaire appuyés aux montants des fenêtres, qui savouraient leur cigarette en se demandant quel effet cela devait faire de tenir une femme pareille dans ses bras. Il s'étonna de l'impression de puissance qu'elle projetait dans toute la salle : elle paraissait tellement plus grande que nature.

Charlie lui donna un coup de coude.

« Elle a vraiment quelque chose, hein ? »

Sam se caressa le menton.

« Tu l'as dit ! »

Quand elle eut terminé sa chanson sous les premiers applaudissements de la soirée, Sam alla voir si tout allait bien sur le pont supérieur, et alors qu'il franchissait une porte deux grosses pattes d'ours le poussèrent vers un coin obscur à côté de la cheminée de bâbord.

« Où est ce putain d'Hollandais ? »

Skadlock sentait la vase, et quelque chose d'autre : l'alcool et l'odeur d'un chien enragé.

« Je ne vois pas de quoi tu parles.

– Ce pianiste.

– Ted Weller ? Mais tu devrais le savoir : tu l'as quasiment laissé pour mort. »

Skadlock s'avança dans la lumière et on aurait dit que son visage était fait de pierres plates.

« J'ai bien l'intention de lui causer encore quelques ennuis. Il me doit du fric.

– Comment ça ?

– Il m'a tué mon chien noir. D'abord, j'ai cru qu'il se remettrait, mais ça s'est infecté et il est mort. »

Sam se dégagea et recula d'un pas.

« Si j'ai bien compris ce qui s'est passé, ton chien était en train de lui bouffer la main, non ? »

Skadlock tira de sa veste un pistolet automatique noir et luisant et posa le canon contre la tempe de Sam.

« Tu trouves ça drôle ? Tu crois que c'est une blague ? Dis-moi où qu'il est. »

Sam regarda ce qu'il pouvait voir du pistolet, puis il reporta les yeux sur Skadlock.

« Tu l'as tellement amoché qu'ils l'ont mis dans un train pour Cincinnati. On prévoit cinq opérations pour le remettre d'aplomb. »

Skadlock sembla soudain comprendre quelque chose, et une sorte de chaleur bleue lui envahit le visage tandis qu'il plaquait Sam contre la cheminée.

« C'est toi le connard d'enculé qui lui a dit où qu'on était. »

Il continua à marmonner son chapelet de jurons, et Sam se demanda ce qu'il avait bien pu avaler comme alcool et pendant combien de jours.

« Tout ce que je voulais, c'était retrouver sa petite fille ! » lui hurla Sam au visage.

Mais Skadlock resta de marbre.

« C'est toi qui l'as amené. Je devrais te faire la peau. Je regrette qu'ils t'aient pas réglé ton compte dans ton bled de merde, si c'était pour revenir nous hanter comme ça ! »

Ce fut comme une décharge électrique.

« Qu'est-ce que tu as dit ? »

Skadlock assura sa prise sur la crosse du pistolet et releva le coude. Sam ferma les yeux et commença à dire sa dernière prière, mais il y eut soudain un claquement osseux, le genre de bruit qu'on entend quand le tranchant d'une hache s'abat sur le cou d'un bœuf, et Skadlock s'affala sur le pont comme un pantin désarticulé. Sam releva les yeux et vit Charlie qui rangeait paisiblement sa matraque dans sa poche.

« Un ami à toi ? »

Sam mit de l'ordre dans ses vêtements.

« Prends son arme et descendons ce salopard dans la cellule avant qu'il se réveille.

– Faut qu'on se dépêche. Les choses sont en train de se gâter en bas. »

Ils tirèrent Skadlock jusqu'au pied de l'escalier, ses bottes de cheval martelant chaque marche, sous les encouragements des habitants de Stovepipe Band. Ils venaient juste de le jeter dans la chaufferie quand August arriva de la soute à charbon.

« Qui c'est ?

– Personne que tu aurais envie de connaître. »

Sam l'écarta sans ménagement et Charlie et lui remontèrent vers le salon du pont principal, où ils découvrirent qu'une bagarre avait éclaté entre les ouvriers des hauts-fourneaux et les employés de la scierie de Yunt. En passant parmi les tables, ils remarquèrent qu'une dizaine de parties de poker avaient commencé, et que cinq joueurs debout s'invectivaient avec véhémence.

Charlie écarta les pans de sa veste pour laisser voir son arme.

« Qu'est-ce que vous avez à râler comme ça ? »

Un type qui louchait et portait des bretelles rapiécées retira son cigare de sa bouche.

« Ce mec a fait parole, j'ai relancé, et il a relancé derrière.

– Et alors ?

– Alors c'est du slow play ! On sous-joue pas comme ça à Stovepipe. »

L'homme de Yunt brandit un index vengeur sous le nez de l'autre.

« Mais c'est justement ça, le jeu, espèce de dégonflé ! C'est ça, le poker !

– C'est un coup de traître, je te dis, et il faut vraiment avoir rien dans le cigare pour jouer comme ça. »

Son adversaire se redressa et fit deux pas de côté, un peu comme un coq en colère.

« S'ils m'avaient pas pris mon Smith, je te la ferais exploser, moi, ta cervelle, pour voir ce qu'il y a dedans. Sûrement du plomb à pêche !

– Allez, allez ! Rasseyez-vous et donnez le choix au donneur à chaque tour, si vous voulez pratiquer une variante ou une autre, lui conseilla Duggs.

– Parce que sinon ? » menaça l'homme de Stovepipe Bench en sortant un rasoir à manche de nacre de la poche de sa veste.

Tout le monde à la table se retourna pour voir d'où était venu le « clic » d'un revolver que l'on arme. Sam avait appuyé le canon derrière l'oreille de l'individu.

« Parce que sinon, tu vas te prendre un coup de fourche dans le cul d'ici une seconde. »

Charlie recula d'un pas.

« Doucement, Sam.

– Donne-moi ce rasoir », ordonna Sam, et le type le lui passa par-dessus son épaule, ce mouvement de son bras étant d'ailleurs le seul à la table pétrifiée. « Est-ce que tu vas continuer à nous causer des ennuis ce soir ?

– Non», dit l'autre.

Mais cette syllabe suffit à faire comprendre à Sam qu'il ferait mieux de ne jamais s'aventurer à Stovepipe après la tombée de la nuit pour le restant de ses jours.

Dix minutes plus tard, les lieux étaient à nouveau envahis de vociférations et de la fumée nauséabonde du tabac artisanal. Sam et Charlie étaient adossés au cabestan et gardaient un œil vers la partie éclairée du pont où on jouait et buvait.

«L'espace d'une seconde, tu m'as fait peur tout à l'heure.

– Je me suis fait peur à moi aussi. J'aurais dû le traîner jusqu'à la cellule par la peau des fesses.

– C'est peut-être l'autre type qui t'avait mis les nerfs en pelote. On perd tous un peu les pédales quand quelqu'un vous menace avec un flingue. Qui c'était, bon Dieu ?

– Un des Skadlock dont je t'ai parlé.

– Moitié homme, moitié belette.

– Pour la partie belette, tu as sans doute raison.»

Durant toute l'heure suivante, ils arpentèrent la piste, laissant leurs armes bien visibles et jouant ostensiblement avec leurs queues de castor. Elsie fit une nouvelle apparition et elle chanta «Leave Me with a Smile», sa douce voix d'alto calmant la salle entière, et les nerfs de Sam en particulier. Les notes coulaient comme un ruisseau d'eau fraîche.

Avant la fin tumultueuse de cette traversée épique, il retourna dans la chaufferie et découvrit Ralph debout entre deux ivrognes évanouis, les mains accrochées aux barreaux et les yeux rivés sur les machines en pleine action.

«On va accoster d'ici dix minutes, et je te raccompagnerai jusqu'à la sortie.

– Où est mon flingue ?

– J'ai décidé de le garder pour me dédommager d'une soirée un peu mouvementée.»

Les yeux de Skadlock paraissaient exprimer toute la souffrance du monde.

« Tu comptes me livrer aux flics ? »

Sam posa la main sur un des barreaux. Il était tenté de répondre à ce triste sire qu'il n'en valait pas la peine, mais cela n'aurait rien arrangé, au contraire. Son oncle lui avait appris que, pour certaines personnes, s'entendre parler durement, c'était comme se faire tirer dessus. Il se contenta de secouer lentement la tête. Puis il demanda :

« Qu'est-ce que tu sais de la tuerie de Troumal ?

– Je vivais dans l'Arkansas à l'époque.

– Tu sais qui sont les coupables ? »

Skadlock détourna le regard et tâta la bosse à l'arrière de son crâne.

« Ç'aurait pu être n'importe qui.

– Je suis sûr que tu le sais.

– Et pourquoi je te le dirais ? Tu pourrais rien contre eux, même maintenant. »

Le gong de marche arrière retentit comme une détonation juste au-dessus de sa tête, mais il ne broncha pas.

« Comment as-tu su que quelqu'un avait survécu ?

– Je le savais pas jusqu'à ce que tu débarques dans notre cuisine.

– Qui sont les coupables ? »

Skadlock fixa le moteur de bâbord comme s'il enviait sa chaleur immuable. Sam pencha la tête, réfléchissant à ce qu'il pourrait dire pour le décider à parler. Finalement, il lança :

« Je pourrais peut-être leur rendre une petite visite, comme je l'ai fait chez vous. »

À ces mots, les yeux du malfrat se mirent à briller d'une lueur mauvaise. Au bout d'un moment, il lâcha :

« C'est les Cloat qu'ont fait le coup. »

Ce nom traversa Sam comme un frisson.

« Et où je peux les trouver ?

– À Bung City, tout le monde a des idées sur la question.

– Tu es vraiment une mine d'informations.

– Je t'emmerde. Si j'étais toi, je numéroterais mes abattis. »

Sam entendit les cloches du moteur qui donnaient le signal de l'accostage.

« À qui tu as vendu cette petite fille ?

– Au diable.

– Quand je l'aurai retrouvée, je lancerai les flics à tes trousses. Peut-être même la police fédérale.

– C'est pas moi qui l'a. On peut pas m'arrêter pour du vent.

– J'ai quand même l'impression que tu es une plus sale crapule que ceux chez qui elle doit être. »

Sam détourna le regard comme si le spectacle de cet individu lui offensait la vue.

« J'en suis pas si sûr. C'est pas moi qu'a commencé tout ça. Et ce qui est clair, c'est que je méritais pas qu'on me tue mon chien. »

Quand le sifflet de l'accostage retentit, Sam ouvrit la porte de la cellule et le reconduisit à la passerelle. Skadlock redonna forme à son chapeau et se le reposa sur la tête.

« J'ai pas oublié ce qui m'a fait, cet Hollandais.

– C'est exactement ton problème : tu as du mal à oublier.

– Fais gaffe à toi, connard de Cajun ! »

Il s'avança sur la passerelle avec le reste des clients passablement éméchés. Sam lui adressa un signe d'adieu faussement amical.

« *Mange la merde, Skadlock.* »

La deuxième excursion de nuit fut pire encore. Parmi les mille huit cents personnes qui avaient attendu sur l'embarcadère, environ deux cents avaient bu pour passer le temps. Après la fouille d'usage, le bateau largua les amarres, mais le générateur tomba de nouveau en panne. L'orchestre continua à jouer. Au bout de quelques minutes, cependant, une bagarre éclata qu'on mit une demi-heure à contenir. Les matelots, plusieurs serveurs et même les cuisiniers durent prêter main-forte pour séparer les combattants du mieux qu'ils purent. Le capitaine intervint également et beugla dans un porte-voix qu'il n'y aurait plus de musique si la foule ne se calmait pas. L'équipage apporta des lampes à huile de charbon et les suspendit aux poutres, et dans un halo de fumée jaune l'orchestre joua encore et encore pour les danseurs titubants. Sam n'avait pas encore réussi à reprendre son souffle que quelqu'un cria « Au feu ! », et il se précipita avec le premier lieutenant pour éteindre une lanterne qu'un fêtard venait de briser dans les toilettes pour hommes à l'arrière du bateau, tapant dessus sans relâche avec des sacs en toile jusqu'à ce qu'un graisseur réussisse à mettre en marche la lance à incendie.

Sam s'assit sur un tabouret près d'un lavabo, la bouche ouverte, et regarda l'eau boueuse éteindre les flammes.

« L'enfant de salaud ! Si on n'avait pas arrêté ce feu à temps, ce rafiot aurait cramé comme une meule de foin au mois de juillet.

– Debout, mon vieux, lui dit Swaneli. Je crois que j'ai entendu un coup de feu. »

Sur le premier pont, plusieurs hommes avaient commencé à tirer sur les pales des ventilateurs suspendus au plafond, et l'un d'eux s'était fait casser l'os du bras par un ricochet. Les trois lieutenants unirent leurs forces pour pousser les fauteurs de troubles jusqu'à la cellule où ils s'entassèrent avec cinq autres qui y croupissaient déjà.

À mi-chemin sur le trajet du retour, la cafétéria n'avait déjà plus rien à vendre, et les cuisiniers emplirent d'huile toutes les casseroles dotées d'un couvercle pour préparer des baquets de pop-corn qu'ils salèrent et vendirent bon marché pour apaiser l'estomac des poivrots en colère. Le tiroir-caisse était si plein qu'on ne pouvait plus le fermer, les gens étaient prêts à tout pour acheter quelque chose, même du sel. Quand Sam entra dans la salle, il reçut une chaise en pleine poitrine, et avant qu'il ait pu se relever, une femme s'était mise à lui crier sous le nez qu'on violait son amie sur le toit du Texas. Il monta l'escalier quatre à quatre jusqu'à une partie du pont complètement sombre dont l'accès était interdit au public et découvrit des hommes en salopette en train de soulever un homme à moitié nu qui hurlait avant de le jeter par-dessus bord. Sam scruta la surface de l'eau et repéra des jambes qui battaient l'eau en direction de la poupe.

Une femme d'une cinquantaine d'années était assise sur la toile goudronnée du toit et rajustait sa jupe longue. Il regarda le type maigrichon à côté de lui, dont les cheveux étaient plus longs que ceux de cette femme, et tenta de distinguer ses traits dans l'obscurité.

« S'il était en train de violer cette femme, vous auriez dû le garder prisonnier en attendant de le remettre au shérif. »

L'homme se plia en deux de rire.

« Elle ? Mais on en a rien à secouer de cette bonne femme ! C'est rien qu'une vieille pute qu'il a payée pour meubler sa soirée. »

Sam dévisagea les autres, pour tenter de comprendre.

« Mais alors pourquoi vous l'avez jeté à l'eau ?

– Ben, juste pour voir s'il savait voler. »

Ses compagnons, debout devant le bastingage, se mirent à rire eux aussi, toussant et crachant leur pop-corn, échangeant des bourrades amicales, insultant la prostituée et six autres passagers qu'ils prétendirent avoir déjà jetés par-dessus bord plus tôt dans la soirée.

À la fin de la traversée, une fois rendues les armes confisquées, il restait deux pistolets et cinq couteaux dans les paniers. Sam les examina à la lumière du pont, puis il balança tout à la rivière.

Le grand nettoyage fut interminable : le bateau était dans un état indescriptible. Durant le temps où les toilettes avaient été fermées, plusieurs personnes étaient montées sur la coursive arrière et s'étaient accroupies dans l'obscurité.

Trois heures avant le lever du soleil, Charlie et Sam, tremblants de fatigue, avaient enfin regagné leurs couchettes, mais aucun des deux ne put trouver le sommeil.

« Je t'ai vu aider Skadlock à descendre du bateau comme une mariée. De quoi vous avez bien pu causer ?

– Il était d'abord venu pour chercher des noises à Ted Weller, mais ensuite il s'en est pris à moi. Je t'ai raconté ce qui était arrivé à son chien, non ?

– Ouais. À mon avis, ce type vit dans les bois depuis trop longtemps.

– Il était saoul.

– Pourquoi tu l'as pas fait coffrer ?

– Il aurait été tout à fait capable de tuer le juge de paix. »

Charlie sembla réfléchir un instant à la question.

« Qu'est-ce qu'il t'a dit d'autre ?

– Qu'il avait grandi dans l'Arkansas. Il connaît ceux qui ont fait ce qu'ils ont fait à ma famille. Cloat, ils s'appellent, et ils vivent aux environs de Bung City. »

Charlie passa la tête hors de sa couchette et leva les yeux vers son compagnon de cabine.

« On peut pas dire que tu aies l'air très excité par la nouvelle !

– J'y réfléchis.

– Tu réfléchis, putain ! Tu connais pas des gens avec qui tu pourrais aller dire deux mots à ces mecs ? Ou au moins, est-ce que tu pourrais pas en toucher un mot à la police ? J'en reviens pas ! »

Sam se sentit submergé par une vague de fatigue extrême.

« Charlie, ça fait plus de vingt-cinq ans. Je n'ai jamais connu mes parents, pas plus que mon frère, ou ma sœur ! Je n'ai même pas de photos, rien du tout ! Rien que quelques croix de bois au cimetière. Mon oncle ne m'a pas appris à rêver de vengeance. La plupart des Cajuns du bayou sont comme ça. Trop pauvres pour garder rancune. »

Charlie paraissait abasourdi.

« Des mous du genou comme toi, j'en avais encore j'avais vu. Si tu recherches pas ces bandits, ça me fait de la peine de te le dire, mais j'aurai honte de toi.

– Mais pourquoi ça ?

– À ton avis ? Si je trouvais la preuve que des types ont tué ma famille, je te garantis que j'irais les dénoncer au shérif ; et s'il était corrompu ou trouillard, je viderais mon compte en banque pour acheter autant de fusils à pompe que je pourrais m'en payer, et une boîte de cartouches pour gibier à plume. » Il agita le bras vers le plafond. « Je ferais venir mon cousin Buck, celui qui était avec moi en France, mon frère Maxie, mon oncle Dick Agle qui s'est battu pour Roosevelt à Cuba, et ce grand Rital qui a épousé ma sœur. On attendrait que la saison de la chasse aux salopards soit ouverte, et on irait les canarder dans leur nid.

– Au pire, vous vous feriez tous arrêter. Mais avec un peu de chance vous vous feriez tous trouer la panse. Je me demande si c'est pour ça que Skadlock me l'a dit… Il a dû penser que ces Cloat m'abattraient comme une mouche. Peut-être même qu'ils n'ont rien à voir avec toute cette affaire. »

Charlie se tourna sur le dos.

« On peut pas se mettre à douter de tout.

– Et même si j'arrivais à me venger, tu peux être sûr qu'il y en aurait un qui s'en tirerait, et avant deux ans il débarquerait chez moi par une belle nuit pour nous attendre, tapi dans les broussailles, le couteau entre les dents. »

Le silence retomba dans la cabine, puis la voix de Charlie sortit de l'ombre, tout endormie entre deux bâillements :

« Je continue à me dire que t'es qu'un froussard.

– Peut-être que quand j'aurai retrouvé cette petite fille je repenserai à tout ça. Il y a des priorités dans la vie.

– Frou–ssard !

– Parce que tu crois que ça serait normal d'aller descendre une demi-douzaine de quidams sans preuves ?

– Si tu tues un serpent, celui qui passe après toi sur le chemin risquera plus de se faire mordre !

– Sauf s'il y a un autre serpent pour lui régler son compte.

– Bon sang, vieux ! On voit bien que tu t'es jamais fait tirer dessus. »

Sam cacha ses yeux sous son bras et lâcha un long soupir.

« Pas depuis un bon bout de temps, c'est vrai. »

La nuit suivante, il y eut encore affluence. Une cargaison d'ouvriers de la scierie en bleus de travail et accompagnés de leurs femmes arrivèrent de Yunt en canots. Le capitaine engagea les services du policier local et de trois hommes qu'il désigna comme ses adjoints et arma de fusils de chasse le temps de cette traversée pour qu'ils aident l'équipage à contenir les bagarres. Sam avala quatre aspirines et patrouilla sans relâche, son pistolet luisant à sa ceinture, mais de façon générale la foule était plutôt passive – ce qui n'améliora pas son opinion de la nature humaine : il suffisait de leur montrer une arme pour apprendre aux gens à prendre du bon temps. Elsie interpréta ses belles chansons, August joua dans l'orchestre à l'aller comme au retour, et Sam les écouta tandis qu'il faisait sa ronde en rêvant d'être au piano.

À 1 heure du matin, l'*Ambassador* entamait la remontée du fleuve en direction de Cairo et l'équipage passait les ponts supérieurs à la lance à incendie pour éliminer les résidus de la soirée. Le menuisier du bateau entreprit de remplacer les parties du bastingage que les passagers avaient endommagées, et les serveurs jetèrent de la glace sur le pont principal pour faire disparaître les taches de sang du parquet.

Ce soir-là, Charlie Duggs avait taquiné le whisky, et quand il rentra dans leur cabine il paraissait déborder d'une énergie malveillante. Il s'assit sur le tabouret à côté du lavabo et leva les yeux vers Sam, allongé sur sa couchette.

« Tu vas te mettre à rechercher les Cloat quand on redescendra le fleuve ?

– J'ai eu trop de boulot pour penser à eux. »

Sam ne voyait que la silhouette de l'homme assis face à lui.

« À ta place, j'arriverais pas à penser à autre chose. Je te rappelle qu'ils ont tué toute ta famille, mon vieux.

– Je m'endors. »

Il était incapable de songer à quoi que ce soit.

Charlie se releva.

« Je crois que je vais aller dormir sur le pont du Texas, annonça-t-il en titubant jusqu'à la porte. L'air est plus pur là-haut. »

Sam se cacha les yeux sous le bras et tenta de trouver le sommeil. Il pensait à son oncle et à sa tante, qui l'avaient toujours traité comme leur propre fils. Pourtant, il se souvenait de moments où il sentait qu'il n'était pas tout à fait à eux. Ses cousins étaient leurs véritables enfants. Il était aussi aimé qu'eux, mais il ne venait pas de la même maison, il était né ailleurs, d'autres parents. Il tenta de se rappeler un petit rien, un geste, un éclair de lumière, le timbre d'une voix possessive, mais aucun souvenir ne lui revint. Quand on avait tué les siens, cette partie de lui qui constituerait plus tard sa mémoire n'était pas encore formée. Tel un nuage toxique, les crimes de ces assassins l'enveloppèrent soudain, et il prit avec un frisson la mesure de tout ce qu'ils lui avaient enlevé. Il se mit à pleurer en silence sur sa misérable couchette, en se demandant ce qui ne tournait pas rond dans sa tête. Il était peut-être en train de changer, approchant la frontière de cet âge où il commencerait à regarder derrière lui, et il se rendit obscurément compte que ce changement avait quelque chose d'infiniment triste.

Chapitre 20

Acy White était paresseusement affalé sur un fauteuil et écoutait la fillette chanter « The Letter Edged in Black » de sa pure voix cristalline. De temps à autre, elle terminait une phrase musicale par une « note bleue », et il l'arrêtait : « Non. Combien de fois devrai-je te dire de ne pas faire ça ? C'est vulgaire. » Il avait pris l'habitude de superviser ses exercices, et même ses moments de jeu. Il s'assurait qu'elle ne chantait pas toute seule pendant qu'elle habillait ses poupées, parce que alors, inévitablement, elle choisirait quelque chose d'inconvenant – sans doute écrit, pensait-il, par un Juif new-yorkais pour un théâtre de variétés de vingt-cinquième ordre.

La petite écoutait les ordres d'Acy parce qu'elle sentait qu'il le fallait, elle lui obéissait parce qu'il n'y avait personne d'autre à qui obéir. Elle n'avait pas le choix. Il lui arrivait de pleurer, et c'était toujours en lien avec l'absence de sa mère. Lily n'avait aucune notion de ce que mourir signifiait, et ne comprenait pas du tout cet homme et cette femme si nerveux qui lui répétaient cinq fois par jour qu'ils étaient ses parents. Elle n'était qu'un bébé, perdu dans un monde de bébés. Mais elle était intelligente.

Acy lissa sa fine moustache du bout d'un doigt.

« Interprète-la comme il faut, veux-tu ?

– Où est Vessy ? Je veux lui chanter quelque chose.

– Vessy est dans sa cabane.

– C'est quoi, une cabane ?

– Une petite maison miteuse où habitent les idiots. »

La fillette s'approcha de lui et posa la main sur le bras de son fauteuil.

« Est-ce que Vessy est idiote ? »

Acy tira sa montre de son gousset et fronça les sourcils.

« C'est une fille sans instruction qui vient du fond de sa campagne, une famille de miséreux, et c'est ici qu'elle a dû apprendre à porter des chaussures. »

Elle le regarda sans ciller.

« C'est toi qui lui as donné des chaussures ?

– Comment ?... Mais oui. Sinon, elle laisserait des traces partout dans la maison. »

Elle s'approcha du piano à queue et appuya sur deux touches d'un accord de *la*.

« Je trouve que tu es gentil de lui avoir donné des chaussures. »

Il marcha vers elle, s'agenouilla et rapprocha son visage du sien.

« Écoute, souviens-toi que la dernière personne au monde à qui tu pourrais vouloir ressembler, c'est Vessy. Elle est mauvaise. N'oublie pas que Vessy est une mauvaise fille et qu'il ne faut pas lui faire confiance. Elle vaut à peine mieux qu'un nègre. »

La fillette se mit un doigt dans l'oreille et bâilla. Acy se releva et regarda par la fenêtre. Willa était en train de sermonner le jardinier à côté de la clôture en fonte, et la tête du vieil homme dodelinait sous le flot de ses reproches.

Au cours du trajet vers Cairo, Sam prit un repas avec Elsie à la cafétéria. Il repensait aux moments où elle avait chanté et devait bien reconnaître qu'il avait un petit béguin, même s'il ne parvenait pas à concilier l'image de son extraordinaire présence devant l'orchestre et celle de la femme assise en face de lui à cette table en bois bon marché. Elle avait le teint rayonnant d'une de ces filles du Midwest débordant de santé, et il envia à Ted la chance de vivre avec elle. August entra et se joignit à eux, commençant par les regarder à tour de rôle avant de s'asseoir d'un air hésitant, comme s'il craignait de les interrompre. Un étranger qui les aurait vus ainsi en train de manger, de parler et de rire aurait pu les prendre pour une joyeuse famille. Ce fut un repas agréable, dont Sam garda le souvenir pendant de nombreuses années, parce que ce devait être le dernier avant très longtemps.

Quand le bateau accosta à Cairo, leur sémillant agent les attendait avec le nouveau programme et tout un tas de courrier. Le vent soufflait, un orage venu de l'ouest menaçait, et il se posta donc au pied de l'escalier central pour le distribuer. Parmi les différentes enveloppes, se trouvait un télégramme qu'on lui avait remis le matin même au bureau de la Western Union, où il s'était rendu pour télégraphier les horaires précis des croisières en amont. Il tria les lettres, appela les noms des intéressés, et annonça que le télégramme était pour Elsie. Sam eut droit à une longue enveloppe en provenance de La Nouvelle-Orléans, une lettre de Linda qu'il lut assis sur les marches. Elle lui donnait des nouvelles de la famille, les derniers potins du quartier, ajoutant qu'elle ne se sentait pas très bien, sans doute à cause de la chaleur et de l'humidité. Elle lui disait que son absence se faisait sentir à la maison, qu'elle avait dû réparer la cuisinière à gaz toute seule, mais il vit cela comme une façon de lui dire qu'il lui manquait. La lettre faisait quatre pages, et il la lut deux fois. Certains membres de l'équipage, adossés à une cloison ou assis sur des anneaux de cordage, déchiffraient lentement pour faire durer le plaisir. Il chercha Elsie du regard et la trouva près du capitaine, son teint rayonnant ayant viré au gris, toute sa grâce disparue comme si on l'avait grattée au scalpel. Quand il la vit enfouir son visage entre ses mains, il s'approcha.

« Mauvaises nouvelles ? »

Elle ne releva pas les yeux.

« Va chercher August et amène-le dans ma cabine, s'il te plaît. Ensuite, laisse-nous seuls, Lucky. »

Il se tourna vers le fleuve, tambouriné par la pluie, craignant de regarder la jeune femme.

« Quelque chose est arrivé à Ted ? »

Elle baissa les mains et son regard le traversa, avant de remonter l'escalier en direction de la piste de danse. D'une voix lasse et monocorde, elle dit :

« Il a fait une septicémie à la suite de la première opération. Il est mort hier.

– Bon Dieu ! S'il y a quelque chose que…

– Va chercher August. »

En marchant vers la chaufferie, il pensa à la façon dont ce garçon, rien qu'avec quelques mots de sa mère, s'apprêtait à aborder au rivage des tristesses adultes. Il marqua une pause à l'entrée, hésitant à franchir le seuil, mais finit par se décider. August était assis sur un tabouret dans la cage d'escalier, il déchiffrait la partition crasseuse d'un fox-trot de De Silva.

Il leva les yeux et sourit.

« Salut, Lucky. Jette donc un œil à ce morceau ! »

Sam se fit l'impression d'être un nuage noir qui s'approchait lentement.

« C'est ta mère qui m'envoie. Il faut que tu remontes dans ta cabine.

– Tu m'as entendu l'autre soir jouer pour ces péquenauds ?

– Tu t'es débrouillé comme un chef ! »

August descendit de son tabouret.

« Elle a dû recevoir les nouvelles partitions que j'avais commandées par la poste. J'ai aperçu l'agent sur le quai.

– J'en sais rien. » Sam fit mine d'examiner une jauge à vapeur. « Tu ferais mieux de ne pas traîner. »

Le gamin traversa la chaufferie en courant et sortit à l'air libre. Sam retourna dire aux Benton qu'il leur faudrait trouver un chauffeur pour assurer les roulements d'August, puis il regagna la cafétéria et s'assit désœuvré à une table jusqu'à ce que le vieux M. Brandywine repère sa présence.

Le pilote s'approcha de sa démarche raide et lui plaqua un dossier sur la poitrine.

« Porte donc ça à la timonerie, jeune homme, et pose ces papiers sur la table à cartes pour moi. »

Sam les prit et les examina d'un regard vide.

« C'est quoi ?

– Eh bien, s'il faut tout te dire, ce sont les bulletins d'informations sur toutes les voies navigables d'ici à Pittsburgh. Mais dépêche-toi, avant que tu oublies ce que tu dois en faire et que tu les perdes. »

Il monta jusqu'au pont supérieur et, tandis qu'il se dirigeait vers l'escalier de la timonerie, il passa devant la cabine qu'Elsie partageait avec August et entendit s'en échapper ce qu'il craignait par-dessus tout d'entendre : ces hurlements incohérents qui ponctuaient l'éviction d'August de sa propre enfance. Il venait de pénétrer dans un territoire sauvage et inconnu, un monde empreint de gravité, coupé de celui des pères et de toutes ces choses que les pères vous enseignent et vous donnent. Durant quelques instants, Sam resta figé et partagea ce sentiment indescriptible de perte irréparable.

Le lendemain, il les aida à porter leurs bagages jusqu'en haut de la colline où ils devaient prendre le tram qui les conduirait à la gare. Elsie avait réclamé leurs salaires, et calculé qu'ils auraient sans doute assez pour payer l'enterrement et commencer à rembourser les factures de l'hôpital. Pour la suite, elle n'avait encore pris aucune décision. Quand le tram apparut au bout de la rue, elle saisit le revers de sa veste et le secoua avec violence.

« Lucky, il faut que tu vives ta vie, maintenant. Je te remercie de tout ce que tu as fait pour retrouver Lily, de nous avoir accompagnés et tout et tout. Mais rien n'y a fait. » Elle se mit à pleurer. « Elle est quelque part, mais ce monde est trop grand. Vraiment trop grand. » Elle appuya quelques secondes son front contre l'épaule de Sam. « Si un jour je gagne assez d'argent, j'engagerai un détective pour la rechercher. Je n'ai pas d'autre idée. Je n'ai pas un sou. Et je ne sais pas si j'en aurai plus un jour, maintenant qu'il nous a quittés. »

Il regarda tous les immeubles de pierre et de brique qui bordaient la longue rue en se demandant comment quelqu'un avait un jour pu réunir assez d'argent pour les construire. Il ne connaissait personne qui ait plus de quelques dollars de côté.

« Je vais continuer cette tournée sur le bateau. C'est possible qu'on ait l'impression que je n'ai pas fait grand-chose, mais j'ai déjà pas mal tâté le terrain.

– S'il y a quoi que ce soit de nouveau, tu as l'adresse de ma mère à Cincinnati.

– Entendu. » Il donna une bourrade à August. « À bientôt, mon pote.

– D'accord. »

L'adolescent fixait la rue d'un regard vide, les épaules voûtées sous le vent comme celles d'un vieillard.

L'employé de la gare de Greenville, Morris Hightower, était assoupi sur sa chaise près de son télégraphe. Il faisait une chaleur accablante, le prochain express en direction du sud ne passerait pas avant encore une heure, et la locomotive de manœuvre avait été envoyée dans l'arrière-pays pour charger le bois des scieries. Il avait mal à la tête, et ses paupières étaient aussi lourdes que si des plombs à pêche avaient été collés dessus. Le télégraphe se mit à cliqueter dans sa boîte, et il tendit la main pour prendre un bloc de la Western Union. Le docteur John Adoue de Memphis envoyait un message au mari de Mme Stacy Higman pour lui annoncer les résultats de l'opération destinée à régler ses problèmes gynécologiques. Morris copia plusieurs lignes de description médicale et nota que M. Higman passerait à la gare à 17 heures pour prendre son télégramme. Il confirma la réception, plia le télégramme et le plaça dans une enveloppe à fenêtre. Il reprit place devant la baie vitrée de la gare et garda un œil sur la voie qui allait vers le sud. Il se sentait inutile et complètement épuisé, vieux et même malade. Il y avait sûrement quelque part quelque chose d'autre à faire pour lui que de rester là à cuire à petit feu. Lentement, sa tête retomba en arrière, sa bouche s'ouvrit, et son dentier du haut se décrocha avec un petit « clic ».

Peu après, deux acheteurs de coton entrèrent bruyamment dans la salle d'attente et commencèrent à se plaindre de l'état du marché. Le plus costaud des deux approcha son gros ventre du guichet.

« On se réveille là-dedans, avant de gober une mouche ! »

Morris souleva une paupière.

« Je peux faire quelque chose ?

– On voudrait des billets pour Graysoner, Kentucky.

– Quelle classe ?

– On se contentera de secondes s'il y a un wagon-restaurant où on peut se faire une bonne partie de poker.

– Il y en a un. »

Morris sortit son guide des horaires pour voir quelles correspondances existaient au-delà de Memphis, et il leur expliqua qu'il faudrait un certain temps pour établir les billets parce qu'ils allaient voyager sur trois compagnies différentes. Tandis qu'il s'y employait, les deux hommes bavardèrent en fumant leur cigare des prix du coton et de ces escrocs de banquiers qui ne voulaient plus prêter d'argent contre signature. Les voix ne lui parvenaient plus que comme un bruit de fond, seules des bribes atteignaient ses oreilles. Puis l'un d'eux se mit à parler d'un banquier de Graysoner qui avait demandé pour garantir un tout petit prêt l'intégralité d'une cargaison de coton.

« Je suis allé au lycée avec Acy. Il me connaissait déjà quand je pissais encore dans mon froc, et quand je lui demande de quoi expédier huit mille balles de coton, rien que les frais d'expédition, je dis bien, il veut établir un contrat où toute la récolte serait saisie en cas de problème !

– J'en reviens pas.

– C'est comme ça. Moi qui ai été invité chez lui, qui ai fait la conversation à son étrange bonne femme…

– Je la connais. À peine capable de se promener et de faire les boutiques.

– Pendant que j'étais dans son bureau, elle est passée avec une jolie petite fille aux cheveux ras, alors j'ai deviné qu'il avait finalement réussi à coller à sa femme un polichinelle dans le tiroir. »

L'autre négociant retira son cigare de sa bouche et en examina le bout détrempé.

« Eh bien, ça le rendra peut-être un peu doux. »

Ils sortirent au soleil pour regarder la voie et se raconter une blague. Lorsqu'ils rentrèrent dans la salle d'attente, Morris Hightower, étourdi par la chaleur, était revenu à son guichet, son visage rouge pressé contre les barreaux.

« Alors comme ça, Acy a une petite fille ? »

Un des deux négociants en coton le regarda avec une moue soupçonneuse.

« Vous venez du Kentucky ?

– Dans les chemins de fer, on finit par connaître tous les passagers qui empruntent la ligne. C'est tout de même pas un bébé, cette petite ?

– Elle a environ trois ans.

– Et les cheveux coupés ras, vous avez dit ?

– Oui. »

L'homme le regarda fixement.

« Ils vous ont dit comme elle chante bien ? Tous ces airs qu'elle connaît ? »

À ces mots, son interlocuteur sourit.

« Mais dites-moi, vous les connaissez drôlement bien, les White ! »

Morris Hightower rit pour la première fois depuis bien longtemps.

« Le monde est tout petit. »

Les files d'attente à Cairo étaient raisonnables et les passagers paraissaient savoir se tenir, l'ordre ne fut donc pas donné de vérifier qu'ils ne portaient pas d'armes. Après une excursion de nuit, Sam était en train de se laver au petit lavabo et d'inspecter ses deux uniformes, déjà en assez piteux état.

« J'ai dit au capitaine qu'il me fallait une autre veste, dit-il par-dessus son épaule à Charlie, allongé dans son lit, qui humait une cigarette sans l'allumer.

– Qu'est-ce qu'il t'a répondu ?

– Que je n'avais qu'à l'acheter avec ma paye !

– Et tu en penses quoi ?

– Je ne sais pas. Il faudrait deux ou trois jours de salaire pour en acheter une qui résiste aux bagarres.

– Y en a au moins pour neuf dollars. Le bateau a ramassé des fortunes à Stovepipe Bend, le commissaire de bord risque de se faire une hernie en charriant les sacs de monnaie jusqu'en haut de la colline ce matin.

– Je me dis souvent que je gagnerais bien plus en travaillant comme serveur, avec les pourboires et tout le reste.

– Tu pourrais jouer de l'argent aux cartes le soir aux cuisines !

– J'ai renoncé à ces choses.

– Alors fais des économies. » La cigarette se déplaça lentement entre ses lèvres. Ils n'avaient pas le droit de fumer dans les cabines. « Tu continues à penser à cette petite ?

– Je suis monté jusqu'en ville et j'ai parlé à l'officier de police. Puis à la gare, et j'ai parlé à l'employé. Il connaissait tous les ragots, mais il voulait surtout me vendre ses billets de loterie.

– Il t'a raconté quelque chose d'intéressant ?

– L'histoire d'un autre enfant adopté au train des orphelins. J'ai appelé le fermier au téléphone et, pas de chance, c'était un garçon. »

La porte de la cabine était ouverte, et Charlie quitta sa couchette pour se diriger vers le bastingage et allumer sa cigarette en contemplant les étoiles.

« Et les Cloat, tu y penses encore ?

– Pas assez pour me gâcher la journée.

– Putain, tu es vraiment un bon à rien !

– J'y pense, je te dis. C'est déjà ça, non ? »

L'*Alice-Brown* glissa vers l'aval en poussant un gros train de flottage composé de plusieurs barges à charbon, le reflet de ses chaudières rougeoyant sur l'eau. Le faisceau de son phare à filament de carbone balaya l'*Ambassador* et traversa le fleuve comme une baguette de glace.

« Qu'est-ce que t'a dit Elsie quand tu l'as accompagnée au tram ?

– Pas grand-chose. Qu'elle n'arrivait pas à imaginer qu'il soit mort. Qu'il fallait qu'elle s'interdise de penser jusqu'à ce qu'elle arrive à Cincinnati.

– Moi aussi j'ai du mal à penser que ce pauvre Ted nous a quittés. Ça va pas être une partie de plaisir pour ces deux-là : le gamin est trop jeune pour jouer dans les orchestres affiliés au syndicat. Tu dis qu'elle va vivre avec sa vieille mère malade ?

– Elle va surtout mourir de faim. Son père est trop vieux pour travailler. »

Charlie tira sur sa cigarette et rejeta lentement la fumée.

« Au moins, elle a ce petit avec elle. Ça pourrait être encore pire.

– Ne dis pas ça. Pour l'amour de Dieu, n'y pense même pas. »

Au nord de Cairo, l'*Ambassador* pénétra dans des régions plus peuplées où les habitants des bourgades civilisées qui bordaient le fleuve étaient impatients de découvrir la nouvelle musique promise par les réclames accrochées au tronc de chaque peuplier de Virginie par l'agent. Les radios – enfin, le peu qu'il y en avait alors dans ces zones rurales – ne passaient pas de jazz de La Nouvelle-Orléans, et les compagnies de disques n'en assuraient pas non plus la promotion. Mais l'*Ambassador* présentait cette denrée rare et précieuse, et au cours de la semaine qui suivit le bateau engrangea de belles recettes à Mound City, Metropolis et Paducah, même si dans une petite ville minière du nom de Potato Landing les trois lieutenants et dix garçons furent blessés lors d'une grosse bagarre à la cafétéria entre deux équipes de base-ball adverses qui venaient chacune d'un côté du fleuve. Le bateau se retrouva en si piteux état que l'excursion de ce dimanche après-midi à Evansville fut annulée, et le capitaine laissa généreusement quartier libre à tout l'équipage. Sam se rendit en ville pour aller à la messe et chercher la gare. En voyant son visage tuméfié, l'employé refusa de répondre à ses questions ; Sam décida alors de rentrer à pied jusqu'au bateau, s'arrêtant plusieurs fois pour calmer ses crampes. Une femme ivre lui avait décoché un coup de pied alors qu'il l'arrachait à une machine à sous qu'elle s'appliquait à marteler de ses talons aiguilles. Il s'était réfugié en boitillant dans un coin sombre pour se masser le mollet avec le sentiment d'être stupide et inutile, un crétin qui s'échinait en pure perte. Il repensa avec nostalgie à sa femme et à son poste si enviable chez Krine. Le long rideau de peupliers de Virginie qui bordaient la rive du Kentucky le fit se sentir seul, petit, et exilé.

Mais, de retour sur le bateau, leur agent, un joyeux drille chaleureux qui affectionnait les gilets et répondait au prénom de Jules, l'arrêta sur la passerelle et lui tendit un télégramme.

« Et voilà pour vous, mon vieux.

– D'où ça vient ?

– Vous ne savez pas lire ? »

L'homme bondit sur la berge pleine de boue et se dirigea vers sa Ford T qui tournait au ralenti.

Le télégramme venait de Greenville, Mississippi, et le papier rêche parut à Sam plein de promesses. Il déchira l'enveloppe.

> BON TUYAU CETTE FOIS STOP ACY WHITE ET SA FEMME STOP GRAYSONER KENTUCKY STOP TENEZ MOI AU COURANT STOP MORRIS.

Il courut jusqu'au gaillard d'avant et demanda à un matelot s'il savait où se trouvait Graysoner.

« Aucune idée, chef. L'intendant là-haut, il sait peut-être. »

Il escalada les marches à toute allure et dut faire demi-tour en direction des toilettes, où il trouva l'homme occupé à parler avec un agent de nettoyage.

« Est-ce que vous pouvez me dire où se trouve Graysoner ? »

L'intendant regarda son visage et fit la grimace.

« Ça a été dur hier soir, pas vrai ? Graysoner, c'est le nouveau qui a remplacé ce vieux Jenkins quand il s'est cassé la jambe.

– Non, je parle d'une ville dans le Kentucky.

– Une ville ?

– Exact.

– Allez donc voir M. Check aux cuisines. Il en vient, du Kentucky. »

M. Check, le chef cuisinier, était en train de récurer la plaque d'une cuisinière avec une brique réfractaire.

« Non, je viens pas du Kentucky. J'ai grandi à Saint Marys, Virginie-Occidentale. L'intendant devait penser à ce Meldon qui était cuisinier sur ce bateau il y a deux ans. Allez donc demander au capitaine. Je l'ai vu qui enlevait les cendres du toit de la verrière à grands coups de pied il y a pas dix minutes. »

Il poursuivit donc son chemin, mais impossible de trouver le capitaine, alors il prit l'escalier du pont supérieur et alla voir le premier lieutenant dans sa cabine. Swaneli était allongé sur sa couchette, appuyé sur un coude, et il lisait un journal de Chicago vieux d'une semaine.

« Quoi de neuf, Lucky ?

– Je voudrais savoir où se trouve Graysoner, Kentucky.

– Quelque part en amont.

– Au bord du fleuve ?

– Pas très loin en tout cas. Monte à la timonerie, voir si quelqu'un pourrait pas te renseigner. »

Il s'engouffra dans l'escalier, monta jusqu'au pont du Texas, et il aperçut la casquette de M. Brandywine qui passait devant les vitres. Sam frappa sur l'étroite petite porte et le vieil homme lui fit signe d'entrer du bout d'un doigt tordu. Il était penché sur une carte du fleuve.

« Monsieur Brandywine, est-ce que vous pourriez me dire où se trouve Graysoner, Kentucky ?

– On y jouera d'ici quelques jours si j'arrive à faire passer ce rafiot entre les rochers. »

Sam s'adossa contre la porte et reprit son souffle.

« C'est encore un de ces bleds perdus ?

– Eh bien, ce n'est pas une grande ville, mais il y a cinq petits bourgs tout autour, et dans l'ensemble on peut dire que c'est un endroit agréable pour se produire. Les gens savent se conduire.

– Il fait bon y vivre ? »

Brandywine se pencha sur sa carte et fit la moue, faisant lentement glisser un doigt le long d'une ligne bleue qui passait entre les îles.

« Des rues pavées. L'électricité. De belles boutiques. Maintenant, tu pourrais peut-être redescendre me chercher un café ?

– Vous avez su pour Ted Weller ?

– Bien sûr. Le capitaine a donné cinquante dollars de plus à sa femme quand il l'a payée. Il lui a dit qu'elle pouvait revenir travailler à la fin de la saison si elle voulait. Mais bien sûr, ça n'est pas possible. »

Sam tendit la main pour récupérer deux tasses vides.

« Sa vie est vraiment un tas de cendres.

– Pas faux. Elle va tout recommencer à zéro, j'imagine. » M. Brandywine le fixa soudain d'un œil sévère. « Tu aurais pas eu un peu le béguin pour elle ?

– Je suis un homme marié.

– Et j'espère bien que tu comptes le rester. »

Sam agita les tasses pour ponctuer sa réponse.

« Je suis très heureux avec ma femme.

– Ne le prends pas mal. Je t'ai vu à une table avec Mme Weller et son fils.

– Et ? »

Les yeux de M. Brandywine se plissèrent en découvrant un nouvel obstacle sur la carte.

« Et il serait temps d'aller me chercher mon café, s'il te plaît. »

Chapitre 21

Le quai flottant d'Evansville était doté d'une excellente connexion téléphonique, établie dans une petite pièce privée utilisée par les courtiers. Sam s'y installa confortablement pour appeler sa femme en PCV, et quand trois opératrices eurent fait les manipulations nécessaires Linda décrocha le récepteur de leur téléphone chandelier à La Nouvelle-Orléans.

« Allô ?

– Salut, c'est moi.

– Oh, Sam, que ça me fait plaisir ! Comment ça va ?

– Très bien. Je suis à Evansville.

– Où ça se trouve ?

– Dans l'Illinois, juste au-dessus du Kentucky. Et toi, ça va ? Dans ta dernière lettre, tu disais que ça n'allait pas fort.

– J'ai fini par aller si mal que j'ai été obligée d'aller chez le docteur. J'ai même dû arrêter le travail pendant une semaine. »

Il se rapprocha du téléphone et sentit un frisson de peur remonter le long de son bras et lui traverser la poitrine.

« Le docteur ? Mais qu'est-ce que tu as ? Quel genre de docteur ?

– Le docteur Duplessis. Celui que tu consultes. »

La douleur atteignit le creux de son estomac. Il y avait tellement de malheurs autour de lui, il se demanda si son tour n'était pas venu.

« Il t'a prescrit quelque chose ? Qu'est-ce qu'il t'a dit ? »

« Il a dit qu'on allait avoir un bébé. Je me sens vraiment bête, parce que tout l'été j'ai pensé que j'étais malade, et en fait je suis enceinte de trois mois. » Sa voix n'était pas très forte, mais elle restait musicale, même au téléphone. « Tu es content ?

– Oui ! » Il donna un coup de poing dans le vide. « Je suis plus que content ! Tu veux que je rentre ? »

Il y eut durant quelques secondes des parasites sur la ligne, mais la communication se rétablit.

« Je sais que tu veux avant tout retrouver cette petite fille, et moi je veux que tu continues. Ne te fâche pas, mais l'argent que tu as envoyé risque de ne pas suffire tout à fait, mon chéri.

– Vraiment ?

– Il va falloir que je fasse quelques aménagements dans la maison et que je paie le docteur. Le marchand de meubles ne m'a pas passé beaucoup de commandes pour mes travaux de tapisserie ce mois-ci.

– Je vais essayer de trouver une solution pour gratter quelques dollars.

– Le sergent Muscarella a appelé pour nous dire que la banque de Baronne Street a besoin d'un chef d'équipe pour ses gardiens de sécurité. Je crois que c'est le même salaire que ce que tu gagnes en ce moment, mais sans les frais. » Elle marqua une pause rapide. « Et puis, tu serais à la maison. »

Il lui dit qu'ils pourraient bientôt en discuter. Il aurait aimé lui parler plus longtemps, rien que pour le plaisir d'entendre sa voix, mais elle lui rappela que la communication coûtait cher. Quand il ressortit de la pièce, il se rendit compte qu'il ne lui avait même pas dit un mot des Weller. Il aperçut Charlie Duggs, et ils montèrent en ville ensemble pour fêter la nouvelle autour d'une bière. Dans l'arrière-salle d'un bar clandestin, ils firent une partie de poker et Sam perdit plus de trois dollars. Un peu plus tard, alors qu'ils redescendaient vers le fleuve dans la fumée noire de la zone portuaire, il maudit le valet de cœur qui l'avait fait perdre.

« Je n'arrive pas à comprendre où je me suis planté », geignit-il.

Charlie cracha dans l'eau tandis qu'ils remontaient à bord par la passerelle de l'*Ambassador*.

« C'est ça, le poker, vieux. On peut pas dire que tu sois verni aux cartes.

– Trois dollars ! Linda aurait pu payer la facture d'électricité avec ! »

Charlie s'arrêta pour remettre sa montre à l'heure à la lumière du pont.

« Ou alors tu aurais pu t'acheter un petit flingue pour occire un Cloat ou deux… »

À la fin de l'été, la rivière Ohio est d'un vert pastel, et Sam regardait ses eaux filer sous la proue du bateau comme une interminable pelouse. Après six jours difficiles d'excursions de jour réservées par des associations d'anciens combattants, l'Elk Lodge, et les lycées des environs, ainsi que des excursions de nuit pour des passagers plutôt fortunés qui avaient à cœur d'apprendre les nouveaux pas ou de roucouler dans l'obscurité du pont supérieur, le bateau accosta un matin à l'embarcadère de Graysoner. Sam était accoudé au bastingage du pont du Texas. Ses différentes ecchymoses formaient un réseau de douleur cuisante sous sa peau, de ses épaules à ses reins. Il observa attentivement la ville qui sortait lentement du brouillard au fur et à mesure que Nellie Benton faisait s'en rapprocher le bateau, et après l'accostage il marcha jusqu'au vaste quartier commerçant : de belles rues pavées, dotées de trottoirs et de réverbères ainsi que de boutiques de brique aux vitrines bien approvisionnées. On y avait planté des chênes aquatiques dix ans plus tôt, et toutes ces artères étaient vertes et ombragées. En amont, il aperçut une grande cheminée de pierre à l'enseigne d'une fabrique de meubles, et à en juger par les maisons même les plus modestes, tous sans exception semblaient gagner plus que lui. Originaire du Sud profond, il savait détecter l'odeur de l'argent et du luxe.

Il avait laissé son uniforme dans sa cabine et il portait sa plus belle chemise, qui avait grand besoin d'être repassée et reprisée aux poignets. Il entra dans une pharmacie, un établissement avec des comptoirs en marbre et des vitrines en chêne bien cirées, et réclama un annuaire du téléphone. En quelques secondes, il trouva un certain Acy White, domicilié 653 Lilac Street. Il laissa échapper un rictus de satisfaction.

Il rendit l'annuaire à l'employée derrière son comptoir et lui demanda où se trouvait Lilac Street.

« C'est la quatrième rue sur la droite en remontant. »

Elle lui sourit et devint pour lui le symbole de tous les habitants de cette ville, des gens qui avaient de bonnes raisons de sourire à la vie.

Il quitta la boutique et traversa un quartier de belles bâtisses bien entretenues, dont certaines étaient en pierre avec des lucarnes en vitrail. Il se rendit compte qu'il ne s'était jamais imaginé quel genre d'individus pouvait bien détenir la petite. S'il avait dû tenter de deviner, il aurait opté pour des hors-la-loi, ou des malades mentaux qui voulaient un paratonnerre pour se protéger de leur propre cruauté électrique, ou bien encore quelqu'un qui désirait une enfant pour la former comme domestique. Tandis qu'il remontait ces rues résidentielles, il songea que le tuyau de Morris Hightower devait être percé : aucun voleur d'enfant n'habiterait dans un quartier pareil. Les gens qui engageaient des malfrats pour enlever des petites filles ne vivaient pas dans de belles résidences avec des porches ornés de vitraux sertis au cuivre, des solariums et des allées ombragées, des grilles en fer forgé et des belvédères.

Il atteignit le 653 Lilac Street et se posta devant le portail, relevant la tête pour observer les deux étages de cette belle bâtisse victorienne qui s'élevait fièrement dans le ciel du Kentucky. Une trentaine de mètres de pelouse d'un vert de billard s'étendait jusqu'au perron de marbre qui conduisait à la porte en carreaux de verre sertis au plomb. Une nouvelle impasse. Il allait retourner tout de suite vers le quartier commerçant, trouverait la gare et laisserait sa requête habituelle au préposé. Soudain, une jeune femme ouvrit la porte et déposa sur le perron une bouteille vide avec un mot à l'intérieur à l'intention du laitier. Elle était mince et ordinaire, mais sous sa frange de cheveux châtains ses grands yeux paraissaient étonnamment brillants, et elle le fixa plusieurs secondes avant de disparaître à l'intérieur. Elle l'avait remarqué. Regardé. Et quelque chose était passé dans ce regard, comme si d'une certaine façon ils étaient d'accord. Il aurait pu faire demi-tour et repartir vers le bateau, mais au bout d'une longue minute il décida de marcher plutôt jusqu'au coin de la rue, et là, il découvrit une petite allée parallèle à Lilac Street qui traversait tout le pâté de maisons. Il s'y engagea et passa à l'arrière de toutes ces grandes demeures, inspectant sans en avoir l'air leurs garages, leurs buanderies et leurs pelouses fleuries. Derrière le 653, il s'arrêta devant une petite grille de fer et, dans le jardin, il aperçut une petite fille dont les cheveux dorés rebiquaient dans tous les sens et qui poussait sans conviction un ballon en caoutchouc sur le gazon. Sur un banc, à côté d'une vasque à oiseaux en marbre, se tenait la jeune femme qu'il avait vue de l'autre côté. Il lui fit un signe de la main et sourit, tentant de se contrôler. Il l'observa furtivement pour voir si son visage correspondait à la vision qu'il en avait gardée.

« Bonjour, dit-il. Elle est à vous, cette petite ? »

Elle le regarda comme si elle l'avait soupçonné d'être un attardé.

« Mais non ! Je m'occupe juste d'elle de temps en temps. Je travaille chez ses parents.

– Elle m'a l'air pleine de joie de vivre. » Il se demanda ce qu'il pourrait dire pour que la conversation ne s'interrompe pas là. « J'ai une nièce qui lui ressemble comme deux gouttes d'eau. » À cet instant, la petite se tourna vers lui : il tressaillit en sentant que c'était elle. « Et est-ce qu'elle est aussi joyeuse qu'elle en a l'air ? Heureuse, je veux dire. »

Il s'appliquait à conserver une voix posée.

Vessy tira un mouchoir de sa poche pour se moucher, sans cesser de le fixer d'un air soupçonneux.

« Vous êtes pas d'ici, hein ?

– Non, répondit-il en riant. Je suis venu rendre visite à un copain de l'armée qui habite juste un peu plus haut. J'ai laissé une ordonnance chez Baumer et je fais un petit tour pendant qu'ils me la préparent. »

Vessy hocha la tête et dit :

« Ce pharmacien est le vieux le plus lent que je connaisse. On dirait qu'il les fait une par une, ses pilules.

– Comment elle s'appelle, la petite ?

– Madeline. Ses parents racontent que c'est une orpheline, et pour ce qui est d'être joyeuse, j'en sais trop rien. Moi, à sa place, je serais aux anges si celui qui a décidé d'être mon père était l'homme le plus riche de la ville, que j'avais quelqu'un pour s'occuper de moi toute la journée, en plus d'une maman généreuse et des professeurs de chant et tout et tout. »

Il regardait de droite et de gauche dans la rue et songeait que ce quartier empestait le fric. Même la terre sous ses minces semelles paraissait riche.

« Elle est bien petite pour faire déjà de la musique, pas vrai ?

– Elle chante comme un gramophone, celle-là. Elle pourra sûrement chanter à l'Opéra quand elle sera grande.

– Des gens bien, ceux qui l'ont adoptée, je suppose.

– Des fois, ils sont pas très gentils avec moi, mais la gosse, ils la traitent comme une princesse. »

Il regarda la robe jaune de la fillette, les rubans de soie qui décoraient l'ourlet. Elle portait des ballerines à la dernière mode et ses barrettes étaient constellées de petits grenats. Des parents qui achetaient de telles choses l'enverraient dans les meilleures écoles et assureraient son avenir d'une façon qu'il avait même du mal à imaginer. Il croisa le regard de la petite, mais le trouva indéchiffrable. À ses yeux, il n'était qu'un inconnu en vêtements froissés.

« En tout cas, on dirait une future princesse », finit-il par dire.

Vessy quitta son banc, prit les mains de l'enfant dans les siennes, lui souleva les bras et les lui secoua gentiment.

« Est-ce que tu es déjà une princesse, petit bout ? » fredonna-t-elle.

La fillette plongea hardiment le regard dans les yeux de Sam comme pour lui demander : De quel droit voudrais-tu changer tout ça ?

« Je ferais mieux de retourner chez Baumer maintenant », dit-il en reprenant son chemin.

Vessy se mit à faire lentement tournoyer l'enfant en chantonnant : « Ce petit bout est une princesse ! » Et la fillette rit aux éclats. Il entendait leurs voix joyeuses tandis qu'il s'éloignait dans l'allée.

Sam déjeuna seul à la cafétéria, et durant toute l'excursion de 14 heures il eut l'impression d'être somnambule. Il passa l'après-midi allongé sur sa couchette à boire le whisky de la bouteille de Charlie Duggs et à retourner cette question dans sa tête : fallait-il arracher cette petite à la bonne vie qui l'attendait et la condamner à vivre dans un taudis glacial à Cincinnati tandis que sa mère s'échinerait à gagner de quoi manger, de quoi se vêtir, de quoi vivoter ? L'idée que lui-même n'avait pas trop mal vécu sans connaître ses parents biologiques s'imposa peu à peu. S'ils n'étaient pas morts, il aurait grandi pieds nus dans un champ de canne à sucre boueux au fin fond du sud de la Louisiane. Mais comment aurait-il regretté ce qu'il n'avait jamais connu ? Alors que la fillette, elle, devait avoir des souvenirs de sa famille. Il se força à fermer les paupières, tentant de prendre une décision. Au cours du même après-midi, il changea douze fois d'avis.

L'*Ambassador* leva l'ancre pour l'excursion de nuit, et Sam observa tous ces habitants de l'Ohio et du Kentucky qui savaient se tenir, des gens qui ne semblaient pas avoir été taillés dans la même étoffe que lui. Il songea qu'il pourrait téléphoner à

Elsie, bien qu'elle soit évidemment en proie à la souffrance causée par la mort soudaine de Ted. Il n'était vraiment pas sûr que le shérif local le croirait sur parole s'il allait lui dire que Lily avait été enlevée ; il était même convaincu que personne ne croirait jamais un étranger dans cette ville, surtout s'il s'en prenait à un homme qui habitait Lilac Street. Mais, surtout, il s'inquiétait de ce dont il allait priver Lily. Ne profitait-elle pas de ce que n'importe quels parents voudraient pouvoir donner à leurs enfants ? Une vie douillette ? Que pouvait lui offrir un parent isolé, avec déjà un adolescent à élever et à nourrir ? Une mère au chômage qui n'aurait jamais plus de dix dollars à la fois dans son sac à main ?

L'orchestre joua « Home, Sweet Home », le bateau accosta à minuit, et Sam aida les serveurs à empiler les tables et entreprit de passer le lave-pont jusque sur le Texas, montant même sur le toit de la verrière pour éliminer les fientes de pigeon et les cendres, balayant la surface goudronnée en faisant confiance à sa mémoire, tandis que la grosse cloche et le sifflet résonnaient pour donner le signal du départ.

Les étoiles scintillaient déjà quand le bateau repartit vers l'amont de la rivière, ses cheminées soufflant de longues bouffées de fumée dans le ciel de nuit. Il marcha vers la poupe, s'appuya sur son balai et observa les lumières de Graysoner qui reculaient sur les eaux sombres de l'Ohio. Derrière lui, il entendit s'ouvrir une vitre de la timonerie, et M. Brandywine, de sa voix nasillarde, lui demanda :

« Quelque chose qui ne va pas, fils ? »

Ce dernier mot le frappa à la nuque comme une pierre. Tout le monde pouvait donc s'autoproclamer père de n'importe qui : était-ce ça l'idée ? Il se retourna dans l'obscurité.

« J'essaie seulement d'user un peu ce balai.

– À d'autres ! Je lis en toi comme à livre ouvert. »

Le vieil homme criait par-dessus son épaule maintenant, en équilibre sur les rayons de la roue de son gouvernail.

Sam donna un grand coup de balai supplémentaire sur le pont plongé dans le noir et marmonna entre ses dents :

« Eh bien, il va falloir tourner la page, mon vieux ! »

Après une dernière excursion dans la petite ville d'Aurora, il donna sa démission, annonçant au capitaine que sa femme avait besoin de lui à la maison. Il savait que le bateau finirait par accoster à Cincinnati, et il ne pouvait se faire à l'idée d'affronter Elsie ou August. Quand le capitaine lui eut versé son solde, il rejoignit sa cabine, où Charlie le trouva en train de faire ses bagages.

« Tu décroches ?

– Ça m'en a tout l'air.

– Je sais ce que tu comptes faire : partir à la poursuite des Cloat.

– Pas du tout.

– Mais tu veux pas le dire, pour faire ton coup en douce.

– Tu lis trop de romans policiers.

– En tout cas, si tu as besoin d'un coup de main, je suis ton homme. »

Sam ferma sa valise en carton et s'éloigna de la couchette.

« Je te remercie. »

Il souhaitait le laisser libre de penser ce qu'il voulait.

« Et la petite ? »

Sam secoua la tête.

« Il y a des choses auxquelles on ne peut rien. À moins que je ne sois tout simplement pas la personne adéquate. »

Charlie sembla méditer ces paroles un moment.

« En tout cas, tu as fait tout ce que tu as pu. Passe donc me voir quand la saison sera terminée. Je suis dans l'annuaire, comme on dit. »

Sam quitta le bateau au moment où l'orgue à vapeur commençait à miauler sur le pont supérieur. Il s'arrêta pour dire au revoir à plusieurs personnes, des serveurs et des matelots qui l'avaient aidé à civiliser un peu la foule. Sur le premier pont, il fit un détour par la salle des machines pour prendre congé des mécaniciens, qui s'appliquaient à éliminer les résidus de condensation des moteurs, les énormes tiges des pistons rentrant et sortant lentement de leurs cylindres. Bit Benton s'approcha et lui demanda de passer faire un tour chez eux à La Nouvelle-Orléans pour voir si tout allait bien, et il dit qu'il le ferait. Bit retira ses gants et lui tendit la main.

« C'est moche de te voir partir. Tu es un chic type. »

Sam ne trouva rien à répondre ; il lui serra sobrement la main et monta sur la passerelle. Sur la berge, il se retourna pour voir partir l'excursion de 14 heures, l'orchestre noir jouant une version endiablée de « I'm Just Wild about Harry » pour les lycéens et leurs parents, sur un rythme fiévreux et syncopé, tandis que le vieux Brandywine faisait retentir les cloches pour demander une accélération de la vitesse de croisière et actionnait le sifflet de l'*Ambassador*, fièrement suivi par un panache de fumée comme un chapeau par sa plume. La musique s'échappait de la ligne tarabiscotée du toit et voguait au-dessus de toute cette peinture blanche décapée, la laque des cheminées se détachant déjà sous l'effet de la chaleur, la fumée noire s'élevant comme une colonne de sombre prospérité. L'espace d'un instant, il fut tenté de dire qu'il reviendrait après l'étape de Cincinnati, pour le maigre salaire que ce job lui valait, et surtout pour la musique et les copains. Mais il songea à Linda et à ce que l'année suivante allait leur apporter, et il se sentit enthousiaste à l'idée d'avoir à nouveau un enfant, de vivre avec elle à La Nouvelle-Orléans, de bien manger, de trouver un emploi bien payé, un travail où il n'aurait pas à se bagarrer avec des ivrognes et à passer son temps à éviter de glisser sur des déjections.

Il alla à la gare à pied et acheta son ticket pour le Sud, ce qui voulait dire emprunter différentes lignes de chemin de fer et plusieurs trains, si bien qu'il monta à bord du premier avec une véritable guirlande de billets qui allaient l'éloigner du champ de sa défaite et le conduire vers le théâtre du reste de sa vie. Plus tard, alors que la locomotive ahanait en traversant les longues collines du Kentucky, non sans lâcher d'incessantes salves de vapeur, il s'endormit, la tête appuyée contre la vitre, ne rêvant de rien jusqu'à ce que le visage rayonnant de la fillette vienne le hanter, mais déjà moins lumineux, un peu comme la lueur qui émane d'une méduse en train de mourir entre le sable et l'eau.

Chapitre 22

Linda le trouva pâle et amaigri.

« Ils t'ont laissé mourir de faim sur ce bateau ? D'abord ils te paient une misère, et ensuite ils ne sont pas fichus de te faire griller une bonne côte de porc de temps en temps !

– Nourriture typique de bateau à vapeur. Farine et graisse. » Ils regardaient la pluie tomber par la fenêtre de la cuisine, et il lui donna une petite tape sur les fesses. « Mais toi, tu vas me requinquer.

– Dès que tu auras décroché un boulot qui paie bien. »

Elle s'amusait à le taquiner, et il savourait l'attention qu'elle lui prodiguait comme un verre d'eau fraîche par une après-midi d'août.

Il la serra dans ses bras.

« Tu sais, *chérie*, ça te va vraiment très bien d'être enceinte. On dirait une pêche Melba.

– Ah vraiment ? Et tu voudrais goûter ? »

Le lendemain matin, il entra dans les bureaux de Crescent Security Division, une entreprise qui embauchait des agents de sécurité pour les banques de toute la région du golfe du Mexique. Franco Crapinsano, le directeur, était le cousin du sergent Muscarella.

« Salut, Cajun. Ravi que tu sois descendu jusqu'ici pour cet entretien. Joli costume.

– Merci. Où est-ce que vous comptez m'envoyer pour que j'apprenne le métier ? »

Franco s'esclaffa et posa les pieds sur son bureau.

« Lucky, tu n'as besoin d'aucune formation. Je peux t'expliquer tout ce qu'il y a à savoir en un quart d'heure, grand max.

– Pas sûr. Je n'ai jamais été chef avant.

– Écoute, j'ai parlé aux gens chez Krine. Tu as un cerveau. Et tu as le physique qu'il faut pour être… comment dire ?… suffisamment convaincant. » Franco, satisfait de son propre humour, sourit de toutes ses dents. « Tu seras responsable d'une équipe de douze gars à la Louisiana Bank. Tu feras les répartitions, les horaires et tout et tout. Personne ne va venir te chercher des noises, parce que les agents ont tous plus de soixante ans, qu'ils gagnent à peine de quoi payer leur loyer et acheter assez de porc et d'haricots pour continuer à péter. Dans une minute, je te montrerai ce qu'il faut faire quand les fourgons Wells Fargo débarquent pour les arrivées et les départs de fonds, et comment on fait quand ils ferment la salle des coffres. C'est du gâteau !

– J'aurais voulu connaître le salaire.

– C'est quatre dollars vingt-cinq par jour. »

Sam recula sur sa chaise en chêne.

« Je gagnais cinq dollars soixante-quinze chez Krine et j'allais avoir une augmentation. »

Franco tendit la main, paume tournée vers le ciel.

« C'était un bon job que tu avais chez Krine… On fournit l'uniforme et l'arme. Tu peux faire des heures sup' dans les restaurants du coin.

– Il va falloir que je porte une arme ?

– Ben oui. Tu seras sur le terrain avec nos gugusses. Nos flingues ont des balles de .38, des courtes. Pour tuer un mec avec, il faut vraiment le vouloir. Tu as dû entendre parler des problèmes qu'on a eus il y a trois ans. » Franco s'esclaffa bruyamment. « Trois clients de tués, et pas un seul voleur !

– Oui, on m'a raconté. Et d'autres histoires avant ça, je crois.

– Puisque tu le dis… Rappelle-toi seulement la règle d'or : en cas de cambriolage, tout le monde tire. Il faut que la banque puisse se dire qu'on a défendu son oseille. Sinon, ils n'hésiteront pas à engager une autre boîte. »

Sam regarda le bout de sa chaussure gauche.

« Le hall d'entrée à la Louisiana Bank est tout en marbre, pas vrai ?

– Et alors ?

– Les ricochets…

– Lucky, ces flingues ont si peu de détente qu'un ricochet ne ferait pas de mal à une mouche. Et puis, si on descend un client, ça fait partie des risques du métier.

– Je vois.

– Après un cambriolage, tu vérifies l'arme de chaque agent. S'il ne manque pas au moins une balle, tu vires le mec. »

Sam avait envie de le plaquer là, mais il se demanda ce qu'il pourrait bien faire d'autre pour gagner sa vie. Il se voyait déjà en train d'avaler de la fumée toute la nuit dans le bar d'un bordel ou bien de voir ses doigts se faire sectionner entre deux attelages de chemin de fer en pleine nuit dans une gare de triage.

« Entendu, dit-il, d'une voix posée.

– Maintenant, voilà comment on procède quand un fourgon s'arrête. Les fusils à pompe sont entreposés dans la salle des coffres… »

Le lendemain était un dimanche, et Linda et lui allèrent à la messe de bonne heure. Ils prirent place au seizième rang et le prêtre se lança dans un sermon incompréhensible sur la sainte Trinité. Sam se demanda s'il devrait se confesser au cas où il abattrait quelqu'un au travail. Il lui vint seulement alors à l'esprit qu'il pourrait se faire tirer dessus lui-même, et avec une bien meilleure arme que la sienne. Était-ce immoral de s'exposer à ce danger ? Puis il pensa à tous ces vieux agents de sécurité des banques de La Nouvelle-Orléans, et il se rendit compte qu'il n'en connaissait pas un seul qui se soit fait tuer.

Au bout de deux semaines passées dans le hall de la Louisiana Bank, il avait compris la chanson. Il prit le chemin de Baronne Street pour remplir les papiers de son équipe, puis retourna au siège de l'entreprise. L'équipe en question comprenait M. Almedo, un septuagénaire originaire des îles Canaries qui venait du comté de St. Bernard, Aren, un albinos de cinquante-huit ans, et Charlie et Jerry Boudreaux, des jumeaux de soixante-cinq ans. La banque avait été attaquée trois fois dans l'année, et ils avaient tous fait feu, même si seul un caissier suppléant avait été blessé. Deux lustres en métal doré portaient des traces de balles, on voyait également des éraflures le long des comptoirs de marbre, et plusieurs trous avaient été bouchés au mastic dans les lambris en acajou de l'entrée qui ouvrait sur le grand hall. Chaque mois, il semblait y avoir dans cette ville davantage de malfaiteurs venus de Chicago ou du New Jersey, et il leur fallait de l'argent pour organiser leurs combines, si bien que le nombre de banques cambriolées avait lui aussi régulièrement augmenté.

Le travail marchait comme sur des roulettes. Deux hommes, en général Charlie et Jerry, patrouillaient dans le hall ; deux autres arpentaient les galeries aux balustrades en bois verni à l'étage, là où se trouvaient les coffres, et Sam restait assis derrière le comptoir principal à lire et à surveiller les guichets. Depuis un moment, il empruntait régulièrement des récits du Far West à la bibliothèque et s'immergeait dans ces mirages d'échauffourées. À l'arrière-plan, il entendait le bavardage des clients et le cliquetis des hauts talons sur le sol de marbre. Il avait un bureau et une chaise en chêne aussi petits qu'une tablette de téléphone, et il restait coincé là des heures durant, à côté d'une fontaine d'eau fraîche, interrompant sa lecture pour noter l'arrivée et les départs des fourgons blindés, ou les heures effectuées par les différents agents.

Cet hiver était aussi doux que tous ceux de La Nouvelle-Orléans, mais sa maison était pleine de courants d'air, et il passait ses soirées dans la chambre du bébé à repeindre ou à boucher les interstices des fenêtres. Il faisait la lecture à Linda, et elle lui racontait les derniers potins de sa famille qu'elle avait pu glaner au téléphone. Tous les quinze jours environ, Claude, l'oncle de Sam, appelait de l'ouest de la Louisiane et lui parlait pendant une bonne demi-heure, pour l'essentiel en français. Sam se l'imaginait debout devant le téléphone à manivelle dans l'arrière-boutique du magasin Letillier, près des gros barils pleins de harnais poussiéreux et des caisses de fers à cheval. Le vieil homme commençait en général par dresser la liste des cousins et lui racontait par le menu ce qu'il était advenu de chacun. Sam posait ensuite des questions sur les habitants des fermes voisines et hochait la tête à chaque réponse.

Durant l'une de leurs conversations, son oncle lui dit :

« Il y a un moment, tu m'as parlé d'une petite fille que tu recherchais. Tu l'as retrouvée ? »

Il n'avait jamais menti à son oncle, et les mots eurent du mal à passer.

« Elle va bien.

– Ah, magnifique ! Tu l'as retrouvée ! C'est ses parents qui devaient être contents.

– Elle va bien, répéta-t-il, d'un ton légèrement différent.

– Tant mieux. La plupart du temps, on est jamais mieux que parmi les siens. Tâche de t'en souvenir. »

Pour changer de conversation, Sam se mit à lui parler des Cloat.

Il y eut un silence ébahi à l'autre bout de la ligne. Quand le vieil homme reprit la parole, il paraissait avoir le souffle coupé.

« Pour de bon ? Tu sais où ils se cachent ?

– Je pense que je pourrais facilement le savoir.

– Voilà vingt-six ans qu'ils doivent souffrir.

– Comment dis-tu ? Je n'ai pas compris ce que tu disais. »

Il pensa que deux fils avaient dû se croiser par erreur, qu'il avait entendu le fragment d'une autre conversation.

« C'est ce que dit le curé, Sam. Le pécheur se punit tout seul. Il doit vivre avec la conscience de ce qu'il a fait. »

Sam ricana.

« Parce que tu crois qu'ils en ont quoi que ce soit à faire ?

– Petit, ils sont à l'image de leur crime. Ça a fait d'eux des handicapés. Plus vraiment des humains. »

Sam réfléchit un long instant.

« *Nonc*, tu crois que je devrais faire quelque chose au sujet de ces types ? »

Cette fois, l'oncle répondit aussitôt :

« *Mais oui.* Tu te frottes les mains l'une contre l'autre, *comme ça, clac clac*, et puis tu les oublies. »

Une fois de plus, Sam se le représenta, coinçant le récepteur entre son épaule et sa joue pour faire claquer ses mains.

« Ils n'en valent pas la peine ?

– Pas la peine que Sam Simoneaux s'occupe d'eux. Ils ont suffisamment de mal à se supporter eux-mêmes.

– Pas si sûr. Je me dis que je pourrais peut-être leur ajouter quelques ennuis.

– Alors te voilà transformé en justicier ? Contente-toi donc d'essayer de rendre la vie plus facile, comme pour cette fillette en France que tu avais aidée. Ou l'autre que tu as retrouvée pour ses parents. »

Sam regarda le plancher et posa une main sur sa tête.

« Tu as raison.

– C'est très beau ce que tu as fait. Toute ta vie tu pourras y repenser et en être fier. Est-ce qu'on peut repenser à un crime et en être fier ? Surtout quand rien vous obligeait à le commettre. »

Il regarda sa femme qui augmentait la puissance du radiateur à gaz.

« Je sais pas, *Nonc*.

– Eh bien réjouis-toi de pas savoir. »

On était à quelques jours de Noël. La banque ferma pendant l'heure du déjeuner, et Sam et les autres agents de sécurité se rendirent dans un bar à huîtres au coin de la rue. M. Almeda retira sa casquette, la posa sur la table et lissa ses cheveux blancs.

« Lucky, il faut que je prenne ma journée demain, ma femme a besoin d'un coup de main pour préparer les fêtes. Chez nous, c'est une grosse affaire. »

Sam versa une goutte de sauce pimentée sur une petite huître avant de la gober.

« OK, je vais appeler Rosenbaum. »

M. Almeda hocha la tête en signe de gratitude.

« Tous mes enfants vont venir avec leurs gosses. Tu as des enfants, toi, Lucky ?

– J'en ai un en route.

– On m'avait dit que tu avais un petit garçon. »

Il allait prendre une deuxième huître, mais sa main s'arrêta en chemin et elle recula.

« Il est mort d'une mauvaise fièvre. »

M. Almeda fit la grimace et détourna la tête.

« Je savais pas. Il y a rien de pire que perdre un enfant.

– Je vais téléphoner à Rosenbaum au retour. »

Charlie Boudreaux reposa son sandwich.

« Moi j'ai un frère qui s'est noyé en nageant près d'Algiers Point il y a environ trente ans. Mon vieux s'en est jamais remis. Il est mort moins de deux ans après. »

Jerry, le jumeau, ne parlait jamais, sauf pour répondre à une question directe, et il était toujours d'accord avec ce que disait son frère, pensant sans doute qu'ajouter quoi que ce soit serait redondant. Mais cette fois il prit la parole.

« La semaine où il s'est noyé, notre mère s'était mise machinalement à repasser ses chemises, et quand elle a réalisé ce qu'elle était en train de faire elle s'est assise et elle est restée à fixer sa planche à repasser comme si elle l'avait jamais vue avant. Ensuite, elle a pris sa tête entre ses mains, et c'est là qu'elle a pleuré pour la première fois. Je me rappelle qu'elle a dit : "Avant j'avais un petit garçon qui portait ces vêtements." »

Le serveur s'approcha et posa à grand bruit des tasses de café en métal sur la table.

« Attention, c'est chaud », prévint-il.

Charlie fronça les sourcils et se tourna vers son frère.

« Comment ça se fait que tu me l'avais jamais raconté ?

– Je viens seulement de m'en souvenir. »

Sam regarda les deux vieux agents. Avec maladresse, ils essayaient de lui dire quelque chose sur la perte. Peut-être songeaient-ils qu'il était trop jeune pour comprendre comme il est dur de perdre quelqu'un. Et ils avaient sans doute raison parce que, avec le temps, il repensait de plus en plus souvent à son fils, à ce qu'il ressentait quand le bébé gigotait entre ses bras, comment, déjà, il essayait de s'échapper. Sur le moment, il n'avait pas compris ce que cela signifiait. Son fils était en quelque sorte plus réel pour lui maintenant que quand il était en vie, et cette idée le fit trembler des doigts quand il souleva sa tasse de café. Il sentit une main se poser sur son dos.

« Lucky. » C'était M. Almeda, et ses yeux gris le fixaient d'un air inquiet. « On devrait y aller. Cette époque de l'année. Ça sent jamais très bon pour ceux qui sont de la partie.

– Je ne comprends pas.

– Noël. Il y a pratiquement toujours un hold-up.

– Dans notre banque ? »

Il posa la main sur son insigne.

« En ville, quelque part. Hier, c'est une banque à Gentilly qui y a eu droit, on m'a dit. En général, il y en a toujours deux trois autres en chaîne. Ouvre l'œil, et le bon. »

Une demi-heure après l'ouverture de la banque, un vendredi, Sam était en train de lire l'histoire d'une pianiste qui travaillait dans un saloon. Il se tenait dans son espace exigu derrière la fontaine, à une extrémité du comptoir des caissiers. Sur son bureau, une ampoule rouge s'alluma. C'était un voyant de la taille d'une minuscule pièce de monnaie, enchâssé dans une barrette chromée, et il se creusa la cervelle pour tenter de se rappeler ce qu'elle signifiait. Soudain, ça lui revint. Quelqu'un avait déclenché le signal d'alarme lumineux. Au lieu d'avancer la tête pour voir de l'autre côté de la fontaine, il jeta un coup d'œil dans le miroir qui permettait d'observer le comptoir. Trois comptables étaient en train de sortir de l'argent de leurs tiroirs. Trois hommes, portant la même casquette en tissu, étaient collés aux guichets, et sur le comptoir d'une employée plus âgée que les autres du nom d'Irene, il apercevait un morceau de papier froissé. Il reposa son livre et tenta de réfléchir, mais seul le bourdonnement de l'instinct vrombissait à ses oreilles. Il ne portait ni sa casquette ni son uniforme, et il se leva avec quelques papiers dans les mains pour que les bandits pensent qu'il n'était qu'un employé ordinaire. Mais ensuite, qu'allait-il faire ? Tirer sur quelqu'un ? Il reposa ses papiers, déboucla son ceinturon, détacha l'étui de son arme, et le reboucla. Il glissa le petit revolver Police Positive dans son dos, juste sous la ceinture. Il s'empara des registres de la semaine, se leva, sortit de son abri et tourna à droite, dans la direction opposée à celle des guichets, comme s'il voulait passer de l'autre côté du comptoir pour gagner le hall. Alors qu'il s'approchait du portillon, son cerveau était aussi enfiévré qu'une locomotive qui file droit vers un pont dont la tempête a affaibli tous les chevalets. Que faire ? Fallait-il marcher droit sur les trois braqueurs, brandir son arme, et menacer de les descendre ? Il y avait là un fossé à franchir et il lui vint à l'esprit qu'un acte aussi extrême ne relevait peut-être pas de ses fonctions. Son cerveau passa au point mort. Au moment où il contournait l'extrémité du comptoir, il se représenta soudain son piano et se prit à espérer qu'on ne lui tirerait pas dans les doigts.

Le type qui se trouvait le plus près de lui sortit un pistolet de la poche de son manteau et le pointa sur lui.

« Toi, l'agent de sécurité, tu t'assois. »

Fléchissant les genoux, il ne put s'empêcher de lui demander :

« Et comment tu as su que j'étais agent de sécurité ? »

Le cambrioleur ricana.

« Jolies rayures sur les jambes de ton pantalon, chef ! »

Du coin de l'œil, il aperçut Charlie et Jerry qui jetaient un coup d'œil vers l'intérieur depuis le trottoir, de l'autre côté des lourdes portes en cuivre ouvertes sur la rue. Les malfaiteurs s'éloignèrent ensemble à reculons du comptoir, chacun portant un gros sac de toile bien rempli. De l'étage, résonna un bruit métallique suivi de la décharge d'un revolver. M. Almeda s'était allongé à plat ventre sur le plancher de la galerie et tirait entre deux piliers de la balustrade. Il avait manqué son coup. Durant les six secondes qui suivirent, des coups de feu claquèrent dans le hall de marbre comme une série de pétards alors que les cambrioleurs vidaient leurs chargeurs sur M. Almeda, puis sur Aren, qui glissa comme un nuage le long de la balustrade opposée, son arme brandie entre ses deux mains qui tremblaient. Charlie et Jerry passèrent le bras par les lourdes portes et tirèrent à l'aveuglette, éjectant une douille par seconde qui toutes allaient rouler jusqu'au centre de la salle. Les caissières criaient, de la poussière de plâtre et des copeaux de bois voltigeaient dans les airs, et les assaillants glissèrent sur le sol de marbre tandis qu'ils tiraient eux aussi sans même tenter de viser et filaient vers la sortie. Sam était toujours assis par terre, les bras croisés au-dessus de la tête, et quand les coups de feu prirent fin il entendit les caissières pousser des cris hystériques et les beuglements d'un homme d'une cinquantaine d'années en pantalon et chemise kaki assis dans un pot contenant une plante et qui se tenait l'épaule gauche. Les cambrioleurs avaient déjà atteint la rue, les semelles de leurs chaussures claquaient sur le trottoir en direction de Decatur Street. Un des jumeaux, Jerry, s'approcha de lui et Sam crut qu'il allait lui tapoter affectueusement la tête. À la place, il prit son revolver à sa ceinture, ressortit dans la rue, marcha jusqu'à une énorme jardinière en fonte et tira une balle dans la terre. De retour à l'intérieur, il lui rendit son Colt.

« Tu connais la règle, pas vrai ? »

Sam regarda le revolver.

« Je la connais. » Alors il se releva, remettant en question au passage toutes les règles du monde. « Ils étaient trois. Bon sang, on peut dire qu'on a eu de la chance ! » Il leva les yeux vers la galerie. « Ça va là-haut, les gars ?

– Oui, répondit M. Almeda. Je crois quand même qu'Aren a pissé dans son froc. »

Aren passa la tête par les barreaux : il était livide.

« Est-ce qu'on en a touché un, au moins ?

– Eh bien, M. Halloran a reçu une balle perdue », répondit Sam en désignant l'homme toujours assis sur la plante en pot, dont le directeur-adjoint était précisément en train de s'occuper, pansant sa blessure avec un mouchoir.

À la fin de la journée, il rentra chez lui dans le tramway branlant, en se demandant ce que deviendrait sa femme s'il se faisait tuer. Il savait d'expérience le vide que ressentirait son enfant s'il ne connaissait jamais son père. Et puis, il y avait aussi sans doute des fois où les braqueurs ne parvenaient pas à s'enfuir, où une balle leur faisait exploser la cervelle sur le perron. Quel vide cause alors cette mort, quelle porte d'entrée est désormais obstinément close, quel côté du lit demeure maintenant froid, quels bras d'enfants levés restent vides quand aucune ombre ne s'approche plus d'eux ? Les gens pensent-ils à tout cela s'ils n'ont jamais été forcés de guetter les spectres, de passer leur temps à attendre un fantôme dans une pièce et puis une autre, de rester des heures assis dans la cuisine à espérer son retour ? Il ferma les yeux et se demanda à quoi devait ressembler son père. Il se représenta les traits de son oncle et, à partir de là, il passa tout le trajet du retour à s'imaginer un visage qui viendrait combler cette absence.

Chapitre 23

Le matin de Noël, lui en veste d'intérieur de brocart, elle en peignoir doublé de fourrure, ils ouvrirent la porte de la fillette et la regardèrent dormir : la scène n'était pas sans rappeler une série d'illustrations sentimentales des magazines de la maîtresse de maison. Acy s'approcha et la souleva dans ses bras, mais elle tendit les jambes et il la laissa se mettre debout.

« Il faut que j'aille faire pipi », annonça l'enfant.

Willa la secoua doucement par l'épaule.

« Ne dis pas cela. Ça n'est pas poli. Je t'ai expliqué qu'on demandait à aller aux toilettes.

– Il faut que j'y aille », insista la petite en se frottant le bras.

Au rez-de-chaussée, elle découvrit la présence de l'arbre de Noël, un grand épicéa odorant chargé de boules en verre gravées qu'on avait fait venir de Chicago et de guirlandes d'ampoules électriques.

« Allons, Madeline, l'encouragea Willa. Va ouvrir tes cadeaux. » Elle la conduisit devant un paquet enveloppé de papier rouge brillant, avec des clochettes d'argent en relief. L'enfant s'arrêta, interdite, puis elle regarda les deux adultes, passa devant eux, et balaya toute la pièce du regard comme si elle cherchait quelque chose. « Allons, ma chérie. N'es-tu pas curieuse de l'ouvrir ? »

La fillette déchira lentement le papier et ouvrit la boîte qui contenait une poupée blonde aux yeux bleus, vêtue d'un short tyrolien vert à liseré rouge et coiffée d'un chapeau en feutre surmonté d'une plume dressée.

« Salut, toi », dit-elle en souriant et en s'installant sur le tapis.

Elle libéra la poupée de son emballage, examina ses articulations et ses vêtements, puis la mit en position assise avant de jouer à lui ouvrir et à lui refermer les paupières.

« Est-ce qu'elle te plaît ? demanda Acy. C'est ce qu'il y a de mieux sur le marché !

– Elle me plaît. »

Willa se pencha au-dessus d'elle, et l'enfant fronça les sourcils parce que son ombre la gênait.

« Qu'est-ce qu'on dit ?

– Quoi ? »

Elle leva les yeux vers le nuage moutonnant des cheveux de Willa.

« "Merci" ?

– Merci, Père Noël », murmura la petite, en appuyant doucement ses pouces sur les yeux de la poupée.

Acy alluma une cigarette.

« Tu ne penses pas que ta poupée mériterait d'avoir un prénom ?

– Comme quoi ?

– Exactement comme tu veux. Elle est à toi.

– Je vais l'appeler Lily. »

Willa lança un regard à son mari.

« Pourquoi pas Mary ? N'est-ce pas un joli nom ?

– Ou bien Sue ? Sue la Douce ?

– Elle s'appelle Lily, s'obstina l'enfant, embrassant la poupée comme si elle venait tout juste de la reconnaître. *Ein alter Freund.*

– Regarde donc tes autres cadeaux », s'empressa de dire Acy en posant un paquet étincelant entre la petite et sa poupée.

Elle déballa une boîte de peinture, un chien mécanique en fer-blanc qui bondissait sur place, un service à thé miniature en porcelaine, une robe neuve, une jolie ombrelle d'enfant jaune vif et une toupie musicale incrustée de pierres vertes et rouges. Elle regarda posément chaque présent, sourit au chien mécanique, même si elle n'avait pas assez de force dans les doigts pour le remonter toute seule. Le dernier cadeau était un petit piano métallique auquel étaient attachés deux automates musiciens. Quand Acy eut tourné la clé, la femme se mit à s'agiter devant le piano tandis que l'homme au visage noir se trémoussait comme s'il avait joué du banjo, et que la boîte à musique dissimulée à l'intérieur égrenait les notes de « Camptown Races ». Acy s'agenouilla à son tour sur le plancher.

« Et cela, ça te plaît, Madeline ? Tu as vu comme les petits nègres se dandinent au rythme de la musique ? »

L'enfant le jaugea du regard.

« Mais ils ne jouent pas pour de vrai, gros bêta ! Il y a un truc. »

Acy se renfrogna aussitôt.

« Eh bien moi, je trouve qu'ils sont sacrément drôles ! »

La fillette commença alors à chanter les paroles, qu'elle savait d'un bout à l'autre.

Acy se releva et tendit un paquet à Willa, qu'elle s'empressa d'ouvrir. À l'intérieur se trouvait une bague incrustée d'un diamant de forme rectangulaire. Elle sourit et glissa la bague à côté de celle qu'il lui avait offerte l'année précédente.

« Je l'adore, Ace. La forme est tellement originale. Je suis sûre qu'il n'en existe pas d'autre pareille dans toute la ville. »

Elle lui offrit une montre à gousset, une pièce de valeur de marque Hamilton, et il la mit à l'heure avant de la glisser dans la poche de sa veste.

Au pied de l'arbre, la fillette chantait, murmurant presque pour elle-même : « Au galop tout le jour, au galop toute la nuit… »

Durant tout le mois de janvier, Sam travailla à la banque, la douille rouillant lentement dans le barillet de son revolver. S'il y avait à nouveau une fusillade, il n'aurait qu'à la montrer, et le tour serait joué. Il confia à Linda qu'il n'était pas sûr d'être capable de tuer un délinquant. Il ne savait pas très bien pourquoi, pourtant il y réfléchissait beaucoup. Le cambriolage hantait ses rêves, et au réveil il s'imaginait toutes les choses terribles qui auraient pu se produire. Il commença à se montrer nerveux au travail quand il comprit que, un jour ou l'autre, une autre bande de types armés jusqu'aux dents passerait les larges portes de la banque.

Par un matin glacial au début du mois de février, M. Almeda montait la garde d'un côté de l'entrée et le spectral Aren de l'autre quand Nestor Cabrio fit son apparition. Tous les policiers et les agents de sécurité de la ville le connaissaient pour le gangster dangereux qu'il était, spécialisé dans le casse de bijouteries, et pas du genre à hésiter s'il lui fallait tirer dans le tas pour réussir à s'enfuir. Il faisait un coup ou un autre, puis il disparaissait pendant un an. Et quelques mois après avoir vu sa photo dans le *Picayune* et sur les affiches à la poste, tout le monde l'oubliait. Il avait dévalisé boutiques et banques à La Nouvelle-Orléans toute sa vie durant, au rythme d'environ une par an.

À peine entré, Cabrio sortit un gros Smith & Wesson à canon basculant de sa poche et se tourna vers M. Almeda, qui bavardait avec un client. Aren le reconnut aussitôt, il s'avança et lui logea une balle dans le dos avant que l'autre ait eu le temps de mettre son arme en position. Cabrio se contorsionna avant de s'écrouler à terre, hurlant de douleur et tirant à l'aveuglette. Aren se campa au-dessus de lui et le cribla de balles : une dans chaque épaule, une dans la partie gauche du ventre, et deux dans le bras qui tenait l'arme, visant soigneusement comme si le bandit était un skiff qu'il s'était mis en tête de couler.

Sam était en train de remplir son registre de présence quand le premier coup retentit. Il se leva et regarda le vieil albinos se pencher au-dessus de l'homme à terre et lui tirer dessus à brûle-pourpoint. Lorsque Aren se retrouva à court de balles, M. Almeda s'approcha précautionneusement, posa le pied sur le bras ensanglanté de Cabrio avant de lui prendre son arme. Sam se précipita sur le téléphone et appela le commissariat puis l'hôpital les plus proches. Le cambrioleur s'égosillait dans une langue étrangère, cambrant les reins et se vautrant dans la mare de son propre sang. Sam n'avait aucune envie de s'attarder devant ce spectacle répugnant, et il se glissa dans la rue pour voir si aucun complice n'avait accompagné Cabrio. Au-dehors, le vent était glacé et le ciel bleu. C'était une belle journée et il décida d'en profiter aussi longtemps que possible. Il fallait bien que quelqu'un fasse ce sale boulot, mais pas lui. L'ambulance arriva, couverte de boue, au bout d'environ quarante minutes, et quand les brancardiers s'approchèrent Nestor Cabrio les insulta en espagnol avec véhémence tandis que M. Almeda traduisait ses propos imagés aux trois autres agents de sécurité qui riaient de bon cœur en agitant leurs armes.

Dès qu'il aperçut Linda qui l'attendait dans l'entrée, il lâcha :
« J'ai quitté mon boulot.
– Magnifique ! »
Elle le repoussa sous le porche.
« Je suis désolé.
– OK. Magnifique ! »
Et elle le poussa de nouveau, un peu plus fort cette fois.
« Linda, je suis vraiment, vraiment désolé. »
La voix de sa femme était de plus en plus aiguë, et pendant un moment il crut qu'elle voulait le pousser jusqu'à l'autre côté de la rue et le faire disparaître de sa vie pour toujours.
« OK. On y va maintenant.
– On y va ?
– C'est les grandes eaux. »
Un court instant, il regarda du côté de la maison, se demandant si une canalisation n'avait pas éclaté. Puis il comprit. Il l'installa dans la vieille Dodge, remarquant qu'elle y avait déjà posé son sac. Il lui fallut cinq minutes pour démarrer, mais ils finirent par arriver à l'hôpital.

À 11 heures ce même soir, elle donna naissance à un petit garçon, et à minuit ils se retrouvaient déjà dans un box de la salle commune, isolés des autres femmes par des rideaux. Ils l'appelèrent Christopher. Sam le prit dans ses bras, étudia soigneusement son visage et se dit qu'il avait son menton, les yeux de Linda et le nez d'aucun des deux. Ce nez changerait probablement avec le temps, mais pour l'instant il était très proéminent pour un nouveau-né, presque autant que celui de Claude. Avec un frisson d'excitation, il comprit que ce bébé serait en partie l'héritier des parents que lui-même n'avait pas connus. Pendant une bonne partie de la vie de l'enfant, il se demanderait d'où lui venaient ses oreilles, ses pommettes, ses pieds, ses colères, ses goûts et tels ou tels dons : de ses grands-parents tués à Troumal ou de ses ancêtres plus lointains de Nouvelle-Écosse ? Le bébé se tortillait dans ses bras, vagissant paquet d'histoire vivante.

Même si la mère et les tantes de Linda s'affairaient toute la journée dans la maison et que toute la famille et les voisins vinrent voir le petit Christopher, Sam resta sur place dans ce chaos pour aider la jeune mère à s'occuper du bébé. La nuit, après l'avoir nourri, elle tendait le nouveau-né à son père et se recouchait. Berçant le petit qui grognait contre son ventre dans le noir, Sam sentait la chaleur de son corps contre le sien, pareil à un minuscule moteur qui aurait lentement brûlé les calories du lait.

Une nuit, très tard, au mois d'avril, il se leva en même temps que Linda, et tandis qu'elle allaitait le nourrisson il alla s'asseoir sur le perron du jardin. Il leva les yeux vers un ciel exceptionnellement clair et constellé d'étoiles, et songea à aller travailler pour la compagnie de chemin de fer, à acheter de la peinture pour le couloir. Christopher était désormais comme une partie de sa propre chair. Il ne pouvait même pas imaginer une seconde de se retrouver sans lui. Il n'y avait rien de mièvre ni de sentimental là-dedans, c'était tout simplement pour lui une évidence que, si on le lui enlevait, ce serait comme lui arracher un morceau de lui-même. Si invraisemblable que cela paraisse, son premier fils ne lui en manquait que davantage. Il ferma les yeux et vit l'image spectrale des galaxies sur sa rétine, ainsi qu'un nuage d'une pâleur effrayante dérivant dans son imagination au beau milieu de lumières bien réelles. Il savait ce qu'était cette image encore floue : même informe et encore indistincte, il la reconnaissait. Il rentra dans la maison et prit son fils pour le bercer, tentant d'oublier ce dont il venait juste de se souvenir. Mais, cette nuit-là, il ne réussit pas à se rendormir.

Le lendemain matin au petit déjeuner, avec force hésitations, il avoua lentement la vérité à sa femme. Linda réagit avec colère.

« Sam, bon Dieu ! Comment tu as pu faire une chose pareille ? »

Elle se rassit avec violence et abattit ses mains sur la table.

« Comme je te l'ai dit, ces gens ont tellement de fric…

– Et depuis quand être riche autorise à enlever les enfants des autres ? »

Il fit la grimace, ses paroles se plantant en lui comme des banderilles.

« OK, je vais tout de suite prévenir Elsie. »

Elle croisa les bras.

« Sam, je n'aurais jamais cru ça de toi ! »

Il détourna les yeux, profondément blessé.

« Il a fallu que tu tiennes ton propre fils dans tes bras pour comprendre ce que les Weller devaient ressentir ? Je suppose qu'on peut t'accorder un petit crédit, là. Mais seulement un petit… Dis-moi, chéri, qu'est-ce que tu avais dans le crâne quand tu es parti en laissant cette petite là-bas ? »

Il releva la tête en arrière et fixa le plafond.

« Je peux seulement te répéter que je me suis dit que ça vaudrait mieux pour elle. »

Linda reprit la parole en ponctuant chaque mot de gestes décidés.

« On pourrait éventuellement agir comme ça si Elsie et son fils étaient des assassins ou des monstres d'une sorte ou d'une autre. Mais ils sont exactement comme nous, pour l'amour du ciel ! Ils essaient juste de s'en sortir. »

Il se tourna vers elle.

« Alors, je fais quoi ? »

Elle secoua la tête.

« Je ne voudrais pas être à ta place même si on m'offrait toutes les plantations du comté d'Orléans !

– Il va falloir que j'invente une histoire plausible.

– Mon petit gars, tu te berces d'illusions si tu crois qu'un mensonge va arranger les choses entre eux et toi.

– Je suppose que je vais être obligé d'aller à Cincinnati pour leur dire en face. »

Elle plissa les paupières. D'une voix grave et neutre, elle répondit :

« Et comment tu comptes acheter les billets de train et te nourrir ? Et l'hôtel ? Ma famille nous a déjà trop aidés, je trouve.

– Alors qu'est-ce que je peux faire ?

– Écris une lettre. »

Il pencha la tête.

« Une lettre ?

– Une belle lettre. Si j'étais Mme Weller, je préférerais lire tout ça sur du papier que te regarder bafouiller pour me dorer la pilule. »

Il se rapprocha de la table tandis qu'elle se levait pour aller chercher quelques feuilles et une enveloppe.

« Je suis sûre que tu as gardé son adresse.

– Oui, je l'ai quelque part. »

Elle quitta la pièce et il écrivit une page entière avant de la déchirer. Il recommença, puis une deuxième page se chargea peu à peu de l'encre dont il venait de remplir son stylo-plume. Il se leva pour aller boire un peu d'eau au robinet, se rassit et rédigea trois pages de plus.

Les rayons du soleil étaient déjà obliques quand Linda revint dans la cuisine, le bébé dans ses bras.

«Alors, tu as réussi ?

– Oui, je pense. Mais il va me falloir un timbre de plus. »

Le lendemain, il prit le chemin de la poste mais s'arrêta boire une bière dans un bar de Magazine Street. Assis au bout du comptoir sous une tête de cerf mangée aux mites, il regardait les bulles argentées monter à la surface de sa chope comme autant d'idées noires. Il se demandait sincèrement s'il ne condamnait pas Lily à une vie rude et misérable en expédiant cette lettre, mais il était bien obligé, à sa plus grande honte, de s'avouer que le motif le plus sérieux de son hésitation était la haine que ne manqueraient pas de lui vouer Elsie et August de ne pas les avoir avertis plus tôt. Il but une seconde bière, puis passa dans l'arrière-salle et gagna trente dollars en jouant au spit.

Il n'alla jamais jusqu'à la poste et cacha la lettre dans son tiroir à chaussettes. Il voulait se donner un jour de réflexion. Peut-être les choses étaient-elles déjà allées trop loin pour que son courrier ait un effet positif. Dans la petite salle de séjour, il joua du piano pendant une heure, s'appliquant à trouver des variations et à oublier.

Le lendemain matin, on frappa énergiquement à la porte, et sur le porche il trouva un homme au visage rougeaud, avec une tête d'oiseau et un cigarillo au coin des lèvres, qui lui disait vaguement quelque chose. Il portait une veste en crêpe mais pas de cravate, et son canotier était de guingois dans la brise et le soleil du matin. Il brandit un gros index sous le nez de Sam.

«C'est vous le type du bateau d'excursion ?

– C'était moi.

– Mon frère m'a appelé pour me dire que vous habitiez à quatre rues de chez moi. *A priori*, on dirait que c'est ça.

– Qui est votre frère ?

– L'employé de la gare à Greenville. Il vous a envoyé un télégramme à Evansville et il voulait savoir si vous l'aviez eu. »

L'idée que quelqu'un d'autre puisse s'intéresser à ce point à son enquête le fit reculer d'un pas.

« Oui, je l'ai reçu. J'aurais dû lui en envoyer un pour le remercier. »

Le petit homme le fixa d'un œil dur.

« Morris veut savoir si son message vous a servi à quelque chose. Il est pas vraiment du genre à se décarcasser pour les autres, d'habitude, vous savez. C'est pas dans sa nature.

– Oui, répondit Sam. Ça m'a été très utile.

– Vous avez retrouvé la petite ? »

Sam dévisagea le frère, qui semblait sincèrement s'intéresser au sort d'une enfant disparue qu'il n'avait jamais vue et dont il n'avait jamais entendu parler avant de recevoir un coup de fil depuis un trou perdu du Mississippi.

« Oui, ne vous en faites pas. Dites-lui bien qu'on l'a retrouvée saine et sauve. »

Le type retira son cigare de ses lèvres et serra la main de Sam.

« OK, je vais lui faire passer le message. Heureux de vous avoir rencontré.

– Dites-lui bien que je suis désolé de ne pas lui avoir répondu.

– Vous en faites pas. Il a l'habitude. »

Il jeta son cigare dans la rue et s'éloigna d'un pas vif sur le trottoir, le pan de sa veste claire claquant dans la brise.

Sam fit quelques pas jusqu'au bout de son allée pour regarder le frère de Morris Hightower passer sous les chênes, l'éclair blanc du tissu scintillant au soleil. Il y avait quelque chose d'effrayant dans cette visite : comme si on était venu lui demander des comptes.

C'était un jeudi, et il posta la lettre à midi environ. À peine l'eut-il glissée dans la fente en laiton de la poste qu'il commença à s'inquiéter de la réaction qu'elle susciterait, de quand elle lui parviendrait et sous quelle forme. Il s'inquiéta jusqu'au samedi, quand son téléphone sonna. C'était un appel en PCV de Cincinnati, Ohio.

« Monsieur Sam Simoneaux ? »

C'était la voix d'Elsie, aussi sèche et creuse qu'un coup de poêlon sur la tête.

« C'est moi, Elsie », murmura-t-il.

Au bout de quelques secondes, elle dit quelque chose qu'elle avait apparemment préparé avec soin.

« J'ai lu et relu ta lettre, avec toutes les raisons que tu me donnes, et j'ai une question à te poser.

– Laquelle ?

– Tu m'as dit un jour que tu avais eu un enfant autrefois.

– Oui, et j'en ai un autre maintenant. Un petit garçon. »

Il n'y avait aucune trace de félicitations dans ce qu'elle rétorqua.

« Et, bien sûr, tu roules sur l'or et tu peux lui donner tout ce que tu voudrais. »

C'était comme si elle avait lu ce qu'il avait dans les tripes d'un bout du pays à l'autre, comme si elle le connaissait mieux qu'il ne se connaissait lui-même.

« Non.

– Et tu as ce super boulot qui te rapporte cinq cents dollars par mois ?

– Je suis au chômage en ce moment.

– Alors tu as dû toucher un gros héritage avec lequel tu comptes envoyer ce gosse à Harvard et à Paris, ou au moins dans une bonne boîte privée quelque part.

– Elsie, je ne peux rien te dire sinon que je regrette.

– Ah oui ? Eh bien tu peux. Parce que si tu avais fait ton boulot de responsable d'étage convenablement, rien de tout ça ne serait arrivé. » Elle se mit à pleurer, et enchaîna accusation sur accusation jusqu'à ce qu'il se laisse glisser sur le sol, les genoux repliés, le dos au mur et le téléphone en main. Linda sortit de la chambre, le bébé dans les bras, et elle le regarda sans aucune expression particulière. Elsie termina sa longue litanie par une dernière plainte : « Et sans toi, Ted ne serait pas mort à l'heure qu'il est.

– Comment va August ? risqua-t-il, accablé de honte.

– À ton avis ? sanglota-t-elle. Il n'est plus le même. Il ne le sera plus jamais.

– Qu'est-ce que tu veux que je fasse ? »

La réponse ne se fit pas attendre.

« Je vais te le dire. Je n'ai pas la moindre idée de ce qu'il faut faire à ce stade, alors je veux que tu réfléchisses et que tu me dises comment on peut rejoindre ce trou perdu et reprendre ma petite fille à ces gens. Tu dois venir avec moi. Tous les membres de ma famille ont un travail qu'ils ne peuvent pas lâcher.

– Je n'ai même pas de quoi payer le billet de train. Je gratte un dollar ou deux par-ci par-là, mais je ne peux pas laisser ma famille sans argent sur mon compte. » Il releva les yeux vers sa femme. « Il va me falloir environ deux semaines pour trouver une solution. »

La voix retentit de nouveau, aussi tranchante qu'une lame :

« Pas question. Il n'y a pas de solution à trouver qui tienne. Ça fait des mois qu'August et moi on ne mange que des patates et qu'on crève de froid. Là où tu es, au moins le Mississippi n'est pas pris par les glaces. »

Il ferma les yeux et alla chercher les mots tout au fond de lui :

« Je peux essayer quelque chose. »

La conversation se prolongea encore dix minutes.

Plus tard dans l'après-midi, Elsie rappela. L'*Ambassador* allait quitter ses quartiers d'hiver au nord de Cincinnati et il descendrait sans escale vers La Nouvelle-Orléans pour y être mis à quai, faire le plein de combustible et récupérer son équipage et ses musiciens avant d'entamer son premier programme d'excursions vers l'amont. Le capitaine Stewart avait dit qu'August et elle pouvaient descendre gratuitement jusqu'à Graysoner et se loger au Wilson Hotel aux frais de la maison s'ils s'engageaient à travailler toute la saison. Elle y serait d'ici une semaine et elle l'y attendrait.

Sam raccrocha et prit place à son piano, un Packard en acajou verni roux, un robuste instrument dont les notes les plus hautes tintaient comme des clochettes et les plus basses résonnaient avec une force étonnante. Il ouvrit la partition de « When my Baby Smiles at Me » et la joua comme indiqué, puis quand il parvint à la fin il recommença en ajoutant quelques fioritures, et la reprit une dernière fois en la pimentant au goût du jour. Il joua dix autres morceaux à la suite, sentant l'ivoire des touches glisser sous le bout de ses doigts, après quoi il resta un long moment à fixer le bois précieux, jusqu'à finir par voir son propre reflet dans le vernis. Il se releva et appela un magasin de meubles de Dryades Street, et une heure plus tard le marchand lui rachetait son piano pour soixante-dix-neuf dollars.

Chapitre 24

Au mois de mars, Ralph Skadlock avait été engagé par un député de l'État de Louisiane pour voler un fusil de chasse de marque Parker, à la crosse particulièrement ouvragée et incrustée d'un filigrane d'or, dans la maison d'un grand planteur de Braithwaite. Le jour suivant le larcin, dans son salon aux murs et aux meubles piqués d'humidité, il tira l'arme de son étui et l'observa attentivement. Sur les platines étaient gravés des chiens d'arrêt qui levaient une compagnie de cailles, et il fit courir son doigt noir de crasse sur le fin quadrillage de la crosse en noyer ornée de volutes. Il remarqua qu'il se refermait avec un petit claquement sec, comme si le canon et le corps de l'arme s'emboîtaient parfaitement pour ne devenir qu'une seule pièce de métal sous les mains expertes d'un soudeur. Il continuait néanmoins de trouver ce fusil complètement ridicule. Un fusil, pour lui, c'était un outil, comme une clé à molette ou un marteau. Quelque chose d'utile.

Le lendemain, il se rendit à cheval à la gare et il prit le train en direction du sud jusqu'à Baton Rouge, où il remit une boîte en carton crasseuse à un gros homme rubicond qui portait un costume fait sur mesure. « Sûr que vous allez être content de ce truc que je vous apporte », dit-il. Le député le dévisagea un instant, le paya et partit sans répondre. Ralph soupesa l'enveloppe et le regarda s'éloigner sous le soleil, convaincu que ce crétin serait incapable d'abattre une caille déboulant d'un buisson de ronces même si sa vie en dépendait, et probablement même pas une colombe posée sur une branche devant la fenêtre de sa chambre. Mais il pourrait se vanter de posséder une si belle arme devant des hommes qu'il aurait conviés à prendre un verre dans son salon, ce fusil témoignant de son incontestable supériorité sur ses invités.

Skadlock rentra chez lui et réfléchit quelque temps à leur rencontre, ruminant la façon dont les petits yeux perçants de l'homme s'étaient posés sur lui et dont il n'avait pas même daigné lui adresser la parole. Il se remémora aussi avec quel geste déplaisant il lui avait tendu l'enveloppe. Certains s'étaient fait tuer pour moins que ça.

Une semaine plus tard, il traversa une longue pelouse vert pomme et entra par la fenêtre dans une belle maison à colonnades au nord-est de Baton Rouge. Le plafond était haut, et il sentit l'huile de lin avec laquelle on encaustiquait les meubles et la cire des planchers, ainsi qu'une bonne odeur de peinture fraîche. Le fusil était bien en vue dans une vitrine à petits carreaux, et il s'en empara avant de disparaître dans la nuit, sachant que, quand le vol serait découvert, le député ne pourrait pas porter plainte, et n'oserait jamais lancer la police aux trousses d'un Ralph Skadlock qui pourrait parler de la façon dont il avait acquis cette arme dans le passé. Il marcha durant les trois kilomètres qui le séparaient du bosquet de sycomores où il avait attaché son cheval. Il se demanda pourquoi il n'avait jamais pensé à ce genre de double larcin auparavant. Sur le chemin du retour, il établit mentalement la liste de tous ces hommes faibles et vaniteux auxquels il pourrait rendre une seconde visite pour leur dérober animaux, pendules et bijoux. C'est à ce moment précis qu'il songea à Acy.

Billsy et lui examinaient le fusil sous toutes les coutures dans leur grande cuisine en se demandant s'ils pourraient le vendre quand ils entendirent une spatule tomber sur le plancher. Leur mère, penchée sur ses fourneaux pour leur préparer le petit déjeuner, le souffle court, s'était laissé glisser à terre. Ils se précipitèrent et commencèrent par lui donner quelques petits coups dans les bras du bout de leurs godillots, puis ils s'agenouillèrent pour la convaincre de se relever. Ninga refusa catégoriquement. Un de ses yeux roula vers la fenêtre et l'autre vers la porte, signe que quelque chose en elle avait soudain lâché, ses muscles se détendirent d'un coup, elle se mit à haleter, les fusibles de son cerveau avaient manifestement sauté. Au bout de dix minutes passées à la regarder et à tenter de la faire revenir à elle, les deux hommes comprirent qu'elle était morte. Incapables de penser à ce qui allait se passer à compter de ce moment, un grand vide se fit autour d'eux. Billsy se releva pour éteindre la cuisinière, pas tout à fait certain du sens dans lequel il fallait tourner la manette.

Ils allongèrent leur mère de tout son long sur le plancher pour que son corps refroidisse dans une posture décente, et restèrent sur le seuil de la cuisine, à dévorer des tranches de pain de mie et réfléchir à ce qu'ils allaient bien pouvoir faire maintenant. Aucun des deux n'était jamais allé à un enterrement, et ils se demandèrent comment on avait procédé pour leur père quand son alambic avait explosé alors qu'ils avaient respectivement quatre et cinq ans. Ils n'étaient pas sûrs de savoir où vivaient leurs oncles et leurs cousins dans l'Arkansas, parce que le clan avait tendance à déménager régulièrement.

Il y avait bien un cimetière envahi de magnolias à une centaine de mètres derrière la bâtisse, avec plusieurs plaques commémoratives toutes gondolées et une croix de bois festonnée de lichen. Ils creusèrent un trou en grattant une parcelle vacante derrière les tombes des aristocrates du cru. Après avoir enveloppé le corps de leur mère dans son édredon, ils la mirent en terre et la recouvrirent, puis reculèrent d'un pas pour regarder le monticule détrempé. Ralph sentit quelque chose lui serrer la gorge et il crut que deux ou trois mots allaient peut-être en sortir, mais finalement il ne dit rien. Aucun membre de la famille n'avait jamais lu la Bible ou mis le pied à l'église, et les deux frères étaient si primitifs qu'ils n'avaient pas le moindre rudiment de christianisme, et pas plus d'idée de ce que pouvait être l'au-delà et de ce qu'il fallait faire pour y être admis que des lézards abrutis par le soleil de midi.

Billsy jeta un coup d'œil vers les autres pierres tombales infestées de mauvaises herbes qui portaient des inscriptions en français.

« Il lui faut une plaque. »

Ralph releva les yeux.

« Dans quel genre ?

– Attends une seconde. »

Il retourna vers la cuisine. En attendant son frère, Ralph tassa la terre autour de la tombe. Billsy revint avec un poêlon en métal estampé à long manche.

« Ce truc devrait faire l'affaire ! »

Ralph le lui prit des mains, le retourna plusieurs fois comme s'il voulait l'examiner pour l'acheter, puis il planta le manche dans la terre derrière la tombe.

« Exactement ce qu'il fallait ! »

Ils mangèrent des rillettes et des sardines, puis ils parcoururent plusieurs kilomètres pour gagner le débarcadère du ferry, en amont du fleuve. Sur la route menant vers la berge, ils croisèrent plusieurs voitures qui descendaient du bateau. Tout près de la rive, ils atteignirent un relais routier en planches mal équarries faisant face à trois bungalows moisis qui s'égrenaient le long d'un fossé de terre battue rouge. À l'étage, un bar sombre au plafond bas servait un tord-boyaux de contrebande dans des bocaux à confiture, et après une heure à en boire avec entrain ils étaient prêts à se payer une prostituée.

Ralph se pencha par-dessus le comptoir et posa la main sur le bras charnu de la fille qui tenait le bar.

« Suzy bosse pas ce soir ? »

La serveuse fixa sur lui un œil qui ressemblait à une balle en plomb.

« C'est la saison du rut, c'est ça ?
– Elle prend toujours trois dollars ?
– Ralph, un bel homme comme toi, ça m'étonne que tu sois toujours pas marié.
– Ça coûte plus cher que trois dollars. Elle reçoit aujourd'hui ? »
La serveuse entreprit de se gratter énergiquement l'oreille.
« Bungalow n° 2, tout au fond. » Derrière la masse sombre du corps de Ralph, elle aperçut Billsy, avec ses épaules voûtées, qui était venu là une douzaine de fois mais restait toujours aussi timide. « Tu veux tirer un coup ?
– Ben oui.
– Qui tu veux ? »
Billsy réfléchit un moment.
« Cette fois, je voudrais bien une fille avec des dents. »

La porte du bungalow n° 2 s'ouvrit sur Suzy Kathell, une femme d'une cinquantaine d'années aux cheveux poil-de-carotte, le visage émacié et la taille fine. Roulant des hanches dans un négligé vert-jaune, elle tenait un verre et une cigarette dans une main, et elle l'attira vers la lumière de l'autre.
« Salut, beau gosse, dit-elle en riant comme une jument qui hennit. Comment ça va pour toi, mon vieux ? »
Ralph gardait les yeux rivés sur son décolleté.
« Pas mal !
– Et ton frère ? Toujours aussi coincé ?
– Pas mal, à ce que je crois.
– Votre mère pète toujours la forme ?
– Non. Elle est morte.
– Ça alors ! Mais quand ?
– Pas plus tard que ce matin. »
Elle renversa la tête en arrière.
« Bon sang de bonsoir ! Va falloir trouver quelque chose pour te consoler », dit-elle en laissant tomber son négligé.

Le whisky frelaté avait rendu Ralph à moitié comateux, et il fallut un bon moment à la malheureuse pour en finir avec lui. Quand ce fut fait, il lui demanda :

« Est-ce que tu viendrais vivre avec moi si je te payais pour ça ? »

Espiègle, elle fit mine de lui donner une gifle.

« Bon Dieu, on dirait presque une demande en mariage. Ou bien est-ce qu'il faudra aussi que je m'occupe de Billsy ? »

Elle rit de sa propre plaisanterie et lui souffla sa fumée au visage.

« Que tu t'occupes de nous ou pas, on a besoin d'une femme à la maison. »

Suzy Kathell tira une bouffée de sa Picayune, qui grésilla.

« Mon petit chou, je crois pas que tu puisses te payer les services de quelqu'un comme moi. En plus, j'ai essayé les joies du travail domestique avant et ça a pas vraiment marché. J'aime m'acheter des dessous chics et aller où je veux dans ma voiture. Tu en as une, chez toi au fond des bois ? »

Ralph dut reconnaître qu'il n'avait même pas de route. Elle pinça très fort sa joue mal rasée.

« Mon joli, tu as le dos solide, toutes tes dents, et cet air un peu effrayant qui doit rendre folles toutes ces oies blanches. Cherche un peu et tu vas te trouver une cuisinière en un rien de temps. Maintenant, si tu veux bien te rhabiller et m'excuser, il y a le prochain qui m'attend. »

Les deux frères étaient assis au bar et partageaient un pichet de whisky de contrebande.

« J'ai l'impression que mes yeux sont comme les trous d'une prise électrique », dit Billsy.

Ralph tendit la main pour arracher un bouton de la chemise de son frère et il le lui lança au visage.

« Réveille-toi et écoute un peu. »

Billsy prit un air affligé.

« Qui c'est qui va recoudre ce putain de bouton maintenant ?
– Combien qu'il vaut, ce pur-sang que t'as volé à Carencro ?

– Pas la moindre idée. Mille dollars, je crois qu'ils ont dit.

– Et ce LeGrange, il t'a payé pour le piquer ?

– Ouais.

– Tu crois que tu pourrais le reprendre ?

– Ah ça non ! Cette espèce de diable noir m'a mordu six fois. C'était comme danser avec un carcajou chaque fois que je m'approchais.

– Quand même, tu pourrais lui reprendre, et il dirait rien parce que c'est lui qui l'a volé pour commencer.

– Et après, j'en fais quoi ? Je le revends ?

– Oui. À lui.

– T'es dingue. Qui c'est qui achèterait un truc qu'était à lui au départ ?

– Mais c'est ça, justement, toute la beauté de la chose. Ce cheval a jamais été à lui, en fait. »

Billsy but une gorgée, en espérant que le whisky lui rendrait les idées plus claires.

« Pourquoi pas se contenter de faire chanter cet enfant de salaud ?

– C'est parce qu'il y a quelque chose de physique dans cette idée d'avoir cet animal ou cette chose bien à vous. Un truc que tu veux plus que tout et qui pourrait se retrouver entre les mains d'un autre. C'est ça qui les rend fous.

– En tout cas, moi, je veux plus voir ce canasson, même en peinture. Après ce coup-là, j'arrivais plus à m'endormir pendant un bon mois. Je croyais que j'avais la rage.

– Allons, allons. »

Ralph lui donna une bourrade sur l'épaule qui fit tomber son chapeau mou. Billsy se baissa pour le ramasser.

« Si t'as envie de repiquer au truc, t'as qu'à t'en prendre à cette gosse. »

Ralph fit grincer sa chaise.

« J'y ai pas mal réfléchi, justement. Je me demande juste comment ça pourrait marcher.

– Ça avait rapporté gros. »

Ralph se pencha au-dessus de la table et se servit un autre verre. Il étendit les bras comme si le plateau était une immense roue qu'il voulait empêcher de tourner.

« Un coup qu'a coûté la vie à mon chien. »

Billsy se redressa et se composa un visage de circonstance, comme s'il savait que le terrain était miné.

« Un sacré clebs !

– Je faisais un pas, et il me suivait. Quand on faisait une petite pause dans les bois, il s'approchait et il chopait les mouches si elles volaient trop près de ma tête. Il bouffait même les abeilles, sans leur laisser une chance de me piquer.

– Le seul pur-sang de la famille.

– Des fois, je me réveillais la nuit et je cherchais tout autour du lit. Quand il y avait assez de lune, je voyais les grands yeux de ce bon vieux Satan qui me regardaient, un peu de la couleur de la sève de pin, et qui montaient la garde.

– Je me rappelle le jour où il a bouffé tout cru ce pitbull qui t'avait attaqué.

– Ce salopard de Cincinnati ! grommela Ralph à l'adresse de la table. Combien tu crois qu'il y a de flics à Cincinnati ? »

Billsy jeta un coup d'œil vers la serveuse qui essuyait des verres avec son pan de chemise.

« Mille environ, je dirais. Ils ont des rues pavées et des voitures partout. Des cabines téléphoniques à chaque coin de rue.

– Putains de téléphones ! Sans ça, on pourrait se faire la paire avec à peu près n'importe quoi. »

La fille les apostropha de derrière son comptoir :

« On dirait qu'il va dégobiller, tu ferais mieux de l'emmener faire un tour dehors. »

Billsy chercha durant quelques secondes d'où venait cette voix.

« T'inquiète, il va pas dégobiller. C'est mon frangin. »

Cela ne la fit pas rire.

« Il est aussi saoul qu'un rat qui ferait un tour de manège accroché aux pales d'un ventilateur. S'il lâche le guidon, je te préviens, c'est toi qui nettoies.

– T'en fais pas pour lui. Sers-nous donc un peu à boire. » Il tâta la poche de sa chemise. « Et on a plus de clopes.

– J'en vends pas.

– Oh, petite fleur, tu veux pas qu'on fume dans ton bar, c'est ça ? Tu as peur que ça pue encore plus que toi ? »

La serveuse cracha dans un verre et le frotta énergiquement.

« Tu fumeras bien assez quand tu mangeras les pissenlits par la racine ! »

Le lendemain matin, ils se réveillèrent et firent quelques pas au soleil devant la grande bâtisse pour se remettre les idées en place, affamés comme des réfugiés, avec une haleine de chacal et une terrible gueule de bois. Ralph alluma le chauffe-eau et remplit la baignoire en métal galvanisé. Il dénicha ensuite quelques boîtes de sardines dans un placard ainsi qu'un bout de fromage moisi, et une fois à table il commença à y voir plus clair.

« Je vais te proposer un truc », dit-il à Billsy, qui se tenait à l'autre bout de la cuisine. Torse nu, il avait de petits poils hérissés sur les épaules. « Toi, tu restes ici et tu gardes un œil sur l'alambic et le reste. Moi, je vais faire un petit tour dans le Nord pour voir si je retrouve cette petite.

– Laisse-moi un peu de fric pour manger.

– OK. Pendant ce temps tu pourrais clouer sur le toit les planches qu'on a repêchées dans la rivière. Il commence à prendre l'eau sérieusement.

– Avant, tu t'en plaignais pas. Tu disais que ça faisait comme une cascade dans ton sommeil.

– Ouais, mais avant on avait jamais trouvé de planches, pas vrai ? Toute la maison est en train de moisir et le parquet se déforme.

– J'y jetterai un coup d'œil. »

Billsy pêcha une sardine dans la boîte en fer-blanc et l'avala avant de se lécher les doigts.

« Je vais aller mettre mes plus belles fringues dans un sac. Ce pantalon en laine légère qu'on a trouvé dans une blanchisserie à Scotlandville. Des chemises blanches et une cravate-lacet.

– Oublie pas de racler tes pompes pour enlever le crottin.

– Je vais mettre les bottes marron qu'on a prises dans cette baraque à McComb.

– Ouah ! Personne va te reconnaître, mon vieux ! »

Ils galopèrent ensemble jusqu'à la petite gare de Fault, et Billsy ramena les deux chevaux à l'écurie. Deux jours plus tard, Ralph arpentait les rues de Graysoner, Kentucky, les pouces glissés sous ses bretelles comme si la ville lui appartenait. Il était plus de 9 heures du matin, la plupart des hommes étaient au travail, les femmes faisaient les courses avant les grosses chaleurs. Il avait passé une heure chez le maréchal-ferrant, obtenant tous les renseignements qu'il souhaitait de la bouche des vieux qui passaient leur temps dans le coin à se rappeler l'époque où les routes étaient encore des pistes, dix ou quinze ans auparavant, quand on ne savait pas encore ce qu'était une automobile. Il les écouta parler des montagnes escarpées au sud de la ville et des défilés qui les traversaient. Le lendemain, il emprunta l'allée qui passait derrière la maison d'Acy White et vit ce qui lui apparut comme une servante mal vêtue et une enfant qui faisait rouler un ballon sur le gazon. En passant devant la clôture, il porta la main à son chapeau et fit son plus beau sourire. La jeune femme, l'air robuste et le dos droit comme un I, le lui rendit, et il poursuivit son chemin. « Et des yeux gris, en plus », songea-t-il.

Skadlock prit une chambre à l'hôtel où logeaient les matelots des bateaux à vapeur et il se lava le museau dans les toilettes au bout du couloir. Il lissa ses cheveux avec de la brillantine et enfila une chemise propre. Il s'offrit ensuite une coupe chez le coiffeur installé dans le hall de l'hôtel, avec qui il échangea des propos en apparence décousus mais qui peu à peu glissèrent vers la jeune femme qui travaillait dans la grande maison au milieu de Bonner Alley. Il ne voulait pas utiliser le nom d'Acy White. Ralph savait que dans une petite ville les barbiers en savaient autant sinon plus que les barmans et les prostituées : c'était leur métier qui voulait ça. Le barbier donna trois coups de ciseaux dans l'air et son regard se perdit de l'autre côté de la rue.

« Cette fille habite quelque part au pied de la colline dans Ditch Street. Je l'ai souvent vue qui partait dans cette direction vers 19 heures quand elle a fini de travailler chez M. White. Un vrai repaire de rats, cette rue, je vous jure ! La tannerie déverse ses eaux sales dans le canal, et elles grouillent partout de ces sales bêtes.

– Elle est mariée avec le contremaître de la tannerie, c'est ça ? »

Skadlock souleva sa botte et fit mine de l'examiner attentivement.

« Si c'est vrai, alors je n'en savais rien. M. White dit qu'elle vit toute seule dans une de ces baraques en toile goudronnée rouge de ce côté de la chaufferie. »

Se rendant compte qu'il était en train de se faire couper les cheveux par le seul coiffeur de la ville, Ralph jugea prudent de changer de sujet.

« Figurez-vous que l'autre jour j'ai mangé dans un bar où ils mettaient du sucre dans leur pain de maïs. »

Le barbier réagit immédiatement à ce commentaire.

« Je sais. Je suppose qu'un New-Yorkais a dû trouver un jour que c'était une bonne idée. Moi j'aime le bon vieux pain de maïs en forme de tourte avec des petits morceaux de couenne dedans, salés comme des gouttes de sueur.

– Bien d'accord ! Et les beignets, qu'est-ce que vous en dites ? »

Le plus sérieusement du monde, l'homme évoqua les beignets au maïs et la gelée de mûre que lui préparait sa grand-mère tandis que Skadlock réfléchissait à son emploi du temps pour le reste de la journée.

De là où il se cachait, entre deux jeunes saules à quelques dizaines de mètres plus au nord, il la vit passer par le portail du jardin et sortir dans l'allée. Il quitta son abri pour monter sur le trottoir, marcha nonchalamment en direction de Ditch Street et entendit bientôt son pas résonner juste derrière lui. Il se dit qu'elle devait être pressée de rentrer chez elle et de se détendre un peu après avoir passé la journée entière à trimer chez les riches. Quand elle atteignit son niveau, il fit semblant d'être surpris.

« Dites-moi un peu, s'exclama-t-il, est-ce que je vous aurais pas déjà vue quelque part aujourd'hui ? »

Elle avait les joues plutôt creuses, le menton trop petit, mais il y avait quelque chose d'intelligent et de déterminé dans ses yeux clairs.

Elle lui jeta un rapide coup d'œil, le genre de regard qu'elle aurait d'ordinaire réservé à un gros chien inconnu, mais elle ralentit le pas.

« J'étais dans le jardin, derrière la maison où je travaille, et vous, vous remontiez l'allée.

– Exact. Vous étiez en train de jouer au ballon avec une fillette qui était bien trop couverte par une chaleur pareille. »

Elle pressa l'allure pour le suivre.

« Je vous le fais pas dire. Madame est jamais contente si cette pauvre gamine a pas une fortune en vêtements sur le dos matin, midi et soir.

– Vous êtes la bonne d'enfants, c'est ça ? »

Vessy releva un peu le menton.

« En vérité, je suis la cuisinière, mais je m'occupe de la petite de temps en temps. »

Skadlock marqua une pause.

« Cuisinière, vous dites. Vous faites la cuisine tous les jours ?

– Ben oui. C'est ce que font les cuisinières en général, non ? En tout cas, c'est ce que moi je sais faire. » Ils reprirent leur chemin à flanc de colline, en marchant plus lentement cette fois.

« Vous êtes là pour chercher du travail ? J'ai entendu des vieux dire qu'on recrute à la tannerie. »

Il secoua la tête.

« Non. Je suis juste venu pour acheter des trucs à un certain prix et les revendre à un autre. »

Il lui décocha ce qu'il croyait être un sourire. Le résultat était plutôt effrayant, mais elle fit comme si de rien n'était.

« Un peu comme un marchand de chevaux.

– Quelque chose du genre.

– Eh bien, mon frère, quand il était encore en vie, il achetait et il revendait des mules et c'était un vrai va-nu-pieds. »

Elle le regarda plus attentivement et remarqua ses bottes.

« En général, moi je me débrouille pour dégager un petit bénéfice. »

Il l'accompagna jusqu'à l'entrée de Ditch Street, un étroit chemin de terre boueux qui partait de la respectable rue pavée où ils s'étaient rencontrés.

« Au revoir, mademoiselle. C'est “mademoiselle”, pas vrai ?

– Oui, répondit-elle d'un air triste. Un bien grand mot pour une pauvre fille. »

Cette nuit-là, allongé à l'hôtel sur son lit à une place, il fixait le plafond en sirotant un demi-litre d'alcool de son cru qu'il avait caché dans son sac et il se demandait comment il pourrait s'y prendre pour la croiser à nouveau. Il avait faim, il en avait plus qu'assez de la nourriture qu'il avait apportée – du pain tellement sec qu'il aurait pu enfoncer des clous avec et du fromage qui puait comme des pieds mal lavés. Nostalgique de la poule d'eau que sa mère faisait frire à l'ail, il se rendit soudain compte que plus jamais elle ne ferait la cuisine pour Billsy et lui.

« Bon Dieu de merde ! » lança-t-il en direction du plafond.

Ralph ne s'était jamais montré sentimental de sa vie, mais à ce moment précis il sentit des pincements de cœur en se rappelant comment la vieille femme faisait rissoler les morceaux de volaille dans un poêlon fumant. Il passa un long moment à se demander pourquoi elle procédait ainsi.

Le lendemain après-midi, il retrouva Vessy à l'angle de Ditch Street et resta à bavarder avec elle pendant une dizaine de minutes. Il remarqua des traces de poudre collées à la transpiration qui perlait sur son visage et crut détecter une odeur de violettes ou de Zan qui lui parfumait l'haleine. Plus tard le même soir, il se présenta à sa porte, et ils s'installèrent sous le porche branlant sur des chaises en osier couvertes de moisissures. Ils parlèrent pendant une heure puis il lui offrit une rasade de son whisky. Elle renifla le liquide ambré dans son verre à eau sale avant de l'avaler d'un trait.

« Ça, c'est de l'eau de feu ou je m'y connais pas, dit-elle, d'un ton approbateur. C'est pas de la gnognote.

– Je me doutais bien qu'une fille venue des montagnes du Kentucky saurait apprécier. »

Elle le regarda.

« Comment tu gagnes ta vie exactement, Ralph ?

– Oh ! les gens me demandent de faire des trucs pour eux. De trouver des choses. D'en fabriquer aussi.

– Et je parie que certaines de ces choses se conservent en bouteilles !

– Pas impossible. »

Il lui versa une nouvelle rasade qu'elle sirota lentement cette fois, sans le quitter des yeux par-dessus son verre.

Le troisième jour était un samedi. Ce soir-là, il l'invita dans un bar et ils mangèrent chacun une assiette de côtes de porc et de légumes. Sur le chemin du retour, il lui posa des questions sur la fillette et elle lui dit ce qu'elle savait. Ils burent un demi-litre de whisky à eux deux assis à la table de bois brut près de son lit, et il se pencha pour lui donner un long baiser qu'elle reçut comme une lettre qu'on a longtemps attendue et que le facteur vous apporte enfin.

« Parfait, monsieur Ralph, mais pour que les choses soient claires, tu peux m'embrasser autant que tu veux, mais pas question de coucher. J'ai vu trop de filles abandonnées avec un gros ventre qui avaient plus que leurs yeux pour pleurer quand le type s'en allait. »

Il alluma une cigarette et regarda le lit, avant de l'embrasser à nouveau comme s'il aimait le goût de ses lèvres. Il se redressa sur sa chaise et lui tendit sa cigarette, l'observant tandis qu'elle en tirait une bouffée.

« D'accord, mais raconte-moi comment tu crois qu'ils ont trouvé cette petite fille.

– En tout cas, je sais qu'elle est pas à eux. Ils ont sans doute payé quelqu'un pour l'enlever à ses parents. » Il ferma à demi les paupières. « Tu serais pas détective, par hasard ?

– Non. C'est moi qu'ils ont payé mille dollars pour la kidnapper. »

Vessy lui rendit sa cigarette et tendit la main vers la bouteille.

« Voilà le diable qui sort de sa boîte ! dit-elle, les lèvres pincées. Et qu'est-ce que tu veux maintenant ?

– Je veux leur reprendre. »

Elle se figea durant quelques secondes avant de se servir.

« Excuse-moi de te le dire, mais ça serait pas trop malin. Le shérif est dans le même club de poker qu'Acy White. »

Il pointa le doigt en direction de la colline et de Lilac Street.

« Ils pourront pas me dénoncer, ça les forcerait à reconnaître ce qu'ils ont fait avant. Et puis, je leur revendrai immédiatement leur môme, sauf que ce coup-là ça leur coûtera le double. » Il se leva pour jeter son mégot dans l'incinérateur à ordures puis il se tourna vers elle. « Est-ce que tu voudrais t'en faire cinq cents ? »

Elle jeta un coup d'œil rapide sur sa misérable baraque, sur toutes les surfaces jaunies sous le reflet de la lampe à pétrole, comme si elle la voyait pour la dernière fois.

« Qu'est-ce qu'il faut que je fasse ?

– Est-ce que tu sais monter à cheval ? »

Elle fit une petite grimace.

« Mais qu'est-ce que tu crois ? Gamine, j'allais à l'école à dos de mule, je l'ai fait pendant cinq ans, et après je rentrais aider aux labours jusqu'à ce que la nuit tombe.

– J'aurais besoin que tu m'aides à ramener la fille jusqu'en Louisiane. »

Elle tourna sa langue dans sa bouche et réfléchit à la question.

« Et après ? »

Il n'avait guère l'habitude de sourire, mais cette fois il sourit et redressa le dos comme le fait un joueur de poker avant d'abattre ses cartes gagnantes sur la table.

« Ma belle, après ça, tu pourras faire exactement ce que tu veux ! »

Les rues étaient désertes depuis longtemps quand il repartit après avoir beaucoup discuté avec elle. Le lendemain, il resta discrètement à l'hôtel toute la journée. Le soir suivant, il reprit la direction de Ditch Street, sans se soucier du brouillard pestilentiel qui s'élevait des rigoles d'évacuation fumantes de la tannerie. Elle le fit entrer et lui annonça immédiatement que le mardi Acy quitterait sans aucun doute la maison de bonne heure, et que Mme White prendrait le bateau du matin pour aller faire des courses à Louisville. Ni l'un ni l'autre ne rentreraient avant 17 h 30 au plus tôt. Il se rencogna contre le haut dossier de sa chaise, et ses articulations claquèrent comme des amorces dans un pistolet d'enfant.

« Tu as un pantalon que tu pourrais porter sous une robe ? »

Assise à table face à lui, elle hocha la tête.

« Tu as trouvé des chevaux ?

– Deux que je m'apprête à acheter.

– Ils mordent pas, j'espère ?

– Ceux que j'ai vus ont sans doute plus de dents du tout. »

Elle lui adressa un sourire, et une légère rougeur lui monta aux pommettes. Il le lui rendit, l'air mystérieux, un peu comme certains malfrats sourient, donnant l'impression qu'il pourrait l'emmener aussi loin qu'il aurait besoin d'elle mais l'abandonnerait ensuite dans la forêt après l'avoir assommée. Si Vessy perçut la menace, elle n'en laissa rien paraître. S'emparant de sa flasque, elle se servit une petite rasade, espérant que le goût dissiperait la puanteur de la tannerie. Elle sourit encore imperceptiblement quand elle eut le nez dans son verre.

Chapitre 25

Le mardi, à 17 h 45, Acy quitta la banque et rentra chez lui à pied. Sa superbe Oldsmobile bordeaux restait dans l'allée parce qu'il aimait faire un peu d'exercice en remontant la colline, même quand il était fatigué, comme ce jour-là. Quand il ouvrit la porte, le silence était palpable, et il devina tout de suite que quelque chose s'était passé. Aucune odeur de cuisine. Il regarda par terre, se demandant s'il n'avait pas oublié quelque chose, un récital ou peut-être un cours de musique de Madeline. Rien ne lui vint à l'esprit. Il entra dans la cuisine, posa la main sur la cuisinière, qu'il trouva froide. À l'étage, tout semblait en ordre, les lits étaient faits, ce qui signifiait que Vessy, qui s'occupait du ménage en plus de la cuisine quand la bonne était souffrante, était venue.

Il décida de prendre la voiture pour aller dîner au Wilson Hotel, au pied de la colline. Au restaurant, tandis qu'il attendait d'être servi, il se concentra sur son assiette en terre de fer. Vessy était-elle tombée malade ? Sa femme, il s'en souvenait, avait pris le *Galeno* pour aller faire des courses, et le vieux bateau pouvait avoir été retardé pour plusieurs raisons. Peut-être Madeline et Vessy étaient-elles allées à sa rencontre afin de l'aider à porter les paquets. Deux jeunes avocats se joignirent à lui, et bientôt il ne pensa plus qu'aux nouvelles lois fiscales et au steak qui l'attendait. Il aurait aimé boire un verre de vin, comme au bon vieux temps d'avant la guerre et la Prohibition. Mais le steak arriva, bien épais, nappé de sauce fumante, et il se sentit tout guilleret.

Le *Galeno* avait effectivement eu des ennuis de chaudière et il redescendait lentement le fleuve avec deux heures de retard. Willa adorait prendre le bateau vers l'amont, s'imaginant malgré toutes les preuves du contraire que ces rafiots poussifs condamnés aux petits trajets étaient de superbes palaces flottants, mais le soir venu elle regretta de ne pas avoir pris le train. Elle était fatiguée, et le salon réservé aux dames à l'arrière de la grande salle avait perdu dorures et vernis, le capitonnage des fauteuils était usé jusqu'à la corde et sentait le pétrole. Deux vieilles filles austères revenaient de chez le médecin, et elles n'avaient pas d'autre sujet de conversation que les innombrables problèmes féminins dont elles souffraient. Elle trompa son ennui en passant en revue ses deux gros sacs d'achats, l'un d'eux plein à craquer de combinaisons et de sarraus destinés à la petite. Elle était impatiente de rentrer et de montrer ces nouveaux vêtements à Madeline, même si la fillette ne manifestait en général aucune réaction devant ce genre de cadeaux. Cela changerait sans doute avec le temps, quand elle s'intéresserait davantage à la mode et aux différents styles. Willa lui avait déjà appris beaucoup de choses, bien que l'enfant refuse toujours obstinément de l'appeler “maman”, de saluer les adultes de façon convenable ou d'éviter certaines expressions inappropriées. Lorsqu'elle voulait être proche de Madeline – assise sur ses genoux quand elle lui brossait les cheveux, par exemple –, la petite se tournait soudain vers elle et la regardait comme une parfaite inconnue. Elle se sentait alors blessée et repoussée, mais elle parvenait toujours à se consoler en songeant qu'enfin, oui, enfin, elle avait un enfant à elle.

Le *Galeno* accosta après 20 heures, et Willa téléphona à la maison depuis le quai flottant pour demander à Acy de venir la chercher. Quand il arriva, il l'aida à porter ses paquets.

« Je suppose qu'il va falloir nous arrêter au passage chez Vessy pour prendre Madeline.

– Mais que veux-tu dire, pour l'amour du ciel ?

– Elle a sans doute emmené la petite chez elle. Elles ne sont pas à la maison.

– Je ne comprends pas.

– Il n'y avait personne quand je suis rentré du travail. »

Willa attendit qu'il referme sa portière et fasse le tour de la voiture. Il se déplaçait avec agilité et bondit sur son siège comme un petit garçon.

« Je déteste savoir Madeline dans ce quartier. Cela sent tellement mauvais », dit-elle en agitant sa main parfumée sous son nez.

Il mit le moteur en prise et remonta la colline, avant de tourner pour emprunter Ditch Street et de passer devant une rangée d'étroites maisons au toit de zinc, les carreaux jaunis par la fumée des lampes à pétrole, jusqu'à celle de Vessy, devant laquelle il s'arrêta. Aucune lumière à la fenêtre, mais il sortit pour aller frapper à la porte.

Il accéléra un peu sur le chemin du retour. Willa posa une main gantée sur l'avant-bras de son mari.

« Que se passe-t-il ? »

D'un mouvement du menton, il désigna leur maison.

« Pas de lumière chez nous non plus. »

Ils entrèrent et commencèrent à chercher un message, un indice. Willa ouvrit un tiroir du meuble-bibliothèque pour prendre sa bouteille de whisky canadien, et elle s'en servit une bonne rasade dans un verre en cristal taillé. Sa main tremblait quand elle le porta à ses lèvres.

De retour du vieux hangar à voitures, Acy se laissa tomber sur une chaise ; il prit le verre de Willa et le vida d'un trait.

« Elles ne sont pas là.

– Madeline est peut-être tombée malade et elle l'aura conduite chez le médecin. »

Il lâcha un soupir.

« Je ne vois pas d'autre explication. »

Mais, après un coup de téléphone durant lequel il se répandit en excuses, il revint dans la salle à manger et dit que le médecin ne les avait pas vues. Il était maintenant 21 heures. Il se rendit chez les voisins de gauche, puis de droite. Mme Spurlen n'avait aperçu ni Vessy ni Madeline de toute la journée. M. Scott, grand propriétaire terrien qui avait pris sa retraite en ville, fronça ses deux gros sourcils gris et demanda s'ils avaient des ennuis.

« Non non, rien de grave, répondit Acy en quittant à reculons la vaste véranda en pierre du vieil homme. Nous avons seulement un problème de planning et nous ne savons plus où Vessy devait déposer notre petite fille ce soir. »

M. Scott consulta son énorme montre à gousset.

« Il est tard, mais si cela peut vous aider je peux aller vérifier où vous voudrez. Vous avez demandé au médecin ?

– Oui. Ne vous en faites pas, je suis sûr qu'elle va réapparaître bientôt.

– Au fait, Acy ?…

– Oui ?

– Est-ce que vous comptez faire repeindre votre clôture de derrière ?

– Comment ?… Oui, bien entendu. »

Il marchait déjà vers la rue, toujours à reculons.

« Je sais bien que ce n'est jamais qu'une petite ruelle, mais il faut tout de même qu'elle ait belle allure, avec tous ces automobilistes qui s'en servent comme d'un raccourci et qui soulèvent la poussière. J'y ai même vu des chevaux de bonne heure ce matin.

– Je vais trouver quelqu'un pour la repeindre la semaine prochaine.

– Merci. »

M. Scott referma sa porte et éteignit la lumière de sa véranda.

Lorsque Acy rentra chez lui, Willa était en larmes et il s'assit à côté d'elle sur le canapé pour tenter de l'apaiser. Il leur prépara une tasse de thé qu'ils prirent autour de la table, sans dire un mot. L'attente. Pour la première fois, il ressentit l'absence du visage de la petite, l'éclat de l'enfance, et même la façon espiègle qu'elle avait de lui refuser toute manifestation de tendresse. Les bruits qu'elle produisait constamment étaient devenus les battements de cœur de sa maison. L'espace d'une brève seconde, il se demanda ce que les parents de la fillette avaient pu ressentir, mais il se débarrassa de la question aussi prestement que d'un moustique qu'il aurait écrasé.

À 22 heures, une idée lui vint, et il alla chercher la torche électrique à batterie qu'il venait d'acheter et descendit dans le jardin. Parvenu au portail qui donnait sur la petite ruelle, il découvrit plusieurs crottes en forme de pommes laissées par un cheval. Peut-être par deux chevaux. Il marcha de nouveau vers la maison voisine et cogna à la porte de M. Scott jusqu'à ce qu'il descende lui ouvrir en pyjama, clignant des yeux dans l'embrasure.

« Que se passe-t-il ?

– Désolé de vous tirer du lit, Jess, mais vous m'avez dit avoir vu des chevaux dans l'allée.

– Des chevaux ? Où ça ? »

Il balaya du regard la pelouse plongée dans l'obscurité.

« Ce matin. C'est ce que vous m'avez dit.

– Ah oui… Il y en avait deux.

– Attelés à une charrette ? Le livreur de bois ? »

M. Scott hésita.

« Non, c'était un inconnu qui les menait. J'allais à mon garage quand je l'ai vu. Alors je lui ai crié de ne pas laisser ses bêtes traîner par là et empester tout le quartier.

– Il était seul ?

– Je n'ai vu personne d'autre. Votre petite est rentrée ? »

Acy avait besoin d'ordre, il aimait que les choses non seulement trouvent leur place mais qu'elles y restent, et là, quelqu'un était venu tout perturber.

« Nous faisons tout ce que nous pouvons pour la retrouver. Cet homme, est-ce que vous sauriez le décrire ?

– Je ne me rappelle pas. J'ai seulement vu un inconnu. » M. Scott posa deux doigts sur son menton. « Il était grand et fort. Avec un chapeau de belle taille, et plutôt élégant. Un Stetson, sans doute. En tout cas, pas n'importe quoi.

– Autre chose ?

– Je l'ai à peine entrevu, vous savez. Il tirait juste ses chevaux par la bride.

– Quelle heure ?

– Je vous demande pardon ? »

M. Scott passa un pied nu par l'embrasure.

« Quelle heure était-il ?

– Oh, il était tôt. Environ 8 heures du matin, je dirais.

– Je vous remercie, Jess.

– Si vous avez besoin de quelque chose… »

Mais Acy était déjà reparti vers la rue et ouvrait le portail à tâtons dans la nuit sans lune. Quelques instants plus tard, Willa entendit ses pas sur le perron et elle vint lui ouvrir.

« Est-ce que Vessy a des connaissances qui se déplaceraient à cheval ?

– Je ne sais pas. Elle est si fermée… Je ne crois pas qu'elle se soit fait la moindre relation depuis qu'elle vit ici.

– Il y avait quelqu'un dans l'allée avec des chevaux de selle après notre départ de la maison ce matin.

– Est-ce que tu penses qu'elle avait prévu une sortie et qu'un incident est survenu ? » Willa se releva et serra le poing, mais elle se rendit compte qu'elle ne savait pas elle-même à qui elle en voulait, et elle se rassit. « Nous devrions peut-être appeler le shérif pour qu'il les recherche…

– Vessy a-t-elle des amis hommes ?

– Mais tu rêves ! L'as-tu seulement sentie ? Elle empeste l'huile de pin et les odeurs de cuisine. »

Acy la regarda, tenta de sourire, mais il ne réussit pas.

« Je vais appeler le shérif. Mais, tu sais, il va falloir faire attention à ce qu'on lui dit. »

Elle écarquilla les yeux, comme si elle venait seulement de se souvenir d'où venait l'enfant.

« Est-ce que ses parents auraient pu… ?

– Ses parents ne viendraient pas la chercher comme ça, en secret. Ils débarqueraient au grand jour par la porte principale.

– Oh, mon Dieu, Acy ! Tu crois que quelqu'un a découvert le pot aux roses ? Et où est passée Vessy ? » Elle se releva une fois de plus et posa la main sur une jonquille du papier peint. « Tout cela n'a aucun sens, mais si on ne l'appelle pas dès ce soir, il risque de trouver cela bizarre. »

Le shérif arriva à 22 h 45. La cinquantaine à peine passée, il avait des ambitions politiques et se montrait invariablement en costume. Acy lui avait consenti un prêt de treize mille dollars pour l'achat de sa nouvelle maison ; en conséquence, il ôta son chapeau mou, entra poliment et écouta poliment. Ensuite, il leur dit que Vessy avait sans doute emmené la petite et qu'elle leur fournirait une bonne explication dès le lendemain matin. Par acquit de conscience, il allait passer par la gare et le quai flottant et demanderait si personne n'avait rien remarqué qui pourrait les intéresser.

Acy eut alors l'impulsion de lui parler des chevaux, mais quelque chose – sans doute la crainte la plus terrible qui le hantait – le retint.

« À demain matin, alors. »

Il ne put fermer l'œil de la nuit, pensant à la petite sans arrêt, tandis que sa femme errait de lit en lit, pour finir par s'installer sur le canapé du salon.

Le lendemain matin, avant le retour du shérif, il confia à Willa ce qu'il craignait :

« Ce sont les Skadlock qui nous l'ont reprise. Je ne vois pas ce qu'il aurait pu se passer d'autre. »

Assis dans la cuisine, ils buvaient un verre d'eau du robinet. Willa posa sur lui un regard incrédule.

« Mais pourquoi ? On leur a donné ce qu'ils demandaient, et c'était beaucoup d'argent. »

Ils demeurèrent un long moment silencieux, jusqu'à ce que le shérif arrive, le chapeau à la main. Campé dans la salle à manger, il examina la vitrine où étaient exposées les porcelaines et leur dit qu'il avait fouillé la baraque de Vessy, mais n'avait rien découvert d'anormal. Ses quelques vêtements étaient là et on n'avait manifestement rien emporté, mais bien sûr, c'était un meublé, tout l'équipement faisait partie de la location, jusqu'aux casseroles en émail bon marché et aux couverts rouillés. Elle ne possédait quasiment rien.

« Quand comptez-vous commencer à rechercher ma fille ? » demanda Willa en jetant un coup d'œil à son mari.

Le shérif leur exposa ce qu'il pouvait faire puis disparut aussi vite que possible. Acy regarda par la fenêtre sa Ford repartir en crachotant vers le centre-ville.

« Je ne peux même pas me lancer moi-même à sa recherche, expliqua-t-il. En tout cas, pas tout de suite. Je ne pourrais pas justifier cette absence.

– Si c'est Skadlock qui l'a enlevée, tu ne peux pas mettre le shérif sur sa piste. »

Il continua à regarder la voiture qui descendait la colline, comme s'il enviait la liberté de mouvement du policier.

« Mais où est passée Vessy ? C'est ce que je continue à ne pas comprendre.

– Il l'a peut-être payée pour qu'elle lui laisse le champ libre et elle est retournée dans ses montagnes. »

Acy examina longuement la table et les chaises vides.

« Comment savoir ?

– Tu ne vas pas travailler ? »

Elle tortillait un mouchoir entre ses doigts.

« Je pense que ce serait suspect. »

Son estomac gargouillait, et il regarda en direction de la cuisine. Baissant les yeux, il vit que sa chemise était froissée, mais il n'y avait personne pour la repasser. La plupart du temps, il considérait que sa vie roulait avec la précision d'un élégant train de voyageurs, mais pas ce jour-là. Il ne lui restait plus qu'à réfléchir à l'endroit où pouvait bien se trouver sa petite fille.

Chapitre 26

Graysoner se trouvait sur une voie de raccordement, et les rails étaient si déformés que Sam luttait contre une terrible nausée tant il était ballotté dans son wagon. Une fois en ville, il prit une chambre dans un hôtel près du fleuve, lava les traces de cendres sur son cou, et redescendit à la réception, où il apprit que les Weller n'étaient pas encore arrivés. À 5 heures de l'après-midi environ, il entendit le sifflet de l'*Ambassador* qui s'approchait et il se rendit sur le quai, dépassant une file d'étroits camions Ford et de charrettes à charbon tirées par des mules qui attendaient l'accostage. Il avait le visage en feu, à cause non de la chaleur de la journée, mais de la honte qu'il ressentait.

Le bateau toucha quai, noirci par la suie de toute la saison précédente, et un groupe de chauffeurs descendit pour installer des planches reliant la soute à charbon à la berge. Une minute plus tard, Sam aperçut Elsie et August sur le pont principal, et ils gagnèrent la terre ferme dès qu'on eut mis en place la passerelle. En avançant à sa rencontre, aucun des deux ne voulut croiser son regard, à la place ils semblaient contempler le lointain, étudiant la ville contre laquelle ils allaient devoir se battre. Elsie lui parut pâle et amaigrie. August avait grandi dans l'intervalle, et son corps était devenu celui d'un homme robuste. Quand ils parvinrent à sa hauteur, August lâcha sa valise et pivota sur lui-même. Sam sentit la brûlure d'une gifle d'une violence telle qu'il faillit en perdre l'équilibre. Elsie saisit son fils par le bras, s'interposa et l'obligea à reculer.

« J'ai pas l'intention de recommencer, dit August. Mais je voulais qu'il sache ce que je pense de lui. »

Sam tituba encore quelques secondes, clignant des yeux sous la douleur qui lui traversait tout le côté gauche du visage.

« Je croyais faire le mieux possible pour elle », dit-il en se tenant la joue.

Elsie laissa retomber ses bras et l'observa froidement.

« Tu as décidé qu'on n'était pas assez bien pour notre petite. » Il n'y avait aucune colère dans sa voix, aucune chaleur non plus. « Je sais parfaitement ce que tu as fait, et pourquoi tu l'as fait, et ça me donne l'impression d'être une moins que rien. » Ses yeux le fixèrent plus durement. « Tu crois que les gens qui traversent une sale période perdent le droit de s'occuper de leurs enfants, Sam ? »

Il recula et baissa les yeux vers le quai goudronné.

« Je t'ai écrit que j'avais honte de ce que j'ai fait. »

Elle se pencha pour reprendre sa valise et August l'imita.

« Oui, tu as écrit une lettre. »

La façon dont elle prononça cette phrase donnait l'impression qu'elle l'avait répétée des jours durant, et Sam sentit le rouge lui remonter au visage. August changea sa valise de main.

« Tu peux toujours dire que tu es désolé jusqu'à plus soif. Mais qu'est-ce que ça représente à côté de ce que tu as fait ? »

On voyait l'enseigne de l'hôtel un peu plus haut à flanc de colline et les Weller en prirent le chemin ; Sam les suivit, pressé d'en finir avec cette pénible journée. Les choses ne pouvaient pourtant aller que de mal en pis, se dit-il en pensant à ce qu'ils devaient faire ensuite.

En parlant avec l'employé de la réception, un type d'une cinquantaine d'années, il découvrit que Graysoner, bien que de taille modeste, était le chef-lieu du comté. Il se fit expliquer où se trouvait le bureau du shérif, et à 11 heures ils pénétrèrent tous les trois dans le tribunal en empruntant une porte de quatre mètres de haut en bois sculpté et vernis qui grinça sur ses gonds. Ils montèrent les deux étages d'un escalier en colimaçon et trouvèrent un adjoint qui leur expliqua que le shérif était sur une enquête et serait sans doute de retour vers 13 heures. Sam interrompit Elsie quand elle commença à expliquer la raison de leur présence en ville.

« On reviendra tout à l'heure », dit-il en la prenant par le bras.

Une fois dehors, elle lui demanda pourquoi il l'avait empêchée de parler.

« Tu ne joues pas souvent au poker, hein ? »

Il les conduisit dans un bar de l'autre côté de la rue où ils s'installèrent à une table pour commander un petit déjeuner. À la fin du repas, Elsie le regarda bien en face et demanda :

« Est-ce que tu crois qu'on va avoir besoin d'un avocat ? Je ne vois pas comment je pourrais en payer un.

– Je ne sais pas. On est en territoire étranger ici. Personne ne nous connaît.

– Je te fais confiance pour donner toutes les explications.

– Je vais faire de mon mieux », répondit-il en secouant la tête. August émit un petit grognement désapprobateur. « Fiston, tu as pris du muscle depuis la dernière fois. Tu t'es entraîné avec des haltères ?

– J'ai trouvé un boulot où je chargeais des sacs de charbon dans des wagons de marchandises.

– Toujours le nez dans la suie, pas vrai ? »

L'adolescent ne répondit pas.

Le shérif était en retard, et ils l'attendirent dans le vestibule de son bureau où chaque bruit faisait écho, assis sur des chaises dures, jusqu'à ce qu'ils entendent une porte s'ouvrir quelque part à l'intérieur, et l'adjoint leur fit signe de s'avancer.

Le shérif, les cheveux soigneusement peignés et séparés par une raie médiane, leur décocha un sourire de convenance, découvrant une rangée de dents impeccablement alignées. Son regard inquisiteur fit dresser les poils sur la nuque de Sam.

« Que puis-je faire pour vous ?

– C'est une longue histoire. Cette dame et son fils sont mes amis, et la petite fille de la dame a été kidnappée à La Nouvelle-Orléans. »

Le shérif se rencogna sur son fauteuil à ressorts.

« Une fillette enlevée, dit-il avec désinvolture. Pourquoi vous ne la recherchez pas à La Nouvelle-Orléans ?

– Je l'ai vue ici, dans cette ville. »

Le shérif ne montra aucune surprise.

« Ah vraiment ? Et quand cela ? »

Sam regarda August et déglutit, puis expliqua quand cela s'était produit.

« Pourquoi vous avez laissé passer tout ce temps ?

– C'est sans importance aujourd'hui, répondit Sam. On est venus la chercher et la rendre à sa famille. Je vous présente Elsie Weller, sa mère.

– Vous confirmez ? » demanda le shérif, une note d'incrédulité dans la voix.

De son sac à main, Elsie tira une photographie qu'elle posa sur le bureau.

« Oui, je suis sa maman, et voici Lily. Elle avait trois ans quand on l'a enlevée, elle en a quatre aujourd'hui. »

Le shérif examina la photographie sans la prendre. Il fit la moue.

« Où l'avez-vous vue exactement ?

– Dans le jardin d'un certain Acy White. J'ai parlé de la petite avec la bonne dans l'allée.

– Et pourquoi n'êtes-vous pas venu me trouver à ce moment-là ? »

Sam regarda la bibliothèque qui regorgeait de volumes reliés cuir.

« Elle avait l'air en parfaite condition. M. Weller venait juste de mourir, et j'ai jugé à tort préférable de ne pas en parler. Ensuite, je me suis rendu compte que j'avais commis une erreur.

– Sur quoi ? L'identité de la fillette ?

– Non. En n'informant pas Mme Weller tout de suite. »

Le shérif se pencha en avant d'un air décidé sur son fauteuil. « Tout ça m'a l'air un peu louche ! » Il se tourna vers Elsie. « Vous dites que votre mari est mort ?

– Oui, il est mort de…

– Ses problèmes de santé ne m'intéressent pas. J'essaie juste de comprendre à qui j'ai affaire. Comment gagnez-vous votre vie ?

– Mon fils et moi travaillons à bord de l'*Ambassador*.

– Le bateau d'excursion ? Et puis-je vous demander ce que vous y faites ?

– Mon fils joue du saxophone et moi je chante un peu. Pour l'essentiel, je suis employée comme serveuse.

– Donc, vous êtes musiciens, dit le shérif, comme si cela expliquait quoi que ce soit. Vous vivez à bord ? »

Elsie se redressa.

« Nous louons un appartement à Cincinnati. »

La conversation continua ainsi pendant un quart d'heure, puis le shérif se releva et tira sur les pans de son gilet.

« Je connais Acy White depuis très, très longtemps, et je sais que c'est quelqu'un de bien, qui ne ferait jamais rien de contraire à la morale.

– Nous savons que la petite est ici, dit Sam. Je l'ai vue. J'ai rencontré les gens qu'il a engagés pour la kidnapper. »

Le shérif le fit taire d'un geste.

« Deux choses que vous devez savoir. Même si cette enfant avait été enlevée – et je suis absolument convaincu que c'est faux –, cela se serait produit en dehors de ma juridiction et je ne peux absolument pas intervenir.

– Vous ne pouvez pas, ou vous ne voulez pas ? demanda Elsie.

– Choisissez le mot qui vous plaira. Est-ce que vous voulez entendre la deuxième chose ? »

Elle hocha la tête en lançant à Sam un regard furieux.

« Les White ont déclaré il y a quelques jours la disparition de leur fille, Madeline. Ainsi que celle de leur cuisinière, Vessy. »

Il y eut un long silence dans le bureau, puis, au bout de quelques minutes, un tonnerre d'explications, d'accusations, de dénégations, qui conduisit vite à une querelle en bonne et due forme.

Tous trois se tenaient sur le trottoir, perturbés et rageurs, et Sam devina que cette colère était en train de se retourner contre lui. Il promenait son regard le long de la rue d'une propreté impeccable, et il ne sentait que l'odeur du bar tout proche ; rien à voir avec les remugles de La Nouvelle-Orléans. Les devantures étaient immaculées, des auvents de couleurs vives protégeaient de la chaleur, les vitrines regorgeaient de marchandises.

« J'ai envie de me jeter dans cette putain de rivière ! » dit-il.

August cracha sur le pavé.

« Où est-ce qu'ils habitent ? »

Sam leva les yeux vers la colline en se demandant où était passé l'adolescent qu'il avait connu l'année précédente.

« Tout là-haut. »

Elsie se mit en marche.

« Alors, allons-y. »

Ils s'avancèrent jusqu'à la grille et l'ouvrirent. Elsie sonna à la porte. La maison semblait sombre et déserte. Ensuite, elle tenta de frapper sur le battant. Au bout d'un instant, August lui passa devant et cogna de toutes ses forces avec son poing, puis il essaya de tourner le bouton, mais la porte était verrouillée, et tandis qu'il la secouait vigoureusement tous mesurèrent l'épaisseur du bois et devinèrent la présence des lourds verrous qui s'enfonçaient dans le chambranle.

Elsie recula dans le jardin et leva les yeux vers les vastes fenêtres bordées de carreaux de couleur.

« Il y a quelqu'un ? Il faut qu'on vous voie pour parler de notre petite fille ! »

De la maison de droite, une vieille dame à l'air inquiet sortit sur son perron, mais Elsie continua à crier :

« Nous savons que vous l'avez enlevée, et nous venons pour la reprendre. »

Sam la rejoignit et vérifia l'une après l'autre toutes les fenêtres, mais aucun visage ne s'y montra, rien que des vitres vides et récemment nettoyées, tournées vers l'ouest. Un grand carreau capturait l'image d'un nuage comme un cadre, mais à part cela aucun mouvement n'était perceptible. Au bout d'un moment, ils firent le tour de la maison et tentèrent leur chance de l'autre côté, cognant et criant jusqu'à ce qu'un agent de police s'approche en voiture et leur demande courtoisement de quitter les lieux parce qu'ils dérangeaient les voisins.

« Ils ne sont pas chez eux », ajouta-t-il.

Sam s'approcha de lui, et s'apercevant que c'était un jeune homme au regard clair et franc, et non une brute en uniforme comme on en rencontre souvent dans les petites villes, il lui posa une question :

« Vous avez entendu parler d'une plainte que les White auraient déposée pour la disparition d'une petite fille ?

– Oui. Elle s'appelle Madeline. C'était il y a quelques jours, mais ils pensent que c'est leur cuisinière qui s'est enfuie avec la petite.

– Vessy ?

– Exact.

– Vessy comment ? »

Le policier releva la visière de sa casquette.

« Je ne me rappelle pas avoir entendu son nom. » Il jeta un coup d'œil en direction des Weller qui fixaient toujours le bouton de la porte. « C'est bizarre quand on y pense : les cuisinières et les jardiniers, personne ne sait jamais leur nom de famille. Pourquoi, à votre avis ? »

Sam appuya la hanche contre la petite clôture et secoua la tête.

« Sans doute parce que les gens pensent qu'un nom suffit pour appeler leur chien. »

Le lendemain après-midi, August resta à l'hôtel à cause d'une migraine, tandis que Sam et Elsie allaient revoir le shérif, qu'ils trouvèrent en train de sortir du siège de la police du comté. Quand il les vit s'approcher, il avança les mains comme pour les repousser.

« Je n'ai rien à vous dire.

– Nous voudrions seulement savoir ce que vous avez mis en œuvre pour retrouver mon enfant.

– Nous faisons tout ce que nous pouvons pour retrouver la fille des White, répondit-il avant de se retourner pour reprendre son chemin.

– Je n'arrive pas à croire que vous renonciez à poursuivre des voleurs d'enfants parce que ce sont vos amis, lui lança-t-elle.

– Je n'accepte pas cette remarque, dit-il sans s'arrêter pour autant. Je vous ai déjà expliqué que la petite fille avait été enlevée par la cuisinière. Je ne sais pas pourquoi. Nous n'avons même pas eu de demande de rançon.

– Mais quelle sorte de policier êtes-vous donc ? »

Cette fois, il se figea sur place et la regarda fixement.

« Madame Weller, quelle sorte de serveuse êtes-vous donc ? »

Sam la prit par le bras et la poussa vers le soleil parce qu'elle avait blêmi et qu'elle tremblait de rage et de peur.

« Est-ce que tu peux prendre un avocat ? demanda-t-il.

– Pas si je veux qu'il me reste quelque chose pour manger. »

Il jeta un coup d'œil alentour sur la jolie rue dans laquelle ils se trouvaient.

« Pas possible, donc. Moi, je n'ai pas l'argent qu'il faudrait pour rester sans travailler et partir à la recherche de cette Vessy. L'employé de la réception dit qu'elle pourrait être repartie au fin fond du Kentucky. À ce qu'on raconte, les habitants de ces collines et de ces vallées n'arrivent même pas à se retrouver entre eux quand ils se perdent de vue.

– Mais comment saura-t-on s'ils l'ont retrouvée ? reprit-elle en déglutissant à grand-peine, comme si elle voulait réprimer un haut-le-cœur. Je n'ai pratiquement plus d'argent non plus. »

Il releva les yeux juste à temps pour apercevoir le jeune policier qui était passé dans l'allée derrière la maison des White. Il descendait les marches du palais de justice et regardait de leur côté. Sam leva la main.

« Excusez-moi, monsieur l'agent !

– À votre service, dit-il en s'approchant.

– Je pense que vous êtes la seule personne de cette ville qui pourrait faire quelque chose pour cette petite fille.

– Je ne dirais pas ça ! »

Il sourit, et Sam comprit qu'il ne devait pas être dans la police depuis très longtemps.

« Si on la retrouve et qu'on la ramène ici, vous accepteriez de nous envoyer un télégramme ?

– Pourquoi pas ? Où vous voulez que je vous l'envoie ? Il me faudra quand même un dollar. »

Sam avait la souche d'un billet de train dans sa poche et il emprunta le crayon du policier. Il tira un billet tout mou de son portefeuille et le mit dans la paume de l'agent, accompagné de son adresse à La Nouvelle-Orléans.

« Si c'est plus, faites-le-moi savoir, et je vous enverrai ce qui manque.

– OK, alors. Je le ferai avec plaisir. »

Le policier porta la main à sa visière et tourna les talons.

Ils firent tout ce qu'ils purent, parlèrent à tous ceux qui acceptaient de s'entretenir avec eux, mais le lendemain ils se retrouvèrent tout de même tous les trois dans le tortillard local qui, à travers une étendue de basses collines alluviales, les conduisit jusqu'à la ligne principale où ils devaient changer pour prendre l'Illinois Central. Sam avait téléphoné de la réception de l'hôtel et découvert que l'*Ambassador* faisait escale en aval pour un nettoyage de chaudière et un réapprovisionnement en charbon. En chemin, dans le vieux wagon aux banquettes en bois verni, ils ne trouvèrent rapidement plus rien à se dire, et Sam s'inquiétait pour August, qui restait collé à la vitre comme un vieillard atteint par une blessure secrète et incurable.

« Tu vas recommencer à jouer dans l'orchestre ?

– Sûr que la chaufferie, pour moi, c'est terminé.

– Tu arrives à suivre le rythme ?

– Oui, je me débrouille. Ce qui est dur, c'est qu'il faut que j'améliore ma technique. Depuis que papa est plus là, il y a personne pour m'aider.

– Eh bien… »

L'adolescent se retourna et le regarda d'un air de défi.

« Tu sais, il va sans doute falloir que je le tue. »

Elsie leva les yeux vers le plafond incurvé du wagon.

« August, ça n'est pas le moment.

– Que tu tues qui ?

– Ce type. Celui qui a cassé la gueule à papa. Celui qu'ils ont engagé pour kidnapper ma sœur. »

Le train siffla à un passage à niveau, un son triste qui déchira l'air avant de s'évanouir, et Sam jeta un coup d'œil pour apercevoir la locomotive au détour du virage.

« Il ne doit pas être facile à dénicher, et encore moins à éliminer.

– Je suis passé à la bibliothèque pour étudier les cartes du coin où il vit, cet assassin. On trouve des cartes de chaque centimètre carré de ce pays à la bibliothèque, tu sais ?

– Pour ce qui est de tuer, je pense quand même qu'il doit avoir un certain avantage sur toi.

– Je demande seulement qu'il passe à portée de mon flingue.

– Et tu en as un ? »

Elsie se pencha vers Sam.

« Non, il n'en a pas. On dirait que tu n'as jamais eu seize ans.

« Tu ferais mieux de ne pas le laisser se mettre des idées comme ça dans la tête.

– C'est son droit», dit-elle en se rencognant sur sa banquette.

Sam ne put s'empêcher de remarquer une fois de plus comme elle avait maigri, pâli, vieilli. Il n'aurait jamais pensé que se retrouver seule pouvait produire un tel effet sur une femme.

En fin d'après-midi, ils arrivèrent à Paducah, et ils prirent un taxi pour gagner les quais où l'*Ambassador* lâchait la vapeur, des colonnes de fumée noire montant de ses cheminées.

Le capitaine Stewart se trouvait dans le bureau du commissaire de bord sur le pont principal, vêtu d'un uniforme flambant neuf, les plis marqués au fer et tellement amidonnés que le drap luisait comme de la soie. Il releva les yeux.

«Lucky ! J'espère que vous êtes venu pour travailler aux côtés des Weller pendant ce voyage.»

Sam secoua la tête.

«Je ne peux plus me permettre de travailler comme troisième lieutenant.»

Le capitaine posa la main sur son épaule.

«On a perdu Swaneli à Evansville. Il est tombé dans un escalier et s'est fait une double fracture de la jambe gauche. Si on vous donnait la place de second lieutenant et qu'on vous faisait une place dans l'orchestre de jour de temps en temps ? Ça ferait sept dollars par semaine de plus que votre ancien salaire.»

Il pensa à son bébé à naître, à son piano perdu.

«Je suppose que je peux passer un coup de fil à ma femme et voir ce qu'elle en dit.

– Parfait. Si vous restez toute la saison, il y aura un bonus en plus de votre dernier salaire.

– Si j'accepte, ça sera une semaine à la fois.

– D'accord. Vous partagerez votre cabine avec Charlie, alors ? C'est lui le nouveau premier lieutenant.

– Pas de problème.»

Le capitaine éclata de rire.

«Alors comme ça, supporter les ronflements de Charlie vaut mieux que se faire à un nouveau compagnon de chambrée ?»

Il se tourna vers le commissaire de bord. « Remettez Lucky sur la liste. »

Les Weller se firent indiquer le numéro de leur cabine et disparurent sans dire un mot. Sam, lui, monta les trois niveaux jusqu'au pont du Texas et trouva Charlie plongé dans un livre de prières.

« Qu'est-ce que tu fais à lire ton missel ? Tu es à l'article de la mort ?

– Non, mais j'ai plus rien à lire. Je viens de terminer un Zane Grey et une demi-douzaine de numéros de la *Review of Reviews*. Je me suis dit que j'allais fouiller là-dedans à la recherche d'un peu de la sagesse de l'Ancien Testament. Alors te voilà reparti pour un tour avec nous ?

– Ben, on dirait.

– Il y a du nouveau pour la petite Weller ? »

Sam prit place sur un tabouret et lui raconta tout ce qu'il savait.

« À l'heure qu'il est, on n'espère plus qu'un télégramme.

– Tu dis que c'est une cuisinière qui a enlevé la gosse ?

– Je dois dire que j'en arrive à ne plus très bien savoir qui a volé quoi. »

Il regarda Charlie froncer les sourcils d'un air soupçonneux et il se rappela qu'il avait autrefois été policier de secteur.

« Il va falloir que j'y réfléchisse. Y a quelque chose de pas net dans cette histoire.

– Même équipage que l'année dernière ?

– Oui, mais le vieux Brandywine perd la boule, alors Mme Benton reste à ses côtés tant qu'elle arrive à le supporter.

– Comment ça, il perd la boule ?

– Il file à toute allure, comme s'il se croyait sur le vieux *City of Memphis* et qu'il devait distribuer le courrier à temps, ou je sais pas, moi. Quand on a dépassé la dernière boucle du fleuve avant Evansville, l'eau était pleine de moutons blancs dans notre sillage. On avait dû couler au moins vingt barques au passage.

– Bit ne peut pas un peu ralentir l'allure dans la salle des machines ?

– Il refuse. Il dit que quand la cloche tinte pour réclamer une accélération il sait pas qui a sonné, alors il est obligé de donner de la vitesse. Je porte du café à Brandywine dès que j'ai une seconde, et je te laisserai volontiers prendre ma place. Au moins une fois par jour il me traite de tous les noms jusqu'à ce que je disparaisse dans l'escalier.

– Eh bien, si je dois monter jusqu'à la timonerie, je ferais peut-être mieux d'enfiler un uniforme.

– Va donc à la blanchisserie en réclamer un, alors. »

Charlie se rallongea sur sa couchette et ouvrit un magazine de faits divers.

Chapitre 27

L'*Ambassador* dépassa Cairo, délaissant les eaux vertes de l'Ohio pour celles, d'un brun grisâtre, du Mississippi, souillées par la couche de terre arable du demi-million de fermes qu'il venait régulièrement inonder. La plupart des musiciens de l'orchestre de jour étaient à bord, et August et Sam passaient leur temps avec eux à apprendre les nouveaux tubes de la saison tandis que le vapeur longeait les plateaux désertiques surplombant le Tennessee et s'enfonçait dans les méandres intestinaux qui précèdent Caruthersville et lui succèdent. Le mécanicien poussait ses machines et le bateau filait de l'avant à chaque coup de piston.

Après une répétition, Sam monta à la timonerie porter une tasse de café à M. Brandywine, perché sur un rayon de la barre, occupé à contourner la pointe d'une île en utilisant le vieux gouvernail. Sam s'immobilisa et regarda le café s'agiter dans la tasse avec l'accélération des grosses turbines.

« Les nouvelles manettes de direction ne sont toujours pas votre truc, pas vrai ?

– Tais-toi, mon garçon. On traverse un passage difficile, et j'essaie de sentir sous mes pieds ce que le fleuve nous mijote. »

Il tendit la main pour faire tinter la cloche d'arrêt. Les tuyaux d'échappement cessèrent immédiatement de souffler de façon intermittente, et au bout de quelques instants le bateau pivota sur lui-même comme la tête d'un ivrogne et, entraîné par le courant, fit une embardée par tribord. Quand ils eurent dépassé la pointe de l'île, M. Brandywine demanda la reprise d'une vitesse de croisière, Bit Benton répondit au coup de sonnette et ils recommencèrent à filer allègrement vers le sud.

« Et maintenant, prenons une tasse de café et écoutons les dernières nouvelles de la fillette d'Elsie. » Il tendit la main en arrière pour que Sam lui donne sa tasse. « J'ai entendu dire qu'elle avait été kidnappée une fois de plus.

– Exact, monsieur. »

M. Brandywine ne dit rien de l'absence de Sam au cours des derniers mois, comme si peu lui importait qui venait lui apporter son café.

« Qui l'a enlevée ?

– Si je le savais, je serais en train de les poursuivre à l'heure qu'il est.

– Je ne t'ai pas demandé ce que tu savais, mais qui l'avait enlevée. »

Sam fixa du regard la nuque du pilote.

« Oh… Le shérif dit que c'est la cuisinière. »

À ce moment précis, Mme Benton entra et s'assit sur la banquette.

« Bonjour, mon garçon.

– Madame Benton. On était en train de parler de Lily. »

Elle hocha la tête, se redressa et tira sur les épaules de la sempiternelle robe noire qu'elle portait pour cacher les traces de suie.

« Je vous ai entendus. »

La lumière du levant entra dans la timonerie. M. Brandywine fixa du regard la nouvelle arrivante.

« Madame Benton, ce garçon dit que c'est la fille de cuisine qui a enlevé la petite. Moi, je n'ai pas la moindre idée de ce qui peut traverser l'esprit de quelqu'un comme ça. Et vous, qu'en pensez-vous ?

– Quel âge a cette domestique ?

– Trente ans, peut-être moins, je dirais, répondit Sam.

– D'où venait-elle ?

– De l'est du Kentucky, on m'a dit.

– Une fille des montagnes ?

– Oui, ça m'en a eu l'air. »

M. Brandywine grommela :

« Alors la question est réglée. Une fille pareille choisirait plutôt de s'enfuir avec un bidon de vernis pour cercueil qu'avec une petite chanteuse.

– J'aurais tendance à être d'accord, dit Mme Benton. Mon intuition féminine me souffle qu'elle n'aurait jamais l'idée de s'enfuir avec une gamine pour se retrouver responsable de quelqu'un qui n'a rien à voir avec elle. Dans la plupart des cas, une fille pauvre ne ferait pas ça. »

Sam posa la main sur le poêle froid.

« Qui le ferait, je vous demande un peu !

– Ce sont les voleurs qui volent, répondit-elle. Rafe, est-ce que quelqu'un ou quelque chose vous a fait signe de vous rapprocher ?

– Non, pas du tout.

– Alors pourquoi vous dirigez-vous tout droit vers la berge ?

– L'eau est profonde par là, je vous ferais savoir. »

Mme Benton regarda la berge qui défilait toute proche.

« Alors j'aimerais autant rester à la surface.

– Ne vous en faites pas.

– Mais je ne m'en fais pas. Je pense seulement que votre tête doit drôlement vous démanger pour que vous ayez envie de la sortir par la fenêtre et la gratter contre ces sycomores un peu plus loin. »

M. Brandywine recula d'un pas et tourna les manettes de direction à bâbord toute.

« Qu'est-ce que vous disiez tout à l'heure à propos des voleurs ?

– Un homme n'avait-il pas été engagé pour enlever cette petite au tout début ? À mon humble avis, c'est lui qu'il faut retrouver.

– Le même ? demanda Sam, incrédule.

– Combien de fois une personne se fait-elle enlever dans sa vie ? Je suis prête à parier que le premier kidnappeur a quelque chose à voir avec ce deuxième rapt. Partez à sa recherche, je vous dis.

– Il n'a sans doute pas très envie qu'on le retrouve », répondit Sam en prenant la tasse vide que M. Brandywine lui tendait.

Une chose qu'il savait des malfrats était qu'ils pensent que s'ils font le contraire de ce qu'on s'attend à ce qu'ils fassent ils sont moins en danger de se faire prendre. C'est pourquoi la plupart des voleurs à l'étalage chez Krine – enfin, les plus expérimentés – s'habillaient de façon élégante et souriaient aux vendeuses. Ils s'emparaient de leur butin au milieu d'une nuée de clients, alors que chacun était concentré sur ses propres achats. Il jeta un regard vers la berge déserte, un endroit qui n'était pas sans lui rappeler celui qu'habitaient les Skadlock, un paysage argileux et érodé, envahi de mauvaises herbes, qui portait les traces des ravages causés par les crues de printemps. Ralph Skadlock et sa mère auraient été tout à fait capables de se fondre dans la foule de Graysoner, et ensuite, tels qu'il les connaissait, ils se seraient enfuis à cheval. Mais il doutait tout de même que la vieille femme ait pu entreprendre pareil voyage, et il devinait que Ralph était incapable de s'occuper d'une enfant de quatre ans. Tout d'un coup, la disparition de la cuisinière prenait tout son sens.

« Vous ne pouvez pas les dénoncer à la police ? demanda Mme Benton.

– Non, madame. La police ne met pratiquement jamais les pieds là où ils habitent.

– Ça vaudrait tout de même la peine d'essayer.

– Peut-être. En tout cas, vous avez sans doute raison sur la nécessité de leur rendre une petite visite. »

L'*Ambassador* s'approchait d'une langue de terre boisée et M. Brandywine poussait ses manettes de direction un peu plus à bâbord pour se rapprocher des eaux profondes au milieu du fleuve quand un sifflet puissant se fit entendre de l'autre côté du méandre.

« Voyons un peu ce que vous disent vos oreilles, madame Benton. »

Il sourit d'un air mauvais, comme s'il venait de réussir à la prendre en défaut. Elle pencha la tête et rajusta l'ourlet de sa robe.

« C'est le *MacDougall* qui fait résonner son carillon à trois cloches. »

Il secoua la tête.

« Dieu du ciel, Nellie, cette fois, je pensais bien que je vous avais piégée ! » Il fit tinter la cloche d'arrêt et lâcha un coup de sifflet retentissant pour réclamer un croisement par bâbord. « Je me demande comment ils ont fait pour deviner notre présence. Ils ont dû repérer ma fumée.

– Il est plus probable qu'ils ont tous leurs hublots ouverts et qu'ils ont entendu vos gaz d'échappement. »

Contournant la langue de terre, un remorqueur à vapeur doté d'une seule cheminée s'avançait entre deux péniches à pétrole, « MacDougall » peint sur la proue. Il croisa l'*Ambassador* par l'est, et M. Brandywine put ensuite tirer sur son cordon pour réclamer la vitesse maximale, le vieux rafiot commençant à trembler à chaque coup de piston. Il retira le bouchon du tube acoustique et souffla dedans ; quand la voix de Bit étranglée par l'étroit conduit lui parvint en retour, le pilote beugla dans le cornet :

« Assez de traînasser comme ça ! Poussez-moi donc cette manette d'arrêt à fond sur la gauche ! »

Quelques secondes plus tard, les tuyaux d'échappement se mettaient à pétarader, les cheminées lâchaient deux colonnes jumelles de fumée noire, et les vitres coulissantes tremblaient dans leurs châssis.

Mme Benton roula des yeux en direction de Sam.

« Rafe, vous devez croire que vous êtes en train de descendre le fleuve depuis Cincinnati et que c'est le gouverneur en personne que vous transportez sur ce bon vieux *City of Louisville*. »

M. Brandywine cambra le dos.

« Ha ! Un jour, ils m'ont réduit mon salaire pour avoir fait tomber de la vaisselle en porcelaine des tables de la cabine du commandant sur ce bateau. Oui, madame. J'ai descendu ce fleuve à toute vapeur par neuf pieds de profondeur, et je peux vous dire que le *City of Louisville* était un sacré rafiot. »

Le lendemain, après la répétition du matin, Sam quitta le banc de son piano et s'approcha d'August, occupé à ranger ses partitions dans un classeur à soufflets. Le garçon ne leva pas les yeux et continua de feuilleter une pile de papiers. Sam s'aperçut que certaines de ces feuilles étaient en fait des cartes.

« Tout va bien pour toi ? »

L'adolescent garda les yeux obstinément baissés.

« Je pense que ça y est, monsieur Simoneaux, tout est en ordre. »

Elsie les rejoignit et se posta entre eux, les bras croisés.

« Sam ?

– Écoute, j'ai beaucoup réfléchi à ces Skadlock. Je pense qu'ils pourraient ne pas être étrangers à la disparition de Lily.

– C'est complètement ridicule.

– Quand on arrivera à La Nouvelle-Orléans, je prendrai un train pour aller faire un tour là-bas et en avoir le cœur net. On pourrait essayer la police du coin. »

Elle détourna le visage. Il se rendait compte qu'il devait paraître à bout de ressources.

« Lucky, c'est cette Vessy qui a enlevé la petite.

– À quel État appartient la police locale ? demanda August en le regardant pour la première fois de la journée.

– Qu'est-ce que tu veux dire ?

– Si les Skadlock vivent là où tu dis, ils sont juste à la frontière du Mississippi et de la Louisiane. Est-ce qu'en plein milieu des bois on sait exactement où passe la ligne de démarcation ?

– Tu as sans doute consulté trop de cartes. Je suis prêt à parier que c'est en Louisiane. »

Mais, tout en l'affirmant, il n'en était pas bien sûr.

Le garçon se leva, descendit de l'estrade et lui dit tout en s'éloignant :

« Peut-être que tu devrais jeter un petit coup d'œil aux cartes à ton tour. »

Elsie regarda son fils passer la porte qui menait au pont.

« Ce gosse est malheureux, pas vrai ?

– Ça a été une rude épreuve pour nous deux.

– Mais lui, ça l'a rendu dur. »

Elle s'assit sur une chaise pliante en érable, et sa voix parut à Sam à la fois rêveuse et très lasse.

« D'un jour à un autre, il a perdu un père qui pouvait tout lui apprendre, et il s'est retrouvé seul. » Elle leva les yeux vers lui. « On a tous les deux beaucoup perdu. Mais tu le sais… Assieds-toi et joue-moi encore ce dernier morceau. Il faut que je le chante un de ces soirs pendant une excursion de nuit. »

Il prit sa partition et commença à jouer un air entraînant.

« Vas-y, chauffe un peu plus ! » s'écria-t-elle avant de se mettre à chanter.

Elle avait toujours cette belle voix, mais il y manquait quelque chose. Elle ne faisait que chanter les notes, alors que l'année précédente elle prenait le morceau à bras-le-corps et le jetait à terre.

Au sud de Memphis, l'*Ambassador* dut s'arrêter, aveuglé par le brouillard, et demeura amarré à des saules pendant douze heures. Le lendemain, Mme Benton le pilota à travers les méandres serrés du fleuve, zigzaguant en direction d'Helena et de Greenville, s'enfonçant peu à peu dans une terre moite et brûlante. Le débit baissait et la rivière s'élargissait au-delà de Vicksburg, et les oiseaux aquatiques qu'ils aperçurent avaient de longues pattes et glissaient sur l'eau comme des fantômes. Sam coinça la porte de sa cabine en position ouverte et, passé Natchez, il put observer des nuages de moustiques portés par la brume pilonnés par le vol tournoyant des martinets pareil à une salve de chevrotines.

Le bateau fit une courte halte à Zeneau, un hameau dont une maison après l'autre semblaient s'abîmer dans le fleuve qui grignotait peu à peu la falaise de grès sur laquelle il moisissait. Là, un chauffeur et un graisseur qui avaient fait les deux saisons précédentes montèrent à bord avec leurs sacs de vêtements, et Mme Benton fit reculer le bateau pour diriger sa proue vers le phare de Fort Adams. La nuit les enveloppa comme un manteau de velours, et Sam monta s'entraîner sur le piano du dancing désert. Il se lançait dans l'intro de « Grandpa's Spells » quand une porte s'ouvrit sur Elsie. Il continua de jouer, pensant qu'elle prenait juste un raccourci pour passer à bâbord, mais elle s'approcha de lui du côté droit et parla assez fort pour couvrir la musique :

« Je suis à la recherche d'August. »

Pendant un moment, il crut que les paroles faisaient partie de la chanson, mais en regardant ses yeux il s'arrêta net.

« Pas vu. Tu as essayé la cafétéria ?

– Oui.

– Il est peut-être descendu à la salle des machines.

– J'ai vérifié. Tu veux bien m'aider à chercher ? »

Il hocha la tête en plongeant le regard dans ses yeux inquiets, comprenant tout ce qu'elle passait sous silence. Elle avait peut-être négligé certains endroits, comme la grande salle où les musiciens se réunissaient, l'enfer de la soute à charbon, l'atelier d'outillage où les matelots jouaient aux cartes en crachant par terre. Il se leva et entreprit d'explorer le bateau, en espérant que le garçon était en train de parler dans un coin avec le pianiste de l'orchestre de nuit.

Fred Marble était aussi élégamment vêtu que toujours quand Sam le repéra, accoudé au bastingage devant sa cabine. Il voyageait gratuitement vers La Nouvelle-Orléans pour rencontrer le nouvel orchestre que le capitaine venait d'engager. Mais Fred n'avait pas vu August.

« Non. Ce garçon est venu me trouver hier et on a parlé musique. » Il balança son mégot par-dessus bord. « Il joue de mieux en mieux. Ce petit Hollandais arrive à faire parler son sax comme un perroquet.

– Il faut dire qu'il n'est plus si petit que ça.

– Sûr ! Il est en pleine croissance. Aussi grand et fort que l'était son père. »

Sam jeta un regard à l'intérieur de la minuscule cabine, au sol jonché de partitions.

« Est-ce qu'il parle beaucoup de son père ?

– Oui. Il lui apprenait à jouer depuis qu'il était tout petit. Et il est sacrément en rogne au fond de lui, comme seul un gosse peut l'être. Il n'arrive pas à réfléchir à ce qui s'est passé. Il n'est pas assez mûr pour ça. Il peut seulement être en rogne.

– Une idée d'où il pourrait se trouver ?

– Essaie le joueur de banjo. Ils parlaient ensemble encore hier soir. »

Mais Zack Stimson ne l'avait pas vu, pas plus que le capitaine qu'il croisa alors qu'il se ruait hors de l'atelier d'outillage, et le pilote de quart pas davantage. Il entra dans la cafétéria et aperçut Elsie à une table, un index inerte passé dans l'anse d'une tasse de café. Elle fixait la nuit à travers le hublot.

« Pas trouvé.

– Je sais.

– Que veux-tu dire ? demanda-t-il en prenant place à côté d'elle.

– M. Brandywine passait par là et il s'est arrêté pour manger une part de tarte. Il m'a dit qu'il avait vu August descendre du bateau à Zeneau et cru qu'on l'avait envoyé à terre chercher un matelot qui avait oublié de se réveiller. Je lui ai demandé comment il était habillé, et il portait sa salopette de chauffeur et des bottes. » Elle se mit à pleurer. « Lucky, je suis sûre qu'il est parti à la poursuite de cet homme. »

Sam resta un instant bouche bée.

« Mais il ne peut pas faire un truc pareil, ce n'est qu'un gosse ! dit-il enfin.

– August avait mis un peu d'argent de côté, et quand j'ai regardé sous sa couchette tout à l'heure son magot avait disparu.

– La prochaine escale, c'est où ? »

Elsie secoua la tête.

« Tu dis qu'il n'est qu'un gosse, mais ce n'est plus tout à fait vrai.

– Pas faux. Le voilà diplômé de la connerie ! »

Elle releva la tête d'un coup et sa bouche s'étira en un rictus méprisant.

« J'ai entendu Charlie raconter que toute ta famille s'était fait assassiner et que personne n'avait jamais été arrêté. Il dit que retrouver ces types ne t'intéresse même pas. »

Elle le fixait du regard, la mâchoire contractée.

« C'est arrivé alors que je n'avais pas… »

Il ne parvint pas à trouver les mots pour finir sa phrase. Peut-être n'y avait-il pas de mots pour décrire l'absence d'envie de vengeance. En quoi la vengeance aurait-elle pu apporter quelque chose à un bébé si heureux d'avoir été tiré du poêle pour se retrouver entre les bras de son oncle ? Il lui vint à l'esprit cependant que depuis il aurait pu comprendre, à un moment ou à un autre, si la vengeance était importante. Mais à quoi pouvait-elle bien servir ? À régler les comptes du passé ? À rendre la monnaie de sa pièce à un salaud ? On ne lui avait pas appris à penser de cette façon. Son oncle lui avait dit et répété que la vengeance ne menait nulle part et qu'un salaud se punissait tout seul en en étant un.

Chapitre 28

Vessy réveilla la fillette et lui dit qu'elles partaient pour une longue balade à cheval et un pique-nique dans les bois. La petite applaudit et se mit à chantonner :

« Je vais me mettre en pantalon, je vais me mettre en pantalon.

– Oui, tu peux enfiler cette espèce de salopette que tu as. » C'était la plus petite salopette que Vessy ait jamais vue, et elle se dit que Mme White l'aimait parce qu'elle singeait la tenue des ouvriers. « Allez ! Maintenant, habille-toi, et plus vite que ça ! »

Elles sortirent par la porte de derrière et se dirigèrent vers l'allée. Vessy portait une valise en carton de la main gauche et un panier de pique-nique à deux anses sous le bras droit.

« Est-ce que tu voudrais rencontrer l'ami à Vessy ? »

La fillette tira sur ses mèches, qui avaient pris la couleur du cuivre brillant.

« Oui.

– Eh ben, le voilà. »

Ralph Skadlock se tenait près du hangar à voitures. Il arborait un pantalon tout neuf, une chemise noire à col curé et un grand Stetson. L'enfant l'aperçut et s'avança hardiment dans sa direction, le dévisagea un instant puis regarda derrière lui.

« Des chevaux !

– Salut, mademoiselle, dit Skadlock comme il se serait adressé à un modèle réduit de serveuse dans un bar, parce qu'il n'avait aucune idée de comment parler à une petite fille. Est-ce que tu voudrais faire un petit tour sur cette belle bête ? »

Le cheval qu'il lui désignait était un gros animal à cinq dollars, atteint de lordose et aux sabots tournés en dehors. L'autre, plus petit, relevait une patte comme si le sol était trop chaud et agitait sa longue tête en forme de violon. Sa selle était complètement craquelée, et celle de son compagnon avait été passée à la laque marron. Ils étaient bons pour le rebut, capables de tenir une seule journée de course, et encore.

Vessy enfourcha le petit cheval et souleva la fillette pour l'asseoir devant elle. Il arrima la valise sur la croupe de la bête et attacha le panier à pique-nique à sa propre monture. Ils tournèrent le dos à la ville et gravirent la colline jusqu'à un pré en jachère qu'ils traversèrent pour rejoindre une route de gravier. Ils franchirent ensuite les canaux d'évacuation à flanc de coteaux et empruntèrent un chemin qui remontait parmi les chênes rouges, envahi des feuilles mortes encore craquantes de l'automne précédent. Ils se retrouvèrent rapidement sur un sentier qui s'élevait parmi les feuillus et, trois kilomètres plus loin, ils quittèrent le couvert pour traverser la cour d'une ferme inconnue, longeant des tas de bois, avant de s'enfoncer à nouveau entre les arbres et de continuer à monter toujours plus haut, tandis que Vessy montrait du doigt à la fillette des choses à observer.

La petite était vaillante, mais vers 11 heures elle donna des signes de fatigue et commença à s'agiter parce qu'elle voulait descendre. Vessy appela Skadlock, qui s'arrêta et se retourna.

« Qu'est-ce qu'elle a ?

– Elle est fatiguée, c'est tout, et elle a un peu faim.

– Tu peux pas la faire tenir tranquille ? Il y a des fermes partout dans ces bois. »

Il s'affala de nouveau sur la selle de sa pauvre rosse qui soufflait comme une forge.

La petite se mit à pleurer et Vessy descendit de cheval.

« Passe-moi ce panier. »

Skadlock ne bougea pas.

« On a un horaire à respecter. »

Elle le dévisagea, et au bout de quelques secondes il poussa un soupir et lui passa le panier avant de mettre pied à terre.

L'enfant prit place sur un rocher et Vessy lui donna une tasse de lait et deux biscuits. La petite mangea comme si elle n'attendait rien de moins. Au bout d'un moment, Vessy lui dit :

« On remonte sur notre cheval ?

– C'est tout ce qu'on mange ? »

L'enfant promena son regard alentour, sans cesser de mastiquer. Les arbres avaient de gros troncs et des cimes touffues, il y avait donc peu de broussailles.

Skadlock s'approcha en tenant sa monture par la bride et il fit claquer les rênes dans sa paume.

« On s'amuse bien, pas vrai ? » dit-il du ton avec lequel il aurait pu annoncer la mort d'un proche.

La petite leva les yeux vers lui et le regarda fixement. Craignant un instant qu'elle ne l'ait reconnu, il détourna la tête et s'éloigna de quelques pas.

Ils remontèrent en selle et reprirent leur chemin à travers une vaste clairière avant de s'enfoncer à nouveau dans la forêt, des pins cette fois, et le sol devint plus rocailleux. Au bout d'une heure, alors qu'ils s'étaient arrêtés trois fois pour laisser souffler leurs chevaux de peur qu'ils ne résistent pas à cette escalade, la fillette se mit à crier qu'elle s'ennuyait. Le petit animal boiteux rabattit ses oreilles et tourna la tête vers elle.

Skadlock revint en arrière jusqu'à l'endroit où Vessy avait stoppé, l'envie de lui donner une bonne gifle le traversant fugitivement comme une chauve-souris qui volette dans une cheminée.

« Tu la fais taire, OK ? »

Vessy le jaugea du regard.

« T'en as jamais eu tellement marre que tu avais juste envie de brailler ?

– On approche d'une ferme, je vois presque la maison. Fais-la taire !

– J'y arrive pas. »

Il fit repartir son cheval en sens inverse en tirant violemment sur les rênes et s'avança lentement dans une trouée constellée de souches de pins. Quand la fillette se mit à vagir « Je veux rentrer, je veux rentrer… », Skadlock marqua une pause et se demanda avec quelle force il allait devoir la cogner derrière la tête pour l'étourdir complètement. Son crâne était de la taille de celui d'un raton laveur, et il réfléchit pendant une bonne minute, songeant aux animaux qu'il avait assommés de cette façon et à comment ils se sentaient au réveil. Il mit pied à terre et prit en main le licou de l'autre cheval, qui continuait d'avancer en trébuchant à chaque pas.

« Descends un peu et voyons ce qui va pas. »

Vessy ne comprit pas ce qu'il voulait et elle fit basculer la fillette vers lui. Il tendit les mains et elle lui sauta au cou, s'agrippant pour ne pas tomber. Ses petites fesses se posèrent sur son avant-bras et, alors qu'il ne s'y attendait pas, il se retrouva avec une enfant fleurant bon le savon qui le fixait droit dans les yeux. Il se retourna pour examiner les bois alentour, puis la regarda de près.

« Tu… euh… tu veux bien te tenir tranquille maintenant ?

– On fait un pique-nique ?

– Mais tu viens de manger !

– Quand on fait un pique-nique, on doit aussi jouer à quelque chose. »

Il s'éloigna du cheval et faillit s'étaler par terre en butant contre une grosse souche plate. Il examina la surface et posa la fillette dessus, puis se pencha pour retirer les aiguilles de pin. Il se redressa et se concentra sur ses petits traits parfaitement dessinés et ses yeux vifs.

« Tu sais compter ?

– Jusqu'à quinze.

– Qu'est-ce qui est plus grand : six ou sept ?

– Sept, gros bêta. »

Il retourna vers sa monture et plongea les mains dans les sacoches, au cuir tout fendillé et aux rivets de cuivre vert-de-gris, que le propriétaire du cheval lui avait laissées pour rien. Le nom du sellier était gravé dans le repoussé et donnait son adresse à Saginaw. L'espace d'un instant, Skadlock s'imagina le vieux cow-boy traversant à cheval les plaines enneigées depuis le fin fond du Michigan. Il se sentit plus fort à se le représenter comme cela. Il trouva le jeu de cartes qu'il cherchait. Il installa la petite sur le panier à pique-nique d'un côté de la souche, puis il approcha une grosse branche de pin sciée et s'assit face à elle. Il distribua toutes les cartes.

« Tu les retournes pas, ordonna-t-il.

– C'est un jeu ? On va jouer aux cartes ! s'exclama-t-elle en applaudissant de ses mains blanches.

– Ça s'appelle la bataille. » Il retourna une de ses cartes. Un quatre. « À toi, maintenant. »

Elle repoussa du dos d'une main une mèche de cheveux qui la gênait pour voir et, de l'autre, découvrit la première carte de son paquet.

« Neuf ! »

Elle le regarda.

« Laquelle est la plus forte ?

– Le neuf.

– Alors tu prends ma carte.

– Chic alors ! »

Elle applaudit une fois, puis avança la main pour s'emparer de son quatre. La carte suivante de Skadlock était une reine, et la petite retourna un six.

« Laquelle est la plus forte ?

– La dame ? » dit-elle en haussant les épaules.

Vessy, debout derrière elle, s'étrangla de rire.

« Cette gosse a peut-être le don des cartes. Tu as raison, petite, c'est une reine et c'est une carte beaucoup plus haute que ton six, donc je prends ta carte. »

Après quelques tours, le valet et le roi sortirent, et il lui expliqua la hiérarchie. Elle essaya tout de même de prendre une dame avec un valet, et il dut l'arrêter.

« Répète après moi : "Valet, dame, roi iront tous au bois." »

Et l'enfant répéta deux fois la comptine.

« Comment tu connais ça ? demanda Vessy.

– C'est ma mère qui me la chantait. »

Aussitôt, il revit le vieux jeu de cartes avec lequel il avait appris quand il était petit, quarante-six cartes tellement vieilles qu'on distinguait encore les taches de couleur mais que les chiffres étaient effacés. Ils vivaient dans une baraque en contreplaqué dans l'Arkansas et il y faisait si froid qu'ils jouaient aux cartes pour empêcher leurs doigts de geler. Lui était assis sur les genoux de sa mère et c'est de cette façon qu'il avait appris à compter. Plus tard, elle lui avait montré toutes les variantes possibles du poker, et, plus tard encore, comment cacher un couteau dans sa manche avant d'aller jouer.

La petite retournait les cartes de plus en plus vite, et bientôt la partie se termina. Skadlock compta théâtralement les deux tas et déclara :

« Tu en as trente et moi vingt-deux. Qui c'est qu'a gagné ?

– Moi ! »

Elle leva les bras de joie. Il ramassa les cartes, les battit et les lui tendit.

« Maintenant, c'est toi qui donnes, une pour moi et une pour toi, jusqu'à ce qu'y en ait plus. » Il observa ses petits doigts brillants qui peinaient à distribuer les cartes et il finit par se pencher pour prendre les mains de la fillette entre les siennes. « Mais regarde un peu, bon sang, tu donnes aussi mal que Billsy ! Tu prends le jeu dans une main, comme ça, et tu lèches ton pouce pour pousser la carte du dessus sur la table. »

Elle s'exécuta et distribua les cartes sur les cercles concentriques de la souche. Il fouilla dans les poches de son pantalon et en tira une pièce qu'il posa sur le plateau improvisé.

« C'est pour quoi faire ? demanda-t-elle.

– On joue pas aux cartes pour rien. Il faut que tu mises. Moi, je joue dix *cents*. Et toi ?

– Je ne sais pas.

– T'as de l'argent ? »

Elle secoua la tête et retourna sa première carte, un sept.

« Alors il faut qu'on arrête de jouer.

– Ah non ! »

Elle serra le poing et le souleva jusqu'à côté de son œil.

« On peut pas jouer si on parie pas.

– Oh, s'il te plaît ! »

Il frotta sa barbe de deux jours.

« Je te propose un truc. Tu vois ce grand champ là-bas ? » Il désigna un vaste pré de fauche de plus d'un kilomètre de large, et elle tourna la tête pour le regarder. « Si tu promets de pas pleurer quand on le traverse, j'accepte ça comme ta mise. »

Elle sourit, croyant à une plaisanterie, mais elle lut dans ses yeux qu'il était sérieux. Elle jeta un coup d'œil vers Vessy, qui attendait patiemment à côté des chevaux, les rênes à la main.

« Je serai sage, murmura-t-elle.

– Il va peut-être nous falloir plus d'un quart d'heure pour le traverser. Tu promets que tu pleureras pas ?

– Ta carte, monsieur ! »

Et elle se mit à tambouriner sur son panier. Il leva les sourcils et retourna un as. La petite regarda la carte.

« Forte ou pas ?

– À ce jeu, c'est la plus forte de toutes », répondit-il, raflant la main.

Il gagna de deux cartes, ramassa la pièce de monnaie et lui rappela sa promesse, puis ils remontèrent en selle et reprirent leur chemin en silence, traversant les vastes terres de la ferme avant de pénétrer dans une nouvelle zone boisée. Ils continuèrent leur escalade, les sabots des chevaux ripant pour trouver un appui entre les pierres.

Ils finirent par arriver au sommet de la corniche et firent halte pour laisser reposer leurs montures qui éternuaient et tremblaient sans arrêt. Le cheval de Skadlock s'appuya pendant vingt bonnes minutes contre le tronc d'un pin.

L'enfant se plaignit qu'elle avait encore faim mais Skadlock donna un coup d'étrier.

« On peut pas manger quelque chose ? » lui cria Vessy.

Il ne répondit pas, mais il tira sa montre de sa poche.

Quelques minutes plus tard, ils entreprenaient la descente de l'autre côté de la crête. Parvenu à un endroit dégagé et relativement plat, il s'arrêta et consulta de nouveau sa montre.

« D'après mes plans, on a un quart d'heure devant nous. »

Vessy mit pied à terre, étendit un drap sur le sol et ils prirent place autour.

« Laisse donc, dit-elle en prenant le bloc de fromage dont il s'était déjà saisi entre ses gros doigts. Je vais m'en occuper. »

Elle servit à la fillette du lait dans une tasse et versa de l'eau dans deux autres. Elle ouvrit une boîte de crackers, découpa des tranches de fromage et ajouta des rillettes par-dessus.

Ils se restaurèrent en silence jusqu'à ce que Vessy, regardant le lopin désert qui les entourait, s'exclame :

« On dirait que la terre est fertile par ici ! »

Il suivit son regard et répondit sans cesser de mâcher :

« J'ai vu mieux.

– C'est toi ou ta mère qui s'occupait du jardin ? »

Il se pétrifia.

« Elle vient juste de passer l'arme à gauche, et c'est la première fois que j'y pense.

– Qu'est-ce qu'elle faisait pousser ? »

Il plissa les yeux.

« Des tomates, des patates douces et des navets. Les trucs habituels. » Il était allongé sur le flanc mais se redressa pour s'asseoir en tailleur. « Les tomates, c'était ce qu'y avait de mieux. Je connais rien de meilleur qu'une grosse tomate découpée en tranches avec du sel et un peu de vinaigre.

– Là, t'as pas tort, dit-elle en enfournant un cracker dans sa bouche. On dirait qui va falloir que t'apprennes à manier la binette à ta mère ! »

Il la regarda, puis se tourna vers l'enfant, qui léchait ses doigts maculés de rillettes.

« Dans tes montagnes là-haut, on fait aussi pousser des légumes ?

– Jamais de la vie ! On envoyait juste nos domestiques dans la plaine pour faire les courses et nous ramener le tout à la maison sur leur dos ! »

Il lui jeta un regard étonné.

« Et insolente avec ça ! »

Elle demeura imperturbable.

« J'adore jardiner. Si y a une chose que je déteste dans les villes, c'est qu'y a pas assez de place pour faire pousser les légumes. »

Une heure plus tard, ils remarquèrent de la fumée qui s'élevait entre les arbres, et même s'ils ne voyaient encore aucune habitation Skadlock savait qu'ils approchaient d'une bourgade appelée Cletchy, moins de quarante maisons entassées dans une étroite vallée traversée par la voie ferrée. Ils s'avancèrent lentement dans le champ de maïs et débouchèrent sur un chemin non carrossable bordé cette fois de plantations de coton. Avant peu, ils passèrent devant un chapelet de métairies. Dans la première cour, des femmes noires faisaient bouillir la lessive, dans la deuxième des enfants donnaient à manger à des poules de race Dominique, et sous le porche de la troisième, de la quatrième et de la cinquième des vieillards les regardèrent passer en fumant la pipe, comme si un rêve avait défilé sous leurs yeux : sans doute les seuls Blancs qu'ils aient jamais vus, trop rares dans cette contrée pour qu'on croie en leur présence et encore moins pour qu'on leur adresse un mot de bienvenue.

Ils trouvèrent le remblai de la voie ferrée et le suivirent jusqu'à la petite gare aux finitions extérieures et aux balustres en bois. Il y entra, réveilla le préposé assoupi et acheta des billets pour une gare de correspondance un peu plus au sud, ne choisissant pas un trajet direct pour ne pas laisser de traces. Il demanda également des billets à destination d'une ville située à cinquante kilomètres plus au nord en allant vers l'Indiana. L'employé voulut savoir où se trouvaient les passagers qui devaient utiliser les billets en trop, et il expliqua que des parents allaient arriver d'une seconde à l'autre pour prendre le train en direction du sud.

Au-dehors, il examina les longues crêtes de labour qu'ils venaient de traverser. Il achèterait de nouveaux billets à la prochaine gare, et aussi à la suivante, chaque fois dans les deux directions, songeant que la dépense était justifiée parce que cela rendrait beaucoup plus difficile de suivre leur piste, si quelqu'un s'y risquait.

Tandis que Vessy et la fillette restaient assises sur le long banc qui bordait la voie, il retourna à l'endroit où il avait attaché les chevaux à un arbuste, parce qu'il ne faisait aucune confiance à la vieille barrière branlante prévue à cet effet. Deux Ford déboulèrent sur la route de gravier et il resta campé au soleil tandis que ses bottes se couvraient de poussière jusqu'à ce qu'un Blanc passe à pied. Il l'examina rapidement, et décida qu'il avait l'air méfiant : un Blanc méfiant ne manquerait pas de poser des questions si on se proposait de lui offrir deux chevaux, même s'il s'agissait de deux rosses franchement piteuses et épuisées. S'approcha ensuite un Noir au visage ridé et luisant qui montait une mule à cru, un très vieil homme qui ne s'intéresserait sûrement pas à ses motivations. Pas dans un trou pareil !

« Attends un peu ! » s'écria Skadlock.

L'homme arrêta sa petite mule, qui semblait tenir de l'âne plus que d'autre chose.

« Chef ?

– Tu m'as l'air d'un homme qui aurait bien besoin d'un cheval ou deux. »

Les yeux du Noir étaient un peu vitreux. Il mit pied à terre et retira son chapeau, se penchant en avant pour voir qui l'avait interpellé.

« Je voulais que cette mule me tire mon boghei mais elle veut pas rester entre les brancards, y a rien à faire. Ma femme peut plus venir en ville, alors dès qu'elle a besoin de quelque chose c'est moi qu'elle envoie.

– Tu as de l'argent ?

– Non, chef, pas un sou. Et pas moyen d'en gagner non plus.

– Bon, je vais te dire une chose : on arrive de Louisville sur ces deux bêtes et elles en peuvent plus. Il va falloir qu'on prenne le train. T'as qu'à les prendre, je te les laisse pour deux dollars. »

Le vieil homme s'approcha, tirant les rênes de sa mule derrière lui, et il passa la main sur l'encolure et le long de la selle du plus grand des deux chevaux. Il lui tâta ensuite les quatre jambes, et il fit pareil avec l'autre, qui lança une ruade et faillit bien le renverser.

« Harnais et selle compris ?

– Harnais et selle compris. »

Le Noir s'abîma dans ses pensées, et Skadlock comprit cette hésitation comme signifiant qu'il avait peine à croire qu'un Blanc venu d'ailleurs s'apprête à lui vendre deux montures, selles et harnais compris, pour deux dollars. Il craignait qu'on ne l'accuse de les avoir volées.

« Je suppose que je ferais mieux de pas accepter, chef. Mais grand merci. »

Skadlock dissimula la colère qui le gagnait et regarda alentour les maisons toutes simples qui constituaient la bourgade.

« Et si je te donne un acte de vente ? Je peux quand même pas laisser ces bêtes en plein milieu de la rue ! »

À environ cinq kilomètres, il entendait siffler le train qui roulait vers le sud.

« Je suis pas sûr.

– Écoute un peu, bon sang ! Si t'étais vraiment plein aux as, combien que tu serais prêt à donner pour ces deux bêtes ? »

L'homme baissa les yeux.

« Eh bien, le grand est aussi vieux que moi et la petite jument a que trois jambes en état. Ces selles sont dures comme des toasts trop grillés. Neuf dollars, je suppose. »

Skadlock entra dans la gare, se procura une feuille de papier et un crayon, et signa un reçu au nom de M. Walter Lee Copes, de Louisville, Kentucky, pour un montant de neuf dollars, puis il ressortit et alla le glisser dans la paume de son acheteur.

« Si quelqu'un te pose des questions sur ces chevaux, tu leur montres ce papier. Il y a mon adresse dessus et ils peuvent m'écrire une lettre. »

L'homme inspecta attentivement la feuille, en la tenant à l'envers.

« Qu'est-ce qui me dit que sur ce papier y a pas écrit “Ce type est un voleur de chevaux, pendez-le haut et court” ? »

Il sourit pour faire croire qu'il plaisantait, mais ils savaient tous les deux que ce n'était pas vrai. Skadlock serra les mâchoires.

« À combien de kilomètres d'ici tu habites ? »

Le Noir recula d'un pas.

« Environ cinq kilomètres. »

Skadlock fouilla dans sa poche et tira un billet de cinq dollars de sa liasse.

« Tu crois pas qu'il faudrait être un drôle d'imbécile pour faire une blague qui coûterait cinq dollars ? Ces chevaux vont souffrir si je les abandonne comme ça. Prends cet argent, ça fait un dollar au kilomètre. »

L'homme plia le billet avec soin et le fourra dans sa chaussure.

« OK, chef, je veux bien vous débarrasser de ces pauvres bêtes. »

Il enfourcha lentement sa mule et prit les rênes des mains de Skadlock. La bête fit demi-tour de son propre chef et les deux chevaux la suivirent en boitillant.

Skadlock les regarda s'éloigner, furieux de s'être laissé piéger, puis il se dirigea vers les rails, songeant au voyage en train qui les attendait, avec deux changements en perspective. Il se rappela que son frère devait laisser des chevaux attachés à la petite gare de Fault pour les quinze derniers kilomètres jusqu'à la maison.

S'il n'avait pas eu Vessy pour l'aider, la petite aurait passé tout le trajet à brailler. Mais quand il tourna au coin de la gare et s'assit sur le banc, elle lui grimpa sur les genoux. Il l'examina avec méfiance, comme si un opossum avait décidé de se percher sur sa cuisse droite et de fouiller dans sa poche de chemise. Sa chaude odeur d'enfant monta de nouveau jusqu'à ses narines, et il glissa la main sur son ventre pour l'empêcher de basculer en avant lorsqu'elle se pencha pour voir le train entrer en gare. Elle applaudit et se pencha encore plus loin quand le sifflet retentit, que les freins à air comprimé crissèrent, et que des volutes de vapeur s'échappèrent des cylindres. Il posa son autre main sur la première et maintint la fillette solidement en place, partageant avec elle le plaisir de ce spectacle étonnant.

Chapitre 29

Aube grise. Mme Benton lança des signaux pour qu'on lui envoie un remorqueur depuis le port de Baton Rouge. Sam voyait des lames de vapeur partir à l'assaut de la berge, et un bateau qui gagnait le milieu du fleuve en tirant une péniche à charbon. Il descendit à l'échelle et sauta à bord du remorqueur, qui lâcha sa péniche et fit demi-tour en crachotant. Traversant le quai, il arriva sur l'arrière des énormes bâtiments de la gare de la Y&MV. On lui vendit un billet sur le train n° 36 jusqu'à Gashouse, où il pourrait changer et prendre le train de marchandises et voyageurs en direction de Woodgulch, ce qui le ferait arriver au terme de son voyage à 14 h 45.

Il changea de train comme prévu, sans avoir la moindre idée de ce qu'il ferait une fois rendu à Woodgulch. Il savait seulement qu'il serait alors à quinze kilomètres de Zeneau, d'où il pourrait partir à la recherche d'August. L'unique voiture réservée aux voyageurs se balançait au bout d'une chaîne de wagons de marchandises et trois citernes de produits chimiques nauséabonds. À la faveur d'un virage, il aperçut la petite locomotive noire de suie, vieille de plus de quarante ans, et entendit résonner son sifflet quand elle croisa une route de campagne.

Il était assis près d'un homme aux cheveux blancs à qui il demanda comment se rendre de Woodgulch à Zeneau. L'homme observa Sam un long moment avant de cracher par la fenêtre.

« Quel est votre nom, fiston ?

– Sam Simoneaux. Je vis à La Nouvelle-Orléans.

– À La Nouvelle-Orléans, répéta l'inconnu en se redressant un peu sur son siège, comme si son compagnon de voyage venait de New Delhi ou d'une autre ville lointaine en proie à une terrible épidémie et affligée de coutumes déplorables. Et que venez-vous faire à Zeneau ? »

Tandis que Sam le lui expliquait, un homme au visage marqué par l'acné, assis sur le siège de devant, se retourna.

« Ce jeune gars que vous recherchez, il se dirige vers où ?

– Vers le sud du fleuve. »

L'homme ricana.

« Y a rien là-bas. C'est des ours noirs qu'il veut attraper ?

– Il serait plutôt en fuite. »

L'homme aux cheveux blancs ricana à son tour.

« Son vieux lui aurait pas caressé l'échine avec un bâton ?

– Son père est mort. J'essaie seulement de le retrouver pour rendre service à sa mère avant qu'il s'attire de gros ennuis.

– Vous dites qu'il a seize ans ?

– Exact.

– Si vous saviez toutes les folies que j'ai faites à son âge… Un jour, suite à un pari, je me suis retrouvé à califourchon sur le dos d'un taureau et ce diable m'a fait traverser une clôture en barbelé puis galoper sur bien cinq cents mètres jusqu'en ville, où lui et moi avons défoncé la vitrine d'un quincaillier et emporté pour cent dollars de cordage. J'ai atterri près d'un distributeur de fil Coats and Clark, et le médecin m'a recousu avec un gros fil bleu marine qu'il a trouvé dans la vitrine d'exposition. »

Le type au visage marqué par l'acné tira un mouchoir de sa poche et souffla trois fois très fort.

« Écoutez un peu ! Un jour, quand moi j'avais seize ans, je me suis levé trop tard pour traire les vaches, et mon père m'a fait rester dans notre petite graineterie pour alimenter le poêle toute la journée. “Débrouille-toi pour qu'il reste bien chaud, ce poêle !” Je faisais la gueule et j'ai chargé cette saloperie jusqu'à ce qu'il soit rouge comme une cerise et que le conduit étincelle jusqu'au plafond ; le réducteur a fondu et il est tombé dans le foyer. Après, j'ai trouvé des boulets de charbon dans la remise et j'en ai jeté cinq kilos par la trappe ; alors le poêle est devenu blanc et j'ai pris mes jambes à mon cou. Juste après, le feu a pris au grenier. Quand mon vieux est rentré de Woodgulch, il restait plus qu'un carré de cendres blanches, et au milieu le poêle qui tenait encore plus ou moins debout. Il m'a regardé et il m'a dit : "Ben on peut dire que tu l'as gardé bien chaud, cette saloperie de poêle !"

– Ensuite, qu'a-t-il fait ? demanda le monsieur aux cheveux blancs.

– Rien du tout.

– C'était cela, votre punition.

– Comment ça ?

– Vous seriez devenu pire s'il vous avait corrigé à coups de ceinture. »

L'autre le fixa d'un air perplexe.

« Vous avez peut-être raison. J'ai traîné ma honte comme un basset ses couilles pendant un bon bout de temps après ce coup-là. »

Sam s'avança entre les deux voyageurs.

« Il faut que je retrouve ce garçon.

– Je n'ai entendu parler d'aucun gamin en fuite, dit le vieil homme, mais si vous voulez vous faire amener à Zeneau, il devrait y avoir un camion de marchandises à la gare. Vous pouvez demander au chauffeur de vous y conduire. »

Un gros type affublé de bretelles rouges qui disparaissaient sous sa bedaine attendait à la gare dans son camion Model T marron clair. Le monsieur aux cheveux blancs descendit du train et s'approcha de lui en traînant les pieds, il prit une de ses bretelles dans son poing et lui montra Sam du doigt, qui les rejoignit et se présenta.

« Ça vous coûtera un dollar, dit le gros homme.

– D'accord.

– C'était une blague. Aidez-moi donc à décharger quelques caisses du dernier wagon et on se met en route. »

Il y avait six caisses de pièces détachées pour monter un poêle, dix sacs de fourrage et un gramophone empaqueté, mais en un rien de temps le chauffeur était devant sa manivelle pour faire démarrer son camion. Il monta à bord en sifflotant.

« Est-ce que je pourrai chanter en chemin ?

– Bien sûr.

– C'est marrant, avant j'aurais jamais cru que c'était dans mes cordes ! »

Et il s'esclaffa jusqu'à devenir cramoisi. Puis il traversa lentement la cour de la gare, creusée de profondes ornières.

Ils croisèrent les six rues qui formaient l'ensemble de l'agglomération et s'enfoncèrent dans un paysage de collines râpées, hérissées de quelques gommiers étouffés par des buissons de sumac vénéneux et de liseron épineux. Aucune habitation en vue. Au bout d'un moment, la route devint toute boueuse et plongea dans une forêt de cyprès centenaires, des arbres de cinq mètres, avec des troncs massifs qui se dressaient comme des cheminées sous leur canopée spongieuse. Il observa longuement ces bois détrempés en espérant qu'August ne s'était pas aventuré dans un endroit aussi sinistre.

Le gros homme luttait pour garder le contrôle de son volant malgré les cahots et il ne pouvait pas se montrer très bavard, sauf quand un sac de fourrage tomba par le hayon et qu'ils durent s'arrêter. Sam descendit du camion et jeta un coup d'œil alentour.

« On peut dire qu'il y a du bois par ici. Bon sang, il y en a à revendre !

– Oui, et il a déjà été acheté. L'affaire est conclue : une scierie de Natchez va tout faire couper l'année prochaine.

– Toute la forêt ?

– Oui, toute – à ce qu'on dit. Sept mille hectares, en direction du fleuve plus au sud et même jusqu'à la prison et au-delà.

– Là où vivent les Skadlock ? »

Le chauffeur rechargea le sac et garda la main posée dessus.

« Comment vous avez entendu parler des Skadlock ?

– Je les ai même rencontrés.

– Vous êtes pas de leur famille, hein ? Parce que sinon, moi je vous plante là au bord de la route.

– Pas du tout. Qu'est-ce qu'ils vous ont fait ?

– C'est pas vos oignons.

– Entendu. Vous savez comment on va de Zeneau à chez eux ?

– Par bateau.

– Je pourrais en trouver un à louer ?

– Non. »

Sam soupira et secoua la tête.

« Un cheval alors ? »

L'homme fit le tour de son camion et se pencha sur son radiateur fumant.

« Par la terre, vous en avez pour une dizaine de kilomètres en direction du sud, et vous allez être obligé de vous louer un gorille pour traverser les ravines. Quand j'aimais encore ça, j'allais chasser dans ce coin, et je peux vous dire que c'est un miracle que j'en aie réchappé. »

Il tourna la manivelle, remonta dans la cabine et desserra le frein. Sam le rejoignit.

« Comment vous les connaissez ?

– Je fais des livraisons pour le shérif. L'adjoint a son bureau à Zeneau. J'ai souvent vu le plus grand des frères Skadlock entrer pour lui parler. Avec son chien. » Le gros homme regarda Sam et, soudain, il eut une lueur de tristesse dans les yeux. « Avant, moi j'avais un petit fox-terrier noir et blanc dans mon camion. Il s'asseyait juste là où vous êtes. Intelligent comme tout, un vrai petit être humain à poil. Un jour que je livrais une chaise et des fournitures dans ce bureau, j'ai vu le cheval de Skadlock attaché devant, et son chien juste à côté. Je suis entré sans me méfier, seulement, une fois à l'intérieur, j'ai entendu une espèce de couinement. Quand je suis ressorti, j'ai trouvé mon chien mort sous le camion, et ce berger allemand qui pissait sur mon pneu de devant. Je m'en suis pris à Skadlock quand il est sorti à son tour, mais il a juste fouillé dans sa poche et il m'a tendu un dollar. Puis il a sauté en selle et il a disparu. J'étais dans une sacrée rogne. Et puis après, vous savez, je me suis dit qu'il fallait rien attendre d'autre d'un type pareil.

– Vous avez pris un nouveau chien ? »

Le chauffeur secoua la tête et rétrograda pour affronter la colline suivante.

« Pas question. Il était unique, ce chien.

– Irremplaçable, hein ? »

Il se tourna lentement vers Sam.

« Est-ce qu'une mère est remplaçable ? »

Sam détourna la tête et se concentra sur cette abominable route.

« Ce n'est tout de même pas tout à fait la même chose. »

Le gros type changea de vitesse.

« Vous savez, mon pote, plus je vieillis et plus je pense que tous les êtres vivants se valent. »

Zeneau : un magasin, le bureau de l'adjoint au shérif, pas plus vaste que des cabinets un peu spacieux, cinq maisons en bois et un débarcadère boueux. Le chauffeur lâcha Sam près du bureau, qui n'était même pas peint, et il hésita un instant avant de se décider à fendre les nuées de moustiques pour se rendre dans le magasin en traversant au passage les flaques de boue desséchée au soleil. Il était plus de 3 heures, la chaleur était à son maximum. À l'intérieur, trois hommes à barbe grise se tenaient autour d'un poêle éteint, les pieds reposant sur le pare-feu. L'épicier s'affairait à l'arrière de la boutique, il réceptionnait les marchandises du camion.

« Salut, petit ! lança un des vieux, affligé d'un long museau de lévrier et qui portait une salopette toute rapiécée.

– Bonjour. Je suis à la recherche d'un gosse d'une quinzaine d'années. Personne ne l'aurait vu par ici ?

– D'où que tu viens ?

– De La Nouvelle-Orléans.

– T'as pas l'accent qui faut.

– Je suis né dans l'ouest de la Louisiane.

– Un petit Cajun ! s'exclama l'homme à tête de lévrier. Parle-nous donc un peu ce patois.

– *Comment ça va ? Brassez mon tchou, têtes de merde.* »

Un type au visage rougeaud fit retomber son pied du pare-feu.

« Ha ha ! Écoutez un peu ça. On dirait un singe avec des olives plein la bouche !

– Vous ne l'auriez pas vu ?

– Mais qu'est-ce que tu lui veux ?

– C'est sa mère qui m'a envoyé à sa recherche. Il a fait une fugue.

– Oh ! s'exclama le museau de lévrier. Pourquoi tu le disais pas ? Moi aussi je me suis enfui quand j'étais gosse. »

Le rougeaud lui donna une claque sur le genou.

« Mais toi, tu es jamais revenu.

– T'as pas tort, sur ce coup. »

La conversation se retrouva au point mort. Sam posa les yeux sur le premier compère et demanda d'une voix forte :

« Alors, ce garçon ?

– Oh… Oui, il est passé par ici hier, il voulait aller chasser le dindon. Il s'est acheté un gilet de chasse et de quoi manger. »

Sam le regarda dans les yeux.

« Il n'a pas de fusil.

– Il en avait pas quand il est passé par cette porte. Pose donc la question au marchand. »

Quelques minutes plus tard, l'épicier chauve rentra dans sa boutique, en sueur et accompagné d'une odeur aigre.

« Il vous faut quelque chose ?

– Je suis à la recherche d'un gamin.

– Et vous êtes qui ?

– C'est un brave type, t'en fais pas ! cria le rougeaud.

– Ben, je lui ai vendu du fromage, des rillettes et des crackers, et une boussole pour enfants. Et puis aussi un fusil d'occasion.

– Bon Dieu, c'est bien ce que je craignais ! Quelle sorte de fusil ?

– Un Parker à double canon usagé. Calibre 10, avec chien à percussion.

– Et quel genre de cartouches ?

– Le type qui me l'a fourgué m'avait laissé les cartouches et je les lui ai données avec le fusil. Une douzaine environ.

– Avec des plombs de… ?

– Bon sang, j'en sais rien ! C'était des cartouches à oies sauvages. Peut-être du 2 avec de la poudre noire.

– Bon sang !

– C'était pas mes affaires. Mais j'ai bien vu que ce gosse était pas chasseur – en tout cas pas vraiment. On sentait qu'il venait de la ville.

– Quand est-ce qu'il est parti ?

– Je l'ai laissé dormir sous le porche sur les balles de coton. Il a dû partir une demi-heure après l'ouverture, vers 6 heures. Je lui ai donné du pain et du sirop de mélasse comme petit déjeuner. Je l'ai vu s'enfoncer dans les bois direction plein sud.

– Il y a une piste tracée ? »

Tout le monde s'esclaffa, et les pieds du troisième homme retombèrent à leur tour du pare-feu.

« On peut pas vraiment appeler ça une piste. Ici, personne met vraiment les pieds dans la forêt plus au sud. Il y a une prison de l'État de Louisiane à quelques kilomètres au bord du fleuve, et on sait jamais sur qui on pourrait tomber, si tu vois ce que je veux dire. »

Un autre lui demanda :

« Tu comptes partir à sa poursuite ?

– Je suppose que oui.

– T'as une boussole ? »

Sam fouilla dans son pantalon et en sortit une de sa poche.

« J'ai déjà mis les pieds dans ces bois.

– Je te souhaite bonne chance, dit le museau de lévrier.

– J'avais un cheval.

– Je vois, je vois, dit le rougeaud avant de cracher dans une cagette remplie de sable au pied du poêle. Et tu l'as toujours ?

– Je suis à pied. »

L'homme se leva.

« Va falloir que t'ailles voir mon frère, alors. »

Sam jeta un coup d'œil à l'épicier, qui haussa les épaules.

« Pour quoi faire ? »

Le vieux posa sa main toute tavelée sur le bras de Sam.

« Viens donc, ça coûte rien. Il est juste au bout de la rue. »

Sam le suivit sur environ huit cents mètres jusqu'à une maison qui ressemblait surtout à un hangar, et le type qui en sortit avait le même teint cramoisi par le soleil que celui qui l'accompagnait.

« Salut, Buzz. Qui c'est que tu nous amènes ?

– Ce garçon a besoin d'une bête.

– J'ai un cochon, s'il veut.

– Tu fournis la selle avec ? »

Les deux frères se tapèrent dans les mains avant de se prendre par les épaules, puis ils se tinrent côte à côte sous le porche en bois brut en regardant l'inconnu, resté dans le terrain où pas une plante ne poussait.

« Je n'ai pas beaucoup d'argent », dit Sam.

Il expliqua ce qu'il comptait faire et le maquignon jeta à son frère un coup d'œil peu convaincu.

« J'aurais bien dû me douter que tu m'avais pas ramené un mec plein aux as. » Son frère haussa les épaules. « Je peux seulement te vendre un cheval. Je loue pas, je trouve que ça mène nulle part. Mais quand tu reviendras – si jamais tu reviens – de cette jungle », et il désigna le sud du sommet de son crâne hirsute, « je te le rachèterai pour un peu moins que la misère pour laquelle tu l'auras eu. »

Sam tenta de se rappeler combien il avait d'argent dans son portefeuille et de calculer combien il lui faudrait pour payer son retour et celui du gamin vers La Nouvelle-Orléans.

« Ça irait chercher dans les combien ?

– J'ai un appaloosa qui résiste bien dans les sentiers escarpés et la boue. J'en veux trente-cinq dollars.

– Bon Dieu ! Je suis loin d'avoir une somme pareille. »

Le maquignon cligna de l'œil.

« Je vais te dire, je m'en doutais. J'ai aussi une vieille jument, alors, pas bien rapide, mais elle a peur de rien. De toute façon, dans ces bois-là, faut savoir prendre son temps. Celle-là, c'est vingt dollars cash.

– Peut-être. Quoi d'autre ?

– J'ai aussi deux mustangs dressés, mais si t'es pas un vrai cavalier ils auront ta peau, parce qu'ils obéissent au doigt et à l'œil, même si tu les pousses dans les sables mouvants ou dans un précipice. Pour finir, j'ai aussi un cheval de trait à la retraite avec des problèmes cardiaques que je peux te laisser pour quatorze dollars, mais quand tu vas arriver au fond des bois il risque de pas réussir à passer entre les arbres.

– Je voudrais le voir. »

Le marchand jeta un coup d'œil à son frère, qui secoua la tête.

« Allons faire un tour là-bas derrière, alors. »

Tandis qu'ils marchaient vers l'écurie, l'attention de Sam fut attirée par un animal qui broutait dans un pré, un énorme mulet plus haut sur pattes que tous ceux qu'il avait jamais vus, et gris comme un nuage de fumée.

« Et celui-là ? »

Le maquignon regarda dans toutes les directions, sauf celle du mulet.

« Lequel ? »

Sam désigna l'animal du doigt.

« Oh, c'est un bardot. J'en ai jamais vu d'aussi grand. Je l'ai acheté l'année dernière et je l'ai déjà vendu et racheté trois fois. Il est beaucoup trop malin pour se laisser monter.

– Comment ça ?

– Il est seulement plus intelligent que tous ceux qui lui grimpent sur le dos. Si t'arrivais à comprendre ce qu'il a dans le crâne, ça serait une bonne bête, mais y a pas moyen de lui faire faire un truc quand il veut pas.

– Il est gris-blanc, c'est ça ?

– Oui. Les gens d'ici, ils disent que ça porte malheur.

– Je peux l'essayer ? »

L'homme se retourna et le fixa durant quelques secondes.

« Mais qu'est-ce que t'en ferais ? »

Sam tourna la tête vers le champ et le mulet lui rendit son regard, couchant ses oreilles en avant.

« J'allais à l'école sur une mule pareille. »

Le maquignon cracha sur le côté.

« À propos d'école, celui-là a encore pas mal de choses à t'apprendre, tu verras. »

Ils prirent une selle dure comme du bois dans l'écurie, et quand il la vit Sam réclama une couverture bien épaisse. Il l'attacha à l'aide des sangles, appuyé contre le flanc de l'animal pendant l'opération, puis il passa la main sur sa croupe avant d'accrocher une sacoche en toile à l'arrière. Il passa lentement le filet et son mors par-dessus les oreilles qui restèrent décontractées, même si le mulet l'examinait attentivement. Ensuite, Sam lui parla en le caressant.

« Vous avez une croupière pour cette selle ?

– Non, mais j'en ai une à deux sangles, si celle-là te fout les jetons. »

Il fit un geste en direction de sa vieille écurie délabrée.

« Je voudrais voir une chose… »

Sam s'approcha de la clôture, il prit une longueur de fil piqué de rouille qui pendait là et en attacha une extrémité au pommeau avant de faire le tour de l'animal en passant par-derrière, puis il tira sur la corde pour lui emprisonner les pattes et l'arrière-train. Le mulet le regarda sans remuer un sabot. Sam récupéra la corde et la remit en place sur la clôture. Il monta en selle et fit d'abord avancer la bête tout droit, tourner, reculer puis trotter un peu. Il mit pied à terre, laissa les rênes pendre par terre et s'éloigna. Le mulet regarda le portail, puis se tourna vers le visiteur, mais sans bouger d'un iota.

Sam grimpa sur la clôture.

« Alors, qu'est-ce que vous lui reprochez ?

– Cet animal est complètement imprévisible. Y en a qu'on peut battre, d'autres qu'on peut cajoler, mais celui-là, il se fout de tout. Pour être honnête, moi, j'ai pas à m'en plaindre, mais tous les autres m'ont raconté que, quand il a décidé de s'arrêter, y a rien à faire pour le faire repartir. Pire encore, il lui arrive de pas vouloir freiner même si tu lui arraches la tête à force de tirer sur les rênes. Y a rien qui l'arrête.

– Est-ce qu'il a du souffle ?

– Bon Dieu, oui ! Il peut grimper sur un arbre et chanter des yodels sur la cime, mais c'est sans doute pas ce que tu lui auras demandé de faire.

– Combien ?

– Dix dollars. » Il cracha par terre. « Onze si tu le ramènes.

– Le harnais et la selle ?

– Ça, ça vaut de l'or. Ces choses-là vous obéissent. Je veux que tu me ramènes le tout, et que tu me laisses dix dollars comme caution.

– Comment il s'appelle ?

– Gasser. C'est ce qui était écrit sur l'acte de vente qu'on m'a donné. Il vient de l'autre côté du fleuve, de la paroisse de la Pointe Coupée. »

Ils topèrent là, et Sam alla avec l'animal jusqu'au magasin pour y prendre un sac de provisions, un bidon, des allumettes, de l'huile de citronnelle et un chapeau de paille à bord relevé.

Il acheta aussi une boîte de céréales Quaker Oats. En prenant le chemin du sud, il se rendit compte que Gasser paraissait peiner quand il le faisait aller trop vite. Il le ramena au pas, et le mulet marcha de façon plus légère. Puis il le poussa à nouveau en donnant du talon, et il recommença à boitiller.

« Dès que tu vas au trot, on dirait vraiment que tu marches avec des béquilles. »

Dix minutes plus tard, ils pénétraient dans la forêt à un pas rapide.

Le pays qui s'étendait au sud de chez les Skadlock faisait alterner les zones arides et les marécages couverts de cyprès submergés, mais ce chemin qui passait plus au nord traversait des forêts de feuillus mêlés de pins des marais, et le terrain était accidenté et aussi en pente que des planches à laver. À trois kilomètres de Zeneau, la forêt se referma complètement, et le mulet s'arrêta pile devant un mur d'arbres à suif et de ronces, refusant absolument d'aller plus loin. Sam le fit obliquer vers une corniche arrondie qu'il suivit pendant environ cinq cents mètres avant qu'elle se transforme brutalement en ravine envahie de bois mort. Il arrêta sa monture et plongea le regard dans l'enchevêtrement de branches. Il changea une fois de plus de direction, revint sur ses pas, et passa sur la corniche suivante, qui elle aussi tourna court assez vite. Il repartit à nouveau en sens inverse, marchant vers l'ouest, et finit par en trouver une autre qui descendait en pente douce vers une gorge envahie de boue. Il talonna légèrement les flancs de Gasser pour qu'il prenne la pente, mais l'animal se contenta de regarder de droite et de gauche sans bouger.

« Allez, on y va ! »

Au bout de trente secondes, le mulet accepta de descendre au fond de la ravine, et il reprit la direction du sud dans un étroit fossé à travers les pâtés de boue qui avaient dévalé le long du versant. Sam évita avec soin des lianes rampantes de la taille d'un bras, et après environ deux kilomètres dans ce tunnel qui ressemblait à un caveau il tenta de pousser le mulet à remonter vers un plateau, mais l'animal s'arrêta pour se désaltérer dans l'eau trouble.

« Allez, avance ! »

Le mulet continua à boire. Sam lui fit claquer la bride sur l'encolure, et il se retrouva emporté dans la ravine. Quand il essaya de le faire obliquer vers la pente en tirant sur les rênes, l'animal s'immobilisa en travers du chemin, le nez dans la mousse d'un côté, l'arrière-train enfoncé dans la boue de l'autre. Il l'accabla de jurons pendant une bonne minute, puis le redressa et attendit dans le filet d'eau lent qui coulait au fond. Il lui talonna les côtes, lui cria tous les ordres et toutes les insultes animales qu'il connaissait, recourant même au français de son enfance : *maudit fils de putain*. Le mulet coucha ses oreilles en arrière, mais toujours sans avancer d'un pouce. Sam remarqua ce mouvement des oreilles et réfléchit un moment, en passant sa langue entre ses dents.

« *En avant !* » beugla-t-il.

Sa monture releva la tête et se remit en route. Sam leva les bras puis les laissa retomber. « *Eh bien, un mulet qui parle français !* » L'animal prit de la vitesse, comme si ce qu'il venait d'entendre le rassurait sur les efforts qui l'attendaient.

Sam décida de le laisser marcher à sa guise et trouver son chemin tout seul à travers bois. Le jour commençait à décliner et il jouait à prononcer le mot « Gasser », tentant d'en deviner l'origine. Finalement, il lança un sonore « *Garde ça !* » et le mulet bondit de l'avant, accélérant l'allure. « *Garde ça !* » répéta-t-il une fois de plus, se rappelant que chaque village avait autrefois un *garde-ça*, un vieux fripon qui passait son temps assis sur le trottoir devant une boutique à débiter des histoires salaces ; « *Regardez ça !* » s'indignaient alors les femmes en secouant la tête.

Garde-ça escalada une pente et ils se retrouvèrent sur un promontoire boisé où il s'arrêta. Ni le français ni l'anglais ne purent cette fois le convaincre de repartir, et le cavalier finit par poser pied à terre et tira sur la bride. L'animal refusa d'avancer d'un pas, mais il se pencha pour goûter une herbe. C'est alors que Sam découvrit un petit morceau de fer-blanc juste à côté de sa botte. Il regarda du côté des bois, sachant parfaitement ce que c'était avant de l'avoir ramassé : une boîte de conserve avec un dessin de diable rouge sur l'étiquette. Il cria le nom du garçon, sa voix étouffée par l'enchevêtrement des arbres et des ronces. Il baissa la tête, tendit l'oreille, mais il ne perçut rien d'autre que le bruit des mâchoires du mulet qui broutait.

Il remonta en selle et ils traversèrent à grand bruit un fourré envahi de magnolias sauvages puis des nuées de chèvrefeuille. Au bout d'un peu plus d'un kilomètre, le mulet s'arrêta de nouveau, pile à l'endroit où la corniche commençait à descendre. Un bon coup de rênes demeura sans effet. Sam regarda entre les oreilles de l'animal, tentant d'imaginer ce qu'il voyait dans ce tapis d'amarantes, mêlées de glycines centenaires et de sumac de l'Ouest. Il soupçonna la présence d'un serpent et mit pied à terre pour inspecter le sol, puis il leva les yeux vers les branches à la recherche d'un chat sauvage. Il espérait qu'ils ne se trouvaient pas à proximité de la tanière d'un ours ; l'idée des griffes acérées surgissant de l'ombre lui fit tirer sur la bride du mulet.

« *Allons !* »

Le bardot ferma les yeux et se figea comme une statue. Sam recula pour tirer d'un coup sec sur la bride – prêt à l'arracher, si nécessaire, à cette tête de mule couverte de gratterons –, mais il mit le pied sur quelque chose de mou. Il regarda derrière lui et éprouva la solidité du terrain, comme s'il vérifiait la solidité d'une passerelle. Il s'aperçut alors que toute la surface qui l'entourait sur un rayon d'une quinzaine de mètres se soulevait et s'enfonçait comme une bâche goudronnée tendue au maximum. Il lâcha les rênes, avança d'encore un pas, et sa jambe se retrouva dans le vide.

Reculant à quatre pattes jusqu'aux sabots du mulet, il comprit que toute une partie de la corniche s'était effondrée, laissant le tapis de plantes rampantes et de feuilles suspendu au-dessus de l'abîme. S'ils avaient continué droit devant eux, ils seraient sans doute morts tous les deux. Il fit faire demi-tour à Garde-ça, ouvrit un sac en toile de jute, en tira une boîte ronde de flocons d'avoine, et en offrit la moitié au mulet pour récompense.

Revenant sur ses pas, il reprit la direction du sud sur une espèce de sentier. À la tombée de la nuit, Garde-ça s'arrêta et jeta un coup d'œil sur sa gauche. Sam écouta la brise chaude qui caressait les cimes d'une rangée de sycomores, et entendit au loin une corneille en faction croasser trois fois avant de s'envoler prestement vers le faîte d'un pin comme de l'encre crachée par un stylo-plume. Entre les jambes de son cavalier, le mulet paraissait retenir son souffle. Sam perçut deux cliquetis métalliques et il tourna la tête, sachant que deux chiens avaient été armés et que des doigts devaient se resserrer sur la détente. Une flèche de feu orange jaillit des buissons et le mulet se cabra en poussant un long braiement. Sam se glissa derrière la selle et y resta suspendu jusqu'à ce que les pattes avant retombent ; alors Garde-ça lança une ruade et Sam, décrivant un arc-de-cercle par-dessus les longues oreilles, alla s'abattre sur le sol avec la force d'un impact d'obus. Les poumons aplatis, la bouche ouverte, il resta immobile, semblant se demander pourquoi il n'y avait plus d'air en ce bas monde.

August sortit des buissons tout en rechargeant un fusil à double canon moucheté.

« Maintenant tu reprends ton mulet et tu te tires de là. »

Durant de longues secondes Sam tenta de répondre. Il avait l'impression de s'être démis l'épaule, et des volutes de flammes blanches lui tourbillonnaient derrière les paupières. Il avait envie de crier : « Espèce de bâtard ! », mais il savait que ce n'était pas vrai, et que « Fils de pute ! » serait encore plus faux. Et donc, quand il retrouva un peu de souffle, il dit :

« J'essaie seulement de t'aider, espèce de crétin. »

Totalement inexpressif, August le dominait de toute sa hauteur.

« Commence déjà par t'aider toi-même.

– Range ce fusil ; je ne suis pas venu ici pour te faire du mal.

– J'étais pas tout à fait sûr que c'était toi. »

Il repoussa une mèche de cheveux qui retombait sur son front criblé de piqûres de moustiques.

– Approche et tire un peu sur ce bras. Je crois que je me le suis un peu démis. »

August posa le fusil en appui contre un arbuste et prit la main gauche de Sam entre les siennes.

« Tu veux que je tire dessus ?

– Plutôt que tu le fasses tourner vers la droite quand je te le dirai. »

Il respira un grand coup, puis un autre.

« Maintenant ? »

Il hocha la tête et poussa un cri quand l'épaule se remit en place dans un claquement sec.

« Bon sang de merde ! »

L'adolescent alla reprendre son fusil et se campa au milieu du chemin.

« Maintenant, tu vas pouvoir tenir en selle. »

Il désigna du doigt le mulet, en travers de la piste un peu plus loin, qui broutait les feuilles vert brillant d'un sureau des marais.

« Qu'est-ce que tu comptes faire, fiston ? »

August conservait son visage d'enfant, mais il avait le regard perçant d'un faucon.

« Je vais tuer M. Ralph Skadlock, au moins. »

Sam remuait précautionneusement son bras gauche, les yeux rivés sur le garçon, tentant de trouver un moyen de le raisonner.

« On a déjà dû te le dire, mais si tu fais ça tu le regretteras toute ta vie.

– J'ai déjà pas mal de choses à regretter, tu crois pas ? »

Il aida Sam à se remettre sur pied.

« Je ne vais nulle part, je te préviens. Ta mère m'a demandé de te ramener sain et sauf.

– Personne m'arrêtera.

– Un Skadlock ou un autre risque pourtant de te couper dans ton élan. »

August lui tourna le dos et s'éloigna dans les fourrés. Sam tenta de se remémorer ce qu'il ressentait à son âge, alors qu'il avait déjà résolu de quitter la ferme de son oncle. Rien n'aurait pu l'ébranler dans sa décision. Il songeait que cette obstination était à la fois ce qu'il y avait de mieux et de pire chez les jeunes gens.

Sam alla chercher son mulet et il suivit le garçon jusqu'à l'endroit où il avait préparé un feu de camp.

Chapitre 30

Les trois voyageurs étaient arrivés dans la grande maison deux nuits plus tôt. Ralph se tenait dans la cour près de son frère, les yeux levés vers le toit.

« Ça alors ! J'aurais jamais cru, dit Billsy.

– C'est toi qui lui as fait passer les planches par la fenêtre ?

– Non. Elle a dû les ramasser dans la cour. » Billsy pencha la tête sur le côté comme un chien. « On peut dire qu'elle s'y entend à réparer une toiture. Vise donc comment elle les superpose… »

Vessy était perchée là-haut ; elle portait un pantalon en velours tout usé, et elle tenait des clous en cuivre entre ses lèvres tandis qu'elle tapotait doucement avec le marteau pour éviter que les bardeaux ne se fendillent.

Ralph hocha la tête.

« J'ai le vertige rien qu'à la regarder. »

Ils restèrent longtemps à se dévisser le cou. De temps à autre, Vessy criait par la lucarne, et la petite posait trois ou quatre planches sur le rebord de la fenêtre.

« C'est une pute ?

– Non, une espèce de bonniche ou de cuisinière.

– Combien de temps tu comptes la garder ici ? »

Ralph cracha par terre.

« Jusqu'à ce qu'on se débarrasse de la gosse.

– J'avais jamais vu de femme sur un toit. Pas en pantalon, en tout cas.

– T'es prêt à partir ?

– Plus ou moins. Tu veux toujours que j'aille jusqu'à La Nouvelle-Orléans ?

– Oui. Et que tu téléphones à Acy un soir d'une cabine à pièces. Le mieux serait qu'il nous amène l'oseille à Woodgulch.

– Et s'il dit qu'il veut pas raquer ?

– Mais si, t'en fais pas. En attendant, je vais garder cette petite et en faire un as aux cartes.

– Là, t'as pas tort. Elle est maligne comme une guenon. »

Ralph jeta un coup d'œil en direction du petit bois qui leur servait de dépotoir juste derrière la maison.

« Il va falloir qu'on ouvre l'œil, et le bon, à partir de maintenant. »

Billsy regarda la femme perchée avec un respect mêlé d'admiration.

« Le petit déjeuner était fameux. Je savais pas qu'on pouvait faire des trucs aussi bons avec du pain de maïs. »

Sam dit au garçon de s'enduire d'huile de citronnelle. Ils mangèrent du fromage et une pomme de terre rôtie à la braise, et restèrent un long moment sans échanger un mot, jusqu'à ce qu'August l'interpelle à travers les flammes, les yeux illuminés par le feu.

« Charlie Duggs m'a tout raconté à ton sujet.

– Ah oui ? J'espère que c'était une histoire intéressante.

– Il m'a dit que toute ta famille avait été assassinée et que tu avais même jamais essayé de retrouver les coupables.

– C'est sans doute la chose la plus passionnante que Charlie a entendue de sa vie. Il raconte cette histoire à tout le monde. »

Le visage de l'adolescent afficha une moue méprisante.

« Alors, pourquoi tu les recherches pas ?

– J'ai peut-être pas envie qu'ils finissent ce qu'ils ont commencé.

– C'est pas une blague. Tu prends jamais rien à cœur ?

– Il y a beaucoup de choses que je prends à cœur, petit merdeux. J'avais six mois quand ça s'est passé. Je n'ai jamais connu aucun de ceux que j'ai perdus.

– Je vois toujours pas beaucoup de cœur là-dedans. »

Sam détourna son regard des flammes et de ces yeux accusateurs.

« Mon oncle m'a appris que la vengeance était entre d'autres mains. »

August jeta une brindille dans le feu.

« "D'autres mains" ? Tu sais, la Bible nous enseigne la justice, en plus de tout le reste. Sam Simoneaux, t'es rien qu'un lâche qui se cherche des excuses, et ton oncle vaut pas plus cher, vu qu'il a pas vengé ton père non plus. Il t'a appris qu'à te trouver des excuses. »

Sam fixa ses pieds, puis tourna lentement la tête de côté.

« Peut-être.

– Dis-moi, tu te rappelles quand ton père te tenait dans ses bras ? »

Il s'adossa contre un pin à torches abattu et regarda les branches rougies par le feu.

« Je te l'ai dit, j'étais bébé.

– Moi, dès que j'ai été en âge de plaquer un accord sur un piano, mon père a commencé à m'apprendre. Il s'asseyait derrière moi et il tapotait sur mes épaules, comme pour appuyer sur les touches que moi j'enfonçais sur le clavier. Comme ça, je comprenais tout seul quand je traînais et que j'avais joué une note en retard, ou au contraire que j'étais en avance d'un temps ou deux. Ses doigts me guidaient pour que je suive le rythme, tu vois ? Quand je me suis mis au saxo, il a fait pareil, il tapotait une cadence improvisée à partir de la mélodie et il me disait ce qu'il fallait faire et pas faire. C'était comme s'il jouait lui-même à travers moi avec ses doigts. » Il releva la tête, ses yeux brillaient comme des miroirs jaunes. « Tu peux pas comprendre ce que ça fait d'avoir perdu ça pour toujours.

– Ton père a fait de toi un bon musicien. Il ne voudrait pas te voir tout gâcher.

– Je gâche rien.

– Tu t'y apprêtes, pourtant. Si tu te fais descendre par un des frères Skadlock, à quoi te servira d'avoir appris la musique ? Tout ça, ce sera mort, mort et enterré, comme ta carcasse de petit malin.

– Skadlock est qu'un cul-terreux et un poivrot. Je peux le prendre par surprise comme j'ai fait avec toi.

– Bon sang, August ! Moi, mon boulot, c'est responsable d'étage dans un grand magasin. Ces gens-là passent leur vie à se défendre contre des attaques possibles. À moins de cinq kilomètres d'ici, je te parie qu'ils ont déjà reniflé l'odeur de pin de ton feu de camp. Ils ont sans doute même déjà vu la fumée. Ça ne m'étonnerait pas du tout qu'ils sortent de l'ombre comme ça d'une seconde à l'autre pour nous régler notre compte. »

August plongea le regard dans l'obscurité sur sa gauche et sourit. « Je pense pas qu'ils soient aussi finauds que tu le crois.

– Écoute, si tu t'imagines que tu serais capable de causer plus de dommages que ces deux-là, va donc faire un tour en ville et renseigne-toi.

– Je sais ce que j'ai à faire.

– Fiston, cette histoire n'a rien à voir avec ton père. Tu as seulement envie de faire l'intéressant. Tout ça, c'est de la frime. »

Le jeune garçon se leva et saisit le vieux fusil par le canon. « Retire ça tout de suite !

– La vengeance, c'est pas autre chose, petit. Tu voudrais croire que tu vas aider ta mère et rétablir la justice dans le monde, mais en fait, tout ce que tu cherches à faire, c'est tuer quelqu'un pour te sentir comme un caïd.

– Ce Ralph Skadlock peut très bien continuer à tuer.

– Je vais t'apprendre quelque chose : rien ne permet d'être sûr qu'il a déjà tué qui que ce soit. Il n'a pas tué ton père, en tout cas. Ted a fait une septicémie dans un hôpital de Cincinnati et il en est mort. »

Le visage d'August se convulsa de rage.

« Il se serait jamais retrouvé là sans ce putain de Skadlock ! cria-t-il, les yeux pleins de larmes.

– Si Skadlock avait voulu le tuer, il l'aurait achevé par ici et il aurait jeté le corps à la rivière avec un sac de briques accroché au cou. Il y a quelque chose qui cloche dans ton raisonnement.

– C'est pas juste ! s'écria August. Si les gens ont pas ce qu'ils méritent quand ils assassinent quelqu'un, c'est pas juste !

– Je suis d'accord avec toi. Mais essayer de leur régler leur compte avec un fusil à six dollars, ce n'est pas une solution non plus.

– Moi, ça me semble juste.

– Il ne s'agit pas de ce qu'il te semble. L'important, c'est la vérité. La vérité, c'est que ton père ne t'a pas appris à manier un fusil pour aller dégommer tout ce qui bouge. Il t'a appris à jouer de la musique pour le restant de tes jours. »

August s'assit à même le sol à côté du brasier et il lâcha doucement le fusil.

« Oh, la ferme !

– Et quand tu auras criblé Skadlock de plomb avec ce Parker, qu'est-ce que tu comptes faire de son frère ?

– Il a un frère ?

– Et une mère, qui garde toujours, j'en suis sûr, un pistolet à portée de main. Ils ont un alambic dans cette forêt, et je ne connais pas de contrebandiers avec moins de flingues qu'on en trouve chez un armurier. »

Il releva les yeux en entendant un reniflement et il vit les larmes couler sur les joues de l'adolescent.

« Lucky, pendant une seconde, j'ai failli te suivre, mais aussitôt j'ai senti les mains de mon père sur mon épaule. Il faut que je fasse justice. »

Sam hocha la tête. Il était impossible de discuter davantage ce soir-là. Quand quelqu'un se fait agresser, sa première réaction est de rendre coup pour coup. À la réflexion cependant, il arrive que ce désir de riposte disparaisse. Il savait que ce gamin avait besoin de temps pour renoncer à l'idée de vengeance. Ou pour trouver une autre solution.

« August, reprit-il, quand ces gens te verront débarquer chez eux une arme à la main, ils vont se protéger. Ils vont te démolir, peut-être même te tuer, parce que tu leur auras fait croire qu'ils ne peuvent pas faire autrement. Je ne veux pas être celui qui annoncera cette nouvelle à ta mère. Plutôt crever. Si tu acceptes de m'écouter, il y a peut-être un moyen de faire Skadlock prisonnier et de le livrer au shérif de Zeneau. »

Le garçon posa son fusil sur une couverture près du feu et s'allongea à côté, la main posée sur la crosse en noyer.

« J'ai déjà parlé avec l'adjoint au shérif. »

Cela surprit August.

« Là, tu m'en bouches un coin !

– Ouais. Ralph Skadlock est son cousin. »

Ce soir-là, Sam s'étendit sur un tas de feuilles mortes et écouta les araignées qui grimpaient dans les hautes herbes. Son bras et son épaule étaient engourdis par la douleur. Au milieu de la nuit, il se frotta les oreilles avec de la citronnelle pour éloigner les moustiques lancinants. Il s'assoupit quand le feu faiblit, mais se réveilla brusquement en rêvant que le garçon allait commettre l'erreur de débarquer avec arrogance chez les Skadlock et se faire canarder comme un animal qu'on a réussi à attirer à découvert. Personne ne pouvait permettre que cela arrive à un enfant, même un enfant de la taille d'un homme et sans doute plus intelligent que la plupart de ses congénères. August vivait encore dans un univers unidimensionnel où il ne pouvait même pas imaginer l'irréparable, ni envisager sa propre mort, ni voir quelqu'un d'autre disparaître sous ses yeux. Le matin, il ferait le nécessaire pour l'en empêcher, même si le gamin devait se retrouver avec des points de suture ou un plâtre. Et avant toute chose il briserait ce satané fusil en morceaux.

À l'aube, la température monta en flèche et la rosée commença à tomber des arbres. Une feuille de magnolia vernissée lui lâcha quelques gouttes sur le visage et Sam se réveilla. August avait disparu. Il s'assit sur son séant et se retourna, mais il n'y avait plus là que son mulet entravé qui le regardait d'un air entendu. Il épousseta sa chemise, étira le bras, qui lui faisait plus mal encore que la veille, et il sella Garde-ça avant de le tirer par la bride au long de l'étroite corniche. Le ciel plombé ne donnait aucune indication sur l'heure et, une fois en selle, il le scruta en essayant d'évaluer combien de temps il avait dormi après le lever du jour et en se demandant si l'adolescent s'était déjà fait tuer. Le mulet progressait à pas hésitants, secouant la tête comme s'il pensait que Sam avait été le déclencheur de cette série de tristes événements qui aboutirait à la perte pour Elsie du seul enfant qu'il lui restait.

De façon inexplicable, il se retrouva sur une route de gravier à une voie qui filait droit d'est en ouest. Il fit stopper Garde-ça en plein milieu et tenta de comprendre cette soudaine liaison avec le reste du monde connu. Puis il passa de l'autre côté et reprit son chemin vers le sud à travers bois. Moins d'une heure plus tard, la piste se mit à longer le fleuve, large de plus de quinze cents mètres, et il comprit qu'il approchait du terme de son périple quand le sabot de son mulet heurta bruyamment le bord d'un fondoir à sucre renversé, une sorte d'immense bassine en fonte qui avait la forme de son ancien casque de soldat. Dans un hangar à moitié effondré, il aperçut un tas de planches gris souris qui recouvraient deux autres cuves, des restes de ces *batteries* où les esclaves faisaient autrefois bouillir le jus de canne à sucre pour obtenir de la mélasse. Il s'avança entre les sureaux des marais et les quenouilles, convaincu que la maison se trouvait à environ un kilomètre. Une fois franchi le rideau d'arbres, ils progressèrent plus facilement et il se tourna vers le sud avant d'arrêter sa monture tout en tirant sur les rênes pour l'empêcher de brouter.

Garde-ça reprit peu à peu son souffle et il dressa l'oreille. Au sud-ouest, un remorqueur à vapeur luttait contre le courant pour remonter le fleuve, et ce raffut couvrit son approche alors qu'il s'avançait vers la maison entre les buissons. Il attacha le mulet et poursuivit à pied. Enfin, les planches sombres du belvédère qui s'élevait entre les jeunes saules apparurent. Traversant le cimetière, il marcha à pas de loup jusqu'à repérer l'étoffe fauve du gilet d'August.

Le garçon se retourna lentement, comme s'il l'attendait, et Sam s'agenouilla dans l'herbe, l'eau pénétrant tous ses vêtements. À moins de soixante mètres, ils apercevaient le chemin de planches qui reliait la cuisine à la grande maison. Une femme sortit par une porte, ramassa quelques morceaux de bois et disparut à l'intérieur.

« Ne fais pas ça », chuchota Sam.

Le jeune garçon le fixa de ses yeux douloureux.

« Tu ne sais pas ce que je compte faire.

– Dis-le-moi.

– Je l'ai vu entrer dans la maison. S'il ressort, il est mort.

– Alors tu ne seras rien d'autre qu'un assassin. Tu pourras toujours croire que tu es un musicien, mais toute ta vie tu repenseras à ce que tu vas faire aujourd'hui et tu en auras honte. »

Sam vit que les chiens étaient armés, les doigts du garçon crispés sur les deux détentes, et il s'imagina le recul de l'arme et la détonation, la fumée nauséabonde et les salves de plomb jumelles criblant le chambranle de la porte et quiconque s'y encadrerait.

« Je suis pas un assassin, dit August, la voix tremblante. Je venge mon père. »

D'un rapide coup d'œil, Sam jugea qu'il ne pourrait pas lui arracher l'arme des mains sans que le coup parte.

« Écoute un peu, murmura-t-il. Skadlock doit avoir dans les cinquante ans. Il fume, il boit du tord-boyaux, et Dieu sait avec quelles femmes il traîne. » Sam ne quittait pas l'arrière de la maison des yeux, cherchant désespérément un argument décisif. « Il boit de l'eau de citerne infestée de microbes. Il lui reste pas plus de cinq ou six années à vivre. Tu ne vas pas lui enlever grand-chose, et toi, par contre, tu vas renoncer à beaucoup.

– La ferme ! siffla August.

– Et au bout du compte, quand enfin il passera l'arme à gauche, il faudra bien qu'il paye. Je ne sais pas très bien comment, mais je suis sûr que ça sent pas bon pour lui.

– Je m'en fous, de ces conneries.

– Eh bien, tu ferais mieux d'y penser un peu, parce que, quand ton heure viendra, toi aussi il faudra que tu rendes des comptes. Tu n'y crois peut-être pas non plus, mais réfléchis seulement que tu pourrais avoir tort, fiston. Dis-toi que tu pourrais avoir tort. Et puis, tu sais quoi ? Quoi que tu en dises, Ralph Skadlock a laissé la vie sauve à ton père quand il est venu l'attaquer chez lui avec un pistolet et un couteau. » Il gardait les yeux rivés sur la porte, priant pour que personne ne s'y montre. « Et encore une chose : je suis sûr que Skadlock, lui, ne s'est jamais embusqué derrière un buisson pour tirer sur un homme. » Dans le regard du garçon, il lut quelque chose qui le poussa à continuer. « Écoute-moi, petit. Tu ne fais pas ça pour les raisons que tu crois. »

August se tourna vers lui comme s'il était soudain apparu par magie, puis il reporta son regard vers la maison avant de le poser sur son fusil. Les chiens, de couleur prune, étaient dressés comme des têtes de serpents, mais il désarma le gauche, puis le droit, et baissa le canon, mû par un sentiment de défaite qu'il ne comprenait pas lui-même.

À ce moment précis, la porte latérale de la maison grinça sur ses gonds et Ralph Skadlock sortit sur le seuil, portant une enfant sur le bras droit, et les talons de ses bottes résonnèrent sur les planches. Le sifflet du navire à vapeur retentit, et il s'arrêta pour le lui montrer du doigt. Lorsque la petite se retourna pour regarder, Sam et August surent clairement de qui il s'agissait.

Ils rentrèrent et, quand la porte de la cuisine se fut refermée derrière eux, Sam posa une main sur l'épaule d'August.

« Reculons un peu, tu veux ? »

Le garçon grimaça ; il paraissait au bord des larmes et Sam l'entraîna au loin.

Ils reprirent le mulet et lui firent longer le rideau d'arbres en direction du nord, puis ils obliquèrent entre les ronces et s'arrêtèrent. August était mortifié, incapable de prononcer un mot, mais Sam finit par lui faire relever le menton.

« J'ai failli… »

Sam le prit par les épaules.

« Tais-toi. Sors-toi tout de suite cette idée de la tête.

– Elle aurait été… »

Il le repoussa fermement et le gamin s'effondra.

« Tu battras ta coulpe plus tard. Pour l'instant, il faut qu'on étudie tous les aspects de la question. »

Il piétina un tas d'herbes pour leur aménager un endroit où s'installer et ils s'assirent par terre. Ils dévorèrent quelques crackers qu'ils trouvèrent dans les sacoches, et les arrosèrent avec un peu d'eau au goût métallique qui restait dans le bidon. Transpirant sous le soleil de midi, ils échangèrent longuement leurs idées sur les raisons pour lesquelles Lily se trouvait là. Sam bombardait August de questions afin de l'empêcher de penser à ce qui avait failli se passer. Au bout de près d'une heure, ils conclurent qu'elle était là en transit. Skadlock ne l'avait pas amenée chez lui parce qu'il se sentait seul, et la cuisinière ne s'était pas enfuie pour fonder instantanément une famille dans la grande maison. Étant donné ce qu'il avait vu dans le cimetière, Sam se dit que la vieille femme était sans doute morte. August semblait perplexe.

« Tu crois qu'il veut soutirer de l'argent aux White ?

– Ils veulent sûrement en soutirer à quelqu'un, en tout cas. Sinon, pourquoi l'auraient-ils enlevée à nouveau ? » Il jeta un coup d'œil alentour et baissa la voix. « La première fois qu'ils ont kidnappé ta sœur, c'est leur vieille mère qui s'en était occupée. Cette fois, ils ont eu besoin de cette Vessy.

– Les White sont aussi coupables que les autres, grommela l'adolescent.

– Et même plus. Tâche de ne pas l'oublier. »

August tourna brusquement la tête.

« Tu crois qu'ils ont l'intention de la vendre à quelqu'un ?

– Où et à qui, c'est toute la question. Je sais que ça ne pourra pas être dans le Kentucky : même si les White ne risquent sans doute pas de lancer la police à ses trousses, Ralph est déjà recherché dans cet État.

– Ça pourrait être n'importe où.

– Pas si sûr. Retournons à Zeneau et faisons un tour du côté du magasin. On pourra peut-être glaner quelques renseignements. » Il se releva et regarda le ciel. « Allez, viens. »

L'adolescent resta par terre, assis en tailleur.

« Lucky, je suis désolé. »

Sam examina un cumulus en forme de cheval, avec un trou bleu à l'endroit du cœur.

« Pour l'instant, tu n'as aucune raison d'être désolé. »

À deux sur la selle de Garde-ça, ils reprirent la direction du nord et passèrent l'après-midi à perdre et à retrouver leur chemin à travers les ravines envahies de végétation. Pendant une heure entière, le mulet s'immobilisa tel un rocher fumant au beau milieu d'un éboulis sans aucune raison apparente. Ils mirent pied à terre et restèrent à le regarder tenter de se débarrasser des mouches.

Le soleil déclinait déjà quand ils émergèrent des bois et remontèrent l'unique rue de Zeneau. Au magasin, ils saluèrent les mêmes vieux habitués et bavardèrent à perdre haleine jusqu'à ce qu'ils se lèvent un à un pour rentrer dîner. Sam acheta deux bouteilles de soda et des pieds de cochon enveloppés dans du papier sulfurisé, et ils s'installèrent sur le perron pour manger. Ils regardaient les baraques en planches comme s'ils avaient grandi dans ce triste village et connaissaient chaque chien assailli par les tiques sous la véranda de chaque maison.

L'épicier sortit quelques minutes avant le coucher du soleil et glissa une barre de fer entre les portes aux panneaux inclinés.

« Vous allez repartir demain avec le camion de la gare, les gars ? »

Sam but une gorgée de soda.

« Si le chauffeur veut bien et si on arrive à revendre le mulet.

– Y a pas de chambre à louer par ici. Si vous voulez, vous pouvez dormir sur les balles de coton comme le gamin a fait l'autre jour. Mais alors il faudra pas fumer.

– Entendu. Est-ce que l'adjoint au shérif fait des rondes ? »

L'épicier coiffa son feutre mou.

« Quand il a rien de mieux à faire. Il viendra sans doute pas vous déranger.

– Il boit un peu, c'est ça ?

– Un peu.

– C'est son cousin qui le fournit ?

– Vous connaissez Ralph ?

– On n'est pas exactement potes, mais j'ai eu affaire à lui.

– Je vous plains. »

Sam guettait un signe de ce genre.

« Vous avez vu sa vieille mère récemment ? »

L'homme posa la main sur un pilier.

« Elle vient en ville environ quatre fois par an, elle charge deux chevaux, et elle repart vers le sud. Je m'attendais plus ou moins à la voir la semaine dernière quand il a fait moins chaud. » Il cracha par terre et les regarda avec attention. « Vous êtes pas allés jusqu'à la vieille maison ?

– Si, mais on a trouvé personne.

– Qu'est-ce que c'est que cette histoire ? Je les ai tous vus, même Billsy, et une femme en plus, et la gosse d'une cousine. Ils sont passés par ici tous les quatre il y a cinq jours. »

Sam se retourna vers August.

« Il faut avouer qu'on s'est pas attardés. Vous dites que vous l'avez vue quand, pour la dernière fois, la mère ?

– Je viens de vous le dire : trois, quatre mois environ. »

Il remonta son pantalon flottant au-dessus de son gros ventre et resserra sa ceinture.

« Et vous l'auriez pas vue passer l'an dernier aussi avec sa petite nièce, en route vers quelque part ?

– La fille de sa cousine, corrigea l'épicier. Elle m'a expliqué après que c'était la fille d'une cousine qui vit dans l'Arkansas. Une jolie petite pour une famille pareille !

– Vous savez où ils allaient ? »

Agacé, l'homme haussa les épaules.

« C'était l'année dernière et ils se dirigeaient vers Woodgulch. Comme vous savez, y a une gare là-bas. »

Ils s'enduisirent de citronnelle, Sam s'en aspergeant abondamment sous les aisselles et sur les mains. L'adolescent le regarda, puis il prit la bouteille qu'il lui tendait.

« Bon Dieu, j'empeste la sardine ! » dit Sam en grimpant jusqu'au troisième rang de balles empilées sur le vaste porche. Il s'étira sous le toit en zinc, écoutant le métal qui se contractait dans la fraîcheur du soir avec de petits bruits secs. August s'étendit contre le mur de planches en contrebas.

« S'ils emmènent Lily quelque part, ils seront forcés de passer par là, pas vrai, Lucky ?

– Pas d'autre chemin pour aller visiter le reste du monde.

– Et retrouver les White à Woodgulch.

– J'en mettrais ma main à couper.

– Et on pourra rien y faire du tout ! »

Sam essaya de se concentrer sur le nid de guêpes rouges à un mètre ou deux au-dessus de sa tête, un disque sombre et cuivré annonciateur de terribles piqûres.

« Maintenant je suppose que tu vas vouloir tuer les White ? »

Quatre petits mots douloureux – « S'il te plaît » – montèrent vers lui dans l'obscurité du porche. Comme sa dernière supplique d'enfant.

« Ne t'en fais pas. Ça va aller. Je vais trouver une solution. »

Sam tenta de trouver le sommeil et il réussit à s'endormir, mais il fut réveillé par un faible éclat de lumière venu de l'autre rive du fleuve, du côté Louisiane, suivi plusieurs secondes plus tard par un roulement de tonnerre : un orage se rapprochait sur les ailes de l'éclair. Il se demanda comment la petite se débrouillait avec cette troisième série d'adultes qui s'occupaient d'elle, et il se revit à quatre ans, sans aucun souvenir associé à cette période, ni visages, ni blessure, ni rien du tout, ce qui sans doute valait mieux. Le lendemain, ils repartiraient pour Woodgulch et ils monteraient la garde non loin de la petite gare aux hautes fenêtres. Il ne savait pas très bien ce qu'ils attendraient ; peut-être les White descendraient-ils d'un wagon branlant et repartiraient-ils en sens inverse une demi-heure plus tard ? Mais que pouvaient-ils faire seuls contre les White ? Leur reprendre l'enfant et voyager jusqu'à Baton Rouge dans le même train qu'eux ? Tenter de demander l'aide de la police ? Woodgulch était un chef-lieu de comté du Mississippi, où le shérif principal avait son bureau. Celui qui fermait les yeux sur les ventes d'alcool et les larcins en tout genre des Skadlock, celui qui avait engagé comme adjoint à Zeneau un cousin de Ralph Skadlock. Aucune chance qu'on accorde le moindre crédit aux dires de deux étrangers dans une ville pareille.

Au lever du jour, Sam se réveilla et trouva le garçon, le visage renfrogné et les bras croisés, assis devant la porte encore fermée du magasin, les jambes étendues en direction de l'ouest. Quand l'épicier vint ouvrir, il entra et lui revendit le fusil rouillé pour un dollar de moins qu'il l'avait acheté. Sam choisit une boîte de saucisses de Francfort et une autre de pêches au sirop. Ils ressortirent et s'assirent sous la véranda comme ces vagabonds oisifs du XIXᵉ siècle qui passaient leur vie à attendre que la fortune leur sourie. Tout en finissant de manger, Sam compta l'argent qu'il lui restait.

« Tu peux toujours revendre le mulet, non ? demanda le garçon.

– Le vieux m'a dit qu'il ne voulait pas le reprendre. Il m'a expliqué que ça lui coûtait cher de l'entretenir et que mes dix dollars ne l'avaient pas mené bien loin. Si je garde le mulet, je garde la selle et le harnais.

– Où elle est la gare que tu disais ?

– À Woodgulch. Quinze kilomètres environ.

– On pourrait y être en deux heures.

– Voyons un peu… »

Il entra dans le magasin et proposa l'animal, la selle et le harnais à l'épicier, qui lui rit au nez. De retour sous la véranda, il baissa les yeux vers August qui s'était de nouveau laissé glisser le long d'un pilier et qui déchiquetait une boule de coton.

« Allons-y à cheval. »

Ils passèrent de l'autre côté du magasin, sellèrent Garde-ça et l'enfourchèrent. L'animal demeura aussi immobile qu'un tabouret de piano. Ils attendirent sans bouger qu'il se décide. Sam laissa tomber les rênes sur l'encolure et croisa les bras. Passé cinq minutes, Garde-ça leur jeta un coup d'œil, puis il daigna avancer d'un pas chancelant jusqu'à la route, où il marqua une pause, regarda à droite puis à gauche, et prit posément la direction de Woodgulch. Au bout d'un moment, Sam reprit les rênes en main et lui dit : « *Dépêche-toi, lambin* », et le mulet pressa le pas, ses oreilles tournoyant comme les pales d'un ventilateur sur le pont d'un bateau.

En chemin vers Woodgulch, ils croisèrent trois automobiles. Sam détailla avec soin le visage des occupants, et certains le regardèrent fixement à leur tour, prenant manifestement ombrage de sa grossièreté. Il observait aussi la route dans le lointain. Soudain, il tira brutalement sur le mors pour faire obliquer le mulet vers la droite et ils parcoururent une trentaine de mètres jusqu'à un bosquet de cyprès.

« Reste là », dit-il à August en quittant sa selle.

Accroupi derrière un buisson de baies sauvages, il regarda Billsy passer sur un petit cheval couleur de graisse à essieux. Il portait un feutre marron neuf et des bottes bien lustrées.

« Qui c'était ? demanda August quand Sam remonta en selle.

– Le frère de Skadlock. Je ne suis pas sûr de comprendre ce que ça veut dire.

– Il apporte sans doute des nouvelles fraîches.

– Quelle sorte de nouvelles ? »

Il fit tourner l'animal.

« Aucune idée. »

Quand ils regagnèrent la route, Sam répéta :

« Des nouvelles ? »

Chapitre 31

Composée de quelque soixante-dix bâtiments et constructions diverses, la ville de Woodgulch était entourée de petites fermes et de deux usines fabriquant respectivement des châssis pour fenêtres et des barils à clous. Il y avait un tribunal en brique encadré par des allées en terrasses et les petits commerces habituels. Ils prirent la rue principale jusqu'à la gare. Sam se sentait hébété et déconnecté du reste du monde tandis qu'il attachait son mulet à un catalpa. Il était 15 h 30. Dans cette ville, il n'était personne.

August entra dans la gare et s'enferma un long moment dans les toilettes. Quand il en ressortit, il vint se camper devant Sam et le regarda comme pour dire : Et maintenant ? Son visage et son cou étaient tout rouges là où il avait frotté pour retirer la saleté et les marques de transpiration.

« Tu connais pas âme qui vive ici, pas vrai ?

– Je réfléchis.

– Personne à qui on pourrait faire confiance.

– Un contact, dit Sam. Il nous faut un contact. Il est temps qu'on parle à notre contact. »

Il trouva l'employé de la gare occupé à remplir des récépissés. Un homme plutôt jeune, à la moustache hirsute, remarquablement agile avec son crayon.

« Je peux vous aider ? demanda-t-il.

– Comment s'appelle le shérif de votre ville ? »

L'employé se rapprocha de la vitre et examina les vêtements de Sam et son visage mal rasé.

« Kyle Tabors.

– Je pourrais bien avoir besoin de lui parler.

– Ah vraiment ? »

L'agent plissa les yeux.

« Est-ce que c'est un chic type ?

– Qui êtes-vous, mon vieux ? Je vous ai vu passer l'autre jour, mais jamais avant. »

Sam lui dit son nom et l'endroit d'où il venait aussi patiemment qu'il le put. Le préposé le regarda à nouveau longuement.

« Si vous voulez apprendre quelque chose sur le shérif, je vous conseille d'aller jusqu'au bout de la rue et de lui poser la question. »

Il retourna vers son bureau et s'assit devant son fouillis de tampons et de piles de papiers enfoncés sur différents clous.

« J'ai seulement besoin de quelques renseignements.

– Je suis désolé, je ne vous connais pas. »

Sam ressortit sur le quai et trouva August allongé sur un banc. Il regarda du côté de la rue où les vieux retraités de la ville étaient assis sur le muret qui bordait la pelouse du tribunal. Il suivit aussi des yeux la voie ferrée que longeaient les fils du télégraphe, pendant entre deux poteaux sous le poids trop important des communications et des échanges commerciaux. Ces fils lui firent penser au télégraphiste de Greenville, et il retourna vers le guichet.

« Eh ! »

L'employé leva le nez de son bureau.

« Monsieur ? »

Le mot semblait lui demander un effort.

« Est-ce que vous connaissez Morris Hightower ? »

L'agent fit reculer sa chaise à roulettes et se rapprocha de la vitre.

« Oui. Et vous ?

– Oui, je le connais. Et il sait que je suis à la recherche d'une petite fille kidnappée, pour aider ses parents. Vous pouvez lui envoyer un télégramme, il vous dira qui je suis.

– On reçoit des marchandises de Greenville de temps en temps, et il lui arrive de me contacter pour ça. Il écrit en morse aussi vite qu'une souris qui trottine sur du fer-blanc. Autrefois, à Jackson, c'est lui qui organisait le trafic. » Il posa un bloc et un crayon sur le petit comptoir. « Notez-moi votre nom là, et revenez dans quelques minutes. »

L'employé ouvrit la boîte de son télégraphe et se mit à expédier une suite continue de points et de tirets.

À l'extérieur, le mulet faisait rouler son mors avec sa langue, et Sam demanda à August d'aller au bout de la rue en tirant Garde-ça par la bride pour le faire boire, puis de l'attendre devant la gare à son retour.

Quand il pénétra de nouveau dans le bâtiment, le préposé l'attendait derrière son guichet.

« On peut dire que vous avez de la chance. »

Sam regarda l'adolescent s'éloigner.

« On me l'a déjà dit.

– La chance qu'il soit de service, et la chance que votre message ait été transmis immédiatement à Greenville. Vous avez retrouvé la petite ?

– Oui. Mais j'ai besoin d'un bon policier pour m'aider.

– Vous savez ce que vaut la police. » L'agent le dévisagea en glissant sa langue autour d'une de ses dents. « Je vous suggère d'aller parler au shérif Tabors. Je ne le connais pas très bien, mais je pense qu'il est honnête. »

Sam dodelina de la tête.

« Vous ne me croyez pas ?

– Pourquoi a-t-il engagé cet ivrogne comme adjoint à Zeneau ?

– Qui ça ? Nelson Watty ? Oh, il n'est pas si mal. Un peu fêlé, c'est tout. Pour moins de trente dollars par mois, il reste dans sa cage à poules, il collecte les impôts et il signe des permis divers pour les gens du coin. On ne peut pas dire qu'il y ait beaucoup de choix quand on cherche un adjoint à Zeneau. »

Sam leva les yeux vers la pendule Seth Thomas.

« À quelle heure arrive le train de voyageurs ?

– Celui qui passe trois fois par semaine et par lequel vous êtes arrivé est attendu plus ou moins à 14 h 30. Il redémarre vers 15 heures. Il est parti avec quelques minutes d'avance ce matin. »

Sam se tourna vers la rue poussiéreuse et aperçut August qui arrêtait un passant à barbe grise, lequel lui montrait du doigt une allée latérale.

« Vous voyez ce garçon ? Il est avec moi.

– Oui.

– Quand il reviendra, vous voulez bien garder un œil sur lui ?

– Je ferai ce que je pourrai.

– Bon, j'y vais. »

Il dut attendre pour voir le shérif. Il observa les avocats qui échappaient à la fournaise de la rue alors qu'ils traversaient le hall pour gagner les escaliers du tribunal et dont les talons cliquetaient sur le plancher. Un policier amena un vagabond menotté et ils passèrent devant Sam pour accéder à une lourde porte qu'il força son prisonnier à franchir d'une bourrade. Du fond de l'édifice, il entendait le bruit métallique des cellules que l'on refermait et des beuglements d'ivrognes. Il espéra ne pas être en train de commettre une erreur : pourvu que ce Tabors ne soit pas un gros poivrot dépendant du whisky des Skadlock. Ou rien qu'un sale habitant du cru qui détestait les étrangers, les catholiques, les gens de Louisiane, les Cajuns, ou tous ceux qui n'étaient pas nés dans les limites de son comté.

Le shérif arriva à 16 heures et Sam se leva. La petite quarantaine, l'homme portait un costume trois-pièces de bonne qualité et une grosse étoile accrochée sous le revers droit de sa veste. Ses cheveux blonds étaient coupés de frais, de même que la grosse moustache qui lui traversait le visage, aussi rectiligne que sa denture parfaite.

« On dirait que vous m'attendiez.

– Oui, effectivement.

– Vous arrivez d'une chasse au lapin, c'est ça ? »

Sam regarda son pantalon.

« C'est une longue histoire.

– Alors entrez, et asseyez-vous. »

Les murs de son bureau étaient lambrissés du sol au plafond de planches en bois peintes de couleur crème. La photo d'une femme à la beauté simple et naturelle trônait sur la table en chêne, à côté d'une boîte de munitions.

Les débuts sont toujours importants dans les conversations sérieuses et Sam prit tout son temps pour trouver par où il valait mieux commencer.

« Est-ce que vous connaissez Ralph Skadlock ? »

Le shérif ne cilla pas.

« Qui êtes-vous ? »

Il expliqua patiemment qui il était, d'où il venait, pourquoi il avait perdu son emploi de responsable d'étage à La Nouvelle-Orléans, comment il avait tout fait pour retrouver une enfant du nom de Lily alors qu'il travaillait sur un bateau d'excursion.

Quand il eut terminé, le shérif hocha la tête.

« Parfait, monsieur Simoneaux. Pour ce qui est de Skadlock, oui, je le connais, mais je ne peux rien faire à son sujet.

– Vous dites ça du ton de quelqu'un à qui cinq personnes par semaine demanderaient la même chose.

– C'est à peu près ça, y compris ma belle-mère. L'endroit où il vit est sans doute en Louisiane. Comme vous le savez, nous sommes ici dans le Mississippi. »

Sam regarda le bout de ses chaussures couvertes de poussière puis braqua son regard vers son interlocuteur, qui s'était levé pour retirer sa veste. Il portait une ceinture de munitions ouvragée à laquelle pendait un revolver Colt New Service à crosse nacrée.

« Belle arme. »

Le shérif se rassit.

« Tous mes adjoints et moi sommes passés au .45 l'année dernière. Les balles de nos vieux .38 n'arrivaient même pas à traverser une portière de voiture. Le monde bouge. »

Sam fixa Tabors dans les yeux, se demandant s'il pouvait lui accorder sa confiance. Au bout du compte, il n'avait pas vraiment le choix, il lui fallait faire acte de foi.

« Ça a dû régler votre problème. Voyons maintenant si vous pouvez faire quelque chose pour le mien.

– Bon, alors allons-y ! »

Le shérif fit alors quelque chose qui convainquit Sam qu'il avait pris la bonne décision : il s'empara d'un bloc-notes et tint son crayon bien taillé prêt à écrire.

Il fallut à Sam dix minutes pour expliquer le lien entre les Skadlock et Acy White, la mort de Ted Weller, et les raisons pour lesquelles il pensait que l'enfant serait échangée à Woodgulch. Le shérif prit constamment des notes, et quand Sam en eut terminé il se rencogna au fond de sa chaise.

« Mon vieux, vous vous en rendez sans doute compte, mais je vous rappelle qu'un délit a été commis en Louisiane et l'autre dans le Kentucky. Ma juridiction ne va pas au-delà de ce petit comté du Mississippi. Est-ce que vous pensez qu'ils vont échanger la petite contre de l'argent à la gare ?

– Je ne sais pas.

– Si c'était le cas, j'aurais de bonnes raisons de coffrer tout le monde et de télégraphier pour demander des mandats d'arrêt aux autres endroits concernés. Enfin, si l'enfant vous reconnaît, bien sûr.

– Elle reconnaîtra son frère. »

Le shérif reposa son crayon.

« Elle ferait mieux. Sinon, pas question de la rendre à qui que ce soit.

– Vous voulez dire que c'est à une gamine de quatre ans de vous convaincre pour que vous sachiez quelle est sa famille ? »

Le shérif attira à lui la boîte de cartouches et la rangea dans un tiroir du bureau.

« On dirait que c'est elle qui a le plus à perdre dans cette histoire. »

Sam sourit.

« Ça m'en a tout l'air, effectivement. »

Le shérif se pencha en arrière et sortit un dossier d'un autre tiroir, le mouvement de son buste suggérant que l'entretien était terminé.

« Qu'est-ce que vous faites sur ce bateau d'excursion ?

– Je joue du piano, et le reste du temps j'empêche les bagarreurs de nuire.

– J'aime la musique pour piano et j'en ai un à la maison. J'ai même pris deux cours d'entraînement musical quand j'étais à la fac.

– Où est-ce que vous avez fait vos études ?

– Rutgers. Le week-end, je passais mon temps à New York au cabaret et au théâtre. Il y a tellement de spectacles à ne pas manquer dans cette ville.

– Pourquoi êtes-vous revenu ? Des raisons de famille ?

– Pas vraiment. Je suis rentré parce que tout va trop mal par ici. » Il sourit à Sam et le raccompagna à la porte. « Revenez vendredi, on fera tout pour vous aider. »

Il retrouva August à la gare et ils se rendirent ensemble dans un hôtel à deux dollars la nuit dans Batson Street, une bâtisse qui sentait le moisi, avec de hautes fenêtres dotées d'épaisses moustiquaires, des toilettes au fond du couloir, et un vieil homme au deuxième étage qui passait son temps à tousser. Ils commencèrent par faire un peu de ménage avant d'aller dans un bar où, après avoir recompté leur argent, ils commandèrent des sandwichs au jambon et un verre d'eau. Le prochain tortillard s'arrêterait en ville vendredi après-midi et on n'était que mercredi.

Il y avait deux petits lits en fer dans leur chambre et, cette nuit-là, ils eurent bien du mal à trouver le sommeil dans la chaleur étouffante. August s'agitait dans tous les sens, puis il allait aux toilettes, revenait et recommençait à s'agiter.

« Lucky, tu dors ? »

Dans le noir, sa voix paraissait encore extraordinairement juvénile.

« Tu parles ! J'ai l'impression d'être un hot dog.

– Je voulais te remercier de m'avoir fait baisser ce fusil. »

Sam se retourna sur le dos et tenta de distinguer le plafond, qui, il le savait, ressemblait à une carte des rivières du désert là où les fils électriques avaient été cloués à même le plâtre. Le sang cognait dans son épaule endolorie.

« Compte les moutons, et tu finiras par t'endormir.

– Il faut que ça sorte.

– Alors vas-y.

– Si j'avais pas renoncé, je l'aurais tuée.

– Ça va maintenant.

– Non, j'ai besoin que tu saches ce que je ressens en ce moment. Je veux dire que, bien sûr, je veux la retrouver, mais surtout je suis content qu'elle soit en vie. Même si on la récupère pas, c'est presque comme si c'était pas grave, pourvu qu'on sache qu'elle est encore quelque part. Tu comprends ? »

Sam réfléchit à ces mots, « encore quelque part ».

« T'en fais pas. On va la récupérer à l'arrivée de ce vieux train d'ici deux jours. Le shérif a dit qu'il se posterait dans la salle d'attente avec trois hommes et qu'il arrangerait le coup avec tous les gens concernés.

– Tu es sûr qu'ils vont l'amener ici ?

– Où, sinon ? Je suis prêt à te parier un mois au piano que ce Billsy revenait d'arranger la rencontre quand on l'a vu passer.

Et je pense que vendredi est un jour très probable, vu qu'après il n'y aura pas de train avant le lundi suivant. »

August resta un long moment silencieux.

« Et si ces gens arrivent à convaincre le shérif de lâcher l'affaire ? Tu as bien dit que ce M. White est banquier et que sa femme est une vraie dame ? Tu crois que le shérif va croire notre parole contre la leur ?

– Oh, elle vient peut-être d'une vieille famille du Kentucky, mais ici elle n'est rien que de la roupie de sansonnet. »

August partit d'un bon rire franc, et c'était la première fois que cela lui arrivait depuis la dernière fois où il avait vu son père vivant.

« Ce serait vraiment génial si tu jouais du piano aussi bien que tu sais dire des trucs marrants.

– Je m'améliore tous les jours. »

Il continua à parler au garçon pendant un bon bout de temps pour l'aider à s'endormir. Mais ensuite l'image lui vint d'hommes armés embusqués dans la petite gare pour attendre Ralph et Billsy Skadlock, et il songea à la possibilité que les choses tournent mal : une fusillade et une poursuite, des projectiles de la taille de gros bourdons s'enfonçant dans les fines parois en planches, avec une petite fille au milieu de tout ce chaos. Les balles ne font pas la différence entre les coupables et les innocents, ce sont des agents du destin en marche. Il finit par s'endormir et commença à rêver de Lily dans les bras de Ralph, tous deux se retournant pour se retrouver face à un garçon qui braquait sur eux un énorme fusil, puis quand cette vision s'évanouit il était à l'hôpital en France, sa femme travaillait à la tapisserie d'une assise de chaise, à un moment elle soulevait son ouvrage pour le lui montrer et il découvrait l'image d'une maison dévastée par une bombe, une fillette se tenant devant un rideau de fumée et de flammes, bras levés et mains tendues, et chacun de ses doigts, neuf en tout, était fait de points de fil kaki, et d'un fil rouge pour celui qui manquait dans sa cavité articulaire.

Quand Ralph Skadlock sortit de son lit, Billsy était planté sur le seuil de la porte, il bâillait et se grattait pour saluer l'arrivée du nouveau jour.

« T'as senti ? » demanda Billsy.

Ralph avait recommencé à dormir à l'étage maintenant que le toit ne fuyait plus et que Vessy avait fait sécher et retourné le matelas. Il enfila son pantalon en grommelant, puis ils descendirent les marches du perron et sortirent dans la cour pour gagner la cuisine.

Vessy avait allumé le gros fourneau, volé des œufs aux quelques poules qu'il restait, découpé des oignons et du fromage, et préparé pour les deux hommes une omelette posée sur une couche de gruau de maïs et de beurre. La petite fille était occupée à ajouter des moustaches sur des photographies dans un vieux journal. Les deux frères s'attablèrent et commencèrent à manger, penchés sur leur assiette, fixant la nourriture qui disparaissait rapidement. La fillette laissa tomber son crayon et se glissa sous la table pour le ramasser, mais elle se cogna la tête en se relevant et elle se mit à pleurer. Ils la regardèrent d'un œil courroucé et Billsy lui dit :

« Écrase un peu, la môme ! »

Vessy ramassa le crayon, le tendit à l'enfant, et repoussa ses cheveux pour l'embrasser sur le front. Elle lui caressa le dos et lui trouva une nouvelle page sur laquelle crayonner. La petite cessa de pleurnicher et entreprit de dessiner des sourcils plus fournis à une jeune fille qui faisait son entrée dans le monde à Baton Rouge.

Les Skadlock cessèrent de manger pour observer la scène, comme si l'idée de calmer un enfant avec autre chose qu'une gifle cuisante ou un coup de badine ne leur était jamais venue à l'esprit. Billsy poussa son frère du coude et lui demanda :

« Tu te rappelles le jour où j'avais chauffé notre vieille pendant qu'elle repassait et qu'elle m'avait balancé son fer sur le pied ? »

Ralph fit la grimace et enfourna une autre bouchée.

« Qu'est-ce qui t'a fait repenser à un truc pareil ?

– Tu t'en souviens ?

– Ben sûr ! C'est moi qui t'avais soigné le pied. Je t'ai retiré ta godasse et je l'ai secouée pour faire tomber l'ongle qui était resté coincé dedans.

– Il avait fallu tout l'hiver pour qu'il guérisse complètement, ce pied », grommela Billsy en contemplant la petite.

Vessy s'approcha de la table avec son assiette et s'assit à son tour.

« Je suppose que vous autres païens savez même pas dire les grâces. »

Ralph la regarda, mastiquant lentement.

« Dire les grâces à qui ? »

Après le petit déjeuner, les deux frères allèrent sortir de son minable enclos un cheval qui semblait souffrir d'une patte, et ils examinèrent ses sabots.

La fillette leur avait emboîté le pas et elle tira sur le pantalon de Ralph.

« Est-ce que je peux monter sur son dos ?

– Va donc t'acheter un cheval. »

Il marcha à reculons en direction du bois, tirant la jument par la bride et surveillant ses pattes arrière. Ayant parcouru une dizaine de mètres dans les hautes herbes, il s'arrêta pour regarder par terre. La petite les rejoignit et posa une main blanche sur le genou de l'animal.

« Billsy ! » beugla Ralph.

Son frère s'approcha et examina à son tour les traces de pas dans la boue.

« On dirait qu'ils étaient deux.

– Des chaussures de ville ! Qui ça peut être, bordel ?

– Est-ce que je peux monter dessus ? » insista la fillette.

Ralph la prit par la taille et la jucha à cru sur le dos de l'animal.

« Accroche-toi, dit-il en lui faisant agripper l'épaisse crinière. Vas-y. »

Ils s'enfoncèrent tous trois dans les buissons, où ils trouvèrent des traces de sabots et, près du fleuve, les herbes aplaties de ce qui avait sans doute été un campement.

« Tu penses que c'est quelqu'un qui en veut à l'alambic ou à nos stocks ?

– Non. Ce genre de lascars portent pas des chaussures comme ça. Avec des talons étroits et des semelles aussi plates que le dos d'une vieille fille.

– Alors quelqu'un est venu nous surveiller.

– J'aime pas ça.

– Hue, cheval ! Plus vite ! » cria la petite.

Billsy cracha par terre.

« On ferait mieux de changer un peu nos plans.

– En tout cas, sûr que moi je m'aventure pas à Woodgulch avec la gamine en plein jour. »

Ils reprirent le chemin de la maison, la petite chantant de sa douce voix les deux premières strophes de « The Horse that Outran the Train ».

Billsy la regarda avec admiration.

« Tu connais aussi "The Girl in the Window above Alfred's Saloon" ? »

Son frère tendit la main et fit tomber son chapeau.

« Bon Dieu, Billsy !

– Ben quoi ? grogna-t-il en se penchant pour ramasser son couvre-chef. Tout le monde la connaît, cette chanson. »

Vessy les attendait derrière la grande maison. Elle portait une robe qu'elle avait trouvée chez eux, lavée et repassée.

« Je pensais que vous étiez partis nous cueillir des mûres. »

Ralph lui expliqua ce qu'ils avaient vu, et elle balaya des yeux les bois avoisinants.

« On leur amène toujours vendredi, pas vrai ?

– Faut que je réfléchisse un peu, mais tiens-la prête.

– Quand est-ce que je toucherai ma part du gâteau ? »

Soudain Ralph baissa les yeux.

« J'ai l'argent qui faut et je vais te le donner. »

Il releva la tête et elle s'aperçut qu'il avait rougi.

Billsy roula des yeux et passa son chemin pour entrer dans la maison en marmonnant : « Putain, si je m'attendais ! »

« Qu'est-ce qu'il veut dire ? demanda Vessy, les mains sur les hanches.

– Rien. Je lui ai dit que tu pouvais t'associer avec nous pour l'alambic, si tu voulais. »

Elle serra les lèvres, des rides verticales se formant autour de sa bouche comme si elle était en train de calculer une grosse somme.

« Ça ferait que je toucherais quelle part des bénéfices ?

– Un sixième. »

Elle regarda la maison puis reposa les yeux sur lui.

« Rien de tout ça vous appartient, pas vrai ?

– On peut dire qu'on l'a trouvée, cette maison.

– En fait, ce que tu veux, c'est une bonniche, et de temps à autre pouvoir t'envoyer en l'air avec moi pour pas un rond. Bon, j'ai connu des femmes qui ont accepté des marchés moins avantageux… » Elle survola de nouveau les environs. « Mais j'en fais pas partie. »

Il regarda ses cheveux châtains et ses yeux gris.

« Qu'est-ce qui te va pas dans cette affaire ?

– C'en est pas une, c'est tout. » Elle se détourna. Quand elle lui fit face à nouveau, son visage s'était recomposé, les coins de sa bouche retombaient comme d'ordinaire. « Je me suis habituée à avoir l'électricité et une épicerie au bout de la rue où je peux aller à pied pour m'acheter une côte de porc. Ce que tu as ici, ça vaut pas mieux que la baraque au fond des montagnes où j'ai été élevée. Je peux pas me nourrir de viande séchée et de sardines tous les jours que Dieu fait.

– Le genre de boulot que je fais m'oblige à mettre un peu de distance entre la ville et moi.

– Avant ça, vous habitiez où ?

– Dans l'Arkansas.

– Et les Fédéraux vous ont forcés à partir, c'est ça ? »

Il recula d'un pas.

« Comment t'as deviné ?

– Et avant encore ?

– Longview, au Texas.

– Et là, c'est qui qui t'a fait partir ? »

Il secoua la tête.

« Les pompiers de la paroisse ont détruit mon alambic à coups de hache. Après leur passage, tu aurais pu égoutter des spaghettis avec !

– Et combien de temps tu crois qu'il faudra pour que des Fédéraux payés un dollar par jour traversent ces buissons pour tout casser encore une fois ? Et tu voudrais que j'investisse là-dedans ?… Compte pas sur moi. »

Il tendit la main vers son portefeuille.

« T'as des projets ?

– Je vais repartir dans les montagnes. Peut-être les collines de Virginie. Te fâche pas, mais vivre ici, c'est un peu comme habiter sous une tente à oxygène, et j'ai jamais vu dans toute ma vie une forêt aussi moche. Vous avez des herbes qui seraient capables d'empoisonner un Indien sauvage et des moustiques assez gros pour emporter son cadavre. Et si Woodgulch ressemble à ce que tu appelles une ville, je t'annonce que j'ai vu des gosses débiles en dessiner des plus belles avec des bouts de bois brûlés. »

Ralph compta un à un les billets dans sa paume toute rouge.

« Comme tu le dis si bien, je compte pas m'éterniser ici très longtemps. »

Elle plia les billets et les glissa dans l'échancrure de sa robe.

« J'ai bien compris que ton boulot, c'est de voler des trucs et les revendre pour en tirer profit. Tu as le sens de ce que vaut une chose en dollars et en *cents*. Pendant environ six semaines j'ai travaillé à Point Pleasant, en Virginie-Occidentale, dans un mont-de-piété à tenir les comptes dans un registre, jusqu'à ce que la femme du propriétaire me vire parce que j'étais moins moche qu'elle. Bon Dieu, si ça c'est pas une patente officielle pour voler son prochain, je me demande bien ce que ça peut être ! Tu es déjà entré dans un mont-de-piété ?

– Je leur ai des fois fourgué quelques articles.

– Tout ce que tu as à faire, c'est partir là où y a pas de mandat d'arrêt contre toi, peut-être dans l'est du Tennessee ou la Caroline du Nord, et t'ouvrir un petit magasin. Un type entre avec un pistolet à deux dollars et tu lui prêtes vingt *cents* dessus. S'il revient pour le réclamer, tu lui fais payer les vingt *cents* comme intérêts. S'il refuse, alors le pistolet est à toi, et tu le revends trois dollars. »

Il remisa son portefeuille dans sa poche.

« Si je me fais chasser d'ici, je vais y réfléchir. »

Elle tendit la main et passa un index dans un des anneaux de sa ceinture. Comme pris de vertige, Ralph chancela, et la voix de Vessy se fit plus douce.

« Attends pas trop longtemps. Je vais commencer par Bristol, mais dans six mois, Dieu seul sait où je serai passée… »

Elle fit demi-tour et disparut dans la cuisine, où elle avait envoyé la petite découper des biscuits avec le bord d'un bocal à confiture.

Ralph rentra dans la maison et s'arrêta sur le seuil, le temps de laisser ses yeux s'habituer à l'obscurité. Sur les murs se dessinaient des taches de moisi, et des nuages de chaux s'étaient détachés du plâtre sous l'action de la pluie. La pièce suivante était un grand vestibule où s'accrochaient de grosses vésicules de peinture. Billsy était assis dans un fauteuil tapissé de velours dont le rembourrage s'échappait entre ses jambes.

« Tu lui as posé la question ?

– La ferme !

– OK, frangin. Parlons affaires. On va à Woodgulch avec la petite ?

– J'avais dit non, mais maintenant je sais plus très bien.

– On pourrait traverser le fleuve en barque. »

Ralph leva les yeux vers la verrière sale qui surplombait la vaste galerie, et au-delà vers les chênes dévorés de moisissures qui dissimulaient tout l'ouest du décor.

« Mais qui c'est qui pouvait bien nous espionner comme ça, bon Dieu ? »

Ils prenaient leur petit déjeuner au Woodgulch Café, une salle aux boiseries toutes simples, peinte du plancher au plafond de la couleur grise d'une aube pluvieuse. Sam additionna l'argent qu'il leur restait, et calcula qu'ils pourraient encore se payer quelque chose pour dîner, mais pas grand-chose d'autre avant de rentrer à La Nouvelle-Orléans.

August repoussa des deux pouces son assiette vide.

« Tu crois qu'on peut lui faire confiance ?

– Oui, pour autant que j'ai pu en juger. » Il savait parfaitement que lorsque des étrangers débarquaient dans une communauté comme Woodgulch, ils se heurtaient à de vieux préjugés et à des alliances de sang remontant à plusieurs générations, des considérations complexes qui allaient bien au-delà du bien et du mal. « Il a dit qu'il serait là à l'arrivée du train avec plusieurs de ses adjoints.

– Pourvu qu'il y ait pas de fusillade.

– Écoute, personne ne peut prédire ce qui va se passer. Essaie seulement de rester à couvert. Prends ta sœur avec toi, et planquez-vous.

– Qu'est-ce que tu attends de moi exactement ? »

Sam termina son œuf et fixa son assiette vide.

« Quand tu joues "Sweet Sue" et que le trombone te repasse le flambeau pour te laisser mener la danse, est-ce que tu te tournes vers les autres musiciens pour leur demander ce qu'ils attendent de toi ?

– Non.

– Tu rentres dans le morceau de plein fouet avec ton sax et tu te faufiles entre les notes jusqu'à ce que ça s'accorde avec ce que l'orchestre est en train de jouer. Et si tout le monde bondit sur la piste et que les danseurs font craquer les planches, tu donnes tout ce que tu as, tu écrases le clarinettiste et tu le forces à attendre la prochaine reprise. Par contre, si l'orchestre est fatigué et qu'il se contente de jouer plan-plan, alors tu lanternes, et tu fais comme les autres. C'est pareil avec tout le reste.

– En résumé, j'ouvre grand mes oreilles et j'en perds pas une.

– Exactement, petit ! »

Ils passèrent le reste de la journée à errer dans les rayons de la quincaillerie et à arpenter les six rues de la ville, prenant de temps en temps un peu de repos sur l'unique banc public devant le tribunal. Ils s'y installèrent aux environs de 2 heures de l'après-midi, et après avoir passé plus de soixante minutes à regarder les quelques Ford, les charrettes tirées par des mulets et un bogey surmonté d'une capote en piteux état passer et vaquer à leurs occupations, l'adolescent secoua la tête.

« Pas grand-chose à faire par ici, pas vrai ?

– Si tu vivais là, tu aurais un emploi pour t'occuper. »

August réfléchit un moment.

« Je m'emploierais surtout à essayer de me tirer. »

Un homme en chemise de flanelle mal boutonnée qui chevauchait un petit quarter horse passa devant eux. De l'autre côté de la rue, un boulanger sortit de sa boutique, les mains couvertes de farine, et tourna la manivelle qui abaissait son store pour protéger sa vitrine des rayons du couchant. Il les observa, se frotta les mains l'une contre l'autre, avant de rentrer dans sa boulangerie. Derrière eux, la porte du tribunal grinça. Ils se retournèrent et virent le shérif sortir dans la fournaise et marcher dans leur direction.

« Comment allez-vous ? » lui cria Sam.

Tabors s'approcha et posa un pied sur le banc.

« J'ai passé pas mal de temps au téléphone pour me renseigner sur votre histoire. J'ai appelé La Nouvelle-Orléans et Baton Rouge et tout concorde. J'ai parlé à Muscarella au commissariat du Quartier Français et il m'a lu le rapport. » Il regarda August. « J'ai parlé avec beaucoup de gens. J'ai appris que tu joues sur un grand bateau-dancing.

– Oui, monsieur.

– Du jazz, c'est ça ?

– Oui, monsieur. On essaie de donner aux gens envie de danser. »

Le shérif les dévisageait attentivement, comme s'il essayait de saisir leur nature profonde.

« Si cette petite fille arrive demain, il va falloir que je contrôle son identité. Est-ce que vous avez une photo ?

– Non.

– Non, monsieur, pas sur moi.

– Eh bien, si on la trouve, il faudra que je l'interroge avant de pouvoir vous la remettre, vous comprenez ? Je ne peux pas confier des enfants comme ça à n'importe qui. »

Il posa une main sur l'épaule d'August pendant quelques secondes, et Sam vit combien elle était robuste, avec une paume bien épaisse. Le shérif était un grand gaillard, ce que ne réussissait pas tout à fait à dissimuler son costume à fines rayures grises. Il retira son chapeau mou pour s'éponger le front, révélant un crâne bien dessiné, avec des cheveux blonds coupés ras et sans encore aucune mèche grise. Il était doté d'une musculature imposante qui devait faire réfléchir à deux fois ceux à qui il avait affaire. Soit ils comprenaient la gravité de leurs actions ou de leurs propos, soit…

« Vous avez tout préparé ? lui demanda Sam.

– Tout est en place », répondit le shérif.

Ce même soir, ils parlèrent de nouveau dans l'obscurité de la chambre d'hôtel, leurs voix résonnant entre les cloisons de planches. Le lit de Sam était appuyé contre une fenêtre basse, et une brise humide s'infiltrait par les moustiquaires mais ne réduisait en rien la chaleur étouffante.

« Lucky, tu crois qu'on a bien fait de revendre le fusil ? On aurait pu l'échanger contre un pistolet ? »

Sam se retourna sur le flanc, les ressorts couinant sous son poids.

« Petit, un pistolet dans la poche d'un homme change sa façon de penser. Quand il n'en a pas, il hésite à prendre certains risques. Quand il en a un, il va là où il ne devrait pas, ou fait ce qu'il ne devrait pas faire. Il pense qu'une arme est un passe-partout, mais il se trompe.

– Mais c'est aussi une protection, non ? Un dispositif de sécurité ?

– Quand on ne sait pas nager, il vaut mieux ne pas s'approcher de l'eau.

– Je vois bien quand même des moments où une arme peut être drôlement utile. Comme quand un cambrioleur t'attaque, par exemple.

– Écoute-moi bien : à moins que tu aies reçu un entraînement ou que tu sois un tueur-né, un cambrioleur aura le dessus à chaque coup. Toi, tu es surpris, et lui pas : tout est là. Il te logera une balle dans le cœur avant que tu aies posé le doigt sur la détente. »

Ils restèrent un moment silencieux. La petite ville était aussi paisible qu'une ombre. Au bout d'un moment cependant, leur parvint à travers la moustiquaire le bourdonnement sourd et éolien du sifflet d'un vapeur à quelques kilomètres.

« Et demain ?

– Demain finira toujours par arriver, non ?

– Je veux dire, tu crois que tout se passera bien ? »

Il était persuadé qu'August savait que les choses en fait n'étaient pas aussi simples. Sur beaucoup de points, ils avaient récemment rencontré des difficultés. Il devinait cependant qu'August voulait ce que tout garçon de son âge réclame : du réconfort, une bonne nuit de sommeil, et quelqu'un pour le soutenir.

« Tout ira bien », répondit-il en se tournant vers la fenêtre.

Et il aperçut au milieu de la rue un cheval noir qui marchait vers l'ouest, sans bride, l'air égaré et à demi endormi.

Le lendemain matin, ils avaient à peine assez d'argent pour s'offrir des toasts et du café pour le petit déjeuner. Ils se lavèrent et défroissèrent leurs vêtements du mieux qu'ils purent, époussetant leurs chaussures avec l'unique chiffon disponible dans la chambre. Ils marchèrent jusqu'à la sortie de la ville et vendirent le mulet pour six dollars cinquante à un loueur de chevaux qui parlait un peu français et voulait s'en faire un animal de compagnie.

À 14 heures, ils traversèrent l'esplanade inondée de soleil pour se rendre à la gare, et ils prirent place sur l'un des trois bancs en bois verni. L'employé les salua comme s'il s'attendait à les trouver là. Un quart d'heure avant l'arrivée prévue du train, le shérif fit son apparition et s'installa près de la porte. Il portait un costume différent de la veille, sans insigne visible. Le suivant de près, un gros type habillé comme un paysan alla se poster près de l'autre porte qui donnait sur le quai, la forme d'un pistolet se devinant dans la poche de sa salopette. Le shérif lui adressa un signe de tête, et ils se penchèrent tous les deux pour regarder de l'autre côté de la rue un homme assis devant une porte qui leur rendit leur regard. Au bout de quelques secondes, il agita le bras et le pseudo-paysan le salua en retour.

Sam se leva pour s'avancer sur le quai, balayant des yeux la ville poussiéreuse, et alla lire le panneau des horaires. Au sud de Woodgulch il y avait encore trois arrêts, Fault, Lacy Switch et Stob Mill, puis la correspondance pour la ligne principale à Gashouse. Le train de voyageurs et de marchandises qui circulait trois fois par semaine était le seul annoncé. Il se dit qu'il devait être sur le point d'entrer en gare et il revit l'image qui lui jaillissait de temps à autre dans la tête, parfois durant ses rêves, parfois aux moments où il essayait de comprendre pourquoi il n'était pas à La Nouvelle-Orléans avec sa femme et son fils. Il voulait fixer le visage de la petite fille, et en fermant les yeux il vit le camée familier, et juste à côté le portrait de son nouveau-né, puis, surgie de nulle part, l'image de la fillette en France dont il avait fait s'écrouler la maison sous un tir d'obus manqué, et un peu plus loin encore les traits douloureux et un peu flous de son premier enfant. Il releva les paupières et tenta de se remémorer tout ce qu'Elsie et August lui avaient dit de Lily, le ton de sa voix, l'exacte couleur de ses cheveux, et c'est à ce moment qu'il entendit le sifflet rauque et menaçant de la locomotive, et il sentit son cœur vaciller. Il rentra dans la gare et le shérif lui dit de reculer jusqu'au coin de la salle d'attente.

La locomotive était suivie d'une seule voiture de voyageurs et de cinq wagons de marchandises rouges, ternis par le soleil. Le train s'arrêta et le chauffeur détacha la locomotive, qui continua d'avancer jusqu'à un aiguillage, puis recula sur une voie parallèle et raccrocha les wagons pour les détacher de la voiture de voyageurs et les lâcher en différents endroits de la ville sur diverses voies de garage.

Le contrôleur ouvrit la portière de la voiture, abaissa le marchepied, et aida les voyageurs à descendre sur le quai. Douze hommes, des gens des environs, passèrent devant le shérif, qui leur adressa à chacun un signe de tête avant qu'ils rejoignent ceux qui étaient venus les attendre dans leur Ford ou leur bogey. Quand le dernier fut descendu, le shérif monta dans le wagon et le traversa sur toute la longueur. De retour dans la gare, il secoua la tête.

« Ils viendront peut-être lundi.

– On aurait pas dû vendre le mulet, dit August, la voix étranglée. On est coincés ici maintenant. »

L'adjoint en salopette se leva.

« Shérif ?

– Tu peux retourner au bureau. Tu dois avoir chaud dans cette tenue de porcher. »

L'homme montra du pouce son collègue de l'autre côté de la rue.

« Et Mike ?

– Emmène-le avec toi. Dis-lui qu'on retentera le coup lundi. »

Sam s'avança sur le quai et examina la voie. Il entendait la locomotive qui soufflait dans la cour de la fabrique de châssis.

« Je ne comprends pas. »

Tabors regarda dans la même direction.

« Qu'en pensez-vous ?

– Une fois qu'ils ont commencé quelque chose, les Skadlock ne sont pas du genre à perdre leur temps, si vous voulez mon avis. » Sam se retourna vers le panneau. « Fault, c'est quoi ?

– Rien qu'un arrêt du train sur la ligne de Louisiane, même si personne ne sait exactement par où passe la ligne en question. Il reste encore deux fermiers là-bas qui expédient quelques bidons de lait, et une scierie qui produit un demi-wagon de planches de cyprès par semaine. Plus un petit commerce de tonneaux. Il n'y a qu'une route qui traverse la région et elle ne passe pas très loin de la gare. »

Sam examina de nouveau les rails gauchis.

« Où elle va, cette route ? »

Le shérif ferma à demi un œil.

« De la prison jusqu'à un portail à une petite dizaine de kilomètres à l'est de la voie ferrée, où elle rejoint l'autoroute.

– J'ai traversé une route en gravier rectiligne quand je suis descendu jusqu'à chez les Skadlock avec mon mulet. Ça pourrait être celle-là ?

– Sans aucun doute. »

Sam fixa de nouveau le panneau, puis il rentra dans la gare, où il trouva le chef de train occupé à prendre les ordres du préposé.

« Excusez-moi, mais est-ce que vous avez fait descendre deux passagers à Fault ? »

Le chef de train était un vieil homme qui haussa un sourcil broussailleux.

« Et qui êtes-vous, monsieur ?

– Un brave type. T'en fais pas, Sidney. »

L'agent lui glissa sa feuille de route sous la vitre du guichet.

« Eh bien, oui, maintenant que vous le dites. Un monsieur et une dame.

– Bien habillés ? Environ quarante ans ?

– Oui, à peu près. La dame tétait sa flasque de whisky dans le couloir, et je lui ai dit d'aller aux toilettes si elle avait besoin d'un petit remontant. »

Sam jeta un coup d'œil au shérif. August s'approcha et se campa entre les deux.

« Est-ce qu'il y a un agent des chemins de fer sur place ?

– Oui, dit l'homme. Les jours où le train s'arrête. »

Sam secoua la tête.

« Bon Dieu ! Ils doivent attendre là-bas que le train repasse dans l'autre sens. »

Le shérif croisa les bras et regarda ses bottes.

« Si c'est le cas, j'aimerais bien vous aider, mais je ne vais pas pouvoir. Ce n'est pas ma juridiction.

– Est-ce que vous pourriez télégraphier au shérif de l'État de Louisiane ?

– Ça ne servirait à rien. Je n'aime pas trop parler de ce type. Disons qu'il n'a jamais mis les pieds à Fault. »

Sam se retourna et acheta deux allers pour Fault. August regarda le préposé établir les billets.

« Tu crois qu'elle est là-bas ?

– Je ne suis pas prêt à prendre le risque de ne pas le croire. »

La locomotive fit demi-tour sur le triangle de tournage de la fabrique et repartit vers la gare avec trois wagons vides qu'elle accrocha à la voiture de voyageurs.

August précéda Sam et ils choisirent les premiers sièges sur la gauche.

« On va bientôt en avoir le cœur net, pas vrai ? » dit l'adolescent.

À ce moment-là, le shérif monta à son tour et s'assit derrière eux.

« Ne me regardez pas comme ça… J'ai demandé au préposé de m'établir un billet gratuit.

– Mais comment allez-vous rentrer en ville ?

– Mon beau-frère habite à Gashouse, il pourra me ramener en voiture après dîner. »

Le sifflet lâcha sa trille et le train se mit péniblement en marche, oscillant et cliquetant alors qu'il prenait l'embranchement pour Fault, à dix kilomètres de là. Sam compta les poteaux du télégraphe et calcula qu'ils roulaient à trente kilomètres à l'heure. Le train passa devant un pâturage plein de vaches laitières avant de s'enfoncer dans un bois de pins centenaires sur plus d'un kilomètre et demi.

August se tourna vers lui.

« Comment va ton épaule ?

– J'essaie de ne pas y penser.

– En cas de bagarre, tu vas pas nous servir à grand-chose.

– Bien vu. »

Ils traversèrent une clairière et aperçurent une petite fabrique de tonneaux, rien de plus en fait qu'un hangar au-dessus d'une machine-outil dotée d'un tapis roulant et une cour boueuse envahie de tonneaux de bois blond cerclés de fer. Le rail passait au milieu, et deux wagons chargés attendaient au soleil. Un ouvrier se mit à agiter frénétiquement la main comme s'il n'avait jamais vu de train, mais la petite locomotive poursuivit en ahanant son chemin vers le sud, lâchant des jets de vapeur et bringuebalant sur les rails déformés.

Serpentant entre les pins, la voie ferrée quittait ensuite la forêt pour s'avancer dans un paysage de broussailles, un pays entièrement déboisé et envahi de ronces et d'épineux. Bientôt, le mécanicien tira le sifflet pour annoncer l'arrivée dans la petite gare en bois, et Sam sentit les freins se refermer sur les roues. Il jeta un coup d'œil en direction d'August.

« Le spectacle va commencer ! »

Ils se levèrent de leurs sièges et descendirent sur le quai. Un homme portant un costume sur mesure se tenait debout à côté d'un banc devant la gare, toute une guirlande de billets de train à la main. Une femme essayait de contenir Lily, qui, furieuse qu'on veuille la faire tenir tranquille, se tortillait dans tous les sens, le visage cramoisi et en larmes.

« Je veux Vessy, glapissait-elle. Où est partie Vessy ?

– Oh, tais-toi un peu ! dit la femme d'un ton brusque. Tu n'es pas contente de nous voir ? Qu'est-ce qu'il te prend ? »

Sam et August s'avancèrent, le shérif restant à quelques pas derrière, comme étranger à toute cette affaire. Sam jeta un coup d'œil alentour, mais il n'y avait qu'un vieux pick-up Ford et aucun cheval.

« Où est Ralph Skadlock ? »

L'homme le fixa d'un air inexpressif.

« Je ne vois pas de quoi vous parlez. »

August s'approcha et regarda Lily en souriant.

« Laissez-nous tranquilles, lui dit la femme, un éclair de panique dans les yeux. Que nous voulez-vous ?

– C'est ma sœur. Laissez-la me regarder. »

Quand la petite se retourna, elle posa sur lui les yeux d'une toute petite fille qui n'a pas vu son frère depuis plusieurs mois. Elle réussit à se dégager des mains qui la retenaient prisonnière et s'éloigna de quelques pas sur les planches mal équarries. Puis elle mit sa main en visière et dévisagea August, mais sans rien dire. Le shérif fit claquer sa langue au fond de sa bouche et détourna les yeux.

« Je sais qui vous êtes, dit Sam. Vous êtes les White de Graysoner, Kentucky, et cette petite fille a été enlevée chez Krine, un grand magasin de La Nouvelle-Orléans. »

Acy White regarda le chef de train, qui tenait sa montre à la main.

« Qu'attendez-vous pour nous faire monter ? »

Le chef de train fixa le shérif puis l'enfant.

« Je ne peux pas vous en empêcher si vous avez des billets.

– Entendu. Alors allons-y. »

Il fit un pas vers la voiture. Sam le saisit par le bras.

« On est venus reprendre la petite.

– Lâchez-moi. Je ne sais pas de quoi vous parlez. Cette enfant est notre fille Madeline. »

Il prit Lily par la main mais Sam le tira en arrière et tous deux titubèrent à reculons sur le quai jusqu'à s'affaisser contre le banc. Lily se mit à crier et August s'agenouilla auprès d'elle tandis que le shérif s'employait à séparer les deux hommes. L'agent des chemins de fer se précipita au-dehors en criant :

« Tout le monde se calme ! Mais qu'est-ce qui se passe ici ? »

Sam s'était cogné l'épaule contre le banc, mais même la douleur ne pouvait pas lui faire oublier que les White risquaient de monter avec Lily dans ce train et de disparaître pour toujours. Il ne s'imaginait pas revenir bredouille à La Nouvelle-Orléans pour annoncer à Elsie qu'il avait à nouveau perdu sa fille. Il parvint à grand-peine à se relever.

« Pas question de vous laisser vous en tirer comme ça. Je sais ce que vous avez fait, et je vous poursuivrai jusqu'à ce que vous soyez tous les deux en prison. »

Au mot « prison », Mme White fouilla dans son sac et en tira un petit revolver en acier chromé qu'elle pointa sur Sam, la bouche ouverte et les lèvres tremblantes.

« On se calme, dit le shérif Tabors. Essayons de démêler un peu cette affaire. »

Elle tourna son arme vers le front du policier.

« Vous, vous restez où vous êtes, qui que vous soyez, sinon je vous éparpille la cervelle sur tous les murs de cette gare perdue ! »

Elle transpirait abondamment et ne semblait pas du tout dans un état normal. On aurait dit une femme qui venait de faire un voyage à pied de plus d'un mois.

« Bon sang ! s'exclama Acy. On y va et c'est tout ! »

Il s'empara de Lily, saisit sa femme par le bras, et ils montèrent tous les trois dans la voiture.

Avant de leur emboîter le pas, le chef de train se retourna face au quai.

« Moi, je ne monterais pas à votre place.

– Je suis bien obligé », dit le shérif en écartant le pan de sa veste pour poser une main puissante sur la crosse de son revolver. Il avait le visage pourpre, et ses yeux lançaient des éclairs. Sam le prit par l'épaule.

« Écoutez-moi une seconde. » Il fit signe à l'agent de les rejoindre. « Pourquoi ce train n'a-t-il pas raccroché les deux wagons de tonneaux à environ cinq kilomètres d'ici ? »

L'agent détourna le regard, comme s'il venait d'être pris en flagrant délit de mensonge.

« Aucune importance. Ils les prendront lundi.

– Quand on est passés devant la fabrique, les ouvriers qui étaient dans la cour vous ont fait signe pour que le train s'arrête. Est-ce que vous pouvez donner l'ordre à votre équipage de revenir en arrière pour prendre ces wagons ? »

L'agent consulta sa montre.

« Pas impossible. Enfin, ça n'est pas comme si cette fabrique avait des horaires de livraison impératifs à respecter, si vous voyez ce que je veux dire. » Il regarda August et le shérif. « C'est quoi cette histoire d'enfant et de tonneaux ?

– Je crois que je viens seulement de le comprendre moi-même, dit le shérif. Rédigez l'ordre en question et portez-le au mécanicien. C'est Ned qui conduit la locomotive aujourd'hui, non ?

– Exact.

– Tant pis pour le chef de train, il est occupé. Allons-y. »

Le shérif les conduisit vers la locomotive et ils montèrent dans la cabine. Bientôt, l'agent les rejoignit en courant et il tendit un nouvel ordre de circulation. Le mécanicien tira sur le levier de marche arrière, lâcha trois brefs coups de sifflet, et le train commença à reculer.

Ils se tenaient tous trois derrière le mécanicien, s'appliquant à ne pas gêner le chauffeur quand il enfournait une mince pelletée de charbon entre les grilles. Par-dessus le vacarme du moteur, Sam brailla :

« Et que comptez-vous faire à propos de son pistolet ?

– Je pense qu'elle essayait seulement de nous intimider, lui répondit le shérif. Je parie qu'elle ne s'en servira pas. »

À environ cinq kilomètres de la gare, alors qu'ils approchaient de la fabrique de tonneaux, il se pencha pour crier quelque chose au mécanicien par-dessus le sifflement et le grondement de la machine. Le vieil homme arrêta le train, et tous trois descendirent à l'échelle de fer pour retourner vers la voiture de voyageurs. Le shérif y monta le premier et emprunta le couloir central jusqu'à l'endroit où les White avaient pris place, Lily assise entre eux deux. Elle pleurait silencieusement, son nez coulait, et ses yeux semblaient emplis de confusion et de chagrin. Il se tourna vers les cinq autres passagers et leur demanda de ne pas quitter leurs sièges.

« Qui êtes-vous ? demanda Acy White avec l'assurance tranquille d'un homme qui pense qu'il maîtrise la situation.

– Ces deux hommes affirment que cette petite fille n'est pas à vous. »

La femme se leva, mais le shérif leva la main. Elle la fixa mais continua sur sa lancée, relevant même son menton.

« C'est vous trois, les voleurs d'enfant ! » Elle en appela aux autres passagers. « Ils essaient de m'enlever mon bébé ! » cria-t-elle, la voix suraiguë.

Les trois fermiers et les deux représentants de commerce observaient la scène d'un air placide, leurs regards passant du shérif à cette dame élégamment vêtue.

« Il va falloir que nous parlions un peu avec cette petite fille, dit le shérif en tendant la main vers l'enfant.

– Hors de question », dit Acy White.

Mais on ne savait pas vraiment à qui il s'adressait. La seconde suivante, l'arme en acier chromé avait reparu dans la main de sa femme, pointée vers la tête du shérif, et le coup partit. Un éclair de feu jaillit, et un nuage de fumée nauséabonde envahit le compartiment, tandis que la balle allait se ficher dans le porte-bagages au-dessus de la tête d'un fermier. D'un revers de la main, le shérif abasourdi lui fit lâcher l'arme, qui fut propulsée jusqu'au siège voisin avant de tomber avec fracas sur le sol du wagon.

« Madame, dit-il, la voix tremblante, l'agression à main armée est un crime dans l'État du Mississippi. »

Il ouvrit son veston, et les deux White découvrirent l'impressionnant insigne de sa fonction épinglé à son gilet.

« Mais nous sommes en Louisiane ! protesta Acy White, le regard soudain abattu et désorienté.

– Non, plus maintenant. Je pense que nous avons passé la frontière il y a plus de quinze cents mètres. » Il dégagea l'autre pan de sa veste pour laisser paraître son Colt rutilant. « Vous êtes tous les deux en état d'arrestation sous ce chef d'inculpation. Maintenant, voyons un peu cette petite. »

Sam se tourna vers August.

« À toi de jouer, fiston. »

Le garçon contourna le shérif et la fit avancer doucement dans le couloir central.

« Salut, Lily ! »

La fillette le fixa d'un air dur sans dire un mot.

« Oh, tout cela est ridicule ! intervint Acy White. Monsieur le chef de train, je suggère que vous fassiez repartir cette locomotive dans la bonne direction. C'est notre fille. Elle ne connaît pas ce garçon.

– Est-ce que tu t'appelles Lily ? »

Le shérif s'était penché sur elle comme un nuage d'étoffe noire et elle ne répondit pas.

August paraissait saisi de panique.

« Mais bien sûr qu'elle s'appelle Lily ! Allons, Lil, dis-leur comment je m'appelle. »

Il la regardait fixement, sans doute effrayé par les yeux inexpressifs de la petite.

Le shérif se redressa et fronça les sourcils.

« Si tu ne t'appelles pas Lily, quel est ton nom ? »

D'une toute petite voix, elle répondit :

« Madeline.

– Je vous l'avais bien dit ! s'écria Willa White.

– Attendez une minute. » Sam s'avança et posa la main sur le cou d'August. « Petite fille, tu sais ce que m'a raconté ce grand garçon ? »

La fillette, au bord des larmes, secoua lentement la tête.

« Il prétend qu'il t'a appris un air de *Sinbad*, la comédie musicale de New York, et que tu savais les paroles de la chanson entière.

– Tout cela est ridicule ! s'exclama Willa White. Cette enfant ne connaît que des ballades convenables et quelques cantiques. Vous la prenez pour une va-nu-pieds ? »

Sam leva la main et fit reculer le shérif et August d'un pas, créant l'espace d'une petite scène entre les sièges.

« Moi, je lui ai dit que je ne le croyais pas une seconde.

– Pourtant, c'est vrai, dit l'enfant en relevant doucement la tête.

– Je ne te crois pas. Je suis sûr que tu ne sais pas la moindre ligne de "Cleopatra". »

Elle jeta un rapide coup d'œil en direction des White, puis elle étendit le bras droit, leva les yeux vers le plafond, et elle commença à chanter d'une voix pure et parfaitement entraînée, sans le moindre vibrato.

Vous connaissez sans doute Cléopâtre la belle
Reine des deux Égypte, et du cœur des Romains
L'immense Marc Antoine un jour elle ensorcelle
Il suffit d'un sourire, d'un geste de la main.

Ses pieds esquissèrent un pas de danse, et elle étendit l'autre bras.

On la disait je sais autrefois égyptienne
Mais il existe aujourd'hui de bonnes raisons de croire

Qu'elle était juive au fond, peut-être une Hawaïenne
Au sang mêlé d'un Celte et d'une mère noire.

Le shérif sourit de toutes ses dents, comme s'il avait entendu cet air de nombreuses fois et qu'il pensait qu'on n'avait jamais rien écrit de plus beau. La petite continuait à arpenter l'allée centrale sans cesser de chanter, tournant le dos à sa captivité pour retrouver son don. Elle n'était plus désormais dans le wagon noir de suie d'un train perdu : elle se voyait en scène, sur ces planches qui l'attendaient depuis le jour de sa naissance.

Et quand elle arpentait au bras du beau Romain
Les sables jaunes et blancs dans le désert ardent
Si vous regardiez la danse de ses mains
Vous voyiez bien en elle la fille de Canaan.

Elle agitait alors ses mains et ses épaules…

Lily fit ondoyer ses épaules, et un vieux fermier assis au bout de l'allée partit d'un grand rire et applaudit bruyamment.

« Très bien ! Et qui t'a appris cette chanson d'Al Jolson, petite fille ? » demanda le shérif.

Elle s'immobilisa aussitôt et pointa un doigt théâtral vers August.

« C'est lui, là-bas. Gussie. Mon grand frère. »

Le chef de train repartit en marche arrière jusqu'à Woodgulch. Les White furent forcés de descendre de la voiture malgré leurs jérémiades, leurs protestations et leurs menaces, et de nombreux badauds s'arrêtèrent en chemin pour regarder ce couple si élégant traverser les rues menottes aux poings.

Avant que le train ne reparte, un adjoint au shérif monta dans le wagon et marcha jusqu'à eux, qui étaient restés assis tous les trois.

« Le shérif a dit qu'il demandait des mandats d'arrêt à La Nouvelle-Orléans et dans le Kentucky, au plus offrant. Mais quand il en aura fini avec eux, bien sûr. Il va passer un coup de fil ou deux pour qu'on vous dépose au terminus. »

Sam se laissa aller contre la fenêtre et s'exclama :

« Bonne nouvelle ! »

L'adjoint se pencha vers lui, il sentait l'Old Spice et le tabac à chiquer.

« Cette cinglée a vraiment tiré sur notre shérif ?

– Oui, je peux en témoigner.

– Bon Dieu, il va y avoir du sport au procès ! »

Le sifflet retentit pour donner le signal du départ de Woodgulch, et l'adjoint quitta la voiture. Quelques secondes plus tard, le train s'ébranlait, et Sam jeta un coup d'œil vers August, puis vers Lily qui dévorait un sandwich que le préposé avait pris dans son panier-repas et lui avait offert. Il regarda par la fenêtre, heureux de chaque mètre qui le rapprochait de chez lui. Plus il fixait le paysage et plus il avait l'impression de voir sa femme et son fils par la vitre, derrière eux, Elsie Weller, et à l'autre bout de la ville, le grand magasin Krine. Il se détendit pour la première fois depuis plusieurs mois, mais quand la locomotive entra en gare de Gashouse, où ils devaient changer de train, Lily se redressa, regarda August, et demanda :

« Pourquoi c'est pas papa qui est venu me chercher ? »

Son frère tourna la tête vers le couloir central, pour bien signifier qu'il ne comptait pas être celui qui le lui apprendrait. Sam se pencha vers elle et murmura :

« Ta maman te l'expliquera, ma chérie.

– Mais pourquoi tu es venu, toi, avec Gussie, et pas mon papa ? »

Il lui serra tendrement l'épaule, surpris de la trouver si frêle. Il l'avait recherchée si longtemps qu'il se l'était imaginée plus grande que nature. Ce n'était qu'un bébé, en fait.

« Quand on arrivera à La Nouvelle-Orléans, ta maman t'expliquera tout ce que tu voudras. On ira au Café du Monde, et on mangera de délicieux beignets carrés couverts de sucre en poudre. Tu vas adorer. »

Il parlait sans s'arrêter pour qu'elle se concentre sur l'avenir, mais August et lui s'étaient tellement donnés à cette recherche qu'ils avaient oublié ce qu'elle ne savait pas. Il espérait qu'elle était encore trop petite pour souffrir de cette disparition autant qu'August. Il voulait croire qu'elle était comme lui, sans aucun souvenir de son père, mais il savait que c'était faux. Lily verrait une chaise vide dans la maison de sa mère pour le restant de ses jours, un espace dépourvu de mots et de chants auxquels pourtant sa naissance lui avait donné droit.

Ils changèrent de train comme prévu, et ils repartirent pour Baton Rouge, où les attendait l'express de La Nouvelle-Orléans. Il faisait déjà nuit sur ce dernier tronçon du trajet, et Sam s'endormit avec Lily sur les genoux, l'odeur douce du charbon entrant par les vitres et un rideau de cyprès défilant à l'extérieur. Dans son rêve, lui aussi se trouvait sur les genoux de quelqu'un, un homme, à en juger par l'odeur de pétrole, de feu de bois et de bière qui émanait de lui. Il avait l'estomac bien rempli et une main calleuse était posée sur son ventre, comme pour garder un joyau en sécurité.

Quand il se réveilla, le chef de train arpentait le couloir en annonçant l'arrivée en gare de La Nouvelle-Orléans. August l'examina attentivement.

« Qu'est-ce qu'il y a ? demanda Sam.

– Tu as les yeux humides. La fumée te les pique donc tant que ça ? »

Chapitre 32

Dans la chaleur brûlante, ils marchèrent jusqu'à l'embarcadère pour prendre le ferry en direction d'Algiers, où l'*Ambassador* faisait réparer son gouvernail. Ils trouvèrent Elsie à quatre pattes, occupée à vernir le plancher de la cafétéria, les cheveux à moitié dénoués, sa robe d'un bleu délavé toute chiffonnée. Elle eut le bon sens de ne pas se précipiter immédiatement sur Lily : elle se releva calmement et s'essuya les mains à l'aide d'un chiffon. Elle se pencha au-dessus de l'enfant et la prit doucement dans ses bras. Lily accepta sans broncher ses légers baisers, mais examina avec recul cette femme à l'air si fatigué, avec cette robe toute sale et poisseuse qui empestait la térébenthine. Sam se rendit compte que la petite ne savait pas très bien qui était Elsie.

Sa mère la regarda droit dans les yeux.

« Lily, je t'aime.

– Je le sais.

– Est-ce que tu m'as oubliée ? »

La voix d'Elsie vacilla et ses yeux s'ouvrirent plus grands tandis qu'elle attendait une réponse qui mit un certain temps à venir.

« Ils m'avaient dit que tu étais partie au Ciel. Je ne savais pas qu'on pouvait revenir.

– Non, non, je ne suis allée nulle part. Je sais que tu ne comprends pas, mais tu as été enlevée, et nous sommes très heureux de te voir de retour.

– Et mon papa, il est allé quelque part ? »

Elsie se redressa et regarda August, qui secoua la tête. Elle soupira.

« Je vais avoir besoin d'un petit moment en tête à tête avec elle, les garçons. »

Sam et August suivirent une bande de lattes qui n'étaient pas encore vernies pour gagner la cuisine où ils se préparèrent des sandwichs. August paraissait épuisé et rongé par ce genre d'inquiétude qui laisse des traces sur le visage.

« Eh bien, dit Sam. La voilà rentrée ! »

August leva les yeux vers lui.

« Tu crois ? »

Sam mordit dans son sandwich et fit s'activer ses méninges et ses maxillaires, en pensant à tout ce temps qui demeurerait perdu pour tous, et en particulier pour Lily. La vie d'un petit enfant est une sorte de réduction d'une existence entière, et un mois y dure autant qu'un an pour un adulte. Il tenta de se remémorer un moment de sa propre enfance, et le souvenir lui revint d'un jour à huit ans où, après la saison du broyage des cannes à sucre, son oncle Claude l'avait emmené pour la première fois chasser le lapin. Il se rappelait encore chaque détail, de la façon dont il fallait charger le petit fusil qu'on l'avait autorisé à utiliser, au chapelet de blagues de chasse que son mentor débitait en français. Du premier coup de feu qui fit mouche jusqu'à l'incision pratiquée avec un canif dans la peau de l'animal qui s'ouvrit sur tout un monde de viscères rouge vif quand on lui apprit à le vider, et, le soir même, à la saveur du ragoût. Ce jour-là était resté intact dans sa mémoire, aussi long qu'un livre entier dans son souvenir. S'il en allait de même pour Lily, elle était restée partie durant l'équivalent de plusieurs années entières.

Avec les sept derniers *cents* qu'il lui restait en poche il prit le tram pour rentrer, et quand il passa le seuil de sa maison, à 22 heures, sa femme le fit asseoir dans la cuisine et lui réchauffa un ragoût de pommes de terre sans viande, attentive à ne pas faire de bruit pour ne pas réveiller le bébé. Il lui résuma les événements des derniers jours, et elle lui caressa le front avant d'y déposer un baiser.

« Tu l'as retrouvée, dit-elle, son souffle lui parcourant les cheveux comme une brise. Cette histoire est enfin terminée !

– Oui, on dirait bien.

– Maintenant on va pouvoir reprendre le cours normal des choses, Sam. »

Elle était aussi mince qu'un joli fantôme. Il n'était cependant pas sûr que tous ces mois de recherches puissent être oubliés et effacés, que le temps finirait peu à peu par faire disparaître chaque détail comme une triste bourgade qu'un train traverse à vive allure, l'image qu'on en perçoit se fondant jusqu'à devenir insignifiante.

« Ça serait bien, oui », répondit-il.

Elle lui apporta son assiette et passa ses bras autour de son cou.

« J'ai encore du mal à y croire. »

Le lendemain, il se leva aux premiers pleurs de Christopher, le changea puis le garda contre lui un long moment. Ils prirent leur petit déjeuner ensemble, son fils toujours sur ses genoux et attrapant tout ce qui était à portée de main.

À 8 heures, il dit au bébé :

« Bon, il est temps que j'aille essayer de gagner un peu d'argent si je veux pouvoir nourrir ce ventre affamé ! »

Il enfila son costume du dimanche, prit vingt-cinq *cents* dans le porte-monnaie de sa femme et alla en tram jusqu'à Canal Street. Une fois dans le grand hall de chez Krine, il s'immobilisa quelques secondes. Il regarda les plafonds et les moulures, renifla la teinture des vêtements neufs et la légère odeur de cire qui montait des comptoirs luisants, respirant le tout comme on inhale un médicament. Il adressa un petit signe de la main à Gladys au rayon hommes, puis il prit l'ascenseur pour rejoindre le bureau du directeur.

Il y avait une nouvelle hôtesse d'accueil dans le vestibule de Krine. Elle salua Sam avec une expression détachée et lui demanda de s'asseoir tandis qu'elle irait l'annoncer. Il attendit patiemment la suite des événements.

L'hôtesse revint et lui fit signe d'entrer. Elle referma la porte derrière lui.

Le directeur se tenait à son bureau, carré dans son fauteuil, le poing posé sur une pile de documents.

« Bonjour, monsieur Simoneaux.

– Monsieur Krine. »

Sam attendit qu'on lui demande de s'asseoir, mais au bout d'un moment il dut se rendre à l'évidence : on ne l'en prierait pas.

« Cela fait un bout de temps. Je dois avouer que je suis surpris de vous voir.

– Je suis seulement passé vous dire que j'avais retrouvé la petite et que je l'avais rendue à sa mère. »

Krine le fixa des yeux sans rien dire. Ils semblaient tous les deux concentrés sur la pendule accrochée au mur près de la fenêtre.

« Je me réjouis pour elle », lâcha-t-il enfin.

Sam sourit.

« Je me demandais si je ne pouvais pas reprendre mon ancien travail. »

Il trouvait étrange de devoir expliquer ce qu'il voulait : ils avaient passé un accord. Krine ne cilla pas, et Sam trouva cela inquiétant.

« On peut dire que vous avez pris tout votre temps pour régler cette affaire, dit enfin le directeur. Moi, je pensais que vous en auriez au plus pour un mois. Voyant que vous ne reveniez pas, j'ai engagé quelqu'un pour vous remplacer. Pour tout vous dire, j'ai même engagé deux personnes, et elles nous conviennent parfaitement. »

Sam déglutit plusieurs fois, sentant un frisson glacial lui traverser la poitrine.

« Je croyais qu'on avait conclu un marché, dit-il d'une voix faible.

– J'ai appris récemment que le père de la petite avait été tué en essayant de la sauver, c'est exact ? »

Sam regarda la pendule, se demandant combien de minutes il lui restait à passer dans ce bureau. Il sentit une goutte de transpiration lui couler derrière l'oreille.

« Plus ou moins.

– Eh bien, j'en suis désolé. De même que je suis désolé de vous dire que nous n'avons pas de travail pour vous comme responsable d'étage. »

Sam déglutit à nouveau, examina le tapis, tentant de comprendre ce que représentait son motif.

« Vous auriez autre chose ?

– Les grands magasins sont obligés de réduire leurs effectifs. Je suis désolé.

– Rien du tout ? »

Il tendit la main, paume ouverte.

Krine prit un dossier et se leva.

« Rien », répondit-il comme on décoche une flèche. Et ce fut la fin de l'entretien. « Nous avons vos coordonnées. En cas de besoin, on vous appellera. »

Sam reprit l'ascenseur et musarda un peu au rez-de-chaussée comme s'il voulait acheter quelque chose, palpant les cravates de couleurs gaies, effleurant les chaussures vernies. Il fut tenté de redresser un présentoir à cirages mais il retira la main au dernier moment. De l'autre côté du magasin, un des nouveaux chefs de rayon parlait avec une femme élégante qui venait de la cafétéria. Sam aurait adoré prendre une tasse de ce café délicieux qu'on y servait, mais il n'était gratuit que pour le personnel. Il se retourna encore une fois au bout du rayon, puis il marcha vers la sortie après un dernier regard. Dans la rue, il se sentit un peu comme un exilé. Il jeta encore un coup d'œil à la façade de style italien, puis reprit le chemin de chez lui. À trois rues de Canal Street, il se rappela que l'*Ambassador* levait l'ancre deux jours plus tard, et il changea de direction pour prendre celle du débarcadère. Il ne voulait pas jouer du piano dans un bar de gangsters, ni porter une arme de vigile dans une banque ou de policier municipal ; alors second lieutenant, si la place était libre, lui irait très bien.

Le visage de sa femme se décomposa, et elle se laissa tomber sur le canapé du salon en acajou aux coussins affaissés.

« Tu vas rester parti pendant des mois… J'ai besoin de toi ici.

– Il faut surtout payer le loyer. Et la note d'épicerie.

– Je peux demander un peu d'argent à ma mère.

– Écoute, parfois le bateau fait relâche et je pourrai rentrer en train pour passer un jour ou deux ici. Une bonne partie des excursions sont prévues dans le Sud.

– Et tout ton salaire passera en billets de train et en repas ! Lucky, pourquoi tu ne cherches pas à jouer du piano en ville ? »

Il regarda au mur la tache claire qui marquait la place où se trouvait autrefois son piano, un bel instrument avec beaucoup de coffre qu'il avait acheté avec sa prime de retour de guerre.

« Je ne trouverai pas de bon endroit où jouer. On est à La Nouvelle-Orléans, ma chérie, tout le monde joue mieux que moi. »

Elle se détourna une seconde puis se serra de nouveau contre lui.

« Combien vont-ils te payer ?

– Plus que la dernière fois.

– Prends-moi dans tes bras. »

Il embrassa sa nuque, puis l'arrière de ses oreilles pâles.

« Lucky, tu sais, quand je remonte la rue, je regarde toutes ces belles maisons avec leur véranda et leur grand jardin. Parfois, je me demande qui peut bien se payer une maison aujourd'hui. Sans parler de l'entretien. Tous les gens que je connais sont locataires. »

Il inspira lentement.

« Il y a beaucoup d'hommes d'affaires dans cette ville, je suppose. Des commerçants. Des cadres d'entreprise. » Sur le trottoir, quelqu'un marchait en faisant rebondir un ballon de basket-ball, le « tam-tam » du caoutchouc allant croissant pendant quelques minutes avant de se mettre à diminuer au long de la rue. « Je pensais que j'arriverais à gravir les échelons chez Krine, dit-il d'un air absent.

– Ce kidnapping nous a tirés vers le bas, mon chéri.

– Je le sais.

– Je pensais que c'était fini, mais en fait, non.

– Ça aussi, je le sais. »

Elle respira brusquement un grand coup.

« Tu pars quand ?

– Après-demain, je pense.

– Tu as toujours ta belle montre Hamilton ? Celle que l'oncle Claude t'a donnée comme cadeau de mariage ?

– Bien sûr. »

Elle se retourna pour lui faire face. Il pensa qu'elle voulait peut-être un baiser, mais quand elle lui adressa un sourire triste et complexe, il sut ce qu'elle allait dire et il détourna le visage.

« Tu vas être obligé de la vendre. »

Il fallut encore une semaine à l'*Ambassador* pour être fin prêt. Un jour avant le départ prévu, Sam reçut un appel de l'assistant au procureur de La Nouvelle-Orléans le convoquant dans ses locaux du centre-ville pour enregistrer sa déposition en vue du procès à venir des White dans le Kentucky. Dans un bureau du bâtiment fédéral, il rencontra un jeune et mince avocat qui lui demanda de rédiger sa déclaration. Il mit une heure à écrire quatre pages, les signa, et attendit que l'avocat refasse son apparition. Il ne parvenait même pas à imaginer ce qu'il allait advenir des White, mais il savait obscurément que jamais des gens de cette espèce ne verraient une prison de l'intérieur. Il espérait, cependant, qu'ils seraient condamnés à payer une amende suffisamment lourde pour leur ôter à jamais l'envie de s'approcher des enfants des autres.

Le carreau de verre enchâssé dans la porte en acajou trembla et l'avocat entra pour récupérer sa déposition. Sam leva les yeux vers lui.

« Est-ce que le gamin est déjà venu ?

– On a enregistré sa déclaration hier. Comment va la petite ?

– Je ne l'ai pas revue. Demain, je reprends le travail ; j'imagine qu'elle sera à bord. » Sam se releva et décolla son pantalon de ses jambes. « Alors, c'est dans le Kentucky que ces gens vont être jugés ? »

L'avocat releva un des côtés de sa fine moustache.

« À vrai dire, je ne sais pas. Il y a des problèmes de juridiction.

– Je me disais bien qu'ils allaient s'en tirer à bon compte.

– N'en croyez rien ! Ils sont toujours en prison dans le Mississippi. Le shérif là-bas est maître après Dieu, comme on dit, or les White l'ont menacé des pires représailles, puis ils ont tenté de l'acheter, si bien qu'il y a en plus deux ou trois nouveaux chefs d'inculpation. Mme White croupit dans la prison pour femmes, elle porte un uniforme de grosse toile comme les prostituées et les voleuses. Elle ne serait pas très en forme, à ce qu'on raconte. M. White, lui, est toujours enfermé à Woodgulch. »

Sam réfléchit à tout cela tandis que l'avocat examinait les pages qu'il avait noircies de son écriture.

« Je suppose que ça doit les déranger encore plus que pas mal d'autres gens.

– Disons qu'effectivement ils ne sont pas très habitués à ces conditions de vie. J'ai reçu un télégramme de Graysoner, Kentucky, où on m'apprend que le journal local a publié toute l'histoire en première page, et, apparemment, le journaliste ne leur a pas fait de cadeaux, si vous voyez ce que je veux dire.

– J'aurais pourtant cru qu'un journal local prendrait parti pour eux.

– Moi aussi. Mais le journaliste a un jeune frère dans la police qui lui a fourni des détails croustillants. »

Sam sourit.

« Vous voulez dire que, parfois, un criminel reçoit son châtiment juste par manque de chance ? »

L'avocat ouvrit la porte qui donnait dans le grand hall de marbre. Au bas des marches, Sam entendit des gens qui parlaient, des pas qui se précipitaient, et quelqu'un qui faisait tomber toute une batterie de classeurs. Chacun dans ce vaste édifice semblait affairé à faire tracer un sillon rectiligne à la lourde machine de la justice, mais il apparut clairement à Sam que la tâche était certes noble, mais ardue et confuse.

L'avocat lui donna une tape amicale sur l'épaule.

« Pour ce qui est du manque de chance, on dirait bien que, cette fois, les White ont tiré un double un ! »

L'*Ambassador* programma trois sorties le même samedi à La Nouvelle-Orléans pour faire faire un galop d'essai au nouvel orchestre, aux machines réparées de frais, et au système de haut-parleurs à la pointe de la technologie qui équipait le toit et la piste de danse. Le dimanche, Sam alla à la messe avec sa femme à la cathédrale, et à midi le bateau leva l'ancre pour de bon, bannières au vent, pavillon hissé, deux nuages de fumée s'élevant dans le ciel. Il s'agissait d'une croisière d'initiation qui devait remonter le fleuve sur environ soixante kilomètres avant d'échanger tous ses passagers avec ceux du *Buckeye Deluxe*, un gros vapeur à roues à aubes latérales qui poursuivrait sa route vers le sud. L'*Ambassador* quant à lui continuerait à remonter lentement le Mississippi jusqu'à Donaldsonville, où il déposerait les passagers épuisés du grand navire.

Sam aperçut Elsie à travers la foule qui envahissait les ponts, mais le capitaine le retint par le bras alors qu'il allait se diriger vers elle.

« Lucky, nous avons un nouveau générateur dans la salle des machines, et Bit dit qu'il ne peut pas le surveiller sans arrêt. Vous avez donc été choisi pour apprendre le maniement de cet engin et vérifier ses compteurs toutes les deux heures environ. C'est lui qui commande toutes les nouvelles ampoules des bastingages et le système de haut-parleurs. »

Il fit la grimace.

« Un générateur ?

– Oh, allez ! Ça demande sûrement moins d'efforts qu'apprendre à jouer du piano, pour l'amour du ciel ! »

Sam descendit vers la salle des machines et il s'installa dans ce vacarme le temps d'étudier le mode d'emploi de l'appareil, testant les circuits et apprenant le maniement du pupitre de commandes en bakélite avec tout son enchevêtrement de fusibles, de manettes de contrôle et de commutateurs. Mais il était incapable d'en comprendre le fonctionnement parce qu'il ne pouvait s'empêcher de penser à Lily et à sa mère. Il abandonna la partie et se dirigea vers le pont supérieur.

Quand les bateaux eurent jeté leurs amarres côte à côte et procédé à l'échange de leurs passagers, le commissaire de bord se rendit compte que le *Deluxe* avait dépassé son quota de réservations et qu'ils étaient un certain nombre entassés sur le gaillard d'avant de l'*Ambassador* sans pouvoir accéder au dancing. Les haut-parleurs du pont étaient censés diffuser des commentaires touristiques sur les sites qui défilaient sur la rive, mais le capitaine dénicha Sam et lui demanda de trouver le moyen de les relier aux microphones de la scène pour éviter une émeute. Les passagers de Donaldsonville voguaient vers le sud depuis le matin au son de la soupe d'une minable formation mondaine, tout en sirotant du whisky de contrebande distillé dans des radiateurs d'automobile, et ils étaient impatients d'essayer les nouveaux rythmes endiablés de cet orchestre de La Nouvelle-Orléans. Au bout d'une heure, Sam réussit à établir les connexions et les gens se mirent à danser sur le pont supérieur et dans les salons du bas. Il grimpa jusqu'au toit du Texas et observa ces centaines de danseurs, sentant les fines cloisons en bois du vieux bateau vrombir comme les planches d'un pont traversé par un troupeau de bêtes. Quand il se retourna pour regarder vers l'arrière, Elsie se tenait à côté de lui, sa petite coiffe de serveuse enfoncée dans le désordre de ses cheveux pleins de transpiration.

« Je te cherchais, justement, dit-elle. Les passagers vont se ruer vers la cafétéria d'une minute à l'autre, alors on m'a donné un petit moment de répit. Depuis midi, ils sont comme des lions en cage. J'ai failli me faire tuer pour un sandwich au jambon qui n'arrivait pas assez vite. »

Elle avait pris deux ou trois ans durant les quelques jours où il ne l'avait pas vue, elle avait le visage rouge et luisant à cause des efforts et de la graisse qui montait des cuisinières.

« Comment va Lily ? »

Elle le regarda sévèrement.

« Pas si bien que ça. Elle me réclame une poupée toutes les heures que Dieu fait. » Elsie se retourna et regarda le fleuve assombri comme si elle rêvait de s'y jeter. « Je ne pense pas qu'elle ait très bien compris vers quoi elle était revenue. » Elle tira son paquet de cigarettes de sa poche et en alluma une avec le briquet militaire de Ted. « L'autre soir, on était en train de manger dans l'arrière-cuisine et elle m'a demandé du canard rôti. » Ses yeux étaient écarquillés, comme incrédules. « Quel genre de petite fille m'as-tu ramenée ? Elle se prend pour une gosse de riches.

– Donne-lui le temps de retrouver ses marques. Elle reviendra vite à de meilleurs sentiments.

– Pas si sûr. J'ai essayé de passer du temps avec elle et de lui apprendre une nouvelle chanson, "Ma (He's Makin' Eyes at Me)*", eh bien elle m'a dit que ce n'était pas une chanson convenable. » La voix d'Elsie monta d'un ton. « Tu te rends compte ! Dire à sa mère que la chanson qu'elle veut vous apprendre n'est pas "convenable" ! »

Sam songea à la vaste maison des White, à sa colline si bien entretenue. Il devinait sans peine ce que ces gens lui avaient enseigné.

* « Maman (il me fait les yeux doux) ».

« Elle s'habituera. »

Mais tout en prononçant ces mots il savait qu'il n'y croyait pas lui-même.

« Ce n'est qu'une toute petite fille. Elle est restée loin de moi pendant dix mois. C'est énorme dans la vie d'un bébé. »

Ils continuèrent à parler jusqu'à ce que Mme Benton les appelle depuis la timonerie.

« Je m'apprête à siffler pour réclamer une baisse de vitesse, alors, à moins que vous adoriez vous faire éclabousser de vapeur d'eau brûlante, je vous conseille de vous déplacer de là. »

Trois excursions furent organisées au départ de Natchez et, malgré la compétition d'un autre bateau venu de Davenport, ils firent de bonnes recettes. Le jazz était encore une denrée rare au long du Mississippi, et les amateurs, les jeunes gens, les mordus de danse – huppés ou péquenauds, ouvriers de scieries et beautés de plantations – descendaient jusqu'à la rive le soir venu pour prendre d'assaut le vapeur éclatant de lumière et se glisser à la nuit tombée sur le pont afin de respirer la brise, et exécuter les pas, ou plutôt se laisser guider par cette étrange et puissante musique qui remontait le fleuve à leur rencontre depuis La Nouvelle-Orléans.

Sam s'occupait de Lily autant qu'il le pouvait, lui parlait aussi souvent qu'elle le laissait le faire. On aurait dit un récipient fermé, cachant qui elle était vraiment – à moins qu'elle ne l'ait plus vraiment su. Durant les répétitions, quand elle chantait un morceau nouveau que sa mère venait de lui apprendre, sa voix manquait de rythme et d'énergie. Elle savait les paroles, mais elle semblait avoir oublié comment en faire des phrases. C'était comme si l'intelligence de sa voix lui avait été dérobée. Qui la lui avait volée, Sam n'en savait rien, du moins pas au début. Mais une nuit, dans le concert des ronflements de Charlie Duggs, alors qu'il songeait à la façon dont la petite avait changé, il comprit soudain ce qui s'était passé. Ted était le professeur dans cette famille, c'était lui qui possédait cette étincelle musicale qui pouvait briller une nuit entière, un numéro après l'autre, sans jamais s'éteindre. Lui qui savait guider les doigts et les cordes vocales des enfants qu'il avait eus avec sa femme. Elsie pouvait montrer les paroles et les pas, mais Ted était le gardien des notes, du rythme, du grain de folie de la musique. Et il était parti pour toujours. Sam comprit que la petite continuerait sans doute à chanter, mais qu'elle ne se donnerait peut-être jamais plus corps et âme à son numéro.

Chapitre 33

Au nord de Vicksburg, le niveau du fleuve était haut et l'*Ambassador* devait lutter contre le courant pour respecter ses engagements. Les passagers se comportaient généralement de façon civilisée, ils savaient apprécier ce qui leur était offert, mais, lors d'une étape maudite à Hurricane Slough, le bateau s'emplit de bûcherons et de leurs prostituées d'une part, et d'autre part de la congrégation entière de l'Église baptiste locale. De l'appareillage au débarquement, la croisière nocturne ne fut qu'une gigantesque bagarre et se termina en guerre de Religion en bonne et due forme à la lumière des torches. Une véritable bataille rangée sur la berge sombre. La foule se dissipa avec la lenteur d'une fumée nauséabonde ; l'équipage était si épuisé et le bateau si sale que le capitaine dépêcha leur agent à cheval jusqu'au bureau de télégraphe le plus proche pour annoncer l'annulation de la croisière du matin dans la ville suivante. Toute la nuit, le bateau resta incliné contre la berge, comme si les planches et les machines qui le constituaient avaient perdu toute force.

Peu avant le lever du jour, l'équipage s'éveilla et M. Brandywine fit reculer l'*Ambassador* pour prendre la direction de Greenville, les flots lourds comme du plomb fondu lui barattant les flancs. Le vieux pilote repéra un banc de sable et décida comment il allait le contourner puis, passant d'un rayon de sa barre à l'autre, de quel côté d'un îlot ils passeraient pour poursuivre leur chemin. Quand le disque solaire s'éleva au-dessus des bosquets de pins dans les collines à l'est, il tendit la main et actionna le sifflet, laissant l'anneau lui filer entre les doigts en lâchant un demi-grognement.

Moins d'une minute plus tard, Sam ouvrait l'étroite porte de la timonerie, Lily sur son bras. Il la déposa sur la banquette et elle regarda chaque fenêtre avant de fixer le paysage.

« Saul vous apporte votre café », dit Sam.

Le pilote jeta un coup d'œil en direction de l'enfant.

« Salut, petite demoiselle.

– Bonjour, monsieur Brandywine », répondit-elle en faisant bouffer sa robe autour de ses jambes qui se balançaient.

Le pilote arracha doucement l'*Ambassador* au courant et s'éloigna de l'extrémité de l'île. Il fit tinter la cloche des moteurs et se tourna vers la rive occidentale, attentif au rideau d'arbres qui défilaient.

« Te voilà bien sage et silencieuse, exactement comme il faut.

– Je le sais », dit-elle en hochant la tête.

Saul, un porteur à la retraite qui travaillait autrefois dans les wagons Pullman mais était désormais trop âgé pour les chemins de fer, frappa à la porte et Sam lui fit signe d'entrer. Il portait un triple plateau de couleurs vives et le posa sur le poêle froid.

« Je vous ai apporté un biscuit avec votre café, m'sieur.

– Merci. Je le mangerai quand j'aurai fini mon service, d'ici une heure. »

Saul tourna la tasse pour que la poignée dépasse du plateau, et alors qu'il s'apprêtait à tourner les talons il remarqua pour la première fois la présence de Lily.

« Petite mam'zelle, est-ce que vous voudriez que j'aille vous chercher un de ces bons gâteaux qu'on est justement en train de sortir du four aux cuisines ? »

Elle lui décocha un regard glacial.

« On m'a dit de ne pas adresser la parole aux nègres. »

Sam observa le vieux porteur et vit que son visage restait impassible, comme endurci par les coups reçus toute une vie durant. Il continua de sourire et dit :

« Entendu, petite mam'zelle. »

M. Brandywine lâcha la barre et dit à Sam :

« Approche un peu, mon garçon, mets la main là et tiens bon. Tu n'as rien d'autre à faire que garder le cap. »

Sam hésita en voyant l'eau qui glissait le long de la coque.

« Je ne suis pas timonier.

– Rien qu'une minute. »

Ils échangèrent leurs places et le pilote alla se camper devant la banquette, où il dévisagea Lily d'un air sévère.

« Petite demoiselle, est-ce que vous seriez capable de faire de la peine à quelqu'un volontairement ? »

Lily secoua la tête.

« Eh bien, beaucoup de gens emploient le mot "nègre", et je devine que tu as dû l'entendre dans la bouche de ceux qui t'avaient enlevée, mais laisse-moi te dire que ce mot peut faire beaucoup de peine. Est-ce que tu serais contente si Saul entrait ici et te traitait de "face de craie" ? »

Elle commençait à comprendre qu'elle avait fait quelque chose de répréhensible et elle redressa le dos.

« Ce serait vilain. Je ne suis pas une face de craie. »

M. Brandywine approcha d'elle son visage ridé et la fixa de ses petits yeux brillants.

« Ça te ferait de la peine qu'on t'appelle comme ça, pas vrai ? »

Elle opina du chef.

« Eh bien, c'est tout aussi vilain de traiter Saul de "nègre". De cette jolie petite bouche devraient sortir des mots plus gentils. Tu peux utiliser des termes comme "Noir" ou "personne de couleur". »

Elle regarda Saul, toujours imperturbable, qui semblait attendre, comme toute sa vie il avait attendu.

« Je ne suis pas censée adresser la parole à un Noir », dit-elle enfin.

Saul éclata de rire, et aucune des personnes présentes ne sut comment interpréter ce rire. Il se tourna vers la porte et disparut.

« Monsieur Brandywine ! » s'écria Sam.

Le pilote était occupé à regarder l'ancien porteur franchir la porte vitrée située à l'arrière.

« Quoi donc ?

– Un remorqueur est en train de faire le tour de la pointe de cette île. »

Il ne se retournait toujours pas.

« Tu n'as pas remarqué une grande maison blanche avec des volets verts et une galerie sur la falaise au-dessus de la prochaine boucle ? »

Sam examina la rive est, en proie à la panique.

« Je crois que oui.

– Alors aligne notre pavillon sur la porte de cette maison. »

Sam tourna la barre et sentit qu'il transpirait tandis que le bateau virait de quelques degrés et pointait vers l'entrée de la ferme située à cinq kilomètres. Derrière lui, il entendit M. Brandywine dire à la petite :

« Tu sens le poids de ma main sur ton épaule, fillette ?

– Oui, répondit-elle.

– Eh bien, quand tu insultes quelqu'un, cela pèse sur toi de la même façon. Oh, parfois, on ne s'en rend compte que beaucoup plus tard, quand on est vieux comme moi, mais à ce moment-là on pense et on repense à toute la peine qu'on a causée avec sa petite bouche intelligente et ses plaisanteries bien acides. Dis-moi, est-ce que tu sens le poids de ma main sur ton autre épaule ?

– Oui.

– Chaque douleur que tu infliges, petite demoiselle, est un poids, et plus tu vieilliras, plus tu ressentiras leur masse peser sur toi comme des pierres, jusqu'à ce qu'elles fassent fléchir ton cou et qu'elles menacent de t'ensevelir. »

La berge se rapprochait, et le remorqueur, avec ses dix péniches couvertes de leurs monticules de charbon, était maintenant entièrement visible à bâbord.

« Monsieur Brandywine ? »

Mais le vieil homme continuait à fixer avec une attention soutenue les yeux bleus et vifs de Lily.

« Est-ce que tu ne vois pas ce gros rocher gris sur lequel un crétin transi d'amour a peint un gros cœur, sur ta droite à moins de cinq cents mètres ? »

Sam coula plusieurs fois rapidement le regard dans la direction indiquée.

« Je le vois.

– Il faut passer à cent mètres de ce côté, et partager l'espace avec ce remorqueur.

– Mais…

– C'est par là qu'est toute l'eau, fiston, et un bateau a besoin d'eau pour voguer, tu comprends ? » l'interrompit-il sèchement. La petite fille le regardait elle aussi fixement, et M. Brandywine comprit qu'elle se souviendrait de ses paroles. Elle était trop intelligente, jeune comme elle l'était, pour oublier la leçon. « Quelqu'un t'a appris que ça n'est pas grave de faire de la peine à tes frères humains, et de vouloir les humilier. Eh bien moi, avec mes vieilles épaules voûtées, je suis là pour t'apprendre le contraire. » Il retourna vers la barre, repoussant la main de Sam qui s'agrippait au rayon. « Cette enfant et toi pouvez filer, maintenant. Il va falloir que je me concentre si je ne veux pas envoyer tout ce charbon par six pieds de fond. »

Il tira du sifflet une longue note de blues et Lily se boucha les oreilles.

Une semaine plus tard, au-dessus de Cairo, Sam partageait une table avec Elsie après la dernière excursion de la journée. Elle n'avait pas bonne mine, et les coins de sa bouche étaient déjà creusés de rides. Elle mangeait avec l'air de quelqu'un qui ne prend aucun plaisir à se nourrir. À plusieurs reprises elle avait entrepris de lui adresser des reproches, l'accusant de tout ce qui lui était arrivé. « Tu m'as ramené ma fille, d'accord, mais elle n'est plus la même. » Cette fois, elle lui dit :

« Ces gens l'ont changée. Elle n'est plus tendre. J'ai du mal à la reconnaître. »

Même Sam se rendait compte qu'il était la dernière personne à pouvoir entendre de tels propos, parce que ces accusations lui collaient à la peau comme des sangsues.

« Je suis tellement désolé de tout ce qui est arrivé », répondit-il tristement.

Elle s'essuya la bouche avec une serviette qu'elle laissa tomber sur ses genoux.

« August non plus n'est plus le même. Il se sert au mieux de son don, c'est déjà ça, mais il ne me parle plus. Avant, il me racontait des blagues, au moins une par jour, et il répétait qu'il adorait m'entendre rire. Ted disait exactement la même chose.

– Il se débrouille très bien avec l'orchestre. Il a définitivement quitté l'équipe de chaufferie.

– Il apprend le métier, je te l'accorde, mais c'est comme s'il était passé de gamin à vieillard en une seule nuit. »

Tout lui paraissait négatif, tout était devenu noir, et il savait pertinemment que, quoi qu'il lui arrive durant le reste de son existence, elle ferait tout remonter au jour où un responsable d'étage s'était laissé prendre en défaut par deux malfrats sortis du fond des bois. Il savait que tous les événements d'une vie s'enchaînent et que, pour son malheur, il s'était trouvé au point de départ d'une série de faits dramatiques. Une fois ou deux cependant, une petite étincelle de ressentiment s'était allumée en lui devant tant de rancune, et il fut tenté de lui demander ce qu'elle et Ted étaient en train de faire au moment où on avait subtilisé leur enfant. Combien de temps s'étaient-ils laissé distraire par les vestes et les robes tandis que Lily était enroulée dans un pardessus, ou attirée par une poignée de sucreries ? Lui-même n'avait-il pas ensuite vivement déconseillé à Ted de partir à la recherche de Skadlock ? Il serra l'anse de sa tasse avec force comme s'il voulait la briser.

Elsie termina son café.

« On dirait que tu as envie de dire quelque chose, Lucky ? »

Il ouvrit la bouche, les épaules encore tremblantes des accusations portées contre lui.

« Il va falloir que j'y aille. J'ai une cinquantaine d'ampoules électriques à changer. »

Il poussa la porte à battants qui ouvrait sur le pont et resta un moment à regarder couler les eaux noires du fleuve. À quoi bon répondre ? Au pire, ça aurait privé Elsie de la consolation de penser qu'il était coupable de tout, elle aurait été obligée de réfléchir à ses propres responsabilités. La plupart des gens, c'est bien connu, ne songent jamais à s'accuser avant d'être vieux et d'avoir tout le temps de ressasser leurs erreurs.

À Cap Girardeau, le bateau fut loué pour la croisière de nuit par un groupe du Middle West des plus civilisés. La soirée se déroula dans l'ordre et la convivialité, et les jeunes gens dansèrent comme s'ils avaient appris les pas à l'école. Sam et Charlie n'eurent à affronter aucune situation d'urgence, et quand ils eurent fait deux fois le tour des coursives ils s'adossèrent au bastingage avant du pont de la chaufferie et écoutèrent l'orchestre. Sur scène, Elsie chantait sous le projecteur, sa voix d'alto caressant les paroles de « When my Baby Smiles at Me ». Sam la regarda à travers la vitre : avec ce maquillage et sa robe chatoyante, elle avait l'air d'une vraie star et chantait comme une déesse.

Charlie revenait à peine de l'enterrement de son père, et il avait passé une semaine à régler cette petite succession.

« Je te le dis, Lucky, mon pauvre vieux avait pas un sou vaillant, et sa cabane était pleine de trucs inimaginables. Il m'a fallu deux jours complets pour tout sortir dans le jardin et préparer la vente. Des pieds de poêle, des cartouches vides, des pièces détachées de lampes à pétrole, une charrue déglinguée, et des quantités de trucs. Ça m'a rapporté environ dix dollars et il a fallu que je paye pour qu'on vienne me débarrasser du reste. »

Sam fit face au fleuve et laissa la musique l'inonder.

« Qu'est-ce qu'il faisait dans la vie ?

– Gardien dans une fonderie. Il était si mal payé… Quelques pièces de monnaie pour tout salaire. » Charlie secoua la tête. « Je suis arrivé là-bas environ cinq heures avant la fin. On l'avait ramassé dans la rue et il a passé deux jours à l'hôpital avant que la famille sache où il avait bien pu passer.

– C'est bien que tu aies pu le revoir avant sa mort.

– J'en suis pas sûr. Il avait perdu la boule et il m'a engueulé parce que je lui avais pas envoyé assez de blé. Mais je sais que c'est la maladie qui le faisait parler comme ça. » Une brise se leva, et Charlie renfonça sa casquette et glissa ses grosses mains dans ses poches. « Au moins, moi, j'avais un père. Tu t'es déjà demandé à quoi pouvait ressembler le tien ? »

Sam regarda vers l'amont du fleuve, face au vent.

« Non. »

En fait, il avait commencé à penser à son père dès qu'il avait compris que ses cousins n'étaient pas ses frères. Il avait demandé à son oncle de le lui décrire, mais Claude s'était contenté de hausser les épaules et avait répondu que ce n'était pas le moment d'en parler. Pendant des années il n'avait pas reçu d'autre réponse que « *C'est pas les temps pour ça* » – une formule mystérieuse qui pouvait signifier que son père était un sale type et qu'il valait mieux que son fils n'en sache rien, ou aussi bien que c'était un homme merveilleux et que son fils ne devait jamais mesurer l'incommensurable perte qu'il avait subie.

Charlie se rapprocha d'un pas le long du bastingage.

« Tu veux dire que tu en as rien à secouer du tout ?

– Disons que je ne sais pas quelles questions me poser.

– T'as même jamais vu une photo de lui ou de ta mère ?

– Les studios de photographie n'encombraient pas les rues de Troumal. »

Charlie se pencha vers le large. Deux jeunes couples passaient derrière eux pour gagner un escalier, les costumes clairs des hommes luisant dans la nuit.

« J'arrive toujours pas à croire que tu sois pas curieux de savoir qui les a tués.

– Je *suis* curieux.

– Je veux dire vraiment curieux. Assez pour partir à leur recherche, quoi ! Au moins, lancer les flics à leurs trousses. Putain ! Un des Skadlock t'a balancé leur nom, pas vrai ? »

Soudain furieux, Sam s'éloigna du bastingage.

« Qu'est-ce qui t'arrive ? Pas de bagarre ce soir, alors tu t'en prends à moi ?

– Calme-toi, Lucky.

– Je vais te dire un truc : quand j'aurai fini de rembourser ce que je dois et que j'aurai envoyé de l'argent pour ma femme et mon bébé, je me paierai une bonne équipe de détectives que je chargerai sur un train, et je partirai à la recherche de ces salauds dans tout l'Arkansas pour un mois. Tu veux que j'engage aussi des limiers de l'agence Pinkerton, pendant que j'y suis ? Est-ce que ça te rendrait plus heureux ?

– OK, vieux. N'en parlons plus.

– La vengeance n'a jamais vraiment été mon truc, camarade. Je ne suis pas assez riche pour me le permettre. »

Charlie commença à s'éloigner.

« Il est l'heure d'aller faire la chasse aux mégots. »

Sam lui cria encore :

« Et qu'est-ce que je suis censé en faire, de ces gens, si jamais je les retrouve ? Déposer une plainte contre eux pour m'avoir enlevé les souvenirs que je n'ai jamais eus ? Leur tirer une balle dans l'œil ? Est-ce que tu as déjà frappé un chien qui venait de te pisser sur la jambe ? Tu crois qu'il a compris pourquoi tu l'avais frappé ? À quoi ça servirait ? Voilà ce que je te demande. »

Mais Charlie s'était déjà enfoncé dans le noir de l'autre côté du pont, et Sam se retrouva seul, en rage et au bord des larmes. Il fit sa ronde rapidement, évitant de croiser les passagers, se disant qu'il était tout simplement fatigué. Il s'arrêta de nouveau au bastingage et regarda longuement le fleuve baigné par le clair de lune, puis il monta prendre un café.

Elsie, qui travaillait même entre deux numéros, posa une tasse sur la table d'un geste brusque dès qu'il s'assit.

« Tu es de service.

– Lâche-moi un peu, il faut que je souffle cinq minutes.

– Après l'excursion de ce soir, August a besoin que tu regardes avec lui un arrangement du dernier morceau de DeSylva qu'il a travaillé. »

Il avala une gorgée brûlante.

« Je ne m'y connais pas aussi bien que Ted en matière d'arrangements.

– Ah bon. J'avais cru que tu aurais à cœur d'essayer de le remplacer ! »

Elle avait prononcé ces mots d'une voix aussi tranchante que possible. Il se demanda si elle se rappelait qu'elle parlait à un homme qui n'avait jamais eu de père.

« Et demain, avant le concert de 14 heures, tu pourrais t'occuper de Lily ? »

Il fit non de la tête, mais répondit :

« Bien sûr.

– Même toi tu devrais réussir à ne pas la perdre à bord d'un bateau. »

Elle s'éloigna vivement et traversa la foule pour aller interpréter sa chanson suivante, sa jolie robe ondoyant comme de l'eau.

Il rentra dans sa cabine et fouilla pour trouver la bouteille de whisky canadien de Charlie. Il resta un moment assis à regarder la nuit à travers la porte qu'il avait négligé de fermer. Il avait sauvé la petite, mais, pour Elsie, il n'en avait ramené qu'une fraction. « On perd tous des parties et des morceaux de nous-même », dit-il à haute voix, les yeux fixés sur l'obscurité, attendant en vain une lumière, sur la berge ou sur le fleuve, peu importait. Mais aucun rayon ne franchit le seuil de sa cabine.

Le lendemain, il était au piano à s'exercer pour l'excursion de 14 heures. Quelques presbytériens dans leurs plus chics vêtements d'été traversaient la passerelle. Elsie apparut du côté droit du piano et poussa la main de Lily vers lui.

« Voilà. Je serai de retour dans une heure. »

Il hissa la petite sur le banc et continua de s'entraîner à jouer « N' Everything ». Pendant ce temps-là, Lily regardait sa poupée maculée de suie comme si elle était malade.

« C'est ta poupée préférée ? »

Elle fit la moue.

« J'en avais de très belles avec des visages en vraie porcelaine.

– On peut s'amuser tout aussi bien avec une poupée à quatre sous. » Il regretta aussitôt ses paroles. « Comment elle s'appelle ?

– Je ne sais pas. »

Lily glissa sur le banc pour se rapprocher de lui et regarda ses doigts pianoter cet air si populaire à Broadway quelques années plus tôt. Le rythme était difficile à saisir, une sorte de semi-ragtime expérimental. Elle se mit à fredonner.

« Tu connais cette chanson ? »

Elle chanta paisiblement le dernier couplet, en oubliant l'avant-dernier vers.

« Ça ne t'intéresse pas ? Tu serais très bonne, je pense, avec un orchestre derrière toi.

– Peut-être que quand mes doigts grandiront, je pourrai jouer du piano.

– Mais tu sais déjà chanter, en attendant. »

Il termina le morceau, prit un crayon et fit quelques annotations sur la partition, en pensant qu'un jour, d'une façon ou d'une autre, on est tous obligés de faire des grâces pour obtenir ce que l'on désire. Il regarda les cheveux emmêlés de Lily et les vaguelettes de son ruban défraîchi.

« Tu veux que je te joue quelque chose ? »

Elle secoua la tête.

« Tu as quelque chose à me demander ? »

Elle posa le pouce sur un des yeux de sa poupée.

« Pourquoi les chambres sont si petites dans ce bateau ?

– Justement, c'est un bateau, ma jolie, et c'est comme ça, les cabines sont petites. Mais tu ne vas pas passer toute ta vie à bord. »

Elle posa le pouce sur l'autre œil de la poupée.

« Tant mieux », dit-elle, la voix tremblante.

Après avoir jeté un coup d'œil furtif vers son visage, il se mit à jouer « Kitty Kat Rag » et il essaya de la faire bouger un peu en rythme.

« Allez, vas-y, tape dans tes mains ! »

Elle laissa tomber sa poupée mais demeura immobile, se contentant d'observer les doigts de Sam. Puis à la fin du couplet elle inséra quelques fioritures une octave plus haut, parfaitement en mesure et en accord avec la mélodie. À la reprise, elle ajouta encore plus de notes, devinant exactement quelle direction il allait prendre. Quelque chose était en train de se passer, même s'il ne savait pas vraiment quoi. Elle était avec lui maintenant, se trémoussant sur le banc au rythme de leur musique.

Chapitre 34

À Saint Louis, l'*Ambassador* cassa l'axe de sa roue à aubes, et il dut rester à quai pendant une semaine. Sam prit l'Illinois Central jusqu'à La Nouvelle-Orléans et passa trois jours chez lui à jouer avec Christopher. Il sortit un soir avec Linda. Ils se contentèrent d'une balade en tramway et prirent des beignets et un café au Morning Call. Perchés sur des tabourets devant des sucriers géants et des anneaux de sucre en poudre renversés sur le comptoir en marbre, ils parlèrent longuement, mais il se rendit compte qu'il avait souvent l'esprit ailleurs.

« Lucky, que se passe-t-il ? »

Elle reposa sa tasse avec un petit bruit sec qui se noya dans le vacarme du café où résonnait le cliquetis incessant de la faïence. Il lui tendit la main par-dessus sa tasse fumante.

« J'ai beaucoup pensé à l'oncle Claude ces derniers temps, je ne sais pas pourquoi. »

Elle posa une main légère sur son bras.

« Oh, mais si, tu sais pourquoi !

– Pendant mes cinq ou six premières années, j'ai cru qu'il était mon père. Mais il ne s'agit pas de ça.

– De quoi, alors ?

– De l'agression. »

Il se refusait à dire « le massacre ». Le mot avait quelque chose de trop définitif.

Elle recula sa main.

« Je me demandais à quel moment tout ça referait surface. Je veux dire que j'ai toujours admiré la façon dont tu avais su dépasser cette tragédie. Je connais beaucoup de gens qui en seraient devenus fous. Je crois que je comprends.

– Je ne sais pas pourquoi, mais je me dis qu'il serait sans doute temps d'en savoir un peu plus.

– Peut-être parce que aujourd'hui tu as fondé une famille à ton tour.

– Je n'en sais rien. »

Elle lui saisit le bras.

« Lucky, tu peux prendre le train de la Texas and New Orleans demain matin.

– Je n'ai pas envie de repartir.

– Il n'y a pas de souci. Tu n'as pas vu ce vieux Claude depuis un bon bout de temps. » Elle éclata de rire. « Je me le rappelle à notre mariage, avec ce costume gris à rayures qui lui donnait l'air d'un poulet Dominique. Tu crois qu'il a fait des progrès en anglais ?

– Oh, il y arrive quand il s'en donne la peine.

– Chéri ?

– Quoi ?

– Ça ne me dérange pas que tu parles français, tu sais. Ça n'a aucune importance pour moi. »

Il repoussa sa tasse et se leva, laissant une pièce de monnaie sur le comptoir pour le serveur.

« L'instit me tapait dessus avec une baguette en bois quand je parlais français. Même pour un seul mot. J'ai vite compris le truc quand je l'ai vu fouetter les Abadie. Il cognait sur ces mômes comme si leur français était un incendie qu'il fallait éteindre. Et ils ne parlaient pas assez d'anglais pour comprendre pourquoi il était si furieux et ce qu'il leur criait. Je me demandais bien l'intérêt de tout ça. Dans une langue ou dans l'autre, "je pense" veut toujours dire "je pense". » Il la prit par le bras et ils sortirent dans la chaleur moite, l'odeur du poisson montant du marché au bord du fleuve. « À quelle heure il passe, ce train ?

– Ils le chargent sur le ferry à 20 heures.

– OK.

– Tu devrais appeler la boutique à Troumal pour qu'un gamin aille prévenir Claude de ton arrivée. »

Il ne put s'empêcher de rire.

« Je me rappelle qu'un jour on lui a apporté un télégramme, et comme pourboire il a donné une patate douce au facteur. »

Le lendemain matin, le train fut tiré hors du ferry vacillant par une machine de manœuvre, puis une vraie locomotive toute graisseuse prit le relais et fila vers l'ouest à travers de pauvres terres gorgées d'eau, jusqu'à déboucher sur les marécages infestés de reptiles où des cyprès soutenaient le ciel bas. Sam regarda par la vitre et s'imagina que, vue depuis un de ces nouveaux avions, la voie de chemin de fer devait ressembler à une longue déchirure dans un immense tapis vert. Au bout d'une heure, ils croisèrent une bourgade envahie de moisissure et comme pochée par les intempéries, avant de s'avancer au beau milieu des champs de canne à sucre, l'eau de pluie formant des flaques d'argent entre les rangs serrés des hautes tiges. Ce furent ensuite près de cinquante kilomètres de forêt, puis à nouveau des champs de canne à sucre ; des merles à ailes rouges s'envolaient sur le passage bruyant du train, dévoilant leurs insignes écarlates. À midi, il sortit d'un sac en papier un morceau de poulet froid que sa femme avait empaqueté, et l'arrosa d'un gobelet d'eau pris à la fontaine du wagon. Il n'y avait pas de voiture-bar dans ce tortillard, et son compagnon de voyage l'observa attentivement pendant qu'il mangeait, comme s'il était affamé. Après quoi le train quitta la ligne principale et s'arrêta poussivement à Petit Cœur ; plusieurs passagers descendirent, y compris son voisin. L'étrange idée lui vint que le train avait traversé le temps pour retourner vers un endroit qui n'existait plus, même s'il savait pertinemment qu'il en venait. La locomotive siffla et repartit, roulant à trente kilomètres à l'heure pendant une bonne partie de l'après-midi, traversant une vaste étendue de champs et de marais interrompue de loin en loin par quelques rares villages. Au lieu-dit Prairie Amer, un hameau d'une dizaine d'habitations, il descendit et attendit sur le quai en planches de bois qu'un train composé d'un unique wagon parte pour Troumal sur une voie secondaire, sa petite locomotive du siècle dernier crachotant sa vapeur en parcourant les champs de canne à sucre inondés en direction du nord.

De la minuscule gare de Troumal, il avait prévu de marcher jusqu'au magasin et d'y attendre que quelqu'un passe par là pour l'amener au terme de son voyage, mais l'employé des chemins de fer le prit par le coude et, du menton, il lui désigna une monture.

« *Ton cheval est là-bas.* »

Au bout de la rue, attaché à une prise d'eau, se trouvait un cheval au pelage luisant avec un mot accroché à la selle, sur lequel il put lire « Simoneaux ». Il inspecta l'animal et secoua la tête.

La route était si embourbée qu'il dut longer un champ de canne à sucre, passant devant quelques petites habitations grises, délavées par les pluies, les Boudreaux, les Patin, la maison blanche de Mme Perriloux, son ancien professeur de piano. S'avançant dans la cour de son oncle, il constata avec plaisir que la ferme avait belle allure, avec de nouvelles chaises et des fauteuils à bascule tout neufs sur la véranda, la terre à l'intérieur de l'enclos totalement vierge de mauvaises herbes ou de détritus. Sa tante sortit de la maison tandis qu'il attachait sa monture au portail et le serra longuement entre ses bras. C'était une femme de haute taille au dos bien droit, aux cheveux noirs mi-longs, et malgré ses rides, elle avait gardé le teint clair et bien uni. Elle se mit à le bombarder de questions en français, et il leva la main.

« Tante Marie, je ne parle plus vraiment notre patois. Tu veux bien continuer en anglais ? »

Elle porta un doigt à ses lèvres.

« Ah oui. T'es devenu un monsieur important de la ville, maintenant. J'y pensais plus. Entre donc, et je m'en vais te préparer une bonne tasse de café. »

À l'intérieur, rien n'avait changé ou presque. Assis à la table de la cuisine, il regarda les murs aux lambris passés à la chaux, et les images pieuses de la Vierge et de saint Martin. Le poêle était toujours celui pour lequel il avait coupé tant de petit bois.

« Où sont les garçons ?

– Nestor est parti travailler dans les champs de pétrole au Texas. Orillian s'est marié et il habite pas loin de Petit Cœur. Arsène et Tee Claude sont restés pour nous aider à la ferme.

– Orillian a trouvé une fille qui a voulu de lui ! »

Tante Marie remplit à ras bord une tasse de café en terre de fer.

« Je sais, on a peine à le croire. »

Et ils éclatèrent de rire : Orillian était le plus petit de la famille, et ses oreilles en feuilles de chou étaient célèbres dans tout le comté.

« Et l'oncle Claude ?

– Oh, lui, il se porte comme un charme ! »

Ils passèrent un long moment à échanger des nouvelles, jusqu'à ce que l'heure vienne de préparer le repas du soir, et sans qu'on ait besoin de le lui demander, il alla faire un tour derrière la maison, et sa main trouva le manche de la hache aussi facilement qu'elle aurait trouvé son front pour y tracer un signe de croix. Il souleva l'outil et sourit. Le petit bois s'entassa contre le mur jusqu'à ce qu'il y en ait assez pour lancer le feu. Il remarqua une chaise de cuisine contre le mur du fond et il la regarda longuement.

Tante Marie disait autrefois que l'oncle Claude avait avalé une horloge. Sam n'avait plus de montre, et, de retour dans la cuisine, il garda un œil sur la pendule posée sur l'étagère au-dessus de la table : quand elle marqua 18 heures il entendit le tintement des clochettes des mulets. Par la fenêtre, il aperçut son oncle qui d'un pas un peu raide passait le coin de l'étable, tenant en main le palonnier et les rênes, guidant les deux grands mulets pour passer le porche. Claude avait une grosse tignasse de cheveux gris et des bras tannés par le soleil dont les muscles roulaient sous la peau tandis qu'il tirait ses bêtes. Sam sortit par la porte de derrière pour aller à sa rencontre, il l'aida à déboucler et à suspendre les harnais. Puis une poignée de main énergique, une bourrade sur les épaules, une étreinte pleine de relents de transpiration et un baiser sur la joue.

« *Comment ça va ?*

– *Ça va, en anglais maintenant.* » Le vieil homme se tapa de la main sur le front. « Ah oui, j'y pensais plus ! Rentrons à la maison. » Il fit pivoter Sam en le prenant par l'épaule et le poussa affectueusement dans le dos. « Allons-y, tête de mule ! »

Ils prirent d'abord un café, puis, quand ses cousins rentrèrent, ils dînèrent tous ensemble et burent une nouvelle tasse de café. Tante Marie alluma les lampes et resta à parler avec les hommes tandis qu'ils se roulaient des cigarettes et buvaient du vin de mûre qu'ils avaient pris dans un pichet remisé dans l'arrière-cuisine. Arsène et Tee Claude tâchaient d'économiser pour acheter le champ de canne à sucre d'en face, et ils demandèrent conseil à Sam pour traiter avec la banque. Il se rendit compte qu'ils le croyaient riche et avisé en matière financière. Après tout, il ne portait pas de salopette, il avait de l'instruction, vivait dans une grande ville et allait travailler en costume. Il songea à la façon dont ils devaient se représenter sa vie et se dit qu'ils s'en faisaient une bien fausse idée.

Arsène s'endormit sur sa chaise, et à 21 heures presque tous étaient déjà au lit. Sam et son oncle restèrent attablés dans la cuisine de part et d'autre d'une lampe à pétrole en verre, devant deux bocaux à confiture emplis de vin sombre. Chaque minute, les hautes fenêtres s'illuminaient d'un éclair gris, et au nord-ouest le tonnerre grondait comme un mauvais présage.

Sam regarda au-dehors puis ramena les yeux vers son oncle, sa moustache souriante et ses sourcils en broussaille.

« Il faut que je te demande quelque chose. »

Claude baissa le menton.

« J'espère que t'as pas besoin d'argent.

– Je ne plaisante pas.

– *Eh bien.* »

Il but une gorgée du vin, aussi épais que du sirop.

« C'est à propos des assassins. »

Claude se rencogna lentement sur sa chaise.

« Y a beaucoup de choses qui vaut mieux que tu continues à pas savoir. »

Sam posa une main, paume ouverte, sur la table.

« Il faudrait peut-être justement que j'en sache un peu plus.

– Pourquoi ? T'as l'intention de partir à leur recherche ?

– C'est possible. Je me sens mal de n'avoir jamais essayé. Je sais que la police ne fera jamais rien. Ça fait combien de temps ? Vingt-sept ans ? »

Son oncle prit une inspiration si forte qu'un barreau de sa chaise craqua.

« Si ton but c'est de faire payer ces gens-là, c'est pas possible. Tu leur couperais la tête à la hache qu'ils comprendraient même pas ce qui te prend.

– Et la justice ?

– La justice, ça vaut le coup seulement si tu rentres dans tes frais.

– Le châtiment ? »

Claude se tourna vers la fenêtre au moment où un grondement de tonnerre leur parvenait depuis la commune voisine.

« Qu'est-ce que je t'ai toujours dit ? »

Sam baissa les yeux.

« "Le pécheur se punit tout seul." »

À la faible lueur de la lampe, le visage de son oncle paraissait bistre et creusé de sillons comme un champ dévasté par l'hiver.

« Écoute-moi : je préférerais être dans la peau de ton père, même mort, pendant cinq minutes, plutôt que dans celle de ces assassins une vie entière. »

Sam regarda la flamme, qui bondit sans raison et cracha un petit nuage de fumée. Il tenta d'imaginer les meurtriers en question, mais sans succès.

« Je pourrais peut-être leur dire quelque chose. Si jamais je réussissais à en retrouver un, je pourrais peut-être au moins lui parler.

– Parce que tu crois qu'il y a quelque chose à ajouter ? Tu veux les retrouver pour leur dire que tu leur pardonnes ?

– Je ne sais pas. Je ne saurai ce que je leur dirai que quand je les aurai retrouvés.

– Alors c'est eux qui te piégeront. »

De l'index, son oncle dessina une ligne en travers de son cou.

« T'inquiète pas, *Nonc*. Une petite fille que j'ai rencontrée en France m'a donné un surnom. Lucky, elle m'a appelé. *Chanceux*.

– *Chanceux*, pour l'instant.

– Allez, dis-moi. »

Claude renifla, puis termina son vin et repoussa le verre. Il secoua la tête.

« Ils étaient deux par cheval pour faire moins de bruit. Je m'en suis rendu compte en examinant les traces de sabots dans la cour. J'avais fait le chemin *à pied* – comment on dit ça en anglais déjà ? – pour aider ton père à planter des cannes à sucre. Le soleil venait juste de pointer, mais de loin moi j'ai vu la porte abattue par terre. » Il leva les mains et étendit les doigts. « Y avait des trous dans toutes les planches. Et même un pilier du porche fendu en deux. J'avais jamais rien vu de pareil et j'ai eu une sacrée trouille. J'ai fait le tour de la maison pour m'assurer qu'il y avait plus personne dans les parages. Après seulement, je suis entré. »

Il souleva de nouveau une main de la table et la laissa retomber lentement.

« Et tu les as trouvés, murmura Sam.

– C'est bizarre ce que j'ai pensé à ce moment-là. C'était mon frère, il avait un trou dans la tête, il baignait dans une mare de sang, et moi, la première chose qui m'est venue à l'esprit, c'était que je l'entendrais plus jamais jouer du violon. » Il releva les yeux. « Tu savais ça ? Tu savais que ton père jouait du violon ?

– Non. »

Une nouvelle porte s'ouvrit dans la tête de Sam, et par l'entrebâillement il entendit les notes d'un air cadencé qui s'échappaient vers le porche en bois de cyprès.

« Oh là là... je t'avais jamais dit ça... C'était comme si on m'avait planté un couteau dans le ventre. Il jouait les valses que notre père lui avait appris à jouer, des valses et des morceaux si joyeux qu'ils auraient donné envie à une poule de danser un two-step dessus. C'est pas tant ce qu'il jouait que comment il le jouait dont je me souviens encore. Aussi vif que l'éclair, tu vois ce que je veux dire ? Et en même temps doux comme le clair de lune. »

Sam hocha la tête.

« Comme le clair de lune.

– J'ai baissé les yeux vers lui et j'ai pensé à toute cette musique qu'on entendrait plus. Et à côté de ça il était capable de te fabriquer un toit avec des bardeaux aussi serrés qu'une coque de bateau. Dans les champs, il traçait des sillons droits comme les lignes d'une partition. À ça aussi, je me rappelle y avoir pensé. Tout était mort, et bien mort. Ah, Sammy ! Quand un homme en tue un autre, le plus important c'est qu'il lui enlève ce qu'il aurait pu faire du reste de sa vie. *Tu comprends ça ?* »

Il hocha la tête, parce qu'il ne comprenait que trop bien.

« Ensuite, j'ai vu ta mère, elle avait reçu une balle en pleine poitrine, et je me suis mis à pleurer et à trembler tellement que j'ai pas vu tout de suite ton frère et ta sœur. » Il secoua la tête. « Ce que je peux te dire, c'est qu'une grosse balle, ça a rudement vite fait de vous tuer un petit enfant. Sûr que personne a eu le temps de souffrir bien longtemps. »

Sam se prit le front entre les mains.

« Ils étaient combien ? »

Claude secoua de nouveau la tête.

« La maison ressemblait à une vraie passoire. Peut-être bien neuf ou dix.

– On ne m'avait jamais donné de chiffres.

– Neuf ou dix. Ce même après-midi, le seul policier qu'on avait, ce sale petit truand de Thibodaux, il a poussé jusqu'aux limites du comté, puis il a lâché l'affaire. Il a dit qu'ils étaient sortis de son territoire. Moi, j'ai traversé tout seul la limite nord du comté et j'ai tout raconté au shérif, et il a envoyé un adjoint avec moi pour suivre la grand-route pas goudronnée qui marque la frontière. On a croisé un *'tit neg* qui nous a dit qu'il avait vu passer toute une troupe qui remontait encore plus au nord, et alors j'ai continué jusqu'au comté d'après, et je suis tombé sur ce gros shérif rougeaud qui m'a dit qu'il partirait jamais à la recherche de personne pour une raclure de Cajun qui savait même pas parler l'anglais comme il faut.

– Est-ce que tu as fini par apprendre comment ils s'appelaient, ou d'où ils venaient ? »

Claude se leva et marcha jusqu'à un coin sombre de la cuisine. Sam entendit la porte d'un placard grincer et le tintement d'une louche. Il revint avec deux verres de vin, s'assit à nouveau, les jointures de sa chaise craquant comme des ossements secs.

« Au début, non. Mais six mois plus tard le curé est venu nous rapporter la selle du type que ton père avait fait tomber de cheval. Il a dit qu'il avait trouvé des documents dans les sacoches. Ils disaient pas d'où venait le gars, mais on a réussi à voir qu'il s'appelait Jimmy quelque chose. Je me rappelle pas son nom de famille. Un nom que j'avais jamais entendu de ma vie *parmi les Américains d'autour d'ici*.

– Tu les as gardés, ces documents ? »

Son oncle cligna des paupières et leva les yeux.

« Je crois bien. »

Il se leva, prit la lampe et se rendit dans la grande salle. De la cuisine, Sam l'entendit ouvrir un tiroir et se mettre à fouiller dans des papiers. Il se l'imagina scrutant l'obscurité du placard qui sentait le renfermé, tentant de se rappeler, ou peut-être de ne pas se rappeler. Quand son oncle revint, il portait un catalogue de fournitures à couverture cartonnée avec quelques grandes feuilles qui dépassaient d'entre les pages.

Sam prit le volume et l'ouvrit. À l'intérieur se trouvaient deux contrats de location de petites parcelles boisées, rédigés à la main, et l'intermédiaire n'était autre que cette brute ivrogne de Jimmy Cloat.

« Voyons, voyons. »

Son oncle haussa les sourcils.

« C'est un nom que tu connais ?

– Le monde est tout petit pour les enfants de salauds. Je le crois vraiment. On finit toujours par les retrouver.

– Tu ferais mieux de repartir pour La Nouvelle-Orléans et d'oublier tout ça.

– Je suis d'accord avec toi.

– Mais tu vas pas le faire, c'est ça ?

– Probablement pas. »

Sam approcha les papiers de la flamme jaune. L'oncle recula hors du halo, qui n'était plus qu'une pâle auréole de lumière.

« Ah, mon pauvre Sam ! »

Sam se releva, les papiers toujours entre ses mains.

« *Bonsoir, mon oncle.* »

Le petit déjeuner était à 5 h 30, et quand Sam prit place à table, Arsène s'approcha avec un grand sourire où manquait une dent, et il lui jeta une salopette toute ravaudée.

« Eh, mon vieux, j'ai entendu dire que tu allais rester toute la journée. Tu vas bien nous filer un coup de main, pas vrai ? »

Sam prit la salopette qui lui avait atterri sur l'épaule et l'examina.

« Vu qu'il n'y a pas de train avant demain, je suppose que je suis votre homme. »

Tante Marie posa sur la table une assiette de crêpes bien épaisses, roulées et empilées comme des bûches, et ils firent couler dessus tour à tour de généreuses rasades de sirop, puis ajoutèrent du beurre avant de se servir du café. Sam regardait la tablée. Mis à part les deux cousins qui avaient quitté la maison, c'était comme s'il n'était jamais parti. Il s'imagina ce qu'un repas autour de la table de la cuisine aurait été dans cette autre vie, celle qui s'était arrêtée vingt-sept ans auparavant sous une pluie de plombs oblique. Quel père aurait pris place en tête de table, quelle mère, quelle sœur, quel frère, et quelle chaise vide marquant l'attente d'un futur enfant ? Et, en songeant à ces repas qui n'avaient jamais été partagés, il se représenta tout un monde de vie brisée, disparue. Il lâcha sa fourchette, et son oncle scruta son visage.

« Tu te sens bien, petit ?

– Ça va, répondit-il, en s'appliquant à ne regarder personne.

– T'es pas obligé de venir nous aider, tu sais ?

– Tout va bien, je te dis. »

Mais il sentait qu'il devait avoir la mine de quelqu'un qui vient de converser avec les fantômes des mort-nés. Il sentait aussi qu'il lui fallait reconstituer quelque chose, mais il n'avait aucune idée de comment s'y prendre.

Ils commencèrent par atteler les mulets et par faire passer la charrue entre les rangées de jeunes cannes à sucre. Quand la rosée se fut évaporée au soleil, ils envoyèrent Sam à la grange pour qu'il charge l'épandeuse de fumier et qu'il la fasse tirer jusqu'au champ par Tante Sophie, la jument. Il couvrit un demi-hectare que son oncle avait réservé pour les tomates de fin de saison, puis il remisa l'épandeuse, la nettoya avec des seaux d'eau qu'il alla pomper au puits, et attela Tante Sophie à une petite charrue pour retourner une autre partie du champ. Midi venu, il avait déjà mal partout et il était couvert de coups de soleil, les rayons qui s'abattaient droit sur sa tête l'aveuglant autant que le phare d'une locomotive arrivant de face. Sa tante leur apporta du pain de maïs et du babeurre, ainsi que des croquettes fourrées au jambon et un pichet de boisson gazeuse aromatisée faite maison dans laquelle flottaient des rondelles de citron. Ils s'assirent autour du tronc d'un arbre à suif bien vert, aux feuilles en forme de cœur, et dégustèrent leur repas en contemplant le produit de leurs efforts de la matinée.

Arsène donna un coup de coude à Tee Claude.

« Je te parie que Sam va courir d'une seule traite jusqu'à son satané grand magasin quand il rentrera. »

Tee Claude ferma un œil.

« Comment t'as fini par te retrouver sur ce bateau-dancing, on se le demande. Je croyais que tu voulais vivre en ville…

– Le grand magasin n'a pas voulu me reprendre. »

Tee Claude avait un visage rond et rusé, et quand il faisait la moue il paraissait encore plus rond.

« Mais dans une de tes lettres tu disais qu'ils te redonneraient ton boulot si tu retrouvais la petite. »

Sam avala une délicieuse bouchée de pain de maïs arrosé de babeurre.

« Pas de problème. Le bateau, ça paye pas trop mal. »

Arsène secoua la tête.

« Faudrait me payer cher, moi, pour vivre dans une grande ville où on respecte pas sa parole. Moi, j'aurais jeté cette saleté de *fils de putain* par la fenêtre de son bureau. »

Sam mordit dans sa croquette et remâcha cette réflexion.

« Il a jugé que j'avais mis trop de temps à retrouver la fillette et à la ramener.

– Bon sang de bois ! Tu la leur as quand même ramenée au bout du compte !

– Exact. Mais elle a eu le temps de changer pendant le temps de son rapt. »

L'oncle Claude étendit ses robustes jambes et croisa ses bottes.

« À cet âge-là, les gosses changent d'un jour à l'autre. Moi, ça me surprend pas qu'elle était plus la même quand elle est revenue.

– Les bourgeois qui l'avaient kidnappée lui ont appris un certain nombre de choses. »

Arsène éclata de rire.

« Quelles conneries ! J'aimerais bien, moi, que des riches me kidnappent et qui m'apprennent à me réveiller plus tard que 6 heures du matin. »

Tee Claude vida son verre de babeurre et rota.

« Il est temps d'aller s'occuper des patates maintenant. Sammy, toi tu vas nous couper un peu de bois.

– Combien ?

– Ben, tu sais, ce poêle, il lui en faut toujours tant et plus. »

Sam s'endormit sur sa chaise pendant le dîner et il se réveilla quand il les entendit tous rire de lui. Il se dit qu'il n'y avait rien de meilleur au monde qu'une tablée familiale qui se paye votre fiole. Rien de meilleur que le gombo de poulet sur de gros grains de riz, avec une salade de pommes de terre pimentée en accompagnement, et une tasse de café chaud avec de la crème bien fraîche et trois cuillerées de sucre dedans. Rien de meilleur, mais en même temps, rien de plus triste.

Sur la véranda, ils échangèrent des histoires. Arsène raconta un accident de train dont il avait été victime. Tee Claude, une bagarre qu'il avait lancée pour une fille à Duvillier. Sam, sa rencontre en France avec la gamine qu'il avait touchée par erreur avec son canon.

« Tu as tiré au canon et atteint quelqu'un ? » Tee Claude fit une terrible grimace. « Mais quel empoté tu fais ! »

Sam se redressa sur son fauteuil à bascule.

« C'était un accident !

– *Mais* qui avait bien pu avoir l'idée de te confier un canon à toi ?

– On venait juste de le trouver. »

Tee Claude secoua la tête.

« Bon sang, Sam ! Tu te rappelles quand tu arrivais même pas à tirer sur ce rat qui s'était enfermé dans les chiottes ? »

Tout le monde se mit à rire et Sam se leva.

« Il courait dans tous les sens. Tu as déjà essayé de te servir d'un fusil dans les cabinets ? »

Arsène rapporta ensuite l'anecdote d'un lapin vivant qui s'était retrouvé dans une glacière, et les histoires continuèrent ainsi jusqu'à la nuit noire, aux environs de 20 h 30. Tante Marie parla de l'opération de sa sœur qui avait un appendice de la taille d'un poivron et qui s'était mise en rage quand le médecin lui avait dit qu'il l'avait jeté. Elle aurait voulu le conserver dans un bocal, comme un trophée qu'elle aurait pu montrer aux dames de sa société de bienfaisance. Claude se souvint d'un de ses grands-oncles qui s'était noyé, un homme dont personne n'avait jamais entendu parler, et tous voulurent savoir à quoi il ressemblait et ce qu'il avait fait de sa courte vie. Le vieux Claude fit de son mieux pour le ressusciter et la soirée se termina autour du récit d'autres noyades et de presque noyades, d'inondations, de toits qui fuyaient, de baptêmes, et d'accordéons qui jouaient sous la pluie.

La maison était vide quand Sam se leva le lendemain matin. Ils avaient eu pitié de lui et l'avaient laissé dormir. Il était perclus de courbatures après le travail de la veille, et le simple geste de porter sa tasse de café à ses lèvres le fit grimacer de douleur. Il avait déjà rassemblé ses affaires et il se tenait sur la véranda quand sa tante et ses cousins sortirent un instant des champs pour lui dire au revoir.

Son oncle arriva de l'étable à cheval, et les cousins s'avancèrent au soleil à sa rencontre avant de repartir travailler.

« Laisse-le attaché devant la gare, dit Claude en mettant pied à terre. On passera le reprendre quand on ira chercher les sacs de fourrage qui doivent arriver ce soir.

– D'accord. »

Sam jeta un long regard en direction de la maison. Son oncle attendit que ses yeux se tournent à nouveau vers lui.

« Tu vas partir à la recherche de ces types ?

– Je crois que oui.

– Et si tu les retrouves ?

– Je ne sais pas.

– Bon. Eh bien, c'est ce que fait un homme qui dit qui il est. »

Sam regarda la poussière qui s'élevait de la route.

« Tu as sans doute raison. »

Son oncle paraissait réfléchir profondément. Finalement, il lâcha :

« La maison est toujours debout, tu sais, tout envahie de végétation.

– La maison ?

– Oui, la maison. Là où c'est arrivé. Toute en cyprès, alors elle tient encore debout. À moins de dix kilomètres d'ici.

– Elle est là depuis toujours et tu ne me l'avais jamais dit ? »

Claude chassa l'objection d'un revers de la main.

« J'ai retrouvé autre chose dans le placard que je peux te donner si tu veux. Je l'ai accroché dans un sac à ta selle.

– Qu'est-ce que c'est ?

– Un *violon*. Celui de ton père. »

Sam jeta un coup d'œil en direction du cheval.

« Voilà encore quelque chose dont tu ne m'avais jamais parlé. Je savais qu'il y avait un violon dans le placard, mais je n'y ai jamais pensé plus que ça. »

Il eut soudain l'impression qu'il avait vécu mille ans dans cette ferme, et il se retourna, le regard fixe.

« C'était trop triste de te dire ce que c'était. » Claude détourna les yeux et enfonça les mains dans ses poches. « Il en a joué pendant toute notre enfance. Quand je le regarde maintenant, je pense à la musique qu'on entend plus. *Tu sais ça ?* »

Le sac pendait au pommeau de la selle comme une pensée triste.

« *Oui. Je sais.*

– La seule chose plus triste qu'une chanson triste est aucune chanson du tout. »

Sam passa un bras sur l'épaule de son oncle, ses muscles noueux et chauds.

« *C'est vrai, ça.* »

Le vieil homme se retourna.

« Et même trop vrai. »

Chapitre 35

À La Nouvelle-Orléans, il se reposa pendant quelques jours, passant du temps à jouer avec Christopher, réparant une canalisation percée sous le carrelage de la salle de bains, et allant faire de longues promenades avec Linda et le bébé. Elle lui demanda plusieurs fois de quitter son travail sur le bateau, mais il répondit qu'il avait peur de lâcher son emploi tant qu'il n'avait rien d'autre en vue. Il ne lui avoua pas qu'il jouait de mieux en mieux parce qu'il avait la chance de travailler avec un orchestre de très bons musiciens.

En descendant du train à Saint Louis, il trouva le bateau amarré sous l'Eads Bridge, et la moitié de l'équipage malade de la grippe. Le capitaine, le visage rongé par l'inquiétude, le prit à part dès qu'il descendit de l'estrade.

« Sam, vous vous enfermez dans votre cabine et vous ne vous mêlez pas aux autres. On a essayé de rassembler les plus malades à l'arrière du bateau.

– D'accord. Comment va Charlie ?

– Il a déjà eu la grippe une fois en 1918, et il dit qu'il ne peut plus se permettre de l'attraper. Mais le personnel des cuisines et celui de la cafétéria sont salement atteints. » Le capitaine lui empoigna l'épaule. « Un mousse est mort hier et, la veille, Maude Schull.

– La grande Maude qui s'occupait de la lingerie ? »

Il se la rappela en train de parcourir les cabines et d'arracher les draps de leurs couchettes si peu solides.

« Cela faisait cinq ans qu'elle travaillait avec nous.

– Et comment Elsie tient-elle le coup ? »

Le capitaine baissa la voix.

« Elle a la fièvre depuis trois jours, et elle a commencé à délirer. »

Sam recula d'un pas et regarda vers la poupe, le long du bastingage.

« Est-ce que je peux faire quelque chose pour elle ?

– Vous feriez mieux d'essayer de vous garder en bonne santé. On a dû annuler l'équivalent de quatre jours d'excursions, et quand on va s'y remettre on aura besoin de tous les bras. »

Il regarda le capitaine gravir péniblement l'escalier intérieur. Sam se rappelait parfaitement l'épidémie qui avait sévi trois ou quatre ans auparavant. Il l'avait attrapée, et sous une forme particulièrement virulente, mais il avait réussi à s'en sortir. Six employés de chez Krine n'avaient pas eu la même chance.

Plus tard dans l'après-midi, il retrouva l'orchestre de jour et ils travaillèrent sur de nouveaux arrangements, les répétant loin des miasmes, au grand air du gaillard d'avant, la musique remontant la berge pour gagner la ville. Deux clarinettistes noirs, Will Williams et Louis LaBorde, accoudés au bastingage du pont supérieur, écoutaient et regardaient. Felton Bicks, le cornettiste, les interpella :

« Allez donc chercher vos instruments et descendez jouer avec nous. Venez apprendre à ces pauvres esclaves de la partition quelques riffs ! »

Quelques minutes plus tard, ils les rejoignaient. Tout le monde se lança dans « Clarinet Marmalade », et après quelques mesures Sam remarqua comme la musique paraissait libérée par les improvisations de la clarinette. August était assis à sa droite sur un transat, et quand les clarinettistes abandonnèrent la partie, il sauta sur l'occasion et imagina une nouvelle version de la mélodie, le reste de l'orchestre laissant toute liberté aux divagations de son saxophone. Sam jouait sur le piano droit du pont inférieur qu'ils avaient tiré au soleil, et il sentit le reste de l'orchestre entrer véritablement dans la danse tandis qu'il reprenait le morceau, de la fin au début cette fois, littéralement à l'envers, et le faisait glisser sur l'eau. Il regarda August. Le jeune garçon n'était plus que musique, les yeux clos, son saxophone ondoyant comme un drapeau pendant un défilé.

Il se laissa tomber sur sa couchette à 22 heures, et Charlie le rejoignit presque aussitôt. Il s'assit sur la chaise, l'air d'un vieillard fatigué, les épaules tombantes.

« Lucky, ils viennent juste de ramener un cuisinier à terre. Il a pas survécu.

– Lequel ?

– Le petit gars de Swenson.

– Pourquoi ne l'avaient-ils pas emmené à l'hôpital ? »

Charlie regarda la paume de ses mains.

« Personne pensait que c'était aussi grave, je suppose. » Il retira sa casquette et la posa sur son genou. « Ils viennent en chercher trois autres en ambulance demain matin quand même. À moins que leur état s'améliore entre-temps. »

– Comment va Elsie ?

– C'est une des trois. Elle, un chauffeur et le commissaire de bord.

– Je ferais mieux d'aller lui rendre une petite visite.

– Tu as déjà eu la grippe ?

– Oui. »

Il décrocha du clou sa casquette de lieutenant et se la posa sur la tête.

« Elle a chopé la dose pour adulte.

– Je veux seulement la voir une minute. »

Il marcha vers l'arrière du pont du Texas, là où la plupart des femmes avaient leurs cabines. Lily partageait celle d'une autre serveuse tant que sa mère était malade. Il frappa, et Gladys, une pâtissière rougeaude du Minnesota, lui ouvrit la porte.

« Comment va-t-elle ?

– Restez avec elle une minute pendant que je vais me chercher un sandwich. Vous allez vite comprendre où elle en est. »

La cabine exiguë était étouffante et sentait la maladie. Elsie reposait sur la couchette du bas, et il s'assit sur une petite chaise, entre ce lit et le lavabo. Même à la faible lumière de l'ampoule électrique, il se rendit compte qu'elle avait le teint bistre. La bouche ouverte, elle peinait à respirer, et quand il toucha son front la fièvre lui brûla la paume. Elle ouvrit les yeux et toussa, des torrents de mucosité grondant dans sa poitrine.

« Lucky, demanda-t-elle à bout de souffle, est-ce que tu veux bien t'occuper un peu des enfants jusqu'à ce que j'aille mieux ? »

Sam eut le cœur brisé de la découvrir aussi mal en point, et il la revit sous la lumière des projecteurs, si belle, si talentueuse et habitée par la musique.

« Sans problème, Elsie. »

Elle détourna la tête.

« Je suis dans un fichu état.

– Tu vas guérir.

– Pour une fois, il m'arrive quelque chose que je ne peux pas te reprocher. »

Il fixa le carrelage.

« Est-ce que tu as vu August ?

– Il me quitte à l'instant. Je ne veux pas qu'il reste ici trop longtemps.

– Il joue de mieux en mieux du saxo, tu sais ? »

Elle avait de plus en plus de mal à respirer. Le sang affluait dans sa narine droite.

« Si je ne peux pas travailler cette saison, c'est le frère de Ted qui sera chargé de s'occuper de Lily.

– Il faut te reposer, maintenant.

– Non. Le frère de Ted tient un saloon. Il a très, très mauvais caractère, Lucky. Ce sera terrible pour les gosses. »

Il s'attendait à ce qu'elle poursuive, mais elle semblait complètement épuisée et ses yeux s'étaient fermés tout seuls. Un gros remorqueur passa devant le petit hublot, la lumière du mât clignotant comme une étoile filante, et l'*Ambassador* se mit à tanguer légèrement.

Au bout de quelques minutes, Sam se releva, ne sachant pas très bien ce qu'il devait faire, et dans l'obscurité de la cabine la voix d'Elsie résonna, complètement voilée.

« Il s'appelle Bruton. »

Sam se pencha au-dessus d'elle, et il fut effrayé par les marques de la maladie.

« Qui ?

– Ne le laisse pas les prendre, Lucky, dit-elle dans un souffle.

– D'accord », murmura-t-il.

Les paupières d'Elsie s'entrouvrirent comme deux sombres blessures.

« Ne le laisse pas les prendre.

– Dors, maintenant. »

Il lui toucha de nouveau le front, et sa peau lui parut aussi brûlante qu'un abat-jour. Jetant un regard alentour, il fouilla la cabine à la recherche de quelque chose qui pourrait la distraire de sa douleur.

Soudain, elle arqua le dos et s'écria, comme en proie à un cauchemar :

« Tout ça est de ta faute ! »

Il attendit au bastingage devant la porte de la cabine d'Elsie jusqu'au retour de Gladys, après quoi il regarda le fleuve, aux eaux encore fendues par le sillage du dernier bateau, meurtries comme ses sentiments. Il se demanda si les erreurs d'un homme étaient régies par une loi physique, une réaction en chaîne qui se répétait jusqu'à l'infini tel un sifflement dont l'écho se réverbérerait au long d'une rivière pendant des kilomètres et des kilomètres. Que pouvait-il faire d'autre que s'amender de ses propres erreurs quand il le pouvait, ou tenter de réparer celles de quelqu'un d'autre ? De l'autre côté du fleuve, une des dernières malles desservant Saint Louis faisait tinter sa cloche, les lourdes notes glissant à la surface de l'eau avant de remonter la berge pavée jusqu'au cœur de la ville. Il regarda l'embarcation s'éloigner, puis Gladys sortit de la cabine, un seau à la main.

« À quelle heure l'ambulance va-t-elle venir la chercher ?

– À l'aube, ils ont dit.

– Ils comptent en faire tenir trois dedans ? »

Elle se dirigeait vers la poupe, mais elle s'arrêta pour lui répondre.

« Deux, en fait. Le chauffeur est déjà passé de l'autre côté. »

La journée du lendemain commença dans une chaleur humide. Les matelots et le personnel de cuisine encore capables de travailler entreprirent de désinfecter la cafétéria, nettoyant tous les sols à l'eau de Javel. L'ambulance arriva et repartit tandis que Sam passait le faubert sous les tables.

Plus tard, il se rendit sur l'estrade de l'orchestre et commença à jouer du piano. August entra à son tour, les mains dans les poches. Il se laissait pousser les cheveux et les plaquait en arrière par-dessus ses oreilles pâles avec de la brillantine. Son visage d'enfant de cinq ans perdue dans ses pensées, Lily le suivait distraitement, avec à la main un cahier de coloriage et une étroite boîte de pastels. Elle les disposa sur une table, tira une chaise à deux mains, et s'agenouilla pour dessiner.

« Je n'ai pas de marron, se plaignit-elle.

– Utilise le noir », répondit Sam.

August se pencha sur le piano.

« Lucky, chuchota-t-il, qu'est-ce que tu penses de l'état de maman ?

– Je me dis qu'ils auraient mieux fait de la conduire à l'hôpital il y a déjà deux jours.

– Je sais. J'ai la trouille. »

Cette déclaration paralysa les doigts de Sam, et il posa les mains sur ses genoux.

« Tu pries pour elle ?

– Je fais que ça depuis deux jours. »

Sam ferma un instant les yeux. Il n'était pas le père d'August, et il n'était pas responsable des Weller. Il aiderait Elsie autant que possible, mais, au bout du compte, il n'avait pas grand-chose à offrir.

« Tu veux que je monte en ville avec toi pour la voir ? »

August secoua la tête.

« J'ai trop peur de l'attraper et de la refiler à Lily. Le mousse qui est mort avait pas douze ans et il était fort comme un bœuf.

– Zach ?

– Oui.

– C'est effrayant, tu as raison. Une horreur !

– Le capitaine a dit qu'on allait rester là pendant dix jours, et ça, c'est si personne d'autre tombe malade dans l'intervalle.

– On va avoir tout le temps de s'entraîner, on dirait. »

August s'assit sur le banc à côté de lui, le visage détourné du clavier.

« Je veux pas que Lily finisse chez l'oncle Bruton. » Il jeta un coup d'œil en direction de sa sœur. « Si on en arrive là, je la kidnapperai moi-même.

– Ta mère est une femme résistante. Elle va s'en sortir.

– Bon Dieu, j'espère. »

Le garçon se laissa aller en avant et ferma les yeux.

Sam tenta de se rappeler s'il avait jamais été aussi inquiet. Il repensa alors à la maladie qui avait emporté son premier enfant, les paupières du bébé qui tremblaient, ses lèvres bleuies, et il sut que oui.

« Va donc faire un tour. Essaie de penser à autre chose. »

August se leva.

« Tu peux la surveiller ?

– Mais oui. »

Il marcha vers le grand escalier et Lily le regarda s'éloigner, puis elle se retourna vers Sam, un pastel posé sur la page.

« J'ai faim. »

Le couvercle du clavier se referma avec un bruit sec.

« Allons te chercher un sandwich à la cafétéria.

– Ça sent mauvais. »

Elle se pinça le nez.

« C'est l'odeur du désinfectant qui va faire partir la maladie.

– Quand même, ça sent mauvais. »

Il la prit par la main, toute poisseuse et noire de suie.

« On va se laver les mains, et ensuite on ira manger un sandwich.

– Je ne veux pas me laver les mains.

– Allez viens, je vais te montrer comment on fait. »

Avant le dîner, ils laissèrent Lily aux soins de Gladys et ils se rendirent à l'hôpital. Quand ils demandèrent à voir Elsie, la réceptionniste appela quelqu'un au téléphone. En voyant une infirmière traverser le hall à leur rencontre – une grande femme aux cheveux gris fer et à la démarche solennelle –, en la regardant dans les yeux et en notant comment elle tenait ses mains, l'une posée à plat sur l'autre, en examinant son visage, manifestement habitué à annoncer le pire, ils comprirent qu'Elsie était morte.

August s'effondra sur une chaise et enfouit sa tête entre ses mains. Sam échangea quelques mots avec l'infirmière et resta un moment à la regarder s'éloigner dans le hall. Il se revoyait au chevet d'Elsie et c'était suffisamment dur. Il ne voulait pas retourner auprès d'elle maintenant. Quand il demanda à August si lui souhaitait y aller, le garçon se mit à trembler et secoua la tête.

« J'ai peur.

– J'irai avec toi.

– Non, je veux pas y aller. »

Sam choisit de conserver l'image d'Elsie dans une robe moulante couleur de nacre, modulant les notes de « Painting the Clouds with Sunshine » tandis que des centaines de danseurs envahissaient la piste, que la brise montant du fleuve s'engouffrait par les vitres ouvertes, et que la berge défilait dans toute sa désolation : une succession de cheminées d'usine et de maisons misérables, de pauvres hères épuisés par la vie, mais tout cela rendu féérique par la voix douce et chaude d'Elsie, l'éclat de ses cheveux blonds, et, dans ses yeux, la fougue qu'elle avait mise à travailler ce morceau. Il aurait voulu s'immerger dans ce souvenir, mais il lui fallut se tourner vers August et le forcer à se lever.

« Je suis désolé, Gussie. Laisse-toi aller, pleure, mon vieux. »

Et le gamin fit ce qu'il disait, la tête appuyée contre la veste défraîchie de second lieutenant de Sam. Au bout d'un moment, il le poussa dans le couloir où leurs pas résonnèrent, s'efforçant de trouver des paroles réconfortantes à prononcer. Devant la porte, il l'attira à lui et dit :

« N'oublie jamais qu'elle a été auprès de toi pendant seize ans. Beaucoup d'enfants ne connaissent pas cette chance. »

Le capitaine paya les frais d'expédition du corps vers Cincinnati. Sam fit le voyage avec August et Lily, qui avait un peu pleuré mais sans vraiment comprendre ce qui arrivait. Après la messe funèbre, il y eut une réunion de famille durant laquelle August s'emporta, d'amères accusations et des reproches divers furent proférés par les frères de Ted tandis que les vieux parents d'Elsie se résignaient au silence. Il s'ensuivit que quand Lucky descendit du train quelques jours plus tard, l'estomac criant famine et les poches vides, dans la gare principale de Saint Louis, August le suivait, Lily endormie dans ses bras.

À la mi-juin, le bateau se trouvait largement au nord de Hannibal pour une excursion dans une petite ville isolée, une bourgade d'ateliers d'usinage et de fonderies qui s'étendait à flanc de montagne. La clientèle de l'après-midi était surtout composée d'enfants agités et braillards, et Sam dut garder un œil sur Lily pour s'assurer qu'elle ne se faisait pas pousser dans un escalier ou un autre. Il joua du piano pendant l'excursion de 14 heures, et il la convainquit de s'asseoir à côté de lui sur le banc et de tourner les pages pour lui ; il connaissait la partition par cœur et cela n'avait aucune importance qu'elle en tourne souvent deux à la fois. Parfois, elle s'éloignait au milieu d'un morceau et il devait jouer en la surveillant par-dessus son épaule ; il dut même une fois, alors qu'elle s'était aventurée entre les danseurs et retrouvée par terre, s'interrompre en plein milieu, fendre la foule et se précipiter pour la ramener sur l'estrade tandis qu'elle poussait des cris en se frottant le mollet.

Pour la croisière du soir, le bateau s'emplit des habitants du cru et de leurs épouses. Sam se posta à l'entrée de la passerelle pour réclamer qu'on lui confie les armes et surveiller les passagers. Les hommes étaient de grands gaillards, tout en muscles à force de travailler dix heures d'affilée à manipuler des culasses et des pistons, mais ils ne furent que deux à déposer quelque chose, un couteau de poche et un pistolet à cent sous. Ceux qui s'avancèrent jusqu'au dancing s'installèrent à des tables ou restèrent adossés aux cloisons, fixant l'orchestre d'un air sinistre. Quand Sam monta sur l'estrade et balaya l'assistance du regard, il sentit les poils se dresser sur sa nuque. Tous paraissaient voir pour la première fois des Noirs tenant autre chose en main qu'une pelle ou une clef à molette. Il devina qu'ils n'avaient pratiquement jamais entendu de jazz et qu'ils se méfiaient instinctivement de tout ce qui ne ressemblait pas à la musique traditionnelle qu'ils se passaient sur leurs gramophones. L'orchestre jouait une version grinçante de « Sud Bustin' Blues », et personne ne dansait. Apparemment, nul ne connaissait les pas.

Il s'approcha du trompettiste à la fin du morceau.

« On dirait qu'on a embarqué une sacrée cargaison de péquenauds ce soir, dit-il, le dos tourné à la piste. Pourquoi tu ne leur jouerais pas un peu de musique d'ambiance ? »

L'homme acquiesça, s'épongea le visage avec un énorme mouchoir blanc et parcourut la foule des yeux.

« Ils ont pas vraiment l'air du genre club de jazz, tu as raison.
– Tu l'as dit.
– Mais on ne sait pas jouer de polka, je te préviens.
– Mets juste la pédale douce.
– Comme l'orchestre de jour, tu veux dire ? plaisanta le trompettiste en souriant de toutes ses dents.
– Ne me charrie pas, mon vieux. »

Il se rapprocha du grand escalier et descendit faire sa ronde sur le pont principal. Le bateau n'était encore qu'à une trentaine de mètres du rivage quand une querelle éclata dans le salon avant, et il se retrouva pris en sandwich entre deux hommes habillés de chemises de grosse toile, l'air bien décidés à en découdre. Il ferma les yeux et s'interposa entre leurs poings qui décrivaient des moulinets désordonnés, mais deux énormes mains le saisirent par-derrière et le plaquèrent contre une cloison, avec une violence telle qu'il en vit trente-six chandelles et se laissa glisser à terre. Il tenta ensuite de se relever mais une lourde botte détrempée pesait sur sa poitrine.

« Je te conseille de pas t'en mêler », dit au-dessus de lui une voix à l'articulation rendue confuse par une chique de tabac.

Quelqu'un d'autre appuya une grosse galoche sur sa cheville, et il se rallongea, abandonnant la partie. Au bout d'un moment, il sentit quelque chose de poisseux sous sa nuque, et il se rendit compte qu'il saignait. Une table en osier était en train de voler dans les airs, et il percevait un fracas de verre qui crissait sur le pont comme du gravier. Un pouce avait dû trouver le chemin d'une trachée artère ou de l'orbite d'un œil parce qu'un cri de bête féroce se fit entendre. Il y eut ensuite une bousculade mais il s'évanouit.

Il reprit connaissance sur le pont, devant la porte de sa cabine, un drap roulé en boule sous sa tête. Il percevait un brouhaha de cris montant de l'étage inférieur, et l'orchestre jouait une valse. D'un œil, il voyait les étoiles ; de l'autre, rien du tout. L'instant suivant, il se retrouva allongé sur la couchette supérieure, la main de Charlie brandissant un chiffon imbibé d'alcool au-dessus de sa tête. La brûlure qui lui zébrait l'arrière du crâne d'une oreille à l'autre acheva de le réveiller.

« Putain, ça fait mal !

– Tu m'étonnes ! Content de te voir revenir parmi nous. »

Il se passa une main sur les yeux.

« Que s'est-il passé ?

– C'est fini maintenant. Tu es resté dans les pommes pendant quatre heures. »

Il cligna des paupières et tourna la tête.

« Où est Lily ?

– Elle est avec une serveuse que ça réjouit d'ailleurs pas vraiment.

– Je ne peux pas y aller… Grosse bagarre, alors ?

– On peut le dire. Il y a pas mal de travail de menuiserie à prévoir, et je te raconte pas le grand nettoyage nécessaire. »

Charlie ouvrit la porte et scruta les façades nues de la ville.

« Tu as la tête qui tourne encore ?

– Non, je ne crois pas. » Il toucha le bandage que Charlie avait improvisé. « Tu repars ?

– Il reste du boulot. C'est pas toi qui peux t'en occuper.

– De quoi tu parles ?

– En revenant de l'île de Talbot, un canot à moteur s'est arrêté à hauteur du bateau tous feux allumés et il s'est posté à environ un mètre. Le type qui tenait la barre était complètement saoul, je suppose, et il s'est mis à insulter quelques poivrots sur le pont. Alors ils sont rentrés dans la cafétéria, ils ont descellé une machine à sous et ils l'ont balancée par-dessus bord. La machine a traversé son joli bateau de part en part et il a coulé à pic. »

Sam se rallongea, décidé à ne pas quitter sa couchette.

« Tu dois parler aux flics ? »

Charlie passa la porte et s'enfonça dans la nuit en maugréant : « Un sacré bordel, je te jure. Un sacré bordel ! »

Sam resta à écouter le frottement des balais au-dessus de sa tête, le vacarme métallique des seaux, le fracas de l'eau qu'on jetait à la rivière. Le sang cognait sous son crâne, et un goût de fer lui remontait dans la gorge. Il entendit le grincement des scies et les coups de marteau jusque tard dans la nuit parce que les menuisiers s'appliquaient à restaurer le pouvoir d'illusion de l'*Ambassador*, et finalement il trouva le sommeil.

Au lever du jour, la porte de sa cabine s'ouvrit et se referma, et il pensa que c'était Charlie.

« J'ai faim. »

En fait, c'était Lily, avec sa petite robe froissée, pieds nus, le visage tout sale.

« Ma chérie, je suis bien malade. »

Lily le fixa longuement du regard et répéta d'une voix impérieuse :

« J'ai faim. »

Il se redressa lentement et attendit que la cabine cesse de basculer vers la gauche. Il enfila son pantalon et examina son coquart dans le miroir, avant de se débarbouiller et de se raser.

Lily s'était installée sur la couchette de Charlie et elle l'observait.

« Pourquoi est-ce que personne vient nous apporter quelque chose à manger ?

– Je crains que tu ne te sois trompée d'hôtel, petite.

– Comment ça ? »

Il passa une chemise et regarda la fillette. Elle était franchement sale et sentait la transpiration.

« Où sont tes vêtements propres ?

– Cabine 14.

– Où est August ?

– Il ne veut pas se réveiller. »

Ils se rendirent à la cabine qu'elle partageait avec son frère, et Sam fouilla dans ses affaires pour dénicher quelque chose de propre. August gisait comme une pierre et il ne fit pas le moindre mouvement. Sam rassembla quatre petites robes couvertes de suie et quelques culottes, ramena le tout dans sa cabine, et ajouta au tas ses propres vêtements à laver. Dans la buanderie, ils attendirent qu'une machine se libère, et pendant que leur lessive tournait ils allèrent prendre un petit déjeuner à la cafétéria. À tribord, les menuisiers remplaçaient une cloison qui paraissait avoir reçu un boulet de canon.

De retour à la buanderie, il passa leur linge à l'essoreuse puis étendit le tout sur les fils de fortune qu'on accrochait sur le pont arrière entre deux excursions. Puis il posa les yeux sur la fillette.

« Et quelle est la dernière fois où tu t'es lavée ? »

La petite haussa les épaules.

« Est-ce que tu sais faire ta toilette toute seule ou est-ce que c'est August qui s'en charge ? »

Elle se frotta le nez.

« Je sais le faire si tu savonnes le gant. »

Il la reconduisit à sa cabine, où August ronflait comme un sonneur, remplit le lavabo, jucha Lily sur un tabouret, savonna un gant, lui dit de se déshabiller et de bien se frotter partout, puis de rincer le gant et de faire disparaître le savon avant d'enfiler ses vêtements propres. Il se proposait de l'attendre devant la porte.

« Je ne peux pas mettre mes chaussettes avec les pieds mouillés.

– Sors quand tu seras habillée, et moi je te les enfilerai. »

Il s'accroupit contre le bastingage, la douleur qui avait bien failli l'emporter lui vrillant encore les os du crâne.

Une demi-heure plus tard, elle ressortit, et elle avait passé sa robe à l'envers. Une des cuisinières descendait justement du pont du Texas.

« Oh, pour l'amour du ciel ! » s'exclama-t-elle, et elle retira la robe pour la remettre à l'endroit. Elle jeta un coup d'œil malveillant à Sam et lui dit par-dessus son épaule : « Il va falloir que vous vous occupiez un peu de cette gamine, maintenant. »

Ils rejoignirent le dancing, et il s'assit au piano, les paupières closes, tentant d'oublier la douleur qui lui martelait la nuque.

Il sentit que la fillette escaladait le banc, mais il garda les yeux fermés.

« Tu dors, monsieur Lucky ? »

Il fouilla dans les cahiers de partitions sur le pupitre, et il trouva une valse toute simple.

« Tu voudrais chanter ? »

Il savait qu'elle allait refuser. Il avait déjà essayé de lui faire répéter quelques chansons dont August disait qu'elle les connaissait, mais quand elle chantait elle traînait sur chaque note et semblait se moquer éperdument du rythme. Parfois même, elle se contentait de couiner au lieu de chanter. Aucun des deux ne savait ce qui lui arrivait.

« Regarde cette note. C'est un *fa*. Est-ce que tu sais trouver le *fa* sur le piano ? »

Elle appuya sur le *fa* du milieu du clavier et la note s'échappa du cadre en bois.

« Quand la note est dans l'espace blanc au-dessus, c'est un *la*, et dans celui encore au-dessus, un *do*. » Il continua, et elle frappa les touches l'une après l'autre. Il plongea droit dans ses yeux couleur de bleuets. « Le dièse, c'est plus haut ou plus bas ?

– Plus haut.

– Qu'est-ce que ton papa t'a appris d'autre ?

– Toutes ces notes : *fa*, *la*, *do*, *mi*, et puis *mi*, *sol*, *si*, *ré*, *fa*. Il va aussi m'apprendre à compter les temps. »

Il avait la nausée et le vertige, et le bandage à l'arrière de sa tête lui paraissait brûlant, mais en entendant Lily prononcer ces mots il se sentit couler à pic dans un nouveau tourbillon de douleur. De ténèbres, même.

« Qui, tu dis ? » murmura-t-il.

Elle regarda ses chaussures.

« Personne. »

Il sentit à sa posture qu'elle venait de prendre conscience que les gens disparaissaient soudain d'une façon qu'elle ne pouvait pas comprendre. Elle se mit à pleurer doucement, mais il devinait qu'elle aurait été incapable de dire ce qui la rendait triste. On lui avait expliqué que son père était parti au paradis, puis que sa mère était allée le rejoindre, et rien de tout cela n'avait vraiment de sens pour elle parce qu'elle vivait dans l'éternel présent de l'enfance où les divers mouvements de l'existence suffisent à vous occuper, et où passé et futur n'existent même pas. Il en était malade pour elle, mais pour lui-même aussi parce que la fragile petite épaule qu'il tenait dans sa paume aurait pu être celle de sa propre sœur ou de son propre frère, et il se sentit accablé par une conscience plus forte de la perte qu'il avait subie avant de savoir ce que le mot «perte» signifiait. Il ignorait que pareil sentiment puisse venir si tard, et pour ne pas se mettre à pleurer devant elle il s'empara d'un cahier de partitions et joua le premier morceau qui lui tomba sous la main, une valse intitulée «Falling Waters»; puis il entreprit de lui expliquer ce qu'était un rythme 3-4. Lily releva la tête et elle observa la page. C'était un morceau tout simple, sans accords à la main gauche, et elle passa derrière lui pour se poster de l'autre côté, jouant les *sol* et les *do* plus ou moins au bon moment, et observant les mains de Sam qui tapaient les notes manquantes. Il se laissa envahir par l'étrange idée qu'au gré de la musique ils avançaient vers l'avenir, vers un endroit où ils arriveraient sans lourds bagages à traîner.

Ils avaient passé une heure au piano quand August apparut à la porte de tribord, couvert de suie.

«Il a fallu que j'aide à charger le charbon. Je vais m'occuper de Lily maintenant.»

Sam le dévisagea de haut en bas.

«Ne t'en fais pas. Va d'abord te laver, ensuite on ira décrocher le linge et on le repassera.

– Il fait peut-être un peu chaud pour repasser près d'une chaudière. Comment tu t'es fait amocher comme ça?

– Je n'en sais même rien.»

August examina soigneusement le bandage.

«On a de l'aspirine dans notre cabine.

– OK. Je t'en prendrai un cachet ou deux quand je rapporterai les vêtements. »

Le bateau remonta lentement le fleuve jusqu'à Saint Paul, où la musique de La Nouvelle-Orléans fit danser les foules tous les soirs. Durant la journée, des clients cherchant désespérément à échapper à la chaleur du rivage montaient à bord, prenaient place sous les auvents de toile, regardant leurs maisons passer comme s'ils étaient des voyageurs venus de contrées lointaines, et savouraient l'illusion que leur ville était un endroit spécial, exotique, ou au moins pittoresque.

Les passagers étaient bien élevés mais nombreux, le temps était souvent venté et pluvieux. Les pilotes suivaient le chenal peu profond du cours supérieur du fleuve, et un jour, alors que M. Brandywine abordait une boucle, l'*Ambassador* s'échoua sur un banc de sable. Il fallut louer les services d'un ferry pour ramener les quinze cents passagers au port, et le bateau resta coincé jusqu'à ce que l'eau monte et lui permette de repartir, trois jours plus tard. Sam accueillit avec joie l'aubaine de ce repos inespéré. La fillette commençait à profiter des leçons de piano autant que le lui permettaient ses petits doigts, et il tentait de lui enseigner quelques limites. « Ne reste pas en haut des marches. » « Ne t'approche pas des cheminées. » « Ne descends jamais sur le pont principal, où le bastingage est parfois ouvert sur le large. » Avant qu'elle s'endorme, il lui faisait la lecture, assis sur un transat sans accoudoirs installé à côté de son lit, jusqu'à ce qu'elle se lasse des dix mêmes livres pour enfants et qu'il entreprenne d'inventer lui-même des récits.

Un soir, elle l'interrompit en plein milieu en lui disant qu'elle n'aimait pas du tout son histoire.

Il venait juste de finir de jouer dans l'orchestre de nuit où il remplaçait le pianiste qui avait quitté le bateau pour aller se produire dans un hôtel, et il avait la tête lourde comme du plomb.

« Qu'est-ce que tu veux que je te raconte, alors ?

– Une histoire de baignoire. »

Elle descendit de sa couchette pour aller s'asseoir sur ses genoux. Il la regarda, surpris.

« Une baignoire ?

– Dans une maison avec un trottoir devant. »

Il fronça les sourcils.

« OK. Il était une fois un petit garçon qui s'appelait Fritz, et qui vivait dans une maison avec une immense baignoire.

– Est-ce qu'il savait jouer du piano ?

– Bien sûr ! Comme un dieu. Un jour, Fritz tomba dans une flaque de boue au fond du jardin…

– Est-ce qu'il y avait de l'herbe dans le jardin ?

– De l'herbe ?… Oui, bien sûr. Tout plein de belle herbe verte. Alors Fritz se mit à pleurer et…

– Est-ce que sa mère est sortie sur le perron pour lui dire que ce n'était pas grave s'il s'était sali ? »

Elle glissa la main dans sa poche de chemise et l'y laissa blottie.

« Mais bien sûr, petite. C'était juste un accident.

– Alors, est-ce qu'elle l'a emmené dans la maison ? La maison avec la grande baignoire ? »

Il sentit tout l'espoir qui se cachait derrière cette question et il comprit immédiatement ce qu'il lui restait à faire.

Chapitre 36

Par un matin de juillet orageux, un vent d'ouest fit dévier de sa course l'*Ambassador* qui entra en collision avec une péniche de débarquement. À l'évidence, il allait falloir l'amener doucement jusqu'à Davenport pour faire réparer la coque. Sam avait tenu Linda au courant par téléphone de la façon dont il s'occupait des enfants. Il avait aussi discuté d'un certain nombre de choses avec August. Quand il apprit que le bateau serait immobilisé pendant dix jours, il s'embarqua avec Lily et son frère dans un train en direction du sud, avec changement à Memphis, et ils traversèrent la masse de chaleur humide saupoudrée de cendres jusqu'à La Nouvelle-Orléans.

Après deux jours de train, ils arrivèrent à destination noirs de suie. Sa femme les accueillit sur le seuil, les sourcils froncés et le bébé dans les bras. Elle passa sur-le-champ Christopher à son père et examina August et Lily.

« Vous êtes tous les deux catholiques ?

– Oui, madame, répondit August en posant sa valise. Mais sinon, ça changerait quoi ? »

Elle leur fit signe d'entrer.

« Ça rendra les choses plus faciles si on va tous au même endroit le dimanche matin. »

Elle prépara du thé glacé pour tout le monde, puis elle jucha Lily sur le canapé à côté d'elle et leur posa à tous une foule de questions pendant une bonne heure, particulièrement attentive aux réponses de la petite fille. Sam comprit qu'elle essayait de s'imaginer à quoi pourrait ressembler l'avenir.

Ce soir-là, alors que les enfants étaient déjà endormis, Linda se glissa près de lui, et il sentit tout son corps se détendre.

« Alors, qu'est-ce que tu en penses ? »

Il aurait préféré deviner sans avoir à le lui demander, mais avec Linda il n'était jamais sûr de rien.

« Je n'ai jamais vu une gamine de cet âge aussi heureuse de prendre un bain.

– Je sais qu'on n'a pas assez d'argent pour élever un enfant de plus. »

Elle lâcha un petit rire cassant.

« Mon chou, c'est à peine si on en a assez pour nous-mêmes.

– August va continuer à travailler avec moi sur le bateau. C'est un garçon courageux.

– Tu sais aussi bien que moi qu'il ne peut travailler que jusqu'en septembre : il faut qu'il finisse l'école.

– De toute façon la saison sera finie à ce moment-là. Il pourra toujours trouver du travail dans les champs pendant son temps libre.

– On en reparlera plus tard. Laisse-moi m'habituer à eux pour l'instant. » Elle passa un bras autour de son cou. « Approche un peu, et arrêtons de parler de travail, tu veux ? »

Durant toute la semaine, il se rendit compte que Linda observait August : elle le regardait répéter sur la véranda et annoter ses partitions tout en tapant du pied sur un rythme imaginaire. Elle l'emmena au marché et raconta au retour qu'il lui avait demandé d'acheter des choses que Lily aimait manger. De petites pommes de terre. Elle aimait les petites pommes de terre rouges. À la maison, August avait retiré les mauvaises herbes de l'allée et fauché les plus hautes le long de la rue. Il se plaignait beaucoup de la chaleur et des moustiques, mais Linda ne pouvait pas le lui reprocher parce qu'elle en faisait autant.

La fillette guettait Linda comme si elle pouvait disparaître à tout moment, la suivant à la trace, mais sans lui témoigner la moindre affection, ses yeux brillants scrutateurs et pleins d'attente.

La veille du jour où Sam devait reprendre le train, Linda s'approcha de son mari dans le salon et lui prit la main alors qu'il était en train de fermer le loquet de la moustiquaire pour la nuit et l'entraîna sur la véranda.

« Quoi ?

– Rien. Je voulais juste m'assurer que tu savais qu'il n'y avait pas de problème. Je te parle de Lily. Pour August non plus, d'ailleurs. Il est déjà assez grand pour s'occuper de lui-même.

– Je me rends compte qu'on n'a pas beaucoup discuté, toi et moi.

– Eh oui ! Comme d'habitude, tu as agi comme si tout allait de soi. Ne t'en fais pas, je pense qu'on peut la garder et l'élever. Mais elle n'est pas tout à fait normale. »

Il regarda vers la maison par-dessus la tête de sa femme.

« Qu'est-ce que tu veux dire par là ? »

Ils entendaient la voix d'August qui parlait à sa sœur. Elle poussa des cris de joie et il sortit par la porte de la cuisine en la portant sur son dos.

« Elle est comme déconnectée. Je ne sais pas vraiment comment expliquer ça. Elle ne veut pas monter sur mes genoux ou même me laisser la serrer dans mes bras. Peut-être que c'est seulement qu'elle est trop intelligente. Ça se voit dans ses yeux. Elle n'en perd pas une. Est-ce que tu as remarqué comment elle s'est comportée à l'église dimanche ? Bien sûr, elle s'est endormie pendant le sermon, mais le reste du temps elle a tout observé de ses petits yeux brillants. Je lui ai répété le "Je vous salue, Marie" deux fois seulement et elle le sait déjà par cœur. »

Il hocha la tête et jeta un coup d'œil du côté de la cuisine, d'où provenait un bruit de genoux martelant le plancher.

« J'essaie de ne pas lui apprendre trop de musique. J'ai peur qu'elle se lasse ou qu'elle oublie tout. À mon avis, elle jouera un jour du piano beaucoup mieux que moi. »

Linda lui passa un bras autour de la taille. Elle paraissait inquiète.

« On dirait qu'elle attend que quelque chose se passe.

– Chérie, elle a l'habitude que pas mal de choses lui arrivent. »

Elle secoua la tête.

« C'est peut-être ça. Mais peut-être pas.

– Je vais me débrouiller pour ramener de l'argent. Je ferai tout pour que ça marche.

– Ne serait-ce que pour elle, il va bien falloir. » Elle ouvrit la porte à moustiquaire, mais au moment d'entrer dans la pièce elle se retourna. « Je sais parfaitement pourquoi tu as amené ces enfants chez nous. Je te demande seulement de ne pas oublier l'effort que ça représente pour moi.

– Non, ma jolie, je ne l'oublierai pas.

– Je veux une maison un jour.

– On en aura une.

– On n'a pas un sou d'économie.

– On en aura une, tu verras. »

Pendant le reste de la saison, le bateau alla de ville en ville, un port différent chaque soir. La piste de danse était tout abrasée, le vernis marron semblait terne, la peinture extérieure disparaissait sous des couches de suie malgré les efforts incessants de nettoyage, et la roue à aubes n'était plus qu'un amas de planches délavées et hérissées d'échardes. Le vieux bateau était détrempé, dévasté par l'eau de pluie, et complètement déformé, les chaînes et les tendeurs dégoulinaient de rouille, et la courbe de la coque paraissait gauchie. L'équipage lui aussi était usé jusqu'à la garde, chacun attendait sa dernière paie, sa prime de départ et la fin du contrat.

Il commença à faire frais relativement tôt et l'*Ambassador* prit la route du sud, à la recherche des dernières chaleurs de l'été. À la mi-septembre, il y avait déjà moins de passagers, sauf pour les soirées du vendredi et du samedi, et en octobre, à Memphis, un vent glacial traversa les plaines et mit pratiquement fin aux excursions. Le capitaine Stewart décida tout de même d'essayer encore quelques villes au sud de Memphis.

Par un jour de grand vent d'ouest, M. Brandywine prit la barre et ils descendirent le fleuve en luttant contre les courants. Assis sur la banquette, Mme Benton et Sam regardaient les moutons à la surface du chenal. Le bateau devait accoster à un embarcadère situé près de l'embouchure de la Wolf, mais il sembla soudain ne plus répondre aux ordres du pilote et entamer une vertigineuse dérive. Les vitres de la timonerie s'entrechoquaient et des courants violents soulevaient des gerbes d'écume sale au milieu du fleuve. M. Brandywine tendit la main vers l'anneau du sifflet et donna le signal de l'appontage.

« Je vais entrer dans le port avec l'arrière au vent. »

C'était inhabituel pour lui d'annoncer une manœuvre, et Sam échangea quelques regards avec Nellie Benton, se demandant si le vieil homme n'était pas en train de quêter implicitement un conseil. Il regarda la rive est se rapprocher dans la lumière éclatante du midi. Le pilote réclama l'arrêt des machines et se laissa pousser par le vent. Sam fixa la surface de l'eau, s'imaginant le mouvement. Nellie Benton ne disait rien mais semblait attentive à la direction du vent dans le feuillage des arbres. M. Brandywine fit retentir la sonnerie de marche arrière et la timonerie commença à trembler quand la roue à aubes s'enfonça dans l'eau. Sam comprit qu'il essayait d'aligner le bateau avec le quai et de laisser la brise faire le reste. Mais à ce moment précis une rafale se leva, sifflant entre les boiseries du toit et faisant claquer les drapeaux du grand mât. Ils étaient à moins de cent mètres du bord et la poupe roulait dangereusement. M. Brandywine frappa deux fois sur le gong, et au bout de quelques secondes les tuyaux d'échappement lâchèrent quelques bouffées de vapeur alors que les machines tentaient d'éloigner de nouveau le bateau de la berge. Sam bondit sur ses pieds. Les bateaux à vapeur n'ont jamais de moteurs assez puissants et le vent les traite comme des cerfs-volants. Vous avez l'impression que tout se dérobe sous vos pieds, vous savez que quelque chose de terrible va se produire d'une minute à l'autre, mais vous ne pouvez rien y faire, sinon vous laisser dériver sur ce qui apparaît comme une immense coquille de noix en attendant qu'un choc l'ouvre en deux et précipite chacun, endormi ou éveillé, dans les flots boueux. M. Brandywine redressa énergiquement la barre, mais le vent barattait les machines et le gouvernail. Il lâcha un signal de détresse composé de quatre coups brefs en voyant les sombres piliers du dock se rapprocher à vue d'œil par la vitre de bâbord, et lança par-dessus son épaule :

« Cette fois, ça va vraiment être la fin de la saison ! »

Il actionna la sirène d'arrêt juste avant que la poupe ne s'écrase contre le débarcadère, mais il était déjà trop tard. Une série de secousses agita l'*Ambassador* et un déluge de morceaux de bois et de boulons vola par-dessus bord tandis que la roue à aubes se fracassait contre le dock. Le bateau gîta sérieusement vers le rivage puis se redressa quand les matelots lancèrent les cordages. Plus tard, Sam s'aperçut que le piano était sorti de ses cales et avait poursuivi un mousse effrayé sur une trentaine de mètres, à l'autre bout de la piste de danse.

À la nuit tombée, le commissaire de bord avait versé leur solde à presque tous les employés et demandé aux lieutenants de rester deux jours de plus pour régler les derniers détails. Sam aida les pilotes à porter leurs bagages dans un taxi. Il s'était fait un certain nombre d'amis à bord, mais c'étaient sans doute Nellie Benton et Ralph Brandywine qu'il admirait le plus, et il eut l'impression de prendre congé de véritables légendes vivantes.

Le vieil homme, en uniforme bleu ciel et nœud papillon, ouvrit la portière de la voiture qui tournait au ralenti et fit signe à Mme Benton de passer la première :

« Honneur aux pilotes les plus sûrs. »

Elle le regarda d'un air étonné.

« Je ne suis pas convaincue que ce soit vrai, mais c'est gentil de le dire.

– L'année prochaine – s'il y a une année prochaine –, exigez du capitaine un meilleur salaire, compris ? »

Elle se glissa sur la banquette arrière.

« Allons, montez. Vous allez manquer votre train pour la Pennsylvanie. »

Il se retourna vers Sam et lui dit :

« Tu sais, j'admire la façon dont tu as recueilli les petits Weller. Je tenais à ce que tu le saches.

– Je me sentais juste un peu responsable.

– Bon sang de bois ! On se sent tous responsables d'une chose ou d'une autre, mais ça ne nous fait pas lever le petit doigt pour autant. »

Il grimpa dans le taxi et Sam claqua la portière. Et tandis que la voiture s'éloignait, Nellie Benton lui cria :

« Méfie-toi des rapides et des tourbillons, fils ! »

Muet et éventré le long du dock, l'*Ambassador* eut tôt fait de perdre toute magie, et un remugle de poussière et de moisi monta de ses ponts. Les mécaniciens éteignirent le feu des chaudières, et une fois toutes les machines à l'arrêt, Sam trouva le silence presque trop pesant et il se mit à réfléchir. Pendant des semaines, le bruit et la musique l'avaient empêché d'imaginer ce qui se trouvait à l'intérieur des terres, à environ cent cinquante kilomètres, quelque part au fin fond de l'Arkansas. Des gens auxquels il était lié par une histoire, si l'on veut, qui avaient fait disparaître des voix, des gestes, toute une génération de son sang. Dans la pénombre, il s'accouda au bastingage de tribord et laissa son esprit filer vers l'ouest.

Le capitaine, qui remontait l'escalier, l'aperçut et s'arrêta quelques secondes, étonné de le voir dehors.

« Le commissaire de bord m'a donné votre paye. » Il s'approcha et lui tendit une enveloppe brune de taille réglementaire. « Vous

vous êtes accroché jusqu'à la fin durant cette saison et les choses n'ont pas dû être faciles pour vous. En conséquence, Lucky, nous avons ajouté une prime de cinquante dollars. »

Sam se retourna et regarda attentivement le capitaine.

« Vous allez avoir besoin d'un nouvel uniforme l'an prochain. »

Le capitaine observa le galon autour de ses poignets. Il se pencha lentement en avant et posa les bras sur le bastingage.

« La vie est un peu bête, n'est-ce pas ? Il y a vingt-cinq ans, un uniforme voulait encore dire quelque chose. Je me rappelle qu'alors je travaillais sur l'*Anchor Line* et je transportais des marchandises et des passagers sur de courts trajets, des gens qui allaient vraiment quelque part. Aujourd'hui, tout cela n'a plus de sens. Rien que de la musique et de la danse.

– Pas sûr. Certains ont besoin de ça comme Pittsburgh a besoin de charbon. »

Le capitaine secoua la tête.

« Je suppose qu'il faut savoir s'amuser. Vous rentrez chez vous, maintenant ? Retrouver votre femme, les enfants ? »

Sam regarda vers l'ouest, par-delà le fleuve. La lumière avait encore baissé, et l'air semblait granuleux comme de l'acier récemment découpé.

« J'ai d'abord une affaire à régler.

– Duggs m'a raconté un certain nombre de choses à votre sujet.

– J'en suis sûr. »

Le capitaine se redressa et lui donna une claque amicale sur l'épaule.

« Souvenez-vous d'une chose : jamais je n'ai remonté un fleuve sans avoir d'abord étudié la carte. »

Puis il repartit vers l'arrière du bateau, en repoussant les crachoirs au passage contre le bastingage du bout du pied gauche.

Le lendemain soir, il ne restait plus que Charlie Duggs et lui sur le bateau plongé dans l'obscurité. Sam alluma une lampe à pétrole et descendit jusqu'à l'estrade pour s'installer au piano dans un nuage de lumière jaune. Il commença à jouer avec quelque chose qui ressemblait à de la colère sous les doigts, conscient néanmoins de tous les progrès qu'il avait réalisés au cours des derniers mois. Peut-être par nécessité. Personne ne pouvait gagner sa vie en jouant de façon seulement acceptable. Face à tant de parterres de danseurs en nage, il avait appris à faire davantage attention au tempo. Il ouvrit son cahier de partitions pour y choisir une ballade qu'il ornementa un peu, ajoutant quelques notes, en remplaçant d'autres. Puis il entendit un bruit de pas dans le noir et il dit :

« Salut, Charlie.

– J'étais là-haut dans la timonerie et je regardais le soleil se coucher.

– Ah vraiment ? » Il changea de morceau, jouant de mémoire, ralentissant la cadence, un pied posé sur la pédale douce. « Tu comptes partir demain ?

– Ouais. Tu veux qu'on prenne le même train ?

– Moi, je vais redescendre seulement dans deux ou trois jours. »

Charlie s'assit sur une chaise pliante dans la position d'un joueur de banjo.

« Tu as décidé de te payer une petite excursion dans l'Arkansas ?

– Je crois que je ne le saurai que lorsque je me mettrai vraiment en route. Je ne peux vraiment pas me permettre de me faire trouer la peau.

– Je vais avec toi, si tu veux.

– Je le sais. »

Charlie pencha la tête.

« Mais c'est ton numéro, c'est ça ?

– Oui, un solo. Au fond, on a tous un numéro à jouer en solo, quand on y réfléchit. »

Il glissa tranquillement quelques fioritures lentes dans « St. Louis Blues », et Charlie se rencogna contre son dossier, prit une flasque de whisky dans sa poche et en but une longue rasade.

Tandis qu'il jouait, Sam se demanda si quelqu'un ne l'écoutait pas sur la berge, et à quoi le bateau pouvait ressembler de là-bas, cet énorme vieux vapeur pareil à une traînée blanche sur le fleuve noir de nuit, avec un carré de lumière jaune en plein milieu et les notes d'une triste mélopée montant dans les ténèbres comme un appel nostalgique. Il lui vint à l'esprit que personne ne devait écouter, et il lui parut alors que sa musique devenait moins audible, qu'elle avait peine à franchir la table d'harmonie, qu'elle restait prisonnière sous ses doigts, qu'elle n'appartenait qu'à lui. Malgré cela, il s'appliqua à peaufiner ses notes, jouant avec une douceur infinie le pont de musique latino de la chanson, et Charlie rangea sa bouteille.

Le lendemain après-midi, ils jouaient au gin-rummy à la cafétéria quand ils entendirent un gros remorqueur qui approchait en réduisant sa vitesse. Il y eut une secousse et un gros fracas lorsque le *Mountain Wizard* accosta l'*Ambassador* sous un dais de fumée noire, ses matelots sautant à bord avec leurs cordes et l'amarrant solidement. Ils sortirent se poster devant le bastingage et regardèrent du côté de la cabine de pilotage en contrebas où un timonier à barbe grise ouvrit partiellement sa vitre.

« Vous êtes prêts à quitter le navire, les gars ?

– Ouais, répondit Sam.

– Alors en route pour la ville ! Je vais bientôt le décoller de la berge. »

Ils allèrent chercher leurs valises et empruntèrent une passerelle depuis le deuxième pont jusqu'à la rive. Ils traversèrent une voie de desserte pour regagner la route et, là, ils se firent prendre en auto-stop par un camion chargé de bois. À la gare Y&MV, Charlie acheta un billet et Sam envoya un télégramme. Il mit longtemps à le composer parce qu'il comportait quelque chose de faux. Il réécrivit son message plusieurs fois pour tenter de limiter le mensonge.

MORRIS HIGHTOWER AGENT GREENVILLE MISSISSIPPI STOP SUIS GARE MEMPHIS STOP VEUX REGLER DERNIERS DETAILS POUR ENFANT EN DIFFICULTES STOP POUVEZ VOUS FOURNIR ADRESSE FAMILLE HORS LA LOI SUD EST ARKANSAS NOMMEE CLOAT STOP AIDE BIENVENUE STOP SAM SIMONEAUX.

Il dit au préposé qu'il allait attendre la réponse.

« Je le connais, ce type, lui dit l'agent. Pas sûr qu'il soit de service.

– Je vais attendre quand même. »

Sam savait que chaque clou, chaque pois de senteur, chaque pendule, chaque bouillotte, chaque poêle à bois passait entre les mains du préposé des chemins de fer, ainsi que toutes les nouvelles et tous les secrets. Si Hightower ne savait rien, il le mettrait sans doute en contact avec quelqu'un qui pourrait le renseigner.

Il resta avec Charlie jusqu'à ce que son train entre en gare dans un nuage blanc, puis il l'accompagna jusqu'à sa voiture comme il l'aurait fait pour un membre de sa famille, agitant la main quand la locomotive repartit en crachotant en direction du Mississippi, le sifflet à vapeur lançant ses notes bleues vers le ciel.

Il sommeilla un moment. Peu après 17 heures, l'employé s'approcha et lui tendit un télégramme.

« Voilà, mon vieux. »

Sam déchira l'enveloppe et approcha le message de la lumière des fenêtres de la façade ouest de la gare.

TELEGRAPHIE CONTACT ARKANSAS STOP ALLEZ A RATIO STOP POSEZ QUESTIONS JUGE SONER STOP PREVOIR ARME LOURDE STOP MH.

Chapitre 37

Un train de marchandises entra en gare de Greenville, Mississippi, dans un bruit de ferraille, et le préposé s'approcha avec les bons de chargement. Morris Hightower entreprit de répertorier tout ce qui se trouvait à bord, tandis qu'on déchargeait sur le quai sacs de fourrage, gramophones empaquetés, sommiers, harnais divers et tonneaux. Un type du coin, maigre et édenté, barman auxiliaire au chômage depuis le Volstead Act, remontait la rue en direction de la quincaillerie. Il se détourna de son chemin pour entrer dans la gare et se planta devant les barreaux du guichet en criant à Morris Hightower de lui faire la monnaie de vingt dollars.

« À la quincaillerie, les gars aiment pas trop qu'on casse un gros billet pour acheter vingt-cinq *cents* de clous.

– Je ne suis pas très riche en monnaie moi-même », répondit l'employé en épongeant son robuste cou avec un mouchoir.

Le maigrichon cligna des yeux et parut réfléchir à la question.

« Écoute, je te demande pas de me prêter de l'argent. Je veux seulement que tu me fasses de la monnaie : deux billets de cinq dollars, neuf de un et des pièces de vingt-cinq et de dix *cents*. »

Morris Hightower posa un bon de chargement sur un gros tas de marchandises.

« Il y a beaucoup de gens qui achètent des billets ce matin. Je vais avoir besoin du peu de monnaie qui me reste. »

Devant le guichet, l'homme redressa la tête.

« Va te faire foutre, Hightower ! T'as jamais levé le petit doigt pour aider qui que ce soit dans ta vie.

– Il m'arrive d'aider ceux qui méritent de l'aide. »

Hightower fit un quart de tour sur lui-même. L'ampoule qui pendait du plafond faisait briller son crâne chauve d'un éclat blanc. Après s'être concentré un moment sur sa machine à écrire, il reprit :

« Si tu m'obliges à m'approcher de ce guichet, je vais te cogner dessus tellement fort que tu vas en pisser des pièces ! Comme ça, tu auras plus besoin que je te fasse la monnaie ! »

Il entendit les pas du type s'éloigner vers la sortie, et il se pencha de nouveau sur son travail. Au bout d'un moment, il se surprit à penser à la fillette retrouvée. Son frère qui vivait à La Nouvelle-Orléans lui avait dit qu'il l'avait vue jouer sur la véranda de Sam et qu'elle chantait comme un rossignol.

Sam sortit du mont-de-piété équipé d'une casquette brune toute neuve, d'une paire de bottes en cuir et d'un gros Colt automatique dans un étui accroché à son épaule sous sa veste. Il quitta Memphis au coucher du soleil à bord du *Kate-Adams*, qui devait descendre la rivière jusqu'à Helena. Dans la minuscule cabine, il fit un brin de toilette, puis il rejoignit les cinq vieillards assis près des fenêtres ouvertes dans la partie avant du bateau. Ils discutaient pour savoir quelles actions il valait mieux acheter à la Bourse de New York. L'un était un fermier aux cheveux grisonnants qui déclara qu'il préférerait enterrer son argent dans ses cabinets plutôt que de le confier à un courtier de la côte Est. Cette prise de position provoqua une demi-heure de débats dont Sam attendit patiemment la fin. Quand la conversation dévia sur la circulation fluviale, il saisit l'occasion pour se présenter et dire quel était son métier, ce qu'ils jugèrent tous exotique et semblèrent considérer comme un signe des temps modernes.

« J'ai entendu dire que des jeunes filles se trémoussaient tellement sur ces airs de jazz qu'elles en perdaient leur culotte, dit le fermier.

– Je ne saurais pas vous dire. Je suis trop concentré sur mon piano. »

Cela les fit rire et l'un d'eux lui demanda s'il n'était pas de la famille des Levert du sud de la Louisiane, mais il répondit que non, ajoutant qu'il vivait à La Nouvelle-Orléans, et chacun en profita pour dire ce qu'il pensait de la grande ville. Au bout d'une heure, il avait obtenu tous les renseignements nécessaires pour louer une voiture à Helena. Il leur demanda aussi comment était la route qui conduisait à Ratio, mais aucun ne semblait se rappeler l'existence d'une route dans cette direction.

Le *Kate-Adams* fit plusieurs escales au cours de la nuit dans des plantations ou devant des docks en terre battue, chaque dollar de livraison étant bon à prendre. Juste après le lever du soleil, on sortit la passerelle et on déposa Sam, ainsi qu'une caisse en bois, sur le quai à marchandises du hangar flottant. Il trouva quelqu'un pour le conduire jusqu'à Helena et dénicha le loueur de voitures, se recommandant des cinq messieurs rencontrés sur le bateau ; l'homme lui tendit les clés d'un roadster Ford noir de moins de deux ans sans même lui demander de signer.

Il se fit expliquer comment se rendre à Ratio, et trois kilomètres après la sortie sud de la ville, la route se transforma en un chemin de terre bordé de hautes herbes montant jusqu'aux pare-chocs. Il accéléra et escalada le talus pour suivre un sentier de halage à travers des mares d'eau de pluie et des tourbières de boue, à une vitesse de moins de dix kilomètres à l'heure. Au bout d'un moment, il passa devant une vaste plantation de coton. Des dizaines d'ouvriers agricoles travaillaient aux champs et de nombreuses mules étaient attelées à des charrues et des épandeuses, mais il n'aperçut pas le moindre engin à moteur. Le chemin dévalait le talus à cet endroit : il garda le pied sur le frein et laissa sa Ford redescendre en douceur vers le plat. Il poursuivit lentement sa route jusqu'au dépôt de marchandises appartenant à l'entreprise locale, un haut et vaste bâtiment en bois dont les volets étaient ouverts aux quatre vents comme d'immenses oreilles. Ensuite, la piste s'enfonçait dans les bois, et il réduisit encore sa vitesse, les roues heurtant à chaque seconde racines et souches. C'était une véritable forêt vierge et le chemin semblait remonter le temps et s'éloigner de la civilisation pour retourner à l'époque où des druides occupaient ces ténèbres hantées d'arbres millénaires.

Pendant deux heures, la petite voiture tremblota comme un chien qui s'ébroue, puis finit par déboucher au bord d'un vaste champ plat en jachère qu'on avait labouré l'année précédente mais où rien n'avait été planté. Il força les roues à suivre deux sillons et se retrouva guidé par une clôture qu'il longea jusqu'à la cour arrière d'une grande bâtisse en bois brut. Un homme blanc était assis à l'ombre de sa véranda, un pichet en terre coincé entre les cuisses. Il regarda placidement Sam s'arrêter et provoquer un mouvement de panique parmi les poules comme si cela se produisait toutes les cinq minutes. Enfin, il leva le bras et, d'un mouvement rapide, fit signe au conducteur de faire le tour de la maison. Sam suivit alors une allée bordée de magnolias sauvages qui le mena au portail d'entrée, qu'il ouvrit et referma. Il avait pénétré dans un pâturage où paissaient des vaches brunes rachitiques, et il le traversa sur plus de trois kilomètres, en évitant de son mieux les tas de bouse et les bêtes efflanquées et bancales, avant de passer un nouveau portail qui donnait sur une sorte de digue. De là-haut, il s'attendait à voir le Mississippi, mais le fleuve avait dévié son cours il y a bien longtemps, et il ne restait plus qu'une étroite plaine hérissée de saules qui semblait s'étendre sur plusieurs kilomètres en direction de l'est. Il devina qu'il devait se trouver sur ce qui avait été un dock un siècle plus tôt parce qu'il demeurait quelques planches de cyprès, et des pilotis qui ne menaient nulle part si ce n'est vers le passé. Il tenta de s'imaginer les grands bateaux à vapeur qui s'arrêtaient là cinquante ans plus tôt encore, avec les logements de leurs roues à aubes peints de couleurs vives et leurs verrières teintées, les planteurs richissimes adressant des signes de la main depuis le pont supérieur au monde qu'ils possédaient – un temps qui semblait aussi éphémère que de la fumée quand on songeait à la façon dont il avait aujourd'hui complètement disparu. Ce n'était que le pouvoir de l'argent, songea-t-il, et cela ne dure jamais.

Un chemin s'enfonçait vers l'est à travers un fourré de saules, mais il ne faisait pas partie des indications peu claires qu'on lui avait fournies à Helena et il décida de tourner à nouveau vers le sud sur la digue. Il passa devant une égreneuse à coton remisée dans un hangar surmonté d'une cheminée percée par la rouille. De l'autre côté d'un champ, il vit une maison en brique rouge d'allure respectable, avec une galerie en bois peint courant sur toute la longueur. Sam braqua d'un coup sec et freina brutalement, les roues se bloquèrent tandis qu'il descendait la pente escarpée en soulevant des mottes de terre. Il suivit le chemin qui menait à une grange en bois brut, puis passa une barrière qui ouvrait sur un enclos au sol couvert de sciure et de crottin séché, effrayant trois mulets et cinq chevaux qui s'enfuirent devant l'automobile et coururent se réfugier vers les piquets couverts de mousse. Laissant la Ford continuer à fumer parmi les animaux, il escalada la clôture du corral et marcha vers la maison.

La porte s'ouvrit quand il franchit le perron. S'encadra alors sur le seuil la silhouette d'un homme pieds nus qui portait une chemise blanche et un gilet, un pantalon gris perle, et des bretelles en tissu noir. Accroché à celle de droite, un insigne en cuivre dépoli par les ans. Il avait les cheveux gris fer, soigneusement coupés, et il était aussi rasé de frais. Il ne semblait pas tenir tout à fait droit sur ses jambes.

« Monsieur, commença-t-il, en quoi puis-je vous aider ? »

Cette civilité était désarmante. Sam l'observa attentivement, comme s'il y avait quelque chose à comprendre qui lui échappait.

« Vous êtes le juge de paix Soner ?

– Effectivement.

– Je m'appelle Sam Simoneaux. Un télégraphiste des chemins de fer que je connais bien m'a dit que vous pourriez me renseigner sur une famille qui vit dans la région.

– Vous parlez de Sam Kivens ?

– Non, monsieur.

– Ah, bien sûr ! Ce bon vieux Bob McFadden.

– Non plus, désolé.

– Quelle compagnie ferroviaire ?

– La Y&MV. »

Soner plissa les paupières.

« Doug Friar ? Mac Divitts ? Hazel Tugovitch ? Barry Ofel ?

– Il s'appelle Morris Hightower. »

Soner parut surpris.

« Je ne le connais pas, fiston. Mais je suppose qu'il connaît un des autres dont je vous ai cité les noms et qui lui aura donné mon adresse. » Il observa Sam avec soin pour tenter de deviner qui il était, puis il se retourna avec raideur, comme un homme qui souffre du dos. « Entrez donc et asseyez-vous. »

À peine eut-il refermé la porte que la salle de séjour devint aussi obscure qu'un tunnel. Quand ses yeux eurent accommodé, Sam remarqua que toutes les fenêtres étaient condamnées sauf pour les trente centimètres du haut, où la vitre demeurait ouverte afin que l'air circule. Soner lui désigna un fauteuil devant un bureau en chêne, puis il en fit péniblement le tour avant de prendre place sur une chaise à roulettes qui aurait eu bien besoin d'être graissée. Sam s'aperçut que le mur derrière le juge de paix était tapissé d'armes diverses, qui se détachaient peu à peu de l'ombre au fur et à mesure que ses pupilles s'habituaient à l'obscurité. La paroi était couverte de Winchester à levier, de carabines et de fusils ornés de plaques en laiton qui paraissaient verts sous la poussière, des Winchester Modèle 1873, des fusils à gros gibier Modèle 1876 absolument énormes, des Modèles 86 plus brillants, des 95 à l'air résolument moderne et des semi-automatiques destinés à la chasse à l'ours de calibre .401. Les murs avaient trois mètres de haut, et sur celui de gauche étaient accrochés des fusils militaires poussiéreux, tandis qu'à sa droite on voyait une centaine de pistolets suspendus à des clous : de grosses pétoires datant de la guerre du Mexique, des Smith à canon basculant rapportés des grandes prairies de l'Ouest, des Colt à simple action par dizaines, la laque de leur crosse plus ou moins brûlée suivant l'usage qui en avait été fait. Sam avait un peu peur de se retourner.

« Une sacrée collection, dites-moi ! Comment les avez-vous tous rassemblés ? »

Soner resta impassible.

« On en trouve beaucoup dans ce bas monde.

– En tout cas, vous êtes bien protégé.

– Oui, et ils sont tous chargés. » Cette fois, il sourit. « Dans un endroit perdu comme celui-ci, au fond des bois, il faut bien que je puisse me défendre.

– Je vous comprends. Je ne veux pas abuser de votre temps… »

Il s'appliqua à voir si dans les yeux de Soner ne se trouvaient pas quelques traces de folie.

« Prenez tout le temps qu'il vous faudra. Voulez-vous un verre d'eau ? Elle est tiède mais elle est bonne.

– Ce serait très aimable. »

Lorsque Soner revint de l'office, la démarche raide et le verre à la main, il s'arrêta derrière son fauteuil et le lui tendit par-dessus son épaule. Quand Sam leva la main gauche pour le prendre, la main droite de Soner surgit par-derrière et arracha le Colt .45 à son étui. Tenant le gros pistolet à deux doigts, il retourna s'asseoir.

« Simple précaution. Je ne sais rien de vous. »

Sam avala une gorgée d'eau.

« Eh bien… je comprends…

– J'ai commencé tout jeune à représenter la loi dans ce pays perdu. Vous pensez sans doute qu'il s'agissait juste de délivrer des permis et des autorisations, et de résoudre de petites querelles de voisinage. Préparer les dossiers pour instruire les procès. Des choses de ce genre.

– À dire vrai, je n'y ai jamais beaucoup réfléchi.

– Même dans ces lieux reculés, il se produit parfois ce que vous pourriez appeler des "tremblements de terre". »

Sam regarda vers le haut de la fenêtre située à sa droite. La lumière baissait déjà, et il se demanda s'il réussirait à s'attarder sur place assez longtemps pour dormir dans la grange. Il pourrait même rester jusqu'au lendemain matin et repartir pour Helena.

« Alors vous devez connaître tous les habitants du coin.

– Je connais même toutes leurs bêtes.

– Je suis à la recherche d'une famille du nom de Cloat. »

L'expression du juge de paix se figea. Dans la pénombre de la pièce, ses yeux noirs et enfoncés étincelèrent comme deux étoiles se reflétant dans un puits étroit.

« J'ai l'impression que vous avez une histoire à me raconter.

– Exact. »

Sam avala plusieurs gorgées d'eau, absolument insipide, et exposa tout ce qu'il y avait à dire. Il termina en expliquant que, les années passant, il pensait de plus en plus aux parties manquantes du puzzle de sa vie, et que parler aux Cloat, peut-être même seulement les voir, l'aiderait à remplir les blancs. Quand il se tut, la bande de ciel en haut de la fenêtre avait pris une couleur lavande.

« Vous pensez que rien qu'en les voyant vous allez les comprendre ?

– Je ne sais pas.

– En regardant une montagne, est-ce que vous pouvez deviner ce qui se cache sous la roche ?

– Je vous demande pardon ?

– Désolé. » Soner écarta la question d'un geste impatient. « Vous avez l'intention d'en tuer un ou deux ?

– J'espère que non.

– Sinon, quel serait l'intérêt de rencontrer un Cloat ?

– Juste essayer d'y voir plus clair. »

Soner hocha la tête.

« Oui, bien sûr. Vous êtes uniquement en quête de savoir. C'est votre grande chance dans cette affaire. »

Sam cligna des paupières.

« Expliquez-vous.

– Les Cloat traversent la vie dans une indifférence totale. Ils ne s'intéressent ni à l'histoire, ni à la musique, ni même au bien-être des leurs.

– C'est peut-être eux qui ont de la chance. »

Soner secoua de nouveau la tête.

« Non. Ils ressemblent à des animaux, conscients seulement de ce qu'ils ont sous le nez à un moment donné. Mais il y a une chose qui les rend différents des animaux.

– Quoi ?

– Le goût de la vengeance. » Le juge de paix garda le silence un certain temps. Puis il tendit la main pour enflammer une lampe à pétrole à l'aide d'une allumette. « Allons, dit-il en soulevant la lampe. Préparons-nous quelque chose à dîner. »

Ils passèrent dans la cuisine et allumèrent d'autres lampes. Sam mit en marche la cuisinière à pétrole et dénicha une poêle tandis que Soner apportait des œufs, un jambon fumé, et des haricots verts de son jardin. Il y avait aussi une cruche de babeurre protégée par un torchon, et du pain dur. La petite cuisinière chauffait lentement, mais moins d'une heure plus tard ils s'asseyaient à table et Soner récitait un bénédicité. Il demanda à Sam de lui parler de son travail à bord de l'*Ambassador*, et il écouta la longue histoire qui l'avait amené à s'y faire engager pour commencer.

Une fois la table débarrassée, le juge de paix leur servit un bon verre de son bourbon artisanal et ils s'installèrent sur la véranda dans des fauteuils en osier. Il faisait si sombre que même les moustiques ne parvenaient pas à les trouver.

« Monsieur Simoneaux, vous pouvez passer la nuit dans la chambre du haut. Il devrait y faire assez frais pour dormir d'ici une heure. Mais ne descendez sous aucun prétexte avant le lever du jour – il y a un pot de chambre sous le lit. Vous m'avez bien compris ? »

Sam fit signe que oui.

« Quelle arme gardez-vous à votre chevet ? »

Il entendit Soner boire une longue gorgée et puis le bruit sec du verre qu'il reposait sur le plancher.

« Un Greener calibre .8 à canon double. J'ai rempli les cartouches moi-même.

– Mon Dieu ! Et avec quoi ? De la chevrotine ? »

Soner lâcha un petit rire.

« Mon père était horloger à Memphis. Il est mort quand j'étais très jeune, et je me suis retrouvé pendant plusieurs années sans savoir que faire des pièces détachées de montres, des petits mécanismes en acier, des contrepoids, des remontoirs, des vis cémentées. J'ai une caisse pleine de cartouches de .8 que j'ai bourrées jusqu'à la garde de toute cette ferraille.

– Bon sang ! Et il vous arrive de vous en servir ?

– Non. J'appelle ça ma "machine à remonter le temps". Vous savez, quand quelqu'un meurt, son âme prend l'une ou l'autre de deux directions : soit elle retourne de là où elle vient, soit elle poursuit son chemin vers l'endroit qu'elle mérite. Quiconque se retrouve nez à nez avec mon Greener peut se préparer au grand voyage.

– Et dans la région, tout le monde le sait ?

– Oh oui ! Même le clan des Cloat que vous voulez trouver.

– Je voudrais bien partir à leur rencontre. »

Un petit éclat de rire résonna dans la nuit, et Soner se pencha pour reprendre son verre.

« Je pense que "rencontre" est un trop joli mot, fiston.

– Je me disais bien qu'ils ne devaient pas être très reluisants.

– Ils ont beaucoup baissé au cours des vingt dernières années, mais quand votre famille a eu le malheur de les rencontrer, ils étaient à l'apogée de leur gloire. À cette époque, quand on rencontrait un Cloat, on finissait la gorge tailladée par un rasoir ou une balle de .45 dans le crâne. Enfin, si on était un homme. Les femmes, elles, devaient subir d'autres types de pénétration. Les Cloat ne sont pas d'ordinaires mauvaises graines d'assassins. Même par temps froid, ils empestent comme les draps d'une prostituée. Ils violent leurs propres animaux. S'ils abattent quelqu'un sur leurs terres, ils donnent sa carcasse à manger à leurs cochons. J'entends de moins en moins parler d'eux au fil des ans, malgré tout, je ne connais pas un policier dans un rayon de cent cinquante kilomètres qui oserait partir à leur recherche. Ils sont arrivés dans la région dans les années 1830, après s'être enfuis de Géorgie, je crois, à peu près au moment où l'île Soixante-Cinq a commencé à se former sur le fleuve. Ils ont d'abord opéré au long de la Piste Natchez, se faisant une spécialité d'égorger leur prochain, avant de traverser le Mississippi pour venir sur cette rive. Certains se sont enfoncés dans les marécages pendant quelque temps, mais quand la guerre est arrivée ils s'étaient déjà tous installés dans l'île.

– Vous vous êtes déjà frotté à eux personnellement ?

– Oui. »

La réponse avait tardé plusieurs secondes et paraissait lourde de sous-entendus. Sam but une longue gorgée.

« Rien d'aussi grave que ma famille, j'espère. »

Il y eut de nouveau une longue pause.

« En 1901, Aubrey Bledsoe a acheté un litre de whiskey aux Cloat un samedi matin, et à 4 heures il était mort. Les frères Bledsoe, de braves gens qui vivaient alors un peu au sud d'ici, sont venus me voir pour me demander de localiser l'alambic. J'étais un fin limier à l'époque, et si je parvenais à le trouver, je pouvais aussi coffrer tout ce beau monde. J'ai sellé un cheval, pris le chemin de l'île Soixante-Cinq qui est reliée à la rive de ce côté du fleuve, et je l'ai déniché au bout de deux jours, avec trois Cloat couverts de mouches dans les parages, tués par leur propre mixture. Ils avaient galvanisé leur chaudière avec cinquante kilos d'alliage de plomb et ajouté du xylène au mélange pour corser la chose. Ils avaient dû se mettre à délirer complètement avant de mourir, parce qu'ils étaient nus comme des vers et s'étaient peint des dessins sur le dos, le ventre, tout le corps. Avec du mercurochrome – j'ai retrouvé les flacons.

– Des dessins ?

– Comme ceux des grottes préhistoriques, mais obscènes. Je préfère ne pas vous les décrire. J'avais une hachette dans la sacoche de ma selle et j'ai réduit l'alambic en morceaux, puis je l'ai retourné et j'ai donné une bonne centaine de coups au fond de la chaudière. Le lendemain, j'ai raconté l'histoire aux Bledsoe, et, comme les braves gens qu'ils étaient, ils se sont réjouis que justice ait été faite.

– Et comment tout ça s'est-il terminé ? » demanda Sam, s'imaginant le chagrin des Cloat qui avaient perdu trois des leurs.

Soner se tortilla sur son fauteuil à bascule, et il devina qu'il devait être en train de croiser les jambes.

« Le lendemain matin à mon réveil, je me suis aperçu que tous mes cochons, toutes mes poules et toutes mes vaches avaient été égorgés jusqu'au dernier. Ma femme hurlait et mon fils, alors âgé de six ans, contemplait le désastre, hébété. Ils m'avaient laissé un cheval que j'ai sellé pour me rendre chez les Bledsoe. Tous leurs animaux avaient été abattus, même les bœufs dans le grand champ, un homme gisait mort dans la cour, et les femmes poussaient des cris d'orfraie. La grand-mère Bledsoe m'a demandé qui j'avais laissé auprès de mon épouse, et en un éclair, j'ai compris que j'avais été stupide et combien je sous-estimais encore la cruauté congénitale. »

Soner s'interrompit, et ils écoutèrent la sirène grave d'un bateau à vapeur qui mugissait dans le lointain.

« Est-ce qu'ils étaient sains et saufs ? demanda Sam, en priant pour que ce soit le cas.

– Fiston, je ne vais pas vous infliger davantage que ce que vous avez besoin de savoir. Mais il faut que je vous prépare un peu à la rencontre de demain. Je vous dirai seulement que deux des Cloat, Batch et Slug, étaient plantés devant chez moi dans leurs manteaux longs tout crottés quand je suis revenu, des mouches voletant autour de leurs barbes et de leurs rictus édentés. Ils ont forcé ma femme et mon fils à regarder pendant qu'ils me ligotaient les bras et les jambes à un pacanier, assis par terre, face au tronc. Ils avaient un gros molosse puant, un rottweiler à la tête ravagée, et ils l'ont lâché sur moi. » Soner marqua une pause et s'éclaircit la voix. « Ce monstre m'a sauté à la nuque et m'a arraché la chair du dos jusqu'à l'os, puis, juste avant qu'il me tue pour de bon, ils l'ont tiré en arrière et ils se sont enfuis. J'imagine qu'ils se sont dit que leur vengeance serait plus complète s'ils me laissaient vivre plutôt que d'abréger mes souffrances. C'est mon fils qui m'a détaché et m'a aidé à ramper jusqu'à la maison. Ma femme avait perdu la raison. Complètement. Et croyez-moi, ce que je vous livre là, c'est la version abrégée. La version la plus courte possible. »

Mais même ce résumé lui sembla prendre plus d'une heure, et après l'avoir entendu Sam était convaincu qu'il repartirait pour Helena dès le lendemain matin.

Mais Soner avait encore des choses à raconter.

« Un an plus tard, quand j'ai commencé à pouvoir me débrouiller tout seul, elle m'a quitté. Elle ne pouvait plus traverser notre cour sans que ses nerfs se tendent comme les ressorts d'une horloge. Le petit est resté deux ans de plus, puis il est parti la rejoindre. Il m'écrit tous les mois, il est marié maintenant, il a des enfants à son tour, et il vit à l'ouest de Chicago.

– Vous n'avez pas voulu la suivre ?

– Je l'aurais fait en moins de temps qu'il n'en faut pour dire ouf, mais elle ne pouvait plus me voir. Je n'ai pas dit “voulait”. Elle ne *pouvait* plus. Elle m'a expliqué que chaque fois qu'elle posait les yeux sur moi elle revoyait ces hommes et leur chien.

– Vous ne vous êtes pas lancé à leur poursuite ? Ou vous ne les avez pas dénoncés au shérif ?

– Ah ! Je possède beaucoup d'armes mais je dois avouer que j'ai peur. Je ne fais pas le poids. Pendant toutes ces années, j'ai choisi de laisser tomber. Je n'avais pas assez d'imagination destructrice pour leur faire le quart de ce qu'ils auraient été capables de me faire. » Il avala une autre rasade. « Si j'avais fait appel au shérif, il n'aurait pas levé le petit doigt contre eux. S'ils avaient appris que j'avais encore une fois mis la police sur le coup, ils me l'auraient encore fait payer. On peut me trouver lâche, mais j'ai encore du plaisir à voir le soleil se lever chaque matin, je touche encore un salaire, je rends encore service à mes concitoyens. La seule chose que j'ai du mal à supporter, c'est le sentiment d'être incomplet : ma famille est partie, mais elle est encore là, quelque part. »

Sam vit une luciole se mettre à briller dans la cour. Une seule.

« Moi je crois que j'aurais fait quelque chose. Ces types ne sont jamais que des hommes. »

Il eut l'impression de ressentir la colère que Soner avait dû ressentir.

Le juge de paix vida son verre et s'agita sur son fauteuil à bascule.

« Approchez, fiston. Je veux que vous compreniez quelque chose.

– Quoi ?

– Ce dont les hommes sont capables. »

Sam se rapprocha de l'endroit où un mouvement semblait indiquer que Soner était en train de retirer sa chemise. Quand il eut réussi, il pencha ses épaules en avant et baissa la tête.

« Passez vos mains sur mon dos.

– Je ne pense pas que…

– N'ayez pas peur. Vous allez apprendre quelque chose.

– Je n'y vois rien.

– Aucune importance. »

Sam tendit les mains en avant comme il l'aurait fait pour chercher quelque chose à l'aveuglette dans une maison la nuit. Il les posa sur l'épaule droite de Soner et laissa ses paumes glisser tout doucement vers son épine dorsale.

« Dieu tout-puissant ! » s'exclama-t-il, le souffle coupé.

Il déplaça les mains jusqu'à l'autre épaule, murmurant quelque chose en français. Descendant le long du dos, ses doigts rencontrèrent un os tout déformé et recouvert de peau, et, plus bas, de vastes creux palpitants qui semblaient défier l'imagination. Il éloigna ses paumes mais resta un instant immobile, comme pétrifié par son incapacité à remédier à tant d'horreur.

La voix de Soner lui parvint, sèche et affaiblie :

« Ce devrait être une bonne leçon pour vous. Mais j'ai vécu assez longtemps pour savoir qu'il n'en sera rien. Personne ne comprend ce qu'est un serpent jusqu'à s'être fait mordre. » Il se leva et ouvrit la porte à moustiquaire. « On se verra demain matin, juste après le lever du jour.

– Entendu, monsieur. »

Cette nuit-là, Sam frotta inlassablement le bout de ses doigts contre ses draps, comme pour se débarrasser des traces de ce souvenir. Il s'éveilla aux premières lueurs annonciatrices de l'aube et resta étendu sur le dos, attentif à la grisaille ordinaire de la chambre qui émergeait peu à peu de l'obscurité. Des perles de rosée s'accrochaient à la moustiquaire de la fenêtre comme des cristaux troubles, et il devina que la journée serait ensoleillée.

Au petit déjeuner, Sam remarqua que Soner faisait pivoter tout son corps quand il voulait saisir quelque chose à côté de lui.

« Merci de votre hospitalité.

– Je n'ai pas beaucoup de visiteurs polis. J'espère que je vous reverrai un jour. » Il cessa un instant de beurrer son pain et releva les yeux. « J'espère que quelqu'un, un jour, vous reverra. »

Sam pensait toujours à poursuivre son chemin et à oublier tout cela.

« Combien sont-ils encore là-bas ? »

Soner jeta un coup d'œil oblique vers sa gauche.

« À une certaine époque, il y avait une vingtaine de Cloat, sans compter leurs squaws. Ils aimaient les femmes indiennes. De temps à autre, ils avaient des enfants, mais cela ne durait jamais très longtemps.

– C'est-à-dire ?

– Parfois les femmes s'enfuyaient avec leurs petits. Ou bien, à neuf dix ans, ils s'en allaient d'eux-mêmes. Filles ou garçons, les Cloat s'accouplaient avec eux. »

Sam cessa de manger.

« Mais ces gens sont complètement malades ! »

Les yeux de Soner lui parurent clairs et brillants.

« Absolument pas. Ils sont exactement comme vous et moi. Ils sont seulement descendus quelques barreaux plus bas sur l'échelle morale que la majorité. C'est parce qu'ils vivent dans l'isolement qu'ils ont décidé que rien de bon ne pouvait les atteindre. Et ils insistent pour se considérer comme normaux, encourageant mutuellement leurs crimes. Ils sont les uns pour les autres le pire qu'il leur soit arrivé.

– Ceux qui vous ont fait ça, ils sont là-bas ?

– Batch et Slug ? Non, ils ont disparu. Ils avaient acheté du hachisch, je crois, et ils ont fumé et fumé tant et plus, jusqu'à décider de jouer à la roulette russe en tandem avec leurs revolvers. Au lieu d'une seule balle, ils en ont mis cinq dans le barillet, et ils se sont tous les deux écroulés au premier coup de feu.

– Combien en reste-t-il ?

– Le gros qui s'appelait Grill est mort d'on ne sait trop quoi. Il avait atteint un âge avancé pour un Cloat, peut-être quarante-huit ans. Box et Babe sont encore vivants, je pense. Percy est mort il y a environ deux ans.

– Percy ?

– On raconte qu'il était couvert de la tête aux pieds de chancres syphilitiques et qu'il a mis cinq mois à mourir en braillant comme un veau. Sa compagne a quitté l'île peu après et c'est elle qui me l'a raconté avant de partir pour Memphis. Elle semblait elle-même très mal en point. C'était il y a cinq ans. » Il leva les yeux vers le plafond. « Peut-être six.

– Je vois.

– Vous y allez ?

– Oui.

– Jetez cet étui à revolver. Portez votre arme au creux de vos reins entre votre caleçon et votre pantalon. »

Sam vida son verre de babeurre.

« Vous pouvez me dire comment y aller ? »

Soner mordit dans son toast et réfléchit un instant.

« Je crois bien qu'il va falloir que je vous prête mon cheval. »

Chapitre 38

Aux environs de 7 heures, juché sur le dos de la jument de Soner, Sam reprenait le chemin du dock désaffecté. Il suivit la piste en direction de l'est qui permettait de rejoindre l'île, et en moins d'une heure il était déjà complètement perdu. Le paysage se composait de mares laissées par le fleuve qui avait reculé et de semblants de forêt récente. Il traversait de vieux plissements de terrain emplis d'eau stagnante et escaladait des monticules envahis de sumac vénéneux et hérissés de saules. Au bout de quatre heures d'errance, il repéra l'odeur d'un feu de bois. Il fit demi-tour, avança vers le sud et traversa un sentier à demi effacé qu'il n'avait pas repéré en venant. Il continua pendant un kilomètre et demi avant de mettre pied à terre et d'attacher sa monture en lui laissant du mou dans la longe. Après avoir marché un moment, il renifla des remugles de fosses septiques, et repéra bientôt une clairière où une demi-douzaine de maisons étaient éparpillées, comme abandonnées là par la crue du fleuve. Toutes à moitié affaissées, elles étaient faites de bois de récupération : des planches de recouvrement, certaines provenant de lambris extérieurs, d'autres plus brutes encore, souvent bourrelées par l'humidité parce qu'on les avait repêchées dans la rivière et clouées à la va-vite, encore gorgées d'eau et couvertes de mousse. Devant la baraque la plus proche, une cabane de trois pièces soutenue par des étais extérieurs pour qu'elle ne s'effondre pas, un homme au crâne passablement dégarni et à l'air complètement égaré était assis au milieu d'un carré de terre nue sur une chaise de cuisine. Sam l'examina pendant quelques secondes, puis il décida de faire le tour de la maison et il traversa une étendue de chardons et de déjections animales diverses. Il s'attendait à voir surgir à tout moment une meute de chiens grondants, mais aucun ne montra le bout du museau.

L'homme marmonnait dans sa barbe, installé sur ce qui avait autrefois dû être une véranda, et dont il ne restait plus qu'un toit dangereusement incliné soutenu par un unique poteau. Sam se campa face à lui, bien en vue. L'homme l'examina et sa bouche s'entrouvrit mollement.

« Ça veut rien dire », lâcha-t-il.

Sam jeta un coup d'œil vers les autres baraques puis il se retourna.

« Je suis venu pour vous poser quelques questions. Vous vous appelez bien Cloat ? »

Les mains de l'homme, enflées et poilues, étaient posées sur ses genoux. La braguette de sa salopette était ouverte, et le tissu informe pendait sur l'assise cannelée. Sa barbe grisonnante était tressée et descendait sur sa cuisse gauche tel un serpent huileux. Il manquait une bretelle à sa salopette et il ne portait pas de chemise. Sa peau était boursouflée et brûlée par le soleil, ses yeux ressemblaient à des blessures ouvertes. Autour de sa chaise, le sol était jonché de petits os, comme s'il était assis là depuis des lustres à manger du poulet et des écureuils.

« Dix kilomètres », marmotta-t-il.

Sam sentait son odeur malgré celle qui montait du tas d'ordures : une putréfaction fécale qui le fit reculer.

Une femme, apparemment métisse d'Indienne et de Noire, sortit pesamment sur le seuil et le fixa d'un air éberlué.

« Qui toi, putain ? »

Il vérifia qu'elle n'avait pas d'arme en main.

« Je cherche des gens qui s'appellent Cloat. »

Elle branla lentement du chef ; les mots pénétraient peu à peu son cerveau, comme si elle les avait traduits en cherokee – ou dans la langue qui devait être la sienne.

« Lui, Cloat. Pas parle bien. Quoi toi vouloir ? »

Il fit un geste en direction des maisons alentour.

« Ces gens sont venus en Louisiane en 1895 et ils ont abattu toute ma famille.

– C'est quoi ?

– C'est quoi, quoi ?

– 1895 ? Un chariot ? »

Il essaya de comprendre comment son cerveau pouvait bien fonctionner. Au bout d'un moment, il reprit :

« C'était il y a vingt-sept hivers. Ils ont tué toute ma famille. »

Elle désigna le sol du doigt.

« Fais des traits pour compter hivers. »

Il se pencha et à l'aide d'un bout de bois il fit vingt-sept marques dans la terre. Puis il releva les yeux.

« Ça fait très longtemps. »

La femme ajouta dix marques de la pointe d'un doigt à la peau sombre et les souligna d'un trait appuyé.

« Lui dix de plus. Tué personne depuis dix ans.

– Mais c'est un Cloat ?

– Babe. Babe Cloat. Toi parler avec Box. »

Une main sortit des plis de sa jupe maculée de terre, elle lui montra de l'index une maison noircie par les moisissures à une soixantaine de mètres, de l'autre côté d'un carré de terre envahi de mauvaises herbes.

« Combien d'hommes habitent ici ?

– Demander Box.

– C'est à toi que je le demande. »

Sans comprendre, elle le fixait d'un regard irrité. Elle lui montra trois doigts.

« Pas plus ?

– Babe, Box, Papa Box. »

Il balaya du regard les baraques malmenées par les intempéries.

« Mais qu'est-il arrivé aux autres ? »

La femme se boucha une narine avec son pouce et souffla pour éjecter un filet de morve.

« Quoi ? »

Il décrivit un cercle.

« Où sont passés tous les autres Cloat ? »

Elle hocha la tête.

« Morts ou pourris. Certains d'abord pourrir, puis mourir. »

Il la regarda s'approcher de Babe Cloat et lui tendre une pomme de terre qu'il attira près de son visage et qu'il entreprit de grignoter à la manière d'un écureuil.

Sam sentit une migraine s'installer à la base de son crâne tandis qu'il traversait le terrain. Il avait chaud, il se sentait furieux, et il aurait surtout voulu se mettre à l'abri du soleil. Mais il s'arrêta en chemin quand il aperçut le canon d'un fusil qui pointait sur le rebord d'une fenêtre.

« Box Cloat ? »

Une voix poussive monta dans le silence :

« Avant que je te fasse la peau, dis-moi ce que tu viens foutre ici, putain de merde ! »

Le canon hexagonal rouillé oscillait légèrement. Sam espéra que, si le coup partait, il ne ferait que le blesser.

« Si tu es bien Box Cloat, sors deux secondes et viens me parler. Tu ne risques rien. »

Il entendit le brusque claquement métallique du chien, un chapelet de jurons essoufflés, et il comprit que l'individu avait appuyé sur la détente alors que le magasin était vide, et qu'il tâtonnait maintenant pour faire basculer le mécanisme et glisser une cartouche dans le chargeur. Sam sortit son Colt .45 et tira deux fois dans le mur juste au-dessus de la fenêtre. Il se précipita vers la porte et s'élança contre le battant, qui tomba comme la barrière d'un poulailler tandis qu'il roulait par terre à moins de deux mètres d'un homme de haute taille, doté d'énormes sourcils, qui essayait toujours d'ouvrir son fusil enrayé. Sam pointa son revolver, lui cria de jeter son arme, et l'homme la lâcha aussitôt.

Son cœur cognait dans sa poitrine et il se releva prestement, visant son agresseur à la tête.

« Tu t'appelles Cloat ? »

L'individu était comme pétrifié, il roulait des yeux éberlués en direction de Sam et il essayait de concentrer son regard.

« Tu es un Lobdell, pas vrai ? C'est pas moi que tu cherches, c'est Clamp, et il est mort il y a trois ans.

– Es-tu Box Cloat, oui ou non ?

– Ouais. Tu es un Bledsoe ?

– Non. »

Box pencha la tête vers la gauche.

« Alors un Clemmons ? Ou un Terranova ? Un Walting, ou un Mills ? Ou alors un Levers ? Ou bien un Smollet ? »

Il continua d'égrener une vingtaine de noms, levant peu à peu les bras au-dessus de sa tignasse jusqu'à ce que Sam l'arrête.

« La ferme ! Ça fait pas mal de gens qui ont des raisons de t'en vouloir, on dirait ! »

Box déglutit péniblement.

« Tu serais pas un Kathell, par hasard ? Oh non, pas un Kathell, bordel de merde ! gémit-il en détournant le regard. Écoute, ces petites, c'était un accident. On les avait prises pour quelqu'un d'autre. »

Sam leva son arme en songeant que, s'il le tuait, personne ne se soucierait plus de lui que du cadavre d'une taupe en train de pourrir dans son terrier. Il plissa les yeux un instant, la conscience pour ainsi dire aiguisée. Il est si facile de vivre seulement dans le présent. On fait quelque chose en évitant soigneusement de penser au lendemain, ou à la façon dont on jugera ses propres actions dix ans plus tard. Finalement, il reprit :

« Assieds-toi par terre. Tu as quel âge ? »

Box s'accroupit dans la poussière du plancher.

« Un peu plus de quarante.

– Qu'est-ce que tu sais de Jimmy Cloat ?

– L'oncle Jimmy ? Ça fait une paye qu'il est mort, mon vieux.

– Qui l'a tué ? »

Box ferma un œil.

« Un de ces connards de Cajuns là-bas dans le Sud.

– Et vous vous êtes vengés ? »

Box recommença à essayer de concentrer son regard, pour voir qui tenait ce gros pistolet braqué sur lui.

« Je sais rien de toute cette histoire. »

Sam s'agenouilla, écarta la longue barbe noire de l'individu et pointa la gueule de son arme sous son menton, assailli par son odeur pestilentielle.

« Tu me vois ?

– Pas vraiment.

– Je m'appelle Sam Simoneaux. Je te conseille de même pas essayer de battre un cil. Un jour, vous avez fait une descente en Louisiane et abattu toute ma famille. Ça te rappelle quelque chose ? »

Il sentait dans sa bouche le goût métallique des mots empoisonnés.

Les yeux vitreux de Box s'écarquillèrent.

« J'ai rien fait, moi. J'étais qu'un gosse.

– Écoute, je ne suis pas venu ici pour tuer qui que ce soit. Comprends-moi bien. Je veux seulement savoir la vérité.

– Tu causes bien comme un Cajun.

– Qui a fait le coup ?

– Où ça ? En Louisiane ?

– Tout au sud. Au pays des cannes à sucre. »

Box Cloat se tortilla sous le canon de l'arme.

« Ouais, je me rappelle… Moi, on m'avait juste jugé bon à garder les chevaux. Trop myope pour tenir un flingue.

– D'accord. Alors, c'était qui ?

– Compte pas sur moi pour balancer.

– Alors je crois que je vais être obligé de t'attacher et d'aller dire deux mots à ton père.

– Il est malade comme un chien. Malade à crever. Il aura même pas assez de souffle pour te parler.

– Où tu ranges tes cordes ?

– Emmène-moi – tu me tiens en joue, de toute façon. Moi j'arrive encore à lui causer. »

Sam regarda autour de lui. Le plancher était affaissé, et les lattes des murs laissaient passer le jour. Il n'y avait qu'une paillasse crasseuse et tout aplatie à même le sol et une table de toilette branlante en peuplier, avec quelques douilles rouillées éparpillées sur le plateau tout craquelé.

« Entendu. Si tu obtiens de lui les réponses que je cherche, je te laisse la vie sauve. Mais si tu me mens, ta cervelle va gicler sur les murs, compris ? »

Box hocha la tête et se releva péniblement.

« Tu me fais pas peur.

– Qui d'autre vit ici ?

– Rien que ceux que tu as vu.

– Pas de femme ?

– La dernière que j'avais est morte en deux temps trois mouvements. »

Sam resta un instant songeur.

« Elle te manque ? »

Tout le visage de Box se plissa.

« Quoi ?

– Rien. Allons voir ton père, maintenant », dit Sam en lui enfonçant le Colt dans les côtes.

Une fois dehors, craignant une attaque surprise, il inspecta les autres baraques, dont trois n'étaient pourtant plus habitées que par les ronces. Des branches de sumac vénéneux pendaient aux fenêtres, tapissaient les galeries et envahissaient les tuyaux de poêle, tandis que les jeunes pousses partaient à l'assaut du ciel vide à la recherche d'un endroit plus propice à leur expansion.

Une des maisons était couverte de traces laissées par les termites, la façade criblée d'impacts de balles, aucune vitre intacte.

Box monta une marche pour s'avancer sous une galerie construite avec des planches provenant de péniches. Il y avait un poulailler juste à côté et un énorme cochon qui enfouissait son groin dans les trous de la clôture et les fixait de ses gros yeux ronds. La puanteur était intolérable. Une vache dotée d'une seule corne se trouvait dans un autre enclos, appuyée à un poteau. Elle avait une des pattes arrière à vif, et elle la soulevait pour la maintenir hors de la boue. La femme s'approcha, ricana en voyant le pistolet et disparut à l'intérieur. La pièce dans laquelle ils pénétrèrent était un fouillis de vêtements sales et de meubles éparpillés au hasard, comme si celui qui les avait laissés là ne savait ni ce que c'était ni où les mettre. Dans un lit à une place poussé contre une fenêtre latérale gisait un corps décharné couvert d'eczéma. Box fit mine de tousser et le squelette ouvrit ses yeux jaunes. La femme renifla et jeta un coup d'œil en direction de Box.

« Crie quand toi fini et moi reviens nettoyer. »

Elle ressortit dans la cour en laissant la porte grande ouverte.

Box s'approcha du lit et il examina précautionneusement le grabataire, comme s'il risquait à tout moment de bondir et de l'étrangler.

« Papa ? »

Le regard du mourant le contourna pour aller se poser sur Sam.

« Qui c'est ? demanda-t-il d'une voix chevrotante.

– Un étranger.

– Pourquoi tu l'as pas descendu ?

– Mon fusil s'est enrayé encore une fois. » Il reposa les yeux sur le pistolet de Sam. « Je te présente Papa Molton.

– J'ai le feu au bide.

– Tu veux de l'eau ?

– J'ai la trouille.

– Il dit qu'il veut tuer personne.

– Alors, qu'est-ce qu'il veut ?

– Il veut poser des questions sur l'oncle Jimmy. »

Molton essaya de tourner la tête, mais il abandonna après deux sursauts sans conviction.

« Jimmy s'est fait descendre.

– Ça, il le sait, s'impatienta Box.

– Alors, qu'est-ce qu'il veut savoir ? »

Box regarda Sam en clignant des yeux.

« Je voulais savoir ce que vous avez fait quand il est mort. »

Il avait tenté de contrôler sa voix pour en effacer toute trace de mépris.

« Ce qu'on a fait ? » Cette fois, le vieil homme réussit à tourner la tête. « Jimmy était le plus intelligent de nous tous. Il comptait de tête. Il savait lire et écrire aussi bien qu'un maître d'école. Il était représentant. Quand quelqu'un l'a tué, on l'a appris. Alors on a fait une descente.

– Mon oncle m'a raconté que vous aviez tiré deux cents balles sur la maison », ne put s'empêcher de s'écrier Sam.

La tête du mourant se souleva de l'oreiller, ses yeux veinés de rouge tout brillants.

« Pas question de risquer qu'un autre de nous se fasse occire. »

Sam approcha son pistolet de l'oreille de Box.

« Vous avez tué mon père, ma mère, mon frère et ma sœur. »

Le vieil homme avala une gorgée d'air et prononça calmement :

« J'étais là.

– Espèce d'ordure ! Ton frère était un connard de poivrot, et il était en train de tirer tellement fort sur les rênes de son cheval qu'il allait lui arracher la tête. Mon père lui a donné un petit coup de badine, il est tombé de sa selle, et son crâne est allé heurter une marche. Personne n'avait jamais eu l'intention de le tuer.

– Il est quand même mort.

– Et vous avez massacré toute une famille pour ça ? »

Molton essaya de répondre mais il se mit à tousser. Sam pensa que, peut-être, il allait dire quelque chose qui ressemblait à l'ombre d'un regret. Mais quand les mots sortirent enfin de sa bouche, accompagnés par un filet de bave rouge, il articula :

« Apparemment, j'en ai raté un. »

Box ferma les yeux.

« Papa. »

Les doigts de Sam se crispèrent sur la crosse. Il avait l'impression que le sang dans les veines de son cou s'était changé en plomb.

« Vous étiez combien ce jour-là ?

– On était neuf.

– Où sont-ils ?

– Quoi ?

– Où ils sont, putain ? hurla Sam.

– Laisse-moi mourir tranquille.

– Batch, Slug, Grill, Percy… où ils sont ?

– Ils y étaient, mais ils sont partis. » Il remonta les jambes et se mit à gémir. « Putain que ça fait mal ! Ça brûle là-dedans ! Fous-moi la paix, maintenant.

– Qui d'autre ? Je n'en compte que six.

– Box, appelle-moi cette femme.

– Qui d'autre, je te demande !

– OK, bordel ! Sim, mon frère aîné, Loganthal, qui était sur tous les coups avec nous, et le père à cette femme, Payette.

– Je veux leur parler.

– Tu vas avoir du mal. Ils sont tous morts, geignit le vieil homme. Morts… reprit-il, comme si le mot était un mets délicat qu'il fallait faire durer.

– Tu mens.

– Sim s'est fait régler son compte par le clan des Rayville, ils l'ont pendu au pont du chemin de fer. Payette s'est mis à l'opium et on peut dire qu'il était déjà mort deux ans avant d'avoir poussé son dernier souffle.

– Et Loganthal ? Qu'est-ce qui lui est arrivé ? »

Molton ferma les paupières.

« J'en sais rien. »

Sam regarda Box, qui détourna les yeux et répondit :

« Je me rappelle pas vraiment non plus, mais je suis sûr qu'il a passé l'arme à gauche. Dis-moi, tu veux pas serrer un peu moins fort, là ? »

Sam poussa Box sur le lit et un remugle acide monta de la couverture.

« Dis-moi comment il est mort !

– Je sais pas bien comment appeler ça.

– Une maladie ?

– Non, pas une maladie. D'un seul coup, il a perdu la parole, et un an après on s'est mis à l'entendre délirer la nuit. Toute la nuit. Puis il a commencé à avoir des cauchemars et à se réveiller en hurlant. Mon père a été obligé d'aller le faire taire pas mal de fois. Sa femme s'est tirée. »

Une voix monta du lit.

« Après, il a tremblé pendant deux ans.

– Comment ça ?

– On aurait dit qu'y avait un serpent à sonnette dans son pieu. Comme s'il avait vu ce qui l'attendait et qu'il avait pas envie d'y aller. Maintenant, casse-toi !

– Personne d'autre ?

– Juste nous neuf, murmura Molton. T'es sourd ou quoi ?

– Il n'y avait pas un Skadlock avec vous ?

– Skadlock, répéta l'homme lentement. Je les ai connus, cette bande de caves. Des petits bras. Aucune envergure. Et cons avec ça ! Ils dépensaient plus pour fabriquer leur alcool qu'ils gagnaient d'argent avec, la plupart du temps. Oh putain, voilà que ça recommence ! »

Il serra ses rares dents jaunes, les lèvres aspirées à l'intérieur, l'émail crissant avec un bruit de meule.

Dans la cour, la femme jeta quelque chose dans l'enclos et le cochon se mit à grogner comme si le tonnerre s'était soudain incarné.

« Il y a encore quelque chose que je veux savoir, dit Sam.

– Voyons.

– Est-ce que tu les as vus morts ? »

Molton souffla un grand coup.

« Ouais.

– Dis-moi à quoi ils ressemblaient. »

Sam baissa lentement son arme et Box demeura immobile.

« À quoi ils ressemblaient ? Ils étaient morts.

– Je voudrais me représenter le tableau. Si tu me les décris, je te laisserai en paix.

– Box te racontera. Moi, j'en peux plus.

– Je gardais les chevaux, papa.

– Dis-le-moi. »

Le vieil homme ouvrit un œil.

« Mais après tu fous le camp ?

– Dis-le-moi. »

La voix du grabataire était devenue faible, entrecoupée de râles profonds et angoissés.

« Ils sont tous morts sur le coup. Y en avait plus un seul en vie quand on est entrés dans la maison.

– Continue.

– La mère était couchée à plat ventre avec la fille sous son bras gauche.

– De quelle couleur étaient leurs cheveux ?

– Putain de bordel ! Comment tu veux que je me rappelle ? Toi, tu le sais pas ? »

Sam se laissa tomber sur les genoux et posa le pistolet sur le bord de la couverture.

« Il faut que tu comprennes : c'est pour ça que je suis venu ici. Je n'ai jamais vu les cheveux de ma mère. »

Molton le regarda droit dans les yeux.

« Châtains, répondit-il. Et bien propres. Comme ceux de la gosse.

– Et où était le petit garçon ?

– Contre la porte du fond.

– Comment il était habillé ? »

Le vieil homme s'humecta les lèvres.

« Ça, je me rappelle. Un bandana tout neuf autour du cou. Une balle l'avait traversé et elle lui avait brisé la nuque. » Il releva les yeux. « Mort d'un coup, celui-là aussi. Presque pas de sang.

– En popeline de coton ?

– Oui, de la popeline à rayures. On a même vu le métier à tisser derrière la maison.

– Et mon père ?

– C'est pour lui qu'on était là.

– Vous aviez bu ?

– Ça, tu peux le dire ! Je crois pas qu'on avait pensé qu'il serait pas seul.

– Où était-il ? »

Il se tortilla dans son lit.

« Lui, je lui ai soulevé les paupières pour vérifier qu'il était bien mort. Je me rappelle qu'il commençait à perdre ses cheveux. Ça t'aide à te l'imaginer ?

– Il était où, mon père ?

– Affalé contre le poêle. On l'a tiré à la lumière, on a vu qu'il avait son compte et on s'est fait la malle. »

Il clignait des paupières et des larmes causées par l'effort de raconter lui montaient aux yeux.

Sam se releva, il considéra l'innommable saleté qui l'entourait, puis le fils impassible. Il abaissa le chien du pistolet, sachant qu'il ne s'en servirait pas. Sous la fenêtre, le cochon, furieux et essoufflé, se jetait contre le mur pour réclamer une ration supplémentaire.

« Où que tu étais, toi ? » demanda Molton en regardant Sam dans les yeux.

Sam lui rendit son regard et sourit.

« Il y avait bien une saloperie de clebs et un chat qui miaulait quelque part, mais pas de bébé. Où que tu étais ? »

Sam glissa le pistolet sous sa ceinture.

« J'attendais mon heure, quelque part. Je ne le savais pas, mais il fallait bien que je finisse par te rencontrer.

– Ça valait pas vraiment le détour, pas vrai ? »

Les yeux de Sam passèrent de l'un à l'autre des deux hommes.

« Je n'y aurais pas renoncé pour un million de dollars. »

Soudain, le cochon noir parvint à se hisser contre le mur de la maison et posa ses sabots sur le rebord de la fenêtre, sa hure monstrueuse remplissant tout le châssis au-dessus du corps du vieil homme. Sam recula ; Box donna un coup de poing sur le groin de l'animal, qui tomba à la renverse en faisant gicler la boue. Le malade se mit à trembler.

« Bon sang de bois, le laisse pas m'attaquer. »

Box s'essuya la main sur la couverture.

« Putain, papa, tout ce qui veut c'est du rab de bouillie !

– L'étranger est reparti ?

– Non. »

Molton tourna la tête vers le centre de la pièce.

« Tu penses que je vais aller droit en enfer, pas vrai ?

– Je ne sais pas où tu vas. Mais je peux te dire que l'enfer tu l'as déjà connu sur terre et que tu l'as fait connaître à pas mal d'autres.

– Moi je dis que je vais nulle part. »

Sam se dirigea vers la porte.

« Tu verras bien. »

La voix du vieil homme monta comme dans un râle.

« Y a rien à voir. »

Sam s'arrêta sur le seuil et se retourna.

« Ça, c'est la seule chose que personne ne peut éviter. D'une façon ou d'une autre, quand on meurt, il y a toujours quelque chose à voir. »

Chapitre 39

Sam se campa devant la silhouette de Babe Cloat, toujours assis dans la cour, comme une effigie de son clan.

« Allez, salut, lui cria-t-il.

– Y en avait douze, articula Babe Cloat, les yeux vides. Et un bateau. »

Au moment de quitter les lieux, Sam se retourna pour regarder en arrière. L'Indienne marchait à pas lents vers la baraque de Molton, tirant une couverture dans la poussière. D'ici un an ou deux, les maisons seraient complètement envahies par les mauvaises herbes et les insectes. Le prochain et inévitable déluge viendrait reprendre le bois flotté et nettoierait la terre de tout signe de vie. Ce qu'il subsisterait, à ce qu'en croyaient certains, ce serait le long décompte mystique des actes odieux commis par des cœurs sans amour. Il resta un certain temps à regarder, conforté dans sa conviction que punir les Cloat serait un gâchis de vengeance – si jamais la vengeance pouvait être autre chose qu'un gâchis. Il retrouva sa jument, monta en selle, et se mit en route vers l'ouest sans se retourner.

Il se dit qu'il pourrait être de retour chez Soner avant la tombée du jour, et il profita du chemin pour méditer, ressassant les détails qu'il avait appris sur sa famille jusqu'à ce que, telles des graines, ils se mettent à germer et à produire des souvenirs qu'il n'avait jamais eus, ou n'aurait jamais eus, et il s'en réjouit.

« Tout ce qui prend la place du rien, c'est déjà quelque chose », dit-il à sa monture.

Il remettait la jument à l'écurie quand Soner sortit avec une lanterne.

« Vous êtes blessé ?

– Eh non. »

Le juge de paix le regarda fixement.

« Alors, vous ne les avez pas trouvés ?

– Si, si, je les ai trouvés. »

Soner souleva la lanterne pour que Sam puisse accrocher la selle à son clou.

« Alors vous devez les avoir tous tués, parce que, *a priori*, je ne vois sur vous aucune trace de balle.

– Il ne reste plus qu'un seul Cloat qui tienne encore debout, et il est pratiquement aveugle – il le sera bientôt complètement. Vous allez pouvoir vider toutes les armes de votre collection. »

Soner examina le visage de Sam avec attention, comme pour détecter un mensonge.

« Vous n'avez pas trouvé ceux qui ont tué votre famille ?

– Deux d'entre eux étaient là.

– C'est un peu ridicule de leur avoir laissé la vie sauve, non ?

– Puisque vous le dites. »

Soner baissa la lanterne.

« Entrez me raconter. Ça me ferait plaisir que vous acceptiez de rester une nuit de plus.

– Je pense que c'est surtout à moi que ça ferait plaisir. »

Ils traversèrent le terrain. Sam sentait une sorte de légèreté dans ses bras, comme si, finalement, il s'était débarrassé d'un poids qu'il portait depuis des lustres. Soudain, il s'arrêta et se tourna vers Soner.

« Dites-moi, est-ce que je n'aurais pas vu un piano dans la salle de séjour, à gauche de l'escalier ?

– Si. Il était à ma femme. Il n'a pas servi depuis des années.

– Préparez-moi à boire et je vous ferai entendre un peu de vraie musique. »

Le juge de paix ouvrit la porte et fit entrer Sam.

« Très bonne idée. Vous allez sans doute aussi vouloir grignoter quelque chose… »

Il alluma la lampe de table et les deux hommes s'assirent devant une assiette de pain et de jambon, arrosée d'un pichet de bon vin.

Le repas terminé, Sam demanda :

« Il est de quelle marque, ce piano ?

– J'ai oublié, mais c'est un bel instrument. Ma femme… »

Il ne finit pas cette phrase.

Sam se leva et s'étira.

« Allons jeter un coup d'œil, alors. »

Plus tard dans la soirée, un garçon passant à cheval aurait pu voir toutes les fenêtres du juge de paix éclairées – enfin, en haut, à l'endroit où elles n'étaient pas condamnées par des planches. Il aurait pu absorber les notes d'un piano légèrement désaccordé comme s'il s'agissait de sa première gorgée d'un bon bourbon. Une petite fille rentrant tard chez elle après être allée cueillir des mûres aurait elle aussi entendu la musique, et rêvé de posséder un piano et d'avoir le temps d'apprendre à en jouer. Un mari et sa femme auraient pu passer par là en route vers autre part, et s'attarder pour apprécier la belle technique du pianiste. Un assassin embusqué dans les hautes herbes aurait pu se laisser distraire de ses mauvais desseins, jaloux du bon temps qu'on avait l'air de prendre.

Une heure plus tard, les deux hommes chantaient à tue-tête, et leurs voix mal assurées traversaient les champs déserts. Cela valait vraiment le détour, cette impression de soulagement infini. Mais dans les ténèbres personne ne prêta l'oreille, et cette vacuité devait se prolonger indéfiniment ; un sentiment de manque douloureux que Sam éprouverait plus tard dans la nuit quand il sortirait sur la véranda, le vide tombant en lui dans un fracas silencieux, comme un caillou que jette un écolier dans un puits.

Le lendemain matin, il posa le pistolet et son étui sur son lit, et descendit prendre son petit déjeuner en compagnie de Soner, avant de repartir pour Helena. Quand il eut restitué la Ford couverte de boue, il marcha jusqu'à l'embarcadère. Aucun bateau n'était prévu ce jour-là pour remonter le fleuve, et derrière son bureau en piteux état dans le hangar de chargement l'agent lui demanda où il voulait aller.

« À Memphis.

– Et après ?

– À La Nouvelle-Orléans.

– Mais alors, bon sang, le *Kate-Adams* s'arrête ici et il y descend ! Pourquoi vous ne le prenez pas jusqu'en bas ? »

Sam jeta un coup d'œil vers le fleuve et remarqua la présence d'une énorme caisse en bois sur le dock.

« Parce que, l'un dans l'autre, je ferai plus vite en train.

– Il est possible que l'*America* fasse escale ici en route vers le nord. Enfin, s'il n'a pas coulé avant. Il est tellement vieux, ce rafiot… »

Sam redressa la tête.

« Dites-moi, est-ce que cette caisse n'était pas déjà là quand j'ai débarqué l'autre jour ?

– Mais si, bon Dieu ! La dame qui l'a commandé n'est pas venue le chercher quand elle aurait dû, et il a plu avant qu'elle se décide enfin à passer le prendre avec une charrette. Elle a dit qu'elle ne voulait pas d'un piano qui avait essuyé un orage.

– Un piano ! Mais qu'est-ce que vous allez en faire ?

– L'assurance de l'expéditeur a déjà remboursé. Le courtier m'a télégraphié de le vendre pour soixante dollars, mais, bon sang ! Comment voulez-vous que je fasse, moi ? Et pas question de le tirer tout seul jusqu'au hangar… Je suppose que d'ici un mois ou deux ils m'enverront un autre télégramme pour que je l'expédie quelque part. »

Sam pointa le doigt vers le mur.

« Passez-moi donc votre pince à levier, s'il vous plaît. »

Il s'approcha de la caisse et lut l'étiquette d'expédition. C'était un Knabe de prix. Il écarta une planche sur le dessus et aperçut un piano droit de grande taille, enveloppé dans un épais papier paraffiné, et en en déchirant un petit coin il découvrit un vernis chêne doré. Il remit la planche en place d'un coup de poing et laissa précautionneusement courir sa main sur la caisse en peuplier mal équarri.

Ce même après-midi, il se retrouva sur le gaillard d'avant du *Kate-Adams* tandis que le vieux bateau poursuivait poussivement sa descente du fleuve. Derrière lui, le Knabe tout neuf : Sam avait bien du mal à résister à l'envie de le sortir de sa caisse et de se mettre immédiatement au clavier. Il resta sur le pont jusqu'à ce qu'ils aient dépassé l'île Soixante-Cinq, le repaire des Cloat à l'agonie ou à moitié fous. Il fixa longuement le sable rejeté par le fleuve et les bosquets de saules enchevêtrés, tentant une fois de plus de comprendre comment des gens pareils pouvaient bien exister. Il continua de ruminer la question jusqu'au coucher du soleil : il arrivait à s'expliquer les morsures de serpent, les maladies imprévisibles, la guerre, la foudre, et la mort de proches, mais les Cloat demeuraient pour lui un mystère insoluble. Puis il se rappela ce que le juge Soner lui avait dit deux jours plus tôt : ils étaient les uns pour les autres le pire qu'il leur soit arrivé.

Chapitre 40

Début novembre, il avait déjà réussi à décrocher un contrat pour un emploi stable dans un orchestre à l'Hôtel Sterling en centre-ville. Le Sterling était un lieu impressionnant : sa salle de bal, par exemple, avait tout autour de ses hauts plafonds des moulures en stuc dignes de l'Opéra de Vienne. Avant la fin du mois, il avait fait engager August trois soirs par semaine jusqu'à 23 heures pour le dîner dansant, et tous les jours après l'école, ils passaient une heure à travailler de nouvelles partitions, mémorisant les morceaux qu'ils joueraient au sein d'une formation de seize musiciens, spécialistes du fox-trot et du one-step, et qu'ils interpréteraient devant les danseurs chics de la ville. Au fil des premières semaines, August avait écrit des duos rapides et enlevés pour saxophone alto qui venaient s'insérer dans des arrangements préexistants, et il s'était gagné l'admiration de tous les musiciens. Sam avait remarqué un changement dans sa propre façon de jouer au cours des deux premiers mois passés au Sterling, et il se dit que c'étaient les répétitions avec August qui lui assouplissaient les doigts et amélioraient son tempo.

Il encourageait Lily à chanter, mais elle semblait en avoir perdu toute envie. Elle acceptait en revanche volontiers de jouer chaque jour des morceaux faciles sur le Knabe en chêne, et il s'attendait toujours plus ou moins en rentrant à la trouver en train de travailler patiemment un fox-trot plus complexe. Ce qu'il entendit en fait un jour en s'approchant de la maison, ce fut une valse de Chopin toute simple. Le banc du piano était couvert de partitions de musique classique pour débutants, et Lily considérait ces pages comme son trésor personnel. Les premiers morceaux de Bach commencèrent à prendre forme sous ses doigts agiles. Quand August lui eut fait remarquer que certains ragtimes avaient une structure classique, elle s'entraîna à en jouer, et « Dill Pickles » se mêla à l'« Invention Nº 1 en *do* majeur » de Bach durant les répétitions du matin.

Un beau jour de février 1923, il tendit à Linda une enveloppe pleine de billets de cinq dollars pour couvrir les dépenses du mois. Elle la prit et la serra contre son ventre.

« Il va peut-être falloir que tu songes à ajouter un billet de cinq.

– Et pourquoi ça ?

– Je suis enceinte. »

Il l'attira à lui.

« Tout ce qui est à moi est à toi.

– Je le sais.

– Ne t'inquiète de rien. On se débrouille très bien, je trouve. »

Lily entra en tenant par la main le petit Christopher, à la démarche encore mal assurée.

« Pourquoi vous vous embrassez ? »

Sam posa la main sur ses cheveux noués en tresses.

« Tu vas avoir une petite sœur ou un petit frère de plus, fillette. »

Elle leur jeta un regard glacial, puis lâcha la main de Christopher et sortit sans un mot de la pièce.

« Et voilà, soupira Linda, c'est toujours pareil. Ça va prendre des années… »

Il s'éloigna pour regarder dans l'autre pièce : Lily était assise sur le banc du piano, une vieille poupée en robe de crépon entre les bras.

« C'est notre fille maintenant.

– Elle le sait sans doute mais elle ne le ressent pas. Tu es mieux placé que personne pour le comprendre.

– Comment ça ?

– Est-ce que tu lui parles allemand ? Est-ce que tu sais l'accompagner sur de petits airs rigolos qui lui donnent tellement envie de chanter qu'elle voudrait passer sa vie à le faire ? »

La fin de l'année 1923 vit la naissance de Lisette, un beau bébé à la peau claire et à la vigoureuse tignasse noire. Parce qu'il était le plus souvent à la maison, Sam pouvait s'occuper d'elle tous les matins, et voir survenir un à un tous les progrès imperceptibles : ses yeux y voyaient déjà plus clair, elle découvrait ses propres doigts. Il avait manqué tout cela quand Christopher était bébé, et en donnant à Lisette son biberon de l'après-midi, il se sentait chaque jour plus pleinement père. Il acheta un appareil photo et immortalisa ses premiers sourires, la première fois où elle choisit un jouet qu'elle serra dans ses bras, et en regardant les clichés pris au fil des mois il s'étonnait toujours des changements intervenus.

Christopher avait dix-huit mois quand Lisette fut ramenée à la maison, et, même s'il admirait beaucoup August et tolérait l'autorité de Lily, il paraissait ressentir la force des liens du sang qui l'unissaient à sa sœur, et lorsque Sam la prenait dans ses bras, il demandait à monter sur l'autre genou. À deux ans, Sam le trouva un jour sur le plancher de la chambre, un livre pour bébés de Lisette à l'envers entre ses mains, faisant semblant de lui lire une histoire. Linda était dans la cuisine, et il l'appela pour qu'elle vienne voir.

« Ils s'amusent, voilà tout », dit Linda. Puis elle le regarda dans les yeux. « Les choses se passent comme ça entre frères et sœurs. C'est ce que tu n'as pas connu, mon chéri, et tu le découvres maintenant. Et tu peux regarder jusqu'à plus soif. »

L'année fut fructueuse pour August également. Il obtint de très bons résultats dans une école pleine de jeunes talents, des gamins allemands tout rachitiques qui jouaient de l'accordéon, et des Italiens de la clarinette et de la batterie. Quand il se produisait avec l'orchestre du Sterling, les autres musiciens l'écoutaient avec respect durant ses solos, son énergie et sa précision allumant un feu d'artifice sous leurs propres notes. Il continuait à grandir et il se mit à fumer, mais un soir où Sam le vit glisser une flasque en argent dans sa veste il exigea qu'il la lui remette. L'adolescent bouda ostensiblement pendant plusieurs jours, mais aucun fossé ne se creusa entre eux que la musique ne finisse par les aider à franchir.

À cinq ans, Lily s'était totalement repliée sur elle-même. Mais Sam continua à lui apprendre le piano, la traitant comme sa propre fille, puis il lui paya des cours quand il devint évident qu'elle était en train de devenir une artiste et qu'elle en saurait bientôt plus que lui. Parfois, lorsqu'elle répétait, il venait s'asseoir à côté d'elle et jouait la main gauche. N'importe quel autre enfant aurait levé les yeux et souri, se serait rapproché ou écarté pour faire de la place, mais Lily le traitait comme un vulgaire moineau anonyme qui se serait posé sur son banc. Elle restait concentrée sur sa partition, étendant ses doigts de plus en plus longs jusqu'aux aigus juste à côté de la main de Sam, mais sans jamais le toucher.

Ses propres enfants étaient encore des tout-petits qui rampaient sur lui comme des chiots, mais ils paraissaient d'ores et déjà convaincus sans qu'on le leur ait expliqué qu'ils faisaient partie intégrante de sa vie. Lily suivait le reste de la famille pas à pas, au centre-ville pour acheter des beignets, à l'église, en pique-nique au lac où ils allaient nager. Elle jouait avec les petits et semblait éprouver de l'affection pour eux, mais quand son attention se relâchait elle partait dans son monde à elle, elle restait à part, comme une enfant en visite plus que comme un véritable membre de la famille. En l'observant, Sam ressentait toujours une subtile absence de liens. Il gagnait désormais décemment sa vie, August donnait la moitié de son salaire pour la marche de la maison, et tout allait bien pour lui, se disait Sam. Très bien même. Mais parfois, quand il regardait les yeux bleus de Lily, il savait que c'était un peu comme s'il ne l'avait en fait jamais ramenée.

Une nuit, alors qu'elle avait six ans, il lui lisait une histoire pour l'endormir, et il se rendit compte qu'elle ne l'écoutait pas.

« À quoi penses-tu ?

– À mes parents.

– Et ?

– Je priais pour eux. » Elle braqua sur lui ses yeux pénétrants. « Toi, il t'arrive de prier pour ta famille ? »

Gêné, il détourna le regard.

« Tu veux qu'on finisse cette histoire ?

– Je la connais déjà. »

Et elle se tourna vers le mur, mais il savait que ses yeux restaient ouverts.

Avec le temps, Sam s'installa dans son rythme de travail et sa vie de famille. Son salaire couvrait les dépenses alimentaires, le loyer, et tous les autres frais des six habitants de la maison, mais il ne restait rien à mettre de côté. Sa vie progressait en ligne droite, sans surprises, et il s'en réjouissait parce qu'il avait connu son lot de vicissitudes.

Un jour d'octobre 1926, Linda lui tendit une lettre postée de Lyon, dont l'adresse était rédigée d'une écriture toute simple. Il leva les yeux de son journal.

« Qu'est-ce que ça peut être ? »

Sa femme haussa les épaules.

« Elle était avec le reste du courrier. Qui connais-tu en France ? »

Il déchira l'enveloppe qui contenait cinq pages rédigées en bon anglais, et dès la fin de la première phrase il avait compris de qui elle venait. Il s'assit bien droit sur sa chaise de cuisine, tenant chaque feuille à deux mains. Elle était signée d'Amélie Melançon, qui avait maintenant dix-neuf ans et faisait des études pour devenir institutrice. Elle n'avait pas pu lui écrire plus tôt parce qu'elle n'avait jamais vécu très longtemps au même endroit et donc jamais eu d'adresse fixe jusque-là. Après trois mois dans son village abandonné, elle avait connu plusieurs orphelinats successifs, ouverts par les organismes de bienfaisance américains.

« Alors, qui t'écrit ? demanda Linda, délaissant une seconde les oignons qu'elle hachait pour le repas du soir.

– La petite fille que j'avais blessée accidentellement en France.

– Mon Dieu ! Et que dit-elle ?

– Elle voulait me remercier.

– De quoi ? De lui avoir fait perdre un doigt ? demanda Linda en tapotant avec une cuiller sur le rebord de sa poêle.

– Je ne sais pas. Peut-être de quelque chose que je lui avais dit à ce moment-là. Qui sait ? En tout cas, elle semble s'en être bien tirée. »

Ses phrases étaient denses, elles rassemblaient informations et sentiments, elle semblait les avoir méticuleusement composées. Il relut sa lettre trois fois. Près de la fin, elle écrivait :

> *Quand je repense à cette explosion finale, je m'étonne encore qu'elle ait été suivie par l'arrivée d'un messager désireux de me consoler. Je me dis souvent que c'est ainsi que les choses devraient être. Si chaque obus était ainsi escorté, si chaque balle, chaque bombe aérienne était suivie par un soldat qui arrivait, regardait alentour et demandait : « Est-ce que tout va bien ? Est-ce que je peux faire quelque chose ? », alors la guerre ne serait ni si longue ni si affreuse. Quand je regarde ma main droite aujourd'hui, je pourrais regretter d'être mutilée, mais à la place je trouve neuf raisons d'éprouver de la gratitude. Monsieur Chanceux, si vous n'aviez pas fait exploser ma maison, je serais peut-être morte de faim ou de désespoir. J'ai appris qu'un mal amène toujours un bien et je veux vous remercier à nouveau, non pas pour l'explosion, mais pour votre merveilleuse visite.*

Dans le brouillard de cette nuit-là, les sirènes des bateaux mugissant sur le fleuve l'empêchèrent de dormir ; il se releva et commença à penser à la lettre qu'il lui écrirait en réponse. Il lui dirait combien de fois il s'était inquiété pour elle durant toutes ces années, et à quel point sa vie avait dévié de la direction qu'il pensait qu'elle allait prendre.

Il resta à la table de la cuisine jusqu'à minuit largement passé, puis il retourna se coucher et rêva qu'il était de nouveau en France, arpentant une route gelée sous une pluie de flocons duveteux. Il arrivait devant une maison aux murs enduits de plâtre et au toit de chaume, et il frappait à la porte. Amélie lui ouvrait, elle avait toujours onze ans et elle lui tendait la main. Il la prenait doucement, son index rencontrant l'endroit où manquait l'auriculaire de la fillette, et il restait là, immobile, comme s'il voulait combler ce manque. À cet instant il se réveilla en sursaut, encore étonné de cette sensation de tremblement contre sa peau. Il alluma la lampe de chevet.

« Que se passe-t-il ? » demanda Linda.

Il fixait sa main droite et la frottait avec la gauche.

« Un rêve, c'est tout. »

Elle bâilla et se tourna vers lui.

« À propos de quoi ? »

Il ouvrit la bouche, mais ne réussit pas à mettre le rêve en mots. Finalement, il lui dit :

« L'histoire d'un homme qui revenait au point de départ après un long périple. »

Chapitre 41

À huit ans, Lily acceptait sans enthousiasme d'aider aux tâches ménagères, même si elle savait s'occuper de Christopher et de Lisette avec attention, et si elle travaillait à la cuisine avec Linda sans qu'on ait besoin de le lui demander. Elle adressait rarement la parole à Sam, et dès qu'elle ouvrait la bouche pour lui répondre, il sentait une pointe de ressentiment dans chaque mot prononcé. Elle le traitait comme un propriétaire plus que comme un père, exigeant par exemple qu'il fasse réaccorder le piano tous les trois mois, qu'il engage un répétiteur pour une technique qui lui paraissait indispensable à acquérir, qu'il lui achète régulièrement de nouvelles partitions. Cette distance qu'elle avait mise entre eux aurait pu se maintenir toujours si deux événements ne s'étaient pas produits.

Tout d'abord, Linda voulut qu'ils achètent une maison afin d'avoir tous plus d'espace. En janvier 1927, après de patientes recherches, elle dénicha deux rues plus loin un pavillon en cyprès avec des plans un peu anarchiques, quatre chambres, un grand jardin et de vastes vérandas, pour deux mille dollars. Elle ne pouvait pas laisser passer cette occasion. Entre autres raisons, elle avança que Lily venait d'avoir neuf ans et avait besoin de plus d'intimité. Même s'ils n'avaient pratiquement pas d'économies et s'ils ne possédaient rien pour garantir l'emprunt, il lui fallait cette maison à tout prix. Elle dit à Sam qu'elle pourrait obtenir un prêt de quelques centaines de dollars de sa famille et que lui devait tenter de demander de l'aide à son oncle.

Le second événement se produisit alors que Lily nettoyait les moisissures des placards, tâche qu'elle accomplissait tous les deux mois, passant sur toutes les chaussures et les ceintures en cuir un chiffon imbibé d'eau de Javel diluée : elle ouvrit par hasard un sac contenant un violon et son archet.

Cet après-midi-là, Sam rentra aux environs de 16 heures d'un mariage pour lequel il avait joué dans la salle du Sterling. Lily s'assit près de lui sur le canapé, lui montra le violon et demanda :

« Tu veux bien me dire ce que c'est ? »

Il la regarda attentivement, fixant ses yeux pour voir si elle ne lui tendait pas un piège.

« Il appartenait à mon père. Dans l'ordre, les cordes sont *sol*, *ré*, *la* et *mi*.

– Ça, je le sais, je l'ai accordé avec le piano. Où il vit, ton père ?

– Comment ?

– Ton père. Je connais celui de Linda mais je n'ai jamais rencontré le tien. »

Sam fit la grimace. Elle ne savait effectivement pas, et il se rendit compte du peu de liens qu'il avait tissés entre eux. Il posa la main sur ses boucles blondes.

« Il est mort depuis longtemps. »

Elle effleura la corde de *mi* de son petit doigt, puis elle repoussa la main de Sam, mais avec douceur.

« C'est lui qui t'a appris la musique ?

– Je ne l'ai pas connu. Il est mort quand j'étais bébé. »

Elle le regarda, les yeux écarquillés.

« Tu veux dire que tu ne l'as pas connu du tout ?

– Je croyais te l'avoir expliqué il y a plusieurs années.

– Peut-être que je n'écoutais pas. » À sa façon de prononcer ces mots, avec une note d'ironie, il comprit qu'elle ne pouvait évidemment pas se rappeler ce qu'on lui avait dit plusieurs années auparavant. « Qu'est-ce que tu m'avais expliqué ? »

Il était fatigué et sentait venir la migraine.

« Que toi, au moins, tu avais eu tes parents pendant quelques années, moi, jamais. »

Elle lui décocha un regard dur.

« Donc, moi je sais ce que je regrette. Toi non. »

Cela le mit en colère et il fila dans la cuisine pour piler un bol de glace et se préparer un verre de thé sucré au citron. Il avait toujours considéré Lily comme une orpheline, quelqu'un de pareil à lui, et il pensait que chacun pouvait imaginer la douleur de l'autre. Or il n'en était rien. La douleur d'autrui vous reste étrangère. Une note de violon s'échappa du séjour, puis plusieurs autres. Elle montait des gammes, et en cinq minutes elle cherchait des tierces mineures et jouait « Oh ! Susanna » à tâtons. Le bourdonnement harmonieux d'une double-corde le convainquit : il était temps de l'emmener rencontrer l'oncle Claude pour qu'elle voie où il avait grandi. Il s'avança sur le seuil de la porte, sirotant son thé, pour la regarder.

« Plie ton poignet », lui dit-il.

Le train s'arrêta sur la desserte locale à Prairie Amer, où ils descendirent et se protégèrent du vent glacial dans la petite salle d'attente en espérant que le car ne tarderait pas trop. La voie qui menait à Troumal avait été démantelée l'année précédente, mais il restait un ersatz de route, et un ersatz de car cahotait jusqu'au village deux fois par semaine.

Lily regardait à travers la vitre de la gare les plantations de canne à sucre, le magasin près du carrefour, les quelques maisons en bois de cyprès.

« Est-ce que la ville où on va est plus grande que ça ?

– Encore plus petite. Te voilà au fin fond de la campagne, petite citadine. Tu as peur ?

– Non. » Elle regarda une vache qui traversait un pré clôturé d'un air rêveur. « J'aime bien. C'est différent. Tranquille. »

Ses cheveux avaient été coupés court et Linda lui avait confectionné une élégante robe taille basse.

Le petit car gris s'approcha lentement sur les graviers en piteux état et s'arrêta pour les prendre. Le voyage fut lent et bruyant, les roues plongeant en grinçant dans toutes les ornières et tressautant sur les passages canadiens, ce qui amusait prodigieusement la petite.

Sa tante Marie attendait près de la gare dans un pick-up Ford, des rouleaux de fil de fer posés sur le plateau en bois.

« *Mon Dieu !* s'écria-t-elle. *Une jolie blonde.*

– Tu t'es acheté un camion ?

– Eh oui ! Donc, voici Lily ? »

La fillette ouvrit la portière et monta sur le siège, et Sam lui emboîta le pas.

« Oui, m'dame.

– Vous êtes prêts pour le dîner, tous les deux ? »

Elle les regarda tour à tour.

« Plus que prêts », répondit Sam.

Quand ils arrivèrent à la maison, tout le monde était rentré des champs et avait fait un brin de toilette. L'oncle Claude ouvrit la porte à moustiquaire pour les accueillir.

« Eh, Sam, pourquoi tu nous as pas amené toute la famille ? »

Ils échangèrent une poignée de main et quelques claques sur les épaules.

« On fera ça cet été.

– Au téléphone, je t'ai dit que tu pouvais amener qui tu voulais.

– Disons que j'avais mes raisons pour venir seulement avec la petite.

– Oui, *je sais*. Pour qu'elle reçoive un peu l'attention qu'elle mérite, c'est ça ?

– Quelque chose de ce genre. Je voulais surtout lui montrer les environs. »

Son oncle haussa un sourcil à l'intention de Lily.

« Y a pas grand-chose à voir, mais regarde autant que tu voudras. »

Tante Marie les poussa à l'intérieur.

« Allons, allons ! Lavez-vous les mains, et après vous pourrez tous les deux m'aider à mettre la table. »

Il y avait du ragoût de lapin au riz au menu, des croquants, des pousses de moutarde, des gombos à l'étouffée, et des beignets aux pommes. Arsène et Tee Claude étaient assis côte à côte en compagnie d'un garçon de ferme nommé Beaupré, et ils s'amusèrent à apprendre à Lily des mots français rigolos comme « ouaouaron », « poule mouillée » et « bécasse ». Après le repas, Claude et Sam allèrent boire un verre de vin de mûres sur la véranda pour profiter une minute de la fraîcheur parce que le vent était tombé.

« Alors, Linda a trouvé une maison qui lui plaît ?

– On peut dire qu'elle est décidée ! »

Il jeta un coup d'œil alentour sur la ferme et ses dépendances, tout témoignant du travail et de l'usure du temps. L'idée de lui réclamer de l'argent lui parut indécente.

Son oncle lui parla de sa propre maison – d'où était venu le bois, le temps qu'il avait mis à la construire avec un marteau et une scie. Il fit la liste de toutes les tempêtes qu'elle avait essuyées. Pour Claude, toutes les questions du moment appelaient toujours des histoires liées à celle de la famille. Au bout d'une demi-heure, il se tut pendant une minute entière, puis il demanda :

« Alors, *combien ?* »

Sam lui avoua la somme qu'il lui fallait pour s'en tirer, et son oncle fit la grimace.

« Quoi que je te donne, il faut que tu saches que ça serait aux garçons et à Marie que je le prendrais. Et à la ferme. Tu as vu ces rouleaux de fil de fer dans le camion ? On a dû emprunter de l'argent pour acheter un lopin de terre juste à côté.

– Je comprends. Mais ce serait un prêt. On te verserait des intérêts. »

Claude eut un geste impatient de la main.

« Eh, t'excite pas comme ça, petit ! Je savais bien que cette heure arriverait. Je pensais bien qu'un jour tu aurais besoin d'argent pour *les enfants*, l'hôpital, une affaire ou une autre. Quand j'ai entendu ta voix au téléphone, j'ai compris. "L'heure a sonné", que je me suis dit.

– L'heure de quoi, *Nonc* ? »

Claude se pencha en avant et saisit le bras de Sam, qu'il secoua vigoureusement.

« De te donner ta ferme. »

De son autre main, il tira un document plié dans la poche avant de sa salopette et le lui tendit. À la lumière qui filtrait par la porte, Sam vit que c'était un acte notarié.

« Qu'est-ce que c'est ?

– Tu sais pas lire ?

– La ferme de mon père ? » Il se releva, éberlué. « Je ne savais pas qu'il avait un jour possédé quoi que ce soit.

– *Mais* oui. Je l'ai fait mettre à ton nom il y a un bout de temps. La taxe foncière, c'est des clopinettes, et je l'ai payée toutes ces années. »

Il agita le document sous le nez de son oncle.

« Pourquoi tu ne me l'as jamais dit ? »

Il se revoyait adolescent, assis dans cette même véranda, incapable d'imaginer que quelqu'un puisse un jour posséder quoi que ce soit à part ses vêtements et son nom.

« Sammy, j'ai jamais pensé que tu voudrais être paysan. J'ai jamais pensé que tu voudrais passer ta vie dans cette ferme-là. »

Il regarda le papier qu'il tenait toujours à deux mains.

« C'est grand ?

– Vingt-cinq hectares. »

Il plongea le regard vers le nord dans l'obscurité profonde, où les chauves-souris chassaient les insectes dans les dernières lueurs au-dessus des arbres.

« Combien crois-tu que je peux en tirer ?

– Ça aurait besoin d'un bon coup de débroussaillage. Si tu veux vendre vite, peut-être dix-huit cents dollars. »

Sam se rassit.

« Linda va sauter au plafond quand je le lui annoncerai. » Il fouilla de nouveau la nuit du regard, en direction de la ferme en question. « La dernière fois que je suis venu, tu m'as parlé d'une maison. Elle tient toujours debout ?

– Comme je t'ai dit, la maison est en cyprès. À l'épreuve du temps, crois-moi.

– Tu peux me dire comment on y va ? »

Claude fit la grimace.

« Je t'ai dit que c'était complètement envahi par la broussaille.

– Je voudrais voir quand même.

– Bon…

– Et je veux que la petite vienne avec moi. »

Son oncle secoua la tête.

« Pas une très bonne idée, à mon avis.

– J'ai mes raisons.

– Je vois pas bien ce qu'elle pourrait y gagner. » Il jeta à son neveu un regard soupçonneux. « Qu'est-ce que tu comptes lui dire ?

– Ce qu'elle a besoin de savoir pour apprendre à me connaître. »

Son oncle le dévisagea longuement, puis il haussa exagérément les épaules.

« Moi, je t'ai jamais rien dit avant que tu soyes en âge. Tous les enfants ont droit à leur enfance. »

Sam plia l'acte de propriété et le glissa dans sa poche de chemise.

« Elle est largement capable de comprendre, cette petite, crois-moi. »

Le lendemain matin, il faisait très frais quand il sella un vieux hongre à la robe noire luisante et qu'il partit après le petit déjeuner avec Lily en croupe. Ils traversèrent la plaine, des hectares et des hectares de cannes à sucre coupées, un océan de paille blonde.

Suivant les indications données par Claude, il trouva un vaste fossé ouvert qu'il longea jusqu'à un pont de bois qui les conduisit dans la forêt. Il se réjouit que ce soit l'hiver et que pas mal de broussailles soient mortes, ce qui dégageait le paysage.

Assise bien en arrière sur la selle, la fillette s'accrochait à sa ceinture, s'appliquant à garder l'équilibre sans que ses jambes touchent le cheval, comme on le lui avait recommandé. Elle était restée muette durant tout le trajet, mais quand ils commencèrent à se faufiler entre les troncs d'arbres elle déclara :

« Ça ne ressemble pas vraiment à une ferme, ici.

– Il y a trente ans, c'en était une. »

Elle recula devant une branche qui avait frôlé l'épaule du cavalier.

« On dirait que personne n'y a jamais vécu.

– Crois-moi, tu te trompes. »

Ils s'enfoncèrent pendant un quart d'heure entre les chênes et les gommiers, puis il arrêta et immobilisa le cheval.

« Je ne suis jamais venu jusqu'ici, même pour chasser. Je ne sais pas où est quoi. »

Elle se pencha sur le côté pour le regarder.

« On ferait peut-être mieux de descendre et de continuer à pied. »

Ils firent traverser au cheval un vaste fossé peu profond, et de l'autre côté le sabot de l'animal heurta quelque chose avec un bruit métallique. Écartant les feuilles du bout du pied, Lily découvrit une bassine en fer-blanc tout ébréchée. Elle leva les yeux vers lui et il hocha la tête. Il la savait plus intelligente, mais il s'étonna de constater qu'elle avait aussi plus de flair que lui. Ils poursuivirent leur chemin, les yeux rivés au sol, et ils trouvèrent un joug. Puis, en relevant la tête, ils aperçurent à moins de cent mètres une forme indistincte, du même gris-brun que les arbres touchés par le gel, mais horizontale. Leur instinct leur souffla que ce devait être la maison, même si leurs yeux ne la discernaient pas encore. Ils s'approchèrent et se campèrent devant l'entrée, et même le cheval, naseaux fumants, leva la tête pour regarder.

Des plantes grimpantes brûlées par le gel couraient sur les murs, et une glycine de la taille d'un bras d'enfant passait par la porte ouverte, puis faisait demi-tour et envahissait ensuite la véranda, comme si elle n'avait guère aimé l'absence de lumière et la sécheresse qu'elle avait trouvées à l'intérieur. La maison comprenait quatre pièces et, depuis la véranda, un escalier raide montait vers le grenier. Le toit était haut et les tempêtes avaient emporté plusieurs planches de cyprès, mais pour l'essentiel la structure d'ensemble paraissait solide et saine sur ses piliers en brique érodés.

« C'est ici que tu habitais ? » demanda-t-elle, baissant la voix avec respect, comme à l'église.

Les troncs des arbres cachaient le soleil et il se mit à trembler.

« Jusqu'à six mois.

– Six mois », répéta-t-elle lentement, prenant la mesure des mots.

Il se rendit compte qu'elle enregistrait la présence des trous laissés par les balles, des impacts de la taille d'une pièce de dix *cents* qui émaillaient toute la façade et avaient fendu les châssis des fenêtres et le chambranle des portes.

« Ce sont des coups de feu qui ont fait ça. »

Elle continua à regarder.

« Je sais. Ta mère et ton père ont été tués ici. Quand tu avais six mois.

– Ma sœur et mon frère avec eux. »

Elle eut du mal à reprendre son souffle.

« Est-ce qu'on a arrêté ceux qui ont fait ça ? »

Ainsi, même elle pensait d'abord à la vengeance, à la justice.

« Non, ils ont fini leur vie paisiblement. »

Elle se tourna vers Sam.

« C'est pas juste. »

Il haussa les épaules.

« Je n'en sais rien. Quelle sorte de vie crois-tu qu'ils ont eue ?

– Comment ça ?

– Des gens capables de faire un truc pareil, quelle sorte de vie tu crois qu'ils ont bien pu avoir ?

– Aucune idée.

– Eh bien, je dirais que tu as tout le temps d'y penser. Je vais faire un tour à l'intérieur.

– Moi, ça me fait peur. »

Elle avait soudain une toute petite voix.

« Tu peux rester dehors, si tu préfères. »

Il attacha son cheval à un jeune margousier et monta les marches toutes moisies du perron. Il jeta un coup d'œil depuis le seuil, s'assura de la solidité du plancher, puis avança prudemment un pied dans la pénombre, l'odeur douce et poivrée du cyprès lui faisant tourner la tête comme l'aiguille d'une boussole. Les boiseries de la salle de séjour avaient le même reflet brun et argenté que la façade, mais elles étaient moins patinées. Il ne restait plus rien qu'un gros poêle ventru, son conduit tout rouillé gisant sur le plancher. Il passa devant sans le regarder, mais sentit un frisson lui parcourir les épaules, et il se précipita vers la cuisine où ne se trouvaient plus que quelques placards bas complètement déformés et une chaise à haut dossier cassée et renversée sur le sol. La fenêtre en revanche était intacte, et sur le rebord se trouvait la *tablet* sur laquelle sa mère faisait sans doute la vaisselle, comme toutes les femmes en pays Cajun au temps où on n'avait pas l'eau courante dans les maisons. La chambre du fond ressemblait à un cube de bois vide, et certaines lattes du plafond s'étaient détachées, découvrant les solives. Il pénétra ensuite dans la chambre principale, complètement nue mis à part les tas de poussière laissés par les termites qui brisaient en naissant leur cocon de boue séchée. Il avait peut-être vu le jour dans cette même pièce, découvert la lumière de l'aube par cette fenêtre, la première flamme d'une lampe, et il resta longtemps à songer à ce qui s'était passé là.

Il entendit Lily entrer dans la maison et il marcha à sa rencontre. Elle se retourna et vit les trous laissés par les balles qui brillaient comme des ampoules électriques parce que le soleil blanc de l'hiver les traversait. Elle baissa les yeux vers le plancher, et il se réjouit de voir qu'il était couvert de poussière.

« C'est ici que ça s'est passé ?

– Oui.

– Tu ne te rappelles rien d'eux du tout ? »

Il tourna la tête.

« Pas la moindre image. »

Elle prononça alors des mots qu'on entendait très rarement dans sa bouche :

« Je suis vraiment désolée. C'est affreux, je trouve. »

Ces paroles ouvrirent une porte qui était jusque-là restée verrouillée entre eux, et il s'approcha de l'endroit où elle se tenait, près du poêle.

« Oui, on peut le dire, je crois.

– Ce vieux poêle rouillé, c'est tout ce qui reste ?

– Oui. »

Le visage de Lily s'éclaircit.

« On pourrait le rapporter à La Nouvelle-Orléans et le mettre dans le jardin. Tu ne crois pas qu'il aurait fière allure avec du lierre qui s'échapperait par la trappe et retomberait sur les parois ? »

Quand elle tendit les doigts pour ouvrir la trappe en question, il se pencha brusquement et l'en empêcha en pesant dessus à deux mains.

« Je ne pense pas que ce serait une très bonne idée », dit-il, la voix tremblante.

Il gardait les paumes posées à plat sur le métal, comme pour en tester la chaleur. Elle recula d'un pas, l'observant attentivement de ses yeux clairs, et au bout d'un moment, elle se dirigea vers le fond de la maison. Les mains toujours soudées à la trappe, il l'écouta traverser une pièce après l'autre, et il se rendit compte qu'elle était aussi capable que lui d'imaginer l'histoire de vie et de mort qui s'était déroulée entre ces murs bruts.

Quand elle eut terminé son tour, il l'entendit ouvrir la porte de derrière. C'est seulement quand elle cria « Viens voir ! » qu'il put décoller ses mains du poêle.

Elle était sur le pas de la porte et pointait l'index vers l'avant-toit.

« Regarde un peu. Tu pourrais l'attraper ? »

Il leva les bras et, à deux mains, il décrocha de son clou en acier galvanisé une planche à laver de taille moyenne. Il en resta quelques secondes sans voix.

« On pourrait emporter ça comme souvenir », suggéra-t-elle.

Il rentra lentement dans la maison en tournant et retournant l'objet entre ses mains. Il marqua de nouveau une pause devant le poêle, conscient qu'il manipulait là une planche que sa mère avait eue elle aussi des milliers de fois sous les doigts, que ses vêtements avaient dû être frottés contre ses stries métalliques, et il ne savait pas s'il devait la fracasser contre le poêle en pleurant de rage ou la rapporter chez lui pour la suspendre au mur de sa cuisine, où il la verrait durant le reste de ses jours, la décrochant parfois pour la poser sur ses genoux et la caresser, comme si elle était capable de le remettre en contact avec les spectres de sa famille disparue. En entendant Lily se rapprocher, il appuya la planche par terre contre le poêle.

« Il vaut peut-être mieux pas.

– Alors moi, je peux la prendre ? »

Il mit une main sur son épaule et la força à se retourner vers la porte.

« Qu'est-ce que tu en ferais ?

– Je la veux, c'est tout. »

Vive comme l'éclair, elle revint sur ses pas pour prendre la planche et la glisser sous son bras.

« Mais pourquoi ? Je n'en serais que plus tourné vers le passé. »

Par-dessus la tête de la petite, il plongea le regard vers la cuisine, incapable de comprendre où elle voulait en venir. Les yeux pervenche de Lily s'étaient rougis de larmes.

« Je pense qu'on devrait la garder. Rien ne dit qu'elle te fera seulement penser aux mauvaises choses. »

Il tendit la main vers elle.

« Laisse-la ici. Je n'ai aucun bon souvenir. »

Elle serra la planche sous son bras et recula.

« Tu es venu chercher quelque chose ici. Tu l'as trouvé. Cette planche t'aidera à imaginer ce qui s'était passé avant ça. »

Elle désignait les trous laissés par les balles.

Il releva la tête et regarda les rais de lumière qui trouaient le mur. D'une voix sourde, il dit en s'adressant à la pièce hantée par la poussière :

« J'ai trouvé un souvenir d'avant la fusillade. »

Elle fit quelques pas pour se rapprocher de lui.

« *Nous* avons trouvé », corrigea-t-elle.

Et, un bref instant, elle se pencha contre lui.

Une fois ressortis, ils s'aperçurent que leur cheval s'était avancé jusqu'à la véranda et qu'il se frottait la tête contre un pilier. Sam jucha Lily sur la selle, détacha les rênes et monta derrière la petite.

« À toi de jouer ! »

Elle lui tendit la planche à laver et il la posa entre eux, droite sur la selle.

« Maintenant, tu as même un dossier. »

Le cheval hennit. Il s'éloigna de la maison en marchant comme un crabe et la fillette s'écria :

« Mais je ne sais pas diriger cette bête ! »

Il posa le menton sur sa tête.

« Si quelqu'un peut comprendre comment ça marche, Lily, c'est bien toi. »

Remerciements

J'aimerais remercier la Southeastern Louisiana University pour son soutien constant à mon travail d'écrivain ; Peter Matson, mon agent chez Sterling Lord Literistic, pour ses encouragements et son professionnalisme ; ma famille, et en particulier ma femme Winborne, pour son aide et sa relecture vigilante du manuscrit ; Tom Piazza, pour ses écrits précieux sur le monde du jazz ; *The S&D Reflector*, publié par les fils et filles des pionniers de la navigation sur le fleuve, source infinie de renseignements sur les voies d'eau terrestres du temps des bateaux à vapeur ; les histoires et recherches du capitaine Fred Way ; Red Hot Jazz Archive, merveilleuse source de renseignements sur Internet ; ma reconnaissance va tout particulièrement à deux ouvrages, *Moonliteat Eight Thirty* d'Alan Bates et Clarke Hawley, et *Jazz on the River* de William Kenney. Enfin, je remercie mon éditeur, Gary Fisketjon, dont l'attention et le soin qu'il apporte à son travail prouvent qu'il aime vraiment son métier.

RÉALISATION : IGS-CP À L'ISLE-D'ESPAGNAC
IMPRESSION : NORMANDIE ROTO IMPRESSION S.A.S. À LONRAI
DÉPÔT LÉGAL : AOÛT 2014 N° 108274 (1402004)
IMPRIMÉ EN FRANCE